诗与它的山河

中古山水美感的生长

萧 驰 著

生活·讀書·新知 三联书店

Copyright © 2018 by SDX Joint Publishing Company.
All Rights Reserved.

本作品版权由生活·读书·新知三联书店所有。
未经许可，不得翻印。

图书在版编目（CIP）数据

诗与它的山河：中古山水美感的生长／萧驰著 . —北京：
生活·读书·新知三联书店，2018.1（2022.6 重印）
（文史新论）
ISBN 978 – 7 – 108 – 06039 – 6

Ⅰ.①诗⋯ Ⅱ.①萧⋯ Ⅲ.①古典诗歌－诗歌研究－中国
Ⅳ.① I207.22

中国版本图书馆 CIP 数据核字（2017）第 167719 号

责任编辑	杨　乐
装帧设计	蔡立国
责任校对	夏　天
责任印制	董　欢
出版发行	生活·讀書·新知 三联书店
	（北京市东城区美术馆东街 22 号 100010）
网　　址	www.sdxjpc.com
经　　销	新华书店
印　　刷	河北松源印刷有限公司
版　　次	2018 年 1 月北京第 1 版
	2022 年 6 月北京第 4 次印刷
开　　本	635 毫米 × 965 毫米　1/16　印张 42.5
字　　数	530 千字　图 147 幅
印　　数	12,001 – 15,000 册
定　　价	120.00 元

（印装查询：01064002715；邮购查询：01084010542）

目　次

导　论　1

　　一　本书题旨／为何不是"山水诗"／诗中与画中的山水如何不同／本书时间涵盖之上、下限

　　二　本书方法：一种知识考掘／现地研究／中国诗"非虚构性质"辩证／话语树：各章内容之大概关联／各章之间若干纽带或持续"情节"／本研究意义何在：对中古诗研究而言／对人类文化史研究而言／跨领域的景观学／呼吁另一种环保意识

　　三　公元五世纪前山水书写及思想语境／神女是梦中山水／《高唐赋》的"物质想象"：云气／《高唐赋》的经验成分／书写自然的山水骨架／汉赋对宋玉辞赋的承与弃／汉赋与汉代思想／王弼解构汉代宇宙图式的空间系统／嵇康的原发精神／嵇康的超越哀乐境界／郭象解构宇宙图式的时间系统／"冥"或"无迹"／庾阐：书写山水与灵山采药／兰亭雅集：原发精神一次"演出"／地理探索热潮与《游天台山赋》／山水书写中的佛教因素／谢灵运汇集诸文化语脉

第一章　大谢"山水"探秘　47

一、引　言　47

　　阅读谢灵运，打开另一部大书／本章结构

二、实地山水：谢灵运诗的地理考辨　48

　　"山水诗"乃地方之诗／长诗题出现与书写山水／现地考察之必要／1. 上戍石鼓山／2. 斤竹涧／3. 白岸亭／4. 始宁墅、南山、北山／5. 石壁精舍／6. 归濑三瀑布／7. 石门、石门山

三、话语山水：谢灵运的美感世界　92

"非虚构"性质的确认 / 山水书写与对仗形式 / 谢诗对仗中的山与水 / 谢氏美感之所钟：汀渚沚湄之曲线 / 瀑布 / 缺席的天空 / 洞 / 偏爱澄净山水的意识 / 色彩选择 / 谢诗漠视的环境因素 / 山水书写的现象意味 / 谢氏游赏和居住环境的地貌特征 / 复音词"山水"的构结和出现时间 / 山水书写中的"一元双极" / 早期中国绘画中的山水骨架

四、余　论　117

山 / 水与中国绘画、园林 / 山 / 水与中国地貌特征

附录一　山水化情与情化山水　122

玄学家期藉山水化解情累 / 谢诗化情累不能奏效的例子 / 山水作为忧伤的象征 / 谢诗的元诗意义 / "外在的内在化"

第二章　后谢灵运时代的"风景"　131

一、引　言　131

鲍照、小谢的文学地理与社会身份 / "风景"的提出

二、天地行旅中的渺漭风景　133

鲍照祖承大谢的"山水诗" / 鲍照所登之京岘山 / 鲍照所登之蒜山考辨 / 感知自然风景的天－地框架 / 古人登山的现象学 / 江矶是山水"一元双极"一特殊形式 / 深度藉助望眼 / 天－地中"风"与"景"消融山水框架 / 鲍照的"迷远"山水 / 天－地涵人于其中 / 云水苍茫图景本身的表现性

三、衙署轩窗中的"芊绵蒨丽"风景　153

谢朓守宣时府治之位置 / 官廨衙署轩窗中的"风景" / 谢朓开启"平远" / 小谢对景物纵深的诠释 / 诗联中"风"与"景"对举 / 谢朓的吊诡：氛围与经营位置 / 移远就近和游目于远近 / 书写中的勾与染 / 小谢打破谢灵运山水诗结构三段论 / 小谢的"着笔甚轻" / "淡墨"与"轻岚"

四、结　论　173

远望与"风景" / "风景"是"空气和光"的转喻式词义扩大 / "地景"与"天－地之景" / 天－地与中国绘画 / "风景"的吊诡："身即山川而取之" /

"取景"的开端

第三章　南朝诗的空间内化　179

一、引　言　179
江淹、何逊、阴铿的文学地理 / 江淹的创作分期

二、江淹的平生"二奇"　181
江淹的《赤虹赋》/ 江淹以虹光统一山水景物之色调和气氛 / "虹"是主体融于其中的"光韵"/ 江淹诗赋作品与丹霞地貌 / 闽、浙、赣交界地区丹霞地貌考察 / 谢灵运所赋之华子冈为丹霞地貌 / 江淹诗赋中的仙道影响 / "画意"与"如画"/ 江淹的《从冠军行建平王登庐山香炉峰》诗 / 王渔洋评语的讨论 / 神思中"视通万里"的诗例 / "神思"的思想脉络

三、何逊：世俗画意之"景"的营造　201
何逊诗中情绪和美感的分割 / 何逊的去离诗："言人同有之情"/ 何逊重视景物间的光影关系 / 光韵或氛围 / "景"成为景致、景象 / "景"与时间 / "时象"是画意空间"景"之中心 / "景"与同质性 / "景"形成的追溯 / 舟中望月 / 雪地梅开 / 曲渚离舟

四、阴铿：山水作为"谶象"　219
阴铿的获救与逃亡 / 五洲方位考察 / 阴铿"只取兴会神到"/ 诗在横读中的"对位"效果 / 诗人作为"世界谶象的阅读者"/《登武昌岸望》的历史与地理语境 / 阴铿诗写景的篇幅比例

五、结　论　226
"景"是中华景观学的核心 / "景"：从画论、诗论到园论 / "景"的意义系统 / 何逊在这一话语形成中的位置 / 阴铿以张力和异质性取代了单纯和同质性 / 驻目之景与骋思之游：中国景观文化的一种阴阳互补

第四章　问津"桃源"与栖居"桃源"　231

一、引　言　231
中国诗画中"桃花源"之寓意化倾向 / 以"桃花源"为母题论山水中隐逸 /

"内"与"外"以及"入"与"出"/"别异乡"不同于乌有乡

二、游子孟浩然的山水世界：出游与归守的生命历程　235

1. 孟浩然居、游的山水世界
孟浩然隐居鹿门山的传说／"涧南园"的地理方位和环境考察

2. 从"渔人"的言说到幽独者的体验
"南山"、"北阙"之界限／"桑土"、"田园"与"江海"、"他山"对跱／讲述山水与呈现山水／孟浩然的地名目录诗／水天或天地之间的大景／孟浩然以"渔人"自况／"内部风景"：特定景致中的文学和历史寓涵／庞德公与汉滨游女："幽暗"中诗意"闪烁"／暮归作为诗的起点／化为幽谷的夜晚田园

三、隐者王维的山水世界：无"入"无"出"的生命幽谷　257

1. 重寻王维故地辋川
简锦松的谷外新说／谷外说的不合理处／谷内说的两个考古证据／谷外说所据的两种地貌亦存于谷内／白居易经古蓝关下商洛的路线／王维《山中与裴秀才迪书》的问题

2. 栖居者目中的"桃源"
辋川谷被比作"桃花源里"／辋川王维与嵩山卢鸿一的比较／"可以细数列举的"二十"游止"：王、裴同题诗的比较／孤悬而具足的瞬间世界／"缘在是圆的"

四、结语与余论　290
风景理论中的"眺望"和"庇护"／"可居可游"山水与"可行可望"山水／王维享受孤独／山谷之为隔世乐土／辋川对私园的地形学意义／标点"游止"对后世之影响

附录二　设景与借景——从祁彪佳寓山园的题名说起　296

引言　问题的提出：寓山园的两类题名

一、十六景四言标题的渊源追溯／预先切割和镶嵌的时空

二、四十九分胜方式所导引美感举例／开放了时间限制的即兴美感

三、王维辋川是明代文人园林最具公约性的隐喻／辋川别业：私家山水与园林之间／境"所自观之者异也"

四、《园冶》论"借景"／李笠翁论"取景在借"

第五章　生气充盈的李白山水世界　316

一、引言：山水与李白的生命世界　316

李白游踪概述 / 李白的斑驳思想背景与山水 / 李白思想中的"气" / "气"作为物质意象 / "气"不具分辨物质和精神的意义

二、人境之侧的清丽山水　320

1. 山水书写中的"风土性"

本章所谓"风土性" / 摹拟江南谣歌声气而追求"风土性" / 《横江词六首》中吴歌乐腔和舟子语气 / 《秋浦歌十七首》中另一类"风土性" / 《秋浦歌》与《辋川集》如何不同 / "风"和"土"即"气"之原型

2. "清"：山水与诗人"之间"

江潭是山与水"一元双极"又一形式 / 李白在泾县、秋浦两县所咏的六处江潭 / "清"的光和空气感 / "清"是视觉与世界"共存的场"

3. 山水：与异代诗人"相接"的场所

《牛渚夜泊怀古》的特别之处 / 以身体进入一片山水与过往诗人生命"相接" / 李白确认山水在中国文化中一特别位置——抒情传统以载诸山河而不朽 / "宇者，情相接也"

三、云山之间的奇幻山水　347

李白的多层视界 / "想象"：道教之"存想"与内、外之"景" / 云山之际的神仙幻景 / 游仙与瑰丽山水的结合 / 云霓与仙人委形冥化 / 山水乃元气化成 / 李白笔下山水的动感 / 乘气浮空与变动阔狭

四、愤激之际的狰狞山水　363

充满敌意大自然之文学渊源 / 李白诗中的地狱景象 / 中国文学寓意作品之特点 / 中国诗歌山水书写中的崇高感 / 险峻艰危成为一道壮美风景 / 诗进入（诗人的和山水的）自然的狂野运动之中

五、结　语　374

李白诗相互暌异的山水世界皆为"气"之用 / "气"的神秘、魔幻和诗意 / 山水书写之新境 / 李白最钟情的山水

第六章　杜甫夔州诗中的"山河"与"山水"　379

一、引　言　379
山与水交集中最雄奇壮伟的景观 / 夔州山水承载的历史和文化

二、从"山水"到"山河"　382
夔门地貌与历史文化想象 / 杜甫书写夔门诗作的"抒情史诗"意味 / "山河"涵盖华夏的广袤生存空间和悠久历史 / 杜甫夔州诗中"山河"、"山水"相互包孕 / 夔州诗中咏怀古迹之作 / "去"与"归"

三、秋峡与"哀壑"　396
夔州诗作的秋景比例 / 夔州诗中的宋玉 / "摇落" / "摇落"的秋意种种 / 夔州诗的秋意种种 / 抒情史诗《秋兴》的两个主题性情景 / 以秦中为中心的"山河"透出萧瑟秋意 / 哀秋彰显夔峡地景的性格 / 秋之现象学：夔峡三种质感

四、转"情"为"美"的"山水"　415
杜甫生命中的特殊危机和"启蒙或创始事件" / 夔州诗中的阴柔山水 / 轻柔的雨与巫山神女 / 杜甫梦见巫山神女 / 巫山山水是神女又一化身 / 中国文学中的"水上神女"谱系 / "少年见妖姬，高士见山色……怡志销魂一也" / 与西方文化构成成分的"派典"裸体对照的中国派典：山水 / 神女是安宁的生命原型安妮玛 / 杜甫出入于两个自我之间，"山水"与"山河"之间

五、结　论　434

第七章　不平常的平常风物　437

一、引　言　437
韦应物山水书写之独特美感与"闲居" / "闲居"涵摄"郡斋"和"郊居"

二、韦应物的仕隐中道与闲居　439
谢朓：仕与隐遮此方能诠彼 / 韦氏人格和精神转变应自灵修 / 韦氏灵修之三端 / 韦氏与陶渊明之比较 / 洪州禅"佛性非圣非凡"化为仕隐的双遮双诠

三、逸出"历史的时间"　450

韦氏生命中的深深沟壑／垂直和迸发的历史时间／持续生活流中漫不经心的任意光景／萧散的生命姿态：望云、观花和看雨／融入大化之节律／韦氏的"诗中有人"／"临流"：身体与大气水流遇逢的体验／水流：历史之外自然时间的意象

四、方域模糊的空间　461

韦诗景物描写的方域虚泛／远超出视野的空泛指陈／缺乏参指特征的平常景象／无笔之墨：烟、霭、阴影和氤氲／"踈"在风物亦在性情／"无墨无笔"：诗朝向极简主义的发展／钟声凸显空间的迷茫旷远／韦诗的"双重视境"／对郡斋尺山片水的想象

五、结　论　472

"闲居"是存有姿态和"道行"的身体实践／文行之象显存有姿态

第八章　"山水"可惧，"水石"可居　474

一、引　言　474

以同文讨论元、柳的可能原因／作为二人相近话语的水石

二、元结的"可家"水石世界　475

元结祈向襄古社会／元结之儒隐／向往山水中自我涵容栖居之小天地／人生之"适"在栖居／丹崖、阳华岩之可家／中国诗文对喀斯特岩洞之美的发现／被关注的"泉石"或"水石"／五如石／赏石：类似观书的想象／阿波罗尼亚斯：凭借心灵模仿自然的艺术／石鱼／以小观大的传统／元结的三吾胜览／纳入自我存在的水石／"我－你"与"我－它"

三、柳宗元的万山狴牢与泉石相知　496

"投迹山水地，放情咏《离骚》"／《囚山赋》的地狱书写／对宇宙论信念的怀疑／游览山水涤散郁冈的片刻／体现生气的混濛回薄之态／柳诗中的"反高潮"和情调"突降"／卢梭：何谓人生幸福极诣／嵇康、王维、韦应物诗中的"栖止了的宁静"／《愚溪对》中的"予"－"子"和"吾"－"汝"／柳宗元对石形态姿势的兴趣／愚溪现地观察／柳子"家焉"之地以"小"而标显／人与水石之间的相知瞬间

四、"择恶而取美"的清流奇石世界　516

逆违崇高感的倾向 / 宗炳等基于宗教意识的崇高感 / "夫美不自美，因人而彰" / "逸其人，因其地，全其天" / 柳宗元叙述"相地"过程 / 洲岛水际的建物 / "苞"、"涵"、"蓄"、"专"、"咸会"：饮吸无穷于自我之中 / 论山椒建亭 / 山麓或半山之亭 / "眺望"、"庇护"与"旷如"、"奥如" / 诗文的山水书写中的"旷"、"奥如"之趣无多的原因 / 永州八记中的奥如之趣

五、结　论　529

水石即园林世界的"山水" / 山水美感向园林延伸的轨迹 / 柳宗元提出造园空间布局的美学原则 / 文人自身的认同性质成为文人园林重要属性

第九章　生狞的天地图景　534

一、引　言　534

"元和诗变"最激进的代表 / 韩愈——"被压抑的现代性"？

二、人生路上风景：从山石荦确到蛮俗生梗　536

《山石》：清贫士子人生旅途的风景 / 自强却不乐观的情调 / 对南国水浪的惊惧 / 对流逐之地的风土恐惧和厌恶 / 韩愈创造了丑恶世界

三、祛魅时代的自然神话　543

韩诗的几首寓意之作：以天事（超自然神怪）转喻政治秩序之失衡 / 祛魅时代"神话"与上古神话之不同 / 韩诗怪诞中的滑稽：宇宙尺度的身体描写 / 《陆浑山火》等作的狞厉恐怖世界 / 韩诗对曼荼罗画的戏拟 / 中国文化传统的信仰本体 / 寓意诗中谁代表"天" / 韩愈的怀疑精神和近世理性 / 天地不再是人的家园 / 韩诗形式：宇宙秩序崩坏的象征

四、峰顶的诗情喷礴　553

韩愈登山涉险 / 随波信舟为横向"顺取" / 相互转化的气与水：中国诗学的传统"物质想象" / 韩愈于山水、人生、诗取纵向的逆势而为 / 《送惠师》：描写山巅观日出的精彩文字 / 闲澹之韵如水和迸发激情如火 / 《南山诗》的结构：分层递进和结以高潮 / 首次登南山的目的地 / 第二、三次登南山的方向和目的地 / 《南山诗》何以取法《佛所行赞·破魔品》/《南山诗》与曼荼罗画的关联在结构 / 令激情和美感聚集于峰巅一特别时刻而迸发

五、结 论　569
孕育文化新生机时刻的"派典危机" / 山水书写中"火"的诗学

第十章　水国之再呈现　571

一、引　言　571
学界对白居易履道园的关注 / 本章题旨和结构

二、历史上的江南城市与以往诗中的江南城市　572
吴歌、西曲和文人仿作中的"江南" / 山川形势与宫苑意象：被俯瞰的江南城市 / 依水而建的建康"纡余委曲" / 杭州和苏州的兴盛 / 舟、桥瓦解了中古封闭式城市格局 / 孟浩然、李白在江南寻找历史和文本记忆 / 刘长卿、韦应物、张祜对水国的书写

三、呈现水国：白居易等对江南城市的书写　584
白居易的江南生活史 / 江南城市作为"被生活了的地方"、"条纹形式"与"平滑形式"所喻说的两类空间 / "以足履活动来探索"的杭州 / 苏州：身体与地方相互缠绕的经验 / 白居易与元稹、刘禹锡、李绅、张籍的交游 / 元、刘、李、张书写的水国城市"平滑的空间" / 七律与江南水衢迤逦景观间的"神似" / 书写水国的更近代语体 / "三吴之水皆为园"

四、水国之再呈现：白居易的履道坊园　599
履道坊内白宅是怎样一个矩形 / 白园水体的位置和面积 / 白园的布局和主要建筑位置之推测 / 白氏创造景观幻觉的一种策略 / 白园中的水国转喻：桥亭、临池阶和亭阁 / 白园趣味在幽深 / 采莲、采菱的重演 / 水国舟旅的再体验 / 履道园作为世俗生活场所

五、结　论　617
开显久被遮蔽的一道美景 / 水上城镇作为园林素材 / 由线串连的（景）点 vs 由某一点展示的面 / 地方感破解世界之整体化

全书结论　622
山水是中国文化于此世界开辟的一特别天地 / 山水的界域 / 山水如何体现状

词的"自然"/ 山水以散漫和偶然彰显"自然"/ 山水以无方无体彰显"自然"/ 诗人何以是山水"知己"/ 山水何以多具阴柔之美 / 山水不同于欧洲"风景"/ 冥契：中国诗人在山水中的至高体验 / 东晋玄学的山水理想 / 由化解情累的失败发展出"内化"山水 / 元和诗中书写山水的显豁变化 / 追溯诗人与山水间亲好的上古渊源 / 从思想史大转折角度的一点思考

引用书目　640

主题词索引　661

后　记　667

导 论

一

本书这一研究的念头，萌起于二十几年前在美国留学期间一次旅行。当我随当地人经过一片空旷干燥、岩石裸露的群山时，美国游人对此的美感兴奋令我惊讶，它与我由中国诗、画陶冶出来的对山水之美的预期如此不同：那应当是高岑巉屼，云烟缭绕，屹立于大河之畔，或悬淌着瀑布湍流的山。这次经验令我思考：诚然，自然环境与人类情感之间的联系，是一个神秘深邃而不宜简单作答的问题。所有民族皆对山野林泉有某种神往之情，这里有心灵中对远古祖先生活环境出自本能的思恋。然而，在许多更为具体的趣味和习俗上，却可能迥异。这其中有各自生存环境地貌不同的因素。而各种地貌和各自语言语义系统中累世形成的美感经验，又主要借文学、绘画和园林作品得以积淀和传承。这一积淀和传承又成为贡布里希（E. H. Gombrich）反复论证的后人观赏中的"期待界域"（horizon of expectation）、"精神趋向"（mental set）和"形式语汇"（vocabulary of forms），以致鉴赏和创作率皆"依赖期待与观察之交互作用"，有技巧与无技巧的艺术家乃由"对这些语汇而非对事物的了解而辨分"。[1]据此，常被视为本然的山水美感，其实是一种值得悉

---

[1] 见 E. H. Gombrich, *Art and Illusion: A Study in the Psychology of Pictorial Representation* (Princeton: Princeton University Press, 1969), p. 60, p. 293.

心研究的文化。而据存世的文学、绘画和园林作品，后人可以观察一个民族景观期待界域、精神趋向、形式语汇等在美感话语树上的生长。

本书宗旨即由中国中古诗歌文本做这样一种观察。笔者试图考察中国诗人在持续正面书写山水自然的头四百多年之中，美感话语树的生长。所谓书写，一定包含了经验和对环境的情感反应。所谓正面书写，是指自然山水不再如钱锺书先生论《诗》三百篇所说，"有'物色'而无景色，涉笔所及，止乎一草、一木、一水、一石，即傅色揣称，亦无以过"，而如其论楚辞所说，"解以数物合布局面，类画家所谓结构、位置者，更上一关，由状物进而写景"。[1]然而，楚辞的山水景色书写却未真正形成传统。所以，在本书划出的时限中，笔者要特别强调"持续正面书写"现象的出现，它使得吾人得以将晋宋以后发生的文学现象，与宋玉《高唐赋》、曹操《步出夏门行》等零星出现的作品区分开来。因为自晋宋以后，自然山水才逐渐在诗中确立为一种主题或具派典意义的因素。

本书选择使用"诗人山水书写"而非"山水诗"作为主题词，因为后者或涵盖范围过于狭窄，或不免指涉含混。古人诗作如谢灵运的《石壁精舍还湖中作》、《于南山往北山经湖中瞻眺》、《从斤竹涧越岭溪行》，鲍照的《登庐山二首》、《登庐山望石门》、《从登香炉峰》，谢朓的《游山》、《游敬亭山》、《晚登三山还望京邑》，王维的《终南山》、李白的《望庐山瀑布二首》、韩愈的《南山诗》等，的确可称为"山水诗"。但倘比照在山水画中内容幅度，这样直接以描写自然山水为主的诗篇其实数量有限。举例来说，鲍照和谢朓是目下任何"山水诗史"叙述都不会忽视的"重要山水诗人"。然而，这两人作品中真如以上所举那样主要写山水者实在寥寥。[2]其原创的山水美感话语甚至不在这

---

[1] 钱锺书，《管锥编》（北京：中华书局，1979），第2册，页613。
[2] 有人曾以《文选》中"游览"和"行旅"去概括和划分六朝"山水诗"。在游览之作外，

些作品。有人提出以内容的比重来衡量。然中国古典诗,特别是律诗和绝句,篇幅有限,很难仅从篇幅上去界定。被目为"山水诗人"的何逊,不少作品其实只有一联涉及山水。又有人提出以诗人身体是否进入山水自然为考量,但那样就会把李白的《梦游天姥吟留别》、《蜀道难》这样的名作也排斥在外。[1]以同样的标准,中国山水画史所涵括的大半作品恐怕都有问题了。因为后期中国山水画的大量作品属于高居翰所谓"艺术史的艺术",即非出于经验与写生,而具王国维所谓"古雅"性质。[2]但它们仍然是今日治艺术史者研究山水画的重要对象。

"山水诗"这个语词,最早见于白居易《读谢灵运诗》中"谢公才廓落……泄为山水诗"[3]一段。然翻检一下古人重要的论诗著作,很难找到"山水诗"这样一种题材或文类的归类,这与古人画论中屡屡以"山水"为类为题的情形很不相同。[4]故而,所谓"山水诗"这一范畴,在很大程度上是现代学术根据画史中山水终成大宗而做的推

(接上页)"行旅"可再为二位"重要山水诗人"的"山水诗"目录中增添诸如鲍照《从拜陵登京岘》、《还都道中》、《登翻车岘》、《行京口至竹里》、《还都至三山望石头城》和谢朓《之宣城郡出新林浦向板桥》、《暂使下都夜发新林至京邑赠西府同僚》等作品,却仍无从涵摄鲍照的许多送别去离之作以及小谢写于中书省和宣城官廨衙署的作品。见王文进,《谢灵运诗中"游览"与"行旅"之区分》,《南朝山水与长城想象》(台北:里仁书局,2008),页1—35。

[1] 近年出版的四大册《中国山水田园诗集成》(丁成泉编,湖北教育出版社出版,1985),李白的名作《蜀道难》、《梦游天姥吟留别》即不在编。以编者的定义,这些诗恐怕不属于"歌咏山川景物之美的诗",即所写并非经验中的山水。

[2] 王国维,《古雅之在美学上之位置》,见周锡山编,《王国维集》(北京:中国社会科学出版社,2008),第1册,页184—187。

[3] 白居易著,朱金城笺校,《白居易集笺校》(上海:上海古籍出版社,2012),卷七,第1册,页369。

[4] 如南朝宗炳有《画山水序》,梁元帝有《山水松石格》,唐王维有《山水诀》、《山水论》,五代荆浩有《山水诀》,宋李成有《山水诀》,郭熙《林泉高致》中有《山水训》,郭思《画论》中有《论三家山水》,韩纯全《山水纯全集》中有《论山》、《论水》、《论林木》等,元黄公望有《论山水树石》,明杨慎《画品》中有《山水》一节,徐沁《明画录》画类八门中有"山水"一门,石涛《苦瓜和尚画语录》有《山川章》,等等。而论诗特别提到"山水"的仅有清代王士禛、沈德潜、朱庭珍等寥寥几人。

演。然而,诗、画之于"山水",虽藉题画诗、诗意图等相互关联,却也有根本之不同。诗人书写山水的作品,多免不了某种"自传"的成分,即书写其在山水中即刻的身体经验。传统诗论强调的"即目"、"直寻"、"现量","情感须臾,不因追忆","从旁追忆,非言情之章也"云云,都将诗视为诗人某种片段性的自传,山水在诗中因而多为具体历史时空之中的"山水"。[1] 这是宇文所安(Stephen Owen)之所以将中国诗的多数作品界定为"非虚构"(nonfictional)的原因。而山水画家则基本上不受这种"自传性"时空的束缚,中国画家笔下的"山水",即便在更注重经验和写生的早期,也是饱游饫看,搜尽名山,久而化之后的"山水"。以明清之际弘仁的诗句说:"倾来墨沈堪持赠,恍惚难名是某峰。"[2] 高居翰讨论中国绘画时曾写道:

> 多个世纪以来,中国的山水画家即曾创作表达某种与他们自身境况近乎无关的社会价值的绘画。……要提防在中国绘画研究中持续存在的一种倾向:将作品看作简单表达了画家真实处境和心声,并以这样的方式来解读它们。……若能设定它们展现的是一种虚构出来的作家或画家的人格面貌,代表的是与作家日常生活只存在有疑问联系的理想观念,那么或许便能够做得更好一些。[3]

---

[1] 在这一点上,中国诗人与欧洲画家颇有相似之处。现今人们在巴黎北郊奥威尔镇(Auvers-sur-Oise)这个凡·高度过其生命最后七十天的地方,仍可找到其二十六幅画作中的原景,包括出现在画幅背景的城堡,以及作为主景的教堂、麦田和花园等。然而,如果要为中国传统画家寻找这些原景,就有些不可思议了。相反,现今成都杜甫草堂附近浣花溪及考古发掘所发现的草堂南、北邻民宅,水井等遗址,以及遗址上发现的唐代器皿,却在在复现着杜诗所描绘的草堂附近生活。

[2] 弘仁,《画偈》,见陈传席编著《中国名画家全集·弘仁》第四章"论艺摘选"(石家庄:河北教育出版社,2004),页158。诗句录自汪世清、汪聪编《渐江资料集》。

[3] 高居翰,《画家生涯》(*The Painter's Practice: How Artists Lived and Worked in Traditional China*),杨贤宗、马琳、邓伟权译(北京:三联书店,2012),页50。

高居翰议论中的"作家"可能捎带上了诗人，那就不免忽略了二者的不同。如果诗也如此，今人就不应当以诗作去编写诗人的年谱了。钱锺书先生曾指出传统文艺批评对诗与画持不同标准："论画时重视王世贞所谓'虚'以及相联系的风格，而论诗时却重视所谓'实'以及相联系的风格。"[1] 中国诗人和画家笔下山水的不同，应当是批评中形成这种不同标准的重要原因。中国诗人在书写山水时，多是其某个生命活动当下如离别、送别、登临、游宦、蛰居中的山水，是将山水置于这些活动中并作为其中一个段落的语境来展现，且尽可能缩短创作与这些活动的时间距离，令人感到是做即刻的吟咏，像王维《终南山》那样的全幅山水书写毕竟较少。而山水画家则不同，他们更经常在历史时空之外去展示主要是想象中的山水。朱利安（François Jullien）曾借苏轼《净因院画记》以"常形"/"常理"区分"人、禽、宫室、器用"和"山石竹木、水波烟云"两类题材的态度论中国画里山水的性质：画幅中的山水不建立于"存有的识别上"，画家在此展示的是"兼可能性"或"形之基源"（fonds de formes）。[2] 换言之，画家不必，一般亦不曾真正置身于其所画的山水之中。文人画家的笔墨更有抗拒写实山水的倾向。人物因而在山水中也比西方风景画中的点景人物（staffage）体量更小，且未必是令山水具活力的决定因素。画幅也因此不必被赋予人的尺度，以避免人视野之外的极度宽广全景。[3] 甚至不

---

[1] 钱锺书，《中国诗与中国画》，《七缀集》（上海：上海古籍出版社，1985），页22。
[2] 见朱利安，《山水之间：生活与理性的未思》，卓立译。本书此处所概括的是中译打印本的页32—34的一些内容，该书将由华东师范大学出版社出版。感谢朱利安教授和卓立博士在该书中译本问世前让我阅读了未刊稿。朱利安谈的是山水画，而本书此处着重在论画与诗的不同。
[3] 此处作者的议论旨在对比欧洲早期的风景画。如斯梯周（Wolfgang Stechow）所说：在十七世纪荷兰风景画中，"人并未在自然中失去自己。对自然的礼赞或神化并未试图超越人的眼界和控制。伴着牛群的牧人，追逐野兔的猎人，向徒步者谈话的马背上的旅人，水上扬帆或划桨的水手——人物令十七世纪成熟期的典型的荷兰风景具有活力……

妨设想：那是画家在画山水时添上一笔在山水中观看着山水的诗人。这些诗人，如果是在本书所讨论的时代里，尚不具备苏轼有关山水可不具"常形"而仅具"常理"的意识。

即便如此，自然风景在中国诗中依然特别重要，且中国山水艺术许多话语和观念都率先在诗中出现，而后方衍至绘画。然而，探讨古代中国自然山水美感话语树的生长，不应局限于所谓"山水诗"的发展，而应看到："山水"之美在为晋宋诗人再发现之后，逐渐渗入了游览、送别、去离、衙署闲情、行旅、登临、怀古、思亲、游仙和边塞等诸类题材。故而王船山说："不能作景语，又何能作情语邪？"[1]"诗人书写山水"恰恰涵摄了这一切主题下山水美感的表达。

本书内容自第一章开始的时间上限，是谢灵运被贬至永嘉的永初三年（422），是年秋，谢氏去离建康而赴永嘉，途中即开始正面书写山水。此后两年诗歌史即进入了元嘉时代（424—453），其时他已在始宁的祖业隐居逾年。元嘉是沈曾植所谓五七言诗"三关"[2]中的第三关，自时序而言则是第一关，以此诗坛开启了新的主题和派典。刘勰以所谓"宋初文咏，体有因革，庄老告退，而山水方滋……情必极貌以写物，辞必穷力而追新，此近世之所竞也"，以及"自近代以来，文贵形似。窥情风景之上，钻貌草木之中……体物为妙，功在密附"，[3]标显了这个中国诗的新境。

本书的时段下限是白居易于洛阳谢世的会昌六年（846），跨越了

（接上页）但这种活力却提供了人类的尺度，它防止了越出人类所能及的界域和理解力的至为宽广的全景，最高的林木和最宽广的海面。"见 Wolfgang Stechow, *Dutch Landscape Painting of the Seventeenth Century* (Oxford: Phaidon, 1981), p.8.

[1] 王夫之，评张治《秋郭小寺》，《明诗评选》卷五，《船山全书》（长沙：岳麓书社，1996），第14册，页1411。
[2] 见沈曾植，《与金潜庐太守论诗书》，《海日楼遗老集》，民国十七年家刻本首页。
[3] 见《文心雕龙·明诗》和《文心雕龙·物色》，引自刘勰著，詹锳义证，《文心雕龙义证》（上海：上海古籍出版社，1999），上册，页208；下册，页1747。

唐代元和（806—820）至会昌（841—846）时期。此一期间五七言诗历经了元嘉之后的"元和诗变"，这是"三关"说之第二关。本书视域即涵摄这两关之间书写山水自然最重要的十五位诗人。就书写山水自然而言，这应当是中国诗人最具创造力的时期。"三关"说顺时序而言，第三关是宋之元祐。然宋诗纵然汗牛充栋，却如日本研究中国诗的大家吉川幸次郎所说，"宋诗是对于人之世界具有浓厚兴趣的诗。或许正因为如此，宋诗对于吟咏自然，显得既不热心，又乏善可陈"，以致在他眼中，咏叹自然之美的"山水诗人"，"已不存在了"。[1] 而山水主题却在宋以后绘画中成为大宗，即便对艺术家身体经验的强调嗣后逐渐式微。中国诗、画面对山水的诸多悬隔，实由上文所论诗人画家之于"山水"的不同关联而生发。

二

与迄今业已出版的多种"中国山水诗史"之类的著作不同，本书不是另一种编年的历史叙述，其宗旨亦非追溯某一传统的酝酿、生成和发展。在本书的研究计划开始之前，笔者曾以十二年时间完成和出版了一部《中国思想与抒情传统》。这部三卷之书措意的即是传统，即经由科林伍德（R. G. Collingwood）所谓"批评冲动"和"建造性想象"，在中国诗歌作品中发现一系列线性展开的超越性、总体性诗学主题的演绎——譬如朝向情景交融的完成，譬如境的生成，譬如情感与形式的完美谐调，譬如抒情传统的开启与展开，等等。这样的研究往往是以预设的观念彰显文学发展中的连续性，往往展现了历史研究中最诱惑人的秩序感。纵然有其胜处，易于从浩瀚的文学史料中发现或抓住一条线索，以使其不致沦为散金碎玉。然而，在近乎目的论的描

---

[1] 吉川幸次郎，《宋诗概说》，郑清茂译（台北：联经出版事业公司，2012），页58。

述中，文学发展中的许多沟壑、歧异、细小的分岔，其实被掩盖和过滤掉了，书写出来的文学发展呈现的是太过熟稔的景观。本书的写作自一开始，即希图建立一个新的研究起点，运作于以往研究进路的相反方向。首先，是从"思想的天空"下落到产生中国诗的山河大地。故而，在导论之后，除非非常必要，本书在个案研究中不再措意于诗人书写自然山水的思想语境。其次，本书不再关注一个观念、一种模式、一个传统持续不辍的肇始、演绎和展开，而是转而关注其中"琐碎的"部分，即中国古典文学山水美感话语形构中的纷杂和繁复状态。所谓"话语"（discourse），可以与语词相关，如本书着意讨论的"山水"、"风景"，标题化的"景"、"山河"、"水石"等，但也可能是未形诸语词，却运作于大自然鉴赏和书写的实践方式。笔者关注的对象是体现在中国中古诗歌文本中的山水美感话语形构和意义系统。

毋庸讳言，"话语形构"（discursive formation）和描述"话语陈述的派生树"（a tree of enunciative derivation）[1]生长这样的表述，已标示了笔者在藉用法国思想家福柯（Michel Foucault）"知识考掘学"的概念语汇，虽然本书所谓"话语"并不是福柯所说的现代科学形态的话语。以此，本书须将中古诗人书写山水自然的历史，置于一扰攘纷乱的空间之中。以此，作者并不措意归纳其中一个渐进出现的结构模式。描述话语的派生当然免不了涉及时间顺序，然如福柯所说，这已不是那种"一形成就似乎要垂诸永久的'共时'状态"，而是"陈述的时期"，即其"根据观念的时间、理论的时段、形成的步骤及语言发展而得表明，但却不能与这些观念相混淆"，因为"话语永远在分化，重新开始，永远与自己分裂，由性质不同的部分所组合"，难以收摄或化

---

[1] 见《知识的考掘》，王德威译（台北：麦田出版，1993），页274。本文对此专用短语的翻译，则借用了谢强、马月所译的福柯同一著作，译名为《知识考古学》（北京：三联书店，2007），页162。

约在"时代精神"的概念之下,而必须在渊源或派生的趋向上加以测量。[1]因此,本书并不对十五位诗人山水书写各做全面描述,而只关注其为这株大树增添了哪些新的枝杈。

然而,笔者在进行山水美感话语的"考掘"之时,却与福柯的理论话语本身有所龃龉,此不仅在于本研究仍然不排除诗人主体,而且,因为对象乃是诗歌文本,也就不可能回避文字和物的交集。[2]为凸显山水书写为一话语事实,作者引入了另一个方法,即现地研究。这一方法由日本汉学界首先做起,岛根大学户崎哲彦教授在二十世纪九十年代曾在考察了湖南永州及道县的柳宗元和元结所书写的山水之后,出版过一种九百多页的皇皇巨著《柳宗元山水游记考》。[3]高雄中山大学简锦松教授则在上世纪末在奉节考察之后出版了《杜甫夔州诗现地研究》一书,[4]继而又在陕西和山西等地的考察之后出版了《唐诗现地研究》。[5]依简氏之说,此研究是"从传统中国文学研究的资料观,转向现地主义中国文学研究的资料观"[6]。由此,研究者得以"借用法律界'完全模拟实际情况'之研究方式,回到诗文作者所叙述之现场,考察当地之实际情况,再据以对照诗文之内容,借此寻获真实之答案"[7]。以此新方法,简氏纠正了历代学者单纯依赖古籍文献而出现的一些注解错误,解决了杜诗研究中关于山川地势、地理方位的一些疑难。

户崎哲彦、简锦松以及本人的现地考辨,皆基于一个信念,即我

---

[1]《知识的考掘》,页 276,162,303。
[2] 福柯曾说:在他所从事的那类分析中,"文字就像外界物体一样的巧妙消失了。任何对字汇的描述就像任何呈现经验体的指涉一样的付诸阙如。……'话语'不是像我们盼望的那样仅是文字和事物的交集。"同上书,页 130–131。
[3] 户崎哲彦,《柳宗元山水游记考》(东京:中文出版社,1996)。
[4] 简锦松,《杜甫夔州诗现地研究》(台北:学生书局,1999)。
[5] 简锦松,《唐诗现地研究》(高雄:中山大学出版社,2006)。
[6]《杜甫夔州诗现地研究》,页 7。
[7] 同上书,页 371。

们以谢里曼（Heinrich Schliemann，1822—1890）考掘荷马史诗中特洛伊城"遗址"一般的勇气去发寻中国诗人的踪迹，却绝不致重蹈其失误。谢里曼之所以将毁于地震或火灾的特洛伊，认作毁于兵火的特洛伊，在于他昧于这样一个事实：西方所谓"史诗"（epic）其实是自两类对立的叙事样式——经验的（the empirical）和虚构的（the fictional）的合题中发生的。[1]而与山水诗的发生大致同步，[2]中国诗即开始具宇文所安所说的"非虚构性"特征。[3]传统学术依据诗人作品编写年谱的前提即在此。吾人的考辨又反过来再次证实了这一前提。而且，考辨的对象既是山川地貌，便不会如衣冠人物的歌笑喧哗一样化入衰草斜阳，纵历经千年水文气象变化和人间沧桑，山峦的地质面貌尚大致留存。[4]但问题却在：吾人究竟该在实地山水中寻访些什么呢？

简锦松方法的基本概念在"现地景观与诗句比对调查"。[5]此一比对又旨在确认二者的一致之处。本书在吸收简氏某些方法的基础上，却指向不同目标。谓中国山水诗为"非虚构的"，常被一些论者误作为"客观的"。"客观的描写"甚或成为对大谢山水诗的界定。而本书却要强调避免"读解世界，是为了证明自己的书本"。[6]所谓"非虚构"不过是指一首山水诗乃取材于诗人作为历史人物的一次经验，且由此

---

[1] 见 Robert Scholes & Robert Kellogg, *The Nature of Narrative*（London: Oxford University Press, 1968），p. 13.

[2] "非虚构"这一特征，亦非一种"源始"，即事即目的传统并非本始自有，而是与山水诗的酝酿、发生大致同步的新现象："初期山水诗中之能超越玄言诗'普遍化'、'概括性'，而向具体感性发展的趋向，亦为有日记条目意味的诗题所标显。最早大量以类似日记条目的文字为诗题者，适为山水诗不祧之祖谢灵运。"见拙文，《郭象玄学与山水诗之发生》，《玄智与诗兴》（台北：联经出版有限公司，2011），页236。

[3] Stephen Owen, *Traditional Chinese Poetry and Poetics: Omen of the World*（Madison: The University of Wisconsin Press, 1985），pp. 13–14.

[4] 如简氏考察杜诗中的楚宫阳台后所说，诗人"是以现场目击的写实方法来作诗，真切的地形地貌，充分的现地参与感，随处都可以发现"。《杜甫夔州诗现地研究》，页45。

[5] 同上书，页371。

[6] 福柯，《词与物：人文科学考古学》，莫伟民译（上海：上海三联书店，2012），页63。

而存在一个外在参指框架（external referential framework）。而虚构作品却仅仅依赖一个文本的内在参指框架。但山水诗却不同于山水，它是一种话语运作。这一运作须经诗人的知觉和想象。知觉是艺术家以风格拥有世界的时刻。梅洛－庞蒂（Maurice Merleau-Ponty）说："风格出现在画家与世界的接触点上，出现在画家知觉的凹陷部分（hollow）中，并作为一种迫切需求（exigency）从这一知觉中产生出来。"[1] 这里所谓"凹陷部分"包括了画家的敏感、错觉和盲点。这就是说，本书的研究不仅在追寻实地山水与话语山水间的重叠，而尤在发现其间的不合和断裂。简锦松研究停止的地方，或许是本人的研究开始之处。故而，现地考察在本书只是一种辅助方法和内容。在各章中根据需要比重亦不同，讨论韦应物一章甚至完全未涉及任何现地考察。

然而，要比对古人所面对的实地山水和话语山水，在确定了地理方位之后，最大的问题是如何透过多年的地貌变迁去大致重构当年的山水环境。在此，本人必须亦只能依赖现代历史地理学者的成果。所幸在中国诗人的风景概念中，最重要的因素是山与水，而非欧洲风景观中的植物。在地貌变化中，除非发生过地质灾害和人为改造，植被之下山体的变化一般较小（第二章中的砺山是本研究中的孤例），而水体的改变则相当普遍，其中包括江河入海口的变化，如本书第二章、第四章涉及长江入海口的古今变化造成今日在镇、扬和横江一带所见与古人所见已极不同；又如大量湖泊的消失，本书第一章涉及的大、小巫湖，第四章涉及的云梦泽、欹湖皆已化为农田、聚落和草滩；还有由河道摆动所牵涉的整体地貌的改变，如第二章涉及的蒜山和第四章涉及的岘山原为兀立水畔的江矶，而今却成为平地上的土坡，几无

---

[1] 见其《世界的散文》，杨大春译（北京：商务印书馆，2005），页65。笔者引用这段文字时参照英译本做了一些修改，并根据英译在括号中增加了英文单词。见 The Prose of the World, trans. John O'Neill（Northwestern University, 1973），p. 59.

景致可言，而第三章涉及的江中五洲由于长江河道南移，已成为北岸一个村落。如此等等。本人需以文献和现地咨询去反复查证，在此基础之上，才可能去重构当初诗人身处的实地山水。

本书在方法学上能将福柯的"知识考掘"与其所抵触的现象学中的梅洛-庞蒂连接，乃与本研究不排除诗人主体的态度一致。连接的基础端在二者皆注重描述历史现象的原初性，虽然一在话语，一在知觉。正如福柯反对将知识化约为一个观念、一种模式、一个传统一样，在梅洛-庞蒂目中，没有任何一种绝对知识系统可以成为"这个变化多端世界的永恒纲目"，因为"历史从未被视为一单一的意义流"。[1]正如福柯重视话语的运作而非语言的符号功能，梅洛-庞蒂的语言学植根于知觉而研究话语，将索绪尔的语言符号还原为象征。[2]从福柯和梅洛-庞蒂的连接中，本书重点关注体现于文字之中（包括声音和静默）的审美知觉话语的形构。

以上述综合的方法论，本书不拟从十五位擅长风物书写诗人的作品中推绎出贯穿全书的一个论题，由于不断分化的"话语"为本研究之所措意，本书拟藉这些诗人去观察中古诗歌中山水美感话语树的生长。在本书的视野里，中国景观文化的根脉——"一元双极"的"山水"清晰出现在山水诗的开山人物谢灵运的诗作中。有此根脉，这株出土的树苗在鲍照诗中首先长出的枝杈是"天-地"，它涵摄了谢灵运常常忽略的"云霞烟霭岚光风雨雪雾"。以此，"风景"作为表达氛围的语词在鲍照和谢朓的作品中出现了。吊诡的是，作为氛围的"风景"在居停之望中形构，又成为切割大自然而"取景"的开端。一个日后成为诗、山水绘画和园林核心美感话语的"景"已经于此萌生。继而，

---

[1] 德穆·莫伦（Dermot Moran），《现象学导论》，蔡铮云译（台北：编译馆和桂冠图书股份有限公司，2005），页518。
[2] 参见詹姆斯·施密特（James Schmidt），《梅洛-庞蒂：现象学与结构主义之间》，尚新建、杜丽燕译（台北：桂冠图书股份有限公司，1992），页155–194。

在江淹和何逊那里，时间出现在空间中的意象——"时象"——不仅成为了景观主题，而且"风"与"景"中形成的光韵或氛围亦成为景观的美学同构型因素。"取景"已成为实践，只是尚未形诸语词。由江淹开始，与基于身体存有的视域方向相反，另一枝杈在生长，即"视通万里"之"神思"。这是"天－地"框架的展开，是接连宇宙之气的虚灵主体——"神"之"游"。阴铿一些作品不仅对非在一地的景物剪裁重组，而且，也已不再追求美学上同质的氛围。相反，他在创造类似音乐"对位"效果的张力和异质性。

本研究将"桃花源"故事作为隐逸者空间现象学的一个寓言。以此，盛唐"山水田园诗"代表作家孟浩然和王维分别体现了"桃花源"中"渔人"和"桃源中人"不同的空间视野。由于身体和视域在不断位移之中，吟游的孟浩然选取与谢朓全然不同的剪裁山水的方式，他不再采用类似画家的空间框构，而是将不同时刻切割的景致镶嵌于流动的诗之格律形式中，似乎空廓而无边际。此一诗的山水世界还有一特别的向度：依附特定地点而由文学和历史寓涵伸展的时间深度或"内部风景"。与孟浩然力图表现的空廓无边相反，在王维的《辋川集》中，诗人依身体存有句读的每个瞬间世界皆是具足和独立的，仿佛只孤悬于当下的直接经验。此处此刻最能体现由存在自内打开的空间知觉本质。前述"景"的枝干生长了，它可以被计数了，但却与五代以后以四言标题出现的"景"不同，因为它是一次性而无从再被体验的。孟浩然和王维的诗境似分别代表了风景的两种基型。

李白书写了三类不同的山水世界，这株话语树上的新枝干在不同方向同时生长。首先，在人间之侧，李白不仅仅在觊目一片山水风景，他是被"风土"所环绕，以身心与山水共织出氛围和情调。而且，与彰显色彩的江淹判然不同，李白诗彰显的"清"，是一种人与感性事物"共存的场"，诗人与水、空气此刻皆无以拥有本质，皆虚位以待和相互流通。当走入一片他已自文本"阅读"了的山水，李白的生命可与历史上一位诗人的生命叠合，"外在山水"亦与"内部风景"叠合。山峰和云天交接之处是李白进入仙境的门户。藉由仙道，李白大大拓展了始自江淹的任意游目于天地之间，而不拘于经验空间的意识，以致在广袤万里的山水之上，吾人隐隐感到有乘气浮空、俯眄岳阿的诗人。李白的寓意之作中出现了令人起"恐怖性喜悦"的凶险山水，诗人据此开拓出崇高之境。隐逸诗人向以"魏阙"为反衬，彰显山水体现的生命价值，杜甫夔州诗中，江湖的寥落苍白反倒是为托起长安"梦华"的堂皇富丽。部分夔州诗作的"抒情史诗"意味又令山水成为"山河"的转喻，诗人借此地山水系念着板荡中的华夏山河。而杜甫只陶醉于此地一时山水之美时，又接续了中国文学一个隐秘谱系，开启了一片"内部风景"。作为神女化身的巫山山水唤起的美感，是他安宁的生命原型。

与杜甫借夔州山水转喻华夏"山河"的意念相反，韦应物欲借山水使身心完全融入大自然的节律之中。为此，他需要一个历史时间之外、事事皆漫不经意的世界，以享受翛然疏散。其所实践的"吏隐"又使其空间书写对方域进行了种种虚化。在元结和柳宗元的山水书写里，向往"不骛远，不陵危"，可居"可家"的，空间上更小的人间山水的新倾向，显然与谢灵运、孟浩然、李白等崇尚游历、追求新异的趣味相违。柳宗元对蛮荒阔大的山水甚至有一种异化感，在其中纵然"暂得一笑，已复不乐"，难能长久持有一份愉悦。由此，近观可眤的"泉石"或"水石"替代了"须远而观之"的"大物山水"。"水石"却又是文人园林世界的"山水"。元、柳的水石世界可说是自王维开始的"庇护所"意象的延伸。韩愈在李白的凶险山水和柳宗元的阴森"囚山"之后，以一个丑恶、生狞乃至厉怖的世界替代了天人之间的诗意和谐。此中不仅有因流逐而生的"风土的乡愁"，又不乏其基于时代文化危机的异化感。即便在对山水正面欣赏的时刻，韩愈所持已非逐势而下的横向"顺取"，而是纵向的逆势而为；其美感也已自似水的平淡,腾跃至如火迸发的震撼。此处见不到柳宗元对"暂得"的负面态度。本书对白居易的研究乃专注于一个题材面,以观察白氏如何突破对世界做整体化对待的观念。南朝以降诗人取居高俯瞰的模式,从种种纷繁之外某一点去观看和书写江南山水中的城市。而白居易则令身体进入、参与、牵绕于此一地方场域之中,从深度上以各类感觉去捕捉水国的色彩、光泽、声响和生命。此一美感话语延至白氏在洛阳的园林修造。此园之美不在由某一点展示的面,而是由线串连的(景)点。园景分看是册页,连起来则是从容展开的手卷。这里有"景"那根枝干的另一展开。

从以上的简略勾画中,读者已不难感受其中的众声喧哗,中国诗人山水美感的话语树真真是枝杈横斜、绿叶纷披、花萼蔼郁。诗人之间对于"山/水"、"天－地"、"风景"、"景"、"内部风景"、"庇护所"诸话语当然不免接续和回应,但更多的是分化和不停地生发。倘若研究者执意将此一纷纭现象化约为一个观念、一种论题、一个传统,将会牺牲掉它的如万花筒般的绮丽多彩,而本书的话语研究正是为了彰显这一种绮丽多彩。虽然如此,本书中仍有若干"情节"在各章中时断时续地展开,譬如由"山水"开始的诸二元因素的对立互补,譬如从"山水"到"风景"、"景"、"山河"、"水石"代表性新话语的出现和替换,譬如以"云气"、"水气"展开的"物质想象",譬如兴会时超越身体视域的"神界之游",譬如泛自然神论中诞生的"神女"之生与死……中国景观正是在这些情节中形成特色,故而为作者在统稿全书时所措意,亦望读者多予留心。

那么,这样一种研究,其意义又在哪里?本人以为可以概括为如下几方面。

首先,本书是以全新观察角度和理论进路,藉案头研究与户外考察结合的方法,对中国中古诗歌文本所做的一次大胆探索。这一探索令作者发现了诸多诗人作品未曾彰显的特色。这就如同进入一片森林,避开了已被路人踩得平坦的路径,选择自己从荆棘中去蹚道,固然辛苦,却能看到平常看不到的一道道风景线,看到各个诗人作品竟如此异彩纷呈。

其次,本书的讨论是于世界文学或比较文学颇具意义的议题。人类与大自然的关系,人对大自然的关怀是重要的文化主题,而认识自然山水之审美价值并进行正面书写是中国文学传统可以引为骄傲的一项成就。法国学者幽兰(Yolaine Escande)曾借引地理学者贝尔凯(Augustin Berque)的一段话,说明中国山水画与西方风景画比较研究的意义。贝尔凯依据四项条件——一个或多个指涉"景观"的词汇,"景观"的文学表现,"景观"的绘画表现,"景观"的造园表现——认为历史上只有两种文明创造出"景观"文化,即中国南北朝时代及欧洲文艺复兴时代。[1]而这两个跨越不同大陆的时代之间,已经相隔了何止千年。西方研究中国山水画的学者苏立文(Michael Sullivan)也说:谢灵运比仅仅为了欣赏景色而最早攀登阿尔卑斯山的彼得拉克(1304—1374)早了近千年。[2]这样的表述或许易使人忘记自然主题在西方文艺中的一段历史。远在文艺复兴之前,甚至也在以曹魏建国算起的魏晋南北朝之前,在欧洲罗马共和国和帝国之交的动荡时代,文学中已经出现了正面书写大自然的重要文本。维吉尔(Publius Vergilius Maro,公元前70—前19)的长诗《农事》(*Georgics*)曾被誉为"在所有文学中,第一首以描写大自然作为主要存在理由和愉悦来源的诗作",以致倘若欲归为一个文类的话,应被称为"描写诗"[3]。作为中国学者,吾

---

[1] 见幽兰,《景观:中国山水画与西方风景画的比较研究》,《二十一世纪月刊》2003年8月号,页79。

[2] *Symbols of Eternity: the Art of Landscape Painting in China* (Stanford: Stanford University Press, 1979), pp. 26–27.

[3] Chris Fitter, *Poetry, Space, Landscape: Toward A New Theory* (Cambridge: Cambridge University Press, 1995), pp. 42–43.

人会对冠维吉尔的《农事》为"第一首"之说难以苟同,因为宋玉的《高唐赋》《风赋》,乃至司马相如的《子虚赋》《上林赋》,皆作于维吉尔《农事》之前,且皆以描写大自然作为"主要存在理由和愉悦来源"。但罗马时代文学,特别是维吉尔的《农事》,确为西方文艺这一主题之渊薮。[1] 老普林尼(Gaius Plinius Secundus,23—79)的著作《自然史》还提到过罗马时代有一位描绘树林、山丘、鱼塘、矮树丛、海峡、河流和湖岸的画家斯图丢斯(Studius)。[2] 罗马时代的人也曾到西西里去攀登埃特纳火山。[3] 虽然罗马文化总体来说乃彰显人类强加给自然的秩序,比之北欧凯尔特文化,更缺乏梦想和蛮荒自然中的冥想,但由于拉丁文本的广泛流传,在文艺复兴之后的诗歌与绘画中,人们一再听到的却是罗马文化的回响。然而,与本书所欲展开的多数篇章内容相比,维吉尔的长诗《农事》并非真正基于个人身体经验的创作,此诗所概括的是罗马广袤的"农神之土"(land of Saturn)上,大地、天空和海洋中的四季风云和农事生活,并没有具体所指的时间地点。长诗中出现的自然神如傅恩(Faun)、雅德(Dryad)、潘(Pan)、泽菲尔(Zephyr)、瑟梯丝(Thetis)等,也都是罗马所有土地上的森林之神、树精、牧神、西风之神和海中女神。而由谢灵运开创的山水书写传统能与汉赋辨分,一个不同即在其主要基于个人的身体经验。而且,按照上文的标准,自罗马共和国末期文学开始的对大自然的正面书写,并未真正持续下去。随着基督教文化进入欧洲,在中世纪的大部分时

---

[1] 在比维吉尔更早的希腊化时代(Hellenistic period),曾产生了西方文学中最早的牧歌作品——塞奥柯瑞图斯(Theocritus)的 The Idylls。然而大自然在这部作品中只是两个牧人之间小小对话戏剧的背景而已。读者是从牧人的对话里"听"到树木、泉水、溪流和一些动物,而非"看"到它们。
[2] E.H. Gombrich, "The Renaissance Theory of Art and the Rise of Landscape," *Norm and Form: Studies in the Art of the Renaissance* (London: Phaidon Press), p. 113.
[3] 详见 J.P.V.D. Balsdon, *Life and Leisure in Ancient Rome* (London: Phoenix, 1999), p. 232. 埃特纳火山出现在同期许多文本中,包括维吉尔的《农事》和朗吉弩斯的《论崇高》。

间里，欧洲文化转向天界和内心，漠视被视为撒旦之土的此一世界。直到文艺复兴后的十六、十七世纪，正面书写大自然的作品才重新出现和得以持续。故而，倘若沿循贝尔凯两大文明传统的说法，应是中华文学与欧洲文学分别于公元前三世纪和公元前一世纪即开始了对大自然的正面书写，然皆因文化思想语境的改变而一度失去活力。而中国文学却在早于欧洲一千余年的东晋刘宋时代，发展出书写大自然的持续不辍之新传统。因而，探讨人类与大自然的关系，人对大自然的关怀，本书讨论的内容，恰恰是欧洲古典时代和文艺复兴时代之间，人类文学这一主题之最重要发展，是研究人类对大自然的审美感性和风景美学不可能绕过的一段历史。

复次，幽兰援引贝尔凯提出的"景观传统"提示吾人：在古代中国的诗文、绘画、园林、题画以及各自的论著中，尽管艺术介质和形式有所差异，但仍广泛存在景观学意义上的互文，涉及以欣赏的态度观看、呈现大自然时采用共通的价值取向和美感话语。山水是中国绘画的大宗。追溯其源头，有以为东晋者，有以为刘宋者，又有以为李唐者。[1]以为起于唐的根据，主要在唐人张彦远《历代名画记》论画山水树石一节有所谓"山水之变，始于吴，成于二李"[2]之说。然张彦远在此书中，却不仅在论画六法一节中引顾恺之语谓"画人最难，次山水"，[3]且于评戴逵时有"其画古人、山水极妙"，评戴逵之子戴勃又征引孙畅之语"山水胜吴"，[4]这就很难令人相信画中山水是起于李唐了。而且，东晋顾恺之的《画云台山记》和刘宋时代的两篇画论——宗炳的《画山水序》和王微的《叙画》，以及隋代画家展子虔的传世真

---

[1] 详见傅抱石，《中国古代山水画史的研究》，《傅抱石美术文集》（南京：江苏文艺出版社，1986），页400—412。
[2] 张彦远，《历代名画记》（北京：人民美术出版社，2005），卷一，页16。
[3] 同上书，卷一，页14。
[4] 同上书，卷五，页123，125。

迹《游春图》都令吾人相信：山水主题在中国绘画中初步萌芽的时代，应与同一派典在中国诗歌中确立的时代相去不远，而且是由相似的思潮所推动。然而，吾人今日所能亲睹的五代以前山水画作品已是凤毛鳞爪，更不必说早期的造园遗迹了。以此，自文学文本特别是诗去考掘古人的山水美感话语，恰为探讨山水画和园林中某些景观美感形成，提供了一座待掘的宝山。而这也是本书各章在论证时着意发挥的。

最后，作者希望借这一研究，呼吁提倡另一种环保意识，即注意保护中国传统的历史文化环境。这一种呼吁已经含蕴在本书的书名之中。本书以讨论诗人的山水美感为题旨，却着意以"山河"作书名。其中意蕴，可由讨论李、杜的五、六两章读出。第六章特别辨分了"山河"和"山水"两个词语：二者差之一字，义涵却极殊异。"山水"主要用于一地景物之游赏，而"山河"之"河"如黄河、长江，却流经千里，贯烁古今，直指民族的广袤生存空间和悠久历史，比一姓社稷的"江山"意义更为宏广。然而，正如本书第五章对李白的讨论所指明的，一方山水一经吟咏，即如典籍一样具有了传承斯文的意义，后代即可借这一处"山水"与前人"今古相接"。在古代著名诗人谢灵运、李白、王维等生活或流连的浙中剡水、皖南泾川和关中辋川，至今民间仍流传着关于他们的传说。某些村庄、河流和山岩，甚至由此而命名，如嵊州崿浦的钓鱼潭、谢岩的康乐弹石，马家田的康乐石门，蓝田辋川的望亲坡，贵池里山江祖石的李白钓台，等等。在李白留下大量踪迹的皖南，凡被诗人吟咏之处——即便只一联或一句，当地都曾筑亭造楼而祀。这一处处"山水"已经与承载华夏悠久历史的"山河"无从剥离了。这样的"山水"，已经是所存不多的古代宫殿、城郭、庙宇之外，能让后人真正触摸中国传统文化的主要物质遗存了。

然而，毋庸讳言，即便如此宝贵的遗存，近年已不当地遭到严重破坏。对六朝文学有兴趣的人，会知道流贯浙江新昌、嵊州和上虞的一条河流"剡溪"（下游称曹娥江），它汇集了山中许多清冽的溪流。

图一　剡水：招士湾以南

图二　剡水：章镇附近

图三 剡水：清风岭附近

图四 剡水：三界附近

这是王子猷雪夜访戴时舟行所经的河流，是李白的梦土，是中国乃至世界山水艺文的真正摇篮。王子猷雪夜欲访的戴逵，可能即寓于剡水支流的逵溪。戴逵画有《吴中溪山邑居图》和《剡山图卷》，其子戴勃画有《九州名山图》。这些都应当是早期的山水画了。此外，山水诗的开山人物谢灵运的南北五处庄园皆在剡水东岸，其作于始宁时期的书写山水之诗，主要即吟咏这条河流周边的山水。其美当如顾恺之所言："千岩竞秀，万壑争流，草木蒙笼其上，若云蒸霞蔚。"[1]三界与仙岩之间一段被嵊、嵊苍崖夹峙的缥碧峡谷，尤为难得之天然画图【图一至四】。由于水质清澈，河道比降低缓，两岸青山静静映入水中，人行山水间直如王羲之所言："如在镜中游。"据说二十年前，此水依然清可见鱼，碧水青山之间，在在"清晖"游漾。然而这样一段承载无数文化记忆的美丽山水，却因两岸的国道和高速公路的修建者不舍得绕开而被破坏。而且，在我前去考察的2010年和2011年，都曾亲眼见到不知多少挖沙机还在不分昼夜地蹂躏剡水流经的河道，这也是许多具文化历史意义的河流包括泾水和辋水的遭遇。蓝田辋川谷是另一个令人痛心的例子。这是昔日王维别业所在山谷，是王维读者神往的地方。《辋川集》不仅影响了中国诗、画和园林，甚至影响了日本的诗和造园艺术。当地人告诉我，当初日本唐诗代表团到蓝田参访时，连年事已高且腿有残疾的一位老人都坚持登上簧山，为的是登高一览这被王维歌咏过的河谷。我上世纪九十年代到西安开有关王维的会议，曾由会议主办方组织去辋川。当时陕西省政府一位干部说，省委计划以辋川谷作为恢复秦岭生态的样板。但如今一条高速公路大桥已纵贯辋川谷，令人很难再去想象王维的诗境了。

所幸华夏山河仍然不乏守护者。为写作本书，笔者在南北方进行

---

[1] 余嘉锡撰，周祖谟、余淑宜整理，《世说新语笺疏》（北京：中华书局，1983），上卷上，页143。

过前后九次考察。在考察前后的资料准备和考察过程中，我常常接触到活跃在各地为搜集保护乡土文化而奔走的人们。笔者在此可以举出上虞的丁加达，嵊州的金午江、金向银、李彭卫，温州的余力、马叙、王学钊，永嘉的高远，襄阳的叶植、白昀、陈家驹，蓝田的李海燕、曾宏根、樊维岳，奉节的赵贵林、魏靖宇……他们其中有干部，有教师，也有当地的农民。如带我考察大罗山和帆游山的王学钊即是当地的农民，却出版了关于大罗山史的著作。他们不仅为我的考察提供了重要信息，且以其热忱激励着我。我永远难以忘记2011年4月2日晚见到时年82岁的丁加达老人的情景。他下放上虞农村期间，凭借《山居赋》与剡水周边各处地貌的对照，独立地发现了谢灵运《山居赋》所称"北山"庄园的真正位置。我见到他时，他刚做完癌症手术，且患有严重的肺气肿，双眼视力已很差，只能靠呼吸机与我交谈。他以颤颤巍巍的手为我在纸上写下各种地名，并说很遗憾，他已不可能引我去考察了。然在翌日的考察中，他一再打电话给我指点。此后不久，老人就去世了。我想借此书出版的机会，向他以及所有这些华夏文化故土的守护者们表达敬意！

三

在本书所涵的时间上限之前，正面的山水书写在中国诗中并非全然无迹可寻。为上探山水书写在中国文学中发生之谜，笔者以为有必要在此对前谢灵运的山水书写和思想背景做一概述，并藉此说明山水书写在谢灵运后成为中国文学派典的各种思想文化渊源。

为什么在公元五世纪初的刘宋时代，基于个人身体经验的大自然书写会忽然在中国诗中大量出现？人类对大自然于远古时代建立的亲情是如何在经历了漫长的文明时代之后又被唤醒？这是一个与十六至十七世纪风景在欧洲绘画中出现不同的故事，却同样是一个吸引人的故事。首先，我以为在一个以抒情诗为主要文类的文学传统中，这是迟早要发生的事。因为在抒情诗人的冥思里，环绕孤独诗人身体的大自然，最易成为聆听或倾诉的对象。所以在西方文学中，一旦到了抒情诗成为主要文类的浪漫主义时代，大自然也同样成为最经常的题材。然而，《诗经》尚未出现对自然山水之美的专门歌咏，篇中出现的零散景物或者是人世生活的部分背景，或者作为联想、比喻的引发之物。楚辞作家宋玉却有一篇以其主要篇幅洋洋五百言专事描写大自然的作品——《高唐赋》。宋玉与西方自然诗之宗塞奥克瑞图斯同生活于公元前三世纪。然而，在后者所作的牧歌中，大自然只是两个虚拟牧人之间小小戏剧的背景而已。读者是从牧人的对话里"听"到树木、泉水、溪流、大海和牛羊。而《高唐赋》则反复以"望"、"观"、"见"、"视"等字，令读者正面体验山水、鸟、兽、水生物和林木花草。这样重要的文本在讨论古代山水诗文的著作中长期相对地被忽略，可能是因为它的出现太孤立，与公元五世纪初兴起的山水主题相距太远。本书此处有必要为它多花费一些笔墨。

《高唐赋》在楚文学中出现，绝非偶然。楚之芈姓虽出自北方，却在云梦、江汉融合了越、濮、巴、蜀这些更原始的部族而成荆楚。《周南·汉广》当为楚人之歌，[1]其中有"翘翘错薪，言刈其楚"[2]，楚人既不避以水泽林薮中之恶木自称，本身即透露其文化在丛林蛮荒中的渊源。与中原相比，荆楚文化浸淫着萨满之风。在这一方面，人们容易想到《九歌》、《招魂》，却较少想到《高唐赋》。宋玉此赋与七个世纪后出现的中国诗歌山水书写的关联，至少有以下四个方面非常值得关注。

首先，此赋的序引部分，襄王询问宋玉"巫山之女"的化身朝云

---

[1] 见蔡靖泉，《楚辞先声——楚地民歌叙说》，中国屈原学会编，《楚辞研究》（济南：齐鲁书社，1988），页23—24。
[2] 高亨注，《诗经今注》（上海：上海古籍出版社，1980），页11。

"状若何也",继而在风止雨霁、云无处所之时又再问玉"方今可以游乎"。而在《神女赋》中,襄王在游过之后,如怀王一样,又与神女在梦中相遇。以此,巫山和高唐不仅是神女护持的山川,甚至是行云和行雨之外,神女之另一化身。或者说,神女是梦中的巫山山水,巫山山水则是白昼风止雨霁、云无处所之时的神女。这里吾人见识了与一神教的泛神论(pantheism)区别的楚地多神信仰的泛自然神论(pandeism),它哺育着长于水泽荆丛的楚地先民对大自然的情感。然有一"泛"字,却切不可将巫山神女误为宁芙(nymph)、骓德、赛特(satyr)、傅恩、潘之类,即在任何一处泉流、森林、草地、牧场皆会出没的仙女、树精和牧神那样的各类自然神之泛称。所谓"妾在巫山之阳,高丘之阻,旦为朝云,暮为行雨,朝朝暮暮,阳台之下"[1]即明示:其如屈原《九歌》中的地祇湘妃、湘夫人一样,永远只钟情于一片特别的山水,在此曾发生了她与人间某人的一段恋情,其后的洛水宓妃、汉滨游女亦莫不如此,以致后世诗人们只可在走近这片山水时方去吟咏她们。楚辞的这一泛自然神论在大谢以后诗人的山水书写中时隐时现,成为一支隐秘的谱系。本书第六章会特别讨论这一谱系。如伊利亚德(Mircea Eliade)所说,古代神话不会从人类的心理中全然消失,它只会以乔装的面目出现,在世俗形式下重现古代神圣世界的某些价值。[2]这一位女性地祇(严格说是"水祇")亦未在中国中古诗人书写的山水中消失。然与欧洲风景油画和法式花园雕塑、喷泉中神态毕现的海神、河神、潘神、宁芙等不同,这一位神女的形影却惚兮恍兮,时隐时现,甚而只能自诗中山水所呈现的温柔妩媚中识认。

其次是此赋所透显的萨满文化及其中的泛自然神论观念的影响。

---

[1] 《高唐赋》,《文选》(北京:中华书局,1977)卷一九,上册,页265。
[2] Mircea Eliade, *Myth, Dream, and Mysteries: the Encounter between Contemporary Faiths and Archaic Realities*, trans. Philip Mairet(New York: Harper Torchbooks, 1975), pp.27—28.

宋玉以五百余言赋写巫山景物之缘起，是襄王望高唐观之上的天空，"其上独有云气，崪兮直上。忽兮改容，须臾之间，变化无穷"。[1]宋玉告诉他，这是曾与先王共枕席，"旦为朝云，暮为行雨"的巫山之女。此处"望气"本为萨满或巫祝的天文之术。[2]而神女在云、雨之间变换，更是萨满变形观念和气化自然观在文人笔下的显现。它没有庄子所赋予"气"之"化"的本体宇宙论意味，而更接近萨满的原始变形想象。[3]其所凭依，则是大自然"须臾之间，变化无穷"的烟云。"旦为朝云，暮为行雨"是云塞雾横的山水之中"气"与"水"的自在转化。汉语中云水、烟波、烟水诸词皆体现了气与水间的互摄。由于神女为巫山山水，亦为烟云烟雨，这"烟云"之气遂成为了中国艺术家面对山水而生发出的基本"物质想象"[4]【图五、图六】，天空则是无穷想象的渊薮。后世论山水画者谓："每每朝看云气变幻，绝近画中

---

[1] 《高唐赋》，《文选》卷一九，上册，页264–265。
[2] 坂出祥伸，《中国古代の気または雲気による占い——漢代以後によけゐ望気術の発達》，载于《关西大学中国文学会纪要》10号（1989），本书转自杨儒宾，《庄子与东方海滨的巫文化》，《中国文化》第24期春季号（2007年4月），页53。
[3] 张亨，《庄子哲学与神话思想》一文提出庄子"化"的观念与变形神话的关系问题，见《思文之际论集：儒道思想的现代诠释》（北京：新星出版社，2006），页87–91。杨儒宾则进一步提出二者的差异："庄子变形思想与初民的差异⋯⋯应当是庄子对于此一现象有明确而且极富思辨意味的解释，其中最关键性的语汇即为'气'。"见其《升天变形与不惧水火——论庄子思想中与原始宗教相关的三个主题》，《汉学研究》第7卷第1期（1989年6月），页246。
[4] "物质想象"是巴什拉（Gaston Bachelard）在其"认识论障碍理论"基础上提出的"想象的形上学"和诗学的中心概念。他把想象分为形式想象和物质想象，后者纵然是认识论障碍或迷信，却是来自人与物质直接接触，欲在存在中找到的原初和永恒的东西。巴什拉将西方原始信仰中地、水、火、气四元素构成的宇宙论视为"物质想象"的基本元素。"物质想象"以动态的方式将想象主体投入物质世界，使主体进入宇宙自然，揭示了想象主体与世界相关的意义生命。以上对巴什拉的这些理解，颇有得于黄冠闵，《在想象的界域上——巴修拉诗学曼衍》（台北：台大出版中心，2014），页19、31、68。巴什拉以四元素作为基本的物质想象方式令笔者自然联想到古代中国文化中以五行为基础的相关系统论，它既是关于存有界的哲学，也是医学、情感、音乐，乃至仪礼的理论。作为一种古代认识论障碍，却是研究中国艺术不应忽略的"物质想象"。

山"[1];"画家之妙,全在烟云变灭中"[2];"笔致缥缈,全在烟云,乃联贯树石合为一处者,画之精神在焉"[3]。"烟云"是山水画的诗意,令中国画家笔下的山水迷离扑朔而有无穷变化。烟云即是笔墨,毛笔、水墨、宣纸最宜写烟云,清人盛大士谓:"古人以烟云二字称山水,原以一钩一点中自有烟云,非笔墨之外别有烟云也。"[4]经笔墨,"烟云"贯通了画家的身心之气,连接起画家与山水世界。其实在诗赋的山水书写中,烟云之气甚至更早就催化着奇幻的"物质想象",令诗人身心进入山水自然。本书在谢灵运、鲍照、谢朓、江淹、杜甫、韦应物、柳宗元,特别是李白的个案讨论中,会一再展示这一想象。

复次,与巫山神女是一位特定地祇相关,《高唐赋》以洋洋五百言铺陈山水景物,并非如维吉尔的《农事》那样,只是对罗马大地四季农事和景物的概括,而是包含了某种特定的经验。文本中以"巫山"和冬日"天雨新霁"确认了相对具体的地点和时间,这一点,恰恰与谢灵运开创的山水书写的主流模式颇为相通。虽然这个"巫山",很可能不在长江三峡内。[5]姜亮夫先生论说屈赋之重官能感受,曾举其二十五篇所用观视类词,多达二十五种,"凡目之一切动状为大视、审视、小视、斜视、直视、略视、详视、偏视、俊视、忽视、再三视、怒目金刚之视、含情脉脉之视、闪闪而视、朦胧而视、反复而视,文中皆详书"。[6]以此观《高唐赋》,亦可见宋玉之重官能中之

---

[1] 董其昌,《画禅室随笔》,见沈子丞编,《历代论画名著汇编》(北京:文物出版社,1982),页255。
[2] 莫是龙,《画说》,见上书,页213。
[3] 孔衍栻,《画诀》,见上书,页272。
[4] 盛大士,《溪山卧游录》卷二,见虞君质选辑,《美术丛刊》第二辑(台北:编译馆,1986),页450。
[5] 详见本书第六章《杜甫夔州诗中的"山河"与"山水"》第三节。
[6] 姜亮夫,《屈子思想简述》,《楚辞学论文集》(上海:上海古籍出版社,1984),页243–245。

（上）图五　宋　米友仁　潇湘奇观图　故宫博物院藏
（右下）图六　近代　林散之　山水

视经验。此赋中"望"字凡七见,"观"字凡二见,"见"字凡二见,"视"字凡二见。晋宋诗人对山水的书写,亦频频出现了"眇目"、"目散"、"目玩"、"寓目"、"运目"、"肆目"、"仰盼"、"睨"、"眺"、"望"这些表现主动观看的词语,以显示诗人的"窥情风景"。[1]这一风气,实启自楚文学。

最后,是山／水作为书写自然景物的一元二极骨架。文本中虽然尚未有"山水"这个语词,但诗人宋玉在楚襄王面前赋高唐之"大体",是自登山望水而开始的:"登巉岩而下望兮,临大阺之稸水。"然后以大段文字描写了水的种种姿态:

> 遇天雨之新霁兮,观百谷之俱集。
> 濞汹汹其无声兮,溃淡淡而并入。
> 滂洋洋而四施兮,蓊湛湛而弗止。
> 长风至而波起兮,若丽山之孤亩。
> 势薄岸而相击兮,隘交引而却会。
> 崪中怒而特高兮,若浮海而望碣石。
> 砾磕磕而相摩兮,嚣震天之磕磕。
> 巨石溺溺之瀺灂兮,沫潼潼而高厉。
> 水澹澹而盘纡兮,洪波淫淫之溶裔。
> 奔扬踊而相击兮,云兴声之霈霈。[2]

以下接"猛兽惊而跳骇……雕鹗鹰鹍,飞扬伏窜……水虫尽暴,乘渚之阳。鳣鲔交积,纵横振鳞"——所有陆上、天上、水中的动物世界,皆因水势而展开各自的活动。继而藉水中生物的"中阪遥望",

---

[1] 详见拙著,《玄智与诗兴》,页75。
[2] 《文选》卷一九,上册,页265。

铺写沿岸之林木花草。再落到水与山交际的"盘岸嶙岏"。这一段以"山"、"石"、"阜"为偏旁的字凡二十见。然后是立于半山仰观山巅和俯视倾岸之水，望见了无数走兽、飞禽和各种草木。显然，所有生命在此皆附着、活跃于山与水之间。这种对大自然景物的观照和想象是中国文化特有的结构，终于在东晋时代铸成了汉语中"山水"这个语词。[1]

宋玉之赋在汉代演化为辞赋。然汉赋继承的是宋玉作品以虚拟人物对话的散体起问、以韵文答问和以散体作结的三段形式结构，发扬蹈厉了其闳侈巨衍的文字铺排，却全然弃置了宋玉由楚文化泛自然神论生出的对大自然的衷情以及书写中的经验成分。[2]汉赋写君王的都城、宫殿，亦写园囿和外泽，当然也少不了山泽林木动植的铺陈。然而，这却是楚辞的去灵光化。汉赋旨在从时空上囊括一完全的世界，绝不可能基于真正的个人身体经验。清人刘熙载《赋概》谓："赋从贝，欲其言有物也；从武，欲其言有序也。"[3]"有序"是汉赋"包括宇宙，总揽人物"[4]的主要手段。汉赋铺陈中的"序"是充分成规化的，从时间上是从古至今，从平面方位上是顺时针地从东至南、西、北，或从阳到阴，从垂直方向上是从上到下，从体积上是从大到小。这显然不是人们在经验世界中的观察方式。另一种"序"是物类之序。这是一种百科全书分类学意义上的"序"。故扬雄界定赋时说："必推类

---

[1] 详见本书第一章《大谢"山水"探秘》。
[2] 本书导论以下部分，借用和压缩了本人过去的多篇研究论文，包括《王弼易学与中国古典诗歌律化之观念背景》，《玄智与诗兴》，页79—114；《郭象玄学与山水诗之发生》，同上书，页225—270；《"书写的声音"：〈古诗十九首〉诗学质性与诗史地位的再探讨》，同上书，页1—78；《嵇康与庄学超越境界在抒情传统中之开启》结论部分，同上书，页183—224；《大乘佛教的受容与晋宋山水诗学》，《佛法与诗境》（台北：联经出版事业公司，2012），页15—86。
[3] 刘熙载，《赋概》，见其《艺概》（上海：上海古籍出版社，1978），卷三，页101。
[4] 司马相如，《答盛览问作赋》，见《全汉文》卷二二，收录于严可均辑，《全上古三代秦汉三国六朝文》（北京：中华书局，1991），第1册，页246。

而言，极靡丽之辞，闳侈巨衍，竟于使人不能加也。"[1]皇甫士安《三都赋序》论赋套用《易·系辞上》的话曰："引而伸之，触类而长之。"与物类之序并行的是《尔雅》、《说文解字》、《释名》那样的字书编纂目录的事类或义类之序。汉赋大家几乎就是小学家：司马相如作《凡将篇》，扬雄（公元前53—前18）作《训纂篇》绍续《苍颉》，班固（32—92）又复续扬雄，张衡则有《周官训诂》……因同类事物名词意符的相同产生的"联边"或"半字同文"，使汉赋犹如"字林"、"字窟"。

"竟于使人不能加也"，以及刘熙载论赋所谓"吐无不畅，畅无或竭"，"欲人不能加"，"前后左右广言之"，"须当有者尽有，更须难有者能有"[2]云云，说明赋作者有一力求"全知"的企图，其断不可能依赖个人当下身体感来实现。赋家这种欲"包括宇宙，总揽人物"的用心，乃与汉代思想中一再出现的兼摄天人、总揽古今的宇宙图式对应，后者旨在由"人与天地参"的观念出发，从宇宙去论证大帝国神圣伦常秩序的"天经"、"地义"和"永永无疆"。这一由时间主导的宇宙系统具有机械论或固定模式循环论的性质，呈现为一气象恢宏、编织繁密而包括万有的图像符号系统，以祥瑞和灾异昭示天之目的和意志。[3]自然和人的生命世界在此皆是充分前定的必然。

魏晋以降基于个人身体经验的山水书写之发生，除却人们熟知的社会隐逸思潮及背后的种种政治和社会语境而外，从本质上说，又是自摆脱上述窒息精神自由的必然律世界的思潮中发生的，正如隐逸是从人身摆脱一个被礼法纲常、名号尊卑窒息了生命自由的思潮中产生的一样。这一思潮不是回归楚辞的文化语境，而是有赖新一代玄学

---

[1] 班固撰，颜师古注，《汉书·扬雄传》（北京：中华书局，1983），卷八七，页3575。
[2] 《艺概》卷三，页86—87，99。
[3] 详见拙文，《郭象玄学与山水诗之发生》，《玄智与诗兴》，页238—239。

思想者的耕耘。玄学是自此一世界之中去发现新的生命空间，一个更本源的、更广阔的、不受制于必然律的"任自然，无为无造"[1]的"天地"。王弼（226–249）的老学、易学即在祈响着这个"天地"，他要自汉儒万全众形的宇宙返归无形无名的"天地"，以冲虚无迹本体"无"从"空间上"拆解窒塞人心的万有宇宙图式。

典午之后，玄学思潮以嵇康（223–262）和郭象（252–312）为标志转向庄学，由探讨无为政治转向关注个体自由。其中嵇康，不仅借论"养生"呼唤着这一片"天地"："顺天和以自然，以道德为师友，玩阴阳之变化，得长生之永久，任自然以托身，并天地而不朽"[2]；复藉叙采梧制琴祈慕着这一片"天地"："指苍梧之迢递，临回江之威夷，悟时俗之多累，仰箕山之余辉。羡斯岳之弘敞，心慷慨以忘归"[3]；更以其书写"泱泱白云"、"渊渊绿水"的恬和渊淡的四言诗境呈现出这片"天地"。"逍遥游"的精神境界被从"藐姑射之山"移到了仙境之外、大地之上的"广莫之野"、"逍遥之虚"和"遥荡恣睢转徙之涂"。嵇康的养生论、乐论和四言诗的情调在在强调：只有超越哀乐的"虚灵主体"方能摄受这一片"天地"。日后山水书写在诗中兴起，正是驯此人生情调之归趋。在此，嵇康以及其后的郭象，皆自庄子接承了"无情说"。[4]

嵇康玄思开发的自然生命的原发精神亦直接萌发了诗中的山水书写。汉儒设定的由时间主导之天地秩序，以规范人间伦理为其目的，可以说皆欲使人"察于有度而后行"，"议于善而后正"和"论于是而

---

[1] 王弼，《老子道德经注》，见楼宇烈校释，《王弼集校释》（北京：中华书局，1980），上册，页 13。
[2] 嵇康，《答难养生论》，见戴明扬校注，《嵇康集校注》（北京：人民文学出版社，1962），页 191。
[3] 嵇康，《琴赋》，见上书，页 88–89。
[4] 参见吴冠宏，《走向嵇康——从情之有无到气通内外》（台北：台大出版中心，2015）第二、四章，页 83–126，179–214。

后为",道德行为因而具有以"后"标示的后发性。而嵇康却由基于庄学"心斋"的"虚而待物"和"唯道集虚"的"无"之智慧,开发出"心无所矜而情无所系、体清神正"的虚静心,即令人心脱离得失、是非、吉凶的筹措忖度,而回归心灵的自然。其《释私论》曰:"君子之行贤也,不察于有度而后行也;任心无邪,不议于善而后正也;显情无措,不论于是而后为也。是故傲然忘贤,而贤与度会;忽然任心,而心与善遇;傥然无措,而事与是俱也。"[1]嵇康以自然生命原发精神颠覆了汉儒的后发性。以此,嵇康去质疑基于天人感应所构建的"五情"和物象对应的引譬连类相关系统。当"偏固"的象征意味和"比德"功能被淡化,世界方被释出无尽的意义空间——玄学无状无象无主的空间。所谓"感物无常,心志以所俟为主,应感而发……焉得染太和于欢戚,缀虚名于哀乐哉?"[2]云云,于诗歌创作而言,则因释出了自然意象的多义性而令诗从狭隘的"写物以附意"[3]的"比",转向"兴寄无端"的"兴"。

完全跳出汉儒天人图式的藩篱,高扬自然生命原发精神的思想者,是注《庄》的郭象。[4]他比任何人都更无所保留地将一个本然无主的天地万物还给了世人。他指出:庄子《齐物论》中借罔两问景的原因论追问——"罔两待景,景待形,形待造物者"——本身只能因"寻责无极"而推论出"无待而独化之理",因而即便世人眼中三变的被造物罔两,其实也是自造无待的。在"自造"、"自尔"、"自生"的宇宙里,焉有汉儒孜孜以求的"天地之理"、"天次之序"和天行之"消息盈虚"?王弼已令苞括万全众形的宇宙图式从"空间上"归于

---

[1] 嵇康,《释私论》,见《嵇康集校注》,页235。
[2] 嵇康,《声无哀乐论》,见上书,页217。
[3] 刘勰,《文心雕龙·比兴》,见《文心雕龙义证》,下册,页1350。
[4] 本书以下对郭象思想的讨论,颇受益于Brook Ziporyn, *The Penumbra Unbound: the Neo-Taoist Philosophy of Guo Xiang*(Albany: State University of New York Press, 2003)一书的论点。

"无",郭象更解构了汉儒宇宙图式时间系统的连贯和规则。其以"忽然"、"块然"、"欻然"、"掘然"、"诱然"等副词强调:万物的"自生"是一无根的偶然发生,并无时间上的规则可言,宇宙也只是一无预设模式的变化流行。人之因应之道只能是:"游于变化之途,放于日新之流"。[1]对过往从而不可"执"、"留",对未来亦不可"逆计"、"推明",而只宜"冥于当下"。"冥"的另一表述是"无迹"。"迹"是行走后留下的脚印,在时间上是第二义的,暗示出一种连续,是回顾、追步过往的意象。与此相对的是表示当下行走的"足"、"履"和"所以迹"。此处"履"与"迹"分别指原发的行为与后发的评价和模仿。郭氏认为圣人之为圣人,即其"所以迹"者,乃在其当初的"冥"和"无迹"。然则后世祸乱何以发生?恰在后世之人失却当下生生在场的原发精神,不知"以自然为履",不知"捐迹反一"。相反,却"守迹"、"逐迹"、"执成迹"和"尚无为之迹",即昧于"天地万物无时而不移"的道理。郭象的"冥"和"无迹"高扬了人在一次性的偶然际遇中遭逢外物的"直接性"。它与后世论诗推崇的"即目"、"过雨采苹"、"心目不相睽离"、"现量"等,灵犀相通。显然,催生山水诗发生的即地即时而兴、寓目辄书的风气,乃生发于与郭象玄学相似的思想文化脉络之中。

魏晋玄学的高潮之后,东晋以降,一连串有关书写山水的事件发生了,标志着诗坛在酝酿着形成书写自然山水的派典。解读这些事件,可进一步了解诗人书写山水兴起的文化语境。

咸康年间(335—342),范文澜目中最早的"山水诗人"庾阐,[2]首先根据身体经验书写山水,留下了《三月三日诗》、《衡山诗》、《江都

---

[1] 见《庄子集释·大宗师》郭象注,《诸子集成》(上海:上海书店出版社,1987),第3册,页111。
[2] 见范文澜,《文心雕龙注》(北京:人民文学出版社,1978),上册,页92,注34。

遇风》、《观石鼓》、《登楚山》等最早的"山水诗"[1]：

三月三日诗

心结湘川渚，目散冲霄外。
清泉吐翠流，绿醽漂素濑。
悠想盼长川，轻澜渺如带。

观石鼓

命驾观奇逸，径骛造灵山。……
妙化非不有，莫知神自然。
翔霄拂翠岭，绿涧漱岩间。
手澡春泉洁，目翫阳葩鲜。

登楚山

拂驾升西岭，寓目临浚波。……
回首盼宇宙，一无济邦家。

衡山诗

北眺衡山首，南睨五岭末。
寂坐挹虚恬，运目情四豁。
翔虬凌九霄，陆鳞困漂沫。
未体江湖悠，安识南溟阔。[2]

---

[1] 这些诗应作于咸康年间。《晋书》本传载阐守零陵，入湘川在平苏峻后，其吊贾谊文记述"中兴二十三载，余忝守衡南，鼓枻三江，路次巴陵，望君山而过洞庭，涉湘江而观汨水"，其诗《观石鼓》、《登楚山》、《衡山诗》、《江都遇风》等当作于中兴二十三载即咸康六年以后。见房玄龄等撰，《晋书》（北京：中华书局，1987），第8册，卷九二，页2385。

[2] 逯钦立辑校，《先秦汉魏晋南北朝诗》（北京：中华书局，1983），中册，页873–874。

请注意诗中反复出现的表明身体接触山水经验的"盻"、"目散"、"观"、"目翫"、"眺"、"睨"和"运目"。庾阐登山的动机很可能与采药求仙有关。其诗今存二十首（其中有十首是游仙），竟处处可见"采药灵山"、"疏炼石髓"、"云英玉蕊"、"芳谷丹芝"、"咀嚼六气"一类语汇。小尾郊一曾引《抱朴子·金丹》中"若有道者登之，则此山神必助之为福，药必成"[1]一段话说明：采仙药必入正神名山的观念推动了游览山水的风气。[2]庾阐的诗正是循郭璞《游仙诗》神仙道教的思路，以山中美景为仙境灵山而极尽了视觉的美感享受。

永和九年（353）三月上巳日的兰亭雅集，是前述自然生命的原发精神一次盛大"演出"[3]。四十二位诗人在一天朗气清之日，惠风和畅之时，到此崇山峻岭之下、清流激湍之畔聚会吟咏，其中包括了主要玄言诗人如孙绰、许询、谢安、王羲之等。[4]坐石临流、流觞曲水、一觞一咏，本即彰显"即目"、"直寻"的原发精神，而王、孙二人的序，更强调此一当下光景的"不可执而留矣"：

向之所欣，俯仰之间，已为陈迹。[5]

往复推移，新故相换。今日之迹，明复陈矣。[6]

---

[1] 葛洪，《抱朴子》，《诸子集成》，第8册，页20—21。
[2] 小尾郊一，《中国文学中所表现的自然与自然观》，邵毅平译（上海：上海古籍出版社，1989），页157—158。
[3] 此处"演出"二字乃袭用张淑香《抒情传统的本体意识——从理论的"演出"解读〈兰亭集序〉》一文的精彩用语。见柯庆明、萧驰编，《中国抒情传统的再发现——一个现代学术思潮的论文选集》（台北：台大出版中心，2009），下册，页709—724。
[4] 此据《太平御览》卷一九四引王隐《晋书》，见《文渊阁四库全书》（台北：商务印书馆，1983），册894，页823。
[5] 《全晋文》卷二六，《全上古三代秦汉三国六朝文》，第2册，页1609。
[6] 孙绰，《三月三日兰亭诗序》，《全晋文》卷六一，同上书，页1808。

尤有进者，在王羲之的兰亭诗中，竟直接流出郭子玄思：

> 三春启群品，寄畅在所因。
> 仰望碧天际，俯磐绿水滨。
> 寥朗无厓观，寓目理自陈。
> 大矣造化功，万殊莫不均。
> 群籁虽参差，适我无非新。[1]

诗人面对寥朗无厓、万象纷呈的世界，体味到的"理感"只内在于此"寓目"的当下如如。此"理"，与"物情"对峙。郭象谓："达乎斯理者，必能遣过分之知，遗益生之情。"[2] 此大化里自造的千差万殊又"均"于何处？只"均"于各因其性分而独异。能令诗人快适的，也正是目前、耳中参差万殊的世界——一个"新"字写尽了诗人的"游于变化"。此外，兰亭诗中谢安的"万殊混一理"[3]、王涣之的"超迹修独往，真契齐古今"[4] 等，亦皆透出郭子玄意。然而，这些诗毕竟又不脱玄言诗风，它祖述子玄，却又违于子玄，因祖述本身即为"逐迹"。而真正体现子玄之学的原发生命精神的，却是持觞间一瞥当下风景时的吟咏：

> 肆眺崇阿，寓目高林。
> 青萝翳岫，修竹冠岑。
> 谷流清响，条鼓鸣音。

---

[1]《先秦汉魏晋南北朝诗》，中册，页895。
[2] 见《庄子集释·秋水》郭象注，《诸子集成》，第3册，页259。
[3]《先秦汉魏晋南北朝诗》，中册，页906。
[4] 同上书，页914。

> 玄崿吐润，霏雾成阴。[1]
>
> 流风拂枉渚，停云荫九皋。
> 莺语吟修竹，游鳞戏澜涛。[2]
>
> 回沼激中逵，疏竹间修桐。
> 因流转轻觞，冷风飘落松。
> 时禽吟长涧，万籁吹连峰。[3]

此处见证了刘勰"庄老告退，而山水方滋"[4]一语背后的吊诡：诗入王、郭玄学而为"玄言诗"，又自玄学出而为山水诗。这第二个"玄学"，却须是时序上更晚、倡导捐迹返冥的郭象玄学。在上述兰亭诗中最让人感受到原发精神的，是在谷流清响、玄崿吐润、流风拂渚、冷风飘松中对宇宙动感的冥悟。此处的"自然"，不仅具体为天地山川，而且是光景日新的两间"风—景"。此为中国思想文化在摒落汉儒兼摄天人、总揽古今的宇宙图式之后、文学视界里新的"天人之际"。

德国学者鲍尔（Wolfgang Bauer）以为：晋以降中国"乐土地理学"（geography of paradise）的转变——《剡县赤城》、《韶舞》、《穴中人世》等志怪故事中的山中"仙窟"替代东海、昆仑仙境——乃以其时旅行活动大量增加为背景。[5]吾人可再由晋宋时代游记、地记——法显《佛国记》、王隐《晋书地道记》、郭璞《山海经注》、郭璞（桑钦三卷）

---

[1] 谢万，《兰亭诗》其一，《先秦汉魏晋南北朝诗》，中册，页906。
[2] 孙绰，《兰亭诗》其二，同上书，页901。
[3] 孙统，《兰亭诗》其二，同上书，页907。
[4] 《文心雕龙·明诗》，《文心雕龙义证》，上册，页208。
[5] 见其 China and the Search for Happiness: Recurring Themes in Four Thousand Years of Chinese Cultural History, trans. Michael Shaw (New York: Seabury Press, 1976), pp. 189–195.

《水经注》，孔晔《会稽记》、袁山松《宜都山川记》、罗含《湘中山水记》、盛弘之《荆州记》、刘澄之《江州记》《扬州记》《鄱阳记》等著作——的一时涌现进而去推断：此刻有一地理甚至地质探索的热潮。由喀斯特溶洞的发现，人们有了对世界新的想象：那须是一个"多孔的，如同海绵般的构造，自各个方向以裂罅、门户、竖坑和通道与诸界相联"。[1] 道教的"真洞仙馆"、"洞天福地"应运而生。孙绰（314—371）的《游天台山赋》即不妨视为此地理发现风气在抒情文学中的表现。其所赋之天台山，恰为"仙窟"故事中最著名的两篇《剡县赤城》和《刘晨阮肇》的故事发生地。此赋之序，表达出作者对探访一神秘未知世界之强烈兴趣：

> 天台者，盖山岳之神秀者也。……穷山海之瑰富，尽人神之壮丽矣。所以不列于五岳，阙载于常典者，岂不以所立冥奥，其路幽迥，或倒景于重溟，或匿峰于千岭。始经魑魅之途，卒践无人之境。举世罕能登陟，王者莫由禋祀。故事绝于长篇，名标于奇纪。然图像之兴，岂虚也哉！[2]

如吉凌所论："孙公赋与前人作品最明显的区别在于标题中的'游'字"，孙公以之"开辟出全新的人与山水相处方式"[3]。这段文字之后，孙兴公有"余所以驰神运思，昼咏宵兴，俛仰之间，若已再升者也"[4]，一个"再"字，透露出兴公可能是在身"游"是山多年之后，藉神思而重游。赋文乃藉文字重温游山的身体经验：

---

[1] 同上书，p.195.
[2] 孙绰，《游天台山赋》，《文选》卷一一，上册，页163。
[3] 引自我的博士生吉凌的博士论文，《经验与呈现——以天台山为例的中国山水美感话语研究》，新加坡国立大学中文系博士论文，2015年，页36。
[4] 《游天台山赋》，《文选》卷一一，上册，页163。

图七 天台山琼台
摘自戴军斌《天台山》

　　被毛褐之森森，振金策之铃铃。披荒榛之蒙茏，陟峭崿之峥嵘。济楢溪而直进，落五界而迅征。跨穹隆之悬磴，临万丈之绝冥。践莓苔之滑石，搏壁立之翠屏。揽樛木之长萝，援葛藟之飞茎。……既克隮于九折，路威夷而修通。恣心目之寥朗，任缓步之从容。藉萋萋之纤草，荫落落之长松。觌翔鸾之裔裔，听鸣凤之嗈嗈。过灵溪而一濯，疏烦想于心胸。[1]

文中以众多单音节动词如"被"、"披"、"陟"、"济"、"跨"、"临"、"践"、"搏"、"揽"、"援"、"觌"、"听"等，生动表现身体与天台山水相互缠

---

[1]《游天台山赋》，《文选》卷一一，上册，页165。

绕的经验。单音节动词在汉语中是动作性更强的动词,是汉语述宾结构的主要承担者。[1]正是借助这些动作性最强的单音节动词,孙绰展开了自己在天台山水中的存在。赋文中"双阙云竦以夹路"以下一段文字集中描写景色,然兴公只择取琼台双阙一带景观【图七】,且"将时间点果断地截取在秋天的清晨……透露出旭日初升,朝露未晞的短暂时刻"[2]。此中意义非比寻常。如吉凌所论:在此,作者"只是针对该次游览经历作赋,而不是针对全部天台山作赋,故不必对天台山的全部信息负责"。[3]同是作赋,参加了兰亭雅集这一自然生命原发精神盛大"演出"的孙绰,在书写大自然时表现出了与汉赋作者迥然不同的态度——他追求的已不再是"欲人不能加","前后左右广言之",而是其在山水中具体而有限的身体经验。

隆安四年(400)仲春,继浙中天台之后,又一座南方山岳在中国人发现自然山水之美中扮演了重要角色,那就是"江阳之名岳"的匡庐。如兰亭雅集后留下了《兰亭诗》一样,"庐山诸道人"自是山北麓石门涧攀登庐山之后,应该也有一个诗集。然诗集不存,徒留诗序。如该《庐山诸道人游石门诗序》所示,此次随法师杖锡而游的"交徒同趣,三十余人",当是庐山慧远僧团和白莲社的成员。慧远(334–416)被后世推为中国净土宗初祖。其在太和二年(367)居止庐山后,曾亲撰《庐山记》极力渲染庐山的佛教气氛:

> 其山大岭,凡有七重,圆基周回,垂五百里。……七岭同会于东,共成峰崿。其岩穷绝,莫有升之者。昔野夫见人着沙弥服,凌云直上,既至,则踞其峰,良久,乃与云气俱灭,此似得道

---

[1] 沈家煊,《名动词的反思:问题和对策》,载《世界汉语教学》第26卷2012年第1期,页12–13。
[2] 见吉凌,《经验与呈现——以天台山为例的中国山水美感话语研究》,页47。
[3] 同上文,页46。

者。……所背之山,左有龙形,而右塔基焉。……南对高峰,上有奇木,独绝于林表数十丈,其下似一层浮图,白鸥之所翔,玄云之所入也。东南有香炉山,孤峰独秀,起游气笼其上,则氤氲若香烟;白云映其外,则炳然与众峰殊别。将雨,则其下水气涌出如马车盖……[1]

慧远在此极力渲染庐山的佛教世界气氛:不仅有沙弥在此山得道,有山似浮图,有山似香炉且游气氤氲若香烟,且措意此山"凡有七重,圆基周回",这不免令笔者想到:他是否以庐山方拟咸海、铁围山内亦为七重如烛盘一般的山岭所环绕的须弥山呢?倘若如此,登临庐山之顶则是从须弥山半腹的欲界第六天升陟须弥山顶之忉利天,而弥勒净土的兜率天则正在此上的焰摩天之上了。在此,神仙信仰中作为仙都神境的山上美景,可能恍然之间成为佛教欲界的净土。其实,其弟子刘程之、王乔之、张野为奉和乃师所作的庐山诗,甚至已以"彻彼虚明域","事属天人界,常闻清吹空"和"竭来越重垠,一举拔尘染"[2]一类诗句,表示欲由此山峰顶而超步佛教净土。

以此,隆安四年仲春的石门之游该是一次提高生命层阶的活动,是去离人境而趣近神明之区的向上攀援。此与永和九年暮春郊野园林兰亭的雅集全然不同。故而《诗序》开篇即彰显游所在人境之外:"将由悬濑险峻,人兽迹绝,迳回曲阜,路阻行难,故罕经焉。"[3]叙述了攀援经过之后,复以美辞描写蕴七岭之奇的石门景色道:

> 双阙对峙其前,重岩映带其后;峦阜周回以为嶂,崇岩四营

---

[1]《全晋文》卷一六二,《全上古三代秦汉三国六朝文》,第3册,页2388—2399。
[2]《先秦汉魏晋南北朝诗》,中册,页937,938。
[3]《庐山诸道人游石门诗序》,《全晋文》卷一六七,《全上古三代秦汉三国六朝文》,第3册,页2437。

图八　庐山石门

而开宇。其中则有石台石池，宫馆之象，触类之形，致可乐也。清泉分流而合注，渌渊镜净于天池。文石发彩，焕若披面；桂松芳草，蔚然光目。其为神丽，亦已备矣。[1]

明人徐弘祖万历四十六年（1618）循石门涧石隙攀陟庐山，见有双石兀立的"石门"两道。写这段话的作者，应在过了"喷雪奔雷"的瀑布群和第二道"石门"之后，下瞰鹰嘴岩与天池峰"双阙对峙"的雄奇景象。所谓"宫馆之象"即徐霞客所谓"结层楼危阙"[2]，乃是对石门涧一带层岩在下滑过程中产生的断层和滑脱褶皱质感的描写【图八】。这段话值得注意的是"神丽"一词。何以此文作者要将石门景色之美概括以"神丽"呢？"神丽"见于班固的《东都赋》和张衡的《西京

---

[1] 同上书，页 2437。
[2] 徐霞客，《游庐山日记》，《徐霞客游记》（北京：中华书局，2009），页 17。

赋》:"是以皇城之内,宫室光明,阙庭神丽"[1];"惟帝王之神丽,惧尊卑之不殊"[2]。班、张是以"神丽"极力渲染帝王宫宇非同凡俗的华贵,移之以写庐山的"宫馆之象",当与在虚空和想象中出现的严饰奇妙超诸人天的净土世界相关。后世净土宗著作描写净土屡屡出现"若宫殿林沼光明神丽"[3]一类语词可为旁证。慧远对佛的身相异常关注,曾就此向鸠摩罗什反复求解。[4]"神丽"的意义又因"神"字与"法身有色"或佛的身相示现于"既有之场"这些观念的关系而确立。慧远《万佛影铭》其一有"体神入化,落影离形",《万佛影铭》其四有"仿佛镜神仪,依稀若真遇"[5],《襄阳丈六金像颂》有"肃肃灵仪,峨峨神步"[6],《庐山东林杂诗》有"幽岫栖神迹"[7]。庐山之景因"神"而丽,即因接近佛的净土而丽,亦因化身示现而丽,因色身(自受用身)遍满而丽,是谓"神丽"。《庐山诸道人游石门诗序》提供了山水艺术兴起与大乘佛教关系最为显豁的证据,是魏晋以降自此一世界之中去发现新的"天地"活动的特别表现。

有以上的事件出现,以永初三年为起点,中国诗坛对山水正面书写一事之发生,真真是水到渠成。而发轫者是谢灵运(385–433),更不为异。灵运几乎与上述东晋后种种事件皆有瓜葛。他的两位曾叔祖谢安、谢万,参加了永和九年的兰亭雅集。他本人是上述地理探索热潮中一活跃人物,甚至可以说是一位杰出旅行家,五世纪初的徐霞客。

---

[1] 班固,《东都赋》,《文选》卷一,上册,页32。
[2] 张衡,《西京赋》,同上书,卷二,上册,页40。
[3] 见《龙舒增广净土文》卷五,《乐邦文类》卷三,《大正新修大藏经》(台北:新文丰出版公司,1983),第47册,页269,191。
[4] 见《鸠摩罗什法师大义》卷上,《大正新修大藏经》,第45册,页122–134。
[5] 《全晋文》卷一六二,《全上古三代秦汉三国六朝文》,第3册,页2403。
[6] 同上书,页2402。
[7] 《先秦汉魏晋南北朝诗》,中册,页1085。

《宋书》本传谓其"寻山陟岭，必造幽峻，岩嶂千重，莫不备尽"[1]。其所著《游名山志》纵为残本，仍可见证其遍访名山之游踪。他曾于义熙七年（411）入庐山拜谒慧远。七世纪净土宗年代史学者迦才甚至将他与慧远并称为"金期西境，终是独善一身"的早期净土思想代表。[2] 灵运的密友昙隆亦曾"投景庐岳"。谢氏与此人"茹芝术而共饵，披法言而同卷"[3]，且"常共游嶀嵊"[4]。因深受佛教浸淫，灵运以为"仙学者""未阶于至道"[5]，然其所作《王子晋赞》和《罗浮山赋》却显示其与道教洞天说亦难脱干系。因诸多文化思潮汇集于谢灵运生命脉络之中，山水在中国诗中书写的派典终得以形成。现在序幕撤去，主幕拉开，该进入谢灵运的世界。

---

[1] 沈约，《谢灵运传》，《宋书》（北京：中华书局，1983），卷六七，第 6 册，页 1775。
[2] 迦才，《净土论序》，《大正新修大藏经》，第 47 册，页 83。转引自外因斯坦（Stanley Weinstein），《唐代佛教——王法与佛法》，释依法译（台北：佛光文化有限公司，1999），页 116。
[3] 《昙隆法师诔并序》，顾绍柏校注，《谢灵运集校注》（郑州：中州古籍出版社，1987），页 350–351。
[4] 释慧皎撰，汤用彤校注，《高僧传》（北京：中华书局，1997），卷七，页 293。
[5] 《山居赋》，《谢灵运集校注》，页 328。

第一章　大谢"山水"探秘[1]

一、引　言

读者进入谢灵运的山水美感世界，是以一字字、一句句、一联联地阅读文本来进行的，而这却不是诗人进入其美感世界的方式。

谢灵运对山水的感受和书写，是永初三年旧历七月后，以身体与一条条河流和山岭厮勾而开始。他自建康东南的方山登舟，很可能是从长江沿海岸线到达钱唐，寻即枉道回到剡水、嵊山、嵊山之间的故乡始宁，又返棹至今萧山渔浦潭，溯钱塘江而上，经桐庐、七里濑、建德，然后舍舟登龙门山陆行，再于处州乘舟顺瓯江而下至永嘉。在永嘉，他曾登上过郡西北的绿嶂山，到过郡东北一座小山东山望海，游览过郡南的赤石和帆海山，登上过瓯江中的孤屿岛，又曾乘舟到今瑞安的仙岩山……一年之后，他回到了故乡始宁，又在剡水和嵊、嵊之间开始了不倦的游览。他是凭借攀援和舟楫一步步、一程程地打开山水这一部大书，以肢体的移动探索着此一世界的深度。然而，在书写之时，他却必须将以汉语语义系统铸就的美感经验世界建构于五言和隔行押韵、对仗的诗体之中，必须在语言内部重新构造他的语言即话语。[2] 无论如何，

---

[1] 本章原载台北《中国文哲研究集刊》第37辑（2010年9月），收入本书时作了大幅修改和增补。
[2] 梅洛-庞蒂，《世界的散文》，《间接语言》一章，页51-130。

在实地景观与诗人话语之间都会有一道无可逾越的沟壑,比实景与画家的线条、笔触、色彩之间的沟壑更深的沟壑。

在本章中,本人请求读者暂且摒弃以往阅读谢灵运的方式,与我一起先打开另一部大书——诗人足履和舟楫经历的实地山岭和江流。近一千六百年以来,这个世界已经有了很多改变,湖泊变成了农田,山岭中的巨木砍伐殆尽,帆樯消失了,人类修建了更多的房屋、桥梁和高速公路……但是,山和主要河流尚在,吾人仍可藉山、河流以及文献和想象重建诗人的实地山水。在实地山水和话语山水之间,吾人就可观察到诗人的敏感与盲点,就可判断诗人知觉的选择,就可把握到其话语的特质和框架。

本章据上述题旨分作两部分:第一部分即本章第二节以考察重建引发诗人山水美感的实地山水。这一考察亦旨在最终确认诗人谢灵运的山水书写是一种非虚构意义上的"地方之诗"(poetry of place);第二部分即本章第三节将对照实地山水和话语山水来建构谢诗山水美感话语的框架。

二、实地山水:谢灵运诗的地理考辨

今人能如本章引言所述那样,知详诗人谢灵运的游踪,主要乃凭借其诗作。这就给吾人提出这样一种论点以可能,即所谓"山水诗",乃是一种"地方之诗"。作为人文地理学核心概念的"地方"不同于"空间",后者诉诸普遍均一而缺乏意义,而前者则经命名被赋予意义,为人之在世存有所依附,[1] 而不是笼统地歌咏大自然在四季中变化的

---

[1] 详见 Tim Cresswell, *Place: A Short Introduction* (Oxford: Blackwell Publishing Ltd., 2004),中译本《地方:记忆、想象与认同》,王志弘、徐苔玲译(台北:群学出版有限公司,2006),页40。

诗。不仅如此，它还是基于诗人作为历史人物，在特定地点、时间的历史经验。这一切，乃伴随诗史中一新现象——以长题标明诗兴本事而发生。[1] 吴承学指出，长诗题最早出现在陆云的《大安二年夏四月，大将军出祖，王、羊二公于城南堂皇被命作此诗》和颜延年的《始安郡还都，与张湘州登巴陵城楼作》。[2] 诗题的变化令读者"知其为此事而作"，也使中国诗有可能成为宇文所安所谓"一种特殊的日记条目"。[3] 初期山水诗能超越玄言诗，亦为有日记意味之诗题所标显。诗人中最早大量以此为诗题之人，适为山水诗不祧之祖谢灵运。[4] 可见即事即目之作乃与"山水诗"之酝酿、发生大致同步。

指出这一点，对理解谢灵运开创之派典异常重要。然而，是否仅凭诗题即足以确认以上判断呢？显然不行，因为诗题本身亦可能是一虚构。吾人尚需文本外的某种实证。正如西方学者确认塞奥克瑞图斯的牧歌是欧洲文学最早的"地方之诗"，乃因其第七首牧歌所写八公里内主要地标皆得到了准确验证，[5] 对谢灵运诗之性质的上述判断，除却其传记资料外，也需要一地理验证。

---

[1] 详见拙文《郭象玄学与山水诗之发生》，《玄智与诗兴》，页235-238。

[2] 《诗义固说》卷下，引自吴承学，《论古诗制题制序史》，《文学遗产》1996年第5期，页12。胡大雷论玄言诗破解其自身"普遍化"、"概括性"而向山水诗过渡时，亦提出诗题变化的表征意义，见其《玄言诗研究》（北京：中华书局，2007），页161-162。

[3] Stephen Owen, *Traditional Chinese Poetry and Poetics: Omen of the World*, pp. 13–14.

[4] 翻检康乐诗集，见其所谓"山水诗"者如《永初三年七月十六日之郡初发都》、《邻里相送至方山》、《游赤石进帆海》、《登江中孤屿》、《登永嘉绿嶂山》、《郡东山望溟海》、《登上戍石鼓山》、《行田登海口盘屿山》、《石壁精舍还湖中作》、《登石门最高顶》、《石门新营所住，四面高山，回溪石濑，茂林修竹》、《于南山往北山经湖中瞻眺》、《从斤竹涧越岭溪行》、《过白岸亭》、《夜宿石门》、《入华子冈是麻源第三谷》、《发归濑三瀑布望两溪》、《登庐山绝顶望诸峤》等，率以长诗题标明本事。先于大谢的"山水诗"作者庾阐的诗题如《三月三日临曲水诗》、《登楚山诗》、《江都遇风诗》，湛方生的诗题如《帆入南湖诗》、《还都帆诗》、《天晴诗》，以及吴文所引的颜延年的《始安郡还都，与张湘州登巴陵城楼作》亦皆具即事即目、类似日记条目的性质。

[5] 见Chris Fitter, *Poetry*, *Space*, *Landscape: Toward A New Theory*, p. 41.

所幸的是，在诗作之外，诗人谢灵运尚留给后人一篇专门描述其始宁居止周边环境的《山居赋》。如《游名山志》，亦为其时地理探索热潮之产物，纵有缺残，尚不失为现地考察之文献依据。根据流行的顾绍柏《谢灵运集校注》一书统计，谢灵运诗今存九十七篇（存目四）。[1] 其中涵盖山水书写者计三十八篇，涉及景观所在约三十三处。此三十余处的地理方位，有确认而不存争议者，如富春渚、桐庐口、江中孤屿、瑞安仙岩、楠溪石室山、永嘉绿嶂山等；亦有尚未辨认、多存争议或被错认而须重辨者，如上戍石鼓山、白岸亭、斤竹涧、石壁精舍、石门、归濑等。作为严格的学术研究，为确认谢氏山水诗的"非虚构性"这一判断，必须辨认这后一类景观的存在和方位。为此，二〇一〇年四月二十五日至五月二十六日，二〇一一年四月和二〇一六年七月，笔者曾前后三次对谢灵运在中国浙江省内吟咏所及的地点进行了现地考察。[2] 本节内容不仅是对若干有争议地点的辨认，且有助于吾人了解诗人行止、诗中内容，并彰显实地山水与话语山水的连接和分野。现将考察结果分列如下：

1. 上戍石鼓山

此为《登上戍石鼓山》一诗所涉地名。顾绍柏《谢灵运集校注》先引《光绪永嘉县志》卷二："上戍浦，城西七十里。"并自注："石鼓

---

[1] 顾绍柏《谢灵运集校注》前言，页38。
[2] 笔者在做首次考察时并不知有嵊州地方志办公室金午江、金向银所著《谢灵运山居赋诗文考释》（北京：中国文史出版社，2009）一书。及至本文提交审读后，方自一篇审读报告而知此书。如早获此书，我的考察会省却很多时间。在此笔者向提供此书信息的审读人和为本人扫描全书并电邮给我的《中国文哲研究集刊》编辑王福祯先生，诚致谢忱。此书许多发现如车骑山三处居止的方位，与笔者考察结果相似，虽然本文不无补充之处，且对《山居赋》有关文句的解释亦未必相同。对此书中的考辨笔者亦有难以苟同之处，如斤竹涧、石壁精舍、石室、华子冈和南山位置的确认问题。和永嘉、上虞所出的类似著作一样，此书也将几乎所有谢氏诗文所涉地点归为作者所在的地区，本章以下论证将一一做出回应。

山，在今温州市西。"继引《嘉靖温州府志》卷二："石鼓山，去城西四十里，有石，叩之则响。"顾笺所引两书虽皆以石鼓山在今温州城西，然去城的距离却不同。[1]李运富编注《谢灵运集》显然取嘉靖《温州府志》的说法，谓："石鼓山：在永嘉西约四十里，山上有石，扣之则响，故名石鼓山。"[2]李注未标出处，亦未说明何以取《嘉靖温州府志》的说法。由以上的含混，今温州市藤桥镇已将镇辖一处"石鼓山"认作谢诗所写之石鼓山，并修造石阶、亭阁、石坊，标为谢客所游之处。然此处不在上戍，且距城已五十余里。温州市退休中学教师余力先生九十年代曾于《温州日报》撰文，力辨谢客所登之石鼓山应为今上戍石钟山。

二〇一〇年五月下旬，我在余力先生和温州大学孙良好教授陪同下，考察了今藤桥石鼓山。发现今所谓"石鼓山"山势平平，登顶所见，四围逼仄，唯见远处细窄的上戍溪流而已。又在余力先生陪同下，两次考察登临了上戍乡石钟山。石钟山的具体方位在上戍乡渔渡的下岸。古时驿道自一侧的矮山间穿过，两边的驿站分别为岭下和上戍。此山在自东向西流淌的瓯江折往北方转弯处的江南岸。山自江中耸起，江水涨时，岩脚应浸于江中。自瓯江北岸的梅岙一带隔江眺望，此山宛若屏障，颇为雄伟，江边绵延着其大小五座山峰。【图一】岩体为绛紫色火成岩，岩缝和岩上薄土层生长着小树和杂草。如果此山上真有石扣之有声，或许是球状空心的火成岩。此山最西一座小山峰，似为一整块巨石，且山顶较平，以鼓名此山，又或许是望之若鼓形。过江沿石阶登上此峰，见向北折转的瓯江在山下留下宽阔水面，稍北处则是弯曲的上戍溪流入瓯江的入口。在江水北转的西向是大片的上戍平原，更远才是铜宫山。而在东面，瓯江的更上游的对岸则是括苍山脉

---

[1]《谢灵运集校注》，页69。
[2] 李运富，《谢灵运集》（长沙：岳麓书社，1999），页47。

图一　温州上戍乡石钟山

的绵延。眼前所见——符应《登上戍石鼓山》一诗所写"极目睐左阔,回顾眺右狭"[1]两句。在瓯江折转的北方,是层层山岭。即便很迷蒙的天气,亦可分辨六层浓淡不同的山色,亦与谢诗中"日末涧增波,云生岭逾叠"[2]的描写契合。

嘉靖《永嘉县志》卷一《城西诸山》条谓谢诗"石鼓山""在江南岸,属泰清乡"[3]。光绪《永嘉县志》卷三谓:"上戍铺在泰清乡二十四都,去城四十里。"[4]而今藤桥"石鼓山"则在二十五都。[5]永嘉县泰

---

[1]《谢灵运集校注》,页68。
[2] 同上注。
[3] 王叔杲、王应辰纂,《永嘉县志》卷一,页九,《稀见中国地方志汇刊》(北京:中国科学院图书馆,1992),第18册,页551。
[4] 王棻、孙诒让等纂,张宝琛修,《永嘉县志》,页五四,《续修四库全书》(上海:上海古籍出版社,1996),第708册,页85。
[5] 同上书,页二〇,《续修四库全书》,第708册,页68。

清乡二十四都（上戍乡）确有"石鼓山"地名。但在此志的县境总图中，石鼓山的位置却不在瓯江边的岸下。《永嘉县志》图的错误却非止一处。在此书卷二"石鼓山"条下有"其旁有棠塘岭"。又引乾隆《温州府志》："棠奥在二十四都上戍通处州大路。"[1]棠塘岭即官岭，棠奥即上文所说驿道上的岭下。如此，其旁有棠塘岭，位于上戍通往处州（今丽水）驿道的棠奥（岭下）处的"石鼓山"，即现今之"石钟山"。

2．斤竹涧

此为《从斤竹涧越岭溪行》一诗所涉地名。顾注谓："元刘履以为斤竹岭在会稽（今浙江绍兴市），《嘉庆一统志》卷三〇四以为灵运所写斤竹涧在温州乐清县东七十五里（南朝时属永嘉郡）。刘说可从。"[2]由认定斤竹涧在会稽，此诗的作年遂被定在元嘉二年。诗中"想见山阿人"以下六句，更被解作怀念被杀的庐陵王。[3]李注则谓："今浙江绍兴县东南有斤竹岭，离浦阳江约十里。题中之岭即此斤竹岭，而溪涧或在此岭山下。"[4]李注未标出处，但显然与顾注一样，系出黄节先生《谢康乐诗注》征引的元人刘履《选诗补注》此诗题下的一条注解：

> 斤竹涧见《游名山志》。今会稽县东南有斤竹岭，去浦阳江十里许，即其地也。[5]

李注将元代的"会稽县东南"改为现今"绍兴县东南"，最大的问题是：浦阳江乃在今绍兴西北汇入富春江，去浦阳江十里，应在今绍

---

[1]《永嘉县志》，页一七，《续修四库全书》，第708册，页36。
[2]《谢灵运集校注》，页122。
[3] 同上书，页121。
[4]《谢灵运集》，页77。
[5] 明刻本刘履《选诗补注》卷六，页一七。

兴县西或诸暨东北。笔者遍查宋《会稽志》、明万历《绍兴府志》以及清康熙《会稽县志》山川志的山、岭、溪、涧名，并无类似斤竹涧、斤竹岭一类的地名。当然不排除小地名未能稽入方志的可能。笔者向今绍兴各界人士咨询，亦未发现与"斤竹（或金竹）"有关，或与《游名山志》中"去斤竹涧数里"的"七里山"、"神子溪"有关的地名。这至少说明：即便会稽有斤竹岭，亦绝非一可游之胜处。那么，"性奢豪"的谢客又何苦要徒步经过此处？顾注以《宋书》本传中"灵运去永嘉还始宁时，方明为会稽郡。灵运尝自始宁至会稽造方明"[1]作为理由，但谢氏所居的始宁南北两处庄园附近皆有船埠，会稽一带又水网密布，以谢客一贯的旅行方式，造访其叔父为何不乘舟船前往而要舍易就难呢？

有以上的怀疑，就有必要在古会稽县境外去发现谢客的"斤竹涧"。在此次考察中，我遍访古时会稽（含今绍兴、上虞和嵊州[2]）和永嘉，于今上虞和乐清（刘宋时永嘉郡）发现了两处与"斤竹"有关的地方，谢氏徒步游此，亦各具其理由。现分述如下。

第一处是今上虞上浦东山东南象田村处的斤（金）竹岙。二〇一〇年五月中旬在冯浦村原村支书冯春和、石塘村原村长陈苗松和象田村民任国才的协助下，我寻访到斤竹岙：在两座坡度不大的山坡形成的山口可以看到更高更远的一座山。我们一行所在的象田村在此山的西北侧，山的东南侧则是史家村和大岙。我们一行又来到斤竹岙东南侧，下管溪下游的史家村。由村后登斤竹岙约四华里，途经坟

---

[1] 《宋书》卷六七，页1774—1775。
[2] 《谢灵运山居赋诗文考释》以为斤竹涧在嵊州东岸谢氏居所附近。但给出的证据却只是《山居赋》自注中有"缘路初入，行于竹径，半路，以阔竹渠涧。"并谓："剖竹取水，故名斤竹涧。庄园南界嵊山，水名嵊溪，边有嵊溪村，刻人嵊与神同音，（神子溪）或许是流经嵊溪村的这条小支流。"又以"七里山"或为宅里山之误。见该书，页157—158。这显然有附会之嫌。

山、任家湾、野猪岩和倒插岗等几座山岭。由斤竹岙至象田又有四华里。从山上流下的水即是下管溪。

这是一个再平凡不过的所在，绝无风景可言。谢灵运徒步至此，究竟为何？唯一的理由恐怕是省耕和考察其庄园的地理。当地村民传说，谢灵运在斤竹岙的两侧有万亩田园，范围在四山两溪——即梅山、薑山、湖墩山和六鼎山，下管溪和青山溪——之间，康乐宅据说在今谢岙一带，至今仍为谢姓所居。但斤竹岙的问题在于："岙"是山中曲折隐蔽之处，不必有水，不同于"山夹水"的"涧"。《从斤竹涧越岭溪行》一诗所写亦是山与水交互于其中的世界。"从斤竹涧越岭溪行"之"从"字，应为《说文》所训"随行"[1]之义，即顺遂溪谷而行。然自象田至史家，要翻四五座山，而下管溪流出史家村，即不再有山了。

如此就必须考虑今乐清县雁荡山风景区内的筋竹涧了。此为明永乐《乐清县志》和《大明一统志》[2]所辨康乐诗纪游之处。永乐《乐清县志》中有：

> 筋竹涧去县东七十五里，在山门乡。宋谢灵运渡江而上筋竹涧，过白箬岭溪行。（下引《从斤竹涧越岭溪行》）。[3]

自地名而言，此处最接近康乐诗题中的"斤竹涧"。须知有"筋竹"却无"斤竹"这种植物，故"斤竹"当为"筋竹"的讹误。《说文》训"筋"为"竹物之多筋者"[4]。明《温州府志》、永乐《乐清县志》和万历

---

[1] 许慎，《说文解字》（北京：中华书局影印，1978），页169。
[2] 李贤等奉敕撰，《大明一统志》（台北：文海出版社据中央图书馆珍藏善本影印，1965年），卷四五《绍兴府》，第6册，页3142。
[3] 不著修纂人姓名，永乐《乐清县志》卷二，页三五，《天一阁藏明代方志选刊》第7册（台北：新文丰出版公司），页267。
[4]《说文解字》，页91。

《会稽县志·物产》卷均列有"筋竹"。《会稽县志》"筋竹"条下有注曰：

> 性韧可作篾。亦名金竹，堪织箪。《西京杂志》：会稽贡竹簟，号流黄簟。《酉阳杂俎》：筋竹笋未成时，堪为弩弦。[1]

至于"神子溪"，据道光《乐清县志》："靖址山，在十九都扑头岭西北，岩岬盘纡，中结村落。有靖址溪，即谢灵运所称神子溪也。"[2] 当地文教界亦有人以神子溪为"靖底施"者。但"神子溪"更可能是于今已湮没无闻的地名。要确认"斤竹涧"为今芙蓉的筋竹涧，须说明：谢客因何来此？一个站得住的解释是专意为山水景致而来。《乐清县志》引《雁山记》谓："荡水南出为大龙湫，东南会于天柱飞泉，南经筋竹入于海。"[3] 筋竹涧溪流的上游，今能仁寺以北即锦溪，其源头即今雁荡山第一胜处——落差达197米的大龙湫瀑布。谢客《白石岩下径行田》、《行田登海口盘屿山》二诗说明：其曾行田至乐清。由《游赤石进帆海》中"扬帆采石华，挂席拾海月"[4] 说明其有海上扬帆的经历，《游名山志》有"地肺山"[5] 条，说明其曾到过玉环岛上的地肺山。然则，其或抵盘屿海口后，续扬帆沿海岸线北上而抵清江一带。史载雁荡山于宋太平兴国二年（977）之后方有人居，[6] 然大龙湫这一胜景其时或由樵夫、采药人口中传出，为素爱山水的谢客获知而生游

---

[1] 杨维新、张元忭纂修，《会稽县志》卷三，物产之五，页八一，《天一阁藏明代方志选刊续编》，第28册。
[2] 此条材料由徐逸龙发现，见其《谢灵运（瓯）江北游踪考述》，载黄世中编选，《谢灵运在永嘉》（桂林：广西师范大学出版社，2001），页23。
[3] 《乐清县志》卷二，页八，《天一阁藏明代方志选刊》，第7册，页253。
[4] 《谢灵运集校注》，页78。
[5] 同上书，页275。
[6] 见永乐《乐清县志》卷二，页七，《天一阁藏明代方志选刊》，第7册，页253。

图二　乐清筋竹涧

兴。此符应《宋书》本传中"郡有名山水，灵运素所爱好，出守既不得志，遂肆意游遨，遍历诸县，动逾旬朔"[1]的记载。

二〇一〇年五月下旬，我与孙良好教授、乐清作家马叙先生等一行五人驱车至乐清芙蓉镇之筋竹村，然后溯水而上，徒步考察了自筋竹溪至筋竹涧，再至连环潭一段溪谷。四天之后，我又自能仁寺出发，顺水而行，只身徒步体验了自能仁寺至连环潭一段溪涧。所谓筋竹涧是指今雁荡山锦溪南端的能仁寺和筋竹溪北端之间约六、七华里的一段自北向东南流向的溪谷，与下游两岸多为平展田畴的筋竹溪不同，此一段两山逼仄夹水，确乎为"涧"也。【图二】由于涧谷地形的多变，道路时在右岸，时在左岸。故从涧而行，须多次涉水（现今有几

---

[1]《宋书》卷六五，页1753。

处有桥和跬步),栈道亦常在山壁上伸延,此颇符应《从斤竹涧越岭溪行》中"过涧既厉急,登栈亦陵缅"两句的描写。而且,道路时在水畔,时入林中,却无时不在涧水声之中,无处不依山壁之曲折。这种山水交互的环境被诗人表现为山、水意象在诗中交错:

> 逶迤傍隈隩,迢递陟陉岘。
> 过涧既厉急,登栈亦陵缅。
> 川渚屡径复,乘流玩回转。……[1]

这是一段景致变化多端的溪谷:有激流,有浅濑,有深潭,有悬瀑,时而急湍如雪,时而静潭澄碧。不唯不令人厌倦,且光景在在常新。诗人以"乘流玩回转"、"企石挹飞泉"、"攀林摘叶卷"写出了自己溪行一路欢欣几至调皮的心情。"飞泉"偶或于山壁一见,"叶卷"更是触手可得。筋竹涧可谓无处不合谢客所咏之"斤竹涧"!

谢客在距今一千五百九十多年前夏日的某清晨,大约自今筋竹村一带出发,"上筋竹涧,过白箬岭溪行",来寻访深藏在重重山岭后面的大瀑布奇景。他究竟行至何处?已不得而知。但大约在接近今能仁寺前就因无路而折返,因为这一段至今都没有一段像样的路。他大概无缘亲睹大龙湫瀑布。但可以肯定,仅此一筋竹涧已足以入诗了。不唯灵运,唐诗僧贯休亦有诗,是为筋竹涧中"经行峡"一名之由来。

3. 白岸亭

此《过白岸亭》一诗所涉地名。黄节以后各家注本,悉据《太平寰宇记》卷九十九以下文字来指认白岸亭的方位:

---

[1]《谢灵运集校注》,页121。

> 白岸亭在楠溪西南，去州八十七里，因岸沙白为名。谢公游之。[1]

今日所谓"楠溪"水发源于北接仙居的溪下，南北流贯今永嘉县境。另一称为"楠溪"者乃其支流小源溪。"在楠溪西南"是颇难确定的位置。徐逸龙引明人王瓒《惠日寺记》、清张卓人《衙斋碑记》和杨昌浚文证明"楠溪"亦为乡名，范围在以枫林为中心，岩头、金山头间的瓯水（今楠溪江）中游平原。[2] 以此，白岸亭的位置遂被缩小至今永嘉枫林镇西南的范围。谢灵运诗文中有关白岸亭还有一条资料，即作于景平元年（423）秋挂冠离郡时的《归途赋》中以下两句："发青田之枉渚，逗白岸之空亭。"[3] 此处透露出白岸亭在诗人去永嘉归始宁旅途上青田或邻近青田的江边。谢客的归乡路线是溯江过青田而抵处州后，始舍舟登冯公岭，出永康、东阳，如其《初去郡》一诗所写："溯溪终水涉，登岭始山行。野旷沙岸净，天高秋月明。"[4] 综合以上三点——今枫林镇西南，去州治八十七里，溯江至青田的江岸，我倾向认同永嘉县地方志办公室高先生的说法：白岸亭当在今永嘉县桥头镇白沙村一带瓯江北岸处。

二〇一〇年五月下旬，由永嘉县地方志办公室人员指引，孙良好教授驱车带我到桥头镇白沙村的江边，此处乃永嘉与青田的交界地带，且有一渡口，古时故有在此设亭的理由。谢客于此"缓步入蓬屋"很可能是等待渡船。但谢诗中"沙垣"，即岸边白沙堤（"白岸"之由来）已不

---

[1] 乐史撰，王文楚等点校，《太平寰宇记》（北京：中华书局，2007），卷九九，页1977。
[2] 《谢灵运（瓯）江北游踪考述》，页5。徐文引王瓒《惠日寺记》："枫林惠日寺，在永嘉楠溪乡。"张卓人《衙斋碑记》："永嘉县治东北百余里，乡名楠溪，旧制县丞分驻于此。"杨昌浚文："岩头、金山头与枫林相距十里许，另有附近村落不一，总名楠溪。"均见《谢灵运在永嘉》，页5。
[3] 《谢灵运集校注》，页304。
[4] 同上书，页98。

复见。据当地年长村民讲：江岸原有大段白沙。五八年后先改沙为田，后又造屋，至江岸面目全非，但见两岸青山依旧枕着流去的瓯江。这大概即是谢客"近涧涓密石，远山映疏木"[1]一联吟咏的近涧和远山吧。

4. 始宁墅、南山、北山

此三处系《过始宁墅》、《于南山往北山经湖中瞻眺》、《石壁精舍还湖中作》等诗所涉地名。但确定谢氏家族居住的地理位置，其意义远不止于理解这三首诗，尚关乎吾人对谢氏在剡水一带生活环境的了解。东汉顺帝永建四年周嘉上书分浙江以西为吴郡，以东为会稽郡。后者领十县，包括山阴、上虞和剡。又分上虞南乡而立始宁县。[2]由此可知：所谓始宁县辖境大部分在剡水中游的东岸，小部分在西岸，东晋以后县治在今三界镇的对岸。始宁正好收摄了剡水最秀丽的一段风景。谢灵运《山居赋》谓"南北两居，水通陆阻"。[3]北山因有历来方志及谢安墓冢和近年国庆院发现的"棋墅"碑为据，向被认作是今上虞市上浦镇的东山及附近的西庄（方弄村）。至于南山，则因郦道元《水经注》（详见下文）而被认为在今嵊州的崿、嵊一带，具体位置，历来不甚了了。如宋《会稽志》所说，谢氏《山居赋》写其始宁园"其绵亘逦迤，包络上下，可谓广矣。而今所可识，惟东山尔"。[4]自谢衡起，谢氏豪族在剡水东岸经营已历六世，居所当有多处。然则，灵运撰写《山居赋》，究竟是以何处作为中心来叙述远近东南西北的地理呢？《山居赋》谓："其居也，左湖右江，往渚还汀。面山背阜，东

---

[1] 同上书，页74—75。
[2] 见《宋书》卷三五，志第二十五《州郡一》："始宁令，何承天《志》，汉末分上虞立。贺《续会稽记》云：'顺帝永建四年，分上虞南乡立。'《续汉志》无。《晋太康三年地志》有。"第4册，页1031。清毕沅所稽《晋太康三年地志》残本已无此文字。
[3]《谢灵运集校注》，页329。
[4]《会稽志》卷一三，《文渊阁四库全书》（台北：商务印书馆，1983），第486册，页278。

阻西倾。抱含吸吐，欵跨纡萦。绵联邪亘，侧直齐平。"[1]"东阻西倾"对上虞东山和嵊山对岸车骑山、太康湖一带所有居所而言，皆无问题。问题在于其下对远近东南西北环境的描写。如此赋写其近北曰"二巫结湖"就不可能出现在上虞东山之北。金午江、金向银以清末地理学家丁谦《宋谢灵运山居赋地理补注》对《山居赋》"近南"条及自注的解释中以"小江"为嵊溪而非小舜江一说为基础；[2]又以黄泽江为太平江，将黄泽江上游的山岭认作赋中的漫石和唐嶷，以满足"远南"条中"崿、嵊与分界，去山八十里，故曰远南"的说法，[3]从而将中心确定在嵊州剡水东岸的车骑山附近。这样的判断在文献上似颇有根据。史载谢灵运曾叔祖谢安盘桓上虞东山，而谢安之兄、灵运的曾祖谢奕则曾为剡令。[4]太康湖一带的开发，或自谢奕始。据《水经注》记载，嵊州剡水东岸的车骑山附近，为谢奕之子、灵运祖父谢玄所归之处。顾绍柏《谢灵运集校注》一书虽屡称始宁墅为其亲往的东山，却在注解《过始宁墅》一诗时写道：

　　笔者曾访上虞县上浦公社（乡）群众，几乎众口一词，谓此山确系谢安所居，至于卜居开创之人谢玄以及生于此、隐于此的灵运，他们则全无所知。[5]

然而，倘若顾氏也到了今嵊州三界镇一带，辄会遇到相反的情况，即当地民众会知道谢玄和谢灵运，却不知有谢安。谢灵运之后，最早标出此一居止的是郦道元的《水经注》：

---

[1]《谢灵运集校注》，页321。
[2]《谢灵运山居赋诗文考释》，见此书前言，页3。
[3] 同上书，页139—140。
[4]《晋书》，第7册，卷七九，页2080。
[5]《谢灵运集校注》，页43注11。

> 浦阳江又东北径始宁县嶀（巏）山之成功峤。峤壁立临江，欹路峻狭，不得併行。……峤北有嶀浦，浦口有庙……北则嶀山，与嵊山接，二山虽曰异县，而峰岭相连。其间倾涧怀烟，泉溪引雾，吹畦风馨，触岫延赏。是以王元琳谓之神明境，事备谢康乐《山居记》。浦阳江自嶀山东北径太康湖，车骑将军谢玄田居所在。右滨长江，左傍连山，平陵修通，澄湖远镜。于江曲起楼，楼侧悉是铜梓，森耸可爱，居民号为桐亭楼。楼两面临江，尽升眺之趣。芦人渔子，泛滥满焉。湖中筑路，东出趋山，路甚平直。山中有三精舍，高甍凌虚，垂檐带空，俯眺平林，烟杳在下，水陆宁晏，足为避地之乡矣。[1]

这是灵运被害后百年内有关谢氏"南山"的资料，其中吸收了灵运的《山居赋》的内容，为后世撰方志者所本。这段文字中最重要的地理信息，是指出了谢玄田居所在为嶀山北与嵊山隔水峰岭相连、浦阳江（此处应即剡水）自嶀山东北径入太康湖这片号称"神明境"的区域。后人因谢玄被追赠车骑大将军，在这片区域中增加了一个地名——"车骑山"。宋《剡录》在叙述了舜皇山后，曰：

> 又北曰嶀山，两岸峻壁乘高临水，深林茂竹，表里辉映。其间倾涧怀烟，泉溪引雾，吹畦风馨，触岫延赏。又北有石床，谢灵运所垂钓也。其下为剡溪口，水深而清曰嶀浦。又东北曰车骑山，谢元（玄）之所居也。右滨长江，左傍连山，平陵修通，澄

---

[1] 郦道元撰，陈桥驿校证，《水经注校证》（北京：中华书局，2008），卷四〇，页945–946。

湖远镜。于江曲起楼,楼侧悉是铜梓,森耸可爱,号桐亭楼。[1]

车骑山地名尚存,山高311米,在剡水东岸今李岙村南。谢玄田居之所在,由此可划定为崿浦以东、车骑山以西这片区域。谢灵运本人在《山居赋》中对这里几处居所的环境有所描写。第一处是对赋文中"南术"的自注:

> 南术是其临江旧宅,门前对江,三转曾山,路穷四江,对岸西面常石。此二山之间,西南角岸孤山,此二山皆是狭处,故曰生矶。[2]

这一带剡江"三转曾山"(即车骑山)之处立刻令人想到江过崿浦之后的马岙,在此建宅,确乎是"门前对江"且"路穷四江"。所谓"对岸西面常石"即今谢公亭所在石矶【图三】。所谓"二山之间,西南角岸孤山"在崿浦西岸,常石矶与清风岩之间(此处似有脱句)。二山皆在江之"狭处"。于石矶对岸处起楼,则真真是"两面临江,尽升眺之趣",这就是桐亭楼。在"南术"一段自注后,该赋进一步描绘了旧居:

> 尔其旧居,囊宅今园,枌槿尚援,基井具存。曲术周乎前后,直陌蠹其东西。岂伊临溪而傍沼,乃抱阜而带山。考封域之灵异,实兹境之最然。葺骈梁于岩麓,栖孤栋于江源。敞南户以对远岭,辟东窗以瞩近田。田连冈而盈畴,岭枕水而通阡。自注:葺室在宅里山之东麓,东窗瞩田,兼见江山之美。三间故谓

---

[1] 高似孙,《剡录》,宋嘉定八年刊本,清同治九年重印,卷二,页五~六,台北成文出版社影印本,页68—69。
[2] 《谢灵运集校注》,页323。

图三　自马岙村隔水眺谢公亭石矶

之骈梁。门前一栋,枕矶上,存江之岭,南对江上远岭。此二馆属望,殆无优劣也。[1]

此处明言有"二馆",即丁谦所谓"此节由旧宅而及新居"[2]。第一处三间即今马岙偏东的桐亭楼。"岩麓"、"江源"正是这一带的地形,谢氏的屋舍如果沿回江的冲积层附近构筑,这段伸入洲岛中央而被冲积层滩地环绕的平顶山岗,确可以"宅里(裏)山"称呼【图四】。第二处其自注谓"门前一栋,枕矶上,存江之岭,南对江上远岭"。既曰门

---

[1] 同上书,页 323—324。
[2] 引自民国三十三年牛荫麐等修,《嵊县志》卷二四,页二〇。台北成文出版社影印本,第 6 册,页 1719。

图四　崿浦、马岙村、宅里山和对岸谢公亭石矶（录自金午江、金向银《谢灵运山居赋诗文考释》）

前，当距桐亭楼不至于太远，然亦不会太近，否则不必言"二馆"。清人丁谦提供了如下信息：

> 江楼即桐亭楼，以傍得名。其下有石，名钓鱼台，俗名钓鱼潭，至今犹存，在马岙村东北二里。[1]

二〇一〇年四月下旬至五月初，我在嵊州三界镇李岙村民李彭卫（即该村中"古桐亭"石匾的发现人）和货运司机嵊州卢春祥的引领下，来到剡水东岸钓鱼潭村。村靠江一处恰有一岩矶枕水，其下今为小渡口。岩矶东侧，现为公路，当初则相当平敞。据当地传说，此处即谢客所谓"系缆临江楼"[2]（而非桐亭楼）所在。由马岙村东北行至此恰为一、二里。此处的发现，同时打开了进入"开创卜居之处"的"南山"入口。《山居赋》关于南山的描述后面有一段颇长的自注：

---

[1]　同上书，页1734。
[2]　《登临海峤初发强中作，与从弟惠连，见羊何共和之》，《谢灵运集校注》，页166。

第一章　大谢"山水"探秘　｜　65

南山是开创卜居之处也。从江楼步路，跨越山岭，绵亘田野，或升或降，当三里许。途路所经见也，则乔木茂竹，缘畛弥阜，横波疏石，侧道飞流，以为寓目之美观，及至所居之处。自西山开道，迄于东山，二里有余。南悉连岭叠鄣，青翠相接，云烟宵路，殆无倪际。从径入谷，凡有三口。方壁西南石门世［称］南［有］池东南，皆别载其事。缘路初入，行于竹径，半路阔，以竹渠涧。既入东南傍山渠，展转幽奇，异处同美。路北东西路，因山为鄣。正北狭处，践湖为池。南山相对，皆有崖岩。东北枕壑，下则清川如镜，倾柯盘石，被陕映渚。西岩带林，去潭可二十丈许，葺基构宇，在岩林之中，水卫石阶，开窗对山，仰眺曾峰，俯镜浚壑。去岩半岭，复有一楼。迥望周眺，既得远趣，还顾西馆，望对窗户。缘崖下者，密竹蒙径，从北直南，悉是竹园。东西百丈，南北百五十五丈。北倚近峰，南眺远岭，四山周回，溪涧交过，水石林竹之美，岩岫隈曲之好，备尽之矣。刊鄣开筑，此焉居处，细趣密玩，非可具记，故较言大势耳。[1]

这段文字凡三层内容。第一段迄至"及至所居之处"，叙述从江楼步路至卜居之处的路程和沿途所见。"自西山开道，迄于东山"以下叙述自桐亭楼至此所居之地、而并非从铜亭楼至临江楼的几条路径及沿途景致。[2] 第三段自"南山相对，皆有崖岩"，描述卜居之处四围环境。对笔者的考察而言，重要的是第一和第三段文字。

李彭卫告诉我："临江楼"遗址附近有一条俗称"官大路"的古道，循此古道可登上一座名为"敕书岭"的山岭，沿山岭走三华里多，即可抵当地传说中谢灵运住过的地方。"敕书岭"一名令人玩味。敕书

---

[1]《谢灵运集校注》，页330。
[2] 本章此处纠正了《谢灵运山居赋诗文考释》的说法，见该书页108。

是皇帝诫朝臣公卿的手令，谢玄、谢灵运都可能是敕书下达的对象。我在李彭卫引领下走上"官大路"，路系卵石铺就，非常精致，由于已少有人行走，渐被草木掩盖，以致不再能循此路登上敕书岭。我们一行遂由一条大致与此路平行的小路上岭，于此又找到了"官大路"古道，此路在岭上较平缓，亦较开阔，路旁悉为竹树。向南偏东方向行三里余，则有一个叫大水坑的岭上村落。首先看到一处大约只有三、四户人家的聚落。其东南一侧有一小丘，其后可见车骑山顶；其西南一侧则是大水坑的另一处聚落，坐落于一岩崖台地之上【图五】。崖下是为两面山岭所抱的田畴，直伸展至江边。据李彭卫讲，这片田畴叫"湖田"，过去曾是小湖。《山居赋》中"因以小湖，邻于其隈。众流所凑，万泉所回"[1]当指这个弯曲隐蔽处的小湖。《游名山志》谓"从临江楼步路南上二里余，左望湖中，右傍长江"[2]，亦指此地。我几天后又自江边"湖田"北侧的小路东行远眺了小崖上大水坑的这片聚落【图六】。

笔者亲历考察的地形地貌多合于上引《山居赋》自注中那段文字。自江楼附近"官大路"经"敕书岭"至大水坑，正是三里许，且沿途景色亦与谢氏所写大体一致。由铜亭楼至大水坑即"自西山开道，迄于东山"，亦约三里，与"二里有余"的说法相近。大水坑之南面的连山叠嶂与大水坑所在的山崖，皆可称"皆有崖岩"。大水坑东北可见向西逶迤垂降的一道连山的山脊。其前后侧现为大片田畴，当初则是动石溪和太康湖，正是所谓"东北枕壑，下则清川如镜"。至于"西岩带林，去潭可二十丈许，葺基构宇，在岩林之中，水卫石阶，开窗对山。仰眺曾峰，俯镜浚壑"一段文字，则是描述大水坑以西的铜亭楼，以其处"岩麓"、"江源"的位置，确乎有"水卫石

---

[1]《谢灵运集校注》，页330。
[2]《登临海峤初发强中作，与从弟惠连，见羊何共和之》，《文选》，卷二五，中册，页365。

图五　嵊州大水坑村

图六　嵊州大水坑下的湖田

阶"、"俯镜浚壑"的可能。此处"潭"为江潭,是江流在转弯处触到石岩而形成的流水中之渟回,恰与今谢公亭所在石矶下的水势符应。显然,这段文字的中心,即是大水坑山崖的居所,它应当就是郦道元所说的"山中三精舍",其盛时乃"高薨凌虚,垂檐带空,俯眺平林,烟杳在下"。此处与"桐亭楼"之间真真是"倾涧怀烟,泉溪引雾,吹畦风馨,触岫延赏"。并临江楼一起,构成"周岭三苑"[1]、绵延"共五里余"[2]的南山别墅群。【图七】其主要建筑皆选址于依山临水的形胜之处。谢灵运《还旧园作,见颜范二中书》、《昙隆法师诔并序》的序文皆述及"东山",《山居赋》叙与昙隆、法流的交往亦两度提到

---

〔1〕《山居赋》,《谢灵运集校注》,页329。
〔2〕《宋谢灵运山居赋地理补注》,引自《嵊县志》卷二四,第6册,页1734。

图七　南山诸苑位置卫星图

"东山"[1]。但此处的东山，可能即是以上引文中的"东山"，甚至泛指谢氏在剡水东岸的居止，而非特指上虞上浦附近的东山。奇怪的是，在这一段论南北通阻的文字中，只说到南山"夹渠二田，周岭三苑"。而且，在全赋有关居宅的描写中，只有关于南山，特别是位于大水坑的"开创卜居之地"最为详尽。这令人想到：此居的监造者可能即为谢奕，故此地堪称"卜居开创"。

那么，《山居赋》中提到的"北山"又在何处？《谢灵运山居赋诗文考释》对谢诗地理考辨甚勤，然最大失误即在以剡水东岸铜亭楼等三处居所为"北居"，而以仙岩镇谢岩一带为"南居"所在。[2]首先，《山居赋》既已明确以"南术"、"南山"指称车骑山附近三居止，就不可能在同赋和诗篇中再改称其为"北山"。其次，即便石壁精舍在谢岩

---

[1]《谢灵运集校注》，页124，350，328。
[2]《谢灵运山居赋诗文考释》，页126。

村的说法能被确认,[1]也根本没有证据说该地亦有谢氏"三苑"。此赋自注有"两居谓南北两处,各有居止。峰崿阻绝,水道通耳"[2],即便自剡水舟行二十里可至强口,从强口要再陆行八里而至谢岩,亦难以"水通陆阻"来描述。故而,所谓"北山"当在崿浦以东和车骑山以西这片区域北面能以舟船抵达之处。

我由此想到考察中在章镇一带听说的四山两溪之间的谢氏庄园。其实,清末嵊州地学家丁谦已提出"综徽全赋"其居之地在南、北之间的说法,只不过是被其考辨在"上虞县东南乡谢公岭下距下管市不远"[3]处。其对《山居赋》"近南"节关于"双流"、"小江"、"三洲"的一段补注成为金午江、金向银论点的基础:

> 剡江即嵊县江,此小江指嵊溪,故与剡江会合于山南也。……三洲在二水之口,今已并合为一,即花山迤北之大沙滩也。[4]

然而,金氏或许忽略了此赋正文中叙完南山之后,有一段描写南北间水路的文字:

> 求归其路,乃界北山。栈道倾亏,蹬阁连卷。复有水径,缭绕回圆。渌渌平湖,泓泓澄渊。孤岸竦秀,长洲芊绵。既瞻既眺,旷矣悠然。及其二川合流,异源同口。赴隘入险,俱会山首。濑

---

[1] 笔者在考察中亦曾亲临谢岩观察了在该村一山根下的所谓石壁精舍旧址,金氏的说法笔者难以苟同。
[2] 《谢灵运集校注》,页329。
[3] 《宋谢灵运山居赋地理补注》,引自《嵊县志》,第6册,页1704。
[4] 同上书,页1707—1708。

排沙以积丘,峰倚渚以起阜。[1]

此处有"求归"二字,明示灵运《山居赋》描述者的大中心其实是"北山"。叙写通北山之路时,谓"栈道倾亏,蹬阁连卷,复有水径"则与"水通陆阻"的说法一致。文中也出现了"二川合流"和"积沙成丘",但因在南山居止以北,绝不会是嵊溪与剡水汇流处的三洲。如果上述"双流"与此"二川"系一处,则此赋据以叙述东南西北的中心和大、小巫湖的位置辄须上移。今日虽无法确知刘宋时代大小巫湖之所覆盖,但在昔日始宁县所在的版图内,剡水溪谷之间有可能形成大片湖泊的区域,乃在今三界镇以北、上浦以南。溪谷间最为开阔、并有二川合流和多处洲岛的地方,即三界—章镇盆地的中心今章镇四周。丁谦对《山居赋》"近北"一节的补注曰:

> 巫湖名称今已无闻,惟剡江东滨六鼎山南有一水泽,横约五里,纵则里许,西窄而东宽,俗名潴湖。湖之北相距五、六里,别有一潴湖村。其处今虽无水,疑古时亦为湖地。与注言大小巫湖中隔一山情形亦合。[2]

六鼎山在章镇北五里许,其南的"潴湖"被指为巫湖残迹。依丁说,则《山居赋》中"近北"节自注中"外礜"为今隐潭溪,"里礜"为今张溪,均曾于章镇河头村附近入下管江,且通鲍岙湖,此即所谓"两礜通沼"。[3] 六鼎山南的鲍岙水库当为丁谦所说的"潴湖"的最后残余。为我带路去斤竹岙的冯春和也提到过章镇谢岙,说明于上浦东山说之

---

[1] 《谢灵运集校注》,页 330。
[2] 《宋谢灵运山居赋地理补注》,页 1710。
[3] 丁加达,《谢灵运山居考辨》,《杭州师范大学学报》1990 年第 5 期,页 89。

外,当地民间尚隐然有一谢氏"北山"的另一版本——章镇说。上虞丁加达先生进而系统提出谢灵运北山二园在上虞章镇河头村一带和䧿山一侧谢岙村的说法。其中河头村与北山的关联非常值得注意。其论证是将河头村的历史地理与《山居赋》以下的描述对照:

> 其居也,左湖右江,往渚还汀。面山背阜,东阻西倾。抱含吸吐,款跨纡萦。绵联邪亘,侧直齐平。(以下自注)枚乘曰:"左江右湖,其乐无有。"此吴客说楚公子之词。当谓江都之野,彼虽有江湖而乏山岩,此忆江湖左右与之同……往渚还汀,谓四面有水;面山背阜,亦谓东西有山,便是四水之里也。抱含吸吐,谓中央复有川。款跨纡萦,谓边背相连带。[1]

根据这段文字,丁加达将北山二园中一处确定在今章镇河头村。其根据在此村的位置与周边地貌,完全符合《山居赋》以上一段的描述。此村坐落于"下管溪下游的北岸,鲍岙湖南岸,中央山西坡"[2]。鲍岙水库即丁谦所说的小巫湖残迹的"潴湖"之最后形态。以中央山、六鼎山和巫湖为坐标,所谓"面山背阜,东阻西倾"和"东西有山"即可落实。丁谦和丁加达皆以六鼎山南至曹娥江东岸这一带所谓"大田畈"或"大浸畈"为昔日巫湖的区域,丁加达甚至在浦口村《王氏宗谱》中发现此为王导后人所居,从而证明此处即《山居赋》描述近北"二巫结湖"所说的王穆之居大巫湖的经始处所。[3] 以此,䧿山两侧的巫湖和剡水(今曹娥江)即坐实了文中的"左湖右江"。最难得的是注文中"四水之地"和"中央复有川"居然也被丁加达自地貌上找

---

〔1〕《谢灵运集校注》,页321。
〔2〕丁加达,《风流东山》(杭州:西泠印社出版社,2011),页140。
〔3〕《山居赋》,《谢灵运集校注》,页322。

到了依据：

> 河头村前后有大、小巫湖、朱山湖、下管江、荫（隐）潭江、张溪江环绕。……张溪江（浮山溪）在近前汇入下管江，荫潭江也南来与下管江会合于浮山西北方，然后再西去与曹娥江会合，这就是"四水之地"也。……这"四水之地"的地形特点，在整个始宁境内是绝无仅有的，更有奇者是"抱含吸吐，谓中央复有川"。河头村中央，果然有一条河。这条河原来是通村后的"大、小巫湖"，直到新中国成立后1956年大修水利，才筑堤断流，成为村内一条断头河，如今形迹俱在。[1]

本人二〇一一年四月在拜访了丁加达先生后第三天，即来到丁先生所说的河头村【图八】、鲍岙湖一带，找到了其指称的谢灵运的准确居止园岙【图九】。在该村北面的六鼎山、下管溪和曹娥江之间，自东至西确有大约三公里的开阔田畴，即丁谦在清代尚能见到的剡江东滨、六鼎山南"横约五里，纵则里许，西窄而东宽，俗名潴湖"的"水泽"所在区域，亦即丁谦和丁加达所指认的昔日巫湖的位置，如今仅存有一片称鲍岙水库的水泽【图十】。自河头村后和下管溪入曹娥江口之间，我来回走过两次，却找不到谢灵运《山居赋》叙述"近北则二巫结湖"一段后自注中的"大小巫湖，中隔一山"[2]。丁谦的《补注》亦言及此山，丁加达谓此为"湖墩"。无奈之下，我以电话向丁加达先生求教。他告诉我此山即是鲍岙村边一个两、三层楼高的土坡，如今遍是房屋【图十一】，居民皆为谢姓。此山远望如同大山山脚，原来就在我的正面。我驱车近前才发现：它与其后的山岭其实相隔近百米。当

---

[1]《风流东山》，页140。
[2]《谢灵运集校注》，页322。

图八　上虞章镇河头村

图九　河头村园岙

图十　河头村后的鲍岙水库：小巫湖的最后残迹

图十一　当年分割大小巫湖的湖墩山

图十二　蓳山、巫湖旧址与河头村一带卫星地图

初,应当是湖中近岸的一个小岛。

如果将《山居赋》关于北山居止的上述细节一一列出,作为发现其地理位置的条件,这些条件不可谓不苛刻。但河头村及其周边地貌居然全然契合【图十二】。本人以为丁加达穷尽半生精力的论证可以成立,而且是谢灵运研究的重要发现。但本人难以认同其复以此处地形讨论《山居赋》自注中"南术是其临江旧宅"以下和正文中讨论南山旧居的文字。[1] 丁加达最后也放弃了仅以上虞章镇地区考辨始宁南北居止的做法,而将南山居止的搜索转向嵊县车骑山一带。从《山居赋》的结构看,自"其居也,左湖右江,往渚还汀……"一节,至以下对近东、南、西、北,远东、南、西、北环境的叙述,应是以章镇蓳山一侧谢岙或六鼎山南河头一带为中心。而自"徒观其南术"以下,却

---

[1] 见《谢灵运山居考辨》,页89—90。丁氏在其论引文中不当地删减了此节自注中"门前对江"以下一段文字,又删减了以下赋文"尔其旧居"以下几句话,将自注与正文混同。而被删减的这些文字在本文以上对南山旧居的讨论中非常重要。

转向对南山居住环境的叙述。然后自"阡陌纵横,塍埒交经"一节起,又以数节总述南、北二地的湖山之美和物产之富,并说明此昭旷山野乃佛教之得道之所也。以下则再论南北两居之通阻,其中"南山是开创卜居之处也"一段颇长的自注,则为对南山另一居止的补叙。

综上所论,灵运在始宁的寓所应有崿浦潭一带和今章镇巫湖附近南北两处。《于南山往北山经湖中瞻眺》一诗谓:"朝旦发阳崖,景落憩阴峰。"[1]如果灵运是自崿浦潭一带上船,扬帆北行,然后由江入湖,抵达今河头园岙一带,计入水道弯曲以及剡水在改道之前的曲折,全程约四十多华里。木船时速因风和水的方向及速度、水道宽窄、船型、船吃水深度而易。即便是顺水,剡水流速却很慢。且灵运不会单船出行而是舳舻相连。更如诗所透露,于途中山水胜处他会"舍舟"而流连徜徉。故而,常人四个小时的路程(设若每小时走十华里),他竟走了一天。从崿浦潭之巫湖,沿途景色确是"涤涤平湖,泓泓澄渊。孤岸竦秀,长洲芊绵"。该赋似乎透露了归隐后期诗人主要生活已移至北山河头村一带。

5. 石壁精舍

此乃《石壁精舍还湖中作》、《石壁立招提精舍》等诗所涉地名。除诗而外,谢灵运《游名山志·会稽郡·石壁山》、《山居赋》以及《答范光禄书》中皆透露了有关石壁精舍方位的信息。有如此多线索,石壁精舍却是谢诗所涉所有地名中最难考索的一处。金午江、金向银以为在嵊州剡水西的谢岩。[2]本人在二〇一〇年曾察了几处被认为可能是石壁精舍的地方:距上虞上浦东山约七华里的梅树湾的梅花庵旧址、上虞东山"指石"以上山岩、嵊州石舍村玄武岩地貌的"狮子

---

[1]《谢灵运集校注》,页118。
[2]《谢灵运山居赋诗文考释》,页131–136。

尾"、嵊州张岙附近的"石壁潭"和嵊州谢岩村的"金水［精舍］石壁"。上述地点经考察识别皆无法与上述文献资料契合。

所有上述地点皆限于上虞上浦东山和嵊州车骑山附近地域。然而，一旦确认了灵运写《山居赋》乃以章镇河头村的北园为中心，石壁精舍的大致位置其实不难确定。丁加达最后提出在章镇今新江村下张岙的"岭下汪"为石壁精舍之所在。[1]为验证丁氏判断，本人于 2016 年 7 月 25 日在李昕、于长军二位传统艺术同好的陪同下，来到上虞章镇。经考察，本人以为石壁精舍应在章镇新江村张岙庙所在的山谷中，此山谷的上半属下张岙，下半属中张岙，本书统称为"张岙庙谷"。本人询问当地村委会，他们不知有"岭下汪"，大概是丁加达老先生从更年长一辈口中获知的地名，如今已被遗忘。村委会所在地即为下张岙，由一个豁口可以直达张岙庙谷。结合文献和现地考察，本人以为谢灵运为僧人所建的"经台"、"讲堂"、"禅室"和"僧房"，即所谓"石壁精舍"，即在这一山谷上端接近水源的地方，理由如下。

有关石壁精舍方位最重要的文献信息是《游名山志·会稽郡·石壁山》中以下文字：

> 湖三面悉高山，枕水渚。山溪涧凡有五处。南第一谷，今在所谓石壁精舍。[2]

"湖"乃指巫湖，三面高山指河头村的东北、正北、西北的中央、六鼎等山和南面当初与河头村隔湖相望的薑山。从上下文看，"山溪涧凡有五处"应指以上所有山（而非仅仅薑山）中的"溪涧"，即有水自山上流泻而下，形成两山夹水地貌的溪谷，而非山中的小溪而

---

[1]《风流东山》，页 148–149。
[2]《谢灵运集校注》，页 276。

已,因为在谢灵运的时代,这一大片山岭中绝不可能只有五处山溪。问题在于"南第一谷"该如何点算。首先须明确,点算应围绕巫湖诸山进行。由于环绕巫湖的中央山、六鼎山等距离河头村更近,故应沿巫湖从东北向西北再向南逆时针方向点算,张峇庙所在的山谷恰恰是这一点算中环湖三面山的"南第一谷",虽然它处在薑山北第一谷的位置上。这个山谷有一定坡度,也颇宽阔,两侧山丘逶迤而下,南侧薑山主脉,更高一些【图十三】。谷中现有多处水塘,在谢灵运的时代应是一水流湍急的溪涧【图十四】。顺溪谷下坡,经过中张峇村,绕过一个狭长的小丘再向西行,即当年的巫湖。谢诗《石壁精舍还湖中作》谓"出谷日尚早,入舟阳已微",如果他在石壁山和"经台"、"讲堂"、"禅室"、"僧房"等处的向晚"清晖"中盘桓而"憺忘归",这个绵延数百米的山谷和出谷西行至湖畔泊舟处的小路足以使他消费掉夕阳落入西山的一小段时光。更重要的是,这一山谷完全契合《山居赋》以下文字叙述选址并涉及石壁精舍山水环境的描述:

> 爰初经略,杖策孤征。入涧水涉,登岭山行。陵顶不息,穷泉不停。栉风沐雨,犯露乘星。研其浅思,罄其短规。非龟非筮,择良选奇。翦榛开径,寻石觅崖。四山周回,双流逶迤。面南岭,建经台;倚北阜,筑讲堂。傍危峰,立禅室;临浚流,列僧房。对百年之高木,纳万代之芬芳。抱终古之泉源,美膏液之清长。谢丽塔于郊郭,殊世间于城傍。……[1]

文中的"面南岭"和"倚北阜"正符合南北两侧有山的地形。薑山主体与其下延伸的两侧山势的逶迤萦回,又的确给人"四山周回"

---

[1] 同上书,页328。

图十三　张岙庙谷上端（昔石壁精舍所在"南第一谷"　丁冯玲／摄）

图十四　张岙庙谷下端（N29°49.528′/E120°52.895′）

的感觉。谷中有溪流，薑山一侧有下管溪，亦可谓"双流逶迤"。三面有山，在谷北一侧山建经台，筑讲堂，则是"面南岭"、"倚北阜"；在薑山东侧溪水流下的某处如今日张呑庙处建禅室，则是"傍危峰"；在溪谷两侧造僧房，则是"临浚流"。灵运《答范光禄书》中一段文字"即时经始招提，在所住山南，南檐临涧，北户背岩"[1]则是从河头村一带居住的角度描述"讲堂"、"经台"所居之形势。而无论讲堂、禅室，抑或僧房，皆可能有"绝溜飞庭前"和"高林映窗里"（见《石壁立招提精舍》）的景象。总之，这个溪谷可以满足关于石壁精舍文献信息所有的细节要求。

根据这样的地貌环境，再来想象谢灵运《石壁精舍还湖中作》一诗所描述其在湖山之中享受的那个夏日傍晚的一段时间：

> 昏旦变气候，山水含清晖。清晖能娱人，游子憺忘归。出谷日尚早，入舟阳已微。林壑敛暝色，云霞收夕霏。芰荷迭映蔚，蒲稗相因依。披拂趋南径，愉悦偃东扉。……[2]

夕阳已然西下，诗人却在溪水奔流、竹木葱茏、处处飞溜的山谷的"清晖"中沉醉了，乃至他漫行至泊在湖边的木船时，太阳已大半沉入西边山岭。竹木茂密的山壑顿时黯淡下来，天上紫霞亦渐渐转青。一个暖色调的世界逸去了，湖面上但见变得愈加深蔚的芰荷。船从石壁山谷口到河头北园走了大约半小时，晚风中相互依偎的蒲稗移到眼前。诗人走下船，已经看不太清芦茅的颜色，他拨开茅草向庄园走去……此刻湖山已化为一派水墨，吾人甚至感受到了从湖面吹来风里的潮湿。

---

[1] 同上书，页312。
[2] 同上书，页112。

6. 归濑三瀑布

此系《发归濑三瀑布望两溪》一诗所涉地名。顾绍柏《谢灵运集校注》注此诗将题中的"归濑"作为地名。[1]但近年亦有将"发归"二字作为并列式动词，以"濑三"作为瀑布三泄名字的说法。[2]我不谙越语，但感到这种说法比较奇怪，因为除非在陈述中作为谓语，数词才能置于名词之后。而在此诗题中已有"两溪"，"三瀑布"应如两溪一样，是名词短语。黄节先生《谢康乐诗注》以谢氏《山居赋》中言及昙隆、法流二法师一段自注文字而辨此诗"或与二师别后诗"。[3]但从此诗的描写来看，"归濑三瀑布"当非石门瀑布。灵运往观此瀑如其探访石室"飞泉"和仙岩"梅潭"，亦藉舟船，故诗以"我行乘日垂，放舟候月圆。沬江免风涛，涉清弄漪涟"[4]开篇。从永嘉、始宁二地看，能借舟船而至的"三瀑布"，仙岩之外最有可能的当属昔日可自长乐江上游珠溪和西溪溯水而至的今嵊州贵门山中的三悬潭（或称天兴潭）。同治《嵊县志》卷一地理志有"三悬潭"：

> 在贵门山，石壁如削，丹翠万状，瀑布垂空，三潭潴焉。二潭在岩屋中，有石棱相界。缘壁而入，如另辟天地。寒气逼人，六月如秋。俯视潭水，忽起忽平，恍有龙神出没。外汇一大潭。潭口一石，曰拜龙石。明太守白玉祷雨于此。又下二里有石狮潭。岩石五色，或如人，或如花鸟。瀑悬二十丈，望若帘垂，谓之水帘。照以斜日，幻成虹影。有数石类狮，错蹲岩上，因以名焉。

---

[1] 同上书，页182。
[2] 徐国兆编注，《历代咏剡诗选》（杭州：浙江古籍出版社，2008），页9。又见《谢灵运山居赋诗文考释》，页189。
[3] 《谢康乐诗注·鲍参军诗注》（北京：中华书局，2008），页146。
[4] 《谢灵运集校注》，页181。

三悬潭高似孙品泉第八。[1]

民国《嵊县志》贵门山条下引《名胜志》，亦涉三悬潭：

> 贵门山壁立万仞，一峰尤卓立，曰天门岭。佳木老树，阴翳森挺。下有仙人洞，可受数人。石穴有三泉迸出，曰三悬潭。潭口有石方整，名拜龙石。明白太守玉尝祷雨礼拜于此。[2]

所有这些文字皆未将"三悬潭"与谢灵运的纪游诗联系。关于"三悬潭"最早的吟咏是元末镏绩（1341-1367）的《三悬潭》：

> 欲识三潭险，相将踏蹬台。青天咫尺近，丹壁万寻开。沫喷千秋雪，晴喧五月雷。寻幽不到此，空负剡中来。[3]

其后，明人慎斋、王三台，清人袁尚衷、周师濂、钱豫丰、郭凤枢等皆有吟咏，但从未以此为谢客所访之"归濑三瀑布"。换言之，灵运身后九百多年中，此一胜处一直未被诗人问津。这是否可能？由于再找不到其他文献证据，现地寻访就更为重要了。

二〇一〇年四月下旬，我自嵊州长乐镇乘车经南山水库来到三悬潭所在的冰川火山谷。途经的南山水库已经永远淹没了昔日西溪上游的河床，三悬潭也因上游东阳修了水库而水流很小了。整个旅游景区因此已关闭很久，原铺在栈道上的木板多已腐朽失落。所谓三悬潭是自三面由悬崖围就、半封闭的井状悬壶顶端落下的一片瀑布，叠为三

---

[1] 严思忠修，蔡以瑺纂，同治《嵊县志》（台北：成文出版社1974年版中国方志丛书华中第188），第1册，卷一，页26a（总页145）。
[2] 民国《嵊县志》卷一，第1册，页59—60。
[3] 转引自同治《嵊县志》，第7册，卷二四，页82a（总页2435）。

图十五　嵊州长乐镇三悬潭:"飞泉倒三山"

图十六　嵊州长乐镇三悬潭:"积石竦两溪"

泄,注为三潭。而在此井状悬壶两侧的两峰之外,壶外又有一呈扇状的山峰【图十五】。我蓦然会意到:岂不正是灵运此诗中所写的"飞泉倒三山"?〔1〕那么此联的上句"积石竦两溪"又落在何处?"两溪"有论者以为指黄沙潭来与厚仁坂来的双溪交汇的大溪口。〔2〕但我以为溪口距三悬潭太远。谢诗素以身体的移动展现景观,"两溪"句可能即描写三悬潭前之九龙滩。瀑布水自深潭溢出骤遇此火山岩而分为两支下流的溪水。这堆花岗岩系格子状节理,一眼望去恍如堆积而成【图十六】,不就是"积石竦两溪"么?〔3〕当年谢客借舟船来此,舍舟之后仍不免

---

〔1〕《谢灵运集校注》,页181。
〔2〕《历代咏剡诗选》,页9。
〔3〕据《谢灵运山居赋诗文考释》,三悬潭下游的溪水名即是双溪,见该书,页189。

山林登攀之苦。故而此诗有"亦既穷登陟,荒蔼横目前。窥岩不睹景,披林岂见天。阳乌尚倾翰,幽篁未为邅。退寻平常时,安知巢穴难。"[1]"归濑三瀑布"幽闭于这样的所在,难怪千年之后方有诗人再来光顾了。

7. 石门、石门山

此系《石门新营所住,四面高山,回溪石濑,修竹茂林》、《登石门最高顶》、《石门岩上宿》三诗所涉地名。石门是颇常见的地名,历来辩说石门,仅与灵运行止有关者即有永嘉雁荡之石门、青田之石门、庐山之石门,近又传出有今永嘉县陡门乡之石门。《全唐诗》中有郭密之《永嘉经谢公石门作》[2]一诗,亦认为石门在永嘉。元代上虞人刘履首辨康乐之石门乃在嵊县。[3]宋《剡录》有"石门山"条,下注曰:

> 县西山有龙潭,下有沸水,在溪穴间,周二、三尺,如汤沸滚滚,四时不休。然水流浑浑,不足尚也。[4]

此段文字未涉及谢诗。《大明一统志》绍兴府卷有"石门山":

> 在嵊县北五十里,宋谢灵运"跻险筑幽居,披云卧石门"。[5]

清同治《嵊县志》卷一则有:

---

[1]《谢灵运集校注》,页181。
[2]《全唐诗》卷一八七,第25册,页10031。
[3] 明刻本刘履《选诗补注》卷六,页一三。
[4]《剡录》卷二,页五,成文出版社影印本,页66。
[5]《大明一统志》卷四五,第6册,页3001。

> 石门山，一名天竺山，在县西北二十五里崇仁乡。中峰为石门最高顶，南为九华峰，北为石门峡。山有石门，萝薜引罩，中有石床、石枕，前有石岩，傍有龙湫，下有沸水，在溪穴间周二三尺，如汤沸，四时不休。又县西北九十里亦有石门山两石峭立如门。[1]

此段虽未述及灵运，然"中峰为石门最高顶"已明指为谢诗之石门。对于谢诗所涉石门，我有一个基本判断，即它不应在灵运出守的永嘉郡，因为其在该地为官一年，尽管"肆意游遨，遍历诸县，动辄旬朔"，却不可能在郡治外的深山之中再去经营一个住所山居。故而，谢诗所涉的石门、石门山应在嵊州或上虞。二〇一〇年四月下旬我到今嵊州市崇仁镇北的石门村。村民指村后长满竹树的高山为石门山，却并不知有石门涧，流过村边的溪流细窄，亦难称石门涧。但石门村这条溪流的下游却白石壁立，真可谓之涧了。在距石门村大约四华里马家田村公路的左侧陡坡下，走过荆棘丛，则见两面石壁夹峙，中间流淌着澄碧的溪水，再上溯则见两高丈五的石岩夹水俨然如门状【图十七】。上有瀑布，下有深潭。灵运著文曰：

> 石门山，两岩间微有门形，故以为称。瀑布飞泻，丹翠交曜。[2]

此段文字李善注《文选》所收之《登石门最高顶》、《石门新营所住，回溪石濑，修竹茂林》二诗时未曾征引，亦不见于清严可均《全宋文》所辑谢灵运《游名山志》。唐欧阳询《艺文类聚》引为谢灵运《名山志》。

---

[1] 同治《嵊县志》卷一，页19b（总页131）。
[2] 欧阳询《艺文类聚》卷八所引谢灵运《名山志》，《艺文类聚》（上海：上海古籍出版社，1999），上册，页144。

图十七　嵊县崇仁镇马家田石门

《隋书·经籍志》有谢灵运《游名山志》、《居名山志》各一卷著录。李善注并未参阅《居名山志》，疑此段即出自《居名山志》一书。李善所征引《游名山志》一书却有：

> 石门涧，六处石门。溯水上，入两山口。左边石壁，右边石岩，下临涧水。[1]

近读《谢灵运山居赋诗文考释》获知：在这段约两公里的山涧中，竟共有六座"石门"[2]，正与《游名山志》中"六处石门"的说法相合。本人所见则是其中太白、放翁所记之"康乐石门"。或有人以为石门涧与石门山为两处不相干的所在，但从本人的现地考察的结果判断，石门山、石门村虽涉及远较石门、石门涧更大的空间范围，然其称名之由来，却应自此"两岩间微有门形"的石门以及其所处的石门涧而来。附近亦有"石床"、"石门坎"和"石门瀑"。由于如今公路的修建，这一切胜迹和昔日行路的艰难皆沉没于坡下的荆棘丛中。顺石门涧而下是温泉，即《剡录》中所谓"溪穴间"之"沸水"。至于石门山，则是由涧水北侧而上绵亘十余公里的一条山脊。石门所处的山谷的确是"四面高山，回溪石濑，修竹茂林"，我以为灵运的"新营所住"即在马家田村这个小山谷，而不在石门村那个更大的山谷内，更不与谢岩今所谓"石壁精舍"阶基回互。[3]因为"石门"是石门山南侧的地名，而且今所谓"石壁精舍"附近的地貌与"跻险筑幽居，披云卧石门"的诗句不合。而"回溪石濑"却适于描写马家田附近的溪流。所谓"新营所住"应在石门一侧的山上。在此结庐而居，真真是

---

[1]《文选》卷二二，页315。
[2]《谢灵运山居赋诗文考释》，页134—135。
[3] 此是《谢灵运山居赋诗文考释》一书的说法，见该书，页182。

"跻险筑幽居，披云卧石门。苔滑谁能步。葛弱岂可扪。……俯濯石下潭，仰看条上猿。早闻夕飙急，晚见朝日暾。崖倾光难留，林深响易奔……"。[1]

然灵运由何而至此地山居？其《山居赋》的自注透露了如下消息：

> 二公（昙隆、法流二法师）辞恩爱，弃妻子，轻举入山，外缘都绝，鱼肉不入口，粪扫必在体，物见之绝叹，而法师处之夷然。诗人西发不胜造道者，其亦如此。往石门瀑布中路高栖之游，昔告离之始，期生东山，没存西方。相遇之欣，实以一日为千载，犹慨恨不早。[2]

诗人谢灵运倘自剡水东岸的南山庄园来此石门，确为"西发"。由"不胜造道者，其亦如此"一句可知：诗人来此原有效法二法师的"辞恩爱，弃妻子，轻举入山，外缘都绝，鱼肉不入口，粪扫必在体"的苦行意味。而民间有关谢灵运的传说以及"游谢"、"宿处"、"谢岩"、"康乐弹石"、"登云馆"、"梯云桥"等地名，亦主要集中在剡水西岸今仙岩镇的强口村、谢岩村和塘丘村一带，强口附近还建有谢仙君祠。这一切并非苟然，因为灵运自南山庄园至石门高栖，这是一条最可能的路线。《宋书》本传谓其"尝自始宁南山伐木开径，直至临海，从者数百人"[3]，其《登临海峤初发强中作，与从弟惠连，见羊何共和之》诗亦有"杪秋寻远山，山远行不近……攒念攻别心，且发清溪阴。暝投剡中宿，明登天姥岑"[4]，这些皆透露其时诗人游踪之远。据当地世代传说，谢岩是诗人往来盘桓的所在，是一个向南、向西游历皆可作中转的地

---

[1]《谢灵运集校注》，页174。
[2] 同上书，页328。
[3]《宋书》，卷六七，页1775。
[4]《谢灵运集校注》，页166。

图十八　石门岭

方。塘丘村中"登云馆"、"梯云桥"这些地名则似乎暗示诗人是自今塘丘村附近登上石门山脊。二〇一〇年四月底,我自塘丘村一侧的后门山登上石门岭中一座山峰。从后门山处可看到自东北向西南垂降伸延、绵亘十余公里长的石门山脊,其中耸立着大小五、六座山峰【图十八】,最高的一座叫大风门岗,高691米,应当即是"石门最高顶"了。在山脊的最西南处,甚至可以隐约看到沸水水库。诗人谢灵运应当即由此越过山岭,在石门山另一侧的西南发现了石门,并筑幽居而高栖的。

三、话语山水:谢灵运的美感世界

以上考辨证明:灵运在永嘉、始宁书写的山水景观皆可寻获一外在的地理参指方位,确为一种"非虚构"的地方之诗。这与绘画特别是明清绘画中仅具"常理"而不具"存有的识别"意义的山水迥然不同。这一点深刻影响了谢灵运所开创的山水书写的主流模式。

但这些实际地方的风物是如何被组织成为诗作的？学界已确认了这样一个事实：中国古典诗的重要形式对仗，与山水书写几乎同时在诗坛出现，以致对仗即被认作"山水诗最适合的形式"[1]。所谓"山水诗"开山建幢的人物谢灵运也恰恰就是最早在诗中大量使用对仗形式的诗人。以此，笔者统计了谢灵运所有描写自然风景的对句，凡七十联，其中山与水或山与水中景物的对联竟占了其中四十二联，如：

远岩映兰薄，白日丽江皋。（《从游京口北固应诏》）

山行穷登顿，水涉尽洄沿。
岩峭岭稠叠，洲萦渚连绵。
白云抱幽石，绿筱媚清涟。（《过始宁墅》）

石浅水潺湲，日落山照曜。（《七里濑》）

乱流趋正绝，孤屿媚中川。（《登江中孤屿》）

澹潋结寒姿，团栾润霜质。
涧委水屡迷，林迥岩逾密。（《登永嘉绿嶂山》）

白花缟阳林，紫蕨晔春流。（《郡东山望海》）

莓莓兰渚急，藐藐苔岭高。
石室冠林陬，飞泉发山椒。（《石室山》）

日末涧增波，云生岭逾叠。（《登上戍石鼓山》）

---

[1] 林文月，《中国山水诗的特质》，《山水与古典》（台北：纯文学出版社，1984），页41。

> 近涧涓密石，远山映疏木。(《过白岸亭》)
>
> 秋泉鸣北涧，哀猿响南峦。(《登临海峤初发强中作，
> 　　　　　　　　　　　　　　与从弟惠连，见羊何共和之》)
>
> 憩石挹飞泉，攀林搴落英。(《初去郡》)
>
> 俯濯石下潭，仰看条上猿。(《石门新营所住，四面高山，
> 　　　　　　　　　　　　　　回溪石濑，茂林修竹》)
>
> 侧径既窈窕，环洲亦玲珑。
> 俛视乔木杪，仰聆大壑潨。
> 石横水分流，林密蹊绝踪。……
> 初篁苞绿箨，新蒲含紫茸。(《于南山往北山经湖中瞻眺》)[1]

此外，这种山与水之间的相对并列有时还可以在上、下联的对比中呈现，如：

> 蘋萍泛沉深，菰蒲冒清浅。
> 企石挹飞泉，攀林摘叶卷。(《从斤竹涧越岭溪行》)
>
> 林壑敛暝色，云霞收夕霏。
> 芰荷迭映蔚，蒲稗相因依。(《石壁精舍还湖中作》)[2]

这种山与水之间的并列和对比令本人非常好奇：这是否即诗人组织其山水经验的话语框架以体现其美感之所钟呢？为此，吾人须仔细观察其审美触角之所指向。首先，其对江南山水之间由山峦和陆滩延至水中的汀渚沚湄之曲线美颇有领略。如《过始宁墅》：

---

[1]《谢灵运集校注》，页157—158, 41, 51, 84, 56, 66, 72, 68, 74—75, 166, 98, 174, 118。
[2] 同上书，页121, 112。

> 山行穷登顿，水涉尽洄沿。
> 岩峭岭稠叠，洲萦渚连绵。
> 白云抱幽石，绿筱媚清涟。

在"山行"一联写身体于山水间移动后，是远景山与水空间形态中的"稠叠"和"连绵"的变化。再下一联是近景，更贴近山与水的形态多样与变化。对仗手法本身即凸显变化，而身体移动则令对仗灵动而不呆板。而此处变化之美更在剡水畔萦回的曲岸洲渚，以及由此而有绿筱时在清涟之上屈伸。这是一首眷恋故土的诗，水之湄柔和的曲线摹拟着诗人心中依依之情。其与从弟惠连等惜别的诗中亦有"中流袂就判，欲去情不忍。顾望脰未悁，汀曲舟已隐。隐汀望绝舟，骛棹逐惊流"[1]。日后何逊的"送别临曲渚"[2]和阴铿的"依然临送渚，长望倚河津"[3]亦皆以汀渚之望写情之依依。由江之汜、水之湄暗示柔情，或许可追溯到《秦风·蒹葭》中"溯洄从之，道阻且右"和楚辞《九歌·湘君》中"搴汀洲兮杜若，将以遗兮远者"这样的表现，然二者皆未能正视汀渚洲湄之曲线美。恐怕直到陆机的《塘上行》中"江蘺生幽渚"[4]和庾阐《三月三日诗》中的"心结湘川渚"才略出此意。而在谢诗中，这样的美感却一再被书写。如：

> 川渚屡径复，乘流玩回转。[5]

---

[1] 谢灵运，《登临海峤初发强中作，与从弟惠连，见羊何共和之》，同上书，页166。
[2] 何逊，《送韦司马别》，《先秦汉魏晋南北朝诗》，中册，页1687。
[3] 阴铿，《江津送刘光禄不及》，同上书，下册，页2452。
[4] 《先秦汉魏晋南北朝诗》，上册，页658。
[5] 谢灵运，《从斤竹涧越岭溪行》，《谢灵运集校注》，页121。

>舍舟眺回渚，停策倚茂松。
>侧径既窈窕，环洲亦玲珑。[1]
>
>洲岛骤回合，圻岸屡崩奔。……
>春晚绿野秀，岩高白云屯。[2]

前两诗中"玩"和"眺"透显诗人是以玩赏的态度对待在曲线中伸展的汀渚洲湄。第三例的情绪更复杂，放在下文讨论。其中绿野和高岩是水畔在垂直度上的变化。

笔者在剡水和瓯江、楠溪【图十九】一带考察，发现汀渚于水中错落参差而有韵律的曲线，洵为江南山水美之所在。后世诗人孟浩然之诗句"江畔洲如月"[3]，画家王维之《长江积雪图》、董源之《寒林重汀图》、《潇湘图》【图二十】、《夏景山口待渡图》、赵孟頫之《水村图》、黄公望之《富春山居图》、仇英之《秋江待渡》等，率皆于此颇能会意。山水画论亦以"泉源至曲，雾破山明"[4]，"山要回抱，水要萦回"[5]，"远水萦纡而来，还用云烟以断其脉"[6]和"之字水"肯认了这一美感。柳宗元论永州东池戴氏营造水榭，亦因其在"岸之突而出者，水萦之若玦焉"，而成"池之胜于是为最"[7]。后世造园叠石作驳岸，亦措意岸线之曲折："开土堆山，沿池驳岸，曲曲一湾柳月"[8]，

---

[1] 谢灵运，《于南山往北山湖中瞻眺》，《谢灵运集校注》，页118。"舍舟"句之"回"字取自宋本《三谢诗》、焦本《谢康乐集》等版本。
[2] 谢灵运，《入彭蠡湖口》，同上书，页191。
[3] 孟浩然，《秋登万山寄张五》，佟培基笺注，《孟浩然诗集笺注》（上海：上海古籍出版社，2000），卷上，页135。
[4] 萧绎，《山水松石格》，俞剑华编，《中国画论类编》（香港：中华书局，1973），页578。
[5] 荆浩，《山水赋》，同上书，页600。
[6] 李成，《山水诀》，同上书，页616。
[7] 柳宗元，《潭州杨中丞作东池戴氏堂记》，《柳宗元集》（北京：中华书局，1979），卷二十七，第3册，页723。
[8] 计成，《园冶》，陈植注释，《园冶注释》（北京：中国建筑工业出版社，1988），页71。

图十九 楠溪

"水石……要须回环峭拔"[1],水"得潆带之情"而山"领回接之势"[2]。以致将中国造园概念引入欧洲的英国建筑师钱伯斯(William Chambers 1723—1796),要以"湖岸与河岸总模仿自然的形状而变化多端"来说明中国造园家以"模仿自然全部的不规则性"为目的。[3]在文艺史上,灵运却是具此美感之第一人。

自山之高处奔泻而下的瀑布,为灵运山水审美触角所向之又一端。谢诗中六篇——《石室山》、《从斤竹涧越岭溪行》、《初去郡》、《还旧园作,见颜范二中书》、《发归濑三瀑布望两溪》、《舟向仙岩寻三皇井仙

---

[1] 文震亨,《长物志》卷三《水石》,引自陈植校注,《长物志校注》(南京:江苏科学技术出版社,1984),页 102。
[2] 郑元勋,《园冶题词》,《园冶注释》,页 37。
[3] William Chambers, *Designs of Chinese Buildings, Furniture, Dresses, Machines and Utensils* (reprint; New York: Benjamin Blom, Inc., 1968), pp.15-16.

图二十　董源《潇湘图》

迹》——皆写到瀑布。除最后一篇未直指外,瀑布均指称为"飞泉"。而灵运的《山居赋》中"瀑布"二见,《游名山志》残本"瀑布"则一见。倘若吾人将《发归濑三瀑布望两溪》的诗题也视为文的一种形式看待,辄发现:灵运只将"飞泉"作诗的语言使用,而"瀑布"则作为称谓。从文学传统而言,"飞泉"更古老,可以追溯至楚辞。而"瀑布"则比较晚近。按《搜神后记》,应出自剡地方言。[1] 在灵运之前,孙绰的《游天台山赋》已出现"瀑布"。灵运居地近剡,却不在诗中使用"瀑布",这或许说明他更执着于书写传统。"瀑布"本身有"广狭如匹布"的隐喻意味。灵运未在诗中用"瀑布"一词,或许可以解释他何以未能由此发展出"如舒一幅练"[2]、"望之若幅练在山矣"[3] 那样的想象,

---

[1]《搜神后记》卷一《剡县赤城》:"崖正赤,壁立,名曰赤城。上有水流下,广狭如匹布,剡人谓之瀑布。"据扫叶山房一九一九年石印本影印《百子全书》(浙江:浙江人民出版社,1984)第7册,页529。此外,孔灵符《会稽记》曰:"赤城山土色皆赤,岩岫连沓,状似云霞,悬溜千仞,谓之瀑布。"《太平御览》(北京:中华书局,1960),第1册,卷四一,页194。

[2] 徐坚《初学记》卷五所引盛弘之《荆州记》,《初学记》(北京:京华出版社,2000),上册,页155。

[3]《水经注校证》,卷三八,页894。

而这却是唐大历以后对瀑布最普遍的喻写手法。[1]但灵运既在六篇诗作中写到瀑布,而且,如现地考察所推测,其溯水而走筋竹涧,原先的动机很可能是为一睹大龙湫瀑布,瀑布应早已进入其审美知觉。那么,他的美感又表现于何处?从诗作看,灵运竟在三篇中写到"挹飞泉":

  企石挹飞泉,攀林摘叶卷。(《从斤竹涧越岭溪行》)

  托身青云上,栖岩挹飞泉。(《还旧园作,见颜范二中书》)

  憩石挹飞泉,攀林搴落英。(《初去郡》)[2]

郭璞更早在《游仙十九首》其三中已写到"挹飞泉",那是作为隐遁山林"冥寂士"的生命姿势。[3]谢诗中以上三例亦皆是为写自我身体在山水中的运动和姿势。灵运一向热衷反身描写自我身体在山水中的运动以表现深度感。所以,"飞泉"在此是作为人身体活动的背景。灵运还有两首诗是自高山来写瀑布,皆只一句:《石室山》的"飞泉发山椒"和《发归濑三瀑布望两溪》的"飞泉倒三山"。这当然远比诗人手挹的"飞泉"要有气势。但一旦置诸全诗山水图景之中,即便与笔者千六百年后见到的大箬岩附近十二峰处的飞瀑和三悬潭瀑布实景相比,亦觉气势不足。请看瀑布如何出现在二诗的图景中:

  莓莓兰渚急,藐藐苔岭高。

---

[1] 如李贺《昌谷诗》有"瀑悬楚练帔"(《全唐诗》,第6册,页4422),徐凝《庐山瀑布》有"今古长如白练飞,一条界破青山色"(《全唐诗》第7册,页5377),施肩吾《瀑布》有"如裁一条素,白日悬秋天"(《全唐诗》第8册,页5590)。白居易《缭绫》写织品则以瀑布作譬:"应似天台山上月明前,四十五尺瀑布泉。"(《全唐诗》第7册,页4704)

[2] 《谢灵运集校注》,页121,124,98。

[3] 见郭璞《游仙诗》其三:"绿萝结高林,蒙笼盖一山。中有冥寂士,静啸抚清弦。放情凌霄外,嚼蕊挹飞泉。"《先秦汉魏晋南北朝诗》,中册,页865。

> 石室冠林陬，飞泉发山椒。
>
> 沫江免风涛，涉清弄漪涟。
>
> 积石竦两溪，飞泉倒三山。[1]

置"飞泉"置于山林溪流的远景中，其气势难被凸显。而唐诗中瀑布常以浩瀚天宇来映衬，如：

> 欻如飞电来，隐若白虹起。
>
> 初惊河汉落，半洒云天里。
>
> 仰观势转雄，壮哉造化功！
>
> 海风吹不断，江月照还空。……
>
> 飞珠散轻霞，流沫沸穹石。
>
> 日照香炉生紫烟，遥看瀑布挂前川。
>
> 飞流直下三千尺，疑是银河落九天。
>
> （李白《望庐山瀑布水二首》）

> 谢公岩上冲云去，织女星边落地迟。
>
> （方干《题仙岩瀑布呈陈明府》）

> 庐山瀑布三千仞，画破清霄始落斜。
>
> （曹松《送僧入庐山》）[2]

以上这些瀑布之咏，皆以瀑布凸显在无穷天汉的雄浑背景中而极尽夸

---

[1]《谢灵运集校注》，页 72，181。
[2] 李白《望庐山瀑布水二首》（《全唐诗》第 3 册，页 1837）；方干《题仙岩瀑布呈陈明府》（《全唐诗》第 10 册，页 7490）；曹松《送僧入庐山》（《全唐诗》第 11 册，页 8238）。

张。而天空却常常在灵运的山水诗中缺席。故而,灵运虽有四诗——《登永嘉绿嶂山》、《登上戍石鼓山》、《登石门最高顶》、《登庐山绝顶望诸峤》——写登山攀顶,却没有写天空。谢灵运在山顶看到的仍然只是山——"岩"、"岭"和"峦陇"。也许只有《入华子冈是麻源第三谷》是例外。此诗中有"遂登群峰首,邈若升云烟"。但以下的"羽人绝仿佛,丹丘徒空筌"[1]似乎又将对云天的向往摆落了。没有视觉中云天和"幅练",灵运对瀑布最深的知觉竟是"寒":

蹑屐梅潭上,冰雪冷心悬。(《舟向仙岩寻三皇井仙迹》)[2]

此处之"冷"是一种通感,它包含了从触觉、温度觉、听觉到心理的感受。吾人今日游瑞安仙岩的梅雨潭【图二十一】,看到从山岩罅隙奔泻落入碧潭的瀑布,仍然觉得这个半封闭的空间里寒意弥漫。唐人写瀑布有"瀑水交飞雨气寒","瀑布寒吹梦","嵯溪满山响,坐觉炎氛变","瀑布千寻喷冷烟"[3]等,大约皆绍续于此。

灵运山水美感关注的另一处是"涧"。"涧"是两山夹水的地貌。历来写到"涧"或"溪",多自山与水的对比着眼。如"俯涉绿水涧,仰过九层山"[4],"翔霄拂翠岭,绿涧漱岩间。手澡春泉洁,目翫阳葩鲜"[5],"松竹挺岩崖,幽涧激清流"[6]等,皆是。灵运写"涧",不只指两山间的溪流,而且似乎亦指两山夹峙的江河,如《过白岸亭》和

---

[1]《谢灵运集校注》,页196。
[2] 同上书,页80。
[3] 见苏味道《嵩山石淙侍宴应制》(《全唐诗》第2册,页755);齐己《寄华山司空图》(《全唐诗》第12册,页9482);丘丹《奉使过石门瀑布》(《全唐诗》第12册,页9979);贯休《寄大愿和尚》(《全唐诗》第12册,页9326)。
[4] 杨方,《合欢诗》其四,《先秦汉魏晋南北朝诗》,中册,页860。
[5] 庾阐,《观石鼓》,同上书,页874。
[6] 王玄之,《兰亭诗》,同上书,页911。

图二十一　仙岩梅雨潭瀑布

《登上戍石鼓山》中所涉之"涧",则已是瓯江了。《田南树园激流植援》中的"激涧代汲井"一句中的"涧",分明指前句的"南江"。以此为"涧",则谢氏在今嵊州马岙的居所亦为"涧"也。但灵运亦以山间溪流为"涧",最著者为"石门涧"和"斤竹涧"。灵运写"涧",自然也注重其中山与水的对照,如《石门新营所住,四面高山,回溪石濑,修竹茂林》一诗中有"俯濯石下潭,仰看条上猿"[1],《登临海峤初发强中作,与从弟惠连,见羊何共和之》一诗有"秋泉鸣北涧,哀猿响南峦"[2]。灵运对"涧"最好的描写当属《从斤竹涧越岭溪行》,不仅前人不能比,后人亦鲜见其匹:

> 猿鸣诚知曙,谷幽光未显。
> 岩下云方合,花上露犹泫。
> 逶迤傍隈隩,苕递陟陉岘。
> 过涧既厉急,登栈亦陵缅。
> 川渚屡径复,乘流玩回转。
> 蘋萍泛沉深,菰蒲冒清浅。
> 企石挹飞泉,攀林摘叶卷。
> 想见山阿人,薜萝若在眼。
> 握兰勤徒结,折麻心莫展。
> 情用赏为美,事昧竟谁辨?
> 观此遗物虑,一悟得所遣。[3]

此诗写斤竹涧,紧扣第二句的"幽"字。以"幽"写涧,已见前人,[4]

---

[1]《谢灵运集校注》,页174。
[2] 同上书,页166。
[3] 同上书,页121。
[4] 见王玄之,《兰亭诗》"幽涧激清流",《先秦汉魏晋南北朝诗》,中册,页911。

第一章 大谢"山水"探秘 | 103

然未能真入幽境。此诗起写天光欲开未开之时际，此是幽暗；岩下云合与花上露泫上下两个欲开又合的空间，大小极不对称，却荧荧然相对，此是幽美，且是心境极幽之人方能领会的幽美。诗人于此幽静之时际，入一半开半合幽美之境。以下"逶迤"、"隈隩"、"苕递"、"陉岘"、"过涧"、"登栈"、"屡径复"、"玩回转"、"沉深"、"清浅"诸句乃极赋山、水之幽深和诗人之盘桓不已，其中的大量联边字（"逶迤"、"隈隩"、"陉岘"、"蘋萍"、"菰蒲"、"沉深"、"清浅"）和双声叠韵（"逶迤"、"厉急"、"蘋萍"、"菰蒲"、"沉深"、"清浅"）颇具"质感"地摹写溪谷的山重水复。诗人于此完全不在乎目的地了："企石挹飞泉，攀林摘叶卷"。终于飘飘恍惚、似有似无之间，出现了"幽人"。以笔者对"筋竹涧"的考察，此涧中有激流，有浅濑，有深潭，有悬瀑，有在山水交互中蜿蜒变换的路径，而这一切的景致变化，悉被灵运以对仗形式中展开的身体活动，表现得淋漓尽致。而对联之间的回环特征，更符应着溪谷中的山重水复和诗人的盘桓不已。本章考察部分辨证斤竹涧在永嘉，此诗则应作于景平元年夏，"山阿人"遂不可能如刘履和顾绍柏所说，隐指景平二年被杀的庐陵王刘义真。"想见"以下隐括楚辞《山鬼》，写一顾盼有情的丽人。她与阮籍《清思赋》中那个丽人的不同在于：她的出现不在感官活动消散之际，而恍然一现于山水声色之中。灵运《石室山》一诗结尾亦有：

灵域久韬隐，如与赏心交。
合欢不待言，摘芳弄寒条。[1]

这两次游赏中，诗人都见到了"灵域"之化身。但这一次美人形影飘忽，令诗人如阮籍那样因不得守持而惆怅。此愁此情却在山水的品赏

---

[1]《谢灵运集校注》，页72。

中化为了美感。[1]此诗允为灵运山水诗之杰作。

灵运对景物的观赏,明显有偏爱澄净山水的意识。他写道:

> 江山共开旷,云日相照媚。
> 景夕群物清,对玩咸可喜。(《初往新安至桐庐口》)
>
> 昏旦变气候,山水含清晖。
> 清晖能娱人,游子憺忘归。(《石壁精舍还湖中作》)[2]

这种晨昏澄净山水中的"清"美,特别令诗人欣愉。这使吾人想到唐人诗论中以下文字:

> 旦,日出初,河山林嶂涯壁间,宿雾及气霭,皆随日色照着处便开。触物皆发光色者,因雾气湿着处,被日照水光发。至日午,气霭虽尽,阳气正甚,万物蒙蔽,却不堪用。至晓间,气霭未起,阳气稍歇,万物澄净,遥目此乃堪用。至于一物,皆成光色,此时乃堪用思。[3]

灵运书写山水多是这类万物澄净的风景。由此在色彩选择上凸显对比:"原隰荑绿柳,墟囿散红桃","连嶂叠巘崿,青翠杳深沉;晓霜枫叶丹,夕曛岚气阴","残红被径隧,初绿杂浅深","遨游碧沙渚,游衍丹山峰","陵隰繁绿杞,墟囿粲红桃","铜陵映碧涧,石

---

[1] 本章对"握兰勤徒结,折麻心莫展。情用赏为美,事昧竟谁辨"几句的解说依据佐竹保子,《谢灵运诗文中的"赏"和"情"——以"情用赏为美"句的解释为线索》,见蔡瑜编,《回向自然的诗学》(台北:台大出版中心,2012),页167–195。
[2]《谢灵运集校注》,页47–48、112。
[3] (日)遍照金刚编著,周维德校点,《文镜秘府论》(北京:人民文学出版社,1980),页138。

磴泻红泉"是互补色的对比;"白花缟阳林,紫蘙晔春流","白云抱幽石,绿筱媚清涟","白芷竞新苕,绿蘋齐初叶","春晚绿野秀,岩高白云屯"是纯度的对比;"山桃发红萼,野蕨渐紫苞"则是冷暖色的对比。[1]同理,他完全不屑顾及雨和雾中的山水,甚至可说相对漠视风景中的气象因素。

倘对上述审美触角诸向进行概括,吾人不难发现:谢氏山水美感之所钟的山峦和陆滩延至水中的汀渚沚湄、自山之高处奔泻而下的瀑布、两山夹水的涧,以及江流中的小山"屿"(见其《登江中孤屿》)——莫不是山与水交合之处。山、水交错,是为"文"也。而灵运偏爱澄净山水而漠视烟水迷离的景色,其诗凸显晴朗空气中景物色彩的对比,等等,这一切皆可由一个山/水构架而得以解释。而这恰恰就是谢诗山水书写以山与水对仗形式所建构的话语世界。

上节所考辨的灵运所写景观——石鼓山、白岸亭、斤竹涧、石门涧、归濑、石壁精舍,以及方位明确、无须实地考索的景观瓯江孤屿、富春渚、桐庐口、瑞安仙岩、楠溪石室山等,无论实地和文本,亦皆兼具山与水。本章考辨的谢氏在始宁几处居止的地貌特点,亦皆如其《山居赋》等文字所描述,是山、水交集的所在:今马岙一带居所是"葺基构宇,在岩林之中,水卫石阶,开窗对山。仰眺曾峰,俯镜浚壑";临江楼则"临溪而傍沼,乃抱阜而带山";位于今大水坑的"南山卜居之地"坐落一崖岩之上,且"因以小湖,邻于其隈。众流所凑,万泉所回";今章镇河头村附近居止亦为"左湖右江,往渚还汀。面山背阜,东阻西倾。抱含吸吐,款跨纡萦。绵联邪亘,侧直齐平";石壁精舍的建造选址则"四山周回,双流逶迤","南檐临涧,北户背岩";即便是"石门新营所住"亦是"四面高山,回溪石濑,修竹茂林"。这一切在在说明:对此山水诗的不祧之祖而言,形胜之处必兼有山与水,

---

[1]《谢灵运集校注》,页158,54,76,88,161,196,66,41,68,191,170。

此为景观美之所在。

然而，这并不意味着谢诗给了读者一个全然"客观的"世界。诗人显然亦同时漠视了同一片实际山水中的诸多要素。譬如，谢灵运面对的长江以南的大自然，晋宋时代应尚有大片深暗茂密的处女林。《山居赋》罗列物产的部分也以"干合抱以隐岑，杪千仞而排虚。凌冈上而乔竦，荫涧下而扶疏。沿长谷以倾柯，攒积石以插衢"[1]描述了其庄园地区的林木遍布。从纪其游踪的《游名山志》残本中，吾人可见诸如"楼石山多章枕，皆为三、四、五围"，"吹台有高桐，皆百围"，"天姥山上有枫千余丈"，"华子冈上杉千仞"[2]的记述，这是今日须从台湾阿里山神木去想象的巨木世界。《宋书》本传谓其"尝自始宁南山伐木开径，直至临海，从者数百人"[3]，可见其游山会不时面对幽深神秘的原始森林。考察中嵊州金庭山的村民向我证实：甚至在五八年大炼钢铁之前，山上尚遍生着几人抱不拢的古木。灵运诗作中当然也出现了"荒林"、"密林"、"长林"、"疏木"、"群木"、"乔木"、"林迥"、"林深"、"林壑"等意象。然而，森林的书写远未取得山与水在话语中的凸显位置，其或附丽于山、水形势的书写，如"涧委水屡迷，林迥岩逾密"[4]，"窥岩不睹景，披林岂见天"[5]；或为映衬山、水之姿，如"近涧涓密石，远山映疏木"[6]，"密林含余清，远山隐半规"[7]。《于南山往北山经湖中瞻眺》有"舍舟眺回渚，停策倚茂松"，是立于森林外缘向水岸眺望，他并未去观察森林内部四季和晨昏中树叶和苔地上光影的摇曳变化。有森林即会有一个动物世界。谢诗中较多出现的只有禽

---

[1] 同上书，页325。
[2] 同上书，页273，274，278。
[3] 《宋书》，第6册，页1775。
[4] 《登永嘉绿嶂山》，《谢灵运集校注》，页56。
[5] 《发归濑三瀑布望两溪》，同上书，页181。
[6] 《过白岸亭》，同上书，页74—75。
[7] 《游南亭》，同上书，页82。

鸟,多为思归恋家的意象,如"羁雌恋旧侣,迷鸟怀故林"[1],"哀禽相叫啸"[2]。此外就是猿,"哀猿响南峦"[3]、"乘月听哀狖"[4]与禽鸟一样有悲凄的意味。显然,鸟兽亦非为其美感之所钟。灵运永嘉之诗有三篇写到其出海航行的经历,但大海显然亦对他未有太多触动。如上文业已指出,天空常常在其山水书写中缺席,而天空的雨雾虹霓云霞,本可以在天穹,在水波,在山林中创造最迷人的色彩。而灵运则偏爱澄净山水,漠视烟水迷离的景色,其诗凸显晴朗空气中景物色彩的对比。然而,笔者在剡水、瓯江、楠溪一带寻访,却发现雨雾是江南溪湖地区经常的天气,在"万壑争流"的晋宋会稽郡、"缅邈水区"的剡水巫湖之畔,尤应如此。而被淡烟疏雨晕染了的山水,则是后世诗人、画家笔下的美景,且最宜渲染黯黯情思。中国诗中淡墨轻岚世界的开启,尚有俟诗中董源——谢朓的到来。

这一迟早到来的变化是山水书写的一种归趋。傅抱石先生曾提出:伴随中国画自"画体"上以人物为主转向山水为主,"画学"上亦由注重格体笔法的写实向写意发展,而在"画法"上则由"线",经过"色"而向"水墨"发展。[5]一个随题材转变而发生的描写上的类似转变,在诗中亦存在,而且到来更早,其在灵运诗中亦并非全然无迹可寻。实际上,灵运的《登江中孤屿》中于江上眺望,亦写出了"云日相辉映,空水共澄鲜"这样光照下的水气迷离之色。其下接"表灵物莫赏,蕴真谁为传?想象昆山姿,缅邈区中缘。始信安期术,得尽养生年"[6]就已经是自水气烟云展开的,与主体存有意义相关的

---

[1]《晚出西射堂》,同上书,页54。
[2]《七里濑》,同上书,页51。
[3]《登临海峤初发强中作,与从弟惠连,见羊何共和之》,同上书,页166。
[4]《入彭蠡湖口》,同上书,页191。
[5]《中国绘画"山水"、"写意"、"水墨"之史的考察》,《傅抱石美术文集》,页241。
[6]《谢灵运集校注》,页84。

奇幻"物质想象"了。虽然这只在水天之际，而非山水之间。而且，灵运对山与水的描写，也有一个值得注意的现象：即他常以形容词替代名词。如《富春渚》中"溯流触惊急，临圻阻参错"以"惊急"和"参错"替代江流和错落的悬崖；《七里濑》中"徒旅苦奔峭"和"荒林纷沃若"以"奔峭"和"沃若"替代险崖和落叶；《晚出西射堂》中"青翠杳深沉"以"青翠"替代青山；《登永嘉绿嶂山》中"澹潋结寒姿，团栾润霜质"以"澹潋"和"团栾"替代水波和竹子；《登池上楼》中"举目眺岖嵚"以"岖嵚"替代高山；《读书斋》中"残红被径隧，初绿杂浅深"[1]以"残红"和"初绿"替代落花和新叶；《从斤竹涧越岭溪行》中"逶迤傍隈隩，苕递陟陉岘"以"逶迤"和"苕递"替代山中路径……这样非实名化的语词，类似用"染"而不用"勾"。此外，《石室山》中"藐藐苔岭高"中的"苔"字，显然并非指山壁上的苔藓，而是今日于大箬岩自山下远望依然可见的十二凌空奇峰壁上点缀的灌木【图二十二】。"苔"字如画笔的"点苔"，不注重实体却富质感。灵运诗中还一再出现"岚气"、"空翠"、"余清"、"暝色"、"夕霏"、"荒蔼"这类如幻如炎的氤氲之气。景物在此也已具非实体的现象意味，借其对庐山佛影的描绘，颇有些"匪质匪空，莫测莫领"[2]了。

由上文谢诗与实地对比所观察到的所有现象——谢诗以对仗建构的山/水并列对比的世界、谢诗所体现的其美感触角之所向、诗人的游赏去处和居住环境、实地中被谢诗话语所忽略的林林总总，皆向一个似乎平常、却值得深究的问题上聚拢：何以古代中国人最早要将种种自然风景以"山水"——而不是以其他，如稍后出现的"风

---

[1] 见《谢灵运集校注》，页45，51，54，56，64，76，121。
[2] 《佛影铭》，《谢灵运集校注》，页248。

图二十二　永嘉大箬岩十二峰

景"[1]——来概括和指称？有论者以西晋左思的《招隐诗》中"何必丝与竹，山水有清音"为这一表达的滥觞。[2]此非无可商榷。汉语本质上以单音为根，两个单音词"山"与"水"构结为一新词"山水"有两种可能情形。第一种是由叙述句演变而来的偏正式，意指山上流下的水，即泉水或洪水。如《管子·度地》有"下雨降，山水出"[3]和"雨雹，山水暴出"[4]，这个偏正词中山与水的关系，类似"山上有水"[5]，"山崩地裂，水泉涌出"[6]，以及史书地理志中"洈山，洈水所出……沘山，沘水所出"[7]一类的表达。这显然不是与山水诗有关的山水。而左思《招隐诗》中的"山水有清音"一句中"山水"自上一联"石泉漱琼瑶，纤鳞或浮沉"[8]判断，亦当指山中之水。另一种由单音词"山"与"水"构为复音词的方式是并列式。并列构词有三种可能：同义（如江河）、相对（包括反义如男女、天地）和相关。作为自然风景的"山水"出现以前，汉语中已先有"山"与"水"相对并列的表达：

知者乐水，仁者乐山。知者动，仁者静。[9]

---

[1] 据日本学者小川环树的说法，"风景"一词最早出现于鲍照《绍古辞》其七，以及刘宋孝武帝《登鲁山》、王铜《奉和往虎窟山寺》。此外，《文心雕龙·物色》中亦有"窥情风景之上"。见小川环树《风景的意义》，陈志诚译，谭汝谦编，《论中国诗》（香港：中文大学出版社，1986），页 5—7。据小川的说法，"风景"意指光和空气（light and atmosphere），下文将说明：这显然尚非大谢山水诗中自然风景的基元构成。
[2] 王文进，《南朝"山水诗"中"游览"与"行旅"的区分》，《南朝山水与长城想象》，页 20。
[3] 《管子》，《诸子集成》，第 5 册，页 305。
[4] 范晔撰，唐李贤等注，《后汉书》（香港：中华书局，1971），卷八，页 333。
[5] 《周易正义》卷四《蹇》，《十三经注疏》（北京：中华书局影印，1979），上册，页 51。
[6] 《汉书》，卷九，页 281。
[7] 同上书，卷二八上，页 1566。
[8] 《先秦汉魏晋南北朝诗》，上册，页 734。
[9] 《论语·雍也》，《十三经注疏》，下册，页 2479。

第一章　大谢"山水"探秘 | 111

憭慄兮若在远行,登山临水送将归。[1]

山锐则不高,水径则不深。[2]

伯牙鼓琴,志在登高山,钟子期曰:善哉!巍巍兮若泰山;志在流水,钟子期曰:善哉!洋洋兮若江河。[3]

山崩及徙,川塞溪垠;水澹地长,泽竭见象。[4]

山致其高,云雨起焉;水致其深,蛟龙生焉。[5]

高山巍巍,河水泱泱。[6]

吴之玩水若鱼鳖,蜀之便山若禽兽。[7]

悦山乐水,家于阳城。[8]

吴、蜀各保一州,阻山依水。[9]

入山则使猛兽不犯,涉水则令蛟龙不害。[10]

  以上例句中单音词"山"与"水"显然属于相对关系,汉语最终由"山"与"水"的这种相对关系而铸就了一个复音新词"山水",两个音节一平一仄,且平在前,仄在后,十分标准。从现今的材料看,该词最早出现于西晋陈寿的《三国志》,虽然非指风景。《三国志》中

---

[1] 宋玉,《九辩》,见朱熹集注,《楚辞集注》(上海:上海古籍出版社、安徽教育出版社,2001),页116。
[2] 《韩诗外传》卷一,程荣辑纂,《汉魏丛书》(长春:吉林大学出版社,1992),页33。
[3] 《列子·汤问》,《诸子集成》,第3册,页61。
[4] 司马迁,《史记》(北京:中华书局,1959),卷二七,页1339。
[5] 刘向,《说苑》,《汉魏丛书》,卷五,页404。
[6] 汉诗《怨旷思惟歌》,《先秦汉魏晋南北朝诗》,上册,页316。
[7] 桓谭,《桓子新论中》,《全后汉文》卷一四,《全上古三代秦汉三国六朝文》,第1册,页544。
[8] 荀爽,《贻李膺书》,《全后汉文》卷六七,同上书,第1册,页841。
[9] 陈寿,《三国志》(北京:中华书局,1982),卷一四,页447。
[10] 《抱朴子》卷六,《诸子集成》,第8册,页27。

"吴、蜀虽蕞尔小国,依阻山水"[1]或"凭阻山水"[2],意思与前引同书中"阻山依水"并无不同,证明"山水"确由"山"与"水"的并列表达而生成。这样一个新词,不仅与前偏后正的"山水"意义不同,亦与前正后偏的"山川"意义不同。

如果"山水"作为自然风景并非最早在左思的《招隐诗》中出现,它又究竟于何时出现呢?本人以为,它恰恰就出现在庾阐书写山水、兰亭山水雅集、孙绰游、赋天台等重要事件发生的东晋时期。不仅永和九年孙绰的《三月三日兰亭诗序》中有"屡借山水,以化其郁结",兰亭雅集诸人的诗中亦频频出现"寄畅山水阴"(王羲之)、"地主观山水"(孙统)、"散怀山水"(王徽之)[3]。东晋简文帝咸安二年三月《诏百官书》亦出现"独足山水,栖迟丘壑"[4]。孙绰《太尉庾亮碑》有"以玄对山水"[5],《世说新语》记言,载孙氏指卫君长"此子神情不关山水,而能作文"[6]。《庐山诸道人游石门诗序》亦有"因咏山水"和"其为神趣,岂山水而已哉"[7]。谢灵运诗有"山水含清晖";其《山居赋》中有"别有山水,路邈缅归";其《游名山志序》有"夫衣食,生之所资;山水,性之所适";《与庐陵王义真笺》有"会境既丰山水,是以江左嘉遁,并多居之"[8]。《晋书》为名士作传,屡屡出现"登临山水,经日忘归"、"会稽有佳山水,名士多居之"、"出则渔弋山水"、"与东土人士尽山水之游"、"少爱山水"。当

---

[1]《三国志》,卷十,页331。
[2] 同上书,卷一二,页385。
[3]《先秦汉魏晋南北朝诗》,中册,页896,907,914。
[4]《全晋文》卷一一,《全上古三代秦汉三国六朝文》,第2册,页1523。
[5] 孙绰,《太尉庾亮碑》,同上书,页1814。
[6]《世说新语·赏誉》,引自余嘉锡笺疏,《世说新语笺疏》,页478。
[7] 引自郁沅、张明高编选,《魏晋南北朝文论选》(北京:人民文学出版社,1996),页226—227。
[8]《谢灵运集校注》,页112,330,272,307。

然，《晋书》为唐人所撰，但应当是在多方捃拾晋人文献的基础上写成。故东晋史家王隐的《晋书》残本中即有"王羲之初渡江，会稽有佳山水，与孙绰、许询、谢尚、支遁等，宴集于山阴之兰亭"[1]。晋宋间史家何法盛的《晋中兴书》残本中亦有"羲之既去官，与东土士人尽山水之游"和"（谢）安元居会稽，与支道林、王羲之、许询共游处，出则渔弋山水"。[2]作为自然风景的"山水"一词既与山水诗出现于同一时期，它应当就是其时士人游赏和写作山水的产物。而此意义上的"山水"既为意义相对单字的并列式构词，本身即暗示了一种"一元双极"（bipolarity within oneness）之"完形"。

"一元双极"之"完形"乃古代中国人宇宙观的基础。《周易·系辞》谓"一阴一阳之谓道"，"阴阳合德而刚柔有体，以体天地之撰，以通神明之德"[3]。在古人心目中，对仗本身即是宇宙"一元双极"的体现，[4] 故而成为了"山水诗最适合的形式"。"山水"在东晋作为自然风景的指称，并不苟然，它具现了古代中国人的宇宙观，本身乃由观赏和描写自然风景的风气所铸就，是"山水"一词以转喻形式实现的词义扩大。而此一自然风景的知觉话语至少在初期仍以词义扩大前山与水的相对并列为其基本构架。可以援为旁证的一个事实是：这恰恰也是早期山水画的基本构架。庄申先生曾以东晋大画家顾恺之《女史箴图》一段画面【图二十三】去说明早期山水画的构图：

> 这一段画面的中央，是一条小溪。溪水清澈见底。……小溪

---

[1] 王隐撰，《晋书》卷七《王羲之传》，引自汤球，《九家旧晋书辑本》（济南：齐鲁书社，1998），页313。
[2] 何法盛，《晋中兴书》卷七，《九家旧晋书辑本》，页427–428，471。
[3] 《周易正义》，《十三经注疏》上册，页78，89。
[4] 梁代刘彦和论诗赋之对仗以"造化赋形，支体必双……夫心生文辞，运裁百虑，高下相须，自然成对。……易之文系，圣人之妙思也乾坤易简，则宛转相承；日月往来，则隔行悬合"（《文心雕龙·丽辞》，《文心雕龙义证》，中册，页1294–1296）。

图二十三　顾恺之《女史箴图》之一部分结构（录自庄申《根源之美》）

的对岸是几座小丘。而溪的此岸，则在一片小树林的前面，画有几块大石。无论是小丘还是大石，都以若干三角形，重叠互置。在小丘的顶上，一丛丛的小树，连绵不断。在小溪消失之处，山丘形成一片绝壁。像一堆鲜草菇样的小树，群立在壁顶的路旁。而在壁底的山路上，有两只野兔，追逐跃戏。小溪的位置既经表出于山丘与大石之间，自然形成全图的中心所在。此图最重要的结构要素，既为溪流与山石，野兽与树木的存在与否，显然是次要的。可见从第四世纪以来，中国画家对于风景的表达，就是山与水。[1]

---

[1]《游春图——中国最早的山水画》，庄申，《根源之美》（台北：东大图书股份有限公司，1992），页254—255。

图二十四　展子虔《游春图》

庄氏的论析可被顾恺之《画云台山记》证实。现代大画家傅抱石先生以为：顾恺之不惟是伟大人物画家，亦为山水画画学、画体的前驱。[1]其所作《画云台山记》被傅氏认作早期山水画作的构图解说，此图构架为山势蜿蜒如龙，峭峰下有丹崖临涧，下涧为石濑，沦没于渊。[2]这样以山／水为基本构架的观念一直延伸至隋代山水画家——现存最早山水画真迹《游春图》【图二十四】的作者展子虔。庄申这样评价这件真迹：

> 如以《游春图》的构图原则与顾恺之的山水画的构图原则互相比较，这两幅画的分别可说并不显著。至少第四世纪的顾恺之和第六世纪的展子虔，在他们的山水画里，都把水安排在两山之间。也许这种构图，正是发展到第七世纪为止的，中国山水画的典型吧。[3]

---

[1] 傅抱石，《中国古代山水画史的研究》，《傅抱石美术文集》，页448。
[2] 见《画云台山记》，《历代论画名著汇编》，页9—10。
[3] 《游春图——中国最早的山水画》，页257—258。

图二十五　韩休墓壁画《山水图》

以庄申的话验之于敦煌壁画中的自然景物和近年在唐韩休墓中发现之壁画《山水图》【图二十五】，会得到同样的结论。这证明"山水"在其时作为自然风景的话语绝非偶然，它标示着古代中国人对于自然风景的观照，若与欧洲中世纪末艺术中以果园、树木表现的自然比较，一开始即倾向以"大物"山／水为主要构成因素。

四、余　论

本章以田野考察结合古代文献征引的方式，考辨了谢诗若干有争议地名的地理方位，证明谢灵运山水诗乃基于一以诗人历史经验建立的外在参指框架。然谢诗此一"非虚构的"山水不应等同于"客观的"山水。本章基于此而初步爬梳了凝结于谢诗文本中种种山水美感，结合考察对实地山水的还原，本章提出谢灵运对山水美感的书写乃基于山／水一词隐含的一元双极构架。确认这一构架，是理解传统中国景观学的基础。

作为最早大量写作自然风景题材的诗人，谢灵运的山水话语中很多属于"话语陈述的派生树"的根脉部分。基元性的山／水构架即其主脉，后世纵有增益，却终难全然取代。并且，诗与绘画、园林的景观意识于此一脉相通。明清之际伟大画家石涛论画即谓："非山之任，不足以见天下之广；非水之任，不足以见天下之大。非山之任水，不足以见乎周流；非水之任山，不足以见乎环抱。山水之任不著，则周流环抱无由。周流环抱不著，则蒙养生活无方。"[1]明嘉靖名园弇山园园主王世贞在垒石疏池之余，为此园作记，记之八总结前七记，开篇即谓"山以水袭，大奇也；水得山，复大奇"[2]万历后邹迪光造愚公谷，自撰园记十一，亦谓："园林之胜，惟是山与水二物。无论二者俱无，与有山无水，有水无山，俱不足称胜，即山旷率而不能收水之情，水径直而不能受山之趣，要无当于奇；虽有奇葩绣树、雕甍峻宇，何以称焉。"[3]古人即便是在缺乏水源处造园，亦要做一"盆池"，以接如拳之石："沾濡才及于寸土，盈缩不过乎瓢水。……沉蛛丝为羡鱼之网，深抵百寻；浮芥叶为解缆之舟，远同千里。"[4]这与欧洲园林以喷泉、花圃和雕塑为基本要素而未必涉及山丘的传统何其不同！山／水这一基元性的构架其实已深埋进中国文化记忆之中。

英国学者沙玛（Simon Schama）在那本激情挥洒的巨著《风景与记忆》中说：每一种文化皆有能体现自己隐秘想象和核心记忆的风景，如体现立陶宛民族勇武精神的野牛栖息地森林、体现以罗宾汉为

---

[1]《苦瓜和尚画语录》，引自于安澜编，《画论丛刊》（台北：华正书局，1984），上册，页157。

[2]《弇山园记》，《弇州山人四部续稿》卷五九，引自沈云龙主编，《明代文集丛刊》第1期第22册（台北：文海出版社，1970），页2996。

[3]《愚公谷乘》，引自陈从周、蒋启霆编，《园综》（上海：同济大学出版社，2006），页179。

[4] 浩虚舟，《盆池赋》，引自《全唐文》卷六二四（北京：中华书局，1996），第7册，页6296。

代表的自由和快乐精神的英格兰绿林，[1]以及体现美国这一年轻民族蛮野活力的凯茨克尔大山的胡德森谷（Hudson Valley）等。如果要为中国古代文化发现一种风景，或许正是汉语传统垂直书写形式里的"山水"，即山下有水的一幅图像：那是自高山之下迤逦流过的江河，或者屹立于大河岸边的高山——如括苍立于楠溪之畔，石鼓、铜宫立于瓯江之畔，崿、嵊立于剡水之畔，华山立于黄河、渭水之畔，匡庐立于长江之畔，嵩山立于黄河之畔，鹿门立于汉水之畔，巫山立于峡江之中……在这典型的中国风景里，山哺育了水，水映衬着山。而诗人往往是自舟船、楼阁或江矶上眺望遐想，最辉煌的景观往往是山与水并置："江流天地外，山色有无中"，"白日依山尽，黄河入海流"，"地与山根尽，江从月窟来"，"巨灵咆哮擘两山，洪波喷流射东海"，"峡圻云霾龙虎睡，江清日抱鼋鼍游"……山与水的并置最生动地体现着"一阴一阳之谓道"。如果一定要在欧洲艺术中发现一个对应，差可比拟的或许是在文学和风景绘画中经常出现的"森林边缘"（the edge of the wood）这样一种将开阔明朗的原野与浓密阴暗的森林同时呈现的构图。沉寂而神秘的森林——包括森林入口、林中空地、被林木环绕的水塘、狩猎人的森林、宁芙的森林等——本身即是欧洲关于风景的诗、画，甚至音乐[2]的重要题材。阿佩利顿（Jay Appleton）从原始生命在狩猎、逃生等行为中形成的两类对立又互补的环境功能基型"眺望"（prospect）与"庇护"（refuge），去追溯风景美感的渊源。按照他的说法，"森林边缘"的构图实现了"眺望与庇护象征的恰当混合，它是一个中和的场域，在此人能同时获得好的视野与有效的隐匿"[3]。然而，

---

[1] Simon Schama, *Landscape and Memory*（New York：A.A. Knopf, 1995）. 中译本《风景与记忆》，胡淑陈、冯樨译（南京：译林出版社，2013）。
[2] 请读者联想出现在绘画、音乐和诗歌（包括贝多芬、施特劳斯和瓦尔德姆勒）中的维也纳森林、德国巴登 - 符腾堡州的黑森林和巴黎南郊的枫丹白露森林。
[3] Jay Appleton, *The Experience of Landscape*（London：John Wiley & Sons, 1975）, pp. 214—217.

"森林边缘"无论如何也无法体现阳刚与阴柔、挺拔与低回、沉静与灵动、庄重与飘逸、仁厚与智慧等由山水并置所传达的对立又互补的丰富意蕴。如朱利安所说,中国景观艺术旨在"展示其中种种两极元素之间的变化无穷"[1]。这一题旨首先即由"山水"这个语词传达出来。其与同时在诗坛出现的"丽(骊)句与深采并流,偶意共逸韵俱发"[2]的对仗风气相得益彰。在诗的山水书写中创造出天与地、阳与阴、动与静、浓与淡、稠与疏、青与白、红与绿、一与万、荣与枯、山城与古渡、汀烟与竹日、鱼鸟与芰荷、山簇簇与水茫茫、松间明月与石上清泉……等等无穷无尽的对立而互补的"一元双极",延伸而为山水画和园林中开阖呼应的空间韵律。

山水并置又其实契合着哺育这一文化的大地貌,是古老中国大地上生长出的观念。人文地理学家段义孚(Yi-Fu Tuan)曾以如下文字比较欧洲与中国的地貌:

> 西欧、北欧的农地总是一种起伏的地形。轻微的波状起伏合于不同的冰河期积淀,高凸地带合于岩床的悬崖。由此,宽阔谷地的富饶农地消没于被草甸覆盖的低地草原,而高土区则有茂密的落叶林。与之对照,中国则缺乏起伏的地形。中国的广大人口生活在一片展现强烈对比的土地之上:一方面是河流冲积平原,另一方面则是陡峭的山岭,由于山麓缺乏山脚的小丘,山岭显得比实际更为高峻和陡峭,冲积层于是一直蔓延到大山一侧。[3]

---

[1] 见其《山水之神》,卓立译,吴欣编,《山水之境:中国文化中的风景园林》(北京:三联书店,2015),页16。
[2] 《文心雕龙·丽辞》,《文心雕龙义证》,中册,页1301。
[3] Yi-Fu Tuan, *Topophilia: A Study of Environmental Perception, Attitudes, and Values* (Englewood Cliffs, NJ: Prentice-Hall, 1974), p. 126.

倘若自西至东横穿法国至法、瑞、意交界的阿尔卑斯山,驱车至半途会看到原野上的向日葵园和葡萄园慢慢转变为河谷缓坡和丘陵上的牧场,坡度相当平缓。再往东一、二百公里,才会望见天际的蔚蓝色远山。继续前行才会有岩石裸露的高山。而巍峨的阿尔卑斯雪山则矗立在更远的东方。这显然与能在江河附近直接看到高山的中国"山水"全然不同。段义孚以为:欧洲早期风景画家笔下的山、河谷和森林,其实体现了对西欧与北欧地形的敏感。[1]而古代中国人称谓自然风景的词汇"山水"恰好是中国山水画的垂直与水平双轴,乃是自中国地形的特质,特别是山水艺术发祥的长江中下游和闽浙山地丘陵地区的地形特质——陡峭山岭与河流冲积平原的并置中抽绎而出。[2]本书以下各章即将讨论的为诗人歌咏的江矶、江潭、峡江,也只有在山、水并置的地貌环境中才能出现。而由本章的结论,吾人可以说,早在山水主题在绘画中确立的五、六百年前,中国诗人即以诗作体现了中国地形之上述特质,展开了此一文化核心想象的风景。谢诗话语作为根脉,对吾人观察这株日后枝多叶茂参天巨木的分叉和生长,意义自不待言。

---

[1] 同上,p.123,p. 127.
[2] 郑毓瑜曾论证在《诗经》中出现凡七篇次的"山有(某植物),隰有(某植物)"套语句式与风土环境的关联。但她也从此前王靖献的论著注意到:有这一套语句式的诗篇是出自国风诸诗中邶、郑、唐、秦、桧五国,在北起河北山西,南至河南,西达陕西甘肃一带,而由此指出:"这山与隰的植被分布状态,并不适用于全中国地区,而特别是指黄土区内,尤其这是作为农业起源区。……也因此我们要讨论的不是一般文学书写中作为抒情背景或情感烘托的山水草木,而特别是在黄土区的风土条件下的山隰草木。"因为该环境中水分的珍贵,在此一地域,"那些存在山与隰的树林景观就会显得更高大而容易聚集目光,成为一种被期待的标的物"。见《重复短语与风土譬喻》,《引譬连类:文学研究的关键词》(台北:联经出版公司,2012),页155—165。然而,孕育中国文学真正山水书写(《高唐赋》和晋宋以降南朝诗歌)的却不是上述黄土区,而是水分充足的长江中下游和闽浙山地丘陵地域。在这一地域,由水泽丰润而发生的林木并非被期待的标的物。这也从另一方面证明中国诗山水书写的源头在楚辞而非《诗经》。

附录一　山水化情与情化山水[1]

东晋以降，诗人游赏和书写山水的初衷，是藉山水化解情累，即玄学家所谓"化其郁结"[2]。谢诗中一再地表达这一意识，如《述祖德》写到谢玄"拂衣五湖"的隐逸追求是"遗情舍尘物，贞观丘壑美"[3]；《石门新营所住，四面高山，回溪石濑，修竹茂林》写在自身于石门幽居中的精神进阶是"感往虑有复，理来情无存"[4]；《从斤竹涧越岭溪行》写山水中恍遇佳人无从交接而"心莫展"，解脱之道须是"情用赏为美"[5]；《维摩经中十譬赞》其八更结以"忘情长之福"[6]……[7]山水故而如杨儒宾所说："不向'阴气有欲者也'的情意主体开放"，而专为"恬然玄漠的心灵"所摄受。[8]谢灵运作为此玄学风气中人，自然会心于此。其最成熟的几篇山水诗《登永嘉绿嶂山》、《登江中孤屿》、

---

[1] 此附录内容曾于2010年12月在香港浸会大学一次国际会议上宣读。
[2] 《三月三日兰亭诗序》，《全晋文》卷六一，《全上古三代秦汉三国六朝文》，第2册，页1808。或如兰亭诗人所宣说："散怀一丘"、"酣畅豁滞忧"、"豁尔畅心神"、"寄散山林间"。此一情调的开创者是嵇康。（参见拙文，《嵇康与庄学超越境界在抒情传统中之开启》，《玄智与诗兴》，页183—224。
[3] 《谢灵运集校注》，页105。
[4] 同上书，页174。
[5] 同上书，页121。
[6] 同上书，页316。
[7] 佐竹保子对谢诗的这一观念有详细的讨论，见其《谢灵运诗文中的"赏"和"情"——以"情用赏为美"句的解释为线索》，《回向自然的诗学》，页167—195。
[8] 《"山水"是怎样发现的——"玄化山水"析论》，《台大中文学报》第30期（2009年6月），页27—34。

《从斤竹涧越岭溪行》、《石壁精舍还湖中作》、《石门新营所住,四面高山,回溪石濑,修竹茂林》都在结尾处透显玄同外内的冲漠。如《石壁精舍还湖中作》一诗:

> 昏旦变气候,山水含清晖。
> 清晖能娱人,游子憺忘归。
> 出谷日尚早,入舟阳已微。
> 林壑敛暝色,云霞收夕霏。
> 芰荷迭映蔚,蒲稗相因依。
> 披拂趋南径,愉悦偃东扉。
> 虑淡物自轻,意惬理无违。
> 寄言摄生客,试用此道推。[1]

此诗写傍晚自今董山新江中张岙石壁下,泛舟巫湖而归的湖山景色,凸显一"憺"字。如前章所论,灵运本偏爱向晚山水之"清"。自建康至永嘉的水路上所作《初往新安至桐庐口》一诗中即有"景夕群物清,对玩咸可喜"。此诗中所谓"清晖",是白日强光褪去之后,溪湖地区向晚的水色岚光叶簇诸色弱化为一种间色,一种轻凉的氤氲在空气中流荡,它不是视距外的对象,而是环绕浸润着诗人的氛围。三、四句套用楚辞"羌声色兮娱人,观者憺兮忘归"[2],谓沐受山水"清晖"而"憺",恰似聆观乐舞而"憺"。这"清晖"正如音乐一样不受距离限制,它无处不有。"憺"由"清晖"往来"娱人"而致,恰如音乐在不经意中就陶醉了人。"林壑"以下两联具体分写山与水。"林壑敛暝色"即暝色敛林壑,"云霞收夕霏"是夕霏收云霞。诗人倒装主词与宾

---

[1]《谢灵运集校注》,页112。
[2]《九歌·东君》,引自朱熹《楚辞集注》,页42。

词，遂以词的顺序演示了其视知觉中明亮（林壑、云霞）转至昏昧（瞑色、夕霏）的变化。此一"不隔"的知觉书写又具现了心境不经意的"憺"。芰荷于清晖中"迭映蔚"，蒲稗于晚风里"相因依"，是一幅万物皆逶蛇其迹、彼我相因的图景，亦符应诗人心中此刻的恬淡和闲适。诗人正是在这样的观赏中才有了"虑淡物自轻，意惬理无违"的了悟。

然而，倘若吾人不欲以偏概全，辄须注意"借山水，以化其郁结"也有难以奏效的时刻，虽然这多发生在其较早的诗篇中。然又颇难纯以王文进"游览诗"/"行旅诗"二元划分归类。[1]这显然是山水诗话语中的龃龉，却是做"美感话语考掘"时尤当注意之点。这些作品对以后的发展，意义不可低估。作于永嘉的《郡东山望海》明白地说明情累是山水无法化除的：

> 开春献初岁，白日出悠悠。
> 荡志将偷乐，瞰海庶忘忧。
> 策马步兰皋，绁控息椒丘。
> 采蕙遵大薄，搴若履长洲。
> 白花缟阳林，紫䔈晔春流。
> 非徒不弭忘，览物情弥遒。
> 萱苏始无慰，寂寞终可求。[2]

---

[1] 王氏辨"行旅的'行'是被动的，生命时空均受制于外在的支使……山水是目不暇接地劈面而来"（见《谢灵运诗中"游览"与"行旅"之区分》，页14）。这样的分辨自然有其意义，它或许适合论以下《富春渚》一诗，却不合《郡东山望海》、《登上戍石鼓山》，甚至也不甚合《七里濑》。因为这些诗中诗人均有主动观赏山水的意味。本文以下的分析显示《郡东山望海》和《登上戍石鼓山》何其接近，而王氏却将二者分别归为"游览"和"行旅"（同上文，页10）。此外，王氏以诗中（主要是题目中）屡屡出现"赴"、"发"、"去"、"还"来说明"行旅诗"亦无从解释谢诗中《发归濑三瀑布望两溪》这样的"游览诗"。

[2]《谢灵运集校注》，页66。

此诗当作于景平元年（423），灵运被外放永嘉郡第二年的早春。诗人策马到郡治附近高仅三十余米的小山。这里在千六百年前也看不到海，也许能看到瓯江入海方向的海天空阔的远景。诗人明示来此的初衷是"荡志将偷乐，瞰海庶忘忧"，这与玄学散怀于山水的意旨并无二致。但诗人没有写远景，只"偷乐"于近身景物。如灵运其他作品一样，此诗也以"策马"、"继控"、"采蕙"、"搴若"描写诗人置身山水世界里身体的移动，然后以一联色彩鲜明的山、水景物的对照，写尽"开春"和"白日"中的丽景。至此诗人笔势陡然逆转，观览眼前明丽的春景不惟不令他"忘忧"，反而是"览物情弥遒"，令他更为惆怅。上接"采蕙"和"搴若"，由忘忧的萱草采获的也只是"无慰"而已。真正的寂寞无为，只能于归隐中探求了。

　　此诗所叙讲的诗人在山水中的经验，与其本人和玄学家的期冀正好相反。它的意义在提示吾人：山水诗的美学发展还有另一种方向，是与当初玄学的诉求背道而驰的。请再读灵运永初三年秋两首诗《富春渚》和《七里濑》。此二诗皆作于外放途中，诗人去离建康，枉道回始宁，又续由水路赴永嘉。被放逐的屈辱和离乡的惆怅此时在心中交织，加之逆水行舟，遂有：

　　　　溯流触惊急，临圻阻参错。
　　　　亮乏伯昏分，险过吕梁壑。[1]

"惊急"和"参错"皆是上文所论谢诗中出现的以形容词指代名词（江流和崖岸）以强调知觉的手法。今富阳富春渚一带的确有山，但并不陡峭，北岸也有一处伸入江中的山岩，或许可以称为"圻"。前章论

---

[1]《富春渚》，同上书，页45。

及，灵运能欣赏江南水畔汀渚错落的变化之美，如《过始宁墅》的"洲萦渚连绵"以水之湄柔和的曲线摹拟心中依依之情，亦可视为一种内化或情化的山水。然而，此刻在左迁途中，诗人只能以"触惊急"、"阻参错"表达内心的挫折感。并感叹此处之险有过于孔子所游"悬水三十仞，流沫四十里"的吕梁，自己却无伯昏无人"登高山，履危石，临百仞之渊，背逡巡"的胆量。现地目睹富春渚一带的山水地貌，这显然是夸张了。但这正是诗人情感化了的山水。桐庐七里濑是富春江的胜景，不仅因严光曾隐于此，且有山水的奇美。灵运以此为题的诗曰：

> 羁心积秋晨，晨积展游眺。
> 孤客伤逝湍，徒旅苦奔峭。
> 石浅水潺湲，日落山照曜。
> 荒林纷沃若，哀禽相叫啸。
> 遭物悼迁斥，存期得要妙。
> 既秉上皇心，岂屑末代诮！
> 目睹严子濑，想属任公钓。
> 谁谓古今殊，异世可同调。[1]

如《郡东山望海》说要以"瞰海"忘忧一样，此诗前两句也寄望以"游眺"而一展积郁。以下是由远而近的"游眺"："孤客"一联是诗人一路舟行中对山、水感受的对比：溯水而上，橹下的"逝湍"，时时令他伤感时光徒然流去；而两岸迎面排闼而来的断崖，又在在令他以家园渐远而惆怅。"石浅"一联也是山与水，是此地（石浅）和此时（日落）的山水，渲染着旅途艰难与人生迟暮之感。"荒林"一联上句是几无声息的景象：落叶在荒烟弥漫的二维空间里自上飘下；下句是不见

---

[1]《谢灵运集校注》，页51。

形迹的声音世界：三两禽鸟断续地在深度世界里以哀叫往还。"荒林"和"哀禽"将诗人整个地笼罩其中了。在迁客眼里，橹边一掠而过的岚翠只是"奔峭"和"荒林"而已。诗以"遭物悼迁斥"说明此被情感化的山水描写。在此，能宽慰诗人的是严光归隐和任公垂钓这样的历史和文学典故，而非被"游眺"的山水。

这种在真实山水经验中的情感内化更显豁的例子是《登上戍石鼓山》一诗，此诗亦如《郡东山望海》，应作于景平元年春，且是同一心境下的作品：

> 旅人心长久，忧忧自相接。
> 故乡路遥远，川陆不可涉。
> 汨汨莫与娱，发春托登蹑。
> 欢愿既无并，戚虑庶有协。
> 极目睐左阔，回顾眺右狭。
> 日末涧增波，云生岭愈叠。
> 白芷竞新苕，绿蘋齐初叶。
> 摘芳芳靡谖，愉乐乐不燮。
> 佳期缅无像，骋望谁云惬！[1]

诗人称自己为"旅人"，明示其忧郁出自去京去家的乡愁，登山的初衷是力求从中解脱，如玄学家所倡言："借山水，以化其郁结。""极目"以下诗人实写自石鼓山上骋望之山水。如现地考察所示，"极目睐左阔，回顾眺右狭"两句是对此地地貌的概括。"日没"一句写夕照里风吹皱了江水，于此仿佛摹拟着心绪波澜。石鼓山下横亘着瓯江，其于此北折而留下宽阔的水面；在瓯江折转的北方则是层叠的山岭，诗

---

[1]《谢灵运集校注》，页68。

人所怀念的建康、始宁皆在重山之后。"云生岭逾叠"一句顿将"故乡路遥远，川陆不可涉"的忧伤，化作眼前山水阻隔的实景。"白芷"一联亦应是近处所见青春之景，却在提示诗人：季节已从去岁的中秋到了新一年的春日。时间的长度深化了由空间阻隔而起的乡愁。以山水化解心中郁结的愿望再次落空，故而诗人说："摘芳芳靡谖，愉乐乐不蠲。佳期缅无像，骋望谁云惬！"原先寄望能化解忧伤的山水却成为了忧伤的象征。

在这些诗中，灵运发现了舟行时山和水间迎面擦掠而过的崚嶒断崖，在错觉里具胁迫感："徒旅苦奔峭"，"临圻阻参错"，"圻岸屡崩奔"[1]等直为江淹"万壑共驰骛，百谷争往来。……崩壁迭枕卧，崪石屡盘回"[2]，何逊"悬崖抱奇崛，绝壁架崚嶒。磅礴上争险，岝崿下相崩"[3]等句前引。他亦循传统将流水视作时间象征，如"孤客伤逝湍"。于此之外，他更在"日末涧增波"一句中以水波涟漪摹拟出内心的波澜。然而，更为重要的是，以上几首诗皆演示了诗人如何转化亲临的山水为"心象"。灵运非虚构的山水书写显然是一种（自我）体验而非（公共）表达，[4]即专以书写"自我"如何体验此时此地。然而，它又显然并非阮籍《咏怀》那种直面内心的"自省"，而是启动了一种"外在的内在化"[5]。诗人于此表达的情感是忧伤，却与汉末以来的感物传统不同。因为在感物的传统里，时间通常是黄昏或夜晚，在这样的时间人类倚赖动觉、触觉和想象去继续生命活动。感物诗遂以听觉中的

---

[1] 谢灵运，《入彭蠡湖口》，《谢灵运集校注》，页192。
[2] 江淹，《渡泉峤出诸山之顶》，《先秦汉魏晋南北朝诗》，中册，页1559。
[3] 何逊，《渡连圻》其一，同上书，中册，页1689。
[4] 高友工先生曾在诗的创作中做此分辨。详见 Yu-Kung Kao, "The Nineteen Old Poems and Aesthetics of Self-Reflection," *The Power of Culture: Studies in Chinese Cultural History*, eds. Willard J. Peterson, Andrew H. Plaks and Ying-shih Yü. (Hong Kong: The Chinese University Press, 1994), p. 90.
[5] 同上，p. 101.

鸟鸣、蝉鸣、蟋蟀鸣、风声、落叶声，以及温度觉的寒凉这些程式化的意象去抒写感伤。[1]而谢诗却以白日触目的山水景物作为心象。在《郡东山望海》和《登上戍石鼓山》二诗中，诗人甚至并未无视眼前如"白花缟阳林，紫蘮晔春流"和"白芷竞新苕，绿蘋齐初叶"那样的明丽之景，即如王船山所论"当吾之悲，有未尝不可愉者焉……故吾以知不穷于情者之言矣：其悲也，不失物之可愉者焉，虽然，不失悲也。"[2]。然而，明丽之景在此或成为"以乐景写哀"的反衬，以"一倍增其哀乐"，[3]或化为凸显季节和时间流逝的意象。此即是"兴"。即如船山所说"有识之心而推诸物者焉"，却未如黄侃所说"必令心境相得，见相交融"[4]。

然而，在书写忧愤峥嵘之气的意义上，灵运笔下的此类山水又衔接着建安所标举的感物传统。或者说，这是一个新的感物模式，诗人于此"既随物以宛转"，"亦与心而徘徊"[5]。日后李太白的《西岳云台歌》、《庐山谣》，杜子美的《旅夜抒怀》、《白帝城最高楼》、《秋兴》其一、《登高》，柳子厚的《南涧中题》、《登柳州城楼寄漳汀封连四州》、《与浩初上人同看山寄京华亲故》，贾浪仙的《雪晴晚望》、《暮过山村》等山水名作中的情感表现，皆可以追溯到由此开始的新表现。无此，日后之情景交融诗学辄无从谈起。当然，后世作品写景或有"以心求境"的主观表现，如柳子厚《登柳州城楼寄漳汀封连四州》一诗中间两联：

---

[1] 详见拙文，《"书写的声音"：〈古诗十九首〉的诗学质性与诗史地位的再探讨》，《玄智与诗兴》，页25—78。
[2] 王夫之，《诗广传》卷三，《船山全书》，第3册，页392。
[3] 《诗译》，引自《薑斋诗话笺注》，页10。
[4] 黄侃，《文心雕龙札记》（上海：华东师范大学出版社，1996），页119。
[5] 《文心雕龙·物色》，《文心雕龙义证》，下册，页1733。

> 惊风乱飐芙蓉水,密雨斜侵薜荔墙。
> 岭树重遮千里目,江流曲似九回肠。[1]

再如其《与浩初上人同看山寄京华亲故》一诗:

> 海畔尖山似剑芒,秋来处处割愁肠。
> 若为化得身千亿,散上峰头望故乡。[2]

同样是写左迁之人的乡愁,此处却不必如谢客那样先去叨念"荡志将偷乐,瞰海庶忘忧"一类的话了,而直接将情感投射给景物,使之化为更具悲情的意象。借用王船山的说法,此已是"敛天物之荣雕,以益己之悲愉"[3];而在王国维看来,则为"物皆着我之色彩"的"有我之境"了。[4]然无可否认,这也是景物内化的一种发展。

---

[1] 引自王国安笺释,《柳宗元诗笺释》(上海:上海古籍出版社,1998),页 313。
[2] 同上书,页 357。
[3] 《诗广传》卷三,《船山全书》,第 3 册,页 392。
[4] 王国维,《人间词话》,见唐圭璋编,《词话丛编》(北京:中华书局,1990),第 5 册,页 4239。

第二章 "后谢灵运时代"的"风景"[1]

一、引 言

本章的讨论转向中国最大的河流长江。观察刘宋和萧齐之间自然风景美感话语树的生长,须关注两位诗人鲍照(415—470)和谢朓(464—499)。这两位诗人的山水视野已自谢灵运诗主要触及的永嘉、始宁所在的闽浙山地丘陵地区,移往荆州、浔阳、广陵、海虞(今常熟)、秣陵、建康、南徐州(今镇江)和宣城等所在的长江中下游平原。谢灵运外放永嘉,舟行所藉的河流是富春江和瓯江,赴临川任时应是先藉助长江舟船而入鄱阳湖,为此他写有《入彭蠡湖口》一诗。但是诗中提及的石镜、松门皆在鄱阳湖范围,诗人不甚关注长江。而长于建康的鲍照和谢朓则不同,须时时藉长江游宦,身在异地则以长江一系故园之心。其次,就身份而言,谢灵运即便左迁永嘉郡,仍是一方封疆大吏,故能"肆意游遨,遍历诸县,动辄旬朔"[2]。归隐始宁后,凭借丰厚祖业地域广阔的庄园,亦能时时尽山水之游。而鲍照和谢朓在游宦他乡之时,则多为诸王的佐吏和僚属。作为主政官,鲍照只做到县令,谢朓则出任过一年多的宣城太守,这也是其最浸淫山水风物的时期。在更多的时候,

---

[1] 本章原载台北《汉学研究》第30卷第2期(2012年6月),收入本书时做了增补和大幅修改。
[2] 《宋书》卷六七,第6册,页1753—1754。

二人均未能如谢灵运那样主动地尽情游赏山水。复次，鲍照和谢朓皆在首先提出"风景"这个新语词的诗人之列。[1]鲍照《绍古辞》其七中有"怨咽对风景"，谢朓《新治北窗和何从事》有"开帘候风景"，《高松赋》中亦有"陵高邱以致思，御风景而逍遥"[2]。上述不同的生活地域和身份，造就了鲍照和谢朓山水书写的不同视野、不同深度体验和不同美感话语系统。"风景"恰恰概括了这种种"不同"。本章关注的恰恰是与大谢诗相对照的古代山水美感话语树中这些新枝杈的生长。

如前一章一样，本章写作的依据亦包括了现地考察所获资料。此次考察于二〇一〇年十二月八日自江苏南京开始，途经安徽宣城、浙江湖州、江苏镇江，于十二月二十日再回到南京结束。由于项目经费拮据，考察不得不匆匆进行。而且，考察未开始本人即已罹患感冒，又恰遇长江下游罕见的寒冬，况整个地区多为阴霾和雨雪笼罩。所以，就考察的精细程度以及所摄照片的质量而言，远无法与简锦松君相比。所幸考察对本章论题而言，只是相对辅助的手段。

由于鲍明远和谢玄晖诗所涉地点需考辨者不多，本章以下不对现地考察结果作分节叙述，而使之融贯于论证之中。本章论证既以谢灵运为对照，有必要先对前章提出的大谢诗山水美感话语做一扼要概括。依前章，此系统应以表达山和水的并列和相对关系的"山水"一词来标识，即以山／水为一元二极构架支撑诗人观赏和书写自然风景，以舟行和攀登中肢体移动而景物变化为其表现深度空间的主要手段。山／

---

[1] 如日本学者小川环树所观察，《世说新语·言语》已有"风景"出现："过江诸人，每至美日，辄相邀新亭，藉卉饮宴。周侯中坐而叹，曰：'风景不殊，正自有山河之异！'皆相视流泪。"诗中最早的例子则是鲍照《绍古辞》其七，以及刘宋孝武帝《登鲁山》、王囧《奉和往虎窟山寺》。"风景"在中唐以后转变为"景致"（view）。而"风景"——意指光和空气（light and atmosphere）系六朝时期用法。见《风景的意义》，陈志诚译，谭汝谦编，《论中国诗》，页1—32。宋孝武帝刘骏（430—464）的《登鲁山》应写于鲍照诗后，而陶渊明诗《和郭主簿二首》中"天高风景澈"异文作"天高肃景澈"。
[2] 曹融南校注，《谢宣城集校注》（上海：上海古籍出版社，2001），页29。

水这一基元构架在书写中凸显了山与水分明交合的曲汀柱渚、瀑布和两山夹水之"涧",更在色彩选择上凸显种种对比,同时却相对忽略了对云空、雨雾以及迷蒙山水的感知。考察中国诗人自然风景美感话语形构中的纷杂和繁复,本章措意于鲍照、谢朓美感与上述系统的相异之处,并以此去爬梳出其新的话语系统。

以下分两节分别讨论鲍照和谢朓。首先,本章将指出:鲍照以更宽广的天-地超越了感知自然的山/水这一基元构架。鲍诗的新框架不仅使其艺术世界特别涵摄了天象和气象因素,还改变了诗人在风景中的角色和诗中景与情感关系的构成。第三节讨论谢朓自然风景美感话语体系,自其观赏自然"山水"的新空间——官廨衙署轩窗中的"风景"开始。这一新的空间意识不仅凸显了不同于大谢经历深度的方式,还创造了全新的取景和情感表达方式。本章结论将南朝宋、齐年间这两位所谓"重要山水诗人"的种种发明归结在新的语词"风景"之下,以思索中国山水美感话语树的成长。

二、天地行旅中的渺溿风景

鲍照小谢灵运三十岁,元嘉中为刘义庆知赏,仕为国侍郎,同僚之中有一位何长瑜,曾于会稽郡教灵运从弟惠连读书,被灵运目为"当今仲宣"而载往始宁以"共为山泽之游"[1]。其时谢灵运甫遇害,鲍照当自这位同僚口中亲闻灵运之事。鲍照向被认作谢灵运之后刘宋时代最重要的"山水诗人"。然而,倘若吾人以大谢游览而写作山水的标准衡量,其现存两百余首诗作中堪称"山水诗"者,或许只有《登庐山二首》、《登庐山望石门》、《从登香炉峰》和《从庚中郎游园山石室》等寥寥数首而已。这些诗作明显祖于大谢"山水诗",如《登庐山》其一:

---

[1]《宋书》卷六七,《谢灵运传》,页1775。

> 悬装乱水区，薄旅次山楹。
> 千岩盛阻积，万壑势回萦。
> 巃嵷高昔貌，纷乱袭前名。
> 洞涧窥地脉，耸树隐天经。
> 松磴上迷密，云窦下纵横。
> 阴冰实夏结，炎树信冬荣。[1]

此诗以纪行起笔，继以对仗铺陈山／水，物事密集，景象雄深，令人想到大谢。再如《登庐山望石门》：

> 访世失隐沦，从山异灵士。
> 明发振云冠，升峤远栖趾。
> 高岑隔半天，长崖断千里。
> 氛雾承星辰，潭壑洞江汜。
> 崭绝类虎牙，巑岏象熊耳。
> 埋冰或百年，韬树必千祀。
> 鸡鸣清涧中，猿啸白云里。
> 瑶波逐穴开，霞石触风起。
> 回互非一形，参差悉相似。
> 倾听凤管宾，缅望钓龙子。
> 松桂盈膝前，如何秽城市。[2]

---

[1] 钱振伦注，黄节补注并集说，钱仲联增补集说并校，《鲍参军集注》（上海古典文学出版社，1958），页122。
[2] 同上书，页123–124。

此诗亦自叙动机和纪游起笔,继以山之入星云极赋是山之高,以断崖千里、潭壑通江,极赋是山之广,以埋冰百年、韬树千祀极赋是山之深,又以虎牙熊耳和众峰之回互参差赋是山形态之奇。最后由是山之高、深、奇,引出瑶波开穴、霞石风起和仙子吹笙之幻境。就描写的丰富而言,已非大谢可比。但纪游－写景－感叹的结构、铺陈的手法,以及景物雄深等特点,仍与大谢一脉相承。尽管如此,表现在这些诗作中的美感话语,与大谢相比,已有了一些不同。首先,诗人虽然在描写庐山时如大谢一样逐层铺陈,其展开的线索已显然不是因肢体移动而由远及近。而且,与此相关,不再如大谢那样因山/水的一元二极构架而忽略云空、气象。鲍照在描写庐山时似乎有意将山景置于一个更为广阔的天－地的大构架之中,如:

> 洞洞窥地脉,耸树隐天经。
> 松磴上迷密,云窦下纵横。(《登庐山》其一)
>
> 氛雾承星辰,潭壑洞江汜。……
> 瑶波逐穴开,霞石触风起。(《登庐山望石门》)
>
> 青冥摇烟树,穹跨负天石。……
> 旋渊抱星汉,乳窦通海碧。(《从登香炉峰》)[1]

庐山毕竟是有海拔一千数百米高峰(牯岭海拔1100米,汉阳峰1474米)的大山,且自大江边拔地耸起,有仙人之庐的美誉。故以天经、地脉、瑶波、星汉诸意象形容之,不应以为异。然而,倘若天－地框架被置于相对地面仅数十米高的土丘时,吾人就不得不去留心了。这样的情况绝非孤例,而是在鲍诗中反复出现。先请一读《从拜陵登京

---

[1]《鲍参军集注》,页120–121。

图一　镇江京岘山（N32°12′08.56″/ E119°28′.57.01″）

图二　卫星地图上的京岘山（N32°11′54.51/ E119°29′03.44″）

岘》一诗。此诗据黄节注，为元嘉十七年明远随文帝于丹徒葬元皇后、谒武帝陵礼毕后作。《方舆胜览》和《大清一统志》中镇江府志皆谓京岘山在"府治东"[1]丹徒县东五里。此山即秦始皇所凿之"长岗"。最高处海拔六十米。依笔者的现地考察，此山山体因近年城市开发，小部已被破坏，但规模尚在。这一被称为"山"的地理环境，其实是今镇江市区南部一道蜿蜒数里、确乎"盘行似龙"（梁武帝语）、距地不足35米的陇丘【图一、图二】。此山在六、七百万年中一直在受侵蚀风化，却未曾发生过大的地质变动。据此推测，一千五百多年前鲍照所登之京岘山之相对高度应不会超过五十米。[2]明远对登此陇丘的描写竟是：

> 晨登岘山首，霜雪凝未通。
> 息鞍循陇上，支剑望云峰。
> 表里观地险，升降究天容。
> 东岳覆如砺，瀛海安足穷。……[3]

攀上如此一个小丘，诗人居然可以"观地险"，在升降之间"究天容"。在陇丘之首，又竟然可遥望泰山和神州之外的瀛海。诗人在此当然不囿于目前之实景，而极尽夸张之能事。这一夸张却透露出诗人在描写山川风物时心中有一天-地或天-海的话语框架。而"天"一旦在中

---

[1] 祝穆，《方舆胜览》卷三，《文渊阁四库全书》，第471册，页599。穆彰阿、潘锡恩，《大清一统志》卷九〇，《续修四库全书》，第614册，页477。
[2] 据今镇江市政府市志办公室《镇江市志》对此一带地形的描绘，此残丘带"因地壳运动褶皱隆起而成，多形成于六、七百万年以前，以后又经新构造运动，褶皱断裂和长期外力风化、侵蚀作用，使山体不断遭到破坏，绝对高度和相对高度逐渐变小，构造形态越来越模糊，出现了很多侵蚀地形，如山前侵蚀平地、次生谷地等。这条东北—西南走向的侵蚀山丘带中，由西南向东北方向，断断续续分布着五洲山、十里长山、马鞍山、九华山、岘山、黄鹤山、观音山、汝山、焦山等孤立的山体"。（见 http://szb.zhenjiang.gov.cn）由这段话可知，这一带并不曾出现突发的地质大变动。
[3] 《鲍参军集注》，页121。

图三 今称"蒜山"的江滨石碛（N32°13′02.49″/E119°25′26.60″）

国文学中出现，由天空中游移的烟云雨雾，就会撩起神话和信仰的蕴含。此诗中即有对神话世界"瀛海"的想象。再如《蒜山被始兴王命作》一诗，此诗当为明远以侍郎身份随始兴王刘浚镇京口时作。据刘桢《京口记》："蒜山无峰岭，北悬临江中。"[1]《元和郡县志》谓"蒜山在（丹徒）县西九里，山临江绝壁。……山多泽蒜因以为名。"[2]此山之下曾有蒜山渡或蒜山津，古时乃一北悬临江之石矶。现今镇江市有蒜山小公园，位置紧邻西津渡旧址。本人在距江二百多米马路内侧，见到"蒜山"。由于镇江地势很低，此山海拔和距地面皆不足十米【图三】。清人沈德潜《游蒜山记》对此质疑并提出有另一座蒜山：

---

[1] 引自欧阳询，《艺文类聚》卷八，上册，页142。
[2] 李吉甫，《元和郡县志》（北京：中华书局，1984）卷二五，下册，页591。

戊戌秋，访诸土人。土人指江滨石碛，应高三、四丈，广袤之，石芒峭立，不可攀登。余疑焉。退考润州志，所载亦云然，余亦不之信也。按延之侍车驾从宴游，决非石芒峭立之处。又晋史记海寇孙恩驱十万众据蒜山，刘裕击之，坠崖下，以长刀斫贼，破敌于此。以情事度之，必无驱十万众据一石碛者。而苏子瞻诗亦云："蒜山大有闲田地，招此无家一房客。"就今所见，安得云有闲田地也。己亥春与余子文圻游银山，及山之半，藉草而坐，俯瞰城郭，面临大江，浩浩千里，奔赴履舄。窃意是山形势与金焦北固相埒，而其名不见于古，心颇疑之。询之余子，余曰："此古所云蒜山也。古有蒜山无银山，地与金山相望，土人易以今名。复以旁一山为玉山，而蒜山之名移之江滨石碛矣。今众人所称，盖两失之也。"余闻之怃然，遂相与造其巅，相度高下，旁广中平，丰土少石，与刘桢《京口记》所云山无峰岭者吻合。由是蒜山之名，始有定所。[1]

沈德潜据史实及刘桢《京口记》的描述质疑的"江滨石碛"，即今在蒜山公园内所见之"蒜山"，很难相信它就是鲍照、颜延之侍驾的蒜山。而沈氏文中的"银山"，乃今毗邻蒜山公园的云台山，又名银台山，由讹读而为"云台山"。此山海拔约66米，北麓的西津渡，六朝时即称蒜山渡【图四】。此山确与清代初年尚在江中的金山隔水"相望"，其势亦与海拔43.7米的金山、71米的焦山以及52米的北固"相埒"。考虑泥沙堆积的因素，比照西津渡遗址复原的原渡口码头距今地表的深度，古时蒜山距其时江岸可能比今所见更高出三至五米，但无论如何应在百米之下。此诗在记述了出游季节、缘由之后，如此描写登临是山的体验：

---

[1]《游蒜山记》，《小方壶斋舆地丛钞》（上海：著易堂印行，1877–1897），第四帙，第5册，页2571。

图四　云台山（google map N 32°12′47.67″/E119°25′25.91″ 树俊华摄）

> 升崤望日轵，临迥望沧州。
> 云生玉堂里，风靡银台陬。
> 陂石类星悬，屿木似烟浮。……[1]

如果不是亲临其地，很难想象被诗人夸张为高到可以于此一望日御、一眺海上仙山和王母玉堂的"蒜山"，居然是一座高数十米的小山。是山虽不高，当日东北向却曾面对镇、扬之间为喇叭形、有涌潮出现的海湾。[2] 因视野开阔而能"因迥为高"，将广度和深度错觉为高度。但更为重要的是，诗人在此"登崤"仰望云空，遂有了"日轵"的超自然想象，在风云变幻中似见到仙人世界的"玉堂"和"银台"。烟云之

---

[1] 《鲍参军集注》，页122。
[2] 参见张修桂，《中国历史地貌与古地图研究》（北京：社会科学文献出版社，2006），页111。

中对岸"陂石"似悬于天际,江上屿木似真亦幻……此诗再次凸显了诗人感应自然风景时的天－地或海－天框架,它令诗人在描写时绝不受限于蒜山和长江的山／水,而具圆览宇宙的视野,正如晋人成公绥的《天地赋》所言:

> 河汉委蛇而带天,虹霓偃塞于昊苍。望舒弥节于九道,羲和正辔于中黄。……
> 尔乃旁观四极,俯察地理。川渎浩汗而分流,山岳磊落而罗峙。沧海沆潒而四周,悬圃隆崇而特起,昆吾嘉于南极,烛龙曜于北址,扶桑高于万仞,寻木长于千里。昆仑镇于阴隅,赤县据于辰巳。[1]

这就无怪乎诗人可由这样的山丘而观想到"日轨"、"东岳"和"瀛海"了。据笔者统计,在明远诗文中,仅天、地对举的句子即有十二处之多,如:

> 仰尽兮天经,俯穷兮地络。(《游思赋》)
>
> 窥地门之绝景,望天际之孤云。(《登大雷岸与妹书》)
>
> 带天有匝,横地无穷。(《登大雷岸与妹书》)
>
> 沧天测际,亘海穷阴。(《石帆铭》)
>
> 下潄地轴,上猎星罗。(《石帆铭》)
>
> 四睇天宫,穷曜星络。东窥海门,候景落日。(《瓜步山揭文》)
>
> 仰望穹垂,俯视地域。(《瓜步山揭文》)

---

[1] 陈元龙编纂,《历代赋汇》(南京、上海:江苏古籍出版社、上海书店,1987),卷一,页1。

图五　长江燕子矶

洞涧窥地脉，耸树隐天经。(《登庐山》)

表里观地险，升降究天容。(《从拜陵登京岘》)

幽隅秉昼烛，地牖窥朝日。(《从庾中郎游园山石室》)

升雾浃地维，倾润泻天潢。(《喜雨》)

曛雾蔽穷天，夕阴晦寒地。(《冬日》)[1]

明远有这样的视野，除却夸张手法而外，其在京岘山、蒜山以及下文要论及的"砺山"的体验，令吾人不得不去思考古人心中"山"之义涵。"山"其实可以只是"有石而高"[2]、"积土"[3]、"土之聚也"[4]。但

---

[1] 均见《鲍参军集注》，页1，37，54，57，58，122，121，126，187，193。
[2] 《说文解字》，页190。
[3] 《荀子·积土》，《诸子集成》，第2册，页4。
[4] 《国语》卷三《周语下》，《文渊阁四库全书》，第406册，页31。

恰如一位西方学者所说：对中国行游作者而言，登山却"提供了被作者描写为涵摄世界一切象征的景观全貌。而更接近地面的旅行则被描写为只留下指示人类环境有限性的局部透视。人们普遍相信山峰是与苍天相接的所在"[1]。

这正是古人关于登山的现象学，任何高于地面的"积土"皆可为人与苍天接近的处所。古代帝王之建"台"，"欲登浮云，窥天文"[2]以候仙人乃是出自同样的心思。这位西方学者举范仲淹的《岳阳楼记》和张居正的《游衡岳记》为例证。但远在范、张之前，明远即以登临这类小丘而提出具现天地大观的意识。[3]《蒜山被始兴王命作》一诗对本论题之意义，又在于它与颜延之《车驾幸京口侍游蒜山作》、谢庄《侍宴蒜山诗》，以及明远所作《登黄鹤矶》，皆是中国文人署名诗作中最早有关江矶登眺的作品。[4]其后谢朓有《晚登三山还望京邑》，何逊有《慈姥矶》，后世又有关于登临黄鹤矶、三山矶、白马矶、牛渚（采石）矶、襄阳万山、岘首山[5]、燕子矶【图五】这些江河名矶的诗篇。矶比起大山，并不高大，但由于据于江天之间，视野空旷浩瀚，最宜天－地知觉框架的铺展。开启此一视野者，虽非止明远，因与明远一同侍驾蒜山的颜延之（385-456）亦有"园县极方望，邑社总地灵。

---

[1] Richard E. Strassberg (trans. with annotations and an introduction), *Inscribed Landscapes: Travel Writing from Imperial China* (Berkeley: University of California Press, 1994), p. 21.
[2] 陆贾，《新语》，引自欧阳询，《艺文类聚》卷六二，下册，页 1128。
[3] 当然，更早的例子是曹操《步出夏门行·观沧海》一诗，诗人于碣石面对海与天，但无论就题材还是动机而言，此诗都是一个暂时无后继者的孤明先发之作。
[4] 此外，谢灵运《登上戍石鼓山》是其诗中唯一一篇写登高望江的作品，虽然其所登石鼓山比一般江矶要高许多。晋代歌谣《欢闻变歌》其六、《懊侬歌》其九中已有"牛渚矶"（即采石矶），《湖就姑曲》中亦出现"赤山矶"，但均非矶眺望的作品。而西曲歌之《三洲歌》中有"送欢板桥湾，相待三山头。遥见千幅帆，知是逐风流"则已是矶上眺望的作品了。见逯钦立辑校，《先秦汉魏晋南北朝诗》，页 1051、1057、1059、1061。
[5] 万山是襄阳汉水之矶，孟浩然《秋登万山寄张五》等咏此。岘首山或岘山之咏起于羊祜的登临堕泪，在汉水改道前亦为江矶。孟浩然有多首诗咏此，如《与诸子登岘山》、《岘山作》、《岘山送张去非游巴东》、《岘亭饯房璋崔宗之》、《登岘亭寄晋陵张少府》等。

第二章 "后谢灵运时代"的"风景" | 143

宅道炳星纬,诞曜应辰明"〔1〕,然明远于此确有一颇为自觉的意识,其写面江而立之石帆山的《石帆铭》有云:

> 应风剖流,息石横波。
> 下潆地轴,上猎星罗。
> 吐湘引汉,欱蠡吞沱。
> 西历岷冢,北泻淮河。
> 眇森宏蔼,积广连深。
> 沦天测际,亘海穷阴。……〔2〕

其名文《瓜步山楬文》借六合东南一座临水小山而发论,抨击门阀制度。其中论山势云:

> 瓜步山者,亦江中渺小山也。徒以因迥为高,据绝作雄,而凌清瞰远,擅奇含秀,是亦居势使之然也。……仰望穹垂,俯视地域,涕溰江河,疣赘丘岳。〔3〕

此二文中的"下潆地轴,上猎星罗","仰望穹垂,俯视地域"即是其诗中一再出现的天-地构架。江矶是前章提出的山水"一元双极"之一特殊形式,它是山崖和陆地为江水隔断的尽处,至此既不能继续攀登亦不能即刻舟行。大谢那样进入山水的肢体运动在此遂被止住了,诗人的深度经验故而只能藉助远望之眼了。江矶的独特地势令游者"因迥为高,据绝作雄,而凌清瞰远,擅奇含秀",因而"沦天测际,亘海穷阴"。

---

〔1〕 颜延之,《车驾幸京口侍游蒜山作诗》,《先秦汉魏晋南北朝诗》,中册,页1231。
〔2〕 《石帆铭》,《鲍参军集注》,页54。
〔3〕 《瓜步山楬文》,《鲍参军集注》,页57—58。

图六　湖州砺山原址（右侧）

在中国景观传统中，云气涌动的天空几乎是高度、广度和深度之外一个特别的维度。鲍照超越了谢灵运的山/水框架，打开了"天"这一维度，不仅开启了超自然的想象，也不仅将谢灵运所相对忽略的天象和气象学因素囊括进来，且是将自己置身于"光和空气"的氛围（aura）里，这些都增加了大自然书写的浩瀚与迷幻。以上引证的诗文中不难发现"氛雾"、"星辰"、"青冥"、"星汉"这些意象。《登庐山望石门》中"瑶波逐穴开，霞石触风起"和《从登香炉峰》中"含啸对雾岑，延萝倚峰壁。青冥摇烟树，穹跨负天石"全在真幻之际。闻人倓谓后者"言摇烟之树葱然者，因望穷而晦；负天之石穹然者，若远跨而来。四句烟景"。[1] 此种"烟景"在鲍诗描写江景时更是触目皆见，

---

[1] 王士禛选、闻人倓笺，《古诗笺》（上海：上海古籍出版社，1980），页236.

第二章　"后谢灵运时代"的"风景"　｜　145

如"乱流灊大壑,长雾币高林"[1],"凉埃晦平皋,飞潮隐修樾"[2],"振风摇地局,封雪满空枝。江渠合为陆,天野浩无涯"[3]等。王壬秋论鲍照《登黄鹤楼》的四个字"苍茫宏敞"[4],可用以概括鲍诗的云山烟水世界,其最著者如:

> 烂漫潭洞波,合杳崿嶂云。
> 涨岛远不测,岗涧近难分。……(《自砺山东望震泽》)[5]

此诗所写砺山,据《浙江通志》卷十二《乌程县外山川》部所述,为该县西北九里处仁王山"其南一小山"[6]。今已被炸平。二〇一〇年冬现地考察,找到与仁王山隔水相望处原砺山所在的方位【图六】。砺山不存,我请当地人与其侧的蜡山比较,后者距地约十五米,而砺山则比蜡山更矮。砺山虽不高,亦是水边之矶。诗人自砺山东望,恰恰可以自对面西侧仁王山山体下落的空当望到数公里外的太湖。借用后人论绘画透视的说法,正是所谓"深远"者。此诗第一句写太湖,竟用了四个水边字,极赋震泽之烟波浩淼;第二句写西望连山,用了两个山边字,极赋山之连绵不绝。但此联最要在两句句尾的"波"和"云",是湖水和天象的粘连,而不再局限为山与水。"涨岛"句和"岗涧"句写出湖上、山间细节模糊,鲍照在四句中以汉字特有的"形义场"渲染出一幅烟水迷离的图景。再如《还都道中》其三:

---

[1] 《日落望江赠荀丞》,《鲍参军集注》,页134。
[2] 《发后渚》,同上书,页150。
[3] 《发长松遇雪》,同上书,页152。
[4] 王简编辑,《湘绮楼说诗》卷六(台北:文海出版社,1974),页89.
[5] 《鲍参军集注》,页129。
[6] 嵇会筠等监修、沈翼机等编纂,《浙江通志》卷十二,《文渊阁四库全书》第519册,页379。

霮霴冥隅岫，蒙昧江上雾。

时凉籁争吹，流淲浪奔趣。……

茫然荒野中，举目皆凛素。[1]

"霮"是露深之貌，"霴"是云飞之状，二者的交相作用里，山岭渐渐失却轮廓和层次，江面只见迷蒙雾气。两句之中竟出现三个表现湿气象的"雨"头字。在以上两首诗中，这种体现中国传统思想中"气"运行的云、雾，成为了视野中的主体。"气"即是"虚"，它令人想到程抱一论中国山水画时说过的一段话：

> 在一幅画中，得以表现山、水相互形成是引入冲虚的概念。它打破双方之间静态的对立，并通过它所孕育的气息，激起内在的转化。冲虚的形式是云和雾。……山水之间有云在时会造成相互吸引的感觉：水气化为云而成为山，山液化为云而成为水。[2]

本书导论已说明：这种对云气变化的感受是中国艺术的"物质想象"，可以追溯到远古的变形神话。云气使得山水仿佛变成一个可抻拉、可挤压、可不断塑形的世界。由云气又有"行云"与"行雨"，烟雾与烟波之间经光照而相互转化。谢灵运描写自然风景的山／水一元二极框架因"光和空气"的氛围因素而趋向消融了。书写自然风景，鲍照开始特别关注"气"与"水"交融的渺溔景色，其诗文名词中大量出现了如"霭"、"氛"、"雾"、"烟"、"霜"、"云"、"雪"、"雰"、"霖"、"潦"、"霏"、"霾"、"露"、"霰"、"霆"、"氤氲"这些表达湿气象的词汇，在动词中则频频使用"积"、"匝"、"眇"、"冥"、"迷"、"浮"、"伏"、

---

[1]《鲍参军集注》，页145。
[2]《中国诗画语言研究》(南京：江苏人民出版社，2006)，页353–354。

"合"、"屯"、"淫"、"蔽"、"晦"、"隐"、"沦"、"亘"、"歙"、"吞"、"滋"、"含"这些表达遮蔽或包笼含义的词汇，形容词中则反复出现"昙昙"、"苍苍"、"亡端"、"靡际"、"浩汗"、"漫漫"、"烂漫"、"合沓"、"渺渺"、"蒙昧"、"广"、"昏"、"密"这些渲染迷蒙不清意味的词汇，所有这些词汇的使用都起到了弱化大谢山水诗中的山水轮廓和色彩对比关系的作用，而更彰显出景物间的明暗关系。这是南宋论画提出的"烟雾暝漠，野水隔而仿佛不见"的"迷远"[1]。明远书写"迷远"山水，与南宋画家一样，时常面对着长江及其支流。[2]

比之山／水这个一元二极框架，中华文化中的天－地框架自然地将"人"涵容其中。《庄子》有"人生天地之间，若白驹过隙，忽然而已"[3]；《尸子》中有老莱子谓"人生天地之间，寄也。寄者固归也。其生也存，其死也亡，人生也亦少矣，而岁往之亦速矣。"[4]；《古诗十九首》中亦有"人生天地间，忽如远行客"[5]；徐幹《室思诗》有"人生天地间，忽若暮春草"；曹丕《大墙上蒿行》有"人生居天壤间，忽如飞鸟栖枯枝"；曹植《薤露行》亦有"天地无穷极，阴阳转相因。人居一世间，忽若风吹尘"[6]……人在天地之间，其生命时间与宇宙时间对照而具悲剧意味。鲍照乐府诗有名作《拟行路难》十八首。《乐府古题要解》谓行路难"备言世路艰难，及离别悲伤之意"[7]，行路之途在此本身即被转喻为人生，人生被隐喻为天地间之羁旅。鲍照《拟行路难》其十四开篇即有：

────────

[1] 韩拙，《山水纯全集》，《历代论画名著汇编》，页135。
[2] 韩拙新三远论与南宋画家生活环境的关联见方闻，*Image of the Mind*，中译本《心印：中国书画风格与结构分析研究》，李维琨译（西安：陕西人民美术出版社，2006），页58。
[3] 《庄子集释·知北游》，《诸子集成》，第3册，页325。
[4] 《尸子》卷下，《续修四库全书》，第1121册，页303。
[5] 《文选》卷二九，中册，页409。
[6] 均见《先秦汉魏晋南北朝诗》，上册，页376，396，422。
[7] 吴兢，《乐府古题要解》卷下，丁福保辑，《历代诗话续编》（北京：中华书局，1983），上册，页52–53。

君不见少壮从军去,白首流离不得还。故乡窅窅日夜隔,音尘断绝阻河关。朔风萧条白云飞,胡笳哀急边气寒。听此愁人兮奈何,登山远望得留颜。将死胡马迹,能见妻子难。男儿生世轗轲欲何道,绵忧摧抑起长叹。[1]

这是一首拟代作品,但诗人肯定在征夫的哀叹中融进了自我的声音。据行路哀叹人生艰难的思路,可观察明远另一类描写自然风景的诗作,据曹道衡的说法,"在这里出现的景物和谢(灵运)诗是另一种风味,从意境上说主要是艰险和萧瑟的景象,而且出现在诗里的作者也是一位风尘仆仆、饥渴劳顿,饱含着苦辛的旅人。这种情调,和谢灵运的山水诗迥然不同。"[2]曹文是在分析鲍诗《行京口至竹里》时说出以上的话,但这类诗作在传统上更应被视作"行旅诗",绍续曹操《苦寒行》,王粲《从军诗》,曹植《赠白马王彪》,夏侯湛《山路吟》,陆机《从军行》、《苦寒行》、《赴洛道中作》以及谢灵运《富春渚》、《七里濑》一类作品。《行京口至竹里》是写陆行,另一首《登翻车岘》也写陆行,而且是同一段山路,不妨同录于此:

行京口至竹里

高柯危且竦,锋石横复仄。
复涧隐松声,重崖伏云色。
冰闭寒方壮,风动鸟倾翼。
折志逢涸严,孤游值矄逼。
兼途无憩鞍,半菽不遑食。

---

[1]《鲍参军集注》,页112。
[2] 曹道衡,《论鲍照诗歌的几个问题》,《中古文学史论文集》(北京:中华书局,1986),页239。

君子树令名，细人效命力。
不见长河水，清浊俱不息。

登翻车岘

高山绝云霓，深谷断无光。
昼夜沦雾雨，冬夏结寒霜。
渌坂既马岭，碛路又羊肠。
畏途疑旅人，忌辙覆行箱。
升岑望原陆，四眺极川梁。
游子思故居，离客迟新乡。
知新有客慰，追故游子伤。[1]

据《江乘地记》："城东四十五里竹里山，王途所经，甚倾险，行者号为翻车岘。"[2] 乾隆《句容县志》谓"竹里山在县北六十里仁信乡，山间有长涧，高下深阻，山途崎险，号曰翻车岘。"[3] 竹里山和翻车岘当在自东南向西北延伸的宁镇丘陵中，丘陵的平均海拔高度在300米—400米之间。在长江北移之前，为自京口陆行至建康的必经之路，而现今312国道所经区域可能是水田或湖泊。但竹里山和翻车岘的具体位置至今已难寻觅。就宁镇丘陵的地形地貌而言，很像是实写，亦与方志所述一致。《行京口至竹里》一诗是写过涧，以"高柯"、"锋石"写过涧路途之艰险，以"复涧"、"重崖"写所经之阴森，以"冰闭"、"风动"写气候之恶劣。诗的说话人是一位"折志"的孤游者，他在寒冬季节、黄昏时候仍须兼程而行，且所食不佳。诗的最后四句是天

---

[1]《鲍参军集注》，页149，127。
[2] 引自李昉，《太平御览》卷五六地部二一，《文渊阁四库全书》第893册，页602。
[3] 曹袭先，乾隆《句容县志》卷三，《中国地方志集成》之《江苏府县志辑34》（上海：上海书店据民国七年刻本影印），页526。

地之间一孤游者对人生而非仅对旅途的感叹：如此为令名而奔走，与细人效命有何区别呢？殊不知生命如流水，无论清浊，皆在流泻不止啊！正是其《拟行路难》所唱："君不见少壮从军去，白首流离不得还。……男儿生世轗轲欲何道，绵忧摧抑起长叹！"

《登翻车岘》一诗是写登越这一带的高山。"高山"、"深谷"二句写山谷天穹之昏暗，"雾雨"、"寒霜"二句极赋天气之凄苦，"淖坂"、"碛路"极赋行路之艰难，"升岑望原陆，四眺极川梁"之中有游子立于天地之间所感到的凄惶，正是"故乡宵宵日夜隔，音尘断绝阻河关……登山远望得留颜"。淖坂、冰雪、长峦、重涧、寒鸟、哀风等意象亦见于以往行旅之作。较之以往，鲍照二诗所增益的又是气象、天象的描写。所有这些自然风景，全是自天地间凄惶游子的目中所望、所感，直写所经的艰险、阴森、萧瑟、苦寒，令天地风物种种皆为游子之心象。而不复如谢灵运《郡东山望海》、《七里濑》、《登上戍石鼓山》等诗，先以"瞰海庶忘忧"、"晨积展游眺"和"发春托登蹑"表达冀望山水可化其心中郁结，再将山水化为忧伤的象征。

鲍照云水宦游去离主题之最大开掘，是发现了褪去任何色彩关系的云水苍茫图景本身的表现性。换言之，这些自然现象的结构或基调，与其情感的结构或基调类似，[1]且在在缠绕着诗人。如上文所论，鲍照对自然风景的描写，恰恰一向特别关注渺溔的景象和江天景物间的明暗关系。"江上凄海戾，汉曲惊朔霏"[2]，"川梁日已广，怀人邈渺漫"[3]……在宦游和去离心境中遇到江上时而升起的烟霾气象，会自然

---

[1] 阿恩海姆（Rudolf Arnheim）说："造成表现性的基础是一种力的结构……像上升和下降、统治和服从、软弱和坚强、和谐与混乱、前进和退让等基调，实际上乃是一切存在物的基本存在形式。不论是在我们自己的心灵中，还是在人与人的关系中；不论是在人类社会中，还是在自然现象中，都存在着这样一些基调。"见《艺术与视觉》，滕守尧、朱疆源译（北京：中国社会科学出版社，1984），页625。
[2] 《秋夕》，《鲍参军集注》，页190。
[3] 《苦雨》，同上书，页188。

地添加着迷茫、郁闷和惆怅。这一云水苍茫的图景更多与长江相关，明远涉长江的一系列去离之作——《发后渚》、《还都口号》、《送别王宣城》、《还都道中》其三、《日落望江赠荀丞》——一再以江天迷离的烟景写离人的心境：

> 萧条背乡心，凄怆清渚发。
> 凉埃晦平皋，飞潮隐修樾。
> 孤光独徘徊，空烟视升灭。
> 途随前峰远，意逐后云结。（《发后渚》）

> 阴沉烟塞合，萧瑟凉海空。
> 驰霜急节归，幽云惨天容。（《还都口号》）

> 久宦迷远川，川广每多惧。
> 薄止间边亭，关历险程路。
> 靃霏冥隅岫，蒙昧江上雾。
> 时凉籁争吹，流浟浪奔趣。
> 恻焉增愁起，搔首东南顾。
> 茫然荒野中，举目皆凛素。（《还都道中》其三）[1]

"凉埃"、"飞潮"、"空烟"、"幽云"、"靃"、"霏"和"雾"这些江天之间的湿气象不仅弱化了景物的轮廓和色彩对比关系，而且直接成为漂泊旅人迷茫、阴沉的氛围，成为了与存有意义相关的"物质想象"。日后谢朓、何逊等诗人继续这一话语。鲍照标示了中国诗人最初面对天地雄浑之景时，感到的迷失和凄惶。

---

[1]《鲍参军集注》，页150，149，145。

三、衙署轩窗中的"芊绵蒨丽"风景

谢朓乃谢灵运族侄,叔侄之间却相差了将近八十岁。他当然会熟知向以文名彪炳史册的家族中这位大诗人的作品。其诗追摹灵运风气最著者为《游山》、《将游湘水寻句溪》和《游敬亭山》这样的"游览"之作,铺排纷缛,万象罗列。特别是《游山》一诗,自游山之由来、动机起笔,大致依山/水而作对,结以"寄言赏心客,得性良为善"[1]这种谢客式的理悟。然而,作为萧齐一代"山水诗"的代表,谢朓的成就却主要在谢灵运和鲍照之后,开拓了自然风景感知的新空间和内化的新进路,这也正是笔者美感话语形构的研究所当关注的方面。

如鲍照之立于江矶,谢朓诗作亦有一特别望眼中的"风景"。其新异之处首在"山水"、"风景"乃与都邑、城阙毗连。这样的书写偶发于跟随随王镇荆州时,延续于建武元年、二年居中书省时,最终形成于莅宣之后。在宣城又经常与郡斋内一个居高临下的位置相关,这从诗题和诗句中的"登望"、"迥望"、"高斋"、"高轩"、"旷望"可以见出。为此,有必要弄清其方位。

据康熙《宣城县志》疆域形势卷:该县"县城以陵阳山作镇,郡治在焉。山之最高巅是为叠嶂,叠嶂之山,高出城闉,俯临闤阓,古北楼也"。此当为谢朓所谓"高斋"所在,亦李白"谁念北楼上,临风怀谢公"之"北楼"所在。[2]该志又谓此山、此楼"右据山而左临水,宛、句二溪襟带震艮"[3]。该志山川卷又有"城内陵阳山一郡之镇,北

---

[1] 《谢宣城集校注》,页233。
[2] 鲁铨、钟英修,洪亮吉、施晋纂,嘉庆《宁国府志》卷一二直谓"高斋"即为"北楼"、"叠嶂楼"、"谢公楼",《续修四库全书》第710册,页43。
[3] 陈受培修、张焘纂,《宣城县志》卷二,嘉庆刻本,《稀见中国地方志汇刊》,第24册,页31。

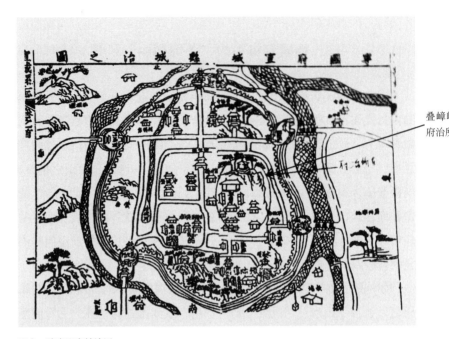

图七　清康熙宣城地图

图八　陵阳山叠嶂峰（N30°57.086′/ E118°45.366′）

自敬亭陂陀而南，隐起三峰，东一峰建设府治。晋内史桓彝营建，唐刺史林仁肇改拓城制，宋郭祥正诗：'陵阳三峰压千里，百尺危楼势相倚'，危楼即叠嶂也。"[1]【图七】

"陵阳山"、"叠嶂峰"、"一郡之镇"以及"压千里"这些表述，会令人顿起巍峨之想。然自二〇一〇年十二月的现地考察，笔者了解到：所谓陵阳山叠嶂峰虽自景德寺一侧看去稍高，距地面高度其实也仅十四米多，在此筑楼，距地面亦不过近二十米【图八】。周围（即今所谓府山广场）平敞开阔，长二百余米，宽则一百余米。如今冬日于此抚栏，仍可见到景德寺后的敬亭山（最高峰317米），及屋瓦与远山之间的一片平芜，颜色在灰、绿之间，正是所谓"平楚正苍然"。在没有高楼的古代，此处确为"一郡之镇"，因为小小宣城再找不到另一处可建造官廨衙署以俯瞰全城的所在了。这个位置的选择本身已体现了其时远眺山水的风气。

已有学者提出：郭熙所谓绘画中的"平远"透视乃由小谢首先以诗开启。[2]本章以上已证明：鲍照已有非常明确的"瞰远"意识。不论鲍照还是谢朓，其"瞰远"意识乃拜平川中不甚高的眺望点所赐。由于瞰远的位置不高，坐在衙署之内眺望平陆四野，既非俯瞰，更非仰观，暧暧漠漠的远景正是后世所谓"平远"，故宋长白谓"宣城则平远闲旷，南宗之流也"[3]。既首创了"平远"透视，小谢诗的意义也就更非同一般了。

如鲍照写到的石帆山、瓜步山、蒜山、砺山和京岘山一样，[4]陵阳

---

[1]《宣城县志》，页38。
[2] 见魏耕原，《谢朓诗论》（北京：中国社会科学出版社，2004），页218。法国学者胡若诗（Florence Hu-Sterk）虽以为影响郭熙"三远"说的主要是中唐以后诗歌，但也接受了魏耕原的说法，不否认"'远'的理念"乃昉自谢朓。见万雪梅译，《唐代山水诗和郭熙的'三远'》，钱林森编，《法国汉学家论中国文学·古典诗词》（北京：外语教学与研究出版社，2007），页348。
[3] 宋长白撰，《柳亭诗话》卷二八，《续修四库全书》第1700册，页382。
[4] 笔者以为与宣城之中的陵阳山更可比的是可俯瞰长沙城的伏龙山天心阁。

山叠嶂峰亦不过长江中下游平原上一小丘,其价值不在"被望"(seen)而在"望"(seeing),即为人提供一个"凌清瞰远"的"居势"。而在玄晖的望眼之中,会一再出现如"飞甍"、"井干"、"云甍"、"复殿影"、"青阁"、"累榭"、"彤闱"、"洞幌"、"轻幔"等建物或室内织物意象,[1]见证明人钟惺所谓"玄晖以山水为都邑诗"[2]。而此都邑山水,又是诗人透过官廨衙署的轩窗眺望的。诗人反复直接书写此一体验:

> 对窗斜日过,洞幌鲜飙入。
> 浮云去欲穷,暮鸟飞相及。(《夏始和刘孱陵》)
>
> 辟馆临秋风,敞户望寒旭。(《治宅》)
>
> 高轩瞰四野,临牖眺襟带。(《后斋迥望》)
>
> 结构何迢递,旷望极乔深。
> 窗中列远岫,庭际俯乔林。
> 日出众鸟散,山暝孤猿吟。(《郡内高斋闲望答吕法曹》)
>
> 案牍时闲暇,偶坐观卉木。
> 飒飒满池荷,翛翛荫窗竹。
> 檐隙自周流,房栊闲且肃。
> 苍翠望寒山,峥嵘瞰平陆。(《冬日晚郡事隙》)
>
> 辟牖期清旷,开帘候风景。(《新治北窗和何从事》)[3]

---

[1] 这一现象或许可追溯到张载《登成都白菟楼》中的"重城结曲阿,飞宇起层楼"(见《先秦汉魏晋南北朝诗》,上册,页739—740)和鲍照《还都至三山望石头城》中的"攒楼贯白日,摘堞隐丹霞"(见《鲍参军集校注》,页147)。
[2] 《古诗归》卷一三,《续修四库全书》,第1589册,页491。盛唐王维《早入荥阳界》、《渡河到清河作》、《晓行巴峡》和《汉江临眺》中山水间闾井万家风景应承此而来。
[3] 见《谢宣城集校注》,页344,268,230,282,228,359。

"结构何迢递,旷望极高深"——轩窗的框构本身是二维平面,却容纳具深度的风景。欧洲近代绘画史上基于焦点透视法的独立风景画,正是由窗口望去的风景视野开启的。[1]户牖可以如同希腊戏剧的舞台木制框架一样,成为西方艺术中远近透视的契机。引人好奇的是,它能否也能在中国艺文中唤起类似的空间意识?不妨看看诗人谢朓通过轩窗的框架看到了怎样一个世界:

望山白云里,望水平原外。(《后斋迥望》)

云端楚山见,林表吴岫微。(《休沐重还丹阳道中》)

日华川上动,风光草际浮。(《和徐都曹出新亭渚》)

池北树如浮,竹外山犹影。(《新治北窗和何从事》)

白水田外明,孤顶松上出。(《还途临渚》)

紫葵窗外舒,青荷池上出。(《闲坐》)[2]

在承继大谢诗辟牖框景(framing)之时,小谢显然格外留心被轩窗框架所结构的景物间的方位关系。"里"、"外"、"端"、"表"、"上"、"际"这些再平凡不过的语词,凸显了这种关系,"里"/"外"的对比似乎尤具深度感。然而细忖之下,这些方位词所表示的究竟不是西洋焦点透视的几何化空间,不是远景在地平线上成比例地缩短和缩小。若依梅洛-庞蒂的说法,在此"深度涉及的不是我可以从飞机上看到的在这些近处树木与那些远景之间的毫无神秘的间距,也不是一幅透视画生动地向我表现的事物的彼此遮掩:这两种视点都太过明晰。……

---

[1] Malcolm Andrew, *Landscape and Western Art* (Oxford: Oxford University Press, 1999), pp.107-116.
[2] 《谢宣城集校注》,页229-230、254-255、323、359-360、411、413。

那构成谜的东西乃是事物间的关联,是处在它们之间的东西。"[1]玄晖诗中上述"里"、"外"、"端"、"表"、"上"、"际"这些方位词,正表现了物理世界之外"构成谜"的"事物间的关联"。这是一种绝非客观,绝非几何透视,而纯粹以直觉(包括错觉)捕捉到的现象:"楚山"不是从地面,而是从"云端"崛起,林木"浮"于水池之北,远山化为"竹外"一抹阴影,孤峰从松树上蹿起,"日华"在河川上闪动,"风"之"光"在草尖上漂浮。"吴岫"与树林,"楚山"与"吴岫","池"与"树","孤顶"与"松"之间的距离皆被压缩了。后世诗人"山桥树杪行"、"山翠万重当槛出"皆取法于此。这里频频出现诸如"白云"、"云端"、"日华"、"风光"、"影"、"白水"这种变动不居的意象。除却方位词,玄晖还以一些动词具动感地表现出景物之间的神秘关联,如:

> 威纡距遥甸,巉岩带远天。(《宣城郡内登望》)
>
> 平原周远近,连汀见纡直。(《望三湖》)
>
> 旧埒新塍分,青苗白水映。
> 遥树匝清阴,连山周远净。(《赋贫民田》)
>
> 高馆临荒途,清川带长陌。(《送江水曹还远馆》)[2]

巉岩与远天、清川与长陌之间相近以至似有粘连,以一"带"[3]字写出;溪水逶迤流向"遥甸",以一"距"(通往)字写出;天际有平原

---

[1] 梅洛-庞蒂,《眼与心》,杨大春译(北京:商务印书馆,2007),页71。
[2] 《谢宣城集校注》,页225,232,243,246。
[3] 阴铿"带天澄迥碧",王维"樯带城乌去,江连暮雨愁"皆取资小谢,见《渡青草湖》,刘畅、刘国珺注,《何逊集注·阴铿集注》(天津:天津古籍出版社,1988),页216;《送贺遂员外外甥》,陈铁民校注,《王维集校注》(北京:中华书局,1997),第2册,页348。

和连山延展,以一"周"字写出;远树落满"清阴",以一"匝"字写出。所有这些动词皆极具笔意,以仿佛由笔墨挥洒所生的动势体现大自然中的气脉通联。小谢诗对景物之间关系的这种诠释,似乎预示了方闻所概括的北宋皇祐年间到南宋淳祐年间的山水画构图:

> 在一个统一的空间延续中集聚山水形象:这些形象大量地运用墨染,将概念化的画面柔化以揭示气氛,连绵不绝的形象由前至后形成一个不间断的序列。有所进步的空间关系仍然没有描述真实的地面。山形仍然是正面和孤立的:它们以平行的垂直面在空中张开,好似一副纸牌。互不相干的山形轮廓线巧妙地消失在环绕它们山脚周围的烟云之中,给人以统一视象的印象。[1](重点号是本书作者所加)

谢朓上述诗中也以"里"、"外"、"端"、"表"、"上"、"际"这些方位词将景物与景物之间"真实的地面"囫囵掉了。绘画中环绕景物间的"墨染"、"烟云"在小谢诗中即是诸如"白云"、"日华"、"风光"、"影"这类变动不居的意象和动词所体现的气脉。景物纵深仅仅被表现为如画面里垂直向上张开的层次,一切都落在了被渲染"风"与"景"的氛围之中,而"风"与"景"却无从屈从于任何几何图形,只浮沉游动于景物之中。正如我在大谢诗中发现大量山与水对举的诗联一样,蔡瑜最近的研究发现:小谢诗中有大量"风"(空气)与"景"(光)对举的诗联。她举出的例证首先集中在以轩窗为框架的观照中:

> 辟馆临秋风,敞户望寒旭。

---

[1] 方闻,《心印:中国书画风格与结构分析研究》,页22—23。

> 清风动帘夜，孤月照窗时。[1]
> 北窗轻幔垂，西户月光入。[2]
> 对窗斜日过，洞幌鲜飙入。[3]

再如《奉和随王殿下》十六首中竟有过半的诗篇见到风与景的对写模式：

> 婵娟影池竹，疏芜散风林。（其二）
> 累榭疏远风，广庭丽朝日。（其五）
> 规荷承日泫，影鳞与风泳。（其八）
> 严气集高轩，稠阴结寒树。（其三）
> 轻云霁广甸，微风散清漪。（十一）
> 风入芳帷散，釭华兰殿明。（十四）
> 清房洞已静，闲风伊夜来。
> 云生树阴远，轩广月容开。（其七）

蔡瑜在小谢诗中共举出这种光影与风姿的对写二十八例，这就非常令人信服地证明："并陈风与景的视角，已成为谢朓掌握自然的重要间架。……诗人以风与景为参照的间架，能够撷取到幽微的物物关系与灵动的间隙变化，风与景是不断流动的能量，也是回荡在诗人与世界之间

---

[1]《怀故人》，《谢宣城集校注》，页272。
[2]《秋夜》，同上书，页265。
[3]《夏始和刘孱陵》，同上书，页344。

的韵律。"[1]换言之,在书写自然景致之时,谢朓的想象是以"气"("风"和潮湿的"云气")和行迹更幽微的"光"作为基本物质要素的,他从而特别关注空气流动与日光闪动中的氛围,这种氛围是流动的,也是无处不在的,本不在一个平面中,亦无从成为诗人眼前被特定距离隔开的画面。"风"与"景"既然皆游动于天地之间,诗人也就被笼罩其中了。

然而吊诡的却是,这里确乎能体会出某种画意,因为轩窗的框架本身即具框景入画的意义,后世造园中绘画手法如"漏窗"、"便面窗"、"无心画"即是这一功能的妙用。自诗而言,兼擅诗画的王维入画的诗句如"江流天地外"[2],"独卧临关门,黄河向天外"[3],"郢路云端迥,秦川雨外晴"[4],"竹外峰偏曙"[5],"白水明田外,碧峰出山后"[6]亦汲其遗脉而巧用了方位词。王维入画名联"行到水穷处,坐看云起时"[7],将表示时间状语的词置于句尾,以名词语将时间空间化。此一句法亦自小谢"清风动帘夜,孤月照窗时"[8]两句而出。[9]

但是,无论小谢抑或王维诗中的画意,如前引方闻先生论山水画构图所揭示,皆非西洋近代透视学创造的画意,而是中国山水画家的位置经营。依蔡瑜之见,谢朓对山水的"布构"与谢赫提出"经营位

---

[1]《中国风景诗的形塑——以南朝谢朓诗为核心的探讨》,载《林文月先生学术成就与薪传国际学术研讨会论文集》(台北:台大中文系,2014),页531。蔡氏的论文在拙文于《汉学研究》上刊出后发表,多有创获,值得读者参读。由她馈赠大文,本人得藉以修补本章,特在此致谢。
[2]《汉江临眺》,《王维集校注》,第2册,页442。
[3]《送魏郡李太守赴任》,同上书,第2册,页314。
[4]《游感化寺》,同上书,第2册,页439。
[5]《过福禅师兰若》,同上书,第2册,页593。
[6]《新晴野望》,同上书,第2册,页570。
[7]《终南别业》,同上书,第1册,页191。
[8]《怀故人》,《谢宣城集校注》,页272。
[9]王维此二句逗引出大历诗人许多类似表达,蒋寅举卢纶《至德中赠内兄刘赞》"听琴泉落处,步履雪深时",于鹄《春山居》"水流山暗处,风起月明时",李端《单推官厅前双桐咏》"叶重凝烟后,条寒过雨时",杨凝《别谪者》"八月三湘道,问猿冒雨时"

置"〔1〕同出于南齐，应不苟然。〔2〕由此，氛围和画意构图之间这一吊诡居然找到了某种平衡。如宗白华先生所论，这样一种画境已"不止于世界的平面化，而是移远就近"，即听任"深广无穷的宇宙来亲近我，扶持我，无庸我去争取那无穷的空间"，即"饮吸无穷空时于自我，网罗山川大地于户"〔3〕。在宗先生以"移"、"饮吸"等动词展开的论述里，这样一种"画境"是体现动态的。在谢朓诗中时常出现的"檐"、"栊"、"窗"、"轩"、"庭际"以及缠绕户牖的帘、幔以及案等，是将远距离的风景与诗人触手可及的物事联系起来，凸显风景拥入了户牖之内的世界，令诗人的整个身体经验同时进入到画意风景之中。后世题画诗以"蓬壶来轩窗，瀛海入几案"〔4〕，"白波吹粉壁，青嶂插雕梁"〔5〕所创造的幻觉，是将此发挥到极致。在框限山水景物的同时，诗人其实亦浸沉于"风"与"景"的流动氛围之中。如：

> 案牍时闲暇，偶坐观卉木。
> 飒飒满池荷，修修荫窗竹。
> 檐隙自周流，房栊闲且肃。
> 苍翠望寒山，峥嵘瞰平陆。……（《冬日晚郡事隙》）〔6〕

（接上页）和韩翃《题苏许公林亭》"万叶秋声里，千家落照时"为例，说明王维两句诗对大历诗人的影响。见其《大历诗风》（上海：上海古籍出版社，1992），页196—197。但这一表达最早应追溯至谢朓。此处尚可补充的例证有韦应物的"楚江微雨里，建业暮钟时"（《赋得暮雨送李胄》）。

〔1〕见虞君质选辑，《美术丛刊》第1辑（台北：编译馆，1986），页1。
〔2〕蔡瑜，《中国风景诗的形塑——以南朝谢朓诗为核心的探讨》，页523。
〔3〕宗白华，《中国诗画中所表现的空间意识》，《美学散步》（上海：上海人民出版社，1981），页86。
〔4〕李白，《莹禅师房观山海图》，《全唐诗》卷一八三，第5册，页1870—1871。
〔5〕杜甫，《奉观严郑公厅事岷山沱江画图》，《全唐诗》卷二二八，第7册，页2485。
〔6〕《谢宣城集校注》，页228。

图九　板桥河入江口江上远眺三山（N31°55′14.72″/E118°36′12.77″）

诗人以目光置身于门前池、窗外竹而又游向远山平陆。寒山和平陆又仿佛凑到了诗人触手可及的"檐隙"和"房栊"之下。再如：

> 高轩瞰四野，临牖眺襟带。
> 望山白云里，望水平原外。
> 夏木转成帷，秋荷渐如盖。……（《后斋迥望》）[1]

诗人在视觉场中游动，自轩牖而至广阔四野中的山水，复又移向近景中的夏木秋荷，视野在此又是收缩的，仿佛在移远就近。这样的游目视野亦见于登三山那篇名作。三山是建康重要地标。明人陈

---

[1] 同上书，页230。

沂《金陵古今图考》一书列历朝地图，皆有三山。《大明一统志》谓"三山在（应天）府西南五十七里，下临大江，三峰排列，故名。"[1] 二〇一〇年冬笔者考察，于此位置——即今板桥河入江口附近、板桥汽车渡口西南南岸江边见到"三山"。此三山连绵，不难辨识，因江岸附近再无其他可称为山的地貌，且有朱偰抗战前所摄影像[2]资证。被李白写为"半落青天外"的三山，最高处海拔其实不过二十九米，距地面高仅二十七米，绵延近三百米（《太平寰宇记》谓"周回四里"[3]）【图九】。考虑江岸泥沙的堆积因素，它在古时距地面可能会高至三十多米。三山不高，却如明远所登的蒜山一样，是一处"据绝作雄，而凌清瞰远"的江矶。建康南门自刘宋即在秦淮河南五里。所以，无论鲍明远《还都至三山望石头城》所写的"攒楼贯白日，摘堞隐丹霞"[4]，抑或玄晖今所谓"白日丽飞甍，参差皆可见"，在古时空气条件下，皆为实景。诗中"春洲"、"芳甸"亦为实景。其诗曰：

> 灞涘望长安，河阳视京县。
> 白日丽飞甍，参差皆可见。
> 余霞散成绮，澄江静如练。
> 喧鸟覆春洲，杂英满芳甸。……[5]

这绝非自某一定点、某个特定距离外所做的观察。诗人以游目置身于江天之间："白日"二句是远眺，"余霞"二句则先仰看天空中色彩的变化，再俯视大江水面的明暗。最后目光收缩在近处沙洲上的花鸟。在

---

[1] 李贤等，《大明一统志》卷六，页159。
[2] 《金陵古迹名胜影集》（北京：中华书局重版1936年商务印书馆版，2006），页236。
[3] 《太平寰宇记》卷九〇，页1176。
[4] 明远此诗是写江上舟行望三山矶，而非如玄晖登矶远眺。
[5] 《晚登三山还望京邑》，《谢宣城集校注》，页278。

此,"丽飞甍"和"散成绮"是自吸收、映射光的宫宇屋脊与江波来写对光照的知觉,而"澄江"句则自江流的迟缓来写对气流的知觉。无质的"风"与"景",被在有质物事上留下的痕迹表现了出来。以下两诗则在两联中以不同笔墨分别安排"极人目之旷望"和"足人目之近寻":

> 远山翠百重,回流映千丈。
> 花枝聚如雪,芜丝散犹网。……(《与江水曹至滨戏》)[1]

> 远树暧仟仟,生烟纷漠漠。
> 鱼戏新荷动,鸟散余花落。……(《游东田》)[2]

这又是一个收缩型的视野,兼顾着"钩连缥缈而去,不厌其远,所以极人目之旷望"和"铺设其景而来,不厌其详,所以足人目之近寻"[3]。写"旷望"之"百重"、"千丈"、"仟仟"、"漠漠"景致用"染",写"近寻"之"花枝"、"芜丝"、"鱼戏"、"鸟散"景致则用"勾"。这种在磅礴阔大之象中别又勾出小物事的前提,依然是对"风"(空气感)和"景"(光感)的认知。在"勾"、"染"之中,并无设"灭点"的透视意识,一切乃基于不同距离里的"风"和"景"。而且,如许多传统山水画一样,中景被跳跃过去了。远景之"染"的极致,可以是一片浑涵,一片在抽象和具象之间的窈冥恍惚,如:

> 风碎池中荷,霜剪江南菉。……(《治宅》)[4]

---

[1]《谢宣城集校注》,页245。
[2] 同上书,页260。
[3] 郭熙,《林泉高致》,《历代论画名著汇编》,页71。
[4]《谢宣城集校注》,页268。

上句"风碎池中荷"是近景、小景，十分具体。然下句却是一片画笔不能及的浑涵，它绝非具体的物象，而是滉漾在目的广大空间中朦胧的色彩氛围，正是"如蓝田日暖，良玉生烟，可望而不可即于眉睫之前"[1]。此是李日华论画所说的"意到笔不到，为神气所吞处"的"极迥色"、"极略色"[2]。"风碎池中荷"一句以此被置于一深远无尽的背景之中。小谢诗如"云景暖含芳"[3]"眇眇青烟移"[4]、"余春满芳甸"[5]皆有"空者善涵"[6]的意味。试问唐人杜牧"千里莺啼绿映红"一句中有多丰富的景深！永明诗多有此类造语：沈约有"午寒散峤木，紫蔚夕飙卷"[7]、"夜月琉璃水"[8]；王融有"浩露零中宵"[9]、"秋风下庭绿"[10]。永明诗是律化的重要里程碑。吴淇谓"齐固古诗与唐诗中间一大关键也"[11]。焦循亦谓"齐梁者，枢纽于古律之间者也"[12]。谢朓和永明诗人所造之景，已令后世论诗者视作"渐有唐风"[13]、"唐调之始"[14]，以至"盛唐之嚆矢"[15]。

---

[1] 司空图，《与极浦书》，见郭绍虞、王文生编，《中国历代文论选》（上海：上海古籍出版社，1979），第 2 册，页 201。
[2] 《竹懒论画》，《中国画论类编》，页 131。
[3] 《奉和随王殿下》其六，《谢宣城集校注》，页 371。
[4] 《奉和随王殿下》十一，同上书，页 377。
[5] 《别王僧孺》，同上书，页 420。《古文苑》卷九，题王融作。
[6] 王夫之评谢朓《怀故人》，《古诗评选》卷五，《船山全书》，第 14 册，页 768。
[7] 沈约，《循役朱方道路诗》，《先秦汉魏晋南北朝诗》，中册，页 1636。
[8] 沈约，《登北固楼诗》，同上书，页 1640。
[9] 王融，《清楚引》，同上书，页 1387。
[10] 王融，《同沈右率诸公赋鼓吹曲二首》其一《巫山高》，同上书，页 1388—1389。
[11] 吴淇撰，《六朝选诗定论》卷一五，《四库全书存目丛书补编》（济南：齐鲁书社，2001），第 11 册，页 332。
[12] 焦循撰，《易余钥录》卷一五，《丛书集成续编》（上海：上海书店，1994），第 91 册，页 463。
[13] 唐庚，《唐子西文录》，引自魏庆之《诗人玉屑》（上海：上海古籍出版社，1978）卷一三，上册，页 279。
[14] 胡应麟，《诗薮》（上海：上海古籍出版社，1979），外编卷二，页 152。
[15] 成书，《多岁堂古诗存》，转引自《谢宣城集校注》，页 440。

谢灵运的山水诗在结构上往往维持一种三段论，即起叙进入山水的行程或动机，继以铺陈景物，最后进入理悟，由此说明自己由游览而获超脱。概括起来，这样的结构展现了诗人在游览山水之后心境变化的过程。当然，谢灵运也有如《郡东山望海》、《登上戍石鼓山》等个别作品，表现游览山水无法实现诗人化解忧郁的初衷，反令山水成为了心中忧郁的象征。鲍照行旅诗中的风景描写，如上文所说，不妨看作是承续了谢灵运后一类诗作的写法，却又不必再去如大谢那样叙写一展积郁的初衷了。小谢的一些作品，则对望中风景与情感的关系进行了全新开拓。在此，诗人不可能再去关注以肢体移动而依次展开山水的过程，而只能叙写眼前同一空间之中（通常是在轩窗之中）、却不恒定的天地间一霎风一霎雨的动态气象变化，此变化撩起了他敏感心灵的微澜。此中再无游览和理辩的区隔，因为心境的变化亦几乎与风景同步。如直中书省所作《观朝雨》：

> 朔风吹飞雨，萧条江上来。
> 既洒百常观，复集九成台。
> 空濛如薄雾，散漫似轻埃。
> 平明振衣坐，重门犹未开。
> 耳目暂无扰，怀古信悠哉。
> 戢翼希骧首，乘流畏曝腮。
> 动息无兼遂，歧路多徘徊。
> 方同战胜者，去蔽北窗莱。[1]

此诗起得突兀，江上一阵飞雨，由远而近，落入宫阙楼台之上，诗人在重门未开的平明，耳目俱清。面对雨雾空濛，却有了一番动息出处

---

[1]《谢宣城集校注》，页215。

的内在论辩，最后致仕而翦北窗之莱的想法，胜于俄顷之间。究竟前六句的风雨，与以下诗人动息出处的争辩有何关联？在此要做单线的逻辑连接是不可能的。读者却可自忖：或许是江上远来的风雨，撩起他心中一阵风雨？或许这只有风雨而无人声的时刻，最宜思辨？或许是这突来的风雨令他想到政争中无常的变化？或许是这阵风雨令他无端生出一段凄惶之情？……所有的设想皆有可能，却又皆不能确定，这就是"诗兴"。古人所谓"入兴贵闲"[1]，"兴隐而比显，兴婉而比直，兴广而比狭"[2]，云云，即在说明"诗兴"中这种心在有意、无意之间，起"兴"之象意义不可界定的特点。可以肯定的只是：诗人这一阵心灵的波动，是由这一阵拥向他的风雨撩动而起的。再如《和宋记室省中》：

> 落日飞鸟还，忧来不可极。
> 行树澄远阴，云霞成异色。
> 怀归欲乘电，瞻言思解翼。
> 清扬婉禁居，秘此文墨职。
> 无叹阻琴樽，相从伊水侧。[3]

落日时分飞鸟突然拥入诗人视野，忧伤随之而来。究竟鸟还与忧来有何关联？难道是飞鸟有巢可归，而予不可归？抑或飞鸟闯入打破了天地和心境中的平静？抑或飞鸟掠过的茫茫长空如忧愁渺无边际？抑或这一景象令他想起另一个有落日飞鸟日子里的心境？景与情之间，如王船山所说："合离之际，妙不可言。要此景在日、鸟之外，亦在日、

---

[1]《文心雕龙义证·物色》，下册，页1755。
[2] 陈启源撰，《毛诗稽古编》卷二五，《文渊阁四库全书》第85册，页697。
[3]《谢宣城集校注》，页346。

鸟之间。"[1]吾人但知这落日、飞鸟、行树、云霞乃诗人视野中物,诗人欲假飞鸟之翼,与道士相偕遁世。再如作于宣城的《高斋视事》:

> 余雪映青山,寒雾开白日。
> 暧暧江村见,离离海树出。
> 披衣就清盥,凭轩方秉笔。
> 列俎归单味,连驾止容膝。
> 空为大国忧,纷诡谅非一。
> 安得扫蓬径,销吾愁与疾![2]

此诗亦自景物起笔,移远而就近。首联的"映"与"开"字,一静一动,已悄然拉开"风景"的变化。第二联的"暧暧"与"离离",一状蒙昧,一状分明,二句中有一徐徐的展开。上接"寒雾"中透出"白日"一句,已然是雾气缓缓散去,江村海树渐渐显露风景的一段时光。这是诗人的视野:"隐然一含情远眺之人,呼之欲出。"[3]然后瞩目于此的这位太守的一天开始了:"披衣就清盥,凭轩方秉笔",他在清盥与秉笔之时感到案牍之事可厌而生归隐之念。此处读者再次遇到景与情的连接问题:自高斋望见的雪霁雾散之景究竟与以下一段情绪泛起有何关联?或许是诗人思想中的迷障亦如寒雾于此缓缓散开?或许是这眼前的恬然清景令他对照了官场的纷诡?或许是海树江村令他想到了归隐的去处?这一切依然不可能有答案。可以确定的只是:诗人心中这一段小小的戏剧,是由徐徐散开的"寒雾"拉开帷幕,而诗人的语调和笔墨,亦如"寒雾"散开一般纡缓。

---

[1]《古诗评选》卷五,《船山全书》第14册,页772。
[2]《谢宣城集校注》,页280。
[3] 评《之宣城郡出新林浦向板桥》,《古诗评选》卷五,《船山全书》第14册,页769。

自一霎风雨、一群飞鸟、一团悄然散尽的雾气而顿起心中波澜是敏感,因草木、山色的些微季候变化而伤感又何尝不是敏感?玄晖以下的诗兴即起于天地之间此类变换之中:

> 高轩瞰四野,临牖眺襟带。
> 望山白云里,望水平原外。
> 夏木转成帷,秋荷渐如盖。
> 巩洛常睠然,摇心似悬旆。(《后斋迥望》)[1]

　　还未到叶落和霜雪天气,初秋季节山水树木的变化是悄然进行的。然而此中空气、水流量、草木的色彩和稠密程度的转换,已足以摇动诗人心旌。五、六两句中"转成"、"渐如",写转换的徐徐之态,却又透露出语调笔致的摇曳与从容。在此,轻愁薄怅是被如此淡淡的笔墨带出的。古人论小谢以"着笔甚轻"[2],"以淡远取致,笔情轻秀"[3],"得康乐之灵秀,而变以轻清"[4],所谓"轻",正指语调和笔致间这种儒缓从容。再如《落日怅望》:

> 昧旦多纷喧,日晏未遑舍。
> 落日余清阴,高枕东窗下。
> 寒槐渐如束,秋菊行当把。
> 借问此何时?凉风怀朔马。
> 已伤慕归客,复思离居者。
> 情嗜幸非多,案牍偏为寡。

---

[1]《谢宣城集校注》,页230。
[2] 方东树,《昭昧詹言》(北京:人民文学出版社,1984)卷七,页190。
[3] 何焯,转引自《谢宣城校注》,页262。
[4] 邵长蘅,转引自《谢宣城集校注》,页283。

既乏琅邪政，方憩洛阳社。[1]

　　这又是一首思归之作，思归之情又是由草木的些微变化引起。五、六句中的"渐如"、"行当"着笔轻缓；"借问"一句，发语从容；以下诗句中"已"、"复"、"幸"、"既"、"方"这些虚字的使用亦令语致落落，绵绵低回。这种儒缓的语调不仅符应所写初秋景物间的悄然变换，亦符应诗人抒写着的一缕清愁。类似的例子尚有"重树日芬葐，芳洲转如积"[2]，"青皋向还色，春润视生波"[3]。

　　这种景物、心绪和语调间的微妙符应是小谢如即兴曲般诗的魅力所在。除却不无揣测、商略意味的"渐如"、"行当"、"转成"、"转如"等温婉语词外，叠字连绵是小谢这一轻缓语调的另一表现。小谢写景句中如"飒飒满池荷，翛翛荫窗竹"，"远树暖仟仟，生烟纷漠漠"，"漠漠轻云晚，飒飒高树秋"[4]，"泄云已漫漫，夕雨亦凄凄"[5]，"连连绝雁举，眇眇青烟移"[6]，"泱泱日照溪，团团云去岭"[7]，"暧暧江村见，离离海树出"，"轻蘋上靡靡，杂石下离离"[8]，"杳杳云窦深，渊渊石溜浅"[9]，"夜条风淅淅，晚叶露凄凄"[10]等，均以叠字连绵令语调纡缓婉转。此种连绵字造成的语调儒缓，恰如画家的轻笔晕染。所谓"淡墨轻岚"，这就是"淡墨"了。而"轻岚"则是小谢所写山川风物之如"宣、歙诸

---

[1]《谢宣城集校注》，页230—231。
[2]《和别沈右率诸君》，同上书，页312。
[3]《和王长史卧病》，同上书，页315。
[4]《侍筵西堂落日望乡》，同上书，页414。
[5]《游敬亭山》，同上书，页240。
[6]《奉和随王殿下》十一，同上书，页377。
[7]《新治北窗和何从事》，同上书，页359—360。
[8]《将游湘水寻句溪》，同上书，页250。
[9]《游山》，同上书，页233。
[10]《失题》，同上书，页423。

山,清远绵渺"[1]。小谢笔下常常逸出的天象"风景"是"薄雾"、"轻埃"、"寒烟"、"轻霞"、"白露"、"余雪"、"寒旭"、"清阴"、"朝日"、"清风"、"朝霞"、"云霞"、"日华"、"白日"、"云景";常常写出的山水是"青山"、"远山"、"清川"、"莓渚"、"春水"、"清漪"、"白水"、"芳洲"、"青皋"、"苍波"、"石溜"、"芳甸"、"遥甸"、"春洲"、"烟蘅"、"芝涧";常常出现的草木是"青苗"、"遥树"、"轻蘋"、"寒草"、"汀葭"、"弱荇"、"新竹"、"新荷"、"红莲"、"重树"、"江树"、"疏芜"、"弱草"、"白蘋"、"缃荷"、"青莎"、"杜若";常常飞出之禽鸟有"远雁"、"鸥凫"、"独鹤"、"田鹄"、"沙鸨"、"巢燕"……这一切皆为烟水江南中"芊绵蒨丽"(方东树语)之物。"芊绵蒨丽"蕴含了相对雄壮的柔弱,相对陈熟的鲜嫩,相对密集的疏落,相对浓重的平淡。如以水墨渲染和轻擦模糊了轮廓线的董源山水。小谢诗故而如古人所说:"如花之初放,月之初盈"[2],"如秋山清晓,霏蓝翕黛之中,时有爽气"[3]。倘以谢朓诗句为其诗境写照,则"远树暧仟仟,生烟纷漠漠","泱泱日照溪,团团云去岭","暧暧江村见,离离海树出"一类最为恰切。和明远一样,玄晖也关注长江中下游平原丘陵在湿气象中的风景,但玄晖非如明远那样,以厚重的烟霾写其迷茫凄惶的心境,而是以"清远绵渺"、"芊绵蒨丽"的景物,表达其不失优美情调的轻愁薄怅。或许可以说,吾人在小谢诗中的山川风物、笔致语调和轻愁薄怅里体验最多的是烟水江南迷蒙中的绿色。迷蒙是忧郁的灰色,但绿色,如康定斯基所说,则"最后把自己扬弃到幽静里,不要求什么,不呼唤什么"[4]。

---

[1] 洪亮吉,《北江诗话》卷四,光绪三年授经堂本页十一,《续修四库全书》,第1705册,页30。
[2] 方东树,《昭昧詹言》卷七,页186。
[3] 田雯,《古欢堂集杂著》卷三,《清诗话续编》(上海:上海古籍出版社,1983),第2册,页697。
[4] 见瓦尔特·赫斯(Walter Hess)编,《欧洲现代画派画论选》,宗白华译(北京:人民美术出版社,1980),页137。

四、结　论

由以上讨论可知:"后谢灵运时代"两位诗人鲍照和谢朓书写大自然的全新美感话语,是在偶有中、低山地丘陵的长江中下游平原的经验中产生的。二人登游山岭的作品则继承了大谢"游览"闽浙山地丘陵的风格。

郭熙曰:"山水,大物也。人之看者,须远而观之,方见得一障山川之形势气象。"[1] 山水对中国诗、画而言,本质上是眺望中的"远景",这一点与欧洲文艺复兴后形成的"地景"(landscape)概念并无不同。[2] 鲍、谢二人在长江中下游的江矶或数十米的矮丘之上,取代大谢的肢体移动,以望眼揽取更具深度的远景。于是,据山而"望"不再如以往诗人那样,仅为一种生命姿态和超越经验视野的展示,[3] 而是让视知觉为光所引领,更自由地"游览"世界。这样的美感体验,需要概括为一新的语词。"风景"一词并不苟然地在此时出现了。

"风景"是"空气和日光"以转喻方式实现的词义扩大,因其指向种种气象,确能概括明远和玄晖为中古山水美感话语树新添的枝杈。它精致化了"山水"的书写,因为自然山水映现于望眼之中的样貌,皆取

---

[1]《林泉高致》,《历代论画名著汇编》,页65。
[2] Jacob Burckhardt, *The Civilization of the Renaissance in Italy: An Essay* (London: Phaidon Press, 1944), p. 179.
[3] 如阮籍《咏怀诗》中其十三的"登高临四野,北望青山阿。松柏翳冈岑,飞鸟鸣相过。感慨怀辛酸,怨毒常苦多。李公悲东门,苏子狭三河",其二十六的"朝登洪坡颠,日夕望西山……鸾鹥时栖宿,性命有自然。建木谁能近,射干复婵娟",其二十一的"于心怀寸阴,羲阳将欲冥。挥袂抚长剑,仰观浮云征",其五十四的"西北登不周,东南望邓林。旷野弥九州,崇山抗高岑。一餐度万世,千岁再浮沉"等,皆主要是一种抒发深重感慨的方式。见《阮籍集校注》页260、295、285、351-352。又如王乔之《奉和慧远游庐山诗》中"遐丽既悠然,余盼觊九江。事属天人界,常闻清吹空",张野同题诗中"觌岭混太象,望崖莫由检。……揭来越重垠,一举拔尘染",孙嗣《兰亭诗》中"望岩怀逸许",庾阐《衡山诗》中"寂坐挹虚恬,运目情四豁。翔虬凌九霄,陆鳞困濡沫",均有超越经验的描写。见《先秦汉魏晋南北朝诗》,中册,页938、908、874。

决于当下气象中的光照和空气的纯净度。从"山水"到"风景",恰如宋人韩纯全论画山水,首论山,次论水,再次论林木与石,复又论"云霞烟霭岚光风雨雪雾",以为"夫通山川之气,以云为总也"[1]。从"山水"复有"云霞烟霭岚光风雨雪雾",这也是画史本身的逻辑体现:大量以烟霭处理山水,乃是山水被确立为绘画中心主题两个世纪以后的事。在此,诗人的认知和表现显然走在了画家之前。为彰显日光、气流的"风景",明远将眼前山水风物置于天–地之中,以更广阔的构架书写山水。诗人在谢灵运的"山水"中增添了"氛雾"、"星辰"、"青冥"、"星汉"这些天象,并且关注长江中下游湿气象中的渺溟景色。大谢基元构架下的山/水与色彩的对比被景物间的明暗关系和通贯所替代。

鲍照诗赋中的天–地框架,绍复了宋玉铺写巫山的云气变幻的天空的传统。其意义超越了文学,成为中国艺术家景观意识的根本。程抱一说:中国画家是负载于地,而将其灵魂转向天。[2]其实比之画家,中国诗人并非只是单纯地去望天,而是更习惯自天而俯瞰大地山川。[3]与西方风景画设置"地平线"以强调画家"从主体的立场出发所观察到的大地之极限"[4],彰显有限与无限的界限的意识[5]不同,中国诗、画

---

[1]《山水纯全集》,《历代论画名著汇编》,页139。
[2]《神游——中国绘画一千年》,引自《外国学者论中国画》,高名潞译、李玉兰校(长沙:湖南美术出版社,1986),页76—77。
[3] 如李零所说:古人地理的认识背景是天文,"东西靠昼观日影,南北靠夜观极星,他们是在'天'的背景底下讲'地'。""'天下'这个词,看似平常,却暗示着一种视觉效果,一种在想象中居高俯瞰大地一览无余的效果。"见《思想地图:中国地理的大视野》(北京:三联书店,2016),页8,页107。古人以云汉星宿对应地上山川也是在坚持这个天–地框架。
[4] 朱利安,《山水之间》,中译打印稿,页91。
[5] 在此笔者愿读者分享我与朱利安教授晤谈时他所说的一段话,其大意是:"地平线在希腊文化中即为分割可见与不可见。宇宙对希腊人而言是完成的作品,地平线因此是为关闭。希腊人喜欢界定的事物,中国人则无惧不可界定(indefini)的世界。Logos是在始与终之间思考,中国山水画却在追求看不到的'远'。"当然,中国人所无惧的"不可界定",应当是寓无限于有限之中的"虚"。

的天 - 地框架消泯了有限与无限的界限。无论从词源和意义考虑，通常译为"风景"的西方语文中的 landscape 或 paysage，都应译为"地景"[1]才更妥当，因为 landscape 本是画家身处地上某一点的经验视野。而中国诗、画中的山水则是一种"天 - 地之景"。"天 - 地"令有限与无限交融于"风"和"景"之中，烟云雨雾皆由"天地相合"以出。[2] 如此的"天 - 地之景"不再可能仅仅是一个静态的视觉对象，人一旦"仰尽兮天经，俯穷兮地络"，就不再坚持距离感，而落在了无处不在的动态"风景"之中。于此甚至可能藉接连宇宙之气以作"神"之"游"。[3] 一位研究中国山水画的俄国学者说："天和地自如地奏出了（中国）绘画的'主旋律'。"[4] 宋人郭熙论画谓："凡经营下笔，必合天地。何谓天地？谓如一尺半幅之上，上留天之位，下留地之位，中间方立意定景。"[5] 明人石涛曰："山川，天地之形势也。……正踞千里，邪睨万重，统归于天之权、地之衡也。天有是权，能变山川之精灵；地有是衡，能运山川之气脉；我有是一画，能贯山川之形神。"[6] 天与地这一阳一阴之间，"天"更具创生而"地"更具呈法的意味，由此展开了中国诗画以滃渤之"气"——云、雾、雨、露——为基本要素的物质想象，灏灏之气令山水缥缈幽窅，如梦如幻【图十、十一】。诗人在开启云空这一特别维度的同时，也因之往往展开超自然的想象。

　　不无吊诡的是，居停以望"风景"又是切割大自然而"取景"的

---

[1] 一般以为，用于美术的英语词汇 landscape 和 landskip 均来自荷兰语的 landschap，但其实就词根而论，荷兰语的 landschap 其实是自德语词 landschaft 演化而来，这个德语词的原义是指地域、农业管辖权或农村空间体系。见 Isis Brook, "Aesthetic Appreciation of Landscape," in *The Routledge Companion to Landscape Studies*, eds. Peter Howard, Ian Thompson & Emma Waterton (New York: Routledge, 2013), p. 108.
[2] 《老子道德经》，第三十二章，《诸子集成》，第 3 册，页 19。
[3] 详见本书第三章。
[4] 扎瓦茨卡娅，《中国绘画的天和地》，《外国学者论中国画》，页 15。
[5] 《林泉高致》，《历代论画名著汇编》，页 73。
[6] 《苦瓜和尚画语录·山川章第八》，《历代论画名著汇编》，页 368–369。

图十　三清山云海

开端。有学者根据《释名》中诠"景"为"境也,明所照处有境限也"引申出"景"为一"边际化了的光亮"的义涵。[1] 户牖本为取光之用,且具框限的功能。当谢朓透过轩窗眺望之时,他关注的已不仅是哪处山水,而是变化于光照、温度与气流中的这一刻这一视角中的山水,已藉轩窗自其身体此刻的在世存有对存有界的湍流进行了切割和镶嵌,已从空间和时间上片段化了流而不滞的水色山光、云影天风。这不妨看作是"景"观念的萌起,因为"景"即意味着以画意为追求的切割和片段化。[2] 这种切割令诗对风景的书写前所未有地出现颇具中国传

---

[1] 见 Hui Zou, "The Jing of a Perspective Garden," *Studies in the History of Gardens & Designed Landscapes* 22, 2002.4, pp. 293—298.
[2] 然此处尚有对时间和个人体验关闭的"八景"传统和由开放时间以令原初体验保持开启的借景传统的分别,详见本书附录《设景与借景》。

图十一　李士达《山亭坐望图》

统绘画画意的平远构图,令诗人藉由方位词、动词的巧用以凸显景物之间迷幻的空间关系,以及浑涵和清晰的穿插变换。然而,"风景"又同时意味着一切皆笼罩于天地之中,意味着诗人处身于"风景"的氛围之中。故而,所谓画意构图,绝不意味着诗人面对着隔绝在主体之外的对象,而是"身即山川而取之"[1],即诗人自由地与山水风景往还,游目于其中;山水风景亦同时拥入诗人的视野。

对诗歌而言,明远、玄晖对风景与情感之间新关系的开拓更为重要。谢灵运的山水诗多依诗人的"游览"过程而展开,铺陈山水美之余,必须不无生硬地解说经此而发的理悟或感叹。情与景、心与物故而由外在的逻辑所连贯。鲍照对景与情关系的开拓,主要见于其宦游和去离题材的作品。诗人于自然现象的结构或基调之中发现了与其情感类似的结构或基调,其中江天湿气象的森茫景象特别成为漂泊旅人迷茫、阴沉心境的象征。在此,鲍照开拓的新情景关系藉用和符应着其铺写风景的天 – 地框架。

玄晖对情与景关系的开拓亦自其以轩牖吸纳两间景物的框架中生发。由此,诗人当然不会再叙写其肢体进入山水的过程,而只敏感于眼前比山水更广阔亦更不恒定的"风景"氛围中或乍然倏尔之间、或悄然浸润之中的动态变化,而其心灵的微澜则因之油然而起。此处再无游览和理辩的区隔和逻辑联系,因为心境的变化亦几乎与"风景"同步。后人所谓"入兴贵闲"、"兴隐而比显,兴婉而比直,兴广而比狭"云云,当以此类诗作的经验为基础。而且,玄晖写此种种荒忽变化之笔致,竟如此轻灵摇曳;发此种种情意之语调,竟如此从容儒缓,在在符应眼前"清远绵渺"之风景,和心中缕缕之清愁。玄晖亦如明远,着笔于江南湿气象中的山水,然与明远不同,玄晖情景交融的世界仍不乏优美之致。谢朓故而是真正的"淡墨轻岚"的诗中董源。

---

[1] 郭熙,《林泉高致》,《历代论画名著汇编》,页 67。

第三章　南朝诗的空间内化[1]

一、引　言

  本章拟讨论的三位诗人——江淹（444-505）、何逊（466-519）和阴铿（511-563）——其行踪和视野，似乎同时涵盖了前两章的山水世界。江淹对山水风景的关注，非限于长江中下游平原这一地域，而是回到了大谢所描写的闽浙山地丘陵这二列与海岸平行的山岭构成的地形骨架。谢灵运左迁的永嘉和归隐的始宁，属自西南而东北较低的第二列，由博平岭、戴云山、洞宫山、括苍山、天台山向东渐次过渡到沿海丘陵台地。而江淹左迁的建安吴兴却临近更西的一列，其以武夷山为主干，向东北与仙霞岭、会稽山相连，地势更高。而何逊和阴铿则如谢朓和鲍照，主要活动于长江中下游地区。
  江淹长谢朓二十岁，南齐永明五年（487）当与谢朓在建康鸡笼山西邸盛会朝夕相处。但今日所见江淹诗作，悉作于永明之前。谢朓于建武二年（495）出任宣城太守，守宣之时是其以诗书写山水的丰硕之日。江淹于建武三年（496）继谢朓之任，出为宣城太守。[2]然而，这却已经是江郎才尽之时了。江淹夜梦郭景纯索讨所授五色笔和张景阳

---

[1]　本章原载台北《中国文哲研究集刊》第40期（2012年3月），收入本书时做了大幅修改。
[2]　见丁福林，《江淹年谱》（南京：凤凰出版社，2007），页185。

索要匹锦的逸事，即在罢官宣城郡后。[1]江淹一生虽历宋、齐、梁三朝，其以山水草木著诗作赋自娱的时期，却主要在刘宋末年，特别是其左迁为建安吴兴令的三年（474—477）。故从王通开始，江淹又与鲍照并称，[2]《文镜秘府论》有"謇琅玕于江鲍之树"[3]之语。江淹与鲍照一样，是谢灵运之后第一代描写山水的诗人，故而，就年齿而言，江淹应排在谢朓之前；就创作旺盛期而言，应与鲍照相近。然而，正如宇文所安在叙写盛唐诗发展时所说：诗的世代未必是历史的实体而是关系的实体，故不能纯粹以编年方式界定。[4]况且，话语研究更不同于文学史研究，因为它面对的不是由时代精神概念涵摄的历史时间，而是永远在分化和重新开始的时间。

与鲍照及后来的何逊、阴铿不同的是，江淹在谢灵运之后，以郭璞的五色之笔，描绘了璀璨绚丽的丹霞地貌风致。更为重要的是，他的观赏和描写，已分别为后辈何逊和阴铿诗的山水呈现开启了新方向。本章以画意化和超经验化分别标示这两个方向，二者同属中国诗趋向近体化过程中山水描写"从外向内"的转变。高友工先生曾粗线条地勾画了这一转变。依其说法，经此转变，"诗人的审美意念充溢且流贯于其心中的想象的空间"，且最终"结束于象征化"以令"诗的真实只属于内在化的世界"[5]。何、阴诗中山水所彰显的内在诗意空间，于齐梁以降出现绝非偶然。中国诗正是在萧齐永明以后开始趣向近体，而何、阴乃此过程中之重要角色。胡应麟谓"六朝绝句近唐，无若仲言

---

[1]　见钟嵘著，曹旭集注，《诗品集注》（上海：上海古籍出版社，1994），页306。又见《南史》本传。
[2]　王通《中说·事君篇》："鲍照、江淹，古之狷者也，其文急以怨。"引自周祖譔编，《隋唐五代文论选》（北京：人民文学出版社，1999），页10。
[3]　《文镜秘府论》，页168。
[4]　*The Great Age of Chinese Poetry: The High T'ang*（New Haven: Yale University Press, 1981），p.165.
[5]　《中国抒情美学》，柯庆明、萧驰编，《中国抒情传统的再发现》，下册，页619—620。

者"[1]。沈德潜谓仲言"渐入近体"[2]。至于子坚,更是近体初成的标志,胡应麟谓"近体之合,实阴兆端"[3],"近体之有阴生,犹五言之始苏、李"。其《新成安乐宫》一诗,更被胡氏视为"气象庄严,格调鸿整,平头上尾,八病咸除,切响浮声,五音并协"的"百代近体之祖"[4]。本章第四节所重点论析的《晚泊五洲》和《登武昌岸望》二诗,亦皆为四联八句,押平声韵,中二联对仗亦极工整,只是平仄尚未全然协律。桑塔耶那(George Santayana)说:"凡被观赏的风景都是被创构(composed)的。"杂乱的自然风景(promiscuous natural landscape)是无从被欣赏为美的,因为"它不具有真正的统一性,并因而要求由想象提供这样或那样的形式"[5]。律诗为中国诗人提供了空前严格的形式,正是在中国诗歌律诗化的过程里,山水被赋予画意的整一性。然而,空前严格的形式本身又意味着支解和重组偶然性的世界,以至将它在某种程度上抽象化。故而,这是一个山水呈现突破经验,藉内化而为真正诗之空间的过程。这一过程中山水美感话语的两个重要现象皆始见于江淹,继而分别在何逊、阴铿的作品中趋于显明。故本章以江淹诗赋为起点,然后分述画意之"景"和超经验化空间在嗣后何、阴诗中的展开。除古代文献外,本章还将依据二〇一一年四月在中国大陆南方数省现地考察的结获,以揭呈出两类新话语在诗中的形构。

二、江淹的平生"二奇"

刘宋元徽二年(474)秋,江淹黜为建安吴兴(今福建浦城)令。

---

[1]《诗薮》外编卷二,页155。
[2] 沈德潜,《古诗源》(北京:中华书局,1993),卷一二,页294。
[3]《诗薮》外编卷二,页154。
[4]《诗薮》内编卷四,页62。
[5] *The Sense of Beauty: Being the Outline of Aesthetic Theory* (New York: Collier Books, 1961), p.99.

翌年孟夏,他在吴兴城南南浦溪的九石有一段不期而然的惊艳。为此,他作有《赤虹赋》,此赋有序曰:

> 东南峤外,爰有九石之山,乃红壁千仞,青莩百仞,苔滑临水,石险带溪。自非巫咸采药,群帝上下者,皆敛意焉。于时夏莲始舒,春荪未歇,肃舲波渚,缓曳汀潭。正逢岩崖相炤,雨云烂色,俄而雄虹赫然,晕光耀水,偃蹇山顶,焉弈江湄。仆追而察之,实雨日阴阳之气,信可观也。又忆昔登炉峰上,手接白云。今行九石下,亲弄绛霓,二奇难并。[1]

令江淹惊艳的并非仅仅是山水,而是山水中一特别时刻——雄虹偶然见于此特别的山水之间:此山乃"红壁十里,青莩百仞";此水乃依山,故"石险带溪"、"岩崖相炤,雨云烂色"。诗人于此"夏莲始舒,春荪未歇"之时,"肃舲波渚,缓曳汀潭",突然于此丹山碧水之间见到"晕光耀水,偃蹇山顶,焉弈江湄"的彩虹。残阳在水气中创造的瞬间光学景象在琼岸红壁之间成就了一片奇幻:

> 俄而赤霓电出,蚴虬神骧。暧昧以变,依稀不常。非虚非实,乍阴乍光。艳赫山顶,炤燎水阳。……想番禺之广野,意丹山之乔峰;骑傅说之一星,乘夏后之两龙。彼灵物之诡几,象火灭而出红。余形可览,残色未去。耀荾荍而在草,映青葱而结树。错青苔于丹渚,暧朱草于石路。霞晃朗而下飞,日通笼而上度。俯形命之窘局,哀时俗之不固。定赤舄之易遗,乃鼎湖之可慕。既以为朱鬐白鼋之驾,方瞳一角之人;帝台北荒之际,弇山西海之滨;流沙之野,析木之津。云或怪彩,烟或异鳞;必杂虹霓之

---

[1] 俞绍初、张亚新校注,《江淹集校注》(郑州:中州古籍出版社,1990),页191。

气,阴阳之神焉。[1]

如题所示,赤虹无疑是此赋描绘的视觉世界的中心或主题,以认知诗学的术语说,是凸显于背景(ground)中的"元象"(figure,我译为元象),[2] 其主色为红:"绛气下汉"、"赤霓电出"、"靾赫山顶"、"象火灭而出红"、"定赤鸟之易遗"[3] 云云,句句在渲染这一主色;这赤红的虹霓,又被赋中九石的"红壁"、"丹山"、"丹渚"、"朱草"所烘托。赤虹形影迷离摇曳,恍如仙人之来去;此迷离形影更被此处山水间的神秘气氛和山岩质地的明暗凹凸和水色变幻所渲染。在"鲖鱅虎豹兮,玉虺腾轩","视鱣鮋之吐翕,看鼋梁之交积","错龟鳞之崚崚,绕蛟色之漫漫"[4] 这些文字中,吾人不难觉察在绘画的皴法被发明之前,文通已有了后世画家对山石质地的敏感。[5]

这是中国诗赋最早对虹霓如此专注的描绘。更为重要的是,作者在此有了明确的构景意识。此景的元象或主题元素是虹。虹霓明明是七色,江淹却彰显其红,以与"红壁"、"丹山"等相交映。虹霓的出现与消逝本为常事,江淹却着意于其如"灵物"般与九石山水的神奇符应。虹是一种特别的光学现象,正如光在十五世纪的欧洲绘画中出现,标示了崭新的空间统一因素,[6] 江淹极力亦藉虹光,以统一的色调、形态和气氛来贯串其对风物的描绘。

然虹及其"红"的效应在此又并非一视觉对象,而是弥漫于山水

---

[1] 同上书,页192。
[2] 见 Peter Stockwell, *Cognitive Poetics: An Introduction* (London: Routledge, 2002), pp.15–18.
[3] 《赤虹赋》,《江淹集校注》,页191–192。
[4] 同上。
[5] 当然,作于东晋隆安年间的《庐山诸道人游石门山序》中已以"中则有石台石池,宫馆之象,触类之形"描绘庐山石门一带岩层在下滑过程中产生的滑脱断层及不均匀的滑脱褶皱。见《全晋文》卷一六七,《全上古三代秦汉三国六朝文》,第3册,页2437。
[6] 参见 Kenneth Clark, *Landscape into Art* (Harper Collins, 1991), pp. 29–33.

与诗人之间的一阵氤氤氲氲，或可以气氛美学术语称之为一种"光韵"（aura）。它既无边际亦无定质："暧昧以变，依稀不常。非虚非实，乍阴乍光"。江淹以身体联觉，以呼吸去感受它。江淹意识主体之"心"、非意识主体之"气"与虹光笼罩之南浦九石，皆交融于此光韵之中。他的身体已藉想象进入此"雨日阴阳之气"的绛霓之中，故而有了身游于"番禺之广野"、"丹山之乔峰"，化身为骑星箕尾的傅说和坐乘两龙的夏启的幻觉。虹光旋即消退，留在草木上的虹彩应该就是安期生留下的赤玉舄了。那天际流动的一抹霓彩，又定然是骑着朱鬐、白鼍而远去的方瞳独角仙人了，但见他忽而在"帝台北荒之际"，忽而又在"弇山西海之滨"……这应是楚辞之后最绚丽的升天和变形世界。文中的"想"、"意"、"定"、"既以为"，皆表现其居于心与气、意识与无意识之间。在此，"云"、"烟"、"虹霓之气"又成为种种变形想象之所凭依的"阴阳之神也"。这又是诗人以"雨日阴阳之气"为基本要素的一段"物质想象"。

已有学者指出了江淹描写建安吴兴的山水诗赋与丹霞地貌的关系，并称江淹为中国文学史上吟咏丹霞山水的最早作家。[1] 江淹作于吴兴的诗赋对"色如渥丹，灿若朝霞"的丹霞山色，对石壁、石柱、危峰、平顶和巷谷频现的丹霞山体皆多有描写。《赤虹赋》中的"丹山"、"丹渚"、"危峰"、"崩石"而外，《水上神女赋》有"石五采而横峰，云千色而承萼"，"石琼文而禽艳，山龙鳞而炤烂"[2]；《学梁王兔园赋》有"朝日晨霞兮艳红壁，仰望汔寥兮数千尺。……紫芜丹驳，苔点绮缛，若断若续"，有"崩石梧岸，剀岊藏阴；逮至山顶，丹壁四平"[3]；《杂三言五首》有"石红青兮百叠，山浓淡兮万重……月出兮铜峰"，"南

---

[1] 见张忍顺《江淹与丹霞山水景观》，《经济地理》第 19 卷增刊（1999 年 10 月），页 135–138。
[2] 《江淹集校注》，页 177–178。
[3] 同上书，页 187–188。

江兮赪石，赪峰兮若虹"[1]；《空青赋》写空青之所出为"峻巘层石，龟穴龙壁，素岸成云，赪砂如积"[2]。此外，其诗《迁阳亭》有"瑶涧复崭崒，铜山郁纵横。方水埋金䐺，圆岸伏丹琼"[3]；《游黄檗山》则有"金峰各亏日，铜石共临天。阳岫照鸾采，阴溪喷龙泉……禽鸣丹壁上，猿啸青崖间"[4]……这些洵皆符应丹霞山之特征。

笔者在二〇一一年四月的现地考察中，来到地处闽、浙、赣交界处的福建浦城，寻访了境内张忍顺文中提到的水北镇九石渡以及县北、仙霞岭南麓盘亭溪上游刘田村的朝天烛、半边月、上山鸡、下山羊、羊角峰、七岩峰和均溪村的神仙墙、老佛岩这些红砂岩体。其中当以九石的丹霞地貌最为显著。我由九石旅游开发公司老板徐建中先生引领，从观前村对面南浦溪西岸乘小船自水路游览了九石渡十八罗汉岩一带的夹水"红壁"、"丹渚"【图一】。九石是九座并列的霞色石峰，呈现为水面上的十八罗汉岩。江赋所谓"青蒡百仞"显系夸张，此处山不甚高，最高处距地表约50米；亦不甚红，绛紫而已。舟人指了水边的"石钟"、"卧牛饮水"、"老鼠岩"和众多以兽类取名的山岩，岩壁临水的一面纹理错落交积，文通赋中"鳝鲉"、"鼋梁"、"错龟鳞之崚崚"云云，洵非虚语。这样丹霞特征的地貌绝不限于浦城一县。浦城西南的福建武夷山【图二】，毗邻浦城的江西广丰的百花岩、九仙湖【图三】丹霞地貌特征更为典型。笔者自广丰再乘车向西南行至鹰潭，自车窗可以看到沿途的上饶、铅山、弋阳、贵溪时时出现丹霞地质特征的山岭，当然最为典型的当属地处鹰潭的龙虎山【图四】。此外，文通当年乃自今浙江省的龙泉、遂昌经苏州岭海溪关隘的泉山古道入闽（见其诗《渡泉峤出诸山之顶》），在遂昌西北的今江山市亦有荣列联合国自然遗产名录的江郎山三

---

[1] 同上书，页75、78。
[2] 同上书，页213。
[3] 同上书，页50。
[4] 同上书，页70。

第三章　南朝诗的空间内化 | 185

图一　浦城九石溪罗汉岩

图二　武夷山之丹霞地貌　谢锦树/摄

图三 广丰九仙湖

图四 鹰潭龙虎山

图五　江山市江郎山

片三百多米高的丹霞孤峰【图五】。此峰具备典型的老年期丹霞地貌特征，呈古铜色或褐色，若以"铜山"、"金峰"称之，可谓恰当。这些山峰都有可能为文通游踪所及，其诗赋对丹霞山水的描写可能融贯了种种的体验。

然而，江淹却并非文学史上最早吟咏丹霞山水的作家。早在江淹赋九石的丹山碧水四十二年前，就有一位诗人攀登和吟咏了武夷山丹霞地貌向西伸延、龙虎山西南的一处丹霞山华子冈，此人即是"山水诗"的开山人物谢灵运。谢灵运《游名山志》"临川郡：华子冈"条谓："华子冈，麻山第三谷。故老相传：华子期者，禄里弟子，翔集此顶，故华子为称也。"[1]《方舆胜览》、《元和郡县图志》、《读史方舆纪要》、《太平寰宇记》等书皆谓谢诗《入华子冈是麻源第三谷》所涉华子冈和麻源第三谷在江西南城，与《游名山志》所标临川郡相符。谢灵运作有《初发入南城》。此外，《太平寰宇记》卷一一〇有《题落崤石》一诗佚文："朝发飞猿峤，暮宿落崤石"[2]。《读史方舆纪要》谓落崤石、飞猿馆皆在南城。笔者亲往南城考察，经该县旅游局长何华明先生证实：落崤石今已淹没于县东南的洪门水库之中。但这却是谢灵运在临川内史任上曾到访南城的证据。二〇一一年四月十九日我乘车来到距县城不足十公里的麻源第三谷，接近山谷时即观察到明显的丹霞地貌。站在今麻源水库的大坝上，不太宽的水面右手一侧即华子冈，最高处距水库水面135米（海拔300米，N27°34′20.75″/E116°34′08.86″）从麓脚到山顶的三分之二悉为紫红砂岩，近顶部才看到植被【图六】。山体浑圆而近乎光滑，向东北延伸至水库而形成洲岛。据村民讲：从麻源到此谷口有五里多路，曾有五个自然村，谷内原有一条小河，自麻源流向山谷之外。谢灵运当年大概是自谷口登上

---

[1]《谢灵运集校注》，页278。
[2]《太平寰宇记》卷一一〇，第5册，页2241。

图六　南城麻源华子冈

迤逦的紫砂岩岭而渐入云峰的。但他显然对神仙一事颇有怀疑,诗中说:

> 遂登群峰首,邈若升云烟。
> 羽人绝仿佛,丹丘徒空筌。
> 图牒复磨灭,碑版谁闻传?
> 莫辨百世后,安知千载前?
> 且申独往意,乘月弄潺湲。
> 恒充俄顷用,岂为古今然![1]

但华子冈却比九石更具"色如渥丹,灿若朝霞"的丹霞特征,诗人的描写并未完全忽略这一特征,此诗第二联有:

> 铜陵映碧涧,石磴泻红泉。[2]

---

[1]《谢灵运集校注》,页196。
[2] 同上书,页196。

然而此处却见不到江淹那样对丹红色彩和神奇气氛的渲染，或者说诗人的描写并未真正构造出一处有统一色调的景致。个中原因何在？本人以为：江淹之所以那样写，除了其惊艳于此，还涉及其远比谢灵运深厚的仙道信仰背景。[1]以此，江淹遂在《杂体三十首》的《谢临川游山》一诗中将自己浓厚的仙道意识强加给了灵运，其诗曰："灵境信淹留，赏心非徒设。……乳窦既滴沥，丹井复寥沈……赤玉隐瑶溪，云锦被沙汭"[2]。江淹作有《丹砂可学赋》、《赠炼丹法和殷长史》。其诗《渡西塞望江上诸山》思远岳采药，成海外长生之学。《云山赞四首》咏王子乔、阴长生、琴高及萧史、弄玉诸仙人。江淹自叙其在建安吴兴时"爱有碧水丹山，珍木灵草，皆淹平生所至爱，不觉行路之远矣。山中无事，与道书为偶，乃悠然独往，或日夕忘归。放浪之际，颇著文章自娱。"[3]作于建安吴兴末期的《杂三言五首》序亦谓："待罪三载，究识烟霞之状，既对道书，官又无职，笔墨之势，聊为后文"[4]，其中《访道经》一篇则有"怀此书兮坐空山"[5]。其《丽色赋》更假托宋玉所召"巫史"之口吻以出，可见其居吴兴期间游赏碧水丹山与著文是不离道书的，所作"出入屈宋"，绝非只在"着景命词"[6]，而是承继了楚辞的萨满或"古道教"[7]遗风。《赤虹赋》中的"赤鸟"、"鼎湖"、"帝台"、"弇山"以及"朱鬐白鼋之驾，方瞳一角之人"亦皆出自神仙道书。时时见于文通诗赋丹赤的山水，应与神仙道教之书有关。巫书《山海经》之《南山经》

---

[1] 谢灵运心中的"至教"是佛教，故其《山居赋》又在叙述佛教僧人昙隆、法流辞恩爱，弃妻子而轻举入山之后，也谈到"冀浮丘之诱接，望安期之招迎"的"仙学者"，谓："虽未阶于至道，且缅绝于世缨"，见《谢灵运集校注》，页328。
[2] 《江淹集校注》，页120。此诗透露江淹似乎知道大谢游历过这样的灵境丹山。
[3] 《自序》，《江淹集校注》，页290。
[4] 同上书，页71。
[5] 同上书，页74。
[6] 评江淹《陆东海谯山集》，《古诗评选》卷五，《船山全书》，第14册，页779。
[7] 闻一多，《道教的精神》，《闻一多全集》（北京：三联书店，1982），第1册，页143–145。

中有"丹穴之山"多金玉、且有"丹水"出焉,其处有五彩凤凰,见则天下安宁;[1]《山海经·西山经》有玉膏所灌之"丹木"[2];张华《博物志》有"饮之不老"的"赤泉"[3];郭璞《山海经图赞》更有"玉光争焕,彩艳火龙"的"丹柯"[4]。此外,"丹台"、"丹窍"、"丹窦"、"丹溪"亦皆神仙洞府。传说中授文通"五色笔"的郭景纯游仙诗中亦有"丹溪"、"丹溜"、"丹泉"[5]。丹砂本为炼丹材质,葛洪欲为句漏令,"非欲为荣,以有丹耳。"[6]。文通亦谓"信名山及石室,验青濆与丹砂。扨五难之重滞,揽九仙之轻华"[7]。故而这一地区的许多丹霞山如武夷山、龙虎山、齐云山【图七】、华子冈亦皆是道教名山。《搜神后记》中剡人袁相、根硕遇仙女之处"崖正赤,壁立,名曰赤城"[8],赤城山亦为丹霞之山和日后道教洞天【图八】。道籍中伴随仙人的描写频频出现"丹霞"、"丹霄":《抱朴子》谓得玄道者"华于云端,嘴六气于丹霞"[9];青灵阳安君一旦化形为老公,则"头戴飞龙,口衔月,身衣羽衣,手持紫绶,在丹霞之中,照明玉清"[10]。盖因霞者,日之精也,餐霞乃仙界饮馔。不夸张地说,璀璨的丹霞就是道教崇尚的风景,正如黯淡的黄昏是日本禅的风景一样。[11]江淹笔下的赤虹丹山实有渲染神仙道教气氛的意味,是仙道给了他奇幻的想象,使灵视超越了视知觉。又是因道书影响,令他

---

[1] 袁珂,《山海经校注》(上海:上海古籍出版社,1983),页16。
[2] 同上书,页41。
[3] 范宁,《博物志校正》(北京:中华书局,1980),卷一,页13。
[4] 《全晋文》卷一二三,《全上古三代秦汉三国六朝文》,第3册,页2170。
[5] 《先秦汉魏晋南北朝诗》,中册,页865-866。
[6] 《晋书》第6册,卷七二,页1911。
[7] 《丹砂可学赋》,《江淹集校注》,页146。
[8] 《搜神后记》卷一,据扫叶山房一九一九年石印本影印《百子全书》第7册,页529。
[9] 《抱朴子·内篇》卷一《畅玄》,《诸子集成》,第8册,页1。
[10] 《上清元始变化宝真上经九灵太妙龟山玄箓》卷上,《正统道藏》(台北:新文丰出版社,1977),第57册,页350。《中华道藏》(北京:华夏出版社,2004),第1册,页547。
[11] 见 Tsuyoshi Tamura, *Art of the Landscape Garden in Japan* (Tokyo: Kokusai Bunka Shinkokai, 1936), pp. 11–12.

图七　齐云山

图八　赤城山，录自戴军斌《天台山》

感受并在描写中彰显了九石红壁和水上雄虹光色和气氛之间境界意义上的同质空间（homogeneous space）——画意的空间或画意之景，虽然中国文学直到中唐以后才创造出"景"这一语汇。

需要说明的是，本章所谓"画意"（literary pictorialism）与浅见洋二所论唐以后为绘画所"引导"的对"如画"自然风景的欣赏不同，[1]亦与英国十八世纪后期诗与绘画中所谓"如画"（picturesque）意义完全不同。后者是"艺术进入风景"。即诗人、画家和旅行者在发现和描绘本土风景时，以十七世纪几位意大利风景画家及罗马时代牧歌作为模式，其趣味是洛兰风景画的废墟意象的延伸，彰显时间印迹的粗糙、破旧、不对称甚至不免荒寒的种种乡野景象。[2]本章所谓"画意"与上述"如画"倘有相通处，恐怕只在强调"视觉性"[3]这一点，然而却非以观察绘画的经验而观山水，或令笔下山水与某一特别的绘画或某一流派的绘画相似。[4]因为江淹的时代尚非山水画的时代，江淹山水书写中的"画意"乃指其视觉空间中有一元象兼空间氛围中具有审美意义上的同质性。

---

[1] 见其《"天开图画"的谱系——中国诗中的风景与绘画》，《距离与想象——中国诗学的唐宋转型》（上海：上海古籍出版社，2005），页 51—56。
[2] 读者可参见 Malcolm Andrews, *The Search for the Picturesque: Landscape Aesthetics and Tourism in Britain, 1760—1800*（Stanford: Stanford University Press, 1989）, pp.3—65.
[3] 正如 Christopher Hussey 所说："如画"是人对于自然审美关系所历经的一个长阶段，在此阶段经对大自然画意（pictorial）的鉴赏，"诗、绘画、园林、建筑以及旅行艺术可以说融为一类单独的'风景艺术'，这一混合不妨称之为'如画'"。其以失却伦理和联想为代价而强调"视觉性"（visual quality）。引自 Walter John Hipple, *The Beautiful, the Sublime, and the Picturesque in Eighteen-Century British Aesthetic Theory*（Carbondale: The Southern Illinois University Press, 1957）, p. 190.
[4] 这一点与 Jean H.Hagstrum 所讨论的英国新古典主义时期诗歌的 literary pictorialism 一样。其以五个要素概括了文学中的 pictorialism，包括本章所说的不必特别与某一绘画或某一流派绘画相似。此外，其列出的以绘画方式组织细节以及诗意似乎出自可视的当下两项，也与本章以下讨论相关。见其 *The Sister Arts: the Tradition of Literary Pictorialism and English Poetry from Dryden to Gray*（Chicago: the University of Chicago Press, 1987）, pp.xxi–xxii.

然而，这一同质空间的风景其时却是以"前后左右广言之"[1]的赋体文创造出来的。江淹居吴兴期间所写的诗作《迁阳亭》、《游黄蘖山》虽也写到丹霞山甚至虹霓，却难有上述效果：

> 瑶涧夐崭崒，铜山郁纵横。
> 方水埋金膝，圆岸伏丹琼。
> 下视雄虹照，俯看彩霞明。……（《迁阳亭》）

> 金峰各亏日，铜石共临天。
> 阳岫照鸾彩，阴溪喷龙泉。
> 残屼千代木，廥崒万古烟。
> 禽鸣丹壁上，猿啸青崖间。……（《游黄蘖山》）

二诗都在对联中并置、堆垛了许多彰显色彩的意象。对联以"事异义同"之正对为劣，以合掌为忌。"瑶涧"句与"铜山"句、"禽鸣"句与"猿啸"句即为正对；"雄虹"句与"彩霞"句、"金峰"句与"铜石"句则为合掌。此处既看不到日后律诗对仗中由"隔行悬合"所创造出的色彩、明暗、体积大小等空间组织中的节奏变化，也体味不出有统一色调、形态和气氛的同质空间，更缺乏一元象。若借用潘若夫斯基（Erwin Panofsky）对希腊、罗马绘画的描述，则是：这里的空间既缺乏连续性亦缺乏无限性，它是一种集成，既有限又不具有同质的体系。[2]

江淹自称"昔登炉峰上，手接白云"与"今行九石下，亲弄绛霓"为平生"二奇"。其泰始五年（469）曾有《从冠军行建平王登庐山香炉峰》一诗，所记却非止"手接白云"一事：

---

[1]《艺概》卷三，页86—87，99。
[2] *Renaissance and Renascences* (Uppsala：Russak & Company., Copenhagen, Denmark, 1960), pp.121-122.

> 广成爱神鼎,淮南好丹经。
> 此山具鸾鹤,往来尽仙灵。
> 瑶草正翕䒠,玉树信葱青。
> 绛气下萦薄,白云上杳冥。
> 中坐瞰蜿虹,俯伏视流星。
> 不寻遐怪极,则知耳目惊。
> 日落长沙渚,曾阴万里生。
> 藉兰素多意,临风默含情。……[1]

庐山是最早被诗人不断攀登而被之吟咏的名山。江淹之前,已有湛方生、释慧远、庐山诸道人、刘程之、王乔之、张野、谢灵运、鲍照先后咏过此山。却以湛方生的《庐山神仙诗》与江淹此诗最具仙气,而湛诗毕竟止四言四句。比之《迁阳亭》《游黄檗山》二诗,此诗的意象世界——"鸾鹤"、"仙灵"、"瑶草"、"玉树"、"绛气"、"白云"、"蜿虹"、"流星"被诗人的仙道意识赋予了一种"连续性",然意象世界整体上尚无视觉意义上的元象。此诗尤值得注意的是"日落长沙渚,曾阴万里生"二句。在对庐山草木云霓描写之后,诗人转换视角:时建平王将赴湘州刺史任,诗人从长沙王傅贾谊《鵩鸟赋》中"庚子日斜兮,鵩集予舍"一句,想象异日长沙日落湘水,亦被巍峨香炉峰阴覆盖,而曾在其幕下的诗人却不得同见了。清人王渔洋评此诗曰:

> 香炉峰在东林寺东南,下即白乐天草堂故址;峰不甚高,而江文通《从冠军建平王登香炉峰》诗云:"日落长沙渚,层阴万里生。"长沙去庐山二千里,香炉何缘见之?孟浩然《下赣石》诗:

---

[1]《江淹集校注》,页4。

"暝帆何处泊？遥指落星湾。"落星湾在南康府，去赣亦千余里，顺风乘风，即非一日可达。古人诗只取兴会超妙，不似后人章句，但作记里鼓也。[1]

渔洋在此犯了几个错误。孟浩然的"赣石"乃南康府之赣石（见《陈书》卷一《高祖本纪上》），而非《方舆胜览》卷二十所述信丰、宁都"上下三百里赣石"。其所说东林寺东南的香炉峰，乃北香炉。而鲍照和江淹所登香炉峰，应为南香炉，在主峰汉阳峰和双剑峰下【图九】，一侧是双剑峰与鸣鹤峰之间的瀑布。自南香炉可一瞥鄱阳湖的烟波浩渺，日后孟浩然《彭蠡湖中望庐山》和李白《望庐山瀑布》即自湖上舟中望见直壁上的瀑布。而鲍照诗中所谓"乳窦通海碧"[2]和江淹所谓"日落长沙渚"可能皆由山下一片烟水而生发联想。文通能"影中取影"，亦是情之所至，景由情生，从而突破了经验世界。正是所谓"笼天地于形内，挫万物于笔端"[3]。谢灵运《入彭蠡湖口》写自长江入鄱阳湖，于洲岛、圻岸、绿野、白云的实景之中，亦虚写"攀崖照石镜，牵叶入松门"[4]。但石镜、松门毕竟去湖不甚远，诗人不妨藉此表达来日一游的愿望。鲍照《从登香炉峰》亦有"旋渊抱星汉，乳窦通海碧"，将庐山置于天地框架之中。且其登蒜山、京岘山、石帆山诗，亦有置自我于天地之间的张皇视野。[5]但鲍照毕竟是立足于大地某一具体山巅之上，而有此伸向无限却不具体的夸张。而江淹，则最早在诗歌中首创了神游于天地之间的具体想象视野。

―――――――
[1] 王士禛，《带经堂诗话》（北京：人民文学出版社，1982），上册，卷三，页68。渔洋对孟浩然诗之"赣石"的误解，见刘文刚，《孟浩然年谱》（北京：人民文学出版社，1995），页25—26。
[2] 《从登香炉峰》，《鲍参军集注》，页125。
[3] 陆机，《文赋》，引自张少康，《文赋集释》（北京：人民文学出版社，2002），页60。
[4] 《谢灵运集校注》，页191。
[5] 详见本书第二章第二节。

图九　庐山南香炉峰

渔洋对所举诗句的解释纵然有误，但他藉江淹此诗及王维《从崔傅答贤弟》一诗而发议论，谓古人好诗"只取兴会超妙"不作记里鼓，谓"古人诗画，只取兴会神到，若刻舟缘木求之，失其旨也"[1]，道理却不错。吾人可再举出王维《终南山》中"太乙近天都，连山到海隅"[2]，举出孟浩然《登望楚山最高顶》中"云梦掌中小，武陵花处迷"[3]，举出王之涣《登鹳雀楼》中"白日依山尽，黄河入海流"[4]，举出杜甫《望岳》中"岱宗夫如何，齐鲁青未了。造化钟神秀，阴阳割昏晓"[5]及其《同诸公登慈恩寺塔》中"秦山忽破碎，泾渭不可求"[6]，举出李白的《西岳云台歌》中"巨灵咆哮擘两山，洪波喷流射东海"[7]，举出许浑《凌歊台》中"湘潭云尽暮山出，巴蜀雪消春水来"[8]，等等，来支持他这一说法。至于山水画，姚最的《续画品》即谓梁代画家萧贲"尝画团扇，上为山川，咫尺之内，而瞻万里之遥；方寸之中，乃辨千寻之峻"[9]。后世更有如王希孟《千里江山图》、赵芾《江山万里图》那样的长卷。

　　中国诗人画家所谓"兴会神到"是在做"神思之游"。最早论画山水的宗炳曰："神本亡端，栖形感类，理入影迹"[10]。"神"是栖于身体的想象力，却能进入肉眼不直接可视的世界。所谓"只取兴会神到"，即"入影迹"，亦即刘勰所谓"神思"之"视通万里"[11]。在这一点上，诗人不仅比画家更早而且走得更远。除长卷外，如余光中所说，"中国

[1]《带经堂诗话》，上册，卷三，页68。
[2]《王维集校注》，第1册，页193。
[3]佟培基，《孟浩然诗集笺注》，页75。
[4]《全唐诗》，卷二五三，第8册，页2849。
[5] 同上书，卷二一六，第7册，页2253。
[6] 同上书，卷二一六，第7册，页2258。
[7] 同上书，卷一六六，第5册，页1717。
[8] 同上书，卷五三三，第16册，页6084。
[9]《中国画论类编》，页371。
[10]《画山水序》，《历代论画名著汇编》，页15。
[11]《文心雕龙·神思》，《文心雕龙义证》，中册，页975。

山水画多是隐士对云山的瞻仰，有高不可攀之感；可是中国的山水诗却每每摆脱地心引力，飘然出尘，洋洋乎及造物者游。"[1]李白的不少诗作中都有此飘然出尘的视野。

刘勰以"神"之游"通万里"的根据，在庄子"虚灵主体连着气化流通的精神之游"[2]。刘勰论神思的开篇之语"形在江海之上，心存魏阙之下"[3]出自《庄子·让王》[4]。刘勰藉此说"神思"超越基于形体所在的视域，可能与庄子语境不同。然刘勰的"神与物游"之"游"却分明来自庄子，其论"神思"前的冥契工夫——"陶钧文思，贵在虚静；疏瀹五藏，澡雪精神"[5]——更与庄子学说脱不了干系。如庄子至人之"游"能超越时间"以游无端"、超越空间"以游无极之野"一样，刘勰以文思亦能"接千载"和"通万里"，二者皆是萨满教之灵魂离体和升天远之被哲学化后向内的发展。[6]在颛顼"绝地天通"之后，只有藉巫术方能从大地升入天空了。江淹《丹砂可学赋》所写凝神空居和服食丹砂后的游仙，似乎直接演释了其渊源："乘河汉之光气，骑列星之彩色……浮恍惚而无涯，泛灵怪而未极……左昆吾之炎景，右崦嵫之卿云……乘彩霞于西海，驷行雨于丹渊……"[7]。这是接连着宇宙之气虚灵主体超越三维空间的"神"之"游"。

藉"神"之助，诗的广大无边方如巴什拉所说：是"一种内心维

---

[1] 余光中，《造化弄人，我弄造化：论刘国松的玄学山水》，载李君毅编，《刘国松研究文选》(台北：历史博物馆，1996)，页222–223。
[2] 本章此观点颇受杨儒宾《庄子"由巫入道"的开展》一文启发，《中正大学中文学术年刊》总第11期 (2008年6月)，页107。
[3] 《文心雕龙·神思》，《文心雕龙义证》，中册，页975。
[4] 《庄子集释》，《诸子集成》，第3册，页421："身在江海之上，心居魏阙之下。"
[5] 《文心雕龙义证》，中册，页976–977。
[6] 见杨儒宾，《升天变形与不惧水火——论庄子思想中与原始宗教相关的三个主题》，《汉学研究》第7卷第1期 (1989年6月)，页232–237，247–251。
[7] 《江淹集校注》，页146–147。

度",而并非只是静观宏伟景象形成的笼统性。[1]诗人才突破基于身体之视域,不以地平线为视域边界,而自太虚而俯瞰。江淹之作正是这一表现在五七言诗中早期的例子。这是与九石观虹不同的取景,其要不在自经验世界体味色调、气氛的同质空间,而是在虚化经验世界而开启寥阔浩瀚的空间。下文将说明:江淹山水书写的这两类发明如何在中国诗近体化的过程中展开。

三、何逊:世俗画意之"景"的营造

由亲炙于丹山碧水,且"出入屈宋",江淹在诗赋中创造出鲍照、谢朓笔下未曾有的绚丽山水。而活跃于梁天监年间的藩王幕僚何逊,则为山水书写带来恰可与江淹比衬的清冷和寥远。这不仅与诗人沿长江(建康、江州、郢州)的游宦生涯有关,亦因自其所承之谢朓诗风。自风格论,江、何二人可谓判若泾渭,然就上文展开的论题而言,却有相通之处。

学界业已注意到仲言擅长写水景和送别主题。然而,早在仲言之前,鲍照即已自长江舟行游宦的经历中开掘出这一主题。二人在情调上却又如此迥异。鲍照主要是以江天之间愁云惨雾为迷茫、郁闷和惆怅的心境写照,而何逊却能于忧郁惆怅外,尚有一份从容与余裕。或者说,他的吟咏有超越游子"现实反应"[2]的一面,对过眼的江上风景仍持有一种美感,如其在诗中所宣说:

日夕聊望远,山川空信美。

---

[1] *The Poetics of Space*, trans. Maria Jolas(Boston:Beacon Press, 1969), pp.198-199.
[2] 我自柯庆明《从"现实反应"到"抒情表现"——略论〈古诗十九首〉与中国诗歌的发展》一文中借用这一术语,见《中国抒情传统的再发现》,上册247—269。

> 归飞天际没,云雾江边起。……(《入东经诸暨县下浙江作》)[1]

这本是不遇知赏而倦意于仕途者的牢骚,中间插入四句对山川风物的感受。"空信美"出自王粲《登楼赋》"虽信美而非吾土兮,曾何足以少留"。这四句置于倦于仕宦的议论之后,既是一份感慨,又不失为一份解脱。"空信美"有船山所谓"以乐景写哀,一倍增其哀【乐】"[2]意思在,却也有美感和情绪的分割。再如以下漂泊中寄友人诗的结尾:

> 旅客长憔悴,春物自芳菲。
> 岸花临水发,江燕绕樯飞。
> 无由下征帆,独与暮潮归。(《赠诸游旧》)[3]

这是一篇感叹倦于官场岁月搅扰却无以归隐的诗篇的结尾。清人张玉縠以为"春物"以下是"想象归乡一路水程之景"[4],当为误读。倘是归乡,诗人本应欢快不禁,又何必只令春物自芳菲?此处仍然是"以乐景写哀"。然在伤感之外,岸花和江燕仍有其自在的美丽和欢悦。读了下一首更会了然:

> 振衣喜初霁,褰裳对晚晴。
> 落花犹未卷,时鸟故余声。
> 春芳空悦目,游客反伤情。
> 乡园不可见,江水独自清。

---

[1] 李伯齐,《何逊集校注》(北京:中华书局,2010),页85。
[2] 《诗译》,《薑斋诗话笺注》,页10。
[3] 《何逊集校注》,页183。
[4] 张玉縠著,许逸民点校,《古诗赏析》(上海:上海古籍出版社,2000),页459。

  愿得同携手，归望对都城。(《春暮喜晴酬袁户曹苦雨》)[1]

  此诗是对某人苦雨诗的回应。雨后的景象并不狼藉，诗人故而振衣而喜：花落却余艳犹在，春鸟为空气清新而欢唱。纵然春景"悦目"，江水清湛，于身在异地的诗人心绪，却徒然无补。"空"和"独自"透露出美感和情绪不妨做某种分割，即如王船山所说："善用其情者，不敛天物之荣凋、以益己之悲愉而已矣。"[2]"不敛天物之荣凋"亦见其怀古之作。以往怀古追摹鲍照《芜城赋》，写丘墟一定是"风嗥雨啸，昏见晨趋"，"白杨早落，塞草前衰"[3]，一派凄风苦雨，如谢朓《和伏武昌登孙权故城》有"寂寞市朝变，舞馆识余基……故林衰木平，荒池秋草遍"[4]；庾肩吾《经陈思王墓》有"采樵枯树尽，犁田荒隧平。……雁与云俱阵，沙将蓬共惊"[5]。仲言《行经孙氏陵》却在"掩来已永久，年代暧微微。苔石疑文字，荆坟失是非"后，接以"山莺空曙响，陇月自秋晖"[6]，以大自然的生机依旧反衬人世沧桑。伤感之余，却又体验着死亡与生命相互孕育，庄子所谓"生也死之徒。死也生之始"[7]。此不啻为怀古主题之一开拓。[8]

---

[1]《何逊集校注》，页186，据《先秦汉魏晋南北朝诗》本将李伯齐本《春暮喜雨……》改为《春暮喜晴……》。
[2]《诗广传》卷三，《船山全书》，第3册，页392。
[3]《芜城赋》，《鲍参军集注》，页9—10。
[4]《先秦汉魏晋南北朝诗》，中册，页1441。
[5] 同上书，下册，页1990。
[6]《何逊集校注》，页304。
[7]《庄子集释·知北游》，《诸子集成》，第3册《庄子集释》，页320。
[8] 读者可由此想到刘禹锡的《登司马错古城》(《全唐诗》卷三五五)、《金陵五题》(《全唐诗》卷三六五)、《西塞山怀古》、《汉寿城春望》(《全唐诗》卷359)，李白的《金陵三首》、《金陵白杨十字巷》、《姑孰十咏·陵歊台》(《全唐诗》卷一八一)，许浑的《凌歊台》、《姑苏怀古》(《全唐诗》卷五三三)、《经马镇西宅》(《全唐诗》卷五二九)、《经古行宫》(《全唐诗》卷五三六)、《金陵阻风登延祚阁》(《全唐诗》卷五三七)，杜牧的《题宣州开元寺水阁》(《全唐诗》卷五二二)，韦庄的《台城》(《全唐诗》卷六九七)等名作。

这样对待风物的表白在仲言诗中反复流露。《入西塞示南府同僚》这首写景名作在起始八句西塞月下景色描写之后，谓："伊余本羁客，重瞑复心赏。……情游乃落魄，得性随怡养。"[1]羁旅和落魄并不妨碍诗人此刻面对江天风景而取一欣赏态度，故如陈祚明所言："写境旷远，言情亦复浩荡。"[2]再如《晓发》一诗有"且望沿溯剧，暂有江山趣"[3]，《慈姥矶》一诗有"一同心赏夕，暂解去乡忧"[4]，诗人总能于愁闷之中抽出一份陶冶于山水风景的心情。对照谢灵运的《郡东山望海》、《七里濑》、《登上戍石鼓山》和鲍照的《发后渚》、《还都口号》、《送别王宣城》、《还都道中》其三、《日落望江赠荀丞》、《行京口至竹里》、《登翻车岘》诸诗，吾人会发现：中国诗歌中山水风景书写至何逊，已经趋向成熟。诗人在面对山光水色之时，已经能令其个人心绪与风景之间保持一种距离，这种距离令诗人暇豫不迫，令其藉山水书写的是一种审美的表现，而不仅仅是纯粹个人哀伤。明人陆时雍谓其诗"探景每入幽微，语气悠柔，读之殊不尽缠绵之致"[5]，当以此为前提。这种审美态度的成熟，推动了下文要讨论的美感话语的发展。

巴什拉说过："我们时而误认是在时间中认识自己，而我们所知的一切其实不过是稳定存在空间中一系列定影而已，这一存在不愿流逝而去，而当他出发去追寻过去的事物，他其实是想要在过去时光的飞驰中'悬置'它们。在无数的巢房里空间包容着时间。这就是空间。"[6]但是在空间中也有一物不能代表稳定存在空间中的定影，因为它本身即时时在驰走，而且它在每一段空间中都太一般而不具特性，这就是逝者如斯

---

[1] 《何逊集校注》，页121。
[2] 陈祚明，《采菽堂古诗选》，康熙刊本，卷二六，页277。
[3] 《何逊集校注》，页83。
[4] 同上书，页147。
[5] 《诗镜总论》，《历代诗话续编》，下册，页1409。
[6] *The Poetics of Space*, p. 8.

的河川。何逊在江河中舟行和落帆而泊，倘若不是遇到可以辨识的洲岛和江矶如五洲、西塞山、慈姥矶、南洲浦等，除却天象、气象的变化，触目便只是在在一般的江流。这一方面使诗人更注意天象、气象的描写（这本身即颇不易特殊化）；另一方面，由于何诗本身即有一种优游而裕于哀乐的性质，其吟咏舟行和江岸送别的诗，就被赋予了"能言人同有之情"、"人人读之皆若伤我心者"[1]的共性。如《相送》一诗：

客心已百念，孤游重千里。
江暗雨欲来，浪白风初起。[2]

陈祚明谓"此景何堪"[3]，不堪即在"百念"、"孤游"、"千里"、"江暗"、"雨来"、"浪白"、"风起"种种，然读者不知亦无须知晓念在何处，游向何方，何处江暗浪白，何时雨来风起。一切具体的历史参指性均被充分地压缩了，景物的形、色也尽量被简化了。然唯其如此，它才更具有以个人此番经验去感悟世人普遍情感的抒情本体意识，因为所有孤舟远游的离别者都很容易将自己置于此诗说话者的位置上。此即船山所谓"能俾人随触而皆可"[4]而"各以其情遇"[5]之诗。可与此诗合读的是《送司马□入五城》：

随风飘岸叶，行雨暗江流。
居人会应返，空欲送行舟。[6]

---

[1]《采菽堂古诗选》，卷三，页 20a-b。
[2]《何逊集校注》，页 174。
[3]《采菽堂古诗选》，卷三，页 27a。
[4]《薑斋诗话笺注》，页 41。
[5] 同上书，页 4-5。
[6]《何逊集校注》，页 182。

与《相送》一诗不同的是，这不是行人、而是送行人的歌。在送行人这边，首先是视野中在落叶、行雨中逐渐淡出的风帆。"飘岸叶"写出友人离去后的空旷感受，"暗江流"透露送行人伫目已久。这同样是一种压缩了一切历史参指、融事于情的表现。明人胡应麟所谓"六朝绝句近唐，无若仲言者"[1]一语，不应只解为"声调酷类"而已，《相送》一诗甚至还在押仄声韵。仲言此二诗之近唐人绝句，更因其脱离了具体的历史背景。借用宇文所安的话说，它们已是"文本"（text）而不仅仅是"事件"（event）。以他的观察，"应景诗"（occasional poem）首先是某一瞬刻的行为并为某一瞬刻而作，其本质上是一个人对另一个人在讲话。只有乐府方能脱离具体情境场合，方为可重复的文学经验。而绝句却是应景诗转向乐府诗的一般参指的重要方式：

> 这样的应景诗可能就有了普遍的因而可重复的维度；诗人开始将自己向现在和未来的所有人们以及站在其面前之人讲话。诗人们能够期待后人从诗中不仅发现这个历史的诗人，而且也找到合其自身经验的普遍适用性。[2]

宇文氏是在其成名作《盛唐诗》中讨论王昌龄时提出这一看法的，然而将这一观点移之论王昌龄之前两百多年的何逊，不是也很恰当吗？

中国诗的山水描写，自谢灵运开始即以"寓目辄书"为特点，对表现现象构成的主观性、在知觉中的"被给予性"有特殊兴趣。[3]但在何逊之前，尚未有人将形态的描摹降至如此之低，并如赋赤虹的江淹一样，如此重视景物间的光影关系。何诗偏爱非实体的水中倒影，

---

〔1〕《诗薮》外编卷二，页155。
〔2〕 *The Great Age of Chinese Poetry: The High T'ang*（New Haven: Yale University Press, 1981），pp.94-95。
〔3〕 见拙文，《大乘佛教的受容与晋宋山水诗学》，《佛法与诗境》，页77。

如"叶倒涟漪文,水漾檀栾影"[1],"水影漾长桥"[2],"清池映疏木"[3];何诗注重表现景物之间的光色变化,如"轻烟淡柳色,重霞映日余"[4],"澄江照远火,夕霞隐连樯"[5],"繁霜白晓岸,苦雾黑晨流"[6];这种光色变化有时表现为通感,如"风光蕊上轻,日色花中乱"[7],"的的与沙静,滟滟逐波轻"[8];这种感受时而表现为有无之间的错觉,如以"水底见行云"[9]写倒影,以"凝阶夜似月,拂树晓疑春"[10]写雪,以"开帘觉水动,映竹见床空;浦口望斜月,洲外闻长风"[11]写月影中的环境。画者石涛有曰:"受与识,先受而后识也。识然后受,非受也。……夫受,画者必尊而守之,强而用之,无间于外,无息于内。"[12]仲言强调光影、通感、错觉,即是尊"受",强调景物与身体无从分离的光韵和氛围。伯梅(G. Böhme)这样界定光韵或氛围:

> 氛围是一种空间,就是通过物、人或各种环境组合的在场(及其外射作用)所熏染(tingiert)的空间。氛围本身是某物的在场领域,即气氛在空间里的实存。……气氛是从物、人或两者的各种组合生发开来而形成的。[13]

---

[1]《望廨前水竹答崔录事》,《何逊集校注》,页8。
[2]《夕望江桥示萧咨议杨建康江主簿》,同上书,页13。
[3]《答高博士》,同上书,页54。
[4]《落日前墟望赠范广州云》,同上书,页4。
[5]《敬酬王明府》,同上书,页105。
[6]《下方山》,同上书,页90。
[7]《酬范记室云》,同上书,页2。
[8]《望新月示同羁》,同上书,页150。
[9]《晓发》,同上书,页83。
[10]《和司马博士咏雪》,同上书,页48。
[11]《夜梦故人》,同上书,页178。
[12]《苦瓜和尚画语录》,《历代论画名著汇编》,页366。
[13]《气氛作为新美学的基本概念》,谷心鹏、翟江月、何乏笔译,《当代》第188期(2003年4月),页20。

第三章 南朝诗的空间内化

何逊诗作的这一特色,连同上文所讨论的其"能言人同有之情"和裕于个人忧乐的性质,使他能为中国诗歌山水美感做出一项重要开拓。

这项开拓与"景"和原型之"景"的初始发生有关。小川环树认为中文中"景"完全失掉了原先"光明"的含义而仅成为英文 view 或 scenery(景致、景象)的同义,是在韩愈晚一辈诗人张籍、贾岛以后。他举出的例子包括郑谷一首诗之题:"予尝有雪景一绝,为人所讽吟,段赞善小笔精微,忽为图画,以诗谢之。"[1]"景"由是变成了"可以细数列举的东西了"[2]。此诗第三句"江上晚来堪画处",果然成为留存至今的段赞善诗意图《雪渔图》的张本。[3] 以这种"景"的观念,五代之后出现了黄筌、宋迪以"潇湘八景"为题的绘画,并经过不同的"在地化"[4],"八景"、"十景"成为后代诗、画以及风景鉴赏的主题。

小川研究之所措意完全在语词。然而,吾人倘若不囿于语词,而是更深入地追溯一种审美、鉴赏心理的渊源,就会将目光投向更远的年代。首先,对景物的"细数列举"可以推至卢鸿一的《嵩山十志》、王维的《辋川集》和托名李白的《姑熟十咏》。内山精也甚至注意到八咏这一类型在理念上恐怕是以六朝沈约登玄畅楼所赋《八咏诗》为范型。[5] 此处所谓"范型"除却八首一组的形式而外,更应当关注何为"景"。内山氏总结后世八景的四字标题的构结方式为"前半两个字

---

[1]《风景的意义》,《论中国诗》,页 27–29。小川在此将此诗之题误作此诗之序,且将"以诗谢之"误作"以诗制之",见《全唐诗》卷六七五,第 20 册,页 7725。此由此文评审者指出,笔者鸣谢于此。
[2] 同上书,页 28。
[3] 庄申先生有《雪渔图小考》,《中国画史研究续集》(台北:正中书局,1971),页 213–225。
[4] 衣若芬,《潇湘八景——地方经验、文化记忆、无何有之乡》,《东华人文学报》第 9 期(2006 年 7 月),页 130–132。
[5]《宋代八景现象考》,陈广宏、益西拉姆译,《新宋学》第 2 辑(2003 年 11 月),页 398。

主要规定场所和地点，后半两个字主要规定季节与时间"。[1]即在多数情况下，"美景"须配伍"良辰"，"山水"须搭伴"风景"。或者索性说，又是"地"与"天"交合的"地－天之景"。本人以为：此中主要涉及"天"的是时间。这是"景"与日光相关的原始义的引申。《墨子》中"景迎日，说在抟……景之小、大，说在地正、远近"[2]以及《周礼·冬官考工记》中的"置槷以县，视以景"[3]云云，皆与日之运行有关，皆体现一种时间意味。谢灵运《登江中孤屿》一诗中"寻异景不延"[4]则是将日光作为时间的替代了。中国古代的时间并不抽象，它总是"暗示具体的环境、具体的责任和机会"[5]。这种种"具体"展现为时间与特定生命活动的关联，即对生命中各类时机即"时间之点"（spot of time）的把握。《周易》是关于时机的智慧，中医包含丰富的"时间医学"思想，山水美感中取景的意识也蕴蓄着一种"时机美学"。后世八景或十景放在后两字的"（断桥）残雪""（琼岛）春阴""（卢沟）晓月""（山市）晴岚"皆是有具体事件的时间。不妨说，时间之点在此是一种被空间化了的"时象"，即与四季或晨昏日月相关的意象，此处显然渗入了"景"原始义中与日月相关的意义。依汉语句尾重心或信息重心偏后的规律，在四字标题中"时象"是一"景"的重心所在，是画意空间的中心或元象（在诗和某些郊邑之景中元象可以是听觉的，最常见者是钟声，如南屏晚钟或东瀛推崇的秋冬之夜寒山寺的钟声），并与前半的规定场所构成一种情调或氛围，这正是"景"

---

[1] 同上文，页399—400。
[2] 《墨子闲诂》卷十经下第四十一，《诸子集成》，第4册，页199—200。
[3] 见《周礼注疏》，阮元，《十三经注疏》，上册，页927。
[4] 《谢灵运集校注》，页84。
[5] Marcel Granet, *La Pensée Chinoise* (Paris: Renaissance, 1934), p. 97. 转引自 Joseph Needham, "Time and Knowledge in China and the West," in *The Voices of Time: A Cooperative Survey of Man's Views of Time as Expressed by the Sciences and by the Humanities*, ed. J.T. Fraser (New York: George Braziller, 1966), p. 98.

比法文称谓风景的 *paysage* 或英文的 landscape（landskipe）所暗示的观看地景的意义更丰富之处。[1]"看山雨后，雾色一新，便觉青山倍秀"。[2] 雨后青山恰如月下美人，是其最具风致之时。

然比之前两字指示的处所，后两字所指称的"时象"显然更不恒定（如"晓月"、"残雪"），更难把捉（如"雁落"、"叠翠"），甚或更加希微恍惚（如"春阴"、"晚钟"）。然唯其如此，它才代表了比面对单纯处所更加微妙的品赏，因为"景"于此已不仅仅是特定处所那样一种对象，而含蕴了身体与物交融的氛围或光韵的意味。"景"的发现，即在识辨这种氛围和其中情调。无论是九石与赤虹，江天与明月，明月与积雪，还是下文要讨论的梅花与雪，无不有某种审美意义上的"同质性"。"景"可说是以特定处所接合具相似性或同质性的时象。对比东晋时期的为表示自然风景所创的"山水"一词，观赏的中心已从地理环境移向了时象。

如果只以这样的标准观察沈约题于玄畅楼的八咏诗，则只有前两首《登台望秋月》和《会圃临春风》的题目差可谓前半规定处所和地点，后半规定季节与时间。而《岁暮愍衰草》和《霜来悲落桐》两首的题目如果做某种颠倒，成《衰草岁暮》和《落桐霜来》，也算勉强满足了要求。但问题却不在题目而在内容。《登台望秋月》是人在月下，《会圃临春风》是从春风过渡到春风中人，《岁暮愍衰草》则从咏草过渡到兼写送归和嘉客，《霜来悲落桐》和《夕行闻夜鹤》则完全咏落桐与鹤。而且，每首诗所吟咏的地点皆不在一处：《登台望秋月》出

---

[1] 幽兰在其《中西"景观"之"观"的美学问题初探》一文（《二十一世纪》第卅九卷第十一期（2012 年 11 月，页 95–113））中提到法、英语文中此二词词根蕴含的意义。她在该文中还认为"景观"是二十世纪方自西文译出的语词，但其中"景"的含义则比 pays 或 land 所指的地区或土地的意义宽泛。本章对"景"的讨论可以具体说明这种宽泛性，以及"景"在中国文化中悠久的历史。
[2] 陈继儒，《小窗幽记》卷六，《小窗幽记·外二种》（上海：上海古籍出版社，2000），页 96–97。

现三爵台、九华殿、上林、雁门、胡殿和汉宫,人物则出现飞燕、班姬、文姬和昭君;《会圃临春风》则出现天渊池、梧台、淇川、高唐和碣石。[1]所以,这些诗即便题目上与后世的八景诗有近似之处,其实却并非是对一时一地之"景"的吟咏,而是借一个意象如秋月、春风、衰草去贯串许多历史情境,是典型齐梁咏物诗和"前后左右广言之"的咏物赋的写法。其不能形成"景",端在不能创造出一个美学上同质的画意空间。

现在吾人就要追问:这样意义的诗中之"景"——一种以一定处所为背景的具体"时象",经诗人辨识氛围而创造的、具美学意义上同质的画意山水空间——究竟何时在中国抒情文学中出现?应当说,抒情诗"非连续"场景中,已经潜伏了这一可能。故而,一旦山水诗中出现了佳句、佳联,"景"的意识旋即萌生了。故王世贞谓谢灵运"明月照积雪"一句"是佳境,非佳语"[2]。然而,以一处所为背景的具体时象尚非谢灵运的主要关注,因为其山水世界是随其肢体运动而不断伸延的,且较少注意"时象"中的气象和天空。鲍照也没有这样的意识,因为他的山水描写或者继承大谢纪游写景的方式,或者多以愁云惨雾为迷茫和惆怅写照,而不太赏玩风景的画意和美感。谢朓诗常以轩窗取景框景,并注意到景物之间的方位关系,且其"湿润的"山水描写中亦常常"蕴含有某种气氛"[3],以融入作者的轻愁薄怨。然而其诗中却很难分辨出元象与其环境因素,由于不是有一中心的构结(focused composition),就很难构成小川环树所谓"可以细数列举的东西"。这样排举下来,文学中最早单篇构景的作品也许是江淹的《赤虹赋》。以上述前两字规定地点。后两字规定时间的四字标题即隋唐以后

---

[1] 均见《先秦汉魏晋南北朝诗》,中册,页1663—1669。
[2] 《艺苑卮言》卷三,《历代诗话续编》中册,页995。
[3] 见小尾郊一,《中国文学中所表现的自然与自然观》,邵毅平译,(上海:上海古籍出版社,1989),页176。

成熟的复合韵律四言成语方式,此景堪称"九石观虹"。且称炉峰接云和九石观虹为"二奇"亦分明为"细数列举"。然在一固定地点出现彩虹毕竟太偶然,"九石观虹"几乎再难一见,而此景又是以宗教意识赋予空间氛围美学意义上的同质性,在形式上则是倚仗辞赋的铺陈渲染。以诗书写山水,江淹则有堆垛之嫌。那么,最早在诗中创造出具中心时象的画意空间之"景"的诗人,则非何逊莫属。

笔者首先想到了在仲言诗中屡屡出现的舟中游子眼中的江天之月,如《望新月示同羁》:

> 初宿长淮上,破镜出云明。
> 今夕千余里,双蛾映水生。
> 的的与沙静,滟滟逐波轻。
> 望乡皆下泪,非我独伤情。[1]

无论是就诗题还是诗本身而言,新月都是此诗的元象,它本身提示着一种特别的生命时间,因为只有游子才会在深夜的寂寞中注视江天的月亮,也只有能在落寞惆怅之余,尚有一份从容与余裕的人,才能于此时对月景仍葆有美感。这就是上文讨论的诗人何逊,他此刻想到远方的家人会同时见到天上和水中两弯成双的新月,却恨离人此刻不得成双。"的的"、"滟滟"两句分写环境因素中的沙岸和水波,"静"和"轻"两字下得微妙,以通感(听觉和触觉)传达出诗人对光色的独特诠释,这不只是以视觉,而是以整个身体经验在感应和沉思。月之清、沙之静和水波上光色之轻,为江天熏染上一层淡淡忧郁的光韵或氛围,经由联觉从美学上构造出了真正的同质空间。若套用林庚论细雨西湖的说法,则是:月光把一切独立的事物都变得谐和,"收拾了零乱的

---

[1]《何逊集校注》,页150–151。

世界而成为一个完整的世界。"[1]何逊的诗写在梁代，令人想到他受到盛行其时的咏物诗的影响，何氏诗集中也有至少八首咏物之作。此诗也颇具咏物诗的特征，即如辞赋一样，围绕一个中心"前后左右广言之"。然而，却与前引沈约《登台望秋月》不同，此诗没有涉及不同时地的情景和诸多历史人物，而是集中于诗人当下一时一地，可谓咏物与去离诗即景山水的结合。故而，以往诗人纵然也写月，然或如谢惠连《泛湖归出楼望月诗》，未能以月为中心；或如鲍照《翫月城西门廨中》，堕入咏物陈套，摄入异时异地情景，皆未兼得行旅和咏物之胜处。何逊另一首写江月的名作是《与胡兴安夜别》：

> 居人行转轼，客子暂维舟。
> 念此一筵笑，分为两地愁。
> 露湿寒塘草，月映清淮流。
> 方抱新离恨，独守故园秋。[2]

前二句分写送行人和游子的依依之情。送行人的言说在第二联后中断，插入四联中唯一一联景语："湿"和"映"皆是无声无息的身体经验，莹莹露水与清淮月色同为幽暗中的光亮，营造出一种幽怨情调或氛围，是"一筵笑"后寂寞"两地愁"的写照。两句又分别呼应首联的居人和客子，却是自居人眼中望去，由近及远，从伫立者脚下静静的野草、露水，直投向随离舟远去的秦淮水中流去的月色，这是送行者目光的方向，隐含着一位含情远眺而思绪不尽之人。由汉语句尾重心或信息重心偏后的规律，落韵句所写的月是此清江夜景的中心。如果将第三联的两句颠倒，即使不考虑押韵的问题，亦索然无味，难称名联了。

---

[1]《春晚绿野秀》，见林庚，《唐诗综论》（北京：人民文学出版社，1987），页334。
[2]《何逊集校注》，页17。

再读其《入西塞示南府同僚》前八句的写景：

> 露清晓风冷，天曙江晃爽。
> 薄云岩际出，初月波中上。
> 黯黯连嶂阴，骚骚急沫响。
> 回楂急碍浪，群飞争戏广。……[1]

《梁书》中《何逊传》谓逊随中卫建安王迁江州，任掌记，还为安西安成王参军事，兼尚书水部郎。[2]《梁书·安成王秀传》谓逊于安成王萧秀天监十三年（514）出为安西将军、都督郢司霍三州诸军事、郢州刺史。[3] 此诗应为仲言随萧秀赴郢州途中经黄石西塞时，写给建康尚书省同僚的诗作。西塞山临水的江矶距江面116.5米【图十】，长长地伸入长江，对岸是一片平川，故显得相当雄伟，顶部则相对平缓。此诗用四联写景，"露清"、"天曙"、"连嶂"、"急沫"诸句都是空阔江天远景中无焦点事物的环境因素，所谓"连嶂"坐落在更北相对隔绝的远处。"回楂"、"群飞"则是伫立舟船诗人眼前的一时纷乱。画面的中心落在第三联江景中突出的高高岩矶和波中明月，该联日后为杜甫《江边小阁》"薄云岩际宿，孤月浪中翻"一联所模仿。根据汉语信息偏后的规律，此联的中心又在第二句的江波月影上。虽然未如前二首显豁。这江天之间的月亮伴他宦游异地，亦在"望乡"和"怀归"中一系两地之心。

何逊在《宿南洲浦》、《夜梦故人》、《敬酬王明府》、《赠韦记室黯别》、《赠江长史别》、《日夕望江山赠鱼司马》等去离诗作中也一

---

[1] 同上书，页121。
[2]《梁书》卷四九（北京：中华书局，1973），第3册，页693。
[3]《梁书》卷二二，第2册，页344。

图十　黄石西塞山（N30°12′42.32″/E115°09′31.35″）

再写到江上的明月。[1]可以说，直到何逊出现，江上明月才成为了宦游客子、离人之"景"。与江淹的九石观虹和五代以后的八景、十景不同，何逊江上观月并非于一特定的地点，如上文所论，逝者如斯的河川本身即缺乏特性，而何逊本有自个人经验去感悟世人普遍情感的抒情本体意识，故而他创造的并非一游赏之景观，而是绘画中"由时而现"之景。由于"能言人同有之情"，其游子眼中的江天月景成为了中国抒情诗的一种"原型"（archetype），一种被代代诗人反复经验、体味、书写的"景"，或者说，后代诗人自江天明月的自然风景去一再体认由诗歌艺术创造的画意之景（landskip）。何逊之后，仅

---

[1] 与何逊同时或稍晚的吴均（469—520）在《遥赠周承》、《送吕外宾》和《赠鲍春陵别》中写到水上月亮，比何逊稍晚的刘孝绰在《月半夜泊鹊尾》和《望月》中也写到水上月亮，但这些月景或者未以月为中心视象而形成同质的画意空间（如吴作），或者与客愁无甚关联（如刘作）。

第三章　南朝诗的空间内化　|　215

在梁代，即有鲍泉作《江上望月》，诗曰："客行钩始悬，此夜月将弦。川澄光自动，流驶影难圆。苍苍随远色，瀁瀁逐漪涟……"[1]萧绎作《望江中月影》，诗曰："风来如可泛，流急不成圆。……裂纨依岸草，斜桂逐行船……"[2]朱超作有《舟中望月》，诗曰："大江阔千里，孤舟无四邻。唯余故楼月，远近必随人……"[3]这些诗在构思、取景上皆有取资何逊的痕迹。唐代张若虚的《春江花月夜》是古今咏月的名篇，其中不仅清廓江天映衬明月乃汲仲言遗脉，且有"滟滟随波千万里"一句直袭仲言《望新月示同羁》中"滟滟逐波轻"。在张若虚写下"谁家今夜扁舟子"时，他一定首先想到了何逊。"人生代代无穷已，江月年年只相似"——何逊是春江月下一代代人生中的第一位"扁舟子"。

仲言所开启"景"之原型尚不止于游子所观江天之月。另一值得提出的是雪地梅开。元人方虚谷《瀛奎律髓》卷二十专列梅花类。虚谷于该卷卷首谓："梅花见于五言诗，自晋始也。大概梅花诗五、七言至梁、陈而大盛。……沿唐及宋，则梅花诗殆不止千首，而一联一句之佳者无数矣。"[4]他所举出的最早的梅花诗是陆凯的《赠范晔》，但此诗并不涉及映衬梅花最主要的环境因素雪。至于虚谷所举的梁简文帝萧纲（503–551）、梁元帝萧绎（508–554）、庾肩吾（487–553）、阴铿等其实皆在何逊之后。雪地访梅诗得"至梁、陈而大盛"，仍然是起于被虚谷称为"全篇清雅"的何逊《扬州法曹梅花盛开》：

  兔园标物序，惊时最是梅。
  衔霜当路发，映雪拟寒开。

---

[1]《先秦汉魏晋南北朝诗》，下册，页2027。
[2]同上书，页2045。
[3]同上书，中册，页2095。
[4]李庆甲，《瀛奎律髓汇评》（上海：上海古籍出版社，1986），中册，页744–745。

> 枝横却月观，花绕凌风台。
> 朝洒长门泣，夕驻临邛杯。
> 应知早飘落，故逐上春来。[1]

《望新月示同羁》是自咏物诗化来，而此诗则全然是咏物之作了。但却是何逊天监七年（508）孟春在建业建安王府（东晋、宋、齐、梁、陈皆以建业为扬州）任水曹行参军时，于芳林苑雪后睹梅应景而作。[2] 梅花衔霜当路、映雪拟寒的乍然绽放，洵为"惊时"。而"枝横"、"花绕"两句更写出其枝条挺拔之姿、花萼纷葩之貌。雪无疑是梅花最美的配衬。故而，诗人多年后在写《咏春雪寄族人治书思澄》一诗时从雪想到了梅花：

> 可怜江上雪，回风起复灭。
> 本欲映梅花，翻悲似玉屑。……[3]

遇不到梅花的雪似乎是悲伤的。从此有了"梅将雪共春"[4]的话语传统，有了元杂剧中孟浩然踏雪寻梅的逸事，有了明人高濂《四时幽赏录》中的"雪霁策蹇寻梅"的节目。原型在此预设出诗人的审美期待，甚至导演了文人的生活，令生活模仿艺术。

大谢诗有"中流袂就判，欲去情不忍。顾望脰未悁，汀曲舟已隐。隐汀望绝舟，骛棹逐惊流……"[5]，图志学意义上的曲渚送离舟无疑是由谢灵运开启的。此处的"时象"是帆樯之下宦游人的生命存在。仲

---

[1]《何逊集校注》，页81。
[2] 见程章灿，《何逊〈咏早梅〉诗考论》，《文学遗产》1995年第5期，页47—53。
[3]《何逊集校注》，页193。
[4] 韩愈《春雪间早梅》，《全唐诗》，第10册，卷三四三，页3842。
[5]《登临海峤初发强中作，与从弟惠连，见羊何共和之》，《谢灵运集校注》，页166。

言未首创此景,却进一步凸显其画意,如《送韦司马别》:

> 送别临曲渚,征人慕前侣。
> 离言虽欲繁,离思终无绪。
> 悯悯分手毕,萧萧行帆举。
> 举帆越中流,望别上高楼。
> 予起南枝怨,子结北风愁。
> 逦逦山蔽日,汹汹浪隐舟。
> 舟隐邈已远,徘徊落日晚。……[1]

此诗用了《西洲曲》一类民歌连跗接萼的蝉联转韵手法,以写离情之绵绵不尽。从曲渚、行帆、征人和送行人分手,到举帆中流和望帆高楼,最后离舟隐入落日中的汹汹波浪和逦逦群山,是一段送行者眼中完整的离舟远去过程。曲渚令送行人面对着最为迷离的江面,伫目于最接近离舟的陆岸,仿佛将依依之情延伸入载走离人的江水,其不尽之情如缠绕枉渚的曲线,是山水之中添加的一笔人文风土景象。曲渚向晚目送离舟乃入画之景,董源的《潇湘图卷》即写此,美国研究中国画史的名家高居翰更以"江渚送别"(parting at river shore)作其一书之题。仲言丰富了曲渚送别中江天的风物景象。

何逊似乎标志着中国诗山水风景的书写注重画意(pictorial)的变化。清人叶燮曰:"六朝之诗,始知烘染设色,微分浓淡;而远近层次,尚在形似意想间"[2],此话固是以画为诗作譬,评价何诗,亦不妨当作实事看。值得注意的是,依浅见洋二的观察,中国诗中最早的

---

[1]《何逊集校注》,页 20—21。
[2]《原诗》外篇下,见叶燮、沈德潜等撰,霍松林等校注,《原诗·一瓢诗话·说诗晬语》(北京:人民文学出版社,1979),页 61。

"面对自然风景采用'如画'这种表达方式"的三个诗例,也出现在与何逊相近的梁代诗人作品中。[1]

四、阴铿:山水作为"谶象"

本章最后要讨论的诗人阴铿,经历了梁代末年侯景之乱、萧梁皇室内裹挟西魏、北齐势力的内乱这一段极其血腥、动荡的时期。建康的昔日繁华在战火中荡然无存,诗人西奔江陵,也由此告别了宫体诗风,又在江陵陷后最终仕陈。这样的经历均在其山水美感话语中留下痕迹,但本章的关注仍集中于其山水书写中艺术空间这一问题。

《南史》称:"及侯景之乱,铿尝为贼禽,或救之乃免。"[2]这一段可能惊心动魄的故事,吾人已无缘详悉。但阴铿获救之后能够投奔的地方,应该即征调其父右卫将军阴子春的江陵,[3]逃亡的路线当为长江水路。赵以武据此将其集中《晚出新亭》、《晚泊五洲》、《五洲夜发》三诗创作的时间,确定在太清三年(549)出建康逃往江陵的舟行途中。[4]《晚泊五洲》曰:

客行逢日暮,结缆晚洲中。
戍楼因嵁险,村路入江穷。
水随云度黑,山带日归红。

---

[1] 浅见举出的三个例子是沈约《秋晨羁怨望海思归》中的"八桂暧如画",王僧孺《至牛渚忆魏少英》中的"枫林暧如画"和萧绎《巫山高》中的"树杂山如画",见其"天开图画"的谱系——中国诗中的风景与绘画,《距离与想象——中国诗学的唐宋转型》,页26—32。
[2] 李延寿撰,《南史》(北京:中华书局,1975),第5册,卷六十四,页1556。
[3] 姚思廉撰,《梁书》,卷四十六,第3册,页645。
[4] 赵以武,《阴铿与近体诗》(哈尔滨:黑龙江教育出版社,1998),页59。

> 遥怜一柱观，欲轻千里风。[1]

五洲是"江中有五洲相接"，早见于《水经注》。[2]元人胡三省注《资治通鉴》谓"其地当在今黄州江州之间"[3]。《大清一统志》称"五洲在蕲水县西四十里，兰溪西大江中"[4]。根据张修桂的研究，六朝以后由于右汊扩展，五洲同时靠向北岸，成为长江北岸边滩的今五洲村。目前江中所见戴家洲等三洲则形成于清中叶后期。[5]笔者在二〇一一年四月二十五日在考察中曾沿南岸江堤上一条凹凸不平的小公路，在昔日五洲对岸一带驱车盘桓了一个下午。江两面大部为平川，靠兰溪镇方向远处有些山，却不临江，且难称为"嶻"和"险"。几个洲岛两侧的长江沿岸也偶或有几座圆形的小山。"戍楼因嶻险"一句写的显然不是结缆一时一地所见。《水经注》卷三十五《江水》在水经"鄂城北"条下注"江中有五洲相接"，然后叙述江水东下的形势："大江右岸有厌里口、安乐浦，从此至武昌（按：今鄂城）……江水又东径南阳山南，又曰芍矶，亦曰南阳矶。……江水又东历孟家溠，江之右岸有黄石山，水径其北，即黄石矶也。……山连延江侧，东山偏高，谓之西塞，东对黄公九矶，所谓九圻者也。"[6]郦道元的叙述依江流的方向自西而东，但阴铿逃亡的路线却是自东而西。"戍楼因嶻"的所在，应当就在南阳矶、西塞山和黄公九矶这些堪称为"嶻"的江矶之上，最可能就在距五洲二、三十公里的西塞，江淹曾以"临江上之断山"[7]赋之。此处吾人

---

[1] 刘国珺，《阴铿集注》，《何逊集注·阴铿集注》，页230。
[2] 《水经注校证》，页808。
[3] 司马光编著、胡三省音注，《资治通鉴》（上海：上海古籍出版社，1987），卷一二七，上册，页848。
[4] 《大清一统志》卷二六三，《文渊阁四库全书》，第480册，页117。
[5] 《中国历史地貌与古地图研究》，页84。
[6] 《水经注校证》，页808。
[7] 《江上之山赋》，《江淹集校注》，页140。

须重温王渔洋为江文通《从冠军行建平王登庐山香炉峰》诗中"日落长沙渚,层阴万里生"和王维《同崔傅答贤弟》一诗所下的评语:

> 大抵古人诗画,只取兴会神到,若刻舟缘木求之,失其旨也。[1]

但诗人为什么要这样写呢?诗人晚泊五洲的处境倘如赵以武所说,即"任约所部将至郢州,五洲一带估计已为任约军据有。阴铿闯过这里,就到了安全地带,可以放心地往江陵进发了。所以对阴铿来讲,此行舟行往江陵,逃出建康是一关,闯过五洲是又一关。他的这三首诗作写的就是他在这两地担惊受怕的处境"[2]。诗人急于到达江陵的心情,可由此诗最后两句获知。那么,他这一种"担惊受怕"的心思,又表现在哪里?本人以为"担惊受怕"是诗人刚刚经历的过程,此刻能泊舟于此,应该是惊魂甫定。当然,也许夜间又有了情况,所以不得不有《五洲夜发》。这种"担惊受怕"和"惊魂甫定"都表现在三、四联的景语里。西塞戍楼之下恐是阴铿刚刚逃离的地方。此处着一"险"字,不仅是矶崖地势之险,更是性命之险。"村路入江穷"是实写舟船泊处之景,是历经险旅之后的喘息稍定。从空间向度言,"戍楼因嵁险"是自水平向高处的崛起,而"村路入江穷"则是纵深度上的由远及近,在水平方向的平缓伸延。这已是完全是"理殊趣合"[3]的近体诗的对仗,凸显一立体的、具有无穷想象的空间。"水随云度黑"是实写,却又喻示舟行中险象频生的动景;"山带日归红"是泊舟时的静景,却又映现历险后的心境。陈祚明谓此二句"极鲜浓"[4]。"极鲜

---

[1]《带经堂诗话》卷三,页68。
[2]《阴铿与近体诗》,页59—60。
[3]《文心雕龙·丽辞》,《文心雕龙义证》,中册,页1304。
[4]《采菽堂古诗选》卷二九,页12,《续修四库全书》1590册,页329。

浓"乃因黑与红是中国画的二原色，[1]鲍照最早在《游思赋》，继而江淹在《赤亭渚》中写向晚江天景色时都曾有红与黑的对比。[2]这两种原色出现在对仗两句中产生张力，[3]撑起一片超出文字表象的空间，[4]成为戍楼与村路、黑云与红日的景外之景。这也是顺读中所体验的诗人逆流而上从惊险到喘息的一段时间。诗人在生与死、缧绁和逃亡、惊恐和喘息中经验的世界，被重组为涵摄时间的真正四维内在空间。然而，由于对仗中对句同时是一种返顾出句而形成回环的运动，两句在画面上其实并非展开同一平面中的"和声"，而是在横读（或侧读、旁读）[5]中成为一种"复调"意义上的"对位"。"复调"本指音乐中两个或两个以上独立旋律同时展开而形成繁复的艺术效果。本章藉此语说明诗人以对联在内视里叠印诗人历险和脱险两种情境，这令他撕扯于二者的张力之间，即有一种来自聚集的多义，其本身是不可道说的。[6]戍楼因嵼、村路入江、云度水黑和日落山红，是诗人实历的山光水色，却又在在为超越描述层面的"谶景"。笔者欣赏宇文所安以英

---

[1] 五原色——红、黄、蓝、白、黑——的说法见潘天寿，《听天阁画谈随笔》，收录于卢炘编，《潘天寿论艺》（上海：上海书画出版社，2010），页183
[2] 鲍照《游思赋》有"暮气起兮远岸黑，阳精灭兮天际红"，见《鲍参军集注》，页1。江淹《赤亭渚》有"水夕潮波黑，日暮精气红"，见《江淹集校注》，页49。
[3] 如阿恩海姆认为：在同一平面中原色之间"无论如何也联系不起来。……它们或是独立地出现在某一个位置上，或是位于一个色彩序列的始端或尾端"。见其《艺术与视知觉》，页487。列维-斯特劳斯（Claude Lévi-Strauss）则以为红与黑是色调有与无的对立。见其《声音和颜色》，《看·听·读》，顾嘉琛译（北京：中国人民大学出版社，2006），页135。
[4] 本章在此参考了王国璎对山水诗描写中以对比创造空间意识的讨论，见其《中国山水诗研究》（台北：联经出版事业公司，1992），页360–370。
[5] 本章在此借用高友工在《中国语言文字对诗歌的影响》一文中提出的对联的顺读和横读问题："对仗的最基本定义是在强调字与下联的同位字的关系……这样的横读建立了一个新的意义层面。如果说顺读的意义是现实世界的描述，那么横读的意义则是抽象意义的展现。"见《美典：中国文学研究论集》（北京：三联书店，2008），页205。
[6] 海德格尔，《诗歌中的语言》，《在通向语言的途中》，孙周兴译（北京：商务印书馆，2005），页76。

文词 omen 来讨论中国诗歌，如他在《中国传统诗歌与诗学》一书之首章《世界之谶：中国抒情诗中的意义》所说：

> 世界在此是一个广阔的，闪烁不定的谶景（omenscape），而且诗人是世界谶景的阅读者。正如异兆对于主政者揭示出社会的情势一样，世界的谶景是被诗人感受到的当下的真实现象。这些谶景不是预兆，它们是当下这个结构的潜在标示。[1]

宇文氏在这一章的讨论是以杜诗作为根据。但早在阴铿诗中，被诗人感受的"当下的真实现象"，即在"潜在标示"着什么。再如《登武昌岸望》：

> 游人试历览，旧迹已丘墟。
> 巴水萦非字，楚山断类书。
> 荒城高仞落，古柳细条疏。
> 烟芜遂若此，当不为能居。[2]

此诗依赵以武的考证，作于诗人永定三年（559）自岭南北上前往建康途经武昌的路上。诗人北上的路线是经始兴岭，北至丰城，西北折向巴陵，然后顺江流东下舟行。[3]陈时武昌郡在今湖北鄂城。史载：大宝元年（550）九月，任约进寇西阳、武昌，萧绎遣徐文盛、阴子春等"下武昌拒约"；十二月又遣萧勃、尹悦等"帅众下武昌，助徐文盛"；大宝二年（551）四月，侯景遣宋子仙、任约等袭郢州，"徐文盛、阴子

---

[1] *Traditional Chinese Poetry and Poetics: Omen of the World*, p. 44.
[2] 《何逊集注·阴铿集注》，页 228。
[3] 《阴铿与近体诗》，页 65。

第三章　南朝诗的空间内化　| 223

春等奔归"[1]。可知，此处的武昌城曾是梁军与侯景乱军多番争夺、数次易手的地方。此诗第二句的"丘墟"和第五句的"荒城"，应指此历数劫后的烟芜之所。此诗第二联的"巴水"应指自巴中而来的长江，梁简文帝即有"巫山七百里，巴水三回曲"[2]。"楚山"又指何处？二〇一一年四月二十五日笔者来到鄂城，从市地方志办公室了解到：三国吴都城的南城壕在今市文体局外以绿化带为标志的东西走向的街区，原城壕长约1100米。而城池之北端则下临长江。南北之间约500米。我们一行驱车顺沿江大道直至西山。发现在鄂城所在的长江南岸西侧虽然有昔日吴王筑行宫的西山，最高处（N30°24′43.21″/E114°51′48.37″）距地面123米（海拔153米）左右，形势却非断山。此山东南方向10公里左右有一片丘陵称天平山，距地180米左右，更非断山。

诗人来到其父亲历战事的所在，面对吴王旧迹已成丘墟的景象，取景于一路所见诸如周郎赤壁那样的断山。古时站在西山上（而不只是诗题中的"武昌岸"）他或许能约莫看到25公里外华容北长江那一段弯转，但更可能是取自巴陵一路舟行的长江印象。此处吾人又遇到了王渔洋所谓"只取兴会神到"的情形，诗人神思游于天地之间，诗景已非有一处聚焦的画面，而是如王希孟《千里江山图》那样不妨徐徐展开的巨幅手卷，其中当然不乏视觉意义上的节奏。然"萦非字"和"断类书"一联，绝非只是对水的曲线与山的质地纹理的描写而已，亦绝非只是风景纵深度和垂直度的对比而已，它已是一种谶景，寄寓着诗人极其深沉的感慨。

"字"和"书"皆关乎书写。在中国文化中，被书写的首先是"史"——"圭"之一字，吴大澂训为"象手执简形"[3]；《说文》训为

---

[1]《梁书》第1册，卷五（《本纪第五·元帝绎》），页114–116。
[2] 巴水指长江而非指对岸自今燕矶镇对面汇入长江的巴水，此乃本文审评人所指出，笔者在此致谢。
[3] 吴大澂辑，《说文古籀补》（北京：中华书局，1988），页12。

"记事者也,从又持中"[1],此"中"按章太炎即"以笔引书"[2]。紧接"旧迹已丘墟"一句,这一联有诗人历经由梁入陈一段沧桑后难以书写的五味杂陈:萧正德引侯景采石渡江、被立为帝和旋即被缢杀,梁武帝饿死台城,萧纲之被立为帝、被废和被弑,萧绎称臣西魏以求擒杀萧纶,萧绎向西魏请兵生获萧纪,萧绎溺死逃出侯景幽禁的萧栋兄弟,萧詧助西魏夺取江陵……这已是人伦不存、斯文已矣的世界,史官何堪秉笔?天又何曾佑罚?然这却又是蚀刻于残破江山之上无法抹除的记忆!这一份充满无穷吊诡的悲凉,就呈现于诗人巴水、楚山的观照中。"荒城"一联转向近景,是人事繁华的骤然倾圮与大自然生命缓慢衰萎的对照,此处有何逊《行经孙氏陵》中以大自然反衬人世沧桑主题的继续。在此,山水再一次呈现为环绕诗人的"广阔的,闪烁不定的谶景"。

阴铿诗歌中另有一点值得注意的是,相比其前辈,其诗中写景句子的比例高出很多,而议论、交代和所谓情语的比例则相应减少。与何逊相比,写景句与总句数的比例已从百分之二十七上升到百分之五十三,[3] 如其《晚出新亭》四联中两联景语,《新成安乐宫》五联中三联景语,《广陵岸送北使》七联中四联景语,《渡青草湖》六联中五联景语,《游巴陵空寺》四联中三联景语,《五洲夜发》三联皆为景语,《和登百花亭怀荆楚》五联中三联景语。还有送别诗中谋篇独特的《江津送刘光禄不及》,该诗凡五联,除首联对临渚长望做交代外,余皆为送人不及者的视野和感叹:

鼓声随听绝,帆势与云邻。

---

[1]《说文解字》,页 65。
[2] 章太炎,《文始》(台北:中华书局,1970),卷七,页 141。
[3] 笔者的统计根据如下事实:何逊总诗句数为 1412 句,写景句占其中 385 句;阴铿诗句数为 312 句,写景句占其中 166 句。

> 泊处空余鸟，离亭已散人。
> 林寒正下叶，钓晚欲收纶。
> 如何相背远，江汉与城闉。[1]

景物的描写凸出了一个"散"字：鼓声绝是散，帆向云边是散，余鸟是散，叶落是散，钓者收纶是散伙。由于离亭人散，反倒凸显了送行人的茫然视野。诗人心中一切落寞由此即已道尽，故陈祚明谓"中六句语语有致，是惆怅不及意"[2]。后世论诗者谓好诗"必能状难写之景，如在目前，含不尽之意，见于言外"[3]，谓"不能作景语，又何能作情语邪？"，谓"盖用景写意，景显意微，作者之极致也"[4]，阴铿已先在创作中体现了这一认知，即其"情"其"意"，已是充分对象化、视象化之"情"、"意"，而其"景"，则已为充分内在化之"景"。

五、结　论

本章讨论了江淹山水诗赋中空间内在化的两类倾向——画意空间和"视通万里"的"神思"空间，以及其在齐梁以后何逊和阴铿诗作中的分别发展。首先，何逊藉对美感与个人情绪的分割以及对景物光影氛围的敏感，率先在江月离舟和雪地梅开中营造了画意空间，成为江淹以神仙道教为氛围渲染九石赤虹之后，山水书写中画意空间之世俗化。这一画意空间的营造，显然与风行齐梁的咏物诗有关，体现了咏物与去离即景之作的结合。后世诗歌特别是绝句中一切具单纯画意之景——如王维的《辋川集》、《皇甫岳云溪杂题五首》，钱起的《蓝田

---

[1]《何逊集注·阴铿集注》，页213—214。
[2]《采菽堂古诗选》，卷二九，页9。
[3] 欧阳修，《六一诗话》，何文焕辑，《历代诗话》(北京：中华书局，1981)，上册，页267。
[4] 评王维《使至塞上》，《唐诗评选》卷三，《船山全书》第14册，页1003。

溪杂咏二十二首》,张继的《枫桥夜泊》,韦应物的《滁州西涧》,贾岛的《雪晴晚望》,杜牧的《寄扬州韩绰判官》——均可追溯到何逊。其特质可借清人对仲言诗境的象拟——如"清光映彻,毛发可鉴"[1];"如寒萤洗露,碧火流空"[2]——来标示。由于何逊向自个人经验去感悟世人普遍情感,他所营造的画意之景又是能被代代诗人在山川中反复经验、体味、书写的"原型之景"。

然而何逊的意义不止于此。按法国地理学家贝尔凯的说法,所谓"景观文化"须具备景观的语言表现、景观的文学表现、景观的绘画表现以及景观的园林表现四项条件。"景"是继"山水"和"风景"出现之后,中国景观文化中以语言表现的最重要话语,深深渗透于上述三类艺术之中,成为中华景观审美心理的核心。其首见于画论。谢赫《古画品录》论张则已有"景多触目"[3]。唐代署名王维的两篇画论中,"景"开始有上文所强调的时间义涵。《山水诀》谓:"咫尺之图,写千百里之景,东西南北,宛尔目前;春夏秋冬,生于笔底。"[4]《山水论》有"早景"、"晚景"、"春景"、"夏景"、"秋景"、"冬景"。[5]在唐人诗论中,旧题王昌龄所撰《诗格》中即有"诗不可一向把理,皆须入景,语始清味"[6]。赵宋之后,"景"渐与"情"成为论诗最重要的一对范畴。"景"在绘画中其实主要为山水所设。[7]故山水成为绘画大宗之后,中国诗与画以"景"相联系,亦在两宋成为亲密的姊妹艺术。

---

[1]《采菽堂古诗选》,卷二六,页11。
[2] 牟愿相,《小澥草堂杂论诗》,《清诗话续编》,第2册,页913。
[3] 见《历代论画名著汇编》,页19。
[4] 同上书,页30。
[5] 同上书,页32—33。
[6] 张伯伟,《全唐五代诗格汇考》(南京:江苏古籍出版社,2002),页157。
[7] 清人唐岱《绘事发微》即谓:"山水家与人物家不同。画人物者只画峭壁,或画一岩,以至单山片水,是点景而已。至山水之全景,须看真山,其重叠压覆,以近次远,分步高低,转折回绕,主宾相辅,各有顺序。"《历代论画名著汇编》,页421。

"景"亦是"城市山林"园林的基本意义单位。计成《园冶》有《园说》一篇,开篇即谓"凡结林园,无分村郭,地偏为胜,开林择剪蓬蒿,景到随机"。而"林园之最要者"首为"借景"[1]。在此,"景"的意义在使游园者驻足、流连于画意空间之中,即计成所谓"顿开尘外想,拟入画中行"[2]。名园中故有圆明园四十景、绮春园三十景、避暑山庄三十六景等。中国人到名山秀水游览,亦首先关注是否游览到"景点"。于一地居住,亦关注随季节变化之"景"。南宋张鉴居西湖有《赏心乐事》,列有"揽月桥看新柳"、"烟波观碧芦"、"艳香馆审林檎"[3]等;明人高濂居此则有《四时幽赏录》,中列"雪霁策蹇寻梅"、"西泠桥赏落花"、"天然阁听雨"、"湖晴观水面流虹"、"三塔基看春草"[4]等,细数列举,悬止玩味,成为生活的标点。

作为中华景观审美心理的核心话语,"景"的形成历经了长期磨淬,其意义系统被不断增益而丰富。历代画论以此讨论如何从自然风景(landscape)中以绘画技巧创造出艺术化风景(landskip),[5]五代大画家荆浩以"景者,制度因时,搜妙创真"[6]论"景",不仅强调了构图和笔法技巧,且于王维之后,进一步指出"景"须涉时间。清人汤贻汾《画筌析览》有《论时景》一章:

---

[1] 引自陈植,《园冶注释》,页 51,247,47—48。
[2] 同上书,页 243。
[3] 《说郛续》卷二八,见陶宗仪等编,《说郛三种》第 10 册,(上海:上海古籍出版社,2004),页 1353—1354。
[4] 见高濂等辑撰,《四时幽赏录外十种》(上海:上海古籍出版社,1999),页 75,66,66,68,64。此处读者可再联想到费元禄《晁采馆清课》、程羽文《一岁芳华》一类小品文字。
[5] Chris Fitter 用流行于十七世纪的术语 landskip 区分 landscape,前者"以其对透视、色彩对比和地方化细节的承诺,特别关注在绘画或诗歌中的绘画自然主义的技巧"。见其 *Poetry, Space, Landscape:Toward A New Theory*, p. 25.
[6] 《笔法记》,《历代论画名著汇编》,页 50。按唐君毅将原文"制度时因"改为"制度因时",见《中国艺术精神》(沈阳:春风文艺出版社,1987),页 254。

> 春夏秋冬早暮昼夜，时之不同者也。风雨雪月烟雾云霞，景之不同者也。景则由时而现，时则因景可知。故下笔贵于立景，论画先欲知时。时景既识其常，当知其变。盖一物之有无莫定，由四方之气候不齐。如塞北多霜，岭南无雪，是景以地论，不以时分。画虽小道，亦欲兼达夫地气天时而后可以为之也。[1]

"景"既是画家创造出来的画意山水空间，就应当是有其氛围、情调的同质空间，故"凡画雪景，以寂寞黯淡为主，有玄冥充塞气象"[2]。最后，一地山水、园林景观以及"赏心乐事"能以"景"计数，又凸显"景"是一种从天光云影中被片段化出来的画意空间。然而在诸多意义之中，对中国景观传统而言，由特定地理方位与特定时间交汇而形成的具体"时象"或许是最具特色亦最重要之一项，它体现了前此的"山水"和"风景"的意义交集。在欧洲景观文化中，也曾出现过"如画的"风景（虽然与本章所谓"画意"意义不尽相同，但涵容了后者）以及标点大片风景、园林的现象，[3]甚至也偶尔有过因考量光线而关注时间的例子。[4]却从未有时象出现在画意空间作为元象的传统。

---

[1]《中国画论类编》，页 826。
[2]《绘事发微》，《历代论画名著汇编》，页 416。
[3] 如十八世纪后期英国湖区的指南手册就在环形游览路上标出观景点，见 Wendy Joy Darby, *Landscape and Identity*（Berg Publishers, 2000）, p. 60. 中译本见《风景与认同》，张箭飞、赵红英译（南京：译林出版社，2011），页 61—62。同期风景园中也出现了观景点和以拉丁诗句题写的标题，见 Simon Schama, *Landscape and Memory*（Vintage Books, 1995）, p. 556. 中译本见《风景与记忆》，胡淑陈、冯樨译（南京：译林出版社，2013），页 650—651。十九世纪中期法国枫丹白露森林游览的指南中就列举过一千多景点，见 Malcolm Andrews, *The Search for the Picturesque*, p.51.
[4] 在英国十八世纪晚期的所谓搜寻如画风景的活动中，曾有就如何确认观看湖区中 Dewentwater 的若干景点的具体时间——落照、月光和晨曦——探讨，却未形成模式。详见 *The Search for the Picturesque*, pp. 188—189.

鉴于中国古代艺文理论一般出现于艺文现象之后的规律，探讨"景"的话语形成，应当越出艺文理论甚至语词的领域。本章基于此讨论了江淹和何逊的山水书写。"九石赤虹"、"江舟明月"和"雪地梅开"这些例证说明：二人最早在诗赋中创造出具中心时象的画意空间之"景"，何逊的江天月景和雪地梅开虽非特为一地景物而设，其在画意空间中彰显"时象"，却成为"景"形成的关键。何逊故而是这一话语形成中不应忽视的诗人。

江淹山水诗赋中空间内在化之另一表现，是其《从冠军行建平王登庐山香炉峰》一诗突破身体视域，而令神思"理入影迹"。梁陈时代的阴铿于此颇有拓展。本章以其两篇诗作说明：诗景于他已未必一聚焦的画面，而如一自太虚而俯视的巨幅手卷，其中种种景物，已非取自一时一地，而是任意剪裁重组。王渔洋以此论"古人诗画"，本人以为中国画家随目所及、游目骋怀的"散点透视"，正自诗人描写山水时兴会超妙而来。尤有进者，在阴铿诗中已全然近体化的对仗形式里，景物之间的色彩和空间关系，若藉音乐术语而论，时而已不是同一平面中体现画意的"和声"，而毋宁是"复调"中的"对位"。以此，纷繁、张力和异质性取代了单纯、浑然和同质性。

本书第一章探秘"山水"这一范畴时曾指出：中国景观文化凸显类似阳刚与阴柔，挺拔与低回，沉静与灵动，庄重与飘逸，仁厚与智慧等两极元素的互补。本章讨论的驻目之"景"与骋神之思正是静与动之间一种对立互补。谢灵运开创的基于"身之所历，目之所见"[1]的纪游山水书写，须有"视通万里"之"神思"相衬以形成传统。

---

[1] 王夫之语，见其《夕堂永日绪论内编》卷二，《薑斋诗话笺注》，页55。

第四章　问津"桃源"与栖居"桃源"[1]

一、引　言

隋、唐的统一，使发轫于南方的山水隐逸文学在北方蔓延。李唐的政治中心长安在秦岭北麓的渭河平原，数十里外秦岭终南山却是隐逸者的世界。本章讨论涉及的盛唐时代三位"隐逸诗人"孟浩然（689—740）、卢鸿一（约719—740前后）和王维（701—761）的隐逸居止是在一个以秦岭为中心的三角形中：王维的蓝田辋川别业在秦岭和关中断陷盆地的交接地带，卢鸿一隐居的豫西嵩山属秦岭山脉的东延部分，孟浩然的襄阳城南则西距秦岭褶皱系向西南伸延的武当山不远处。三位诗人不仅大致属于同一时代，且互为相知。孟浩然开元十二、十三年（724、725）在洛阳一带为仕途奔走时曾写过《行至汝坟寄卢征君》，对隐居嵩岳的卢鸿一流露敬仰之情。王维与孟浩然为忘年之交。开元十七年孟氏在长安应试落第，视王维为朝中可以"相假"的"知音"[2]。王维则以《送孟六归襄阳》一诗，劝其归庐读书，醉歌田舍，无须求官。[3] 浩然去世，王维作《哭孟浩然》[4]。《新唐书》并谓"王维过郢州，画浩然像

---

[1] 本章原载台北《中国文哲研究集刊》第42期（2013年3月），收入本书时作了修改。
[2] 见《留别王侍御》，《孟浩然诗集笺注》，页257。
[3] 《王维集校注》，第1册，页84。
[4] 《王维集校注》，第1册，页167。

于刺史亭，因曰浩然亭"[1]。王维于开元十五、十六年（727、728）曾在淇、嵩隐居，大隐卢鸿一其时应仍在是山的官营草堂中，二人皆为山水画家，王维好友卢象又是卢鸿一侄，庄申先生故而断言王维"是不会没有结交这位近在咫尺的卢鸿的"[2]。这三位诗人的隐居世界——襄阳、登封嵩山和蓝田辋川——彼此间相距不算太远，皆远离六朝山水书写的长江流域和闽浙山地丘陵地区，然而，三人笔下的隐逸山水世界却如此不同。本章拟就此不同去发现一个关于隐者存在的空间现象学话语的生成，并着意提出：这一关于隐逸世界的空间现象学话语，其实可以从中古文学的一个重要母题和原型——桃花源——去加以理解和诠释。

石守谦《桃花源意象的形塑与在东亚的传布》一文提出："桃花源"是有着强烈的自然山水美景的形象，"忽逢桃花林"的溪岸美景提供了一个视觉上的高潮。因而，在十四世纪中国南方文人圈中成为了最流行的山水主题：

> "桃花源"意象与此主题绘画间的互动，因此也显示了一种普遍化的倾向。它一方面进一步淡化与《桃花源记》的直接关系，另一方面也抛弃了原来仙境传说的母型，加强了"人世化"的理解，甚至开始展现"实地化"的现象，几乎可以说是（第一种模式）仙境山水的相反对立。[3]

廖炳惠亦在讨论后世对《桃花源记》的接受史时总结说：唐宋以来的《桃花源诗》唱和之作中诗人"都假定桃花源是个避世退隐的洞天，陶渊明所描绘的渔人变成了'桃源图'中的渔翁隐士，在世外桃源徜徉、

---

[1] 欧阳修、宋祁撰，《新唐书》（北京：中华书局，1975）第 18 册，卷二〇三，页 5780。
[2] 《王维绘画源流的分析》，见庄申，《中国画史研究续集》，页 454。
[3] 见石守谦、廖肇亨主编，《东亚文化意象之形塑》（台北：允晨文化实业股份有限公司，2011），页 74。

自得其乐，桃花源因此转化为一个愉悦有闲阶级的'另一片天地'而不是无可问津的乌托邦、无何有之乡"[1]。本章的写作不妨看作是对石、廖二人在后世山水绘画史和诗歌史中观察到的现象的一种追本溯源。萧梁以降，"桃花源"的意象不断在南朝庾信、徐陵、伏知道、李巨仁，以及初唐王绩、卢照邻、杨炯、宋之问的诗作中零星出现，有游乐逍遥、避世、求仙等意味。在公元八世纪的盛唐，三位高倡隐沦的诗人孟浩然、王维、李白的诗中，此一意象突然大量涌现。在本章讨论的孟浩然和王维诗作中，以本人的统计，"桃花源"（或桃源、武陵花处、花源等）分别各出现九次和八次。王维并率先以《桃源行》为题写了一首凡二百一十言的七言歌行。而且"桃花源"往往只具隐沦或功成拂衣于山水美景的意味，如更晚的绘画一样，"进一步淡化了与《桃花源记》的直接关系"。最著者如孟浩然的《登望楚山最高顶》、李白的《当涂赵炎少府粉图山水歌》和《山中问答》。最后一首较短，作于李白栖隐寿山之时，不妨录于此：

问余何意栖碧山，笑而不答心自闲。
桃花流水窅然去，别有天地非人间。[2]

这是本章以此原型去探讨关于隐逸世界山水美感话语之根据。将"桃花源"移之论山水中的隐逸，不妨将故事约简为如下的寓言（parable）：一人在俗世僻处发现一山洞，入洞遂进入一隔世乐土。出洞后欲引外人复入而不得。陶渊明文本中的桃花源，原如鲍尔所说，道家与儒家的观念是相互缠绕的，"因为它不仅有一个地理的，且有一历史的维度"，即

---

[1]《领受与创新——〈桃花源并记〉与〈失乐园〉的谱系问题》，见陈国球编，《中国文学史的省思》（台北：书林出版有限公司，1994），页199。
[2]《全唐诗》，第5册，卷一七八，页1813。

连接着黄金时代的周朝。[1]然而桃花源一旦成为阿卡狄亚式的原型，上述历史脉络就淡出而得以化简为上述寓言。在此，重要的是空间的内、外以及由之而来的"入"和"出"。"既出"便不能复"入"。所以桃源中人"来此绝境，不复出焉，遂与外人隔绝"[2]。由"内"与"外"以及"入"与"出"，《桃花源记》其实暗示了一种隐逸者的空间现象学："隐者，蔽也，从阜。"[3]"隐"其实是以蔽隐者于世外的山谷为依托的。由"内"与"外"，故事中人物——渔人、刘子骥与桃源中人，亦可划为两组原型：外人与内中人。在以往诗作的山水描写中，诗人往往是以漂泊的"渔人"角色出现的。如在永嘉入山探胜，于幽谷神遇"山阿人"的"游子"谢灵运，其实是"忽逢"而终要"辞归"的"渔人"。所以诗人须着意纪述进入美景的过程。再如游"登庐山"、"望石门"的鲍照，以及"游敬亭"、"寻句溪"、"开帘候风景"[4]的谢朓，对山水世界而言，亦何尝不是"渔人"？因为他们皆从"外人"的视角来艳羡山水之美。而"桃源中人"则不再于外漂泊，而是于此止泊，止泊于山水美景之"内"。

然而，隐逸山水世界究竟又与"桃花源"不同，因为"桃花源"并非一个真实的空间，而是"乌有乡"（utopia）。而隐者的山水世界却是福柯所谓的"别异乡"（heterotopia）或前述廖炳惠所谓"另一片天地"。它是一个真实的地方，却又是"意义相反的场所"，是一种"被有效装扮的乌有乡"，其中"真实场所同时既被再现，又被争议和颠倒"。福柯强调在乌有乡与"别异乡"之间不妨有某种为"重构自我"而混合和交集

---

[1] *China and the Search for Happiness: Recurring Themes in Four Thousand Years of Chinese Cultural History*, p. 190.
[2] 陶渊明，《桃花源记》，龚斌校笺，《陶渊明集校笺》（上海：上海古籍出版社，2004），页402。
[3] 《说文解字》，页305。
[4] 见《新治北窗和何从事》，《谢宣城集校注》，页359。

的体验,[1]且二者皆为巴森所谓"美福之乡"(eutopia)。在中国文学中,最早为"重构自我"而在文人世界之外,以一个"别异乡"去"有效装扮乌有之乡"的诗人,即是《桃花源记》的作者陶渊明。不妨把他看作是最早"有效扮演的桃花源"中之人。陶氏纵"结庐在人境",却"心远地自偏";纵关闭了通向乐世的山口,却又能在躬耕田园的某些瞬间,不期然地领略其中"真意"[2]。然而那样一个"桃源",却主要契合自然的田园世界。在本章要讨论的孟浩然和王维的诗作中,诗人不仅时以渔人或桃源中人自况,"桃花源"所暗示的"内"与"外","入"与"出"的空间诗学亦渗透于其意识之中。然而,诗毕竟与绘画不同,其简约文字无从亦不必从地貌上描写一个彰内外相隔的"桃源"幽谷。当诗人"自闲"于一被构成的"碧山"的此地此刻,其实不啻自诩为"不复出焉,遂与外人隔绝"和"不知有汉,无论魏晋"的"桃源中人"。

本章以下以这一原型去依次讨论孟浩然和王维作品中的空间意识。卢鸿一则充当孟、王对比中的参照。对孟、王的讨论,皆自重新发现其隐居世界开始。然而,这绝不意味着本章将停留于一种实证主义的地理论证,恰恰相反,本章拟就地理环境和诗境的比较中探讨诗人的空间现象学话语。因为如冯登伯格(J.H. van den Berg)所说:"诗人和画家乃生就的现象学家。"[3]

二、游子孟浩然的山水世界:出游与归守的生命历程

在对孟氏诗歌山水美感话语进行分析前,宜先进入这位"隐者"

---

[1] "Text/ Context of Other Spaces," *Diacritics*, Vol. 16, No. 1(Spring, 1986), p. 24.
[2] 参看拙文,《陶渊明藉田园开创的诗歌美典》第二节,《玄智与诗兴》,页292—311。
[3] 转引自 Gaston Bachelard, *The Poetics of Space*, p.xxiv.

的生活和山水世界。笔者以下基于二〇一二年二月二十三日至三月三日在湖北襄阳的现地考察的论证，即旨在还原出这一世界。

1. 孟浩然居、游的山水世界

与王维并列，孟浩然向为现代文学史家誉为盛唐"山水田园诗派"的代表诗人。新、旧唐书皆谓孟浩然"隐鹿门山"[1]。但近来的研究已基本肯定处士孟浩然的园庐应在湖北襄阳汉水西岸岘首山以南的涧南园，而非东岸的鹿门山。

翻检孟氏诗集，明确涉及诗人与鹿门山关系的诗篇不过四首。其中《题鹿门山》起以"清晓因兴来，乘流越江岘……渐到鹿门山，山明翠微浅"，结以"探讨意未穷，回艇夕阳晚"[2]，是自汉水西岸渡江探游鹿门的纪游之作。《登江中孤屿话白云先生》一篇末四句也提到鹿门："夕阳门返照，中坐兴非一。南望鹿门山，归来恨如失"[3]，是自鹿门"归来"后的怀思。《和张明府登鹿门山》一篇则有"忽示登高作，能宽旅寓情"[4]，是自身不在鹿门而发语。孟诗中能令人想到其可能隐居鹿门山的只有《夜归鹿门寺》中"予亦乘舟归鹿门"[5]一句。此外，白云先生王迥家在鹿门，《游精思观回王白云在后》中"出谷未停午，至家日已曛"[6]会令人想到诗人恐亦以鹿门为家。但《白云先生王迥见访》则将分别居于汉水东西两岸的二人交游叙述得再清楚不过：

闲归日无事，云卧昼不起。

---

[1] 见刘昫等撰，《旧唐书》（北京：中华书局，1975）第 15 册，卷一九〇下，页 5050；《新唐书》第 18 册，卷二〇三，页 5779。
[2] 《孟浩然诗集笺注》，页 52。
[3] 同上书，页 161。
[4] 同上书，页 166。
[5] 同上书，页 86。
[6] 同上书，页 74。

> 有客款柴扉，自云巢居子。
> 居闲好芝术，采药来城市。
> 家在鹿门山，常游涧泽水。
> 手持白羽扇，脚步青芒履。
> 闻道鹤书征，临流还洗耳。[1]

诗中说：诗人的好友王迥是住在鹿门山采芝求仙一流人物，他时而西渡汉水来襄阳造访孟氏。如许由一样，以闻征招一事为耻。然则前引《游精思观回王白云在后》两句和《夜归鹿门寺》不过说明诗人曾小住于王迥居所而已。

与涉及鹿门山诗之寥寥相对照，孟诗涉及汉水西岸及涧南园者可谓夥矣。虽然其题中明确提到涧南园或汉南园者仅《涧南即事贻皎上人》、《上巳日涧南园期王山人陈七诸公不至》和《仲夏归汉南园寄京邑旧游》三首，涉及其周边的诗篇则很多。为此，须首先弄清涧南园大概的地理位置。始自陈贻焮，[2] 中国大陆许多研究者都注意到岘山与涧南园的关系。[3] 因为浩然竟有十三首诗直接提到"岘山"、"岘首"、"岘亭"、"岘下"。[4] 岘山可泛指襄阳城南诸山，亦可专指城东南八里的岘首山，即羊祜登而堕泪之山。浩然漫游中作《途中九日怀襄阳》，曰："去国似如昨，倏然经秒秋。岘山不可见，风景令人愁。谁采篱下

---

[1] 同上书，页353。
[2] 见其《孟浩然事迹考辨》，刘阳主编，《孟浩然研究文集》（北京：人民日报出版社，2001），页1—57。
[3] 参见陈家驹，《孟浩然祖居地涧南园考略》，《襄樊学院学报》第25卷第1期（2004年1月），页78—84。
[4] 即《与诸子登岘山》、《岘山作》、《岘山送张去非游巴东》、《岘亭饯房璋崔宗之》、《伤岘山云表观主》、《登岘亭寄晋陵张少府》、《和贾主簿弁九日登岘山》、《岘山送萧员外之荆州》、《送韩使君除洪州都曹韩公父尝为襄州使》、《送元公之鄂渚寻观主》、《送昌龄王君之岭南》、《途中九日怀襄阳》、《送贾升主簿入荆府》，见《孟浩然诗集笺注》页19，29，252，267，319，348，396，407，241，276，281，310，389。

菊，应闲池上楼。"[1]透露这位自比陶、谢的诗人的家园应在岘山附近。开元二十一年（733）诗人自秦地和吴越归来，作《伤岘山云表观主》，诗曰："归来一登眺，陵谷尚依然……因之问闾里，把臂几人全？"[2]诗人更以岘山为"闾里"。所谓岘首山（当地又称岘山头）只是襄阳城南诸山向东伸向汉水的一个土坡，西东走向，海拔114米，相对高度与南京三山、镇江京岘山相似，仅30多米。平顶，略呈马鞍型【图一】。今距汉水的距离大约400多米，在唐时如蒜山和三山，是屹立汉水边的一处江矶，汉水自山下东侧回流形成江中之"潭"。孟诗中涉及岘山的诗句"水落渔梁浅"，"石潭傍隈隩"，"岘下离蛟浦"，"岘首风湍急，云帆若鸟飞"，"岘山江岸曲"[3]等，皆指示出这种地貌。

在《涧南即事贻皎上人》一诗中，浩然这样描绘其田园的环境："弊庐在郭外，素产唯田园。左右林野旷，不闻朝市喧。钓竿垂北涧，樵唱入南轩。"[4]又在《仲夏归汉南园寄京邑旧游》中说："扇枕北窗下，采芝南涧滨。"[5]在岘首山下倘能找到南北两条涧水，即可确定涧南园的方位。襄阳当地学者、原城市规划局总工程师陈家驹引证《水经注》、《太平寰宇记》，结合其本人对当地水文变迁的研究，这样描述孟浩然时代的水文情况：

> 檀溪→鸭湖→檀溪→襄水（襄渠——今之南渠）→襄阳湖→襄水→汉江组成了襄阳城西南一个水网体系。它的水源有二：一、城西南诸山山水汇集，古时襄阳城西南诸山森林茂盛，涵养水能力强，其汇水面积60余平方公里左右，水量充足。二、郦道元在

---

[1] 同上书，页310。
[2] 同上书，页319。笔者是从前引陈贻焮先生的文章注意到这些证据。
[3] 同上书，页19，29，276，348，407。
[4] 同上书，页337。
[5] 同上书，页330。

图一　今日岘首山（N31°59.708′/E112°10.046′）

《水经注》中指出"檀溪水向为汉水所经"，也就是说，汉江与檀溪未为堤（明隆庆年间所筑老龙堤）阻断前，汉水枯水位时，檀溪水向北流入汉江；而水丰时江水倒流入檀溪继入鸭湖，顺襄水进入襄阳湖，又经襄水在岘山南注入汉江。[1]

陈氏据此以为：孟诗中所谓"北涧"是自岘山南注入汉水的襄水，而所谓"南涧"则应是自西面白马山流出的白马泉，南涧在此是对北涧而言，涧南园之"南"应指在此二涧之南，[2] 换言之，二涧是涧南园的北界。陈氏所描述的唐时襄阳水文条件，确如孟浩然在《北涧泛舟》一诗所写："北涧流常满，浮舟触处通。沿涧自有趣，何

---

[1]《孟浩然祖居地涧南园考略》，页79。
[2] 这是当地另一位地方史的研究者、襄阳县银行的白昀先生与笔者交谈时提出的看法，特此致谢。

必五湖中。"[1]

现地考察发现由西向东汇入南渠的白马泉，由于修建铁路，它在最后汇入南渠（N31° 58.642′/E112° 09.885′）处也只有大约5米宽的水面了。从白马泉南行240步，就到了现今观音阁所在的一处小山坡，此处被陈家驹指为孟诗中数次提到的张明府"海亭"、"海园"之所在。[2] 如是，则应是涧南园的南界了。

孟浩然的诗作透露：其丘园附近至少有四位张姓朋友：张子容（即张少府）、张谭、张野人[3]和很可能是张愿的张明府或张郎中。第一位和第四位曾被陈贻焮混为一人，故他在"白鹤青岩半"的居所，

---

[1]《孟浩然诗集笺注》，页46。
[2] 见《孟浩然祖居地涧南园考略》，页81。但陈文中引证的所谓《太平寰宇记》中（汉水）"又西南至观音阁山麓，襄水由岘山南流注之"和"卧龙山，一名凤凰山，在县南十里，上为观音阁，有凤凰亭，又有望海亭……俯临汉江，昔有凤凰池，在是山之隘，实为郡城之扼要，西为凤林关"两段文字，经查，皆不在此书中。不知陈氏引自何书。故此处的小山坡是否即古时凤凰山或卧龙山，尚证据不足。张恒修纂的天顺《襄阳郡志》有"观音阁在县南十里，观音阁关阙后"和"卧龙山在县南十里，下有高阳池，又名习家池"，见《陕西省图书馆藏稀见方志丛刊》第1册（北京：北京图书馆出版社，2006），卷二，页220；卷一，页48。同治十三年《襄阳县志》卷一《山川》有"卧龙山在县南十里，下有习家池，上为观音阁。阁前有凤凰亭。亭圮碑存。山临汉江为郡城扼要。"同书卷一《古迹》谓"望海亭在城南卧龙山上"（台北：学生书局，1969），页104，页166。观音阁今日尚存，其下尚存凤凰池。池东南小阜下临烟波浩淼之汉江，可能即是所谓"望海亭"旧址，故这一小土坡即是卧龙山，是白马山（今俗称铁帽山，高207米）之余脉的延伸部分。此处的问题是"县南十里"与白马山和扁山距县城的距离竟相同，但这是方志中经常有的不精确。此外谓卧龙山"下有习家池"，此池却在卧龙山一里外。另一位襄阳学者叶植在《汉宋襄阳习家池考辨》(《襄樊学院学报》第32卷第3期（2010年3月，页21–28））中提出宋代以前习家池应在现在岘山南千余米观音阁（凤林阁）北侧襄水入汉水不远处的山麓大路旁，即今习家池东半里许。所以现存方志或许只是延续宋代习家池北迁以前的说法，综合起来看，此小山坡应即卧龙山。此处的确符合古代造园亭傍山依水的相地原则。但今日吾人所见的石构件，则亦可能是清代方志所说的"望海亭"和"凤凰亭"的遗存。
[3] 见《忆张野人》："与君园庐并，微尚颇亦同。耕钓方自逸，壶觞趣不空。……"，《孟浩然诗集笺注》，页323。

亦被指认为凤凰山。[1]经陶敏的辨证,现知二者并非一人。[2]张野人不必说与孟氏紧邻。孟氏在《晚春卧病寄张八》中有"南陌春将晚,北窗犹卧病。林园久不游,果木一何盛",[3]似向熟悉其环境的邻居发语。《登岘亭寄晋陵张少府》有"凭轩试一问,张翰欲来归?"[4],《永嘉别张子容》有"挂帆愁海路,分手恋朋情。日夕故园意,汀洲春草生"。[5]张子容《送孟六归襄阳》亦有"乡在桃林岸,山连枫叶春。因怀故园意,归与孟家邻。"[6]揣测诗意,张子容当如浩然,昔时亦居于岘山之下、汉水之滨。至于那位可能是张愿的张明府,能与浩然"碧溪常共赏"[7],则所居应与浩然毗邻。从孟诗得知张明府在别业建有"海亭"、"海园"、"旧书斋"和"新舞阁",为休沐还乡小住及与浩然等朋友的宴集之所。虽然张明府或张郎中并非陈家驹认定的张子容,[8]但张明府园亭旧址却可能在今观音阁上下。就古代造园依山傍水的相地原则而言,居高临江而有泉池的"卧龙山"应当是孟浩然这位邻居造园的绝佳之地。现地考察见此坡东麓为陡崖,下临泉池。池周边残余着白石铺垫的路径和台阶,还有一些石构件散落在东侧小阜的荒草丛中,是曾经建有园亭的遗存【图二】。当然,今日所见可能只是"海亭"、"海园"旧址上所建的"凤凰亭"和"望海亭"的遗物。

倘此处即张明府或张郎中的海园,浩然屡屡来此饮宴,"栖迟共取

---

[1] 见陈家驹,《孟浩然祖居地涧南园考略》,页82—83。
[2] 见其《孟浩然交游中的几个问题》,《孟浩然研究文集》,页191—192。
[3] 《孟浩然诗集笺注》,页167。
[4] 同上书,页348。
[5] 同上书,页256。
[6] 《全唐诗》第4册,卷一一六,页1176。
[7] 见《送张郎中迁京》,《孟浩然诗集笺注》,页422。
[8] 这是陈家驹推论海园位置的证据,他认为张子容的旧业白鹤岩即是卧龙山(即其所谓凤凰山),见其《孟浩然祖居地涧南园考略》,页81。

图二　观音阁下园亭旧址中的水池

闲"[1]，以至鸡鸣前才离去回家，[2] 直是再自然不过的事了，因为张氏海园与孟宅仅有咫尺之隔。由此，涧南园的范围即如陈家驹所指认，在岘首山以南、西岭诸山以东，观音阁所在山坡与襄水、白马泉之间这片滩涂上的二级台地上【图三、图四】。

据白昀的调查，当地现今60岁以上的人皆知：这片土地过去即称"孟家园"，明以前居民多为孟姓。明以后由于洪水，孟家园被淹，孟氏迁至观音阁以南现今孟家沟和江东。2009年以前此处尚有一口古井称"孟家井"，后因南水北调修建崔家营大坝工程而被淹没。这片滩涂地以北2公里是"送别每登临"的岘首山，登此山可见凤凰山和这片土地，正是所谓"归来一登眺，陵谷尚依然"。这片土地西面是凤林关

---

〔1〕《秋登张明府海亭》，《孟浩然诗集笺注》，页96。
〔2〕见《寒食张明府宅家宴》，同上书，页304。

图三 "涧南园"今貌

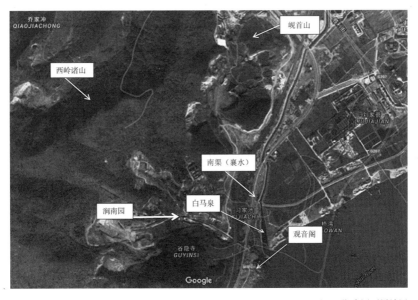

图四 涧南园卫星地图

第四章 问津"桃源"与栖居"桃源" | 243

和白马山、凤凰山（大）、华山等在孟诗中统称为"西岭"的山岭，孟诗中出现的习家池、景德寺、望楚山（今扁山）亦在西面。这片滩涂地的东面襄水汇入汉水。从观音阁南坡下，循江边一条小路走10余米，甚至可以找到浩然"日夕弄清浅"的"我家南渡头"，[1]它是突入汉水的一处小矶【图五】。浩然诗谓"我家襄水上"[2]，由此浮舟，触处可通。如经襄水、檀溪、鸭湖和汉水，他可在涧南园与襄阳城北津以至襄阳西的万山之间往来，故垂钓万山潭之后能"沿月棹歌还"[3]；他亦可溯白马泉去西山访友，故寻辛谔是"漾舟寻水便，因访故人居"[4]；他亦可东渡汉水登鹿门山而"回艇夕阳晚"。他甚至可由此乘舟而游湖湘、吴越，经三峡而入西蜀，正是所谓"为多山水乐，频作泛舟行"。[5]自孟浩然的诗篇所叙述的生平来看，上述藉舟楫漫游都是实际发生的事情。本章强调这一点，旨在说明，为诸水环绕的涧南园和襄阳绝非一个封闭的世界。它令笔者想到西哲一句名言：水将人们联系起来，真正将人隔绝的是山。

2. 从"渔人"的言说到幽独者的体验

闻一多曾说："孟浩然原来是为隐居而隐居，为着一个浪漫的理想，为着对古人的一个神圣的默契而隐居。在他这回，无疑的那成立默契的对象便是庞德公。"[6]闻氏的议论很难经得住对孟诗的细读。首先，如上所论，孟浩然并未因与庞德公有任何默契而隐鹿门。而且，他其实并非立志隐居或安于隐居的人。相反，他颇具用世济世精神。

---

[1]《送张祥之房陵》，同上书，页240。
[2]《早寒江上有怀》，同上书，页314。
[3]《山潭》，同上书，页34。
[4]《西山寻辛谔》，同上书，页342。
[5]《经七里滩》，同上书，页215。
[6]《唐诗杂论》，《闻一多全集》，第3册，页32。

图五 "南渡头"现貌

"书剑时将晚,丘园日已暮。……望断金马门,劳歌采樵路。乡曲无知己,朝端乏亲故。谁能为扬雄,一荐《甘泉赋》?"[1]这是他早年田园生活中心迹的表白。他北上洛阳、长安,正为求仕。失败之后,"山水寻吴越,风尘厌洛京。扁舟泛湖海,长揖谢公卿"[2],师法的是仕途不得志而寻幽探胜的谢灵运,而非高唱归去来兮的陶渊明。即便在漫游之中,他亦时时有感"回瞻魏阙路,空复子牟心"[3],"未能忘魏阙,空此滞秦稽"[4]。当然,求仕不成,浩然也会写出"北阙休上书,南山归弊庐"[5]这样不无解嘲意味的决绝语;漫游之余,他也栖留涧南园,谓

---

[1]《田园作》,《孟浩然诗集笺注》,页355。
[2]《自洛之越》,同上书,页217。
[3]《初下浙江舟中口号》,同上书,页413。
[4]《久滞越中贻谢甫池会稽贺少府》,同上书,页224。
[5]《岁晚归南山》,同上书,页332。

第四章 问津"桃源"与栖居"桃源" | 245

"尝读高士传,最嘉陶征君",却同时不无惭愧地说:"余复何为者?栖栖徒问津"[1]。有此一心迹,浩然故而并未为涧南园创造出一种相对隔绝的空间。与陶诗不同,孟浩然的诗篇,充斥着与当地官宦世界往还的书写。饶有兴味的是,所有这一切却与上文所描述的涧南园的环境——北有"送别每登临"的岘山,南毗张明府的海园,西当凤林关,东临舟楫频频往还的汉水、襄水——非常地符应。

那么,孟诗究竟与此一时栖居的此一片土地有何关联?首先,他约莫地划出了两个世界——林野、田园、丘园与城郭、朝市、金马门,以及"南山"与"北阙"——之界限:

> 弊庐在郭外,素产唯田园。
>
> 左右林野旷,不闻朝市喧。[2]
>
> 樵牧南山近,林间北郭赊。[3]
>
> 绿树村边合,青山郭外斜。[4]
>
> 北阙休上书,南山归弊庐。[5]
>
> 书剑时将晚,丘园日已暮。……
> 望断金马门,劳歌采樵路。

南山亦即"西岭",指横亘在襄阳城和涧南园之间的诸山,长安和洛阳亦在襄阳以北,故亦可谓相对"南山"的"北阙"。"南山"所代表的林野、丘园成为仕途所系的"北阙"的"他者"。在此,地理空间

---

[1]《仲夏归汉南园寄京邑旧游》,同上书,页330。
[2]《涧南即事贻皎上人》,同上书,页357。
[3]《南山与卜老圃种瓜》,同上书,页324。
[4]《过故人庄》,同上书,页340。
[5]《岁晚归南山》,同上书,页332。

的划分具有了不同生命价值的意义。然而，由于上文指出的原因，浩然在生活和创作中却没有着意在"南山南"[1]去经营一个自我世界"桃花源"。相反，他着意的反倒是岘山、万山、望楚山这些公众郊邑名胜。他虽然偶或也写到种瓜、樵采和农家的鸡黍饷客，但终究只是一些掠影而已。毗邻涧南园，就是香炭金炉、娇弦玉指、笙歌不断的海园。而且，浩然又时时浮舟去游南山以北的万山潭，去岘亭祖道饯送，去地方官员家宅宴集，从而并未标示一个与朝市、城郭不同的"南山南"世界。实际上，在孟诗中与"乡园"[2]、"维桑"[3]、"桑土"[4]、"田园"[5]、"故园"[6]对跖的，不仅有城郭和朝市，更可能是"江海"、"他山"和异乡，即一个与游子相关的家。在孟氏的个案中，吾人会想到克朗这段话："家被视为依附与安稳的处所，但也是禁闭之地。为了证明自己，男性英雄必得离开（或因愚蠢或出自选择）。"[7]

孟浩然写于离家漫游他方的诗篇最显著的特点是清空和疏旷。构成此境界的因素是多重的。首先，诗人常常与其说是在呈现（show）自然山水，不如说是在讲述（tell）自身在山水中"游"的行动和过程。如《晚泊浔阳望庐山》的八句——"挂席几千里，名山都未逢。泊舟浔阳郭，始见香炉峰。尝读远公传，永怀尘外踪。东林精舍近，

---

[1] 见其诗《京还赠张淮》："拂衣何处去，高枕南山南。欲徇五斗禄，其如七不堪。"，同上书，页121。
[2] 见《入峡寄舍弟》："因君下南楚，书此示乡园"；又见《早春润州送从弟还乡》："归泛西江水，离筵北固山。乡园欲有赠，梅柳看先攀。"《孟浩然诗集笺注》，页137，263。
[3] 见《行出竹东山望汉川》："坐欣沿溜下，信宿见维桑。"同上书，页208。
[4] 见《归至郢中》："左右看桑土，依然即匪他。"同上书，页219。
[5] 见《将适天台留别临安李主簿》："江海非堕游，田园失归计。"同上书，页227。
[6] 见《永嘉别张子容》："旧国余归楚，新年子北征。……日夕故园意，汀州春早生。"同上书，页256。
[7] 克朗（Mike Crang），《文化地理学》（*Cultural Geography*），王志弘、余嘉玲、方淑惠译（台北：巨流图书股份有限公司，2008），页63。

第四章 问津"桃源"与栖居"桃源" | 247

日暮但闻钟。"[1]——叙述的完全是诗人自己。又如《自浔阳泛舟经明海》中"大江分九流,淼淼成水乡。舟子乘利涉,往来至浔阳。因之泛五湖,流浪经三湘。观涛壮枚发,吊屈痛沉湘……"[2]也以叙述诗人游踪展开。像"就枕灭明月,扣船闻夜渔"[3],"放溜情深惬,登舻目自闲"[4],"怀仙梅福市,访旧若耶溪"[5]这样叙述自身行游活动和动机的诗句更是触目即是。孟诗如大谢诗一样,有纪行的性质,然而却未必只在发端,而常常将大谢山水之作的铺陈部分压缩,从而一叙到底。甚至有时使诗有一种地名目录诗的特点,如《夜泊宣城界》:

> 西塞沿江岛,南陵问驿楼。
> 平湖津济阔,风止客帆收。
> 去去怀前事,茫茫泛夕流。
> 石逢罗刹碛,山泊敬亭幽。
> 火识梅根冶,烟迷杨叶洲。
> 离家复水宿,相伴赖沙鸥。[6]

六个地名从诗中流贯而出,读之脑际会隐隐浮现随舟船在烟水中不停漂泊的图景。这是一种图景相联的"诗人之全景画"。任何全景画,其实都是由视觉记忆集合而成。而诗人的全景比画家的全景更为空廓而无边际。此外再如《游云门寺寄越府包户曹徐起居》中三联"台岭践磴石,耶溪泝林湍。舍舟入香界,登阁憩旃檀。晴山秦望近,春水镜

---

[1]《孟浩然诗集笺注》,页6。
[2] 同上书,页210。
[3]《宿武阳川》,同上书,页195。
[4]《下赣石》,同上书,页204。
[5]《久滞越中贻谢甫池会稽贺少府》,同上书,页224。
[6] 同上书,页191。

湖宽"[1],《经七里滩》中两联"湖经洞庭阔,江入新安清。复闻严陵濑,乃在兹湍路"[2]等,皆是排比地名以创造出诗人在千里江山中做无穷历览的氛围。太白《峨眉山月歌》四句入地名者五,古今目为绝唱,实与此异曲同工。诗人又时而以佻达的问答体如"问我今何去?天台访石桥"[3],"借问同舟客,何时到永嘉?"[4]"瞑帆何处泊?遥指落星湾"[5]增加跳跃性,表达游览中的豪兴不尽。这些诗常有代书的性质,所有地名皆为人所熟悉。故诗人在如此阔大图景中不必、亦无可能做一笔一画的细致描绘,他通常是先在水天或天地之间铺开全景,然后随意以"点法"创造画面气氛,如以下的两首:

> 赣石三百里,沿洄千嶂间。
> 沸声常浩浩,洊势亦潺潺。
> 跳沫鱼龙沸,垂藤猿狖攀。……[6]

> 叠嶂数百里,沿洄非一趣。
> 彩翠相氤氲,别流乱奔注。……
> 猿饮石下潭,鸟还日边树。……[7]

此处是欢快中迅疾一眄或流盼,而绝非"出神之睇"。诗人在前四句大面积渲染之后,却转而点淬出千山万水间的小小生命细节。此中当然免不了切割、剪裁和镶嵌,但非如谢朓那样诉诸类似画家的空间框构。由于诗人的身体和视域在不断的位移之中,诗人将不同时刻切割的景致镶

---

[1] 同上书,页182。
[2] 同上书,页215。
[3] 《舟中晚望》,同上书,页57。
[4] 《宿永嘉江寄山阴崔少府国辅》,同上书,页129。
[5] 《下赣石》,同上书,页204。
[6] 同上,页204。
[7] 《经七里滩》,同上书,页215。

嵌于诗流动的格律形式之中。诗人以点法创造气氛,更有优于画家处,即他常在疏落的空间中点写难以测知方位和距离的身体经验,诸如声响、气味、烟雾和火光的意象,以增加空廓无际的感觉。如《夜渡湘水》:

> 客舟贪利涉,闇里渡湘川。
> 雾气闻芳杜,歌声识采莲。
> 榜人投岸火,渔子宿潭烟。……[1]

暗夜行舟,当视觉里只有岸火和烟雾,他的其他感官却向这个空间开放了:杜若香、歌声以及触手触脸的雾湿增添了世界的广度。又如其名篇《宿庐江寄广陵旧游》:

> 山暝闻猿愁,苍江急夜流。
> 风鸣两岸叶,月照一孤舟。
> 建德非吾土,维扬忆旧游。
> 还将两行泪,遥寄海西头。[2]

傍晚江上舟行,游子但闻猿声、江流声和岸上风中树叶的簌簌声,这些听觉现象增添了昏暗视觉世界的宽广和神秘,第四句"月照一孤舟"才透出无限凄惶。然而这些清空和疏旷的山水世界恰是与隐者所依赖的熟稔而有限的"这里"相距最远的"那里"。孟浩然此一凭水而游的游子身份,颇能符应其在隐括"桃源"这一原型时屡屡以"渔人"自况的心理。其诗《上巳日涧南园期王山人陈七诸公不至》有"摇艇候明发,花源弄晚春"[3],《游精思题观主山房》有"误入花源里,初怜

---

[1] 同上书,页 214。
[2] 同上书,页 144。
[3] 同上书,页 357。

竹径深"[1]，皆将自己比同"忽逢"桃源的"渔人"。《梅道士水亭》中"水接仙源近，山藏鬼谷幽。再来迷处所，花下问渔舟"[2]，亦分明是自"渔人"角色发语。而《南还舟中寄袁太祝》中的"桃源何处是？游子正迷津"[3]，以及《登望楚山最高顶》的"武陵花处迷"[4]，则将自己说成是出离复寻而迷路的"渔人"。

在襄阳及襄阳以外，孟诗开拓了自然山水世界一个特别的维度：折叠在特定场所中的文学或历史寓涵。这可说是怀古主题的变异，最早或许应追溯到陈子昂，[5]在浩然诗中能被重造（见下文）且确立为一种"内部风景"，[6]在很大程度上乃拜襄阳这片土地所赐。闻一多说："我们简直不能想象一部《襄阳耆旧传》对于少年的孟浩然是何等深厚的一个影响了。"[7]然而，难道不是襄阳有如此风流，才让习凿齿写出一部《襄阳耆旧记》么？此地如《晋书·习凿齿传》所写："从北门入，西望隆中，想卧龙之吟；东眺白沙，思凤雏之声；北临樊墟，存邓老之高；南眷城邑，怀羊公之风；纵目檀溪，念崔徐之友；肆睇渔梁，追二德之远……"[8]。在浩然的襄阳诗中，出现最多的是解佩渚神女、庞德公、崔、徐这些去向神秘的人物。如写到庞德公的名篇《夜归鹿门寺》：

---

[1] 同上书，页375。
[2] 同上书，页104。
[3] 同上书，页142。
[4] 同上书，页75。
[5] 见陈子昂《白帝城怀古》、《度荆门望楚》、《岘山怀古》、《登泽州城北楼宴》诸诗。方回谓："陈拾遗唐之诗祖也。……《白帝》、《岘山》二首极佳，已入怀古类。今揭此一诗（《度荆门望楚》）为诸选之冠。"见方回选评，李庆甲集评校点，《瀛奎律髓汇评》（上海：上海古籍出版社，1986），卷一，页1—2。但这些诗显然是兼有游览和怀古的意味。
[6] 本章在此沿用黄冠闵在法国人类学家欧格（Marc Augé）的"内部地理学"基础上提出的这个概念，详见黄冠闵，《风景思维的当代挑战——断裂中的接合与定位》，《艺术观点》（ACT）第45期（2011年1月），页31。
[7] 《唐诗杂论》，页32。
[8] 《晋书》，第7册，卷八二，页2153。

> 山寺鸣钟昼已昏,渔梁渡头争渡喧。
> 人随沙路向江村,予亦乘舟归鹿门。
> 鹿门月照开烟树,忽到庞公栖隐处。
> 樵径非遥长寂寥,唯有幽人自来去。[1]

此诗前半作柏梁体,后半换韵,以"鹿门"作顶针衔接。前、后亦似两个世界:前半不乏白日尘世的喧嚣,后半则由"暮归"而进入另一世界——夜与山的幽暗。如果此处有其本人的经验在,那他就在这一转韵之间,略去了从东岸印山渡头到鹿门山的十五里山路。"幽人"是谁?闻一多说:"庞德公的精灵,还是诗人自己?恐怕那时他自己也分辨不出,因为心理上他早与那位先贤同体化了。"[2]这里有此诗从时间展开的景深:庞德公亦曾躬耕岘山下、沔水上的渔梁洲,后登鹿门山,托言采药而不知所止。关于他,并无确切的死讯,他只是湮灭于鹿门山竹树的幽暗之中了。所以,从前半到后半,诗人既可以说如庞德公一样,从渔梁渡水走入鹿门,又可说是自白日的现实走入神秘的幽暗,走入庞公盘桓的世界。这种幽暗正是此诗的美感所在,同时的迷惑和出神才是美的本质,诗意是自"幽暗"中"闪烁"的。此处的"幽暗",正是诗意"闪烁"、却令人"迷惑"的美之源泉。[3]

襄阳城西的万山是一座相对高度仅62米(海拔146米,N32°00.678′/E112°05.312′)的小山,又称岘尾。此山北临汉水,临水一面石岩陡峭,其下汉水在洲渚间萦回。其中解佩渚与另一个神秘逸去、又似乎仍然时时盘桓出没的神秘人物有关。这个故事最早的版本

---

[1]《孟浩然诗集笺注》,页86。
[2]《唐诗杂论》,《闻一多全集》第3册,页33。
[3] 参看海德格尔,《荷尔德林诗的阐释》,孙周兴译(北京:商务印书馆,2004),页61–62,142。

是楚昭二妃溺死于汉皋，时时深夜舞于洲之上下的逸闻。后来在《列仙传》中演变成如下故事：郑交甫于此地与江妃二女邂逅，索其佩，二女解佩与交甫，受而怀之，佩与二女却于旋踵之间消失。孟浩然在诗中一再地写到这个神女神秘出没的地方：

> 垂钓坐磐石，水清心益闲。
> 鱼行潭树下，猿挂岛萝间。
> 游女昔解佩，传闻于此山。
> 求之不可得，沿月棹歌还。[1]

> 漾舟逗何处，神女汉皋曲。
> 雪罢冰复开，春潭千丈渌。
> 轻舟恣来往，探玩无厌足。
> 波影摇妓钗，沙光逐人目。……[2]

无论是在万山下盘石上垂钓，抑或在汉水上漾舟，那个江妃出没的洲渚都只能隔水而望，从《周南·汉广》《秦风·蒹葭》到《九歌·湘君》，可望而不可即的彼岸伊人都是诗意和美感的源泉。但这里不仅是《汉广》和《蒹葭》中那个只被水从空间上隔绝的伊人，如鹿门的庞公，她们又被时间阻隔着。诗人在此再次自幽暗汲取诗意，然这一种幽暗却一定"闪烁"在眼前的山光水色之中："波影摇妓钗，沙光逐人目"，究竟是游人以轻舟载着的丽人，还是一瞥如惊鸿的江妃？恐怕如问鹿门月夜中的"幽人"是孟浩然还是庞公一样，是无从回答的罢！诗人真如清夜艳遇清溪小姑的赵文韶，竟一再于水光之中邂逅被时间隔绝、却又恍然于目的美人：如踏石而歌、忽失所在的富春青泉南的梁时美女，在

---

[1]《山潭》，《孟浩然诗集笺注》，页34。
[2]《初春汉中漾舟》，同上书，页43。

《早发渔浦潭》中忽然一现为日出时分在富春江边"照影弄流沫"[1]的美人[2];如入五湖烟波而不知所向的西施,会在《耶溪泛舟》中化身为落景清辉中的"新妆浣纱女"[3]。此外,《高僧传》中的晋僧慧远,在诗人泊舟彭蠡湖时,遗响亦化入庐山脚下传来的阵阵钟声……[4]诗人在山水中随意点染出这些已然逝去的人物,正如于疏落空间中点写难以测知方位的声、臭、烟和火光或生命细节,笔墨不多,却大大扩展了空间的幅度,使山水清空而无边际。而且,与一般的怀古母题不同,诗人于此并非仅仅咏叹"山水永恒,人易湮灭",而是令逝去的人物于"此刻"山光水色中恍然重现,如孙绰在天台见王乔控鹤、应真飞锡一样,刹那之间"忽出有而入无"[5]。诗人正如武陵"渔人"那样,只能于不经意中"忽逢","寻向所志,遂迷不复得路"。

只在一个特别的时刻,孟浩然会令其自我回归此地此刻的田园世界,内在地开出一存在空间——那就是夜晚。正是夜的帐幕,令周遭的视野化为一个幽谷;因为夜是赐予孤独的最佳时间,是令心灵反省、令特殊的时间感和空间感到来心中的时刻。有学者指出孟浩然自初唐休沐宴赏诗中习得了收束全篇的"暮归"。在初唐诗中,通常是以从富于山野之趣的山庄回到都市为全篇作结。而在孟浩然诗中,暮归"不再同时是一首诗歌的结束,而是开始。一天的游览被完全略去,而直接从'归来'的一刻落笔,把一个原本封闭性的生活经验开辟为新的艺术经验得以产生的起点"[6]。本章要补充的是,浩然继承了初唐诗以黄昏区隔两个世界的旨趣,却反用其意,将黄昏处理为自喧嚣回归田

---

[1] 同上书,页1。
[2] 见陈梦雷编,《古今图书集成》(台北:鼎文书局,1980),第14册,卷九五一,页8565。笔者这条信息来自陈贻焮《孟浩然事迹考辨》一文,页30。
[3] 《孟浩然诗集笺注》,页44。
[4] 见《晚泊浔阳望庐山》,同上书,页6。
[5] 《游天台山赋》,《文选》卷一一,上册,页165。
[6] 查正贤,《暮归的诗学:孟浩然的诗艺习得与超越》,《文学遗产》2006年第4期,页69。

园幽独的时分，渔人由"黄昏"这个时间的洞穴过渡而进入桃源。本章以上对《夜归鹿门寺》的讨论已经展示了以黄昏和入夜所区隔的自喧嚣至幽独氛围的转换。孟浩然在《夏日南亭怀辛大》、《秋宵月下有怀》、《闲园怀苏子》、《宿业师山房待丁公不至》等诗篇中则直接以黄昏落幕而入夜为起点：

> 山光忽西落，池月渐东上。
> 散发承夕凉，开轩卧闲敞。
> 荷风送香气，竹露滴清响。
> 欲取鸣琴弹，恨无知音赏。
> 感此怀故人，中宵劳梦想。[1]

由山光西落而有开轩纳凉，由开轩而有荷香和露滴，由竹露滴响而欲弹琴，由弹琴而觅知音，由知音念及故人。诗人的散淡心境以诗句似不经意的接续，循循而生来呈现。有人这样议论孤独：孤独未必只朝向内在的自我，"孤独中一共通的快乐是沉浸于（外在）自然世界。"[2] 在恨无知音的孤独之余，诗人身心皆沉浸在山光、池月、荷风和竹露的氛围中，因为除却"池月"，外在的世界都是不清晰的。再如：

> 林园虽少事，幽独自多违。
> 向夕开帘坐，庭阴落影微。
> 鸟过烟树宿，萤傍水轩飞。
> 感念同怀子，京华去不归。[3]

---

[1]《夏日南亭怀辛大》,《孟浩然诗集笺注》, 页 315。
[2] Philip Koch, *Solitude: A Philosophical Encounter* (Chicago: Open Court, 1994), p. 45.
[3]《闲园怀苏子》,《孟浩然诗集笺注》, 页 318。

这是与前首相似的情景：在此地此刻宁静而幽暗的小世界里，能辨出的只有庭中树影、树枝上鸟拍打翅膀的声音，以及池水上的萤火。然而，不是唯有幽独中人才知会这些现象么？诗人同样怅然于"同怀子"的"去不归"，"归"字却又透露其心系此地。又如：

> 夕阳度西岭，群壑倏已暝。
> 松月生夜凉，风泉满清听。
> 樵人归欲尽，烟鸟栖初定。
> 之子期未来，孤琴候萝径。[1]

此诗应是写在涧南园西侧山中寺院的一次经历，期而未来的丁公如浩然一样，是一位"弃置乡园老，翻飞羽翼摧"[2]的处士。夕阳落后的"群壑"已然是"桃源"样的隔世幽谷。诗人亦只能感受此刻触觉中的"夜凉"、听觉中的"风泉"、栖枝初定的"烟鸟"。视觉世界却随夕阳西下、樵人归家、飞鸟归巢而趋于空瞑。诗人于此刻持琴而候于萝径，"候"是一种独留此地而听凭他人外聚拢的心境，当然亦带出某种缺憾。

以上三首诗有近似的情景和意象，并皆有孟诗中难得一现的"自省"意味，即诗人向自我的倾诉。这一倾诉弥漫在黄昏后的微明里，令思绪也带着柔和而模糊的光韵。于此诗人已自偶入桃源或问津桃源的"渔人"，转换为"桃源中人"。然在日光下的山水世界里，孟浩然并未真正创造出一个他愿栖居的"桃花源"那样相对封闭而彰显内、外之别的诗学空间。这个空间却被后人虚构出来。陈羽最早将孟浩然与汉水东岸十五华里外的鹿门山联系起来，他大概活动于比孟氏

---

[1]《宿业师山房待丁公不至》，同上书，页42。
[2] 见《送丁大凤进士举》，同上书，页232。

身后一代人更晚的时代，[1] 其有诗谓"孟子死来江树老，烟霞犹在鹿门山"[2]。继有白居易（772—846）以诗叹："南望鹿门山，蔼若有余芳。旧隐不知处，云深树苍苍。"[3] 然而鹿门与孟氏的交割其实语焉不详。真正认定了孟氏终焉鹿门的是晚唐的罗隐、张蠙、贯休和齐己。[4] 然后才有了宋人新、旧《唐书》"隐鹿门山"之说。隐士附于一山有久远的传统：夷、齐依首阳而采薇，四皓依商山而采芝，孙登依苏门而长啸，庞德公依鹿门而采药……与孟浩然同时期亦有依嵩山而隐的卢鸿一以及依终南山辋谷而隐的王维。终生不仕的浩然当然也须有一座山来"归隐"。与他一样长于岘山下、沔水畔的庞德公的去处于他最合适不过了，因为他反正写过《夜归鹿门》诗。而自涧南园可以隐隐望见的鹿门山诸峰，又足够深广让庞公携妻子登山"托言采药，因不知所止"[5]，也足够深广以容纳关于孟浩然隐于此的一切想象了。

三、隐者王维的山水世界：无"入"无"出"的生命幽谷

对"隐逸诗人"王维山水美感的分析，同样宜从其隐居的山水世界的再发现开始。这一"再发现"，依据本人二〇一二年五月九日至五月二十八日在陕西蓝田县十二天的考察。

---

[1] 陈羽的生年被闻一多定在天宝十二载（753），见其《唐诗大系》，《闻一多全集》第4册，页323。傅璇琮则定在开元二十一年（733），见其《唐才子传校笺》（北京：中华书局，2000）第2册，卷五，页476。
[2] 《襄阳过孟浩然旧居》，《全唐诗》第11册，卷三四八，页3896。
[3] 《游襄阳怀孟浩然》，《全唐诗》第13册，卷四三二，页4776。
[4] 罗隐《孟浩然墓》有"鹿门黄土无多少，恰到书生冢便低"，贯休《经孟浩然鹿门旧居二首》有"孟子终焉处，游人得得过"，齐己《过鹿门作》有"鹿门埋孟子"，见《全唐诗》第19册，卷六五七，页7553—7554；第23册，卷八三〇，页9352；第24册，卷八三九，页9466—9467。
[5] 习凿齿撰，舒焚、张林川校注，《襄阳耆旧记校注》（武汉：湖北人民出版社，1991），卷一，页175。

1. 重寻王维故地辋川

学界早已习惯不假思索地相信：王维辋川别业在今陕西蓝田县南辋川谷内自阎家村到白家坪一段大约 7.9 公里的山谷范围之中，只是对二十景的指证有所出入。但自从简锦松以其二〇一〇年至二〇一一年三次现地考察为基础、结合大量文献写就的三篇文章发表以来，《辋川集》所写的地域范围终于成为了学术问题。[1] 本章首先要肯定简文两项贡献：一是郑重提出了《辋川集》所写的地域是一个必须重新认真研究的问题；二是提出为确认《辋川集》的文学地理，仅以唐以后，特别是明清以后方志、游记等文献以及《辋川图》各种摹本为依据是不足够甚至不可靠的，必须结合现地考察。实际上，本章以下即采用简氏的现地研究方法而完成。然而，同样对辋川谷内外进行了现地考察之后，笔者却难以认同简氏提出的谷外说。此节将自质疑简氏谷外说和提出谷内说新证据两方面展开。

本人不认同简氏谷外说，主要因为王维和裴迪诗的描写与谷外风貌难以比对。从《辋川集》看，王维的辋川别业（简文称辋川庄）以及其母亲的蓝田山居均应建在一个山与水之间颇为接近、而非"平山远水"[2] 的环境，其地当如朱景玄所见《辋川图》那样"郁郁盘盘，云水飞动"[3]。王、裴的《斤竹岭》诗分别这样写道：

---

[1] 此三文分别为：《现地研究下之〈辋川图〉：〈辋川集〉与辋川王维别业传说新论》，载《台大文史哲学报》第 77 期（2012 年 11 月），页 115–116；《王维、裴迪〈辋川集〉诗现地研究》，载《中国文哲研究集刊》第 40 期（2012 年 3 月），页 41–81；《王维"辋川庄"与"终南别业"现地研究》，载《中正汉学研究》2012 年第 2 期（总第 20 期），页 45–94。
[2] "平山远水"是简锦松对《辋川集》中山水的概括，见其《现地研究下之〈辋川图〉、〈辋川集〉与辋川王维别业传说新论》，页 125–126。
[3] 朱景玄撰，《唐朝名画录》，《景印文渊阁四库全书》，第 812 册，页 367。朱氏说法当可信，其原则是"不见者不录，见者必书"。

檀栾映空曲，青翠漾涟漪。
暗入商山路，樵人不可知。[1]

明流纤且直，绿筿密复深。
一径通山路，行歌望旧岑。[2]

以上二诗显示：生满竹林的山路应与涟漪荡漾的空曲、明流相毗，这样的地理面貌会让人联想到谷内诸如白家坪，支家湾，安家山或大、小龙湫一带的地形，却很难从谷外平川的地貌得到印证。而谷内两山夹水的地貌正与王维诗题所引喻的大谢诗的"斤竹涧"相近。这种地貌描写又见于王、裴的《木兰柴》诗。王诗有"秋山敛余照，飞鸟逐前侣"[3]，裴诗有"鸟声乱溪水"、"缘溪路转深"[4]，合读之会感到诗人在书写一个溪谷中的傍晚体验。此外，裴迪《北垞》有"南山北垞下，结宇临欹湖"，明言村落就在山脚和水畔。[5]其《临湖亭》一诗写到湖水、湖中明月和由谷口入户的猿声，[6]让人感到：这是一个月明之夜在有湖山谷中的体验，谷口很近，猿声也很近。倘在谷外平川上筑室而居，终南山则在两公里之外，周边则太空旷。而如果今官上村一带古时有小湖（详见下文），猿声自安家山或武家山的谷口传来，不就是裴迪此诗的意境么？

《辋川集》的地域范围被划在谷内，最重要的文献证据是王维《辋

---

[1]《王维集校注》，第 2 册，页 416。
[2]《全唐诗》，第 4 册，卷一二九，页 1313。
[3]《王维集校注》，第 2 册，页 418。
[4]《全唐诗》，第 4 册，卷一二九，页 1313。
[5] 同上书，第 4 册，卷一二九，页 1314。
[6] 此诗云："当轩弥滉漾，孤月正徘徊。谷口猿声发，风传入户来。"此外，王维《酬虞部苏员外过蓝田别业不见留之作》亦有"疏钟问夜猿"，见《王维集校注》第 2 册，页 459；《闻裴秀才迪吟诗因戏赠》有"猿吟一何苦"，同上书，第 2 册，页 437。

川集》序中的第一句话："余别业在辋川山谷"[1]。简氏对这一证据的否认则过于轻率。[2] "辋川山谷"经电子检索仅出现一次，不应以为异。因为古汉语普通词汇中很少四言（成语除外），"辋川山谷"并非一个词，而是"辋川"与"山谷"的词组。关于辋川别业的这一山谷地貌，亦见于王维生前友人大历诗人钱起《中书王舍人辋川旧居》一诗。此诗以"几年家绝壑"起，诗中亦有"诵经连谷响"[3]。如果王维的辋川庄如锦松君所论，在谷外今大寨乡公路接近辋峪河大桥东桥头一带，即建在东距终南山2公里、南距谷口3公里多、西距白鹿原2公里、北距蓝田城郭2公里多的平川之上，这样的地理位置断难称以"绝壑"和"谷"的。"绝壑"的说法，倒是与王维《辛夷坞》所谓"涧户"[4]，杜甫《解闷十二首》所言"蓝田丘壑"和苏舜钦《独游辋川》中的"一川环碧峰"的"绝涧"[5]相近。金人张通古描绘自川口至鹿苑寺的景色，有"左右峰峦重复，泉石清润……与夫浮空积翠之气，上下混然，宛如在碧壶中"，并诗云："古栈松溪曲绕岩，乱山随步翠屏开"[6]，此皆能用以印证辋川别业附近谷地绝壑的地貌。钱诗中又有"谁谓桃源里，天书问考盘"，"桃源"或"桃花源"亦是王维本人对其地的隐喻。[7] 显然，这个隐喻对谷内更为恰当。明人李东对由谷外进入谷内的描写——"由口而南，凿山为路，初甚狭且险，计三里许。忽豁然开朗，团转周匝约十数里，如车辋然。岩光水色，晃耀目

---

[1] 《王维集校注》，第2册，页413。
[2] 见其《王维、裴迪〈辋川集〉诗现地研究》，页43。
[3] 《全唐诗》，第8册，卷238，页2665。
[4] 《王维集校注》，第2册，页425。
[5] 《全宋诗》（北京：北京大学出版社，1993），第6册，卷三一四，页3935。
[6] 金毓黻《辽海丛书》（沈阳：辽沈书社，1985），页2533。此条资料系简锦松《现地研究下之〈辋川图〉、〈辋川集〉与辋川王维别业传说新论》一文（页127–128）所发现，简氏却不幸未正视资料指出的事实。
[7] 见其《田家园七首》其三，《王维集校注》，第2册，页454。

睫。良田美景，鸡犬相闻在水之两涯"[1]——颇令人想到《桃花源记》中渔人进入"绝境"时从"初极狭"到"豁然开朗"[2]的一段文字，亦与王维《桃源行》对进入桃源的描写"山口潜行始隈隩，山开旷望旋平陆"[3]两句符应。

王、裴《辋川集》中的《华子冈》诗效法大谢诗《入华子冈是麻源第三谷》。华子冈相传是仙人华子期翔集之山，入谷仙介认为诗人在着意渲染超自然、超现实的氛围。[4]谢客曾以"遂登群峰首，邈若升云烟"[5]写其登华子冈的感受。除箄山外，谷内辋水东岸不乏高山，如阎家村后的狼窝岭、白家坪的飞云峰。从裴诗"云光侵履迹"[6]一句看，更不致为一小土坡而已。简氏以谷外自大寨乡入口至G40高速公路蓝田东出口渐渐高出的20余米土坡为华子冈[7]是值得怀疑的。

《辋川集》的地域在谷内，被两个考古证据支持。如卢鸿一《嵩山十志》自"草堂"开始一样，《辋川集》的排序自居主的住所"孟城坳"开始。这个王维和耿湋《题清源寺（即王右丞故宅）》所称的"孟城"或裴迪《孟城坳》所称的"古城"，被陈铁民等学者指为《元和郡县图志》和《类编长安志》中的古关城"思乡城"（一名"柳城"）。[8]今辋川谷内辋川乡官上村当为"关上"之谐音，此村东面山麓下距水畔不远，南北两山之间有大片平敞的开阔地，被认为是辋川庄之所在。此村接近山麓处发现了近一米的瓦砾层和一些瓦当，出土

---

[1]《辋川说》，转引自《光绪蓝田县志·辋川志》，《中国地方志集成》陕西府县志辑》第16册（南京：凤凰出版社，2011），页349。
[2]《桃花源记》，《陶渊明集校笺》，页402。
[3]《王维集校注》，第1册，页16。
[4] 入谷仙介著，卢燕平译，《王维研究》（北京：中华书局，2005），页246—252。
[5]《谢灵运集校注》，页196。
[6] 裴迪，《华子冈》，《全唐诗》，第4册，卷129，页1313。
[7] 见简锦松《王维、裴迪〈辋川集〉诗现地研究》，页56。
[8] 见陈铁民《辋川别业遗址与王维辋川诗》，收录于《中国典籍与文化》1997年第4期，页12—13。

有西周青铜器弭伯簋[1]、插旗石和两方一米半左右、有窟窿，被认为是拴马柱的方石，这些均被认为是王、裴诗中提到的"孟城"或"古城"的遗存。

其次，在今白家坪飞云山麓向阳公司14号8号楼处，曾有李东《辋川说》述及的"母塔坟并右丞墓"[2]，坟墓在一九六六年遭破坏，但坟墓照片仍在。坟墓中部分文物被县文管所抢救，包括唐三彩壶、豆等约七、八件，另有玉石枕、玉石碗、铜筷、铜勺、铜钩等，现藏蓝田县文管所，传为王维的砚台则被当地村民收藏。笔者曾咨询前陕西省考古队长王翰章和前蓝田县文管所长樊维岳，前者在墓遭破坏前两次前来蓝田看过此二墓，后者直接参与墓中文物的抢救和保护。他们均相信墓主是王维和王母崔氏。如果墓主真是此二人，也就无异于肯定了此地即是王维上表请施庄为寺的清源寺故址，亦即王维为其母所营之蓝田山居故址。当然，仅根据现有文物（包括仍在下水道中刻毕沅所撰碑文的墓碑）尚不能断定二墓墓主即是王维及其母崔氏。但也不能轻易否定这一可能。

由于有以上这些地貌、文献和古代遗存中的问题，笔者无法同意简氏所论终南别业（蓝田山居）和辋川庄均在自灞水以南至今谷外薛家村、黄沟村一带大约6公里的辋水平川上，其中辋川庄在今大寨乡公路接近辋峪河大桥东桥头一带的结论。以此，须重新考虑它是否在谷内。

从地貌而言，简氏列出《辋川集》世界在谷外的两个地貌根据，一是"原"，一是"湖"。王维以"猎火烧寒原"、"远看原上村"、"天边独树高原"、"反景原上村"、"猎犬绕寒原"等诗句反复提到"原"，

---

[1] 见樊维岳，《文革中出土西周青铜器永盂的经过与铭文研究——兼谈弭伯簋弭叔簋与匋簋的断代问题》，《凤鸣玉山》（西安：山西旅游出版社，2008），页103–106。樊维岳私下对笔者说，他甚至认为弭伯簋是王维的收藏。

[2] 《光绪蓝田县志·辋川志》，页348。

笔者在进入辋谷之前曾在谷外盘桓三天,看到谷外辋水以西2公里的白鹿原,曾经想到这就是简氏所论诗人曾在别业所日日面对的"原"了。[1]然而,当我进入谷内,发现谷内亦有鱼肚坪、安家山、武家山这样相对平缓的山坡,被当地人称为"原坡",我就不再坚持王维别业必在谷外的看法了。王、裴《辋川集》有四处"游止"围绕"欹湖"。这个"湖"亦出现在辋川别业前主人宋之问的《见南山夕阳召监师不至》一诗中,[2]却不见于《辋川集》之外王维有关辋川的诗作中。又从王维《南垞》中"隔浦望人家"和《欹湖》中"吹箫凌极浦"[3]诗句判断,这个"欹湖"应该面积有限,甚至是个季节湖。或如入谷仙介所推断,以欹湖为中心而营建只为"象征着极乐世界的重要部分——八功德水池"[4]。简锦松在谷外今薛家村至辋峪河之间的滩地上发现了古代辋水向东西两侧摆荡的痕迹,他以为这就是辋水阻隔而形成"欹湖"的地方。[5]然而,谷外有湖,谷内亦可能有湖。谷内阎家村至官上村一带相对开阔,其中河口村堡(匏?)子湾处有500米以上的开阔地【图六】。当地农民亦皆认为古时此处是湖,因为从河边到两岸村落土质皆是砂和卵石。当地对居民移居至此流行的说法是"早来的住山,晚来的住川"。这里似乎透露出小湖逐渐消逝的一段历史。而且,笔者在新村听到当地村民讲,他们在新村南北两侧的大万沟、小万沟、山底村西岸和官上东岸半山临水的石壁上见到七、八处人工开凿的小窟,一般深度为60厘米,宽75厘米,高89厘米,当地人称"灯卧子"或"灯盏窑儿"。【图七】[6]其位置,恰好在锡水和玉川水汇成辋水之后、

---

[1] 《王维"辋川庄"与"终南别业"现地研究》,页62—64。
[2] 《全唐诗》,第2册,卷五一,页622。
[3] 《王维集校注》,第2册,页420,421。
[4] 《王维研究》,页253。
[5] 《王维、裴迪〈辋川集〉诗现地研究》,页62—67。
[6] 该图片由辋川乡阎家村村民、原蓝田中学教员李翔(李海燕)先生特为我拍摄,特此致谢。

图六　河口村堡子湾（N34°03.925′/E109°20.650′）

进入水面更开阔的"欹湖"之前【图八、图九】。小窟的位置及当地名称令我想到它们可能是古时为于水流转弯处置放夜间航标灯所用。如是，则表明古时辋水水流很大，可以行船。实地测量又表明：自官上到阎家村一带坡势比降趋缓，且自西向东欹斜。辋水流量曾经很大，即便经五次秦岭植被的破坏，二十世纪五十年代初，尚能放木排至蓝田城关附近。同期亦有在此处修建水库的计划。所以，唐时辋水流至此处，完全可能渟蓄为一向东欹倾的小湖【图十】。如果"欹湖"在阎家村至官上一段河谷中，则阎家村南去官上山形道路凡四转，正是王维《北垞》一诗所谓"逶迤南川水"【图十一】。《旧唐书》本传中谓其别业"在辋口"（即辋水入湖之口而未必入灞水之口），以及此处可以"采菱"等等，亦不难解释了。

简锦松先生对官上村的古城发现未作表态。对白家坪的"母塔坟并右丞墓"则实际上表示了否定。理由是白居易在元和十年（815）和长庆二年（822）离长安赴浔阳和杭州，据其长庆二年《宿清源寺》一

图七　灯卧子　李海燕/摄

诗"往谪浔阳去,夜宿辋溪曲。今为钱塘行,重经兹寺宿"[1],第一晚应宿清源寺,故此寺不可能在辋谷深处白家坪,而应在蓝田城郭附近。[2]而据耿㧑《题清源寺(即王右丞故宅)》[3],此寺的位置即当初王维母亲山居的位置。然而,白居易此行还有另一诗《宿蓝桥对月》:"昨夜凤池头,今夜蓝溪口。明月本无心,行人自回首。……"[4],此诗证明白氏离开长安第一晚夜宿于广义的蓝溪或蓝桥,即蓝田城南的青泥驿,经过第二日的旅途之后,方夜宿清源寺。这也就是说:清源寺不必在蓝田县附近,而更可能在今谷内白家坪。现在的问题仅仅是:如果清源寺在今白家坪,白氏自长安经商洛而南下,缘何夜宿于此?为此吾人须了解唐代的驿路情况。

如严耕望先生所论,长安东南出武关,自古为秦、楚之交通孔

---

[1]《白居易集笺校》,卷八,第1册,页416。
[2] 见简锦松《白居易《初出蓝田路作》诗现地研究——唐商州武关驿路蓝田段新释》,《汉学研究》第30卷第1期(2012年3月),页170–172。
[3]《全唐诗》,第8册,卷二六九,页2995–2996。
[4]《白居易集笺校》,卷八,第1册,页417。

图八 辋谷,从山底村武家山 N34°03.320′/E 109°22.193′ 向北拍摄

图九 辋川谷卫星地图

图十　传郭忠恕临《辋川图》欹湖部分（栾家濑至欹湖）

图十一　辋谷（从竹篑山 N34°05.330′/E109°19.588′ 向南拍摄）

第四章　问津"桃源"与栖居"桃源" | 267

道，在唐世更为朝廷使臣及一般公私行旅远适东川、黔中、江淮、岭南之"全国第二驿道，直为南北交通之大动脉"[1]。然而，自蓝田城关经古蓝关下商洛，却有三条可能路线。第一条从大寨、火烧寨到坡底村上蓝关古道经棋盘坡、乱石岔、风门子、六郎关、窄坡关而至古蓝关（位置在今蓝桥河村，距今蓝桥镇二里许），再至蓝桥驿（位置在今蓝桥镇）。这是当时路况较好的驿路。第二条路线是由蓝田城关经白鹿原、望亲坡或箦山小道进入辋川谷，再溯辋水东南行，然后北行经桓公堆而至六郎关、窄坡关而至古蓝关、蓝桥驿。第三条路线是樵路，循蓝溪河谷小道而至蓝关、蓝桥驿。[2]这三条路线都通向蓝桥、蓝桥驿，由蓝桥驿东行过牧护关也就到了商山。自白居易《宿清源寺》一诗判断，其长庆二年（822）出守杭州与元和十年（815）左迁江州在从蓝田到蓝桥一段走的是同一路线。从其两次南行一路所作之纪行诗《长庆二年七月自中书舍人出守杭州路次蓝溪作》、《宿蓝桥对月》、《宿清源寺》、《初贬官过望秦岭》、《蓝桥驿见元九诗》、《初出蓝田路作》、《韩公堆寄元九》、《商山路有感》、《登商山最高顶》来看，他选择的是上述第二条路线。唯其诗中的"韩公堆"、"韩公坂"（《初出蓝田路作》有"朝经韩公坂，夕次蓝桥水"[3]）为桓公堆。这一点，严耕望先生曾有辨正。[4]以白氏在蓝田旅行的经历，[5]其做这样

---

[1] 严耕望，《唐代交通图考》第三卷《秦岭仇池区》谓："韩公堆必去长安不远，应即横岭北之韩公坂无疑。……至于蓝田县南二十五里处乃桓公堆，因桓温驻军得名。韩、桓两堆，其地不同。……惟韩公堆之名，唐世较著，后遂讹'桓'为'韩'，其地置驿，亦以韩公名矣。"（台北："中央研究院"历史语言研究所，1985），页642。
[2] 作者此段叙述颇得于蓝田县前档案局长、当地研究蓝关古道的曾宏根先生的讲解，特此致谢。
[3] 《白居易集笺校》，卷一〇，第2册，页546。
[4] 《唐代交通图考》第三卷《秦岭仇池区》，页642。
[5] 白居易元和七年（812）游蓝田作《游蓝田卜居》，元和九年（814）又游王顺山悟真寺作《游悟真寺诗一百三十韵》，其《商山路驿桐树昔与微之前后题名处》诗谓"与君前后多谴谪，五度经过此路隅"。见《白居易集笺校》，卷二〇，第2册，页1209。

的选择并不奇怪。由于选择第二条路线，离开长安的第二晚夜宿今白家坪就非常自然了。白诗《宿清源寺》其实正好提供了清源寺在辋谷深处的证据。

简文中提及的王维《山中与裴秀才迪书》，孤立地看，确是辋川别业不在辋谷内的证据。因为此书在叙述了"辄便独往山中，憩感配寺，与山僧饭讫而去。比（北）涉玄灞，清月映郭"之后，继而有"夜登华子冈，辋水沦涟，与月上下"[1]。玄灞和蓝田城郭都在距谷口十余华里外的平川。在月夜到了灞水之后，王维在同一夜晚不可能再进入谷内。故而，依简说，则华子冈必在谷外。[2] 然而，在有了王维肯定"余别业在辋川山谷"和以上种种观察和论证之后，吾人就必须考虑其他解释的可能了。此处的关键是感配寺的位置。简氏推断它在王维自长安至蓝田途中的白鹿原山麓。然原蓝田文管所主任樊维岳却以为在篑山上万历年李东所建竹篑寺的位置，[3] 处于蓝田城、灞水与官上附近的华子冈中间。此信中王维说此次独往山中乃憩于感配寺，这个"憩"，应当不是一顿斋饭而已，还应包括夜宿。如果是这样，"比（北）涉玄灞，清月映郭；夜登华子冈，辋水沦涟，与月上下"一段文字叙述的就可能不是一日晚间的事情，而是夜宿感配寺北上玄灞和南下华子冈两天的经历。考虑到《辋川集》中并无一篇冬季的诗作，王维此次于"近腊月"之时入山有取暖问题，夜宿篑山感配寺是完全可能的。

简锦松以辋川图与诗的排序问题质疑传统的谷内说。然而，宋人郭忠恕的《辋川图》虽称是临自王维，其实颇可怀疑。即便真临自王图，此图或其他流传的图本与《辋川集》的排序不合亦不必诧异，因

---

[1]《王维集校注》，第3册，页929。
[2]《王维、裴迪〈辋川集〉诗现地研究》，页57—58。
[3] 见其《篑山与唐代感配寺考》，《凤鸣玉山》，页155—159。

为王维既是先在清源寺壁上作辋川图,[1]必是"画山水大幅,务以得势为主"[2]。高居翰甚至认为此一以势为主的布局可能即源自郭忠恕的《辋川图》粉本。[3]而《辋川集》作为小诗的集锦,却以"取境"为主,呈现被标点了的诗人生命中的出神瞬间。有此凿枘,清高宗才会推测:"盖右丞止有清源寺壁画,好事者因仿其大意,改为横卷,或在同时,或在宋代,皆不可知。"[4]

2. 栖居者目中的"桃源"

王维也会如孟浩然那样将自己视作偶入桃源的"渔人"。如《蓝田山石门精舍》一诗的末四句:"再寻畏迷误,明发更登历。笑谢桃源人,花红复来觌。"[5]王维在此确以"渔人"口气叙写其在玉山(王顺山)石门精舍的游访。[6]从辋谷至蓝桥须一日行程,然后傍晚时分须再于蓝桥乘舟抵石门精舍,故此诗起以"落日山水好,漾舟信归

---

[1] 王维本人应画过两幅辋川图,壁画是其中一幅,唐张彦远《历代名画记》卷十谓王维"清源寺壁上画辋川,笔力雄壮"。(北京:人民美术出版社,2005),页191。朱景玄《唐朝名画录》妙品上谓王维"复画辋川图,山谷郁盘,云水生动,意出尘外,怪生笔端"。宋米芾《画史》有"王维画小辋川摹本,笔细"。以上二书皆见虞君质选辑《美术丛刊》第1册(台北:编译馆,1986),页28—29,页87。李德裕《辋川图跋》谓此图乃"蓝田县鹿苑寺主僧子良贽于予,且曰:'鹿苑即王右丞辋川之第也。右丞笃志奉佛,妻死不再娶,洁居逾三十载。母夫人卒,表宅为寺。今冢墓在寺之西南隅,其图实右丞之亲笔。'"见傅璇琮、周建国,《李德裕文集校笺》(石家庄:河北教育出版社,2000),页748。从米芾的话看,似乎纸绢本是壁画的摹本。而庄申先生则以为手卷本为壁画的底稿,见其《王维研究》上集(香港:万有图书公司,1971),页199—220。

[2] 赵左,《论画》,《历代论画名著汇编》,页271。

[3] 见高居翰(James Cahill),王家骥译,《山外山:晚明绘画》(北京:三联书店,2009),页106。

[4] 台北故宫博物院编辑委员会,《故宫书画图录》(台北故宫博物院,1998),第17册,页63—70。

[5] 《王维集校注》,第2册,页460。

[6] 简锦松误以为蓝田山石门精舍在辋谷内,并称此诗写他入辋谷最深的一次,且以此诗证明他所行不会太远,见其《王维、裴迪〈辋川集〉诗现地研究》,页73—74。

风"。[1]然而，这却不是身居辋川的王维对自己的称谓。上文论及，王维将所居的辋川山谷比作"桃花源里"。类似的情怀又见作于至德元载（756）被叛军囚禁时的《口号又示裴迪》一诗："安得舍尘网，拂衣辞世喧。悠然策藜杖，归向桃花源。"[2]此诗是写给与诗人一起游憩过辋川的裴迪，以"归向桃花源"表达何时能远离尘网、重归辋川的祈向。当然学界已有共识，王维未真的挂冠归隐，而只是在休沐和守母丧期间栖居辋川。然从王维写于此时的诗——"一从归白社，不复到青门"[3]，"再见封侯万户，立谈赐璧一双。讵胜耦耕南亩，何如高卧东窗"[4]——来看，诗人在对仕途极度失望和倦怠之后，已将辋川视为真正的精神憩园。故而辋川诗中会一再地出现"归"、"还"、"返"、"守"字，[5]透露出他是将辋川作为真正的精神故乡和生命归宿的。与此相应，是诗中反复出现一种生命止泊的意象——日暮时分伫立于家门的自我：

端居不出户，满目望云山。
落日鸟边下，秋原人外闲。[6]

---

[1]《王维集校注》，第 2 册，页 460。
[2] 同上，页 486。
[3]《辋川闲居》，《王维集校注》，第 2 册，页 442。
[4]《田园乐七首》其二，同上书，页 453。
[5] 如"请君理还策"，"归房逐水流"，"日暮飞鸟还"，"一从归白社，不复到青门"，"独向白云归"，"处处采菱归"，"竹喧归浣女"，"牛羊自归村巷"，"山村人夜归"，"春草明年绿，王孙归不归"，"归来才及种春田"，"思向东溪守故篱"，"暮看烟火，负担来归"，"自顾无长策，空知返旧林"，"夕岚飞鸟还"。见其《赠裴十迪》《过感化寺昙兴上人山院》，《临高台送黎拾遗》，《辋川闲居》，《归辋川作》，《山居即事》，《山居秋暝》，《田园乐》其四，《赠刘蓝田》，《山中送别》，《辋川别业》，《早秋山中坐》，《酬诸公见过》，《酬张少府》，《崔濮阳兄季重前山兴》，分见《王维集校注》第 2 册，页 431，437，441，442，448，450，451，455，464，465，467，468，472，476，478。
[6]《登裴迪秀才小台作》，《王维集校注》，第 2 册，页 434。

时倚檐前树，远看原上村。[1]

　　东皋春草色，惆怅掩柴扉。[2]

　　寂寞掩柴扉，苍茫对落晖。
　　鹤巢松树遍，人访荜门稀。[3]

　　篱中犬迎吠，出屋候柴扉。
　　岁晏输井税，山村人夜归。[4]

　　山中相送罢，日暮掩柴扉[5]。……

如福柯所说，藉"别异乡"这面镜子，诗人"能在自我缺席之所看到自我"，"回到自我本身"和"重构自我"。[6]诗人曰"山林吾丧我"[7]，这个丧失掉的"我"，恰恰是那个"在自我缺席之所"观看的"我"，那个"渔人"的"我"。一旦化为"桃源中人"，观看的"吾"与被观看者遂合而为一了，此即邵康节所谓"以物观物"。以此，他与身在江湖而心存魏阙的孟浩然恰恰构成一种对照。本章以下将主要以其写于辋川且最具独创性的《辋川集》来显示：辋川乃其生命栖居存在中的"桃花源"。这个"桃花源"主要不赖于《金屑泉》、《文杏馆》、《椒园》三诗中的仙境意味，[8]甚至也不是入谷仙介所说营建于心中的净土极乐

---

[1]《辋川闲居》，同上书，页442。
[2]《归辋川作》，同上书，页448。
[3]《山居即事》，同上书，页450。
[4]《赠刘蓝田》，同上书，页464。
[5]《山中送别》，同上书，页465。
[6] "Text/Context of Other Spaces," p. 24.
[7]《山中示弟》，《王维集校注》，第2册，页480。
[8] 如小川环树很早即以为《桃花源记》是"变种的仙乡谈"。见其《中国魏晋以后（三世纪以降）的仙乡故事》，张桐生译，《中国古典小说论集》第一辑（台北：幼狮文化图书公司，1977），页88—94。如郑文惠所说："元以前桃源图构图方式大抵分为仙境、隐所两种路向发展。"《文学图像的文化美学》（台北：里仁书局，2005），页244。

世界，而是由诗歌艺术将辋川时时呈现为一个存在空间。为说明这一点，不妨与稍早卢鸿一嵩山隐逸世界做个对比。

庄申先生说："王维的创作'辋川图'的动机是卢鸿式的。……王维对于卢鸿的作画动机的摹仿，和描写卢鸿的草堂附近的风景一样的他的辋川别墅的风景，就是在绘画上卢鸿给予王维的影响。"[1]当然，从本章的论题而言，卢氏对王维的影响更在他首创了画与诗相配合的范例，而诗、画的创作又基于其对家居附近的私家山水做区划，使之可细数列举。开元六年（718），卢鸿一被征召入朝，不受官而归返嵩山。作为隐者，他却岁有朝廷所给米百斛，绢五十匹，并隐居之服和草堂一所，以开堂授经，聚徒五百。[2]《宣和画谱》以其草堂比王维辋川。[3]二人皆有泉石膏肓、烟霞痼疾。卢鸿一在嵩山筑草堂，并将附近山水以"荡遐襟"、"洁精神"、"澡性涤烦"、"王神"、"冥道"的功能区划为十。从《嵩山十志》看，此十处皆具"别异乡"的"排他性"。[4]能够享受十景之人，须为"幽人"、"驭风之客"、"绝尘之子"和"山中人"这样的隐者，而作为其"对比性陪衬"的则是"麇者"、"世人"、"荡者"、"机士"、"匪士"、"儒者"、"俗人"、"喧者"、"邪者"和"世生"这些"他者"（other）。十景是经由对比他者的体验来界定自我体验的。故而，卢氏笔下的十景皆非"端景"（vista），而相反具有某种幽谷形态的隔断性：或为倾石丛倚中之一潭【图十二、十三】，或为峻崖下穷谷中的一渠飞流，或为崖巘积阴中一庭幂翠，或为山中水畔一处岩穴。即便山景，亦因其高接云路而"超逸真"（倒景台）、"超绝纷世"（枕烟庭）和"上凌空"（期仙磴）。[5]故"倒景台"、

---

[1]《王维绘画源流的分析》，《王维研究》上集，页 456—457。
[2] 见《新唐书》第 18 册，卷一九六，页 5603—5604。
[3]《宣和画谱》（香港：文丰出版社，1977），卷一〇，页 168。
[4] "Text / Context of Other Spaces," p. 26.
[5] 卢鸿一《嵩山十志》所志的十处所在，至少六处是在悬练峰大瀑布向南泻下而形成的沟

"枕烟庭"又被卢氏称为"秘庭"。卢氏在描写十地之时,最喜用一"幽"字,《十志》中凡十一见。对封闭性和"幽"的考虑恐是卢鸿一未将今悬练峰上的卢岩大瀑布纳入《十志》的原因。以此,它可以说彰显了作为"别异乡"的"桃花源"原型的内、外之别。

然而,卢鸿一预设十景为某种精神体验活动场所,[1]却绝非只与其本人存在的一特定"此刻"相关。相反,它们是为这一类人不限定的生命活动提供场所而已。试以《金碧潭》为例,卢氏谓:

(接上页) 壑溪涧之中,这一带今称"十潭九瀑"。水流层层跌落的溪涧两侧是横切走向的石英岩石和片岩,涧东一侧沿十潭溪谷今有石阶路上下。笔者在2012年五月,前后三次来到卢岩瀑布一带,辨识出《十志》中所志的多数方位。"草堂"如历代所辨识,应在悬练峰南。"樾馆"为"清谈娱宾"之用,应在草堂一侧,其周遭"紫岩限兮清溪侧,云松烟茑兮千古色",故应在卢岩瀑布和黑龙潭之间邻溪的丛林中。由此下行经过黑龙潭,再下行继至《十志》中之"涤烦矶",乃横切的高壁之下两爿盘石平卧,盘石之间果然"积漱成渠"。人若垂足而坐其上,则见"灵矶盘礴兮溜奔错漱,泠风兮镇冥壑"。现地所见(N34° 29.147′/E113° 04.278′)与《十志图》所画差可比拟。再下行则见今所谓"聚宝潭",我以为此即《十志》中之"云锦淙"。水从墨浪涧而来,自石壁跌下。石壁恰是"倾石丛倚",颇高却不甚陡。水必分数层而落入潭中,唐时水量大,于此正可见卢序中所谓"鸣湍叠灌,喷若雷风,诡辉分丽,焕若云锦"。此处西高东低,东岸有大面积的石床。欹卧于此,正"可以莹发灵瞩,幽玩忘归"。由"聚宝潭"下行数步即是"锦碧潭"。水自"聚宝潭"分四、五阶跌注而入此潭。此潭因亦西高东低,相对坡度平缓,水于此渟蓄,成为十潭中最深的一处。东畔有平石可卧,西壁之半亦有一榻平石,下临深潭。趺坐于此,即如卢图中之"幽人",可"鉴空洞虚"。我以为此即《十志》中之"金碧潭"(N34° 29.139′/E113° 04.266′)。由"锦碧潭"下行数十步则见潭水近似满月之"玉镜潭"。在"锦碧潭"和"玉镜潭"之间,"青崖阴分月涧曲",有一片大面积的平敞石岸。其西侧山壁草木蒙茏,正是卢序所谓"崖巘积阴,林萝杳翠",其下略向内凹,成一浅穴,上书"幂翠庭"。闲坐于此,"其上绵幂,其下深湛。可以王神,可以冥道矣"。笔者相信此即《十志》所谓"幂翠庭"。"幂翠庭"东侧路边有一石室,可容二、三人坐。笔者以为此即《十志》所谓"因岩作室,即理谈玄"的"洞元室"。

[1] 如"倒景台"令其"超逸真,荡遐襟","云锦淙"乃"可以莹发灵瞩,幽玩忘归","涤烦矶"为"澡性涤烦,迥有幽致","幂翠庭"则"可以王神,可以冥道","金碧潭"为"鉴空洞虚"。以此,十景亦规定或暗示出一些人在此中的活动或姿势。如"倒景台""杰峰如台,气凌倒景",专为登临"轶嚣埃"而设;"枕烟庭""特峰秀起,意若枕烟",专为"爰静神游"、"契颐气,养丹田"而设;"洞元室""因岩作室",专为"即理谈玄"而设;"幂翠庭"处青崖之阴月涧之曲,专为"张素琴"而设,"云锦淙"、"涤烦矶"和"金碧潭"处飞流之畔,白石平敞光洁,专为石上欹卧听涛观瀑而设。

图十二　聚宝潭（云锦淙）（N34°29.150′/E113°04.265′）

图十三　嵩山十志图之一云锦淙

金碧潭者，盖水洁石鲜，光涵金碧，岩葩林筼，有助芳阴。鉴空洞虚，道斯胜矣。而世生缠乎利害，则未遐游之。词曰：水碧色兮石金光，滟熠熠兮荧湟湟。泉葩映兮烟筼临，红灼灼，翠阴阴。翠相鲜兮金碧潭，霜天洞兮烟景涵。有幽人兮好冥绝，炳其焕兮凝其洁，悠悠千古兮长不灭。[1]

卢氏文辞描写的金碧潭【图十四、图十五】，显然是在冬季之外的白日里可以反复体验的，而卢氏夸耀的正是这一点。换言之，其美感是被"凝固"于这个相对隔断的空间之中："悠悠千古兮长不灭"。卢氏对其他九处的感受亦皆有此韶华永驻的意味，故而其文辞中一再地出现诸如"童颜幽操兮不易长"，"永岁终朝兮常若此"，"铸月炼液兮伫还年"[2]，显然符应其道教信仰。

对比起来，王维的佛教背景和辋川书写，令人想到梅洛–庞蒂的话：空间是存在的，存在也是空间的，"即经由一种内在必然性，存在打开了一个外在世界"[3]。二十"游止"由于有王、裴同一地点的同题作品，更被彰显为小川环树所说的"可以细数列举的东西"。然而，本人却以为，这应当并非经过设计和规划。[4] 若就佛教观念而论，二

---

[1]《全唐诗》第4册，卷一二三，页1226。
[2] 同上书，第4册，卷一二三，页1223，1224，1225。
[3] Maurice Merleau-Ponty, *Phenomenology of Perception*, trans. Colin Smith (London: Routledge, 2002), p. 343.
[4] 将辋川视作经过规划和设计的园林的看法很普遍，如日本学者冈大路《中国宫苑园林史考》(常瀛生译，北京：农业出版社，1988) 即将辋川别业列在"长安的园池"的标题之下。见该书，页95。王毅《园林与中国文化》(北京：上海人民出版社，1990) 认为辋川别业"说明盛唐士人园林整体设计和组织能力已有相当高的水平"。见该书，页122。又如侯乃慧《诗情与幽境：唐代文人的园林生活》(台北：东大图书公司，1991)，谓辋川别业"基本上是一座天然山水园。……它不同于白居易的履道园，也与杜甫平野辽阔、地势较平坦的浣花草堂有别，而较近似白居易的庐山遗爱草堂。……是一座经过整体设计、规划的大型园，可谓园中有园。"见该书，页85。孟亚男《中国园林史》(台北：文津出版社，1993) 谓辋川别业"开创了以景为单位经营园林布局的新手法"。见该书，页63。

图十四 金（锦）碧潭今貌

图十五 嵩山十志图之一金碧潭

第四章 问津"桃源"与栖居"桃源"

人的游赏乃——各本其心识,造业受报亦各不相同。这二十"游止"故由诗人独自即兴而有。这种即兴感发,却又不是发自陌生的世界,而是自平常熟稔世界中而看到新奇。[1]如《白石滩》只是辋水一处多有白石的河滩,月明之夜,有女人于此浣纱而已。王维经过此地,写道:

> 清浅白石滩,绿蒲向堪把。
> 家住水东西,浣纱明月下。[2]

王维或许是自谢灵运《东阳溪中赠答》[3]一诗想到清流、月光、绿蒲和少女、白纱之间,因色调、形态、气氛上轻柔的同质性而具有了画意。而同游的裴迪却显然注意着同一地点中的不同部分,他的诗这样写:

> 跂石复临水,弄波情未极。
> 日下川上寒,浮云淡无色。[4]

再如华子冈、斤竹岭,乃取名于谢灵运所咏之地。诗人王维由此山上下,眺望中见傍晚被秋色笼罩的连山之间不断飞去的鸟,不禁无端有了一种时间的怅惘,遂写道:

(接上页)周维权《中国古典园林史》(北京:清华大学出版社,1990)以辋川别业为郊野别墅园的代表,谓之"看来总体上是以天然风景取胜,局部的园林化则偏重于各种树木花卉的大片成林或丛植成景。建筑物并不多,形象朴素,布局疏朗"。见该书,页82。
[1] 这说明二人尚非地理学者寇斯格若夫(Denis Cosgrove)所说的"内中人"(insider)那样,已对风景失却个人美感。见 Denis Cosgrove, *Social Formation and Symbolic Landscape* (Madison: University of Wisconsin Press, 1998), pp19—20.
[2]《王维集校注》,第2册,页423。
[3] 原诗为:"可怜谁家妇,缘流洗素足。明月在云间,迢迢不可得。可怜谁家郎,缘流乘素舸。但问情若为,月就云中堕。"见《谢灵运集校注》,页102。
[4]《全唐诗》,第4册,卷一二九,页1314。

> 飞鸟去不穷，连山复秋色。
> 上下华子冈，惆怅情何极？[1]

而同游的诗人裴迪的诗却是：

> 落日松风起，还家草露晞。
> 云光侵履迹，山翠拂人衣。[2]

裴迪没有眺望远方，他只注意脚下和身边的环境。又如木兰柴，王维行于此而将目光投向夕照时分倏忽变幻的远山、飞鸟和天空，所感显然是一种深景或远景，而同游的裴迪注目的却是近边：

> 苍苍落日时，鸟声乱溪水。
> 缘溪路转深，幽兴何时已。[3]

两位诗人在竹里馆【图十六】亦有不同的感兴。王维的诗只关注由幽篁、明月和幽独者的琴音、啸声营造出的氛围：

> 独坐幽篁里，弹琴复长啸。
> 深林人不知，明月来相照。[4]

而裴迪虽然也写到此处的幽深和静谧，然而其中元象竟然是山鸟，而

---

[1]《王维集校注》，第2册，页415。
[2]《全唐诗》，第4册，卷一二九，页1313。
[3] 同上书，第4册，卷一二九，页1313。.
[4]《王维集校注》，第2册，页424。

图十六　郭忠恕临《辋川图》局部——竹里馆（竹里馆两侧）

且未必在夜晚：

> 来过竹里馆，日与道相亲。
> 出入唯山鸟，幽深无世人。[1]

欹湖让诗人们面对一个较大的空漠空间，二人心目却收揽了不同景致。王维写道：

> 吹箫凌极浦，日暮送夫君。
> 湖上一回首，山青卷白云。[2]

---

[1]《全唐诗》，第4册，卷一二九，页1315。
[2]《王维集校注》，第2册，页421。

如钱起的《湘灵鼓瑟》，王维诗中有一灵视，是舟上回眸之间的美景，其实根本没有吹箫人，只是舟上人在霏霏漠漠之中感到有女神湘夫人的箫声从哪处洲沚上飘来，化入了青山白云，或者说山青云白之中似有箫音回荡。裴迪的诗则是：

> 空阔湖水广，清茭天色同。
> 舣舟一长啸，四面来清风。[1]

裴迪只是极言空阔罢了，以湖面、天色和似乎没有回音而只有四面呼应的清风，渲染着空阔。从以上例证可知：两位诗人对同一景观的美感，其实又只与其个人此刻此地的经验相关，即便二人一同出游，其注目的"时象"也可能不同，如木兰柴，王维注目的是天幕中山岚和鸟羽色彩的明灭，裴迪关注的则是溪畔的鸟声。又如竹里馆，王维陶醉于幽篁、明月和幽人琴、啸构成的氛围，而裴迪则只注意此处幽静到仅有山鸟出入。设想倘若二人在不同的季节和时辰游历，所取更何啻天壤！这与前述卢鸿一所预设的时时可重复的体验何其不同！能将二人诗作编入一集的是二十处"游止"，这些"游止"主要指示了地理形势如坳、冈、岭、柴、泞、垞、湖、濑、滩、坞等等。然而，存在意义上的空间不可能外于时间，相反，在知觉的呈现域中，是时间阐明空间。[2] 美景只为此一存有者与整体存有界同现共流之中对意义的领会和开显而已，原则上不可重复。真真是"吾终身与汝交一臂而失之，可不哀与？汝殆著乎吾所以著也，彼已尽矣，而汝求之以为有，是求马于唐肆也"[3]。不仅如此，王维诗的时间，还与卢鸿一藉《嵩山

---

[1]《全唐诗》，第4册，卷一二九，页1314。
[2] 请参见 Maurice Merleau-Ponty, *Phenomenology of Perception*, p.309.
[3]《庄子集释·田子方》，《诸子集成》，第3册，页310。

十志》所彰显的"永岁终朝兮常若此"全然不同,这也是诗人选择用五绝形式的动机。

以五绝写景,以往并非没有先例,如孟浩然的《春晓》,诗中虽有当下的处处啼鸟,却以"春眠不觉"和"夜来风雨"将诗拉向过往的时间。而在《辋川集》中,诗人却只关注当下,成为了"忘先后之所接"的"见独"[1]:

> 飒飒秋雨中,浅浅石溜泻。
> 跳波自相溅,白鹭惊复下。[2]

诗人浑然而无机心,鸥鹭亦自在。真是一个既无来由亦无归宿的瞬间,白鹭旋起旋落,世界似乎只存于刹那之间。再如《木兰柴》:

> 秋山敛余照,飞鸟逐前侣。
> 彩翠时分明,夕岚无处所。[3]

这似乎是一个从历史时空抽离而孤悬的偶然刹那,如禅画家牧溪画柿,柿悬于空,托盘、桌案和墙壁皆无。此种以五绝写景的渊源,是梁代一些宫体诗人的小景作品,如萧纲的《水中楼影》:

> 水底罘罳出,萍间反宇浮。
> 风生色不坏,浪去影恒留。[4]

---

[1] 见《庄子集释·大宗师》郭象注,《诸子集成》,第3册,页115。
[2]《王维集校注》,第2册,页422。
[3] 同上书,第2册,页418。
[4]《先秦汉魏晋南北朝诗》,下册,页1976。

此诗中水底"罘罳"、萍间"反宇",以及"色"、"影",使人想到佛教表达世间法生灭不住的譬喻如聚沫、泡、幻、炎、影等。但诗人在此是以幻破幻,故意以末两句写幻景。借用田晓菲对同期宫体诗人咏烛光诗的讨论,诗人以其高度关注着的光与影飞驰意象的特别瞬间,体现了"新的观照诗学"。对这些诗人而言,其实"影是不恒久的,有条件的(无自性),和空的:观影而致悟。影既是幻亦生幻"[1]。追溯五绝写景这一渊源,证实了其中的佛教时观:世界不过是心念的旋起旋落,"念念之中,不思前境"[2]。诗人依其身体存有所捕捉的每个被句读了的瞬间世界,皆是具足的、独立的,正是所谓"不知有汉,无论魏晋"。诗人既无须涉及过往和未来时间,[3]亦无从去叙述"入"与"出",他只在此刻,亦只在这里:"不复出焉,遂与外人隔绝。"《北垞》一诗故而曰:

北垞湖水北,杂树映朱栏。
逶迤南川水,明灭青林端。[4]

被称为"南川"的湖水该在哪里?倘若要去说明一个"客观的"事实,依照上文实证主义的地理论证,它应在今官上村北和阎家村之间这片较开阔的谷地中。然而,在诗人的知觉中,它却只"明灭"于北垞青林的端梢而已。这一切,正如巴什拉所说:"(原初的表达)没有过去,它们不出自任何更早的经验。……在瞬刻之间我们须只为自己而摄取

---

[1] Xiaofei Tian, "Illusion and Illumination: A New Poetics of Seeing in Liang Dynasty Court Literature," *Harvard Journal of Asiatic Studies*, vol. 65, no. 1 (June, 2005), p. 8, p.39.
[2] 《六祖大师法宝坛经》,《大正新修大藏经》,第 48 册,页 353。
[3] 藉用布朗肖(Maurice Blanchot)的话:作品"既不是完成的,也不是未完成的。……它存在着——仅此而已。"见顾嘉琛译,《文学空间》(北京:商务印书馆,2005),页 2。
[4] 《王维集校注》第 2 册,页 424。

图十七　王炳《仿赵伯驹桃源图》

第四章 问津"桃源"与栖居"桃源"

它们。假若我们在突然之中摄住这些形象，我们就会觉察到我们完全只在这一表达的存在之中，除此而外别无他物。"[1]这才是真正的"出神之睇"。王维以此成为了只栖居于此处此刻的"桃花源里人"。然其《辋川集》却不能比同《桃花源记》，因为舍舟入洞行数十步之前和既出之后的故事皆不存在，只有桃源中的一个个断续图景。倘清人王炳《仿赵伯驹桃源图》【图十七】堪分六段——溪岸桃林、渔人入洞、发现村庄、会见村人、村人家居和高士追寻[2]——则《辋川集》只有第三段，且被切成若干"尺幅小景"。

卢鸿一的《嵩山十志十首》的抒情话语以隐者为中心，诗中不断出现"中有人兮信宜常"、"皎皎之子自独立"、"幽人构馆兮在其中"、"山中人兮好神仙"、"有幽人兮张素琴"、"有幽人兮好冥绝"这样彰显其存在其中的句子。表示姿态和动作的动词如"读金书"、"卧风霄"、"坐霞旦"、"弹此曲"、"谈空空"，亦悉为此主语而设。[3]相比起来，王维的《辋川集》虽然以书写个人此时此地的经验为旨，却鲜见诗人主体一现于艺术世界中。这与今日吾人所得见卢、王二人《草堂十志图》和《辋川图》的摹本中的情形一样。何以会有这样的不同？本人以为卢鸿一的诗文和图皆是在叙述在嵩山十景中反复发生的旧事，而王维的诗却极力去呈现其正在经历的一次性体验。在叙述的时候，旧事已然成为了一段时空距离外观察的对象，叙写者已与被叙写的"皎皎之子"、"幽人"分离。因为"充分的静观在进行静观的存在和被静观的存在之间一分为二"；而在经验着的当下，人却只在"直接性中体验存在"。[4]在王维这样的五言绝句里，世界仿佛只孤悬于一当下的直

---

[1] Gaston Bachelard, *The Poetics of Space*, pp. 233-234.
[2] 石守谦《移动的桃花源——桃花源意象的形塑与在东亚的传布》一文将此图划为这样六段，见其《移动的桃花源——东亚世界中的山水画》（北京：三联书店，2015），页38–39。
[3]《全唐诗》第4册，卷一二三，页1223、1224、1225、1226。
[4] *The Poetics of Space*, p. 234.

接经验，前后时间和更大空间皆淡出了，存在仿佛从内打开了它的空间知觉。这就是巴什拉所谓"缘在（dasein）是圆的"[1]，以至周边的山水"拥有了我"。[2] 最显豁的是《竹里馆》：

> 独坐幽篁里，弹琴复长啸。
> 深林人不知，明月来相照。

这似乎是王维《辋川集》中唯一出现了诗人形象的角落，然而却与卢鸿一《嵩山十志十首》中的"幽人"根本不同。不同即在独坐者在诗中不在过去时中被叙述，而是实时地体验着——除了独坐者身边的幽篁和明月，诗略去了一切间接的信息，以凸显此时此地的直感。在此直感里，幽篁和明月是存在的浑圆氛围，向独坐者这个圆心汇拢而来，独坐者在此真正是"饮吸无穷于自我之中"。《鹿柴》【图十八】是又一个圆的存在世界：

> 空山不见人，但闻人语响。
> 返景入深林，独照青苔上。

此诗很可能是出自诗人林中坐禅的体验。从内在去体验，空山人语从环绕坐禅者的浑圆空间由远及近传来，同时，夕照亦从天穹投入林薮而落在膝下的青苔之上。一个"独"字彰显坐禅者正居于此一浑圆世界的中心，于此真正享受着孤独。而在《辛夷坞》中，诗人似乎化入隔世的幽谷芙蓉，自在具足地结萼和开落：

---

[1] 同上，p. 234.
[2] 所谓"（山水）拥有了我"这一观点笔者颇受曹淑娟教授论白居易《池上篇并序》之启发，见其《江南境物与壶中天地——白居易履道园的收藏美学》，《台大中文学报》第35期（2011年12月），页23。

图十八　郭忠恕临《辋川图》局部——鹿柴

木末芙蓉花，山中发红萼。
涧户寂无人，纷纷开且落。[1]

"坞"是周边如屏的深凹处【图十九】，在辋谷中可谓谷中之谷。[2]而在隔世幽谷深处中结萼、盛开的辛夷花，也形如一个小小幽谷、小小"桃花源"。此处的结萼、开绽和凋谢，皆在历史时间之外——"乃不知有汉，无论魏晋"。这个无人幽谷既无"入"亦无"出"，生命在此无从追鹜，只是"开且落"的生命本身。谢落之后化为春泥，仍在山

---

[1]《王维集校注》，第 2 册，页 425。
[2] 据世居辋谷内的退休中学教员李翔的长期观察，辛夷坞在今小苜蓿沟北的山坳处（见图 13），该处多生木笔花树，早春开花，当地称望春花。辛夷花据他的说法即此花。

图十九 "辛夷坞"的可能位置（今辋谷内小苜蓿沟北）

谷。这个为圆穹笼罩，为幽谷环绕，又向圆穹和幽谷开出它圆形花苞的自在具足的生命，最完美地体现了诗人关于存在和生命的理想。

这就是《辋川集》呈现的中国诗中从未有过的一连串"小空间"的体验。合读全集，吾人会重新体验诗人在辋谷中一个个被句读了的生命瞬刻。其中每一瞬刻皆面对如此平凡的"须臾之物"，却又皆为具足而自在的生命瞬刻，真真是"不知有汉，无论魏晋"。它们是诗人作为存有者于整体存有界同现共流之中对意义的领会和开显。诗人绝非在追叙这一体验，而是追光蹑影，甚或在翕忽于眉睫之间的瞬刻里，历经着和体味着。故而，"现量"是辋川诗唯一的真实。由此，隐者生命中的意义才被真正独特地界定了。王维与卢鸿一美感话语间的差异，显然体现了佛教与道教的差异。[1] 可以说，佛禅的某些观念在此化为了诗。

---

［1］ 本章限于篇幅，不拟对王维的佛教观念与诗的关系进行具体讨论，读者可参看拙文，《如来清净禅与王维晚期山水小品》，《佛法与诗境》，页 87–130。

第四章　问津"桃源"与栖居"桃源"

四、结语与余论

基于"桃花源"在后世已转化为普遍化意象和寓言并在盛唐诗中大量出现的事实,本章以"桃花源"为原型,探讨盛唐有隐逸思想倾向的两位重要诗人的山水话语。以这样的观察,孟浩然与居辋川的王维在山水中的角色,可说分别代表了"桃花源"母题中的两类人物——"渔人"和"桃源中人"。这种角色的不同,初看去似乎与其庄园的地理面貌——临汉水傍大道的滩涂地和终南一山峪——颇有符应之处,然而,本章与其说是证明一种地理决定论,毋宁说是去发现王维对辋川这样一种环境选择的内在理由或对生活方式的拟设,如人文地理学者詹姆斯(P. E. James)所说,"生活方式是决定某一特定人类集团将选择由'自然'提供的何种可能性之基本因素",[1] 对依祖业生存的孟浩然而言,或许不存在选择,然而他并非以此而成为了山水中的"渔人",因为陶渊明即在与涧南园类似的人境中"结庐",却能"心远地自偏",拥有一片心灵的幽谷。涧南园未成为"桃花源",乃因主人孟浩然并非立志或安于隐居之人。"田园"也并非主要作为此地此刻的栖居而对跬城郭和朝市,而是身在"江海"、"他山"的游子忆念之中的桑土,故而常常失去"隐"的意味。他的诗,主要是讲述他如何藉汉水、襄水和湖泊之利便,在襄阳和天下四方的漫游中一次次走进"仙源"。在此意义上,他的诗作与往昔谢灵运、鲍照、谢朓、江淹之游览之作并无不同。但孟浩然的世界比前人远为清空和疏旷。古代诗人中,他是谢灵运之后、李白之前,对山水最好奇探胜的一位吟游诗人。谢灵运的游踪尚主要在其栖足的永嘉、始宁和临川周边,而孟浩然的游踪则令吾人可一窥李唐统一大帝国的地理交通:

---

[1] 詹姆斯,《地理学思想史》,李旭旦译(北京:商务印书馆,1982),页232。

"全国大道西达安西（或至葱岭），东穷辽海，北踰沙碛，南尽海隅，莫不置馆驿，通使命……开元盛时，凡天下水陆驿一千六百三十九所，量闲剧置船马。"[1]凭依如此交通之便，略早于出蜀畅游东南的青年李白和壮游吴越、梁宋的杜甫，孟氏广布其游踪于四方，他的山水书写中隐隐有一个其前辈所无的广阔的版图想象。而就山光水色之中同时际遇幽与明，令"现量"与"非量"交集而言，他不啻为李白仙游山水的嚆矢。

王维早年亦曾出塞至凉州，又曾途经襄阳、鄂州、夏口而南至岭南。北归途中又历湖湘，过庐山、江宁、京口，再循邗沟、汴水、黄河而至长安。这些游历却多为仕宦而有——凉州之行是以监察御史身份入河西节度使幕下，岭南之行是"知南选"。[2]而辋川别业的经营则是对此仕宦生涯的极度失望和倦怠之后。以此，这里才是心灵的归宿，才写得出《伊利亚特》之后的《奥德赛》。但王维没有书写他如何归来，他是以归来人、以桃花源中人的眼睛去谛视一个平常且相对逼仄的山谷，于时时在去体验"真趣"。他由此为中国诗开拓出了从未有过的山水美感话语。吟游四海的孟浩然诗境和栖隐辋川的王维诗境，可说分别体现了"眺望"和"庇护"[3]两种不同生命动机下的环境功能。王诗与孟诗这一处的不同，终令宋人辨分了"可居可游"的山水与"可行可望"的山水。[4]王维诗笔和画笔下呈现的辋川，影响了后世绘画如李公麟《龙眠山居图》、王蒙《青卞隐居图》、赵孟頫《水村图》、钱选《浮玉山居图》等系列作品，被西方艺术史学者文以诚（Richard Vinograd）称为"私产山水"（landscape of property）的最早范例。这类绘画的构图亦彰显

---

[1]《唐代交通考》第一卷《京都关内区·序言》，页5。
[2] 均见陈铁民，《王维年谱》，《王维集校注》第4册，页1341–1346。
[3] 见 Jay Appleton, *The Experience of Landscape*, pp. 70–74.
[4] 郭熙，《林泉高致·山水训》，《历代论画名著汇编》，页65。

一个"被隔离"的空间。[1]在此，被四山环绕的辋谷之隔绝地貌符应着诗人对"别异乡"的拟设，桃花源在此已并不纯是"心境"，不纯是苏轼所谓"心闲偶自见，念起忽已逝"的"形隔"而"心诣"之所，而是具备了一定地理学意义的空间性，[2]是"地有胜境，得人而后发；人有心匠，得物而后开"[3]的"胜境"。王维的《辋川集》之进境，唯在他首次将这一相对隔绝的天地视作自内展开的"存在的空间"：他只在这里，亦只在此刻；环绕着、拥有着他的空间亦即其"圆的存在"；其中美境，只是他在同现共流之中的片刻领会。他不曾标显，亦不曾纪叙，他仅仅体验，且将被体验的"存在的空间"体现于诗的形式之中。

这使得王维真正享受了孤独。汀克（Chauncey Tinker）研究英国风景诗歌和绘画时说：风景画中人物须不为其个人挂虑和即刻命运分心，以免使美景只沦为背景，"很难想象冥想诗之意韵或风景画之优美，能够趋向极致却没有对闲中之思的爱，没有时时诉诸孤独。"[4]吾人追寻中国诗人山水美感的缘起即会发现：离别、宦游和独处中的孤独同样是书写山水意念的源泉。但谢灵运在山水之中却一再表示"孤游非情叹"，"幽居犹郁陶"，"妙物莫为赏……美人竟不来"[5]。谢朓和何逊笔下的山水多有一种因自孤独的忧郁色调。甚至孟浩然在夜晚的孤独中也不免生憾。只有到了辋川幽居的王维，闲中之冥思和孤独才完完全全成为了享受。

"别异乡"辋川是"乌有乡"、"桃花源"的某种嫡裔，二者延续"志怪仙窟"，以类似的地形——山谷隔世而成乐土。山谷在此堪与为海

---

[1] 参看高居翰，毕斐译，《中国绘画史三题》，收录于范景中、高昕丹编，《风格与观念：高居翰中国绘画史文集》（杭州：中国美术学院出版社），页46—49。
[2] 笔者这些想法系受廖炳惠《领受与创新》启发，见该文页199—202。
[3] 白居易，《白蘋洲五亭记》，《白居易集笺校》，卷七一，第6册，页3799。
[4] *Painter and Poet: Studies in the Literary Relations of English Painting*（Cambridge：Harvard University Press），p.121.
[5] 《谢灵运集校注》，页118，170，184。

洋环绕的海岛乐土——荷马的斯科瑞亚岛、塔索的幸运岛、托马斯·莫尔的乌托邦——比对。故而，"辋川"一经创造出来，它就与"桃花源"争相成为继柴桑栗里之后最重要的中国文学地名和隐喻。宋诗中"辋川"多注重"如画"意味，然在"世谓齐盘谷，人言过辋川"[1]，"诗人莫浪夸盘谷，画手无工貌辋川"[2]，"辋川遥展右丞图，盘谷中藏李愿居"[3]，"可钓可耕盘谷序，堪诗堪画辋川图"[4]这些诗句中，辋川与李愿"盘谷"并提，即如盘谷一样，着意于韩愈《送李愿归盘谷序》所说的"环两山之间……宅幽而势阻，隐者之所盘旋"[5]之地势。不无意味的是，"宅幽而势阻"的"辋川"作为隐喻，喻指却多为私家园林之"壶中天地"。在明中叶以后私家造园高潮中，"辋川"更成为最具公约性的隐喻。[6]个中意味，颇为深长。首先，私园为墙环绕，有门开阖，入门迎面翠嶂，其下以细径羊肠引入，[7]在地形学上颇类经由"三里隘"而入之"辋川"，象征一个被隔绝的"别异乡"，而非只存在于文本的"乌有乡"。可惜，这类隔绝"别异乡"的"壁山"，现今已主要见于小说家的话语，尚存完整的遗迹则仅有河北涿州清行宫等数处沧海遗珠。[8]此外，圆明园"武陵春色"废墟中的桃源洞【图二十、二十一】纵为残迹，却直接标示了园林中这类地形设计在"辋川"祖型桃源的渊源。其次，是《辋川集》的"游止"观念，它恰如"亭者，停也"，是游览中

---

[1] 郭印，《归云溪三首》其三，《全宋诗》第29册，卷一六六九，页18695。
[2] 李弥逊，《和李相园亭》其一，同上书，第30册，卷一七一二，页19287。
[3] 朱翌，《竞秀阁》，同上书，第33册，卷一八六四，页20857—20858。
[4] 杨公远，《初夏旅中》其五，同上书，第67册，卷三五二四，页42108—42109。
[5] 韩愈，《送李愿归盘谷序》，见马其昶校注，马茂元整理，《韩昌黎文集校注》（上海：上海古籍出版社，1998），页243—244。
[6] 详见本章附录：《设景与借景——从祁彪佳寓山园的两种题名谈起》。
[7] 《红楼梦》第17回贾政引一行人游览大观园时，开门便见"一道翠嶂挡在前面"，贾政道："非此一山，一进来园中所有之景悉入目中，则有何趣？"见《红楼梦》齐鲁书社1994年版，上册，页279—280。
[8] 详见曹汛，《沧海遗珠、涿州行宫及其假山》，《建筑师》2007年第3期，页102—112。

图二十 "圆明园四十景之"武陵春色""中的桃源洞

图二十一 武陵春色废墟桃源洞今貌 李诗华/摄

的标点，不仅影响了如钱起《蓝田溪杂咏二十二首》、韩愈《奉和虢州刘给事使君三堂新题二十一咏》、韦处厚《盛山十二首》、张籍《和韦开州盛山》[1]、苏辙《题李公麟山庄图二十首》那样组诗的出现，也因其更显明的"可以细数列举"而使中国园林有了"景"这个基本意义单位。由此，游者之措意已不在"游"本身，而在伫目之间"如画"的景观："刹宇随环窗，仿佛片图小李。岩峦堆劈石，参差半壁大痴。"[2]复次，王维在《辋川集》书写的美景，只以"游止"题名指示了地理形势而已，而令时间充分地开放。此一取景方式，与北宋宋迪开启的"八景"传统之"在地化"而形成的四言的"八景"、"十景"判若泾渭。后者成为官方所拟郊邑风景及清代皇家园林的设景和题名的渊薮。其归趋，颇似布朗（Lancelot Brown）之前以文学为图景原型的英国园林，游者之目在此"是不允许邂逅任何偶然或非本质事物的"。[3]本章的附录《设景与借景》对此将做更详尽的讨论。

---

[1] 此处只就五言绝句而举例，二宫美那子《唐代園林連作詩考—王維〈辋川集〉を源として》另举出以七律、五律、五古、七绝暨六言写就的九种连咏组诗，见《中國文學報》第 81 册（2011 年 10 月）。
[2] 《园冶注释》，页 51。
[3] John Dixon Hunt, *The Figure in the Landscape: Poetry, Painting, and Gardening During the Eighteen Century* (Baltimore: The Johns Hopkins University Press, 1989), P.219.

附录二　设景与借景——从祁彪佳寓山园的题名说起[1]

明末祁彪佳于会稽造寓山园，园竣，主人题有四十九景，计有水明廊、读易居、呼虹幌、让鸥池、踏香堤、浮影台、听止桥、沁月泉、溪山草阁、茶坞、冷云石、友石榭、太古亭、小斜川、松径、樱桃林、选胜亭、虎角庵、袖海、瓶隐、孤峰玉女台、芙蓉渡、回波屿、妙赏亭、小峦雉、志归斋、天瓢、笛亭、酣漱廊、烂柯山房、约室、铁芝峰、寓山草堂、通霞台、远阁、柳陌、囷圃、抱瓮小憩、丰庄、梅坡、海翁梁、试莺馆、归云寄、即花舍、宛转环、远山堂、四负堂、八求楼等。另有友人蒋安然、柳集玄主导的十六景命名，分内景、外景各八。内景有远阁新晴、通台夕照、清泉沁月、峭石冷云、小径松涛、虚堂竹雨、平畴麦浪、曲沼荷香；外景有柯寺钟声、镜湖帆影、长堤杨柳、古岸芙蓉、隔浦菱歌、孤村渔火、三山霁雪、百雉朝霞。这两种题名的方式，后者一律四言，前者则字数随意，可二言，可三言，可四言。而且后者四言的命名方式，据祁彪佳《寓山十六景词》词集序中的说法，是"友人仿西湖南浦之制，更次第为一十六景，前八为内景，后八为外景"[2]。下文将说明，这显然是因自五代至北宋以后出现的"八景"的题咏。日本学者内山精也总结八景的四字标题的构结方式为"前半两个字主要规

---

[1] 本附录内容原为2012年12月台湾中正大学举行的"近世意象与文化转型Ⅱ：视觉表述及媒介变衍"国际学术会议上本人发表的论文，继而刊于《中正汉学研究》2013年第1期，收入本书时做了修改。
[2] 《寓山志》，明崇祯间（约1641–1645）刊本，下册，《寓山十六景词》，页1。

定场所和地点，后半两个字主要规定季节与时间段"。而祁彪佳的题名则或者出自对地理形势的考量，如芙蓉渡、梅坡、远阁；或者出自功能的考量，如友石榭、妙赏亭、读易居；或者由该景之胜而引喻古人诗文，如水明廊、小斜川；或者重造古人诗文之意境，如溪山草阁、回波屿。

翻阅明人所撰园记，即会发现：文人私家园林几乎均是以寓山园主人的方式命名园景，而以"八景"式兼摄地点和季节、时间的四字来命名园景几乎没有。然而，这样的题名方式却出现在清初的皇家园林中。当然，这里发生了一些变化，即四字的园景常常并非兼摄地点和季节、时间，如圆明园的天然图画、北远山村、山高水长。但其中确有一些因自"八景"的传统，如圆明园中袭自南宋西湖十景的平湖秋月、曲院风荷，避暑山庄的西岭晨霞、锤峰落照、南山积雪、梨花伴月和金莲映日。文人园林与皇家园林以及西湖那样的公共郊邑风景命名的取径如此不同，原因何在？一个简单的回答或许是：后者较大而前者较小。但寓山园景观的两种命名方式否定了这一说法。而且，清圆明园景观多即小见大。作为江南文人园林集锦的圆明三园中的长春园，即不用兼摄地点和季节、时间的四字题名。可见，景观的规模并非决定命名方式的唯一原因。本文拟就此一现象做一讨论。

(一)

为说明上述两类题名方式之不同，吾人不妨自其渊源说起。祁彪佳明确将十六景（内景及外八景）追溯到的"西湖南浦之制"，应为南宋张矩以《应天长》所咏"西湖十景"[1]，而所谓"更为次第为

---

[1] 衣若芬引周密《木兰花慢》咏西湖十景序（《全宋词》第5册，页3264，中华书局，1988），而论张矩首创西湖十咏，见其《"江山如画"与"画里江山"——宋元山水画诗之比较》，《中国文哲研究集刊》第23期（2003年9月），页33—34。

一十六景，前八为内景，后八为外景"则暗示它其实是更早的"八景"传统的流裔。有人将"八景"的渊源追溯到梁代沈约的《八咏楼》诗和陶弘景《真诰》卷五《甄命授第一》说到的"仙道有八景之舆，以游行上清"[1]。但比较确定的渊源是沈括《梦溪笔谈》说到的北宋宋迪：

> 度支员外郎宋迪工画，尤善为平远山水，其得意者有平沙雁落、远浦帆归、山市晴岚、江天暮雪、洞庭秋月、潇湘夜雨、烟寺晚钟、渔村落照，谓之八景，好事者多传之。[2]

宋迪的画作今已不存。但正如衣若芬所说，仅从命名判断，"八景"中"除了'洞庭秋月'和'潇湘夜雨'之外，其他六景都是景象的泛称及形容，普遍性与抽象性较高，画家与诗人得以自由任心联想，缔造情景"[3]。石守谦说：潇湘八景（应为"八景"）不具有实地导游的性质，而"较接近于一种意境的品题，不受特定地点的约束。这种意境的品题也意谓着某种选择的进行，亦即在观赏大片潇湘风景的无限可能性之中，选择八个最佳观看的时机或角度……他的八景之目首先让人注意的便是八个物象的择定……接着则是对这八个物象建议了最佳的观看角度"[4]。石先生所说的"八个物象"——雁落、帆归、晴岚、暮雪、秋月、夜雨、晚钟、落照——依本人之见，其实均为一种"时象"，这种"时象"首先在南朝何逊的诗中出现："时间在此是一种呈

---

[1] 金文京，《西湖在中日韩——略谈风景转移在东亚文学中的意义》，石守谦、廖肇亨编，《东亚文化意象之形塑》，页143–144。
[2] 胡道静校注，《新校正梦溪笔谈》（北京：中华书局，1957），卷十七，页171。
[3] 《"江山如画"与"画里江山"——宋元"潇湘"山水画诗之比较》，页41。
[4] 《胜景的化身——潇湘八景山水画与东亚的风景观看》，《移动的桃花源——东亚世界中的山水画》，页69。

现在空间中的意象或者'时象'。而且，依汉语句尾重心或信息重心偏后的规律，'时象'是一'景'的重心所在，是此画意空间的中心或元象。其与前半的规定场所和地点构成一种情调或氛围。'景'的发现，在识辨这种氛围。故而，'景'可说是时、空两座标的交点，一种以处所为背景的时象。对比东晋时期的表示自然风景所创的'山水'一词，观赏的中心已从地理环境移向了时象。"[1]石先生在谈到八景观看方式牵扯到的两个选择时，其实也肯定了"时象"："一方面是一日中特定的时间点……另一个方面则在配合季节或气候而来之特定视觉效果的标定。"[2]故而，宋迪的八景，其实是在相当开放的空间架构中确认一种特定"时象"的烟云雨雾的意境。

然而，随着宋迪的八景范型在南宋流播为潇湘之外的"西湖十景"[3]、"麻沙八景"以至金元时代的"燕京八景"[4]以后，一个重要的变化发生了。那就是兼摄地点和季节、时间的四字词组中地点的特定化，本书第三章讨论的何逊诗中的江天明月、雪地梅开、汀曲离舟皆为地点未被特定化之景。潇湘八景中的平沙、远浦、山市、江天、烟寺、渔村原初也是这样泛泛的地名，却为苏堤、断桥、雷峰、南屏或蓟门、金台、卢沟、琼岛、太液这样的有特定地理位置的地名所替代。这样一种新的命名方式，竟在其后反过来影响了人们对前代宋迪所创"潇湘八景"的解说。明清的方志中吾人会发现八景被特定地实地化，

---

〔1〕见本书第三章。
〔2〕《胜景的化身——潇湘八景山水画与东亚的风景观看》，页69。
〔3〕西湖十景出现最早，"好事者尝命十题，有曰：平湖秋月、苏堤春晓、断桥残雪、雷峰残照、南屏晚钟、曲院风荷、花港观鱼、柳浪闻莺、三潭印月、两峰插云"。今见南宋祝穆（撰）：《方舆胜览》卷一，《景印文渊阁四库全书》第471册，页578。又见吴自牧撰，《梦粱录》卷十二："近者画家称湖山四时景色最奇者有十，曰苏堤春晓、曲院荷风、平湖秋月、断桥残雪、柳岸闻莺、花港观鱼、雷峰夕照、两峰插云、南屏晚钟、三潭印月。"《丛书集成新编》第96册（台北：新文丰出版公司，1984），页717。
〔4〕详见《"江山如画"与"画里江山"——宋元"潇湘"山水画诗之比较》，页36–38。

第四章 问津"桃源"与栖居"桃源" | 299

如《康熙长沙府志》中"平沙落雁"被指在下三洲岸边;"山市晴岚"被指在岳山湘水之畔的长沙,"市上塔桥隐隐俱在五色氤氲中";"潇湘夜雨"或被指在长沙德闰门外;"烟寺晚钟"被指在长沙江心水陆寺[1]。清避暑山庄的命名,显然是取法"西湖十景"之后的八景传统,西岭、锤峰、南山都是比较具体的地点。原先宋迪八景中呈现特定"时象"的相当开放的空间架构被收窄甚至关闭了。与八景范型原来已较具体化的"时象"结合,拘限了美感体验的内容。而柳集玄等的命名,亦显然承西湖十景的命名而来,其中的远阁、通台、柯寺、镜湖亦颇为具体。关于这两种题名方式所可能导引的不同的观览经验,吾人不妨先从由之引发的题咏的比较来鉴别。先看柳集玄、顾善有、周懋宗、孟称舜等以蝶恋花所咏谓寓山"远阁新晴"一景。这些词人为了应题,不得不以"百尺层楼临大陆"(柳集玄)、"独倚危栏天外觑"(孟称舜)、"飞鸿远送寥天目"(殷时衡)去应题目中的"远阁",又以"槛外好山披一幅"(殷时衡)、"凤瘴初开爽气无朝暮"(孟称舜)、"翠霭平收众妙归吾目"(柳集玄)去应题目中的"新晴"[2]。而咏"通台夕照"一景,则不得不以"咫尺去天风雨骤"(顾善有)、"斗绝丹楼云外罩"(周懋宗)、"百尺高台迥出清都界"(祁彪佳)去应题目中的"通台",又以"摇映松阴斜日赢清昼"(顾善有)、"谢朓惊人诗句应携到"(周懋宗)、"落日半衔峰顶碍"(祁彪佳)去应题中的"夕照"[3]。由此类题名发生的美感体验的拘限,再有乾隆帝为承德避暑山庄"金莲映日"一景所作之诗也就不值得太令人诧异了:

<blockquote>正色山川秀,金莲出五台。</blockquote>

---

[1] 苏佳嗣纂修,康熙《长沙府志》卷十四,《稀见中国地方志汇刊》第 37 册,页 751。
[2]《寓山志》下册,《寓山十六景词》页 2–3。
[3] 同上书,页 3–4。

> 塞北无梅竹,炎天映日开。[1]

此诗差不多即是对诗题或景名的重述而已,可视为此类题名窒限美感的极端,生命的湍流的空间与时间被预先做了切割和镶嵌,景观亦就不再真正是存有与存有界相互构成的了。

(二)

寓山十六景品题的渊源是"西湖十景"之后的八景传统,祁彪佳寓山四十九"分胜"[2]以及明代绝大多数文人私家园林对景点的品题又渊源何自?追寻这一渊源之前,吾人应了解这一品题方式所引导的又是怎样一种美感。首先,如上文所述,文人园林景观的命名,不管是出于地理形势、功能或诗文引喻,皆首先肯定了一处确定的位置或楼台亭阁,然而,在多数情形下却让时间开放。这样的意思,屡屡表达在明代文人园记里。如明初张羽居沈某之竹深亭,即谓:

> 每清风激林,骤雨合至,飘荡播洒,万叶交振。鹈鹕、鸲鹆之类,翔萃其中,鸣声啁啾,与天籁合,乍大乍细,听之无穷,故吾知是亭,于风雨为宜。穷阴之夕,雪霰交坠,玲珑萧条,坐听既久,心寒耳凄,则就枕而卧。中夜闻折竹声如裂帛,如栎敲,清迅激越,出人不意,乍寐复寤,旦起初之,高者耸峭,下者披

---

[1]《热河三十六景诗》,清圣祖御制,张玉书等奉敕编:《圣祖仁皇帝御制文集》第三集卷五十,《景印文渊阁四库全书》,第1299册,页374。

[2] 祁彪佳以"分胜"称四十九景,而"景"则为蒋安然、柳集玄用以称"十六景"者。然在十六景出现之后,"景"亦时而用以称四十九"分胜",如《寓山志》崇祯十一年元月十六日志有"陈长耀至寓山画图,蒋安然为之指画,予以意中所欲构之景,如回波屿、妙赏亭、海翁梁、试莺馆、八求楼,令长耀补之图中"。此条材料及本文所涉一切有关《寓山志》之资料,皆由曹淑娟教授惠赠,笔者于此致谢!

靡,琅玕翠碧,化为瑶林,变炫洞射,暗牖皆白,故吾知是亭,于雪为宜。烟霏朝敛,黛绿摇翳,日光穿漏,影布窗上,俞忽推移,偃仰开合,虽善绘者,莫能穷其志,投林之翼,与暝色偕至,流霞倒影,久而后没,故吾又知此亭,于晴为宜。……斯亭不出寻丈,以极万变,晦明朝暮,揽之不竭。[1]

竹深亭的美感是由居者在大化的湍流中的种种季节和气候的体验所得,大化湍流不止,故而"晦明朝暮,揽之不竭"。嘉靖时名园弇山园中有"庵画溪",乃水景置于山石树木间,园主王世贞园记曰:

> 吾尝以春日泛舟,处处皆奇花卉,色芬飔目鼻,当欲谢时,寄命微飔,每过,酒杯衣裾皆满。花事稍阑,浓绿继美,往往停桡柳阴筱丛,以取凉适,黄鸟弄声,喈喈可爱。薄暝,峰树皆作紫翠观。少选月出,忽尽变,而玉玲珑嵌空,掩映千态,倒影插波,上下竞色。所不受影者,如金在镕,万颖射目,回桨弄篙,迸逸琐碎。惊鳞拔剌,时跃入舟间。[2]

这段文字描写了仲春、暮春、夏日的白日以及夏日的傍晚和夜间在同一园景位置享受到的不同美感和乐趣,显然不能被某一特定的"时象"所框定,所以该处被园主名之以"庵画溪"。嘉靖时孔天胤弃官归筑招隐园,为堂,为廊,为圃,为山,为洞,为亭台,总署为"四时佳兴",并建四亭以延景,春亭曰四雨,夏亭曰锦云,秋亭曰晚香,冬亭曰寒友。主人谓:

---

[1]《竹深亭记》,厉鹗:《东城杂记》卷下,《清代笔记丛刊》第2册(济南:齐鲁书社,2001),页1435。

[2]《弇山园记》之八,《弇州山人四部续稿》卷五九,见沈云龙主编,《明代文集丛刊》第1期第22册(台北永和县:文海出版社,1970),页2996。

当暄蔼炎阴，霜花雪干，交芬互映，复秀水如带，佳山若屏，云岚相驳，光彩万殊。[1]

主人欲于此收揽的显然不是一时之"时象"，而是四时之光彩。万历时丁元荐于长兴山水之间卜筑泷园，引潆流入园。其园景致得诸水，主人写道：

春涨夏潦，瀑飞如龙，骤如驷，怒如轰雷，秋冬泓澈可鉴，沁人肺腑。朱鬣泳沫，惊飚乍波，时与松涛、梧叶、寒蜇、哀雁交韵杂吹。夜半卧听，如朱弦入枕。[2]

丁氏取景，亦不限于一时。万历间萧士玮居春浮园，傍水有山，曰浮山，上有阁，曰秋声阁。然所能赏者岂止秋声一事。园主道：

至于四时之变，亦略可言：门掩黄昏，数阵香雪，泪湿胭脂，几番红雨，一往深情，幽闺无赖。若夫木叶微脱，寒鸦数点，山气夕佳，归于千翼，萧条高寄，斯固幽人之微致矣。兼以夏之日，冬之夜，阖扉昼酣，棋声松间，月明林下，美人忽来，虽暄凄颇异，而为欢略同。又况气候变于昏旦，丘壑殊其阴晴，自非身习，鲜不河汉。[3]

---

[1]《招隐园记》，见孔天胤撰，《孔文谷集》卷九，《四库全书存目丛书》第95册，页125。
[2]《泷园记》，见丁元荐撰，《尊拙堂文集》卷十二，《四库全书存目丛书》第171册，页213。
[3]《春浮园记》，见萧士玮撰，《春浮园文集》卷上，《四库禁毁书丛刊》第108册，页493–494。

园主的赏娱在此包括了四时昏旦的种种变化。他强调"身习",即自我当下的体验,此体验难以为兼摄时、地的四字标题概括。"秋声阁"只是阁名而已,非以名景,阁非为"望"之对象,而是提供一瞰之居势。又如明末江元祚于杭州西溪筑横山草堂,于此园北山临流处造敞阁三楹,成山翠环拥之势。主人谓:

> 当雨雪之晨,霞月之夕,挹岚光之变幻,观浮云之卷舒,能令骨痴心醉,李九疑先生题曰"醉山",深得此中之趣者也。[1]

"雨雪之晨,霞月之夕"已涵摄了四种不同的时间,此中之趣断然不能以兼摄具体地点和季节、时间的四字题名来概括,名之以"醉山"则能兼顾。万历间李若讷居姑孰之含清园,亦凭山亭之势而借景,所见有:

> 垣外溪流萦绕如带,城外峰峦一一入睫如排闼。四时之青者、绿者、苍者、枯者,活色冷艳,都可凭而收之矣。……益筑山于侥际,正以寓其有余不尽之趣耶。[2]

李氏以青、绿、苍、枯强调四时景致的变化,"活色冷艳"标示美感的意外和无期不测。回到明末祁彪佳寓山的四十九景,其"远阁"亦是凭居势而得借无穷之景,然主人不拘限于八之数,曰:

> 阁以远名,非第因目力之所极也,盖吾阁可以尽越中诸山水,而合越中诸山水不足以尽吾阁,则吾之阁始尊而踞于园之上。阁宜

---

[1]《横山草堂记》,见李卫等修,傅王露等纂,《西湖志》卷十八,《四库全书存目丛书》第241册,页840。
[2]《含清园记》,见李若讷撰,《四品稿》卷六,《四库禁毁书丛刊》第10册,页257。

雪、宜月、宜雨。银海澜回，玉峰高并。澄晖弄景，俄看濯魄冰壶；微雨欲来，共诧空濛山色。此吾阁之胜概也。然而态以远生，意以远韵。飞流夹巘，远则媚景争奇；霞蔚云蒸，远则孤标秀出；万家灯火，以远，故尽入楼台；千叠溪山，以远，故都归帘幕。若夫村烟乍起，渔火遥明，蓼汀唱欸乃之歌，柳浪听睍睆之语，此远中之所孕含也。纵观瀛峤，碧落苍茫；极目胥江，洪潮激射。乾坤直同一指，日月有似双丸，此远中之所变幻也。览古迹依然，禹碑鹄峙；叹霸图已矣，越殿乌啼。飞盖西园，空怆斜阳衰草；回舫兰渚，尚存修竹茂林。此又远中之所吞吐，而一以魂消、一以怀壮者也。盖至此而江山风物，始备大观，觉一壑一丘，皆成小致矣。[1]

阁以远名，为眺园外之景。在祁氏的叙述中，所眺者有澄晖之景、冰雪之景、微雨之景，亦有清明之景、夜景和黄昏之景，以销魂，亦以壮怀，心目相接，美景时时在在常新。正如祁氏在《寓山注》序中所说："四时之景，都堪泛月迎风；三径之中，自可呼云醉雪，此在韵人纵目，云客宅心。"[2] 难怪祁氏长居此园，仍时有惊艳，以至不得不"率尔为诗"。《远山堂诗集》中有一首五律，记录了诗人一次"抚景快叫"的经历。此诗有序曰："春日晓起，登远阁望山色初霁，烟云吞吐，峰峦层叠，都隐见雪浪中。北眺蜃海，横波邈然。极目之所至，抚景快叫，率尔成诗"。诗曰：

> 新霁当春晓，层烟远色笼。
> 入图浓淡里，得句有无中。
> 混沌如初辟，销沉迫太空。

---

[1]《寓山注·远阁》，《祁彪佳集》（北京：中华书局，1960），卷七，页164。
[2] 同上书，页151。

若无天外眼，斯景未能逢。[1]

由此诗的末四句可知：目中之景是诗人从未体验甚至从未期待过的新奇。

由以上明人诗文，可知明代文人园林中实质上只标示位置的命名乃为一种更即兴的体验所设，它开放了时间上的限制，以四时晨昏之中云霞烟霭岚光风雨雪雾和草木枯荣的色彩变化为即时之兴提供了无穷的可能。中国诗人自鲍照、谢朓之后即新铸"风景"一词以标示此一认知。[2]宋画中米氏山水的"云山墨戏"更代表了这一观念的发展，同样是"从潇湘得画境"，画家了悟的也可以不是兼摄特定时、地的八景，而是"未尝以洞庭、北固之江山为胜，而以其云物为胜"[3]。故米友仁说："大抵山水奇观，变态万层，多在晨晴晦雨间。"[4]明末的石涛则谓："山川，天地之形势也。风雨晦明，山川之气象也。……正踞千里，邪睨万重，统归于天之权、地之衡也。天有是权，能变山川之精灵；地有是衡，能运山川之气脉；我有是一画，能贯山川之形神。"[5]然而，造园一旦完成，地理的形势便再难更易，居园者欲求美感日日常新，则须赖于在时间中展开的云霞烟霭岚光风雨雪雾和草木枯荣的色彩变化。明白了寓山四十九景命名的性质，也许吾人方可以追问其渊源。

（三）

明代对文人园林最具公约性的隐喻是唐代诗人王维所居之辋川。

---

[1] 清初祁氏东书堂抄本《远山堂诗集》，见魏畊校定，《续修四库全书》第1385册，页225。
[2] 参见本书第二章。
[3] 董其昌，《画禅室随笔》，《历代论画名著汇编》，页262。
[4] 米友仁：《题潇湘奇观图卷》，转引自衣若芬：《漂流与回归——宋代题"潇湘"山水画诗之抒情底蕴》，《中国文哲研究集刊》第21期（2002年9月），页5—6。
[5] 《苦瓜和尚画语录·山川章第八》，《历代论画名著汇编》，页368—369。

晚明王心一于苏州造归园田居，园名隐括陶诗之题。园中形势，北有齐女门城堞，半控中野，主人谓"似辋川之孟城"[1]。嘉靖时潘允端居其父所造豫园，作记云："不敢自谓辋川"[2]。嘉靖时朱察卿为顾名世所筑露香园作记，谓是园"尽敛贵傲……彼郑圃、辋川，岂以庄严雕镂闻于世？"[3]万历间屠隆游山阴文园，想象风月之夕坐园内通泠桥上，见桂轮清妍，鲢鲂跃藻，川空谷响，犬声如豹，谓："何异王右丞与裴迪在华子冈？"[4]天启中邹维琏为李岐阳大莫园作记，谓"此胜景幽，概依稀乎辋川、浣溪光景也"[5]。晚明陈眉公为费无学所作《园史》作序，谓："辋川何在？盖园不难，难于园主人。"[6]崇祯时计成作《园冶》，其中《园说》一篇论借景远峰，谓"不羡摩诘辋川，何数季伦金谷"[7]。回到祁彪佳的寓山园，园中有"小斜川"隐括陶诗，园主自注曰："渊明春日之游，摩诘辋川所筑，将无是耶？"[8]关于寓山四十九景的命名，张岱更说：

> 造园亭之难，难于结构，更难于命名。盖命名俗则不佳，文又不妙。名园诸景，自辋川之外，无与并美。[9]

---

[1]《归园田居记》，见王心一撰，《兰雪堂集》卷四，《四库禁毁书丛刊》第105册，页569。
[2]《豫园记》，见俞樾、方宗诚总纂，《同治上海县志》（同治11年刻本，早稻田大学藏本）第14册，卷二八，页17。
[3]《露香园记》，见朱察卿撰，《朱邦宪集》卷六，《四库全书存目丛书》第145册，页657。
[4]《蕺山文园记》，见屠隆撰，《栖真馆集》卷二〇，《续修四库全书》第1360册，页594–595。
[5]《李郡臣大莫园记》，见邹维琏撰，《达观楼集》卷十六，《四库全书存目丛书》第183册，页189。
[6]《园史序》，见卫泳编评，《冰雪携》（上海：襟霞阁，1935），上，页2。
[7]《园冶注释》，页51。
[8]《寓山注·小斜川》，《祁彪佳集》，页156。
[9]《与祁世培》，张岱撰，云告点校，《琅嬛文集》（长沙：岳麓书社，1985），卷三，页139–140。

此外，汪如谦为寓山四十九分胜之一的"呼虹幌"题诗中有"曲槛通瑶岛，回澜出辋川"，侯岐曾题"踏香堤"诗亦有"客自辋川来，道是宫槐柏"[1]。或许这成为今人将王维辋川别业视为文人园林的一个原因。但辋川别业或许只是介于卢鸿一嵩山居所那样的"画家息息相关的一处'私家山水'"[2]与园林之间，被些许建筑点缀的天然风景。因为正如陈铁民所说：

> 辋川既然有一条不大可能属于是王维私人所有的流贯整个山谷的天然河流，又有公有的通道，那么王维在那里的别业，自然就不会是一座有围墙的与外界不通往来的庄园了。在辋川的那一段长约二十华里的"豁然开朗"的山谷中的山林土田，不大可能都属于王维一人所有。……王维的宅第与田产同辋川居民的房屋与土地应该是相互交错地分布着的。[3]

而且，辋川风景很难让人相信是"一座经过整体设计、规划的大型园"。二十"游止"由于有两位诗人同一地点的同题作品，的确令景观成为小川环树所说的"可以细数列举的东西了"，然却非经过设计和规划。因为这二十景多是由诗人即兴而有的。如《白石滩》只是辋水一处多有白石的河滩，在明月之下，有女人在此浣纱而已。如果是经人设计和策划，岂不无聊？所以，诗人王维经过此地，写道：

> 清浅白石滩，绿蒲向堪把。

---

[1]《寓山志》页上八、上十一。
[2]《旧石器时代至唐代》，载杨新、班宗华《中国绘画三千年》(北京：外文出版社；耶鲁大学出版社，1997)，页83。
[3]《辋川别业遗址与王维辋川诗》，《中国典籍与文化》1997年第4期，页12—13。

> 家住水东西，浣纱明月下。[1]

王维或许是自谢灵运《东阳溪中赠答》[2]一诗想到清流、月光、绿蒲和少女、白纱因色调、形态、气氛上轻柔的同质性而具画意。而同游的另外一位诗人裴迪却显然注意着同一地点中的不同部分，他的诗这样写：

> 跋石复临水，弄波情未极。
> 日下川上寒，浮云淡无色。[3]

两位诗人在同一处地点吟咏，总会关注不同景物，在所有二十"游止"，莫不如此。[4]由此可知：对同一景观的美感，其实又只与其个人此时此地的经验相关，或者说，美景只是此一存有者在与整体存有界同现共流之中对意义的领会和开显而已，严格说来不可重复。所谓"辋川何在？……难于园主人"正以此也。即便二人一同出游，其注目的"时象"也可能不同，如木兰柴，王维注目的是天幕中山岚和鸟羽色彩的明灭，而裴迪关注的则是溪畔的鸟声。又如竹里馆，王维陶醉于幽篁、明月和幽独者的乐音构成的氛围，而裴迪则只注意此处幽静到仅有山鸟出入。设想倘若二人在不同的季节和时辰游此，所取更何啻天壤！正是"自非身习，鲜不河汉"。诗人的佛教背景可以解释此基于缘在的体验：于佛家而言，有情众生之修行须"各以其末那与其所执之赖耶识、及依此识而表现出之其他心识活动，以自为一中心，则

---

[1]《王维集校注》，第 2 册，页 423。
[2] 原诗为："可怜谁家妇，缘流洗素足。明月在云间，迢迢不可得。可怜谁家郎，缘流乘素舸。但问情若为，月就云中堕。"《谢灵运集校注》，页 102。
[3]《全唐诗》，第 4 册，卷一二九，页 1314。
[4] 更多例证见本书第四章，兹不复述。

第四章 问津"桃源"与栖居"桃源"

不能径合——有情生命之心识，为一大心识"[1]。王、裴对辋川的题咏，恰符应流行于唐世之诗境观念。[2] 故而，能将此二人诗作编入一集的只是二十处"游止"，这些"游止"主要指示了地理形势如坳、冈、岭、柴、汧、垞、湖、濑、滩、坞等等，却对存有的时间及"时象"完全地开放。王维的《皇甫岳云溪杂题五首》延续了这一题名的作风。然而，在钱起的仿作《蓝田溪杂咏二十二首》中，诗题有时只集中于个别的物象如"晚归鹭"、"远山钟"、"潺溪声"、"松下雪"，这继承了王维取景于"须臾之物"的传统，却收缩了体验的广度。北宋画家李公麟造龙眠山庄和《山庄图》有明显模仿唐世卢鸿一与王维的意图，李氏本人即是卢鸿一《嵩山草堂十志图》的临摹者。[3] 苏辙为此图赋小诗，题咏"由建德馆至垂云汧十六处"和"道南溪山，清深秀峙，可游者有四"，用五言绝句形式，谓"凡二十章，以继摩诘辋川之作云"[4]。这是在园林品题中仿效王维的实证。值得注意的是，诗和序中均未出现"景"字，而是以"处"和"可游者"凸显地点和方位。而在侯乃慧《宋代园林及其生活文化》一书中列举的六、七十组皆以数字标举的园林题咏中，只有两例——《洋州三十景》和《利州漕宇八景》——使用了"景"，余皆出以数目标举为"咏"、"题"或"吟"。[5] 而这两例所咏应当不是私家园林，而是公共风景（洋州为今陕西西乡县，利州即今四川广元）。这说明了王维的即兴题咏传统在宋代文人园林中继续。关于这一传统，苏轼的《虔州八境图八首》的序言做了非常透彻的解说：

《南康八境图》者，太守孔君之所作也，君既作石城，即其

---

〔1〕唐君毅，《生命存在与心灵境界》（台北：学生书局，1977），下册，页790。
〔2〕参见拙著《佛法与诗境》第三、四章。
〔3〕详见庄申，《唐卢鸿草堂十志图卷考》，《中国画史研究续集》，页111–160。
〔4〕北京大学古文献研究所《全宋诗》，第14册，卷八六四，页10044。
〔5〕侯乃慧，《宋代园林及其生活文化》（台北：三民书局），页501–509。

城上楼观台榭之所见而作是图也。东望七闽,南望五岭,览群山之参差,俯章贡之奔流,云烟出没,草木蕃丽,邑屋相望,鸡犬之声相闻,观此图也,可以茫然而思,粲然而笑,慨然而叹矣。苏子曰:此南康之一境也,何从而八乎?所自观之者异也。且子不见夫日乎,其旦如盘,其中如珠,其夕如破璧,此岂三日也哉。苟知夫境之为八也,则凡寒暑、朝夕、雨旸、晦冥之异,坐作、行立、哀乐、喜怒之变,接于吾目而感于吾心者,有不可胜数者矣,岂特八乎?如知夫八之出乎一也,则夫四海之外,诙诡谲怪,《禹贡》之所书,邹衍之所谈,相如之所赋,虽至千万未有不一者也。[1]

苏轼在此强调"境"乃"所自观之者异也",且进而有"寒暑、朝夕、雨旸、晦冥之异,坐作、行立、哀乐、喜怒之变"。这与上文列出的明代文人对园林之景的看法同出一辙,故"接于吾目而感于吾心者,有不可胜数者矣"。此中之"境",正是白居易《白蘋洲五亭记》所谓"大凡地有胜境,得人而后发;人有心匠,得物而后开。境心相遇,固有时耶!"[2] 苏轼的八境图诗中故而有"却从尘外望尘中,无限楼台烟雨蒙","想见之罘观海市,绛宫明灭是蓬莱"[3],此处书写的是似真似幻的山水风物之在其知觉之中,而将实体的山水悬置,这种类似现象论的态度正是谢灵运以来中国诗歌山水呈现的主流。[4]

有必要强调,从王维到苏轼以及宋代私家园林的题咏,均未使用"景"这个比较含混的词。当对象是地点时,他们称之为"游止"、"处"、"可游者",而当对象是心、目相接者,则称之为"境",或者

---

[1]《全宋诗》,第14册,卷七九九,页9248。
[2]《白居易集笺校》,卷七一,第6册,页3799。
[3]《全宋诗》第14册,卷七九九,页9249。
[4] 详见拙文,《大乘佛教的受容与晋宋山水诗学》,《佛法与诗境》,页77—85。

"咏"、"题"、"吟"。而祁彪佳寓山的四十九景，亦未用"景"字，却在注"选胜亭"时说："亭不自胜，而合诸景以为胜。"[1]然而吾人皆知："景"早在六朝即见于画论，中唐已在诗和诗论中出现。北宋宋迪的八景体式也早在南宋流播于各地的郊邑风景的命名中。这让吾人好奇："景"在明人私家园林中意涵究竟如何？下文将以明代造园学的名著《园冶》为基础做一探讨。

（四）

明末计成《园冶》一书，是明代文人造园高潮的理论总结。此书中"景"凡十七见。作为画意的景致，"景"已成为园林美感的基本单位，故而有"景到随机"、"得景随形"、"闲闲即景"、"安亭得景"、"按景山巅"、"触景生奇"[2]等等说法。但《园冶》有关"景"之最重要观念乃是"借景"，被视为"林园之最要者也"[3]。故此书末章以"借景"为题，实为全书的结论。而在书中各处也时有关于"借景"的论述：

> "借"者，园虽别内外，得景则无拘远近。晴峦耸秀，绀宇凌空，极目所至，俗则屏之，嘉则收之，不分町疃，尽为烟景。[4]
>
> 远峰偏宜借景，秀色堪餐。紫气青霞，鹤声送来枕上；白蘋红蓼，鸥盟同结矶边。看山上个篮舆，问水拖条枢杖。斜飞堞雉，横跨长虹。[5]
>
> 倘嵌他人之胜，有一线相通，非为间绝，借景偏宜；若对邻

---

[1]《祁彪佳集》，页157。
[2] 见《园冶注释》，页51，56，58，60，76，171。
[3] 同上书，页247。
[4]《兴造论》，同上书，页47—48。
[5]《园说》，同上书，页51。

氏之花，才几分消息，可以招呼，收春无尽。[1]

内构斋、馆、房、室，借外景，自然幽雅，深得山林之趣。[2]

惟园林书屋，一室半室，按时景为精。……奇亭巧榭，构分红紫之丛；层阁重楼，迥出云霄之上；隐现无穷之态，招摇不尽之春。[3]

触景生奇，含情多致，轻纱环碧，弱柳窥青。伟石迎人，别有一壶天地；修篁弄影，疑来隔水笙簧。佳境宜收，俗尘安到。……处处邻虚，方方侧景。[4]

构园无格，借景有因。切要四时，何关八宅？……花殊不谢，景摘偏新。因借无由，触情俱是。夫借景，林园之最要者也，如远借，邻借，仰借，俯借，应时而借。然物情所逗，目寄心期，似意在笔先，庶几描写之尽哉。[5]

借者，假也。[6]谓之借，即非己能拥有而假于他者。有借方，即有贷方。借方为园内主人，贷方为园外"晴峦耸秀，绀宇凌空"，为"远峰"，为"紫气青霞，鹤声送来枕上；白蘋红蓼，鸥盟同结矶边。看山上个篮舆，问水拖条枒杖。斜飞堞雉，横跨长虹"，为"隐现无穷之态，招摇不尽之春"，为"轻纱环碧，弱柳窥青"，为"修篁弄影，疑来隔水笙簧"。无否论"借景"，有两点殊值得提出。其一为强调：景者，非恒在之物也。取景故不拘一格，端凭个人旨趣兴致，即所谓"花殊不谢，景摘偏新。因借无由，触情俱是。……然物情所逗，目寄

---

[1]《相地》，同上书，页56。
[2]《立基·书房基》，同上书，页75。
[3]《屋宇》，同上书，页79。
[4]《门窗》，同上书，页171。
[5]《借景》，同上书，页243—247。
[6]《说文解字》，页165。

心期"。此正是上文所引苏轼《虔州八境图诗序》中所说的一处风景而有多境,"所自观之者异也"。其二是强调借景于晨昏、季节的四时变化,即所谓"按时景为精","构园无格,借景有因。切要四时,何关八宅?"和"应时而借"。这一点,其实又是总结了苏轼在同一序文中所说的"凡寒暑、朝夕、雨旸、晦冥之异……接于吾目而感于吾心者,有不可胜数者矣",以及明代文人欲于园中"当雨雪之晨,霞月之夕,挹岚光之变幻"这样的观念。而这两点又皆是对王维辋川诗取景的继承,即肯认美景只为此一存有者与整体存有界同现共流之中对意义的领会和开显而已。这是明代文人多以辋川为隐喻的原因,说明文人在园居生活之中,实如诗人王维盘桓于辋谷山水,时而诗兴欻然自起。无否的高明,在巧用了一个"借"字,即将景其实赖于一时之兴的秘密点破。这个"景",遂又与刘宋诗文中的"风景"——空气和光,[1]转喻为种种气象——有可以相接之处了。园林中此在造园时未定的部分,即相当于宋以降山水画中的留白,亦不妨喻为诗论中的"象外之象"、"景外之景"[2]。饶有兴味的是,"象外之象"亦出自倡说不空不有,亦空亦有的大乘佛学。"景"由乎"借",甚而非为确定的地点方位所限。这一点,另一位明末文人和造园家李笠翁在"取景在借"的标题下亦做了更明白的论述:

> 开窗莫妙于借景,而借景之法,予能得其三昧。……向居西子湖滨,欲购船舫一只,事事犹人,不求稍异,止以窗格异之。人询其法,予曰:四面皆实,独虚其中,而为便面之形……是船之左右,止有二便面,便面之外,无他物矣。坐于其中,则

---

[1] 见小川环树,《风景的意义》,《论中国诗》,谭汝谦编译,页5—6。
[2] 司空图,《与极浦书》,见祖保泉、陶礼天笺校,《司空表圣诗文集笺校》(合肥:安徽大学出版社,2002),页215。

> 两岸之湖光山色、寺观浮屠、云烟竹树,以及往来之樵人牧竖、醉翁游女,连人带马尽入便面之中,作我天然图画。且又时时变幻,不为一定之形,非特舟行之际,摇一橹,变一像,撑一篙,换一景,即系缆时,风摇水动,亦刻刻异形。是一日之内,现出百千万幅佳山佳水,总以便面收之。[1]

"取景在借"比无否的"借景"更无宇空拘限。故而笠翁取景,甚至不立于某一处所,而藉船舫的移动和风摇水动将"时时变幻,不为一定之形"的湖山人物不断地摄入取景的便面,"是一日之内,现出百千万幅佳山佳水"。笠翁取景西湖,却以"取景在借"对昉自"西湖十景"的传统做了最彻底的颠覆。

---

[1] 李渔,《闲情偶寄》(上海:上海古籍出版社,2000),页193—194。

第五章　生气充盈的李白山水世界[1]

一、引言：山水与李白的生命世界

行走在中国名山大川中，有一位诗人的名字会最多地被唤起，他就是李白（701—763）。

自开元十二年（724）离开其生长的蜀中绵州以后，这位大诗人的足迹和诗句遍及华夏广袤的大地——成都盆地、长江上游的渝州、川江峡谷、长江中游的冲积平原和湖泊、下游的山地丘陵中的溪谷，以及黄河中下游的山地和平原……显然，为探问李白相对以往的山水书写有哪些新的发明，笔者无法循诗人的游踪，以时期和诗人所至不同地区的地貌分类，因为即便在书写不同的地域，诗人的话语特征亦不免会重叠。

本章将以山水与其生命的意义关联来做出区隔。李白是古代诗人中思想和性格色彩相对斑驳的一位。他有儒家用世事君以安社稷、济苍生的思想。然自少年起，即以侠自任，并从赵蕤习纵横之术。在他鄙夷权贵、追求自由的精神中又不乏庄子的影响。由于这种复杂的思想背景，李白对自身生命有独特的出处用藏理念。首先，他汲汲于建功立业，却不屑——或许亦不能[2]——走经由科举而进身仕途之路。他希图不拘常

---

[1]　此章原载台北《台大中文学报》第44期（2014年3月），收入本书时做了修改。
[2]　李白恐因出身商贾而非士人和名不在附籍而被拒于仕途之外，详见阎琦，《李白的入仕道路和他的忧愤》，中国李白研究会、马鞍山李白研究所合编《20世纪李白研究论文精选集》（西安：太白文艺出版社，2000），页591—608。

调,逢时而起,风云感会,"一飞冲天,一鸣惊人"。隐居养望即为实现此理想的途径之一。李白曾先后小隐于蜀中匡山、安陆寿山、山东徂徕山和浔阳庐山。然而,隐是蓄势待发,为有日能一展雄图,"谋帝王之术,奋其智能,愿为辅弼,使寰区大定,海县清一。"[1]由此,李白自比垂钓磻溪的吕望,[2]躬耕南阳的诸葛亮,[3]以及隐居东山的谢安。[4]

在李白的人生规划中,江湖又是功成后的归宿,自谓"事君之道成,荣亲之义毕,然后与陶朱留侯,浮五湖,戏沧州",[5]即希冀追随功成拂衣而去的鲁仲连、遁迹五湖的范蠡、大业成而澹荡不居功的张良。只以所谓"山水诗人"称呼李白是不恰当的,他终其生纠缠于功业情结之中,其诗充满对历史上安黎元、济苍生的政治英雄和奇侠的钦慕及对自身不遇的忧愤。[6]然而,山水却不妨居于上述人生模式的两端。此两端皆是扁舟一叶、垂钓沧波这个历史之外的清远山水、庄子的渔父世界。只是,作为最终归宿一端的山水终未得见。故而,沮丧愤激之余,诗人亦会发出"人生在世不称意,明朝散发弄扁舟"[7],"长垂严陵钓"[8]的一时之语。这样,山水实际上又成为李白很大一部分生命世界。李白入朝出仕的时间很短,除几次小隐以外,他很多时间在为干谒、访友和发散郁闷而出游。在古代,出游所历所见即是山水。李白诗中这样的山水书写大致是基于以舟楫藉江流而游的经验。

李白又是多次受道箓的道教徒,寻仙访道构成出游山水的又一种

---

[1]《代寿山答孟少府移文书》,见詹锳主编,《李白全集校注汇释集评》(天津:百花文艺出版社,1996),第7册,页3982。
[2] 见《赠从弟冽》,同上书,第4册,页1825。
[3] 见《读诸葛武侯传书怀赠长安崔少府叔封昆季》、《留别王司马嵩》,同上书,第3册,页1339—1341;第4册,页2130。
[4]《梁园吟》,同上书,第3册,页1061。
[5]《代寿山答孟少府移文书》,同上书,第7册,页3982。
[6] 详见詹福瑞,《李白的英雄意识》,《20世纪李白研究精选集》,页609—626。
[7]《宣州谢朓楼饯别校书叔云》,《李白全集校注汇释集评》,第5册,页2567。
[8]《独酌清溪江石上寄权昭夷》,同上书,第4册,页1990。

理由，自谓"十五游神仙，仙游未曾歇"[1]，"五岳寻仙不辞远，一生好入名山游"[2]。李白攀游嵩山、泰山、天台、敬亭、庐山等名山虽然有经验的成分，然在山和天空交接的碧云星虹之间，他会在想象中突然开启神仙世界，以至"飒若羽翼生"[3]。李白诗中这一类山水书写是半经验、半幻想的，或者说在凡界与天界之间。

诗人李白在人生失意和对天下时局忧心如焚之际，还会书写另一类山水，这是一种寓意化的或隐喻化的山水，以山水的凶险和狂野托喻其所面对的人生和时局险恶。李白这一类书写虽然可能掺有某些回忆或听闻，但基本上是出于艺术想象。

以此，本章将自人境之侧的清净山水、云山之间与"寻仙"活动相关的奇幻山水、愤激之际寓意诗作中的狰狞山水三个面向，讨论李白诗歌中的山水美感话语。这三面向中，只有第一个面向有必要将现地考察作为辅助的方法。[4]这一讨论的困难却在：如何将这三类不同的山水书写收束在一起做出结论？本章自讨论中归纳出的是"气"这一时时出现的要素。

李白谓："天地为橐钥，周流行太易。造化合元符，交构腾精魄"[5]，宇宙本为阴阳之气阖辟翕聚；而白又以"朱鸟张炎威，白虎守本宅。相煎成苦老，消烁凝津液"[6]，谓丹成于形体内气之修炼。可见

---

[1]《感兴》其五，同上书，第7册，页3442。
[2]《庐山谣寄卢侍御虚舟》，同上书，第4册，页2000。
[3]《游太山》其四，同上书，第5册，页2801。
[4] 此次考察完成于二〇一三年三、四月间。关于文中使用的照片，天门山与长江一幅，如欲完全显示本章论点，应使用直升机或热气球。但本人根本没有这样的经费。水车岭一幅，是我徒步三小时在一个棘草丛生乱石遍地的洲岛上所能找到的最佳拍摄角度（同行者有一位青年摄影家高初），但仍无法显示龙舒河在前面回转九十度的情形，除非冒着相机毁坏的危险半潜入河水。这些还望读者体谅。
[5]《草创大还赠柳官迪》，《李白全集校注汇释集评》，第3册，页1532。
[6] 同上书，第3册，页1535。关于李白的内丹观念，见此诗的杨注和朱注，同上书，第3册，页1536—1538。

对李白而言,"气"可通天与人、身与心。本章在讨论中更会时而提示李白山水书写各类话语中与"气"相关的种种思想来源。然而,笔者更倾向将"气"作为巴什拉所谓"想象的形上学"中的"物质因",即"在显露的形象后面"的"隐藏着的形象",[1]而非一般哲学的概念术语来加以讨论,这不仅更切合李白的诗人和道教徒身份,亦更能彰显中国思想传统诗意样貌的一面。巴什拉以其对西方原始哲学中火、空气、水、土四种本原的思考而提出:"任何一种诗学都应容纳物质本质的要素","遐想应找到它的物质",而四种本原的每一种"在物质上是一种诗学忠诚的体系"[2]。藉由一种物质,想象得以将诗人与世界连接起来,将身心与大自然连接起来,从而进入宇宙的动态生命。巴什拉又宣称:"只有无视传统观念的哲学家才可能担起这项沉重的劳作。"[3]对笔者而言,或许是,只有当吾人一定程度上偏离了概念思维,才可以真正进入李白的诗学世界。以此,李白诗作处处透示出的气学表现恰好为吾人提供了一个同时思索诗学的物质本质要素和中国古代"气的思想"中"想象的形上学"的难得机会。然此一"气",并非巴什拉诠释尼采所用的古希腊哲学四元素之一的"气",而是广泛见诸中国古代思想、人物品鉴、艺文评论中的"气",它本身并不具分辨物质和精神的意义,相反,是具一定物质形态却又同时涵容了物

---

[1] 巴什拉,《物质与想象》见《水与梦:论物质的想象》,顾嘉琛译(长沙:岳麓书社,2005),页2。巴什拉撰有《火的精神分析》、《水与梦》、《土地与意志的梦想》和《空气与幻想》四书,从而成就其"元素诗学"。笔者此处颇从黄冠闵《巴修拉论火的诗意象》(载《揭谛》2004年4月第6期,页163-194)、《音诗水想——伦理意象之一环》(载《艺术评论》2006年第16期,页101-124),以及 "The Ethical Imagination in Bachelard's Reading of Nietzsche"(《巴什拉对尼采的解读的伦理想象》,载 *Philosophy, Culture, and Tradition*, vol. 4, 2007, pp. 19-30)等文章受益。感谢赖锡三先生和黄冠闵先生馈赠这些文章的复印本给我。
[2] 同上书,页4-5。
[3] 同上书,页2。

质和精神本原的意味。[1]

二、人境之侧的清丽山水

李白以诗书写人境之侧的山水美感话语，又有大致三个面向，为免混淆，本节在以阿拉伯数字区分的三个小标题下分别讨论。

1. 山水书写中的"风土性"

讨论李白书写其实际生命世界中山水的美感，首先令人注意的是，李白这一类书写有一种笔者称之为"风土性"的特点。本章所谓"风土性"与存在论哲学和文化地理学中的"风土"在义涵上有重叠却不尽相同。日本近代学者和辻哲郎为补充海德格尔以时间来把握人的存在方式的哲学思考，进一步以"空间"来思考人的存在方式，提出"风土"这一概念。此所谓"风土"，不仅指包围着一个人类共同体的某一地气候、气象、地质、地力、地形、景观的总和，而且是主体化的肉体在活动中展开的种种连带，即展现为共同体的形成方式、思维方式、语言表达方式以及生产方式、生活习惯和房屋建筑式样等。在此，"自然的特殊性转化为人类生活的特殊性"，成为不能与历史脱离的"人的社会化的一种结构"、"人类自我发现的一种方式"和"人之存在将自己客体化的契机"[2]。本章的"风土"首先与这样的义涵有所重叠，即"风土性"是指诗中透发的为农耕渔猎生活所浸淫的一地山水，成为了"人的社会化的一种结构"和"自我发现的一种方式"。在此，山水与人的身体、言语声气和情绪的共织体现出庄子所谓"化"。

---

[1] 本章所以采用巴什拉"物质想象"，除了因为"气"有某种物质形态外，另一个重要考量是为第九章讨论韩愈"火的诗学"做某种铺垫。
[2] 参见和辻哲郎，《风土》，陈力卫译（北京：商务印书馆，2006），页 1–17。

本章拟先藉由其风俗书写进入此"风土性"(其实这些未必不可归入绘画中论及"山水"的"渔樵耕牧景物"),再来讨论其山水书写中这一特征。李白经三峡出蜀所作《巴女词》"十月三千里,郎行几岁归"[1]是以摹拟巴地民歌声气而具"风土性"。李白开元十四年在吴越摹仿流行江南地区的乐府清商曲辞作《杨叛儿》、《长干行》、《越女词》、《采莲曲》、《渌水曲》,以及日后摹拟吴语自创《横江词六首》,皆在自摹拟谣歌声气而追求一种"风土性"。这些诗似在暗示:这里不是一个旅行过此的诗人在咏唱,而是这片土地自身的声音。由于风土是"人类自我发现的一种方式"和"人之存在客体化的契机",诗人欲以诗作体现"风土性",就不宜取外来游客的声口,而须取此地声口了。除却这种听觉或音乐的风土性外,吾人会在李白对某一地区风物的书写中连续地发现一些重复出现的意象。譬如,诗人开元十四年初至吴越,惊艳于此地山水与吴姬越女的妩媚,其羞涩、怨艾成为诗人笔下江南的一道风景,诗中一再有江南水乡中的荷花和采莲少女的身体一起出现。荷花是背景,少女是元象,相互映衬。如《越女词》其三有:

> 耶溪采莲女,见客棹歌回。
> 笑入荷花去,佯羞不出来。[2]

《采莲曲》又有:

> 若耶溪旁采莲女,笑隔荷花共人语。
> 日照新妆水底明,风飘香袂空中举。[3]

---

[1]《李白全集校注汇释集评》,第 7 册,页 3747。
[2] 同上书,第 7 册,页 3736。
[3] 同上书,第 2 册,页 571。

《渌水曲》和《西施》中这个意象再次出现：

> 荷花娇欲语，愁杀荡舟人。[1]

> 西施越溪女，出自苎萝山。
> 秀色掩今古，荷花羞玉颜。
> 浣纱弄碧水，自与清波闲。[2]

这样的写法，其实又是诗人汲取了南朝吴歌中一再出现的荷与莲花的意象。如：

> 窈窕上头欢，那得及破瓜。
> 但看脱叶莲，何如芙蓉花。[3]

> 青荷盖绿水，芙蓉葩红鲜。
> 郎见欲采我，我心欲怀莲。[4]

这些轻艳情歌皆以女子口吻唱出，李白由此生发出吴越少女与荷花共在的风土图景，传达出江南风土无限娇媚的风姿风韵。此外，就是颇具性感意味的吴姬越女身体的白足。《越女词》其一有"屐上足如霜，不著鸦头袜"[5]；其三有"东阳素足女"[6]；《浣纱石上女》有"一双金齿屐，两足白如霜"[7]。细忖，荷花和露出白足的木屐都是江

---

[1] 同上书，第2册，页903。
[2] 同上书，第6册，页3149。
[3] 《欢好曲》其二，《先秦汉魏晋南北朝诗》，中册，页1056。
[4] 吴声歌曲《子夜歌·夏歌》，同上书，页1045。
[5] 《李白全集校注汇释集评》，第7册，页3734。
[6] 同上书，第7册，页3737。
[7] 同上书，第7册，页3739。

南的风土特色。这些诗或许难称山水书写，但它们时时让吾人联想到江南生活中无处不在的水。如和辻哲郎说"湿气"其实不是单纯气象学的东西一样，[1]"江南水乡"也不仅是无处不在的溪湖，它还是生活在溪湖地区人类的生活习惯，是荷花边采莲的少女，是木屐和白足。后世诗人对江南水乡生活（如杜荀鹤的《送人游吴》）的风俗书写都体现了此风土性。转入对李白山水书写的讨论，吾人会立刻想到《横江词六首》与以上讨论的关联。这一联章以吴歌乐腔和江上吴人舟子语气写出，亦俨然这片土地本身的声音。长江北流至采石和历阳之间江面忽然收窄，并一度东向，形成"横江"。唐时镇、扬之间仍为海湾，宽尚有十五公里，有潮涌可观。[2]白诗夸说海潮可抵今历阳横江浦，与江水相遇，两向冲击，形成"风波恶"。六诗中"白浪"（或"涛似连山喷雪"、"惊波"）凡五见，"海潮"（或"海神"、"海鲸"、"海云"）凡四见，"狂风"或（"恶风"、"天风"和"一风三日吹倒山"）凡四见。诗人于此反复渲染舟子帆人之难。诗中虽然也出现牛渚、天门、三山这些地名，但诗人注重的显然不是这些具体地点的形势，而是横江上下游整体的风波险恶，和恶风惊波中的舟人生命活动。

李白名作《秋浦歌十七首》代表了本章所论另一类"风土性"。和辻哲郎讨论"风土"，曾明确表示："风土对人之存在的制约是人类历史、风土结构上的普遍问题，不是对具体个人存在方式的考察"[3]，而是对某一共同体社会的考察。而本章以下所谓"风土"则着重与诗人个人的存在有关，是诗人身心与山水共织出的氛围和情调，是诗人以肉身和环绕自己的世界将自己客体化的契机。注家常因该联章之诗题而认为诗

---

[1]《风土》，页179。
[2]《中国历史地貌与古地图研究》，页111。
[3]《风土》，页16。

人在写池州的秋浦溪。其实,从这一组诗中出现的地名"黄山"、"水车岭"、"江祖石"、"桃波"、"逻人石"、"大楼山"来看,除却"水车岭"在秋浦溪的支流龙舒河,余皆为清溪的地名。所以,诗题中的"秋浦"应指唐时池州所辖四县之一的秋浦,而诗人所写则主要是其所身经的秋浦县清溪两岸为其愁闷心绪所笼罩的环境。《秋浦歌十七首》遂不妨与诗人同写于清溪舟游中的其他诗作《独酌清溪石上寄权昭夷》、《清溪行》、《宣城清溪》、《宿清溪主人》、《清溪半夜闻笛》、《与周刚清溪玉镜潭宴别》、《游秋浦白笴陂二首》等并读。在这些诗作中,又有一些重复出现的意象,其中最突出的是猿啼和猿。在《秋浦歌》中凡四见:

> 秋浦猿夜愁,黄山堪白头。
> 清溪非陇水,翻作断肠流。(其二)

> 两鬓入秋浦,一朝飒已衰。
> 猿声催白发,长短尽成丝。(其四)

> 秋浦多白猿,超腾若飞雪。
> 牵引条上见,饮弄水中月。(其五)

> 山山白鹭满,涧涧白猿吟。
> 君莫向秋浦,猿声碎客心。[1](其十)

在诗人写于清溪的其他诗作中,猿和猿声也不断出现:

> 山貌日高古,石容天倾侧。
> 彩鸟昔未名,白猿初相识。[2](《宣城清溪》)

---

[1]《李白全集校注汇释集评》,第 3 册,页 1123、1125、1126、1132。
[2] 同上书,第 6 册,页 2916。

> 向晚猩猩啼，空悲远游子。[1]（《清溪行》）
>
> 月落西山时，啾啾夜猿起。[2]（《宿清溪主人》）
>
> 我来憩秋浦，三入桃陂源。
> 千峰照积雪，万壑尽啼猿。[3]（《与周刚清溪玉镜潭宴别》）
>
> 山光摇积雪，猿影挂寒枝。[4]（《游秋浦白苟陂》其一）

猿啼在写于秋浦清溪的诗作中竟先后出现九次之多！白猿应当是这一带的风物特征之一，诗人更以此反复渲染其此时潦倒愁闷的心境。《秋浦歌》一开篇即藉"秋浦"之"秋"字发议："秋浦长似秋，萧条使人愁"，冠组诗以"悲哉秋之为气也"[5]。以下"堪白头"、"两鬓……飒已衰"、"催白发"又一再出现，直至第十五首的"白发三千丈，缘愁似个长"，直将秋气与其在人情感中的回转——哀愁、在人身体中的延伸——白发，贯于一道，令愁、长秋、白发和凄清的声声猿啼构成同一哀伤旋律，而于芒芴淑湫中流转不见行迹的猿啼，则特别体现此弥漫于空间的"悲哉秋之为气"。这才真正是一种在心中、目中、耳中回肠荡气的"调子"！清溪两岸山岭时远时近，溪水时而在绿野上流淌，时而在峡谷中奔腾。诗人在这条溪水上行舟，猿声时远时近地传来，时而在平川播散，又时而在谷内回荡。这如吴侬方言一样，出现在诗中不啻为一种声气或音象。而诗人对此反复书写，俨

---

[1] 同上书，第 3 册，页 1223。
[2] 同上书，第 3 册，页 1594。
[3] 同上书，第 6 册，页 2872。
[4] 同上书，第 6 册，页 2875。
[5] 宋玉，《九辩》，见崔富章、李大明主编，《楚辞集校集释》（武汉：湖北教育出版社，2003），卷一下，页 2045。

然有歌谣中重沓回环的效果,且如歌曲中的"叠句"(refrain),反复渲染着这一风土的情调。且符应溪谷之百转千回,仿佛盘绕其中。擅为乐府诗的李白[1]自然熟悉乐府分章咏叹、多用回环的传统。

  《秋浦歌十七首》与王维《辋川集二十首》同样是组诗,却何其不同!《辋川集二十首》写的是二十"游止",诗人载游载止,所写是被标点了的、句读了的诗人在谷中二十处山水的体验,故而开出了"景"的观念先河。[2]《秋浦歌》虽然也有如"江祖石"、"桃波"、"逻人石"、"大楼山"等地名,却更宜合读,以领会那一种风土和情调。虽然亦点缀细节,然总的说来却是一种"减笔山水"。有点使人想到作曲家藉旅行所拼织的"环境印象"而写作的"随想曲"(capriccio)。诗人注重的既非远景(prospect),亦非在时空中被切割和片段化的单独"视景"(*in visu*),而是连续的时空中人与山水风物共织的"风土"(*in situ*)。以艺术史学者安德鲁斯(Malcolm Andrews)的辨分,"体验作为过程而非图景的大自然有赖于将重心自'地景'(landscape)转换为'环境'(environment)。地景是自相对分离的视角受控的实践,而环境则意味着'有机生命体'与其所环绕的'意义的当下领域'的相互影响关系。"[3]易言之,"环境"是自空间上极度扩充了的"氛围"。与身体(群体或个人的)共存的"环境"(中文这个词语与英文 environment 皆有"环绕"意味)或大氛围,亦即本人所谓"风土"。[4]日本学者平

---

[1] 据葛晓音的统计,李白的乐府诗作共一百二十二篇,竟占了初盛唐所有乐府诗的三分之一,见其《论李白乐府的复与变》,《20 世纪李白研究论文精选集》,页 866—884。
[2] 详见本书第四章《问津"桃源"与栖居"桃源"》。
[3] Malcolm Andrews, *Landscape and Western Art*, p. 193.
[4] 此处是沿用以上引用的安德鲁对地景和环境的用法。安德鲁显然是在艺术史的范围内使用"环境"这个词。如果越出这个范围,"环境"多用以分辨尚未与生态科学、实用功利价值剥离的世界(对"环境"的这一分辨以及本章所用两个拉丁词汇 *in visu* 和 *in situ* 受知于宋刚先生,特此致谢);因此,本章以"风土"而不以"环境"指称李白山水书写中这种美感话语。"风土"强调其难以被小片切割。

冈祯吉和赤冢忠通过对殷代甲骨卜辞的研究,提出"风"和"土"即"气"的原型。[1]《淮南子》亦有"土地各以其类生……皆象其气,皆应其类"之说。"风土"乃就与人身体共存的环境而言,亦即诗人所谓"气",即李白所谓"寓居长沙,禀湖岳之气"[2]那样的"气"。

2."清":山水与诗人"之间"

李白的山水书写尽管注重风土,却并非未对某一类景致美特别留意和关注。本章要着意提出的是江潭。这是江流在触到石岩时转弯、回旋而在流水中渟滀形成的"潭",即苏轼所谓"洄潭转碕岸"[3],它是本书首章所说山与水"一元双极",在瀑布、涧、洲渚、江中屿、江矶之外的又一形式。谢灵运家族在车骑山下的铜亭楼与对岸石矶间的剡水之曲即是一江潭,但谢灵运诗对此未着笔墨。孟浩然诗《岘山作》和《山潭》中已出现了汉水中的沉碑潭和万山潭,诗人在二潭垂钓,"水清心益闲",[4]对江潭却未有更多关注。李白在皖南的丘陵地区凭水而游,水畔时或有山,故仅在他写于泾县、秋浦两县的诗作中提到的潭即有四处,系罗敷潭、桃花潭、落星潭和玉镜潭【图一】。从现地考察获知:李白《秋浦歌》其九和《独酌清溪石上寄权昭夷》所写的"江祖石"亦在清溪的江潭中,是谓江祖潭。《秋浦歌》其八曰"秋浦千重岭,水车岭最奇。天倾欲堕石,水拂寄生枝"[5],这个千重岭中"最奇"的水车岭,据《池州府志》和《贵池县志》的说法,在城西

---

[1] 转引自前川捷三,《甲骨文、金文中所见的"气"》,《气的思想:中国自然观和人的观念的发展》,小野泽精一、福光永司、山井涌编著,李庆译(上海:上海人民出版社,1990),页19—20。
[2] 《送戴十五归衡岳序》,《李白全集校注汇释集评》,第8册,页4151。
[3] 《和陶诗〈移居〉之二》,见王文诰辑注,《苏轼诗集》(北京:中华书局,1982),第7册,卷四〇,页2192。
[4] 佟培基,《孟浩然诗集笺注》,页29,34。
[5] 《李白全集校注汇释集评》,第3册,页1130。

图一　桃花潭

南六十里的乌石,居民因白留题于岭麓筑太白楼、文昌阁祀之。[1]在今贵池梅街镇乌石村秋浦溪支流龙舒河畔,本人找到水车岭,龙舒河恰在岭麓成近九十度转弯,回旋而形成深潭。正是乾隆《江南通志》所谓"峭壁临渊,奔流冲击,若橘槔声"[2]。故水车岭下,亦有一潭。【图二】这样,李白在两县中竟写到六处江潭!

这六处江潭之中,李白对其中三处——江祖潭、玉镜潭、落星潭——别有所感。先看因江祖石而闻名的江祖潭。乾隆《池州府志》谓"万罗山在城南二十里,与江祖石隔溪对峙,上有逻人石,李白

---

[1] 张士范等纂修乾隆《池州府志》称"乌石水车岭在城西南六十里,唐李白所谓'秋浦千重岭,水车岭最奇'者也,载《秋浦歌》。岭麓有文昌阁、太白楼、翰林山"。《中国地方志集成·安徽府县志辑 59》,卷七,页 104。陆延龄修、桂迓衡等纂光绪《贵池县志》转引《江南通志》称"(水车岭)在府西南六十里,……居民因白留题筑楼祀之"。《中国地方志集成·安徽府县志辑 61》,卷三,页 54。光绪《贵池县志》,卷三,页 54

[2] 尹继善、赵国麟修,章士凤、黄之隽纂,乾隆《江南通志》卷十六《舆地志·山川六池州府》页二十六,《中国地方志集成·省志辑·江南》第 3 册(《乾隆江南通志(一)》),页 379。

图二 水车岭（N30°27.669′/E117°27.834′）

《秋浦歌》所谓'逻人横鸟道，江祖出鱼梁'是也"。[1]因为清溪畔三处相邻地点的名字——逻人石、江祖潭、江祖石，不仅与白诗中地名相符，且三处的地理面貌亦与诗中书写相符，可以断定方志所载不误。按方志索骥，此潭在今贵池里山南清溪中。现地见江祖石是一座石山探入清溪，由数块褐色巨石叠成，当地俗称李白钓台，与万萝山、逻人石隔水相望。且有摩崖刻诗，虽字迹漶漫，尚依稀可辨，正是《秋浦歌》其九所谓"题诗留万古，绿字锦苔生"。古人谓此石高数丈去事实不远。石下临由清溪回转形成的深潭，据撑排的老人讲仍可有数米之深【图三】。李白登上江祖潭上江祖石时写道：

> 我携一樽酒，独上江祖石。
> 自从天地开，更长几千尺？
> 举杯向天笑，天回日西照。

---

[1]《中国地方志集成·安徽府县志辑59》，卷七，页99。

图三　江祖潭（N30°34.776′/E117°30.293′）

> 永愿坐此石，长垂严陵钓。……[1]

诗人独坐巨石，头上是青天，脚下是碧潭，忽然感到可与天地同在了。"自从天地开，更长几千尺"突兀地提出一个好像是孩童的问题，是因为流水在此回旋、渟滀，似乎是可以忘却和驻留时间的所在。"题诗留万古，绿字锦苔生"[2]也落在时间的驻留上。诗人甚至想永远滞留在此内外清澄的境界里："永愿坐此石，长垂严陵钓。"

李白在《与周刚清溪玉镜潭宴别》一诗中写了玉镜潭的位置："溪当大楼南，溪水正南奔。回作玉镜潭"[3]。白诗原注"潭在桃胡陂下"，

---

[1]《李白全集校注汇释集评》，第4册，页1989–1990。
[2]《秋浦歌》其九，同上书，第3册，页1131。
[3] 同上书，第6册，页2873。

图四 玉镜潭（N30°27.886′/E117°34.353′）

其诗亦谓"我来憩秋浦，三入桃陂源"[1]。今贵池桃陂（坡）东南，梅街镇峡川村西象鼻山的一面峭壁之下有玉镜潭，山上建有太白亭。峡川水与清溪在此相汇，触壁西折，回环成潭，水色深碧【图四】。据当

---

[1] 同上书，第6册，页2873。光绪《贵池县志》载："康熙府志玉镜潭本属清溪之水，故太白题为'清溪玉镜'，而其诗曰'溪当大楼南，溪水正南奔。回作玉镜潭，澄明洗心魄'。言大楼，即大楼山也，溪水，即清溪水也。盘回作潭，了如指掌。宋周必大从江祖兴道院至石边，攀缘而下，得小舟泛清溪，水正碧色，下浅滩数里至玉镜潭，水自南来，触岸西折，湾环可喜。潭深才二三尺，证以李白诗，难以实录。乾隆府志潭有二，一在江祖潭下数里许，唐李白名注在桃胡陂下，今陂旧处已失，其水下清溪为青莲旧游处。一在琅山趾，有石刻玉镜潭三字，旁题端平甲午毅斋陈应直书并立。旧志所载风清月皎之夜有白圆光飞映石壁者是也。其水下池口。"光绪《贵池县志》，卷四，页77。据《池州府志》，琅山在府城西南七十里，有昭明钓台。（见上引该书卷七，页106）此处不在清溪而在秋浦溪上，故应排除。乾隆《江南通志》谓"万罗山在府南二十里，旧志云与江祖石隔溪相对"（《中国地方志集成·省志辑·江南》第3册本，页375），又谓"玉镜潭在府西南七十里，江祖潭数里许"（同上书，页379），岂不自相矛盾？当是集纂诸书所致。本人综合乾隆《江南通志》中"大楼山在府南四十里"（同上书，页375），白诗"溪当大楼南，溪水正南奔。回作玉镜潭，"以及白诗注中"潭在桃胡陂下"几个线索，判断玉镜潭应为峡川村西象鼻山之玉镜潭。

第五章 生气充盈的李白山水世界 | 331

地人说，今日之潭已比半世纪前缩小了数倍。李白与友人月夜在此宴别，当俯视着一处比今日所见大得多的潭水，诗人写道：

> 扫崖去落叶，席月开清樽。
> 溪当大楼南，溪水正南奔。
> 回作玉镜潭，澄明洗心魂。
> 此中得佳境，可以绝嚣喧。
> 清夜方归来，酣歌出平原。……[1]

象鼻崖比江祖石后的石山高许多。诗人清夜来此席月饮酒，崖上是清风明月，崖下是澄明深潭，西北是大楼山和山下的绿野，诗人称此"佳境"能令人"洗心魂"、"绝嚣喧"，即进入一清澄而宁静的身心氛围。"清"于此当然与水与空气的明净有关，却是一种不同于西方画家表达的光和空气感，其着意不在对象世界中固定光源和主体的视点，而在身心一体、天人一体中体验一种氛围，一种似乎无处不在的氤氲。正如幽兰在比较中国山水画与欧洲风景画时所指出：与设定唯一光源，注重色彩以描绘事物材质的欧洲风景画不同，中国山水画家以水墨体现阴阳变化，令人参与其中，"得遇灵神"[2]。

李白又为落星潭作《泾溪南蓝山下有落星潭可以卜筑，余泊舟石上寄何判官昌浩》一诗。落星潭下游八里是漆林渡。从其另一诗《早过漆林渡寄万巨》来看，诗人是夜应泊舟夜宿此潭。据诗题，落星潭当在蓝山下不远处。今人所编《泾县志》谓"蓝山海拔581.7米，在县城西南25公里中村乡与安关乡交界处。唐时建有永安寺（又名筜壁

---

[1] 同上书，第6册，页2872–2873。
[2] 见幽兰，《景观：中国山水画与西方风景画的比较研究 III》，《二十一世纪》2003年12月号，页102。

图五　落星潭（N30°34.594'/E118°12.446'）

寺），寺左半山处有'放歌台'，传李白、汪伦等放歌处。山下为落星潭、安吴渡"。[1] 由于李白是从水路乘船进入落星潭，本人考察见到了蓝山岭下的蓝山寺后，即沿泾县至桃花潭的公路向南前行一里多路再左拐入一个沙厂，即见到了蓝山余脉下的落星潭。它是泾水支流向东南流淌的夏浒溪触到山岩而陡转形成的巨潭，最宽处达一百多米。蓝山诸岭倒影映入深潭，体积很大，颜色很深【图五】。此潭如玉镜潭，目下已是数台挖沙机劫掠的对象。李白月夜在潭边的石上泊舟，蓝山的倒影非常深暗和突出。诗人写道：

蓝岑耸天壁，突兀如鲸顶。
奔蹙横澄潭，势吞落星石。

---

[1] 泾县地方志编纂委员会编，《泾县志》（北京：方志出版社，1996），页68。

第五章　生气充盈的李白山水世界　|　333

> 沙带秋月明，水摇寒山碧。
> 佳境宜缓棹，清辉能留客。……[1]

清人《李诗直解》论此佳境为"白沙带秋月以同明，潭水影寒山而摇碧"[2]，月夜中"寒山"与水上蓝山，天上月光与水畔白沙融为氤氲一体的"清辉"，映入潭水的似乎不是蓝山的倒影，而是蓝岑直接地"奔蹙"入水。"清辉"曾令谢灵运"憺忘归"[3]，如今亦令李白"缓棹"，以至有愿卜筑于此，永远让身体沐于"清辉"。这又是一种身心一体、天人一体的氛围。

从以上李白于不同江潭一再出现的美感可以总结：激流中水渟滀相对深静之潭如巴什拉所描述的静水一样，是令诗人"加入世界休憩"的所在。[4] 诗人以"心益闲"、"永愿长垂钓"、"绝嚣喧"、"澄明洗心魂"来表达这种休憩之境，但或许更通用的词汇应当就是"清"。"清"是李白本人的诗学崇尚："清水出芙蓉，天然去雕饰"，"中间小谢又清发"。以"清"书写山水，首先是水色的清澄透明，然同时又是神清，是"清我心"。李白对南方山水的书写屡屡特别惊叹水与天色之"清"。除写江潭述及的"澄明"、"清辉"外，《游水西简郑明府》有"清湍鸣回溪"，《寄当涂赵少府炎》有"木落双江清"，《清溪行》更写道：

> 清溪清我心，水色异诸水。
> 借问新安江，见底何如此？

---

[1]《李白全集校注汇释集评》，第 4 册，页 2071–2072。
[2] 裴斐、刘善良编，《李白资料汇编》（北京：中华书局，1994），第 2 册，页 728。
[3] 见谢诗《石壁精舍还湖中作》，《谢灵运集校注》，页 112。
[4] 这是巴氏反复陈述的诗学现象学命题，见其《梦想的诗学》，刘自强译（北京：三联书店，1996），页 247–249。及《水与梦》。

> 人行明镜中，鸟度屏风里。……[1]

吾人如今恐已难在自己的国土上见到"异诸水"、"清我心"的水质了，它应当是"清"到近乎幽蓝，"清"到沁人心脾、令人安宁的一种水质。诗人写"人行明镜中，鸟度屏风里"的时候，山当在远处，从眼前向远方流淌的江水相对平缓，于是出现了两个如画的面："明镜"是纵深之面，"屏风"则是立面。以杨玉成的观察，山如画屏的例子初唐时即已出现，最早的一例或许是画家阎立本的"巫山磕匝翠屏开"。而且，以他之见，李白是盛唐"如画"观念非常突出的例证。[2] 本章要补充的是，李白在上述视角下，在山水书写中分别两个平面不止《清溪行》一例：

> 江城如画里，山晚望晴空。
> 两水夹明镜，双桥落彩虹。[3]
>
> 山从图上见，溪即镜中回。[4]
>
> 雨洗秋山净，林光澹碧滋。
> 水闲明镜转，云绕画屏移。[5]
>
> 西经大蓝山，南来漆林渡。
> 水色倒空青，林烟横积素。……

---

[1]《李白全集校注汇释集评》，第3册，页1223。
[2] 杨玉成，《世界像一张画——唐五代"如画"的观念系谱与世界图景》，《东华汉学》第3期（2005年5月），页120–123。
[3]《秋登宣城谢朓北楼》，《李白全集校注汇释集评》，第6册，页3066。
[4]《宣州九日闻崔四侍御与宇文太守游敬亭余时登响山不同此赏醉后寄崔侍御二首》其二，同上书，第4册，页2064。
[5]《与贾至舍人于龙兴寺剪落梧桐枝望灉湖》，同上书，第6册，页3058。

> 岭峭纷上干，川明屡回顾。[1]
>
> 明湖映天光，彻底见秋色。
> 秋色何苍然，际海俱澄鲜。
> 山青灭远树，水渌无寒烟。
> 来帆出江中，去鸟向日边。
> 风清长沙浦，霜空云梦田。[2]

以上的诗例是在空气澄净时远眺，如第一例是在北楼望江城和双桥，第三例是从岸上眺湖，第四例所写漆林渡（即今章家渡）近处并无山，泾川上能望见的山（如蓝山）在五里至七里之外，第五例是自巴陵眺洞庭。人立于远处，顿觉横面和立面皆成画面，而诗人却是自画面分离的，主要以视觉感知如画山水。

但李白山水书写中的"清"，更经常是如其在江潭一样，以形气主体进入水和空气的光韵，令眼前山水环绕，岚光水霭月色与人融为一体。如《泾溪南蓝山下有落星潭可以卜筑，余泊舟石上寄何判官昌浩》一诗即是一例。再如《月夜江行寄崔员外宗之》：

> 飘飘江风起，萧飒海树秋。
> 登舻美清夜，挂席移轻舟。
> 月随碧山转，水合青天流。
> 杳如星河上，但觉云林幽。……[3]

在此"清夜"里行舟，诗人了不识天与水的界限。再如《入清溪行山

---

[1]《早过漆林渡寄万巨》，同上书，第4册，页2075。
[2]《秋登巴陵望洞庭》，同上书，第6册，页3049。
[3] 同上书，第4册，页1960。

中》一诗：

> 轻舟去何疾！已到云林境。
> 起坐鱼鸟间，动摇山水影。
> 岩中响自合，溪里言弥静。
> 无事令人幽，停桡向余景。[1]

向晚时分在清溪的山水相合的溪涧中，身体进入山水"清辉"，成为其中一个部分，以至肢体之动可以晃动山水："起坐鱼鸟间，动摇山水影"，水与天空、影像和实体的界限消失了，甚至人与物的界限也消失了，这里有现象学者梅洛-庞蒂所说的"视觉的自然态度"中有感觉能力者与感性事物之间"某种共存的场"。"在这种态度中，我同我的目光采取一致行动，我通过我的目光置身于景象：于是，视觉场的各个部分在一种能认识和辨认出它们的结构中连接在一起。当我破坏了我的视觉的这种整体结构时，当我不再参与我自己的目光时，当我不体验视觉，而是询问视觉，向检验我的可能性，松开我的视觉与视觉、我自己与我的视觉的联系，以便当场把握和描述我的视觉时，性质和分离的感觉性就产生了……有感觉能力的主体的自然统一性也碎裂了。"[2]"清"在此正是视觉与世界、诗人与视觉联系未曾分离的身体感，是一种人与周遭世界"共存的场"，是上文所说的天人一体、身心一体的身体感与空气感。自诗人与水、空气此刻皆无以拥有本质，皆虚位以待和相互流通的意义而言，"清"在此接近朱利安所辩说的"之间"（*l'entre*）。[3]《说文》

---

[1] 同上书，第 8 册，页 4439。
[2] 梅洛-庞蒂，《知觉现象学》，姜志辉译（北京：商务印书馆，2005），页 283，290。
[3] 见其《间距与之间——论中国与欧洲思想之间的哲学策略》，卓立、林志明译（台北：五南图书出版股份有限公司，2013），页 59—89。

释"清"为"澄水之皃,从水,青声"^[1]。如南浦九石赤虹光韵中的江淹一样,身体一旦进入澄水的颜色(虽非赪赤,却非透明,而可以是淡青直至幽蓝)所衍化出的空间,这空间就是难以分际的,即李白所形容的"岚光破崖绿"^[2]。在此人与天,或天与水,或山与水,或平面与立面的界限可以不存。如《送王屋山人魏万还王屋》中的"秀色不可名,清辉满江城。人游月边去,舟在空中行"^[3];如《送别》中的"水色南天远,舟行若在虚"^[4];如《寻阳送弟昌岠鄱阳司马作》中的"人乘海上月,帆落湖中天"^[5];如《与夏十二登岳阳楼》中的"云间连下榻,天上接行杯"^[6];如《秋浦歌》其十二中的"水如一匹练,此地即平天。耐可乘明月,看花上酒船"^[7],以及流放夜郎遇赦后游洞庭诗的第二首:

> 南湖秋水夜无烟,耐可乘流直上天。
> 且就洞庭赊月色,将船买酒白云边。^[8]

在空水溟蒙和月色无垠之中,诗人进入了一个空与水皆与人没有分际的空间。此山水书写中亦隐然有气:李白不仅视山水为一气:"汾河镜开,涨蓝都之气色"^[9],"江南之仙山,黄鹤之爽气"^[10];而人亦能

---

[1]《说文解字》,页231。
[2]《瀑布》,《李白全集校注汇释集评》,第8册,页4460。
[3] 同上书,第5册,页2266。
[4] 同上书,第5册,页2506。
[5] 同上书,第5册,页2519。
[6] 同上书,第6册,页3052。
[7] 同上书,第3册,页1135。
[8]《陪族叔刑部侍郎晔及中书贾舍人至游洞庭五首》其二,同上书,第6册,页2902。
[9]《秋日于太原南栅饯阳曲王赞公贾少公石艾尹少公应举赴上都序》,同上书,第8册,页4102。
[10]《江夏送林公上人游衡岳序》,同上书,第8册,页4062。

"气爽"[1]，郁乎"秀气"[2]。如庄子所说："通天下一气耳。"[3]天与人同游乎"气"，故而通达无碍，此谓之"清"，即身心、天人一体之光韵和"场"。李白的山水书写一般细节无多，其美感却彰显了宋人诗学标举的"清空"：诗少著物事，多涉缺乏行迹之声气、空气、水和月光。而这恰恰是可能"入画"之诗。故而，"诗意图"也总写简澹或"去物质化"的清空之景。[4]

3．山水：与异代诗人"相接"的场所

《夜泊牛渚怀古》彰显了清空之境另一种深广无穷：

> 牛渚西江夜，清天无片云。
> 登舟望秋月，空忆谢将军。
> 余亦能高咏，斯人不可闻。
> 明朝挂帆去，枫叶落纷纷。[5]

诗谓"牛渚西江夜"，因诗人登舟，当背对着东岸采石矶，面朝西向。西岸无山，一片空阔【图六】。是夜"清风无片云"，但见明月高天，亦一派清空。接此空寥之景，第五句又以"空"字起，悄然打开了一个"内部风景"，一个似乎隐匿于这片山水中的历史维度："谢镇西经船行，其夜清风朗月，闻江渚闲估客船上有咏诗声，甚有情致。所诵五言，又其所未尝闻，叹美不能已。即遣委曲讯问，乃是袁（宏）自

---

[1]《羽林范将军画赞》，同上书，第 8 册，页 4087。
[2]《秋于敬亭送从侄耑游庐山序》，同上书，第 8 册，页 4082。
[3]《庄子集释·知北游》，《诸子集成》，第 3 册，页 320。
[4] 高居翰，《诗之旅：中国与日本的诗意绘画》，洪再新、高士明、高昕丹译（北京：三联书店，2012），页 2–56。
[5]《李白全集校注汇释集评》，第 6 册，页 3229。

图六　采石矶及平旷西岸（摄于陈家圩汽渡上）

咏其所作《咏史诗》。因此相要，大相赏得。"[1]诗人此刻似乎重新体验着袁宏的一段生命：同一段牛渚江，同一片秋夜清空朗月，同样一落魄才子，于舟船上同自咏一首五言以怀古人——《夜泊牛渚怀古》，却再不能被斯人听到而"叹美"了。诗人只能空对着江上的清空明月，让声气散入空寥霏漠之中。此诗之眼，正在一个"空"字，西江无山是空，"青天无片云"是空，"余亦能高咏"是空，"斯人不可闻"亦是空，"枫叶落纷纷"又是空——如清人王尧衢言："徒见秋枫叶落，两岸纷纷，岂复有陌路相邀如谢将军者哉？"[2]渔洋谓此诗"色相俱空，政如羚羊挂角，无迹可求"[3]，亦着眼在一"空"字，即叶燮所谓"泯端倪而离形象，绝议论而穷思维，引人于冥漠恍惚之境，所以为至

---

[1]《世说新语笺疏》，页268。
[2] 单小青、詹福瑞点校，《唐诗合解笺注》（保定：河北大学出版社，2000），页326。
[3]《带经堂诗话》，上册，页70—71。

也"[1]。

作为怀古之作,《牛渚夜泊怀古》一个特别之处在于:它涉及了同一片山水中另一位诗人生命的某个时刻以及渴求知音的主题,虽然袁宏的《咏史》尚未写到这片山水。但却不妨由此进而讨论李白山水书写中另一种开拓,以身体进入一片山水以与过往某位诗人生命"相接",仿佛感触了其声气。如《谢公亭》:

> 谢亭离别处,风景每生愁。
> 客散青天月,山空碧水流。
> 池花春映日,窗竹夜鸣秋。
> 今古一相接,长歌怀旧游。[2]

李白诗所说的"谢亭离别处"即谢朓作《新亭渚送范零陵》送别范云的故地。在那一次送别之后,"客散","山空":二百余年里(吴修坞所谓"见非一时,内藏有'每'字"[3]),此处"风景"——青天、碧水、春花、白日、秋竹——在在笼罩于寂寥和愁闷之中,似乎一直在等待知音李白到来。王船山以末联中"今古一相接"五字"尽古今人道不得,神理、意致、手腕三绝也"[4]。此"相接"一句中的"神理"、"意致",乃是李白来到与其不同时的谢朓故地这一空间,以步谢诗之韵追怀了谢、范之游,谢朓生命的气息似乎就流动在眼前被他流连过的碧水花竹之间,成为触摸走入历史的另一位诗人生命之凭借。以此,这一片他早已自文本"阅读"过的山水,不仅是一种特殊意义的"地方",且为亡灵萦绕而具有了内部地理学所谓的地理神圣性,成为了叠

---

[1]《原诗》内篇下,《原诗·一瓢诗话·说晬语》,页30。
[2]《李白全集校注汇释集评》,第6册,页3219。
[3] 吴修坞,《唐诗续评》,《唐诗评三种》(合肥:黄山出版社,1995),页422。
[4]《唐诗评选》卷三,《船山全书》,第14册,页1015-1016。

合着"内部风景"的一片外在风景。李白显然对滋养过诗的山水异常敏感和钟情,谢灵运居游的剡水东岸是他的梦土:"湖月照我影,送我至剡溪。谢公宿处今尚在,渌水荡漾清猿啼"[1];谢灵运《入彭蠡湖口》一诗咏过的石镜令他怦然:"闲窥石镜清我心,谢公宿处苍苔没"[2]。山水在此未始没有一种泛灵论的意味。[3]

李白此类睹其景而思其诗人之诗非止一例。但李白显然是有所选择的。他多次登临庐山,却从未提及在此山留下诗作的湛方生、鲍照和江淹。他在山水中触摸和回忆的只是他心仪的大、小二"谢公"。这其中有艺术的原因,更出于对二人,特别是小谢人格和被逐命运的同情。[4]而且不只是睹物思人,眼前一片山水似乎即当年诗人生命和诗心的体证。如《秋夜板桥浦泛月独酌怀谢朓》:

> 天上何所有?迢迢白玉绳。
> 斜低建章阙,耿耿对金陵。
> 汉水旧如练,霜江夜清澄。
> 长川泻落月,洲渚晓寒凝。
> 独酌板桥浦,古人谁可征?
> 玄晖难再得,洒酒气填膺。[5]

---

[1]《梦游天姥吟留别》,《李白全集校注汇释集评》,第4册,页2104。
[2]《庐山谣寄卢侍御虚舟》,同上书,第4册,页2004。
[3] 这里或许让人联想到山川与某人生命关联这样一种观念传统。如许地山所说,"孔子是颜氏祷于尼山所生底。甫侯及申伯,在《诗经·大雅·崧高》里说是由崧高山降下底。"见《扶箕迷信底研究》(台北:商务印书馆,1966),页77—78。晋氏人张亚之入蜀中七曲山避难,战死后蜀人于七曲山建祠奉祀,终使之升举为梓潼神和文昌神是特定山川与生命不朽相关联的又一例证。
[4] 详见薛天纬,《嘤嘤鸣兮,求其友声——关于李白情系谢朓的解说》,载茆家培、李子龙主编,《谢朓与李白研究》(北京:人民文学出版社,1995),页113—129。
[5]《李白全集校注汇释集评》,第6册,页3196。

在谢朓作《暂使下都夜发新林至京邑赠西府同僚》的类似地点（新林浦）和时间（秋夜），诗人以诗追怀吟出此千古悲凉诗章的谢朓，并直接隐括了后者的诗句："迢迢白玉绳"、"斜低建章阙"隐括了谢朓"金波丽鳷鹊，玉绳低建章"；"耿耿对金陵"、"洲渚晓寒凝"隐括了谢诗"秋河曙耿耿，寒渚夜苍苍"[1]。太白着意表示：这是一片曾被谢朓过目的山水，他在同一片山水中以自己身体再次体验和分享着玄晖的心境，因为抒情诗的意义即在于跨越不同时代诗人之间的同情共感："虽世殊事异，所以兴怀，其致一也。后之揽者，亦将有感于斯文！"[2]。但这已不是一般意义上的怀古，它还关乎文本间的互涉。然这又绝非西方现代文学理论中的文本互涉，因为它又设置了"身之所历，目之所见"的门限，它是异代不同时的诗人之间，以各自身体藉永恒山水所作的跨越时间的晤谈。或者说，经由对谢朓诗句的引括，李白在瞬间部分地化身为小谢，或代表着被小谢吟咏过的山水而发声。[3]在悠悠宙时中，同一片山水里宛似回荡着熟悉乐曲中的"叠句"。《金陵城西楼月下吟》里吾人又一次倾听了这样的晤谈：

> 金陵夜寂凉风发，独上高楼望吴越。
> 白云映水摇空城，白露垂珠滴秋月。
> 月下沉吟久不归，古来相接眼中稀。

---

[1]《暂使下都夜发新林至京邑赠西府同僚》，《谢宣城集校注》，页205。
[2] 王羲之，《兰亭诗序》，《全晋文》卷二六，《全上古三代秦汉三国六朝文》，第2册，页1609。对此文本做如此诠释，见张淑香，《抒情传统的本体意识——从理论的"演出"解读〈兰亭集序〉》，载《中国抒情传统的再发现》，下册，页639—676。
[3] 此处令人联想到英国诗人华兹华斯（William Wordsworth）旅行苏格兰时模拟古代苏格兰诗人莪相（Ossian）所写的诗歌。论者谓："经由这一接合，他似乎继承和再生产着地方的资源，而非将旅行者的看法强加给景物。以此华兹华斯将自己放置在赐予他地方传统的过往诗人平静的发言人的位置之上。"见 Tim Fulford, *Landscape, Liberty and Authority: Poetry, Criticism and Politics from Thomson to Wordsworth*（《风景、自由和权力：从汤姆森到华兹华斯的诗、批评和政治》）(Cambridge: Cambridge University press, 1996), p.191

>　　解道澄江静如练，令人长忆谢玄晖。[1]

李白此诗直接引括小谢《晚登三山还望京邑》一诗中的名句，但二诗所写时、地不完全相同，只是近似。谢诗写于向晚登金陵西南五十余里的三山而一望江天，李诗写望城西楼下月夜中长江。所以李白无从解道谢诗名联中的上句"余霞散成绮"，而只能藉月光照着的江水去体验下句"澄江静如练"。即便只在这半联所写的山水里，诗人也似乎触摸到了谢朓的生命，感觉到了难得的"古来相接"。暮年李白写《三山望金陵寄殷淑》一诗，真正如小谢登上三山而东眺，却再无谢朓写《晚登三山还望京邑》的心境，也看不到那种明丽的山水，故而造语兼摄二诗，以传达类似小谢《暂使下都夜发新林至京邑赠西府同僚》一诗的悲凉。

上元元年（760）秋，即李白被判流夜郎而赦还之翌年，万死之余，诗人以暮年衰病之身游彭蠡湖，想到三百多年前另一位诗人大谢。大谢遭诬陷而放临川，自建康溯江西上入彭蠡，作《入彭蠡湖口》一诗，虽面对湖山美景，心头却是"千念集日夜，万感盈朝昏"[2]。李白以追履前贤而游彭蠡湖，心境多少与大谢相似，其诗亦对谢诗多有隐括：

>　　谢公入彭蠡，因此游松门。
>　　余方窥石镜，兼得穷江源。
>　　前赏迹可见，后来道空存。
>　　而欲继风雅，岂惟清心魂！
>　　云海方助兴，波涛何足论？
>　　青嶂忆遥月，绿萝鸣愁猿。

---

[1]《李白全集校注汇释集评》，第3册，页1114–1115。
[2] 见《谢灵运集校注》，页191。

水碧或可采，金膏秘莫言。

余将振衣去，羽化出嚣烦。[1]

二、三句涉谢诗"攀崖照石镜，牵叶入松门"一联中两处地名："松门"和"石镜"[2]。第六联隐括谢诗"乘月听猿狖"一句。第七联反用谢诗"金膏灭明光，水碧辍流温"二句句意，下接末联，表示虽亦在穷途之中，我太白羽化成仙却不死。诗中虽有这许多隐括和翻用，但"互涉"却不止于两个文本之间。诗中四句"前赏迹可见，后来道空存。将欲继风雅，岂惟清心魂？"明示此番来游并非只是"闲窥石镜清我心"，更有追履前贤，继承文统的意义在。意味无穷的是，此一风雅之道并非只藉文本而传递，且须凭"后来"踏寻"前赏"之迹，且须经由同一片山水，使两位诗人之历史脉络在此叠合。因为山水一旦被诸吟咏，已成为了某种原型。前人生命中的某一片刻，由踏访其地方而能再次体验。[3] 以此，诗不止存乎萧然楮墨之间，且熠熠然于

---

[1]《过彭蠡湖》，《李白全集校注汇释集评》，第6册，页3199。

[2]《太平寰宇记·江南西道四南昌县》有松门山条，谓此山"在县北，水路二百一十五里。其山多松，遂以为名。北临大江及彭蠡湖。山有石镜，光明照人。"王文楚等点校本，第5册，页2102。清《江西通志》谓"松门山在（南昌）府城北二百余里，枕鄱湖之东，两崖生松，遥望如门，故名。上有石镜，光可照人。"见《文渊阁四库全书》第513册，页258。以此，松门山在今江西永修县吴城镇鄱阳湖中，隔水与都昌县南山相望。按《江西通志》、《太平寰宇记》，石镜即在松门山。谢灵运《入彭蠡湖口》、李白《寻阳送弟昌岠鄱阳司马作》（"松门拂中道，石镜回清光"）及《过彭蠡湖》诗中石镜皆与松门并提，石镜似应在松门山。然《幽明录》谓"宫亭湖傍山间，有石数枚，形圆若镜，明可以鉴人，谓之石镜。后有行人过，以火燎一枚，至不复रí，其人眼乃失明。"《水经注》谓庐山"山东有石镜，照水之所出。有一圆石，悬崖明净，照见人形。晨光初散，则延曜入石，豪细必察，故名石镜焉。"引自《水经注校证》，页925。宫亭湖指星子县东南的鄱阳湖，松门山岛在庐山之东南，恐不至相差太远，不知《幽明录》和《水经注》二书所说"石镜"是否即松门山之石镜。未及踏访，姑此存疑。

[3] 参见拙文，"Lyric Archi-occasion: Co-existence of 'Now' and Then,"（《抒情诗的原型场景：此刻与彼刻的共在》）CLEAR (Dec., 1993): 此一原型的极致，落在中国园林里，即成为以隐括古人诗文而标题化的"景"，游园亦是"今古相接"，即再体验该诗人心灵某一瞬刻。

第五章　生气充盈的李白山水世界 | 345

山光水色之中,藉山水而流播。一山一水亦因诗而籍籍有闻于世:"地重谪仙题后价,天留谢朓赏时心"[1]。诗人的"赏时心"因其诗吟咏了的山水而永存。而且,与王维取大谢所吟咏的华子冈、斤竹涧以名其居地的景点一样,李白由此所透露的文本化风景观念,亦在宋代启发了造园中以名篇佳句构建标题景点的风气。

宇文所安曾藉孟浩然及其后的一代代诗人重登羊祜堕泪的襄阳岘山说明:在中国文学中,场所如同文本一样,是"回忆的所在(loci),是大量人类历史,人性纠结和人类经验投注的限定空间"[2]。但经检证前李白的山水书写,笔者要强调:以一处山水回忆异代吟咏此处山水之诗人和诗歌文本的传统乃昉始李白,因为羊祜并未给岘山留下诗句,孟浩然所谓"江山留胜迹"[3],亦非指诗句。李白由此不仅开启了山水书写的新话语,且确认了山水在中国文化中特别的位置——抒情传统乃载于山河而不朽,山水对于吟咏过它们的诗人,恰如尼山之于孔子,七曲山之于张亚之,是令其诗文"不朽"的丰碑。子华子曰:"宇者,情相接也;宙者,理相通也。是故惟道无定形,虚凝为一气,散布为万物宇宙也者,所以载道而传焉者也。"[4]在道家看来,人之生命参与宇宙的气化流行,故而死生不过是"气"之聚散和出入芒芴而已。《吕氏春秋》更以为人藉由"气""虽异处而相通"[5]。而凭借"精气",人类相互的神秘感应是可能的。[6]李白虽于生死不无悲叹,然亦追随庄

---

[1] 《题张大经敬亭揽胜卷。张本宁国人,其祖墓在敬亭山下,比以使事得归展扫,为作是诗》,见钱振民辑,《李东阳续集》(长沙:岳麓书社,1997),页44。
[2] *Remembrances: The Experience of the Past in Classical Chinese Literature*(《追忆:中国古典文学中对过去的体验》)(Cambridge, MA: Harvard University Press, 1986), p. 26.
[3] 《与诸子登岘山》,《孟浩然诗集笺注》,页19。
[4] 《子华子》,《正统道藏》,第46册,卷二,页286。
[5] 《吕氏春秋·季秋纪·精通篇》,《诸子集成》,第6册,页93。
[6] 详见泽田多喜男,《〈荀子〉和〈吕氏春秋〉中的气》,《气的思想》,页76–94。

子,时有"吾将囊括大块,浩然与溟涬同科"[1]的坦荡。观照生命出现,亦可以是"爽朗太白,雄光下射。峥嵘金天,华岳旁连。降精腾气,赫矣昭然"[2],可以是"志气塞乎天地……缟乎若寒崖之霜,湛乎若清川之月"[3]。宇中山水故地因而成为二百多年后这一位诗人与前人"情相接"、"交感氤氲"[4]的所在,两人身体跨越时间接涉,即如李白所说"气激道合……殊身同心"[5]。

本人在考察中追随诗人的踪迹,发现凡被李白吟咏之处——即便只有一句半句,当地古时都曾筑亭造楼而祀。牛渚矶有太白楼,江祖潭有太白亭和李白钓台,玉镜潭象鼻山曾建李白亭,乌石水车岭曾建太白楼、文昌阁,池州曹村(白笴陂)有青莲庵、太白石床和太白长啸处,泾县落星潭曾辟太白放歌台,泾县桃花潭曾有踏歌岸阁、谪仙楼……这些对李白所吟咏山水的纪念,又标示了李白所开启的传统,见证着以上所论文本与山水的结合。古代中国人是将诗句刻入自己壮丽山河的民族。当看到挖沙机和炸药在蹂躏某一片山水之时,你不会想到这是在抹除一片珍贵的文化载体和国族记忆吗?

三、云山之间的奇幻山水

一般说来,对比游仙诗,山水书写在诗中出现,可以说是诗

---

[1]《日出入行》,《李白全集校注汇释集评》,第1册,页472。
[2]《天长节使鄂州刺史韦公德政碑》,同上书,第8册,页4326。
[3]《虞城县令李公去思颂碑》,同上书,第8册,页4378。
[4] 道书中"相接"一语多有指称气之相通者,如《玉清无极总真文昌大洞仙经》卷一即有天上、地下三十六气与"人身中神气相接"(《正统道藏》第3册,页634);《九转灵砂大丹宝圣玄经》有"天气下降,地气上腾,天地相接,交感氤氲,相媾合成二气"(《正统道藏》第31册,页684);《阴符经三皇玉诀》有"将太一真气与我真气相济……人气接天气,与天气相接而不死也","人按天时相接天地之气"(《正统道藏》第4册,页87、90)。
[5]《冬夜于随州紫阳先生飡霞楼送烟子元演隐仙城山序》,《李白全集校注汇释集评》,第8册,页4144。

人将多层阶(stratified)的垂直(vertical)宇宙视界转向了水平(horizontal)视界。[1]然而诗人李白的视界却分明有垂直和多层的一面。当仕途失意,或对世事失望的李白不只是凭舟楫在山下水上行游,而也会登上名山,在云山之际行走,他的山水书写会因之开显出全然不同的天地。《游太山六首》作于"蹉跎十年"之后漫游齐鲁的天宝元年(742),其一曰:

> 四月上太山,石平御道开。
> 六龙过万壑,涧谷随萦回。
> 马迹绕碧峰,于今满青苔。
> 飞流洒绝巘,水急松声哀。
> 北眺崿嶂奇,倾崖向东摧。
> 洞门闭石扇,地底兴云雷。
> 登高望蓬瀛,想象金银台。
> 天门一长啸,万里清风来。
> 玉女四五人,飘飘下九垓。
> 含笑引素手,遗我流霞杯。
> 稽首再拜之,自愧非仙才。
> 旷然小宇宙,弃世何悠哉。[2]

此诗的前十句诗人写登泰山的实境。从"洞门"一句起进入道教仙界

---

[1] 正如段义孚(Yi-Fu Tuan)谈到欧洲文化时所说,直至十七世纪后期,风景画出现之后欧洲文化才有了水平视界的令人信服的证据。而此前的绘画和文学则缺乏三维透视,因为宇宙观念是垂直和多层阶的。见其 *Topophilia: A Study of Environmental Perception, Attitudes, and Values*, pp. 134—135。
[2] 《李白全集校注汇释集评》,第5册,页2791—2793。

的虚幻之境。《游太山》其六中有"想象鸾凤舞,飘飖龙虎衣"[1]。注意此处出现的是"想象"而非楚辞《远游》的"想像"[2],其义亦非同"仿佛"。从诗人的道教上清派背景和此诗的仙道语境,此处"想"应与道教之"存想"[3](或称"存思")之"想"有关,"象"则是道教所谓内、外之"景"。道教的存思存想之术即"控景"或"驾景"。《黄庭内景玉经注》卷上梁丘子曰:"景者,象也。外象谕即日月星辰云霞之象也;内象谕即血肉筋骨脏腑之象也。"[4]存思是为烧尽身体的污秽而入纯阳境界。道教存思除存想身中的神真和脏腑之气而外,亦存想身外的神灵即三清、四御、玄女、老君、星官等等。这里吾人又见识了自然界神和体内神的感应,天、人间气之相通。撰于东晋的上清派《上清大洞真经》有:

> 叩齿三十二通,咽液三十二过,闭目存帝一尊君。次思兆头正青,如碧玉,两手如丹,两脚如雪,身着九色羽衣,披龙文之帔,头建玉晨之冠,手执九色之节,青龙侍左,白虎卫右,头荫华盖,下坐狮子,仙童侍香,玉女散花。……[5]

撰于南北朝的上清派《上清丹元玉真帝皇飞仙上经》亦有:

> 次存日下紫霞流光之根,有女子形如婴儿,头作三角云髻,戴绛巾,身上着锦华衣,苍玉之佩,手执日帝玉真紫霞之符,飞身步

---

[1] 同上书,第5册,页2805。
[2] 《远游》有"思旧故以想像兮,长太息而掩涕。"汪瑗释"想像"为"凝思貌"。见崔富章、李大明主编,《楚辞集校集释》卷一下,页1966。
[3] 本人自韩经太《善游皆圣仙——李白山水仙游诗的兴象特征与文化底蕴》一文注意到道教存思与李白这一类诗的关联,见《谢朓与李白研究》,页237–238。
[4] 《正统道藏》,第11册,页193。
[5] 《正统道藏》,第1册,页790–791。

霞,来对我前。……次存玉妃以右手搀我左手,携我形起,飞步紫霞流光之上,奔飞日中。良久,……见我形在日聚光之内,即见上清丹元玉真帝皇坐日中紫云之上,形如婴儿,着红锦玉衣,腰五明月珠,口衔赤日。[1]

这应该就是李白《游太山》诗中所谓"想象"的依据。但李白其时未必真做叩齿、闭目的"存思",诗人是在骋目美景之际突然"想象"出玉女、羽人、青童、玉真,如第三首:

> 平明登日观,举手开云关。
> 精神四飞扬,如出天地间。
> 黄河从西来,窈窕入远山。
> 凭崖览八极,目尽长空闲。
> 偶然值青童,绿发双云鬟。
> 笑我晚学仙,蹉跎凋朱颜。
> 踌躇忽不见,浩荡难追攀。[2]

前八句写日观峰【图七】上令他心旷神怡的天地寥廓,然后出现幻景。"存思"或"存想"实开拓了其想象的视界而已。从山水美感而言,仙界的出现不啻渲染出山之高耸入云、烟雾缥缈。在失意的李白对名山的书写中,这一虚实之间的山水一再出现。《西岳云台歌送丹丘子》作于长安,从诗看,诗人是时已生还山之念。是诗歌咏黄河与华山,以如椽之笔写了在华山与中条山间奔涌的黄河之后,诗的后半视野由河谷转向西岳的云山之际,遂即开出一片奇幻,以缴足题面的送丹丘去朝:

---

[1]《正统道藏》,第 11 册,页 238。
[2]《李白全集校注汇释集评》,第 5 册,页 2798。

图七　泰山日观峰　周长征/摄

> 云台阁道连窈冥，中有不死丹丘生。
> 明星玉女备洒扫，麻姑搔背指爪轻。
> 我皇手把天地户，丹丘谈天与天语。
> 九重出入生光辉，东求蓬莱复西归。
> 玉浆傥惠故人饮，骑二茅龙上天飞。[1]

《庐山谣寄卢侍御虚舟》作于上元元年李白遇赦之后自江夏来游庐山之时。是时诗人于仕途已万念俱灰，生命但寄于山水与仙境。诗写名山与江河的次序与前首恰好相反，自"庐山秀出"句起写山上诸峰之壮丽瑰玮，再写登高俯视，天地之间大江白波纵流。然后复又自窥谢公

---

[1] 同上书，第 2 册，页 1028—1029。

石镜清心而转写弃世,希冀如与汗漫有期之士那样,偕同卢氏而游于九垓之外:

> 遥见仙人彩云里,手把芙蓉朝玉京。
> 先期汗漫九垓上,愿接卢敖游太清。[1]

仙人驻留于道教崇尚的丹霞之中,山峰和云天交接之处即是步入仙境的门户,登山是自下而上,诗展开的结构模拟登山的行程,所以仙境一般出现在诗的后半。李白对名山之上仙界描写的极致是《梦游天姥吟留别》。这是诗人在长安被逐之后,天宝四年南游越中之前所作。诗人将越中一座海拔八九百米的山写成"连天向天横"和"势拔五岳"。但虚写之中又有实写。此所谓"实",寓于诗人以往游历名山的经验。在千岩万转之中,突然由天上霹雳打开了隐匿于山中的洞天:

> 青冥浩荡不见底,日月照耀金银台。
> 霓为衣兮风为马,云之君兮纷纷而来下。
> 虎鼓瑟兮鸾回车,仙之人兮列如麻。……[2]

这是楚骚之后最为瑰丽璀璨的仙境!建安以降不乏游仙之作,却绝无此奇瑰。李白的仙境是山水之境几经变换之后、方于幽深奥折中闪现:

> 我欲因之梦吴越,一夜飞度镜湖月。湖月照我影,送我至剡溪。谢公宿处今尚在,渌水荡漾清猿啼。脚着谢公屐,身登青云梯。半壁见海日,空中闻天鸡。千岩万转路不定,迷花倚石忽已

---

[1] 同上书,第4册,页2004。
[2] 同上书,第4册,页2105。

暝。熊咆龙吟殷岩泉,栗深林兮惊层巅。云青青兮欲雨,水澹澹兮生烟。列缺霹雳,丘峦崩摧,洞天石扇,訇然中开。[1]……

从"我欲因之梦吴越"起,诗人开始了类似萨满升天远游的"飞度"之游,由湖而入溪,由溪谷而入山,由登山而见海日,复入于密岩深林之中。忽而清风朗月,忽而熊咆龙吟,忽而列缺霹雳。诗韵凡七换,诗势凡七转,诗境凡七变,造句历四、五、七、九言和楚骚之体。以种种错综,往复变化,彰显山水之中洞天世界的迷离幽秘,真所谓"云霞明灭或可睹"也。最后自洞穴中忽然开启一片无边的奇幻景象。这是远比郭璞更为迷离的山水之中的游仙,是游仙的神秘叙事人物世界与瑰丽山水的结合。

山中云霓在李白这一类诗作中是仙人委形冥化,出有入无的凭借。此诗紧接"云青青兮欲雨,水澹澹兮生烟"而有洞天石扇之开。《庐山谣》中仙界一开,即"遥见仙人彩云里"。《游太山》其二诗人方欲与"羽人"就语,后者"却掩青云关"[2]。其三之仙境乃由"开云关"而启,寻即"踌躇忽不见,浩荡难追攀"[3]。其四曰"云行信长风,飒若羽翼生"[4]。其五首有"鹤上仙"、"去无云中迹"[5]。其六写夜晚自南天门入仙界,见玉真鸾凤之舞,结以"明晨坐相失,但见五云飞"[6]。李白笔下,元丹丘是"朝饮颍水之清流,暮还嵩岑之紫烟,三十六峰长周旋。长周旋,蹑星虹。身骑飞龙耳生风,横河跨海与天通"[7];嵩山少室神人焦炼师是"潜光隐嵩岳,炼魄栖云幄。霓衣何飘飘,凤

---

[1] 同上书,第 4 册,页 2104—2105。
[2] 同上书,第 5 册,页 2796—2797。
[3] 同上书,第 5 册,页 2798。
[4] 同上书,第 5 册,页 2801。
[5] 同上书,第 5 册,页 2803。
[6] 同上书,第 5 册,页 2805。
[7] 《元丹丘歌》,同上书,第 2 册,页 1032—1033。

吹转绵邈"[1]；嵩山所见采菖蒲神人亦是"言终忽不见，灭影入云烟"[2]……云气在道教中正是仙人身形化、变之所秉，亦为诗人变形想象的依据。《说文》训"云"为"山川气也，从雨"[3]。李白游仙诗中这一"山川之气"，乃道教及其渊源的萨满信仰对大自然水气的"物质想象"，而非庄子哲学的本体-宇宙论之"气"。气的"物质想象"思想在道教中是宇宙生成论也是身体观，由玄、元、始三气生玄妙玉女、天上诸神，成三清天。[4]如成于南北朝之《太上老君大存思图注诀》即谓"玉女者，是自然妙气，应感成形，形质明净，清皎如玉，隐而有润，显又无邪"[5]。《登真隐诀》谓久行"服雾法"即"常乘云雾而游"，以至"能散形入空，与云气合体"[6]。李白自己亦幻想着"愿乘泠风去，直出浮云间。举手可近月，前行若无山"[7]，乃至"遗形入无穷"[8]。这是诗人幻想自己"流动的身体"——"气"经纯阳化而进入自然山水。因为依道教，不仅玉女青童乃秉承云气而成形，名山大岳亦是结气而成，凝云虚构。司马承祯撰《天地宫府图》曰：

> 夫道本虚无，因恍惚而有物气，气元冲始，乘运化而分形。精象玄著，列宫阙于清景；幽质潜凝，开洞庭于名山。[9]

道教的气说，不仅赋予李白诗山水书写中作为气象的云雾霓霞以无限

---

[1]《赠嵩山焦炼师》，同上书，第3册，页1444。
[2]《嵩山采菖蒲者》，同上书，第7册，页3628。
[3]《说文解字》，页242。
[4] 参见麦谷邦夫，《道家、道教中的气》，《气的思想》，页255–272。
[5]《正统道藏》，第31册，页463。
[6]《登真隐诀》卷中，同上书第11册，页346。
[7]《登太白峰》，《李白全集校注汇释集评》，第6册，页2965。
[8]《至陵阳山登天柱石酬韩侍御见招隐黄山》，同上书，第5册，页2769。
[9]《正统道藏》，第37册，页400。

图八　华山西峰

神秘意味，且令诗人直以为山水乃元气化成，《西岳云台歌》中"白帝金精运元气，石作莲花云作台"[1]即谓华山西峰、北峰乃少昊以运化元气而成就【图八】。此前中国诗人笔下呈现的多为宁静的山水，不像十七、十八世纪欧洲诗人受神学宇宙创造观念影响，笔下频频出现地震、火山、山崩的描写。而在李白笔下，山崩甚至地震出现了：《梦游天姥吟留别》有"列缺霹雳，丘峦崩摧，洞天石扇，訇然中开"[2]。《西岳云台歌》写黄河自壶口、孟门山、龙门奔腾而来【图九至图十一】，不仅有"黄河万里触山动，盘涡毂转秦地雷"，且以河神传说活现洪涛冲决大山的气势："巨灵咆哮擘两山，洪波喷流射东海。三峰却立如欲摧，翠崖丹谷高掌开"[3]——今日自华山仙掌峰【图十二】与中条山

---

[1]《李白全集校注汇释集评》，第 2 册，页 1026。
[2] 同上书，第 4 册，页 2104—2105。
[3] 同上书，第 2 册，页 1024—1026。

图九　黄河壶口

图十一　黄河龙门

图十　奔向孟门的黄河

图十二　华山仙掌峰（N34°29.27′/E110°04.876′）

之间三十余公里宽的河谷，即可想象李白人以巨灵咆哮擘山所写的河涛冲决山岳的磅礴气势。李白笔下山水的动感自然首先在写水，这是与上节所叙的"江潭"完全不同的美感。写黄河是盘涡毂转、洪波喷流，写长江可以是"横溃豁中国，崔嵬飞迅湍"[1]。更具雷霆之势的是他笔下的庐山瀑布：

> 挂流三百丈，喷壑数十里。
> 欻如飞电来，隐若白虹起。
> 初惊河汉落，半洒云天里。
> 仰观势转雄，壮哉造化功。
> 海风吹不断，江月照还空。
> 空中乱潈射，左右洗青壁。

---

[1]《金陵望汉江》，同上书，第6册，页3062。

> 飞珠散轻霞,流沫沸穹石。……[1]

庐山瀑布中奔泻的是无穷的宇宙动力、造化神功! 诗人以三百丈、数十里大胆的数字夸张,赋其声势之大;以飞电来、白虹起、河汉落,赋其气象之伟。"海风吹不断,江月照还空"一联虚写,将瀑布置于宇宙背景之中以映衬其雄浑。"海风"一句是雄,写瀑水在浩浩宇空中力势难撼;"江月"一句是浑,写瀑水在悠悠宙时中与亘古空明融为一体。这是充满盛唐气象的宇宙意识。诗中的"喷"、"洒"、"乱潈射"、"洗青壁"、"散轻霞"、"沸穹石"无不是天地间动力腾跃驰骤的写照。然而不仅是水,李白笔下的山常常亦极具动势,如:

> 钟山抱金陵,霸气昔腾发。……
> 群峰如逐鹿,奔走相驰突。[2]

> 回峦引群峰,横蹙楚山断。
> 砯冲万壑会,震沓百川满。[3]

> 石头巉岩如虎踞,凌波欲过沧江去。
> 钟山龙盘走势来,秀色横分历阳树。
> 四十余帝三百秋,功名事迹随东流。[4]

上引最后一诗乃以在太虚之目俯瞰河山之势;与此相应,是诗人纵览历史的视野:"四十余帝三百秋,功名事迹随东流。……冠盖散为烟雾

---

[1]《望庐山瀑布二首》其一,同上书,第6册,页3020—3023。
[2]《登梅岗望金陵赠族侄高座寺僧中孚》,同上书,第6册,页3005。
[3]《流夜郎至西塞驿寄裴隐》,同上书,第4册,页2034。
[4]《金陵歌送别范宣》,同上书,第3册,页1092—1093。

尽，金舆玉座成寒灰。"[1]李白诗中这一类雄浑视野很多，像"黄河走东溟，白日落西海。逝川与流光，飘忽不相待"[2]；像"日从海旁没，水向天边流。长啸倚孤剑，目极心悠悠"[3]；像"登高望四海，天地何漫漫。霜被群物秋，风飘大荒寒。荣华东流水，万事皆波澜"[4]；像"樊山霸气尽，寥落天地秋。江带峨眉雪，川横三峡流。万舸此中来，连帆过扬州"[5]……在李白这种超经验的神思之中，有道书中仙人乘气浮空、俯眄岳阿的视野。[6]或者说在诗人李白这里直接就显示了任意游目于天地之间的"神思"在庄子和古道教中的渊源。[7]诗人时或亦如道书所述，能变动阔狭，"回天转地，盈缩三光，变化山河"[8]。如作于天宝六载（747）的《天台晓望》：

> 天台邻四明，华顶高百越。
> 门标赤城霞，楼栖沧岛月。
> 凭高远登览，直下见溟渤。
> 云垂大鹏翻，波动巨鳌没。
> 风潮争汹涌，神怪何翕忽。……[9]

---

[1] 同上书，第3册，页1093–1094。
[2] 《古风》其十，同上书，第1册，页71。
[3] 《赠崔郎中宗之》，同上书，第3册，页1488。
[4] 《古风》其三十九，同上书，第1册，页187。
[5] 《经乱离后天恩流夜郎忆旧游书怀赠江夏韦太守良宰》，同上书，第4册，页1680–1681。
[6] 如《真诰》卷三有"仰超琅园津，俯眄霄陵阿……乘气浮太空，曷为蹑山河。……下观八度内，俯叹风尘萦。解脱遗波浪，登此眇眇清。"《正统道藏》，第35册，页27。（《中华道藏》，第2册，页129。）
[7] 详见本书第三章：《南朝诗的空间内化》。
[8] 《太上飞行玉经》，引自《上清仙府琼林经》，《正统道藏》，第57册，页512。（《中华道藏》，第2册，页395。）
[9] 《李白全集校注汇释集评》，第6册，页2953–2955。

现今天台东距海约 51 公里,北距杭州湾则在 100 公里以上。即便考虑到一千多年来东海海岸线的变化,[1] 即便在古时空气透明度的条件下,盛唐时代在华顶也很难看到风潮汹涌的大海。但此诗以"楼栖沧岛月"一句神来之笔,变动了天台极顶的诗人与沧海之间的阔狭,诗人甚至可以于此"直下"俯瞰巨鳌出没于溟渤涛浪之间,与翼若垂天之云的大鹏在海天搏戏。李白《同友人舟行游台越作》亦有"华顶窥绝冥,蓬壶望超忽"[2];《赠僧崖公》亦谓"自言历天台,搏壁蹑翠屏……何日更携手,乘杯向蓬瀛"[3]。天台一山,未列于五岳,或因本隶在东海仙界。孙绰《游天台山赋》开篇即谓:"涉海则有方丈蓬莱,登陆则有四明天台,皆玄圣之所游化,灵仙之所窟宅"[4]。李白或许是将天台山与蓬瀛三岛仙界联结的最早诗人。然而,亦不止于天台一山。《登太山》其四亦有"攀崖上日观,伏槛窥东溟。海色动远山,天鸡已先鸣。银台出倒景,白浪翻长鲸"[5],《梦游天姥吟留别》有"半壁见海日,空中闻天鸡"。在天姥和泰山眺海是更不可能的。《寄王屋山人孟大融》有"我昔东海上,劳山餐紫霞。亲见安期公,食枣大如瓜"[6]。"人间不可以托些,吾将采药

---

[1] 根据吴洲《唐代东南的历史地理》一书,"唐时州治虽为'临海',却名实难副,而是在临海江中腹地,有山阻隔海隅,地始丰溪、乐安溪汇合点,上源二县即川溪名。此州境内距海较远,或地势略高。"(北京:中国社会科学出版社,2011),页 323。临海东的海岸线不远即有山,海岸线唐以来变化不大。天台北杭州湾的变化,主要在北岸的不断内塌,南岸变化较小,在 4 世纪前曾在今观海卫与临山之间的弧线上。见中国科学院《中国自然地理》编辑委员会,《历史自然地理》(北京:科学出版社,1982),页 238–242。

[2] 《李白全集校注汇释集评》,第 6 册,页 2821。

[3] 同上书,第 3 册,页 1567。

[4] 《文选》卷十一,第 1 册,页 163。这是我的博士生吉凌的发现,她引证陶弘景《真诰》以天台"须对三辰,当牛女之分野,上应台宿,古谓天台",以为天台上应三辅之星,与上应诸神祇的内地诸名山有别,从而对应东海诸仙。见其博士论文《以天台为例的中国山水美感话语研究》。

[5] 《李白全集校注汇释集评》,第 5 册,页 2801。

[6] 同上书,第 4 册,页 1939。

于蓬丘"[1],由企慕东海蓬瀛三岛的神仙世界,李白拓展了据名山望远海的美感。[2] 与名山之上的云天一样,海代表着空间与时间的无限。

这样一种"回天转地"、"变动阔狭"所产生的诗中巨幅山水,不限于山与海。李白笔下时而逸出如"登高壮观天地间,大江茫茫去不还。黄云万里动风色,白波九道流雪山"[3],如"月出峨眉照沧海,与人万里长相随。黄鹤楼前月华白,此中忽见峨眉客。峨眉山月还送君,风吹西到长安陌"[4],如"衡山苍苍入紫冥,下看南极老人星。回飙吹散五峰雪,往往飞花落洞庭"[5]。身体(眼睛)如此自太虚而俯的大视野,衬托出主体的伟岸——在广袤万里的山水之上,隐隐有乘气浮空、俯昕岳阿的诗人!李白的题画诗《当涂赵炎少府粉图山水歌》似乎活现了以一壁丹青展开千里山水的气势:

> 名工绎思挥彩笔,驱山走海置眼前。
> 满堂空翠如可扫,赤城霞气苍梧烟。
> 洞庭潇湘意渺绵,三江七泽情洄沿。[6]

阅读李白这一类驱山走海的山水书写,故不能限于自经验去理解。如其名作《望天门山》:

---

[1]《悲清秋赋》,同上书,第 7 册,页 3938。
[2] 中国诗歌中这个主题最早的出现是曹操的《观沧海》。其后,谢灵运《郡东山望海》并没有真正写海,而且郡东山(即今海坛山)是一座仅有 32 米高的小丘。谢诗《游赤石进帆海》写到海,却是扬帆而游。鲍照《蒜山被始兴王命作》有一句"临迥望沧州",却未真正写海。孟浩然有《岁暮海上作》,应有浮舟海上的经验,然诗中并未写到海天景色,只以"昏见斗柄回,方知岁月改"和"为问乘查久,沧州复何在"述及海天的空茫。
[3]《李白全集校注汇释集评》,第 4 册,页 2001。
[4]《峨眉山月歌送蜀僧晏入中京》,《李白全集校注汇释集评》,第 3 册,页 1203。
[5]《与诸公送陈郎将归衡阳》,同上书,第 5 册,页 2536。
[6] 同上书,第 3 册,页 1147。

> 天门中断楚江开,碧水东流至此回。
> 两岸青山相对出,孤帆一片日边来。[1]

论者谓首句想象江水自连成一体的东、西梁山夺门而出,次句乃船驶近二山而望,三句乃行至两山之间而望,末句乃船驶出天门两山而遥望空阔的天水之际。全诗彰显了人在舟行之中。[2]这个解说倘仅就文本而论很不错,因为诗中"断"、"开"、"回"、"出"、"来"也处处以天地、江流、两山之动彰显舟之疾行。然而,笔者来到实地,并乘船往返两山之间的楚江,却发现:首句及以下基于"两山对峙如门"的动画,其实只现于诗人的想象之中。因为两山的体积其实与浩浩荡荡的大江完全不成比例【图十三、十四】。两山在古今之间并无位置和体量的变化,而唐世长江水面只会比当今更宽阔。舟船在江心倘不是离得很远,是根本不可能同时看到东、西两山的。诗人以"变动阔狭"、"变化山河"的手段"欺骗"了吾人(后世地理书和方志沿袭了李白的夸张),却由此创造出无比雄浑壮丽的山水图景。

李白笔下云山之际的山水乃道教气学的幻化。如上所论,无论其中仙人的委形冥化,出有入无,抑或名山大岳之凝云虚构、江河之喷流、瀑布之奔泻,乃至诗人如仙人乘气浮空、俯眄岳阿的视野和驱山走海、变动阔狭的空间意识,在在体现着道教的动力之"气"。

四、愤激之际的狰狞山水

诗人李白在为个人穷通或国事极度忧愤之际,笔下还会出现另一

---

[1] 同上书,第6册,页3071。此诗以分类应放在第一节讨论,但就美感话语而言,置于此比较方便。
[2] 郁贤皓,《李白绝句漫谈》,见氏著,《李白与唐代文史考论》(南京:南京师范大学出版社,2008),第2册,页418–420。

图十三　博望山上望西梁山（N31°29.842′/E118°26.829′）

图十四　卫星地图上的长江与西梁山、博望山（N31°30′00.6″/E118°21′09.5″）

类山水书写,这是蛮荒、凶险甚至对人类充满敌意的大自然。如《鸣皋歌送岑征君》中的一段:

> 若有人兮思鸣皋,阻积雪兮心烦劳。洪河凌竞不可以径度,冰龙鳞兮难容舠。邈仙山之峻极兮,闻天籁之嘈嘈。霜崖缟皓以合沓兮,若长风扇海,涌沧溟之波涛。玄猿绿罴,舔舕崟岌。危柯振石,骇胆栗魄,群呼而相号。峰峥嵘以路绝,挂星辰于岩嶅。……寻幽居兮越巇崿,盘白石兮坐素月,琴松风兮寂万壑。望不见兮心氛氲,萝冥冥兮霰纷纷。水横洞以下渌,波小声而上闻。虎啸谷而生风,龙藏溪而吐云。冥鹤清唳,饥鼯嚬呻。块独处此幽默兮,愀空山而愁人。[1]

此诗写于长安被逐之后。诗人送岑征士归隐鸣皋山林,却以这一段将山林写得如此凶险。诗中险恶的山水环境——"积雪"、"洪河凌竞"、"霜崖缟皓"、"涌沧溟之波涛"、"峰峥嵘以路绝",以及其中恶兽——"玄猿绿罴,舔舕崟岌"、"虎啸谷"、"龙藏溪",令人想到其渊源于楚辞《招隐士》以及《招魂》、《大招》。如《招隐士》亦以"山气巃嵸兮,石嵯峨,溪谷崭岩兮,水曾波"、"欽岑碕礒兮碾磳磈硊"写山水环境之险恶,以"猿狖群啸兮虎豹嗥"、"虎豹斗兮熊罴咆"[2]写其中猛兽之令人惊恐。这些描写透显山水审美活动兴起之前,人类对大自然的某种恐惧。然在左思《招隐诗》中,隐士的环境已颇令人愉悦了。对山水凶险的书写,或许只见于鲍照的一些行旅之作如《行京口至竹里》。李白此诗故意将山林描述得如此恶劣,却结以自表心迹:将步岑之后尘,"弃天地而遗身"。这是以进一层的写法彰显庙堂之上,鱼目

---

[1]《鸣皋歌送岑征君》,《李白全集校注汇释集评》,第3册,页1067—1071。
[2]《招隐士》,《楚辞集校集释》(下),页2347、2352、2348、2355。

混珠,贤奸不辨,其险有过于山林。在此,具敌意的山林不过是世道凶险的陪衬罢了。

《鸣皋歌》是送人归山,显然不是出自诗人自己居鸣皋山的经验,故用骚体。李白天宝十一载(752)冬北行幽州,深入虎穴探知安禄山反情后,以大难将临而忧心忡忡。以乐府题写下两首寓意(allegorical)之作。如骚体的《鸣皋歌》,其所用乐府体裁本身亦已明示此诗不是应景的经验之作。《北风行》曰:

> 烛龙栖寒门,光耀犹旦开。日月照之何不及此?唯有北风号怒天上来。燕山雪花大如席,片片吹落轩辕台。幽州思妇十二月,停歌罢笑双蛾摧。倚门望行人,念君长城苦寒良可哀。别时提剑救边去,遗此虎文金鞞靫。中有一双白羽箭,蜘蛛结网生尘埃。箭空在,人今战死不复回。不忍见此物,焚之已成灰。黄河捧土尚可塞,北风雨雪恨难裁。[1]

诗人以日月不照、北风号呼、雪片如席极赋北边之酷寒,以寓写幽州形势之危机。诗中插写了戍守长城士兵的"思妇"。在歌行中夫君战死,思妇沦为了寡妇。然夫君缘何而亡?与谁战而死?从语称含混的"北风雨雪恨难裁"来看,他似乎是死于"北风"和"大如席"的燕山雪片,即死于安禄山之乱。思妇及其亡夫不啻是即将在战乱中涂炭生民的象征,诗人以此寄寓着对国事的忧愤。《公无渡河》则将一腔激愤转向黄河:

> 黄河西来决昆仑,咆哮万里触龙门。波滔天,尧咨嗟。大禹理百川,儿啼不窥家。杀湍堙洪水,九州始蚕麻。其害乃去,茫

---

[1]《李白全集校注汇释集评》,第1册,页484–486。

然风沙。被发之叟狂而痴，清晨径流欲奚为？旁人不惜妻止之，公无渡河苦渡之。虎可搏，河难凭。公果溺死流海湄。有长鲸白齿若雪山，公乎公乎挂胃于其间。箜篌所悲竟不还。[1]

诸家皆以此诗为寓意之作，然对诗中"黄河"、"尧"、"披发之叟"、"妻"、"长鲸"解说却不相同。但此诗须解的只是全诗总的寓意，并不必一一纠结每一个别形象的喻指。安旗本根据同一作者《忆旧游书怀赠江夏韦太守良宰》、《北上行》、《赠张相镐》、《为宋中丞祭九江文》四篇诗文中"长鲸"的喻指，而指其为安禄山叛军。[2]然则，"咆哮万里"而溺死老叟的黄河，也只是"有白齿若雪山"而令老叟"挂胃于其间"的长鲸的另一形象罢了。郭沫若谓"黄河西来"喻指安禄山自东席卷而西的叛变。[3]然而，此中重要的也许是"龙门"所代表的河洛地区，那将是叛军席卷而来，与唐军决战之所。如《北风行》一样，倘若吾人不以过度纠结的诠释将全诗的形象肢解，就会首先注意此诗呈现的狰狞图景——"有长鲸白齿若雪山，公乎公乎挂胃于其间"，像《战城南》中"败马号鸣向天悲，乌鸢啄人肠，衔飞上挂枯树枝"[4]一样，是中国古典诗中令人惊悚的地狱景象，是诗人对国家前景的忧心所在。

这一类寓意诗作中最具盛名的一篇，当然是其乐府诗《蜀道难》：

噫吁嚱，危乎高哉！蜀道之难，难于上青天。蚕丛及鱼凫，开国何茫然。尔来四万八千岁，不与秦塞通人烟。西当太白有鸟道，可以横绝峨眉巅。地崩山摧壮士死，然后天梯石栈相钩连。上有六龙回日之高标，下有冲波逆折之回川。黄鹤之飞尚不得过，

---

[1] 同上书，第 1 册，281–284。
[2] 安旗主编，《李白全集编年注释》（成都：巴蜀书社，2000），上册，页 905。
[3] 《李白与杜甫》（北京：人民文学出版社，1972），页 31。
[4] 《李白全集校注汇释集评》，第 1 册，页 353。

猿猱欲度愁攀援。青泥何盘盘，百步九折萦岩峦。扪参历井仰胁息，以手抚膺坐长叹。问君西游何时还？畏途巉岩不可攀。但见悲鸟号古木，雄飞雌从绕林间。又闻子规啼夜月，愁空山。蜀道之难，难于上青天，使人听此凋朱颜。连峰去天不盈尺，枯松倒挂倚绝壁。飞湍瀑流争喧豗，砯崖转石万壑雷。其险也若此，嗟尔远道之人胡为乎来哉？剑阁峥嵘而崔嵬，一夫当关，万夫莫开。所守或匪亲，化为狼与豺。朝避猛虎，夕避长蛇。磨牙吮血，杀人如麻。锦城虽云乐，不如早还家。蜀道之难，难于上青天，侧身西望长咨嗟。[1]

李白出蜀乃由水路经三峡至荆楚，从未有经蜀道出入关中的经历。此诗之作，如本节所论前三诗一样，是非基于身体经验的寓意之作。诗人自我亦未戏剧化为诗中"扪参历井仰胁息，以手抚膺坐长叹"的"远道之人"。相反，在此诗中，此被一般化了的"远道之人"是被诗中说话人规劝的对象。后者化身为看尽历来蜀道生命悲剧的世故老者。这一手法直接影响了中唐孟郊的《峡哀十首》，后者亦为非基于身体经验的寓意之作。[2]《蜀道难》所寓者为何？却众说纷纭。有谓谏阻玄宗幸蜀者，有谓讽严武镇蜀危房琯、杜甫者。但正如詹锳所力辨，据殷璠《河岳英灵集》之序，此诗之作不可能晚于玄宗朝癸巳年[3]，即天

---

[1] 同上书，页290—300。
[2] 《峡哀十首》与《寒溪九首》、《石淙十首》同为孟郊以联章形式书写山水的诗作，但《寒溪九首》和《石淙十首》却是诗人的纪游和卜居之作，诗中的"幸临虚空镜，照此残悴身"和"地远有余美，我游采弃怀"这样的句子分明显示出诗人在山水中的自我形影。而《峡哀十首》却是从未有出入三峡经验诗人的书写，诗人自我的形象如《蜀道难》一样，是一个览尽千古三峡中为"饿剑"、"齿泉"、"毒波"、"蛟虬"吞噉掉的无数生灵的世故老辈，由他向死者和后来者发出哀叹："我有古心意，为君空摧颓。"见韩泉欣校注，《孟郊集校注》（杭州：浙江古籍出版社，2012），上册，页168，210，下册，页456。
[3] 见傅璇琮编，《唐人选唐诗新编》（西安：陕西人民出版社，1996），页107。

宝十二载（752）。安旗以此篇与白初入长安诗文《上安州裴长史书》、《梁甫吟》、《忆旧游赠江阳宰陆调》、《行路难》其二参读，判定其内容为诗人感叹自身初入长安遭遇仕途坎坷之作。[1]此说与孟棨《本事诗》及《唐摭言》所记太白初至京师出此诗与贺知章一事在时间上相合。[2]此诗当以蜀道险阻喻写君门九重不可通，仕路蹭蹬不可行。

然而，这些诗虽为寓意之作，却不同于西方文学中的 allegory。或者说，中西文学中的寓意传统很不相同。正如中国思想强调形上、形下之一贯不同于西方强调形上/形下之隔绝一样，中国文学亦彰显寓意作品的意义并非必自表层与深层二元分离的结构中去开掘。这当然可以从古人所说的"兴"义的"隐"与"广"去理解。但诗"兴"的"隐"与"广"实际上涉及了浦安迪（Andrew H. Plaks）比较中、西寓意文学时所说的喻面与本面是否分离的问题，他写道："在中国观念中，所有真实皆存在于同一层面，寓言作品所指的另一意义就不必在两个分离存在面间的相应点处垂直地（vertically）向上寻找，而应在不断开拓的视境的广度中寻找。更为重要的是，中国寓言结构喻体象征关涉到的真理之隐秘形态，绝不应被认作为隐喻（metaphor）的相似—差异关系，而应作为转喻（synecdoche，或译作替代）的平行延伸。"[3]浦氏对中国寓意作品的辩说，不妨以明末诗学大家王船山的话"诗者幽明之际者也"[4]去概括。认识到中国寓意文学的这一本质，在诠释李白这些具寓意的山水书写时，就不会到"另一层面"去索求意义，就不会忽略诗所书写的此一图景本身，不会因汲汲于索解作品的个别意象的寓意而肢解山水图景

---

[1] 见《蜀道难》一诗编者按语，《李白全集编年注释》，上册，页 168–170。
[2] 孟棨《本事诗》高逸第三，《本事诗·续本事诗·本事词》（上海：上海古籍出版社，1991），页 17。王定保，《唐摭言》（上海：上海古籍出版社，1978），卷七，页 81。
[3] Andrew H. Plaks, *Archetype and Allegory in the Dream of the Red Chamber*（Princeton: Princeton University Press, 1976）, pp. 109–110.
[4] 《诗广传》卷五，《论昊天有命》，《船山全书》，第 3 册，页 485–486。

的整体,因为如蔡瑜论李白《远别离》一诗所说,寓意之作"当然可以兴起许多现实处境的联想,但都不易凿实而言,因为李白的兴感呈现出回返本源的质性,难以落实于比附之中。"〔1〕

由此,吾人也就不应无视李白这些寓意之作甚至孟郊《峡哀十首》中所直接呈现的山水的特殊美感了。在李白这类作品中,一再出现了东晋山水美感兴起以来少有的险恶竟至狰狞的自然山水:《鸣皋歌》中的洪波霜崖、玄猿绿罴,《北风行》中黑暗中的轩辕台上"大如席"的雪花,《公无渡河》中咆哮万里的黄河与白齿长鲸,《蜀道难》中的巉岩绝壁、猛虎长蛇……就美感而言,它们令人畏惧、憎恶和回避,是一种丑。然而这又是中国诗歌山水书写中此前罕见的崇高感的源泉。康德说:"假使自然应该被我们评判为崇高,那么,它必须作为激起恐惧的对象被表象着",必须让人觉得,"在和它们相较量里,我们对它们抵拒的能力显得太渺小了。"〔2〕李白似乎着意描写人类在险恶自然山水中的渺小、无助和绝望:披发狂叟溺死而流海湄,挂胃于长鲸白齿;远道人入蜀,嗟叹于巉岩之下:蜀道之难,难于上青天!……这里难道尚剩余着崇高感所必须有的人类在"心内发现的优越","抵抗的能力",以及与自然威力较量的"勇气"〔3〕么?其实,在诗人似乎悲怆的调子里,在在又有对人类抵抗和勇气的赞颂:黄河上冒死渡水的狂痴老叟、在地崩山摧之中以生命开辟蜀道的五丁壮士、宁居险山恶水而不桎梏于轩冕的归隐者,甚至在"黄河捧土尚可塞,北风雨雪恨难裁"这一语称含混之呼喊背后的思妇或诗人,无一不在悲剧地体现了这样的勇气!

而且,吾人对于《蜀道难》这一表面上全然悲观调子的作品,尤

---

〔1〕 蔡瑜,《从"兴于诗"论李白诗诠释的一个问题》,载杨儒宾编,《中国经典诠释传统(三):文学与道家经典篇》(台北:财团法人喜马拉雅研究发展基金会,2002),页135。
〔2〕 康德,《判断力批判》上卷,宗白华译(北京:商务印书馆,1965),页100—101。
〔3〕 同上书,页101—102。

要留心其语句里时时透显出的类似西欧十七、八世纪诗人描写阿尔卑斯雪崩、深壑、冰川等凶险自然现象时的感觉——以矛盾修饰语表达的"快乐的恐怖"或"恐怖的喜悦"。[1]这种与恐怖俱生的快感和喜悦是吾人在楚辞《招隐士》以及《招魂》、《大招》和后来柳宗元的《囚山赋》、《与浩初上人同看山》、孟郊的《峡哀十首》、韩愈的岭南之作中所难以感受到的。如歌咏边塞兵戎之地的岑参一样,李白着意在使环境的险峻艰危成为一道壮美风景:"上有六龙回日之高标,下有冲波逆折之回川。黄鹤之飞尚不得过,猿猱欲度愁攀援","连峰去天不盈尺,枯松倒挂倚绝壁","一风三日吹倒山,白浪高于瓦官阁"[2],甚至"燕山雪花大如席,片片吹落轩辕台"都透出一种悲壮,这里有对人类勇敢和耐受力的考验,有对生存意志的挑战【图十五】。前节曾讨论李白山水书写彰显动力,这在本节讨论的诗篇中尤为显豁。《北风行》有"北风号呼天上来",《蜀道难》有"飞湍瀑流争喧豗,砯崖转石万壑雷",《公无渡河》有"黄河西来决昆仑,咆哮万里触龙门。波滔天,尧咨嗟……",《鸣皋歌》有"霜崖缟皓以合沓兮,若长风扇海,涌沧溟之波涛。玄猿绿罴,舔舕崟岌。危柯振石,骇胆栗魄,群呼而相号"……在大自然中这些狂野无序现象里体现着康德所谓"力学的崇高"。尤有甚者,这一"快乐的恐怖"的崇高感其实更来自诗句本身所透出的诗人自身的激昂气势。

李白这些诗作皆以杂言体写成,这在盛唐五七言律诗的时代并不是一种流行的诗体。[3]然此一体却最能彰显古人论李白诗所说的"想

---

[1] 参见 Marjorie Hope Nicolson, *Mountain Gloom and Mountain Glory: The Development of the Aesthetics of the Infinite* (Ithaca: Cornell University Press, 1959), pp. 271–323.
[2] 《横江词六首》其一,《李白全集编年注释》,上册,页955。
[3] 参见施逢雨,《杂言体:李白最独树一格的诗歌体式》,载周勋初编,《李白研究》(武汉:湖北教育出版社,2003),页412–445。

图十五 罗聘《剑阁图》

落天外,局自变生,大江无风,波涛自涌;白云从空,随风变灭"[1],"如列子御风而行","意接词不接,发想无端,如天上白云,卷舒现灭,无有定形"[2]之特点。《蜀道难》一诗有三言、四言、五言、七言、八言、九言和十一言句,并时而有"其险也如此"、"所守或匪亲"这样全然散文化的句子出现。《鸣皋歌》不仅有四言、五言、六言、七言、八言、九言、十一言乃至十五言("吾诚不能学二子沽名矫节以耀世兮")句式,且有大量夹带"兮"的楚辞句式,句中停顿亦多繁复。然而,诗的不可遏制的动力和气势正是由此杂沓之中奔涌出来,在此,语言是诗人生命力、呼吸活动的直接体现,即王夫之所谓"言所自出,因体因气,因动因心,因物因理"[3]。一位西方学者以为《蜀道难》中三次出现的"蜀道之难,难于上青天"分别为发端的"闭拢嘴巴的

---

[1] 沈德潜,《唐诗别裁》(上海:商务印书馆,1929),卷六,第2册,页49。
[2] 方东树,《昭昧詹言》卷十二,页249。
[3] 《周易外传》卷六,《船山全书》第1册,页363。

呻吟"(pursed-lip groan),中间的"想象中的旅人到达旅途最高点后逃避一般地长吐一口气"(out-of-breath exhalation that escapes when the imagined traveler has reached the highest point of his journey)和结尾的"摇头叹息"(a head-shaking sigh)[1]。吾人未必苟同其具体解说,却不妨肯认其自文字去再体验诗人身体中"气"之律动的思路。此中之"气",或如《蜀道难》那样一次次蓄势,然后自高峰掷下,"飞流直下三千尺";或如《公无渡河》、《西岳云台歌》中的黄河,卷带沙石,冲决大山,"奔流到海不复回"。这些诗当然具叙事因素,如《蜀道难》写从蛮荒、蚕丛、鱼凫到五丁开道,《公无渡河》写从河决龙门到大禹理水,《北风行》写夫君守边而亡,《西岳云台歌》叙巨灵擘山……叙事性肯定了诗具线性,而非如律诗的平衡回婉。然所有叙述又都是峰断云连,似离而合,行文中时见"飞白"。在此,诗之最要须是具充分动力的、时间的、音乐的艺术,它冲毁了律诗的建筑美,淹没了画意之"景",而直接进入自然(诗人的和山水的)的运动之中。论乐者说:自音乐可以直接地体验感动人类的基本冲动,因为"音乐家不自觉地在这种语言中忘乎所以"[2]。李白正是在他的语言的声气节奏中忘乎所以。诗体的狂野无序是诗人激情奔涌的狂野无序,诗人激情奔涌的狂野无序又无不符应着凶险狰狞的原始大自然的狂野无序。正是在这里,吾人可以见识到敢与凶险、狰狞的山水一争高下的诗人人格之伟岸!若借诗人论艺的文字说明,至为透彻的是诗人以歌行议论怀素狂草的以下一段:

吾师醉后倚绳床,须臾扫尽数千张。
飘风骤雨惊飒飒,落花飞雪何茫茫。

---

[1] Paul W. Kroll, *Studies in Medieval Taoism and the Poetry of Li Po* (Burlington: Ashgate, 2009), p. 230.
[2] 勋伯格语,引自柯克(Deryck Cooke),《音乐语言》,茅于润译(北京:人民音乐出版社,1981),页327。

> 起来向壁不停手，一行数字大如斗。
> 悦悦如闻神鬼惊，时时只见龙蛇走。
> 左盘右蹙如惊电，状同楚汉相攻占。……
> 古来万事贵天生，何必要公孙大娘浑脱舞！[1]

诗中"吾师醉后倚绳床，须臾扫尽数千张"，"起来向壁不停手"，"公孙大娘浑脱舞"皆是奔放不羁的身体姿势和活动。以此，"飘风骤雨惊飒飒，落花飞雪何茫茫"，"时时只见龙蛇走"，"左盘右蹙如惊电"的书势，不啻在模拟其身心生命的放逸。如果李白对怀素凭恃天纵之才醉后作狂草的赞歌中有自己"一斗诗百篇"的作诗经验，那么，最重要的即是诗句奔涌本身即如"飘风骤雨"和"落花飞雪"一般了。巴什拉说："诗歌的形象也是一种物质。"[2] 对李白而言，这种物质正是"气"。诗人在书写狂野不羁的江河、高耸入云的山峰之时，其实也在书写其抒情自我的狂放不羁和伟岸不群，书写着自我身体中的流荡奔腾之气！李白曾以"逸气顿挫，英风激扬"[3] 去论诗，以"歌酣易水之风，气振武安之瓦"[4] 去论人之气概，其本人之诗，亦当以"气"论之（况曹丕、谢赫以降，"气"早是中国文论之话语）。前引所谓"白云从空，随风变灭"，"如列子御风而行"和"如天上白云，卷舒现灭，无有定形"不就是以"气"拟其诗么？

五、结　语

李白的诗作中展开了相互暌异的山水世界：妩媚的与狰狞的，人间

---

[1]《草书歌行》，《李白全集校注汇释集评》，第3册，页1237。
[2]《水与梦》，页3。
[3]《泽畔吟序》，《李白全集校注汇释集评》，第8册，页4129。
[4]《饯李副使藏用移军广陵序》，同上书，第8册，页4121。

的与仙幻的，画意的与音乐的，清宁的与奔腾的，优美的与崇高的。如此睽异的世界似乎很难收束于一个论题之中。然而，倘若吾人愿意跳脱一般现代概念框架，就会发现：或许能收束李白如此繁复美感话语的，正是本书第二章以后和本章论证中一再出现的"气"。李白充分吸收了中国文化诸多有关"气"的义涵。吾人或许能追溯李白山水书写中的"风土性"至《淮南子·墬形训》中土地之"气"与人的气质、性格的关联，[1]将诗人笔下的山水清境追溯至庄子的"通天下一气耳"和"虚以待物"[2]的纯气状态"心斋"，将其藉一处山水与异代诗人的"情相接"追溯至庄子以生死为气之聚散和《吕氏春秋》所肯认的精气可使人超越通常手段而相互感应。而李白的奇幻山水中仙人之出有入无，名山大岳之凝云虚构，江河之喷流，乃至诗人的如仙人乘气浮空般的视野和驱山走海的空间意识，更与道教的气说一脉相承。讨论李白愤激之作的"逸气顿挫，英风激扬"，吾人会立即想到中国文学和艺术论中的"文气"和"气势"之说，其渊源可探至各家思想甚至中医学说。[3]"气"在李白山水书写的丰富表现，正体现了作为超越物质与精神分野之宇宙本原的"气"在中国文化中的丰富义蕴。作为道教徒的李白，其山水书写与作为佛禅居士的王维晚期的山水书写所表现的明显差异，可以追溯到气学所肯认的动态生命观与佛教空学观念之不同。

然而，凭借李白诗作去建构一个"气学"思想体系却终究难免牵强。因为李白关于"气"的思想来源本十分芜杂，他又毕竟不是思想家。况且，这种建构将有违本书探讨"话语"的宗旨。故而，本章最终毋宁将李白山水书写中表现出的"气"归结为一种超越物质的"物

---

[1]《淮南子·墬形训》："坚土人刚，弱土人脆，垆土人大，沙土人细，息土人美，耗土人丑。"《诸子集成》第7册，页60。
[2]《庄子集释·人间世》，《诸子集成》，第3册，页67。
[3] 参见加纳喜光，《医书中所见的气——中国传统医学中的疾病观》，《气的思想》，页273–308。

第五章　生气充盈的李白山水世界　｜　375

质想象"。如巴什拉所说:"通过基本的物质本原所作的这种分类同诗学的灵魂最类似。"[1]"气"首先具物质本原的意味:庄子即谓"夫大块之气,其名为风"[2]。"气"又在李白笔下化变了仙人、云雾,凝构了名山大岳。"气"又居身、心一体之中:李白诗中"逸气顿挫,英风激扬"的"气",固然与中医学不无关联,却又使吾人想到巴什拉说过:"最初的物质想象正是在肉体中,在器官中产生的。"[3]而古人以"白云从空,随风变灭","如列子御风而行","如天上白云,卷舒现灭,无有定形"去描述李白诗,亦未始不是一种摄住了其诗学之灵魂的"物质想象"。虽然李白诗所体现的"气"并不与巴什拉论尼采诗化哲学体现的"气风"完全相同。巴什拉以"风"、"火"、"水"、"地"这些"物质意象"去讨论诗学、音乐学、美学和尼采的诗化哲学,为吾人作为现代人、以"气"去思索李白的山水美感话语提供了理论正当性。笔者在以"气"作为"物质意象"观察李白时,进入了这位诗人创作之原初,即如何藉"气"将自己的身体与山水世界的变化连接起来。"气"在此同时是山水的肉身,诗的肉身,亦是诗人的肉身。即如巴什拉所说:"梦想者在用世界的物质滋养自己时,他就参与了世界",参与了世界的呼吸。[4]李白正以逸气充盈的自我参与了生气充盈的山水。本书此前曾指出过后世山水画家如何藉气为物质因的想象,藉由水墨使身体融入烟气变灭的山水之中,[5]讨论过鲍照、谢朓如何藉"气"的"物质想象"将存有注入"风景"的氛围里,[6]讨论过江淹如何藉由气为物质因的想象进入"雨日阴阳之气"的九石绛霓之中。[7]然在山水

---

[1]《水与梦》,页4。
[2]《庄子集释·齐物论》,《诸子集成》,第3册,页22。
[3]《水与梦》,页9。
[4]《梦想的诗学》,页224–225。
[5] 详见本书导论第三节。
[6] 详见本书第二章《后谢灵运的"风景"》。
[7] 详见本书第三章第二节。

书写中,尚从未有人将以"气"展开的想象发挥得如此淋漓尽致——"气"在此不仅与山河无从分离,亦与人的呼吸,与"灵"即人的精神世界无从分离,如其形态一样,它是幽暗的、神秘的、魔幻的和诗意的,任何简单化的哲学诠解都只会令它失却灵光,意味索然。

如此发挥"气"的物质想象,李白的贡献首在使中国诗的山水书写真正走出了一般的游览、去离和栖居中的应景书写,而开启了奇幻的和令人起"恐怖性喜悦"的凶险山水。在美学上,则走出了何逊以降的画意追求,不仅书写出连续时空中人与山水风物共织的"风土",而且开拓出崇高。庞特(David Punter)和荣格(Carl Gustav Jung)曾分别把希腊神话的两位神祇——赫尔墨斯和农神萨特恩——作为如画(picturesque)和崇高(sublime)的原型,并给出以下描述:前者"出现在我们已知的山间道路蜿蜒的风景之中",代表了世界这样一些方面——"纯洁、永远的年轻和清新,如同全身沐浴的自恋者投给我们的一个暧昧的微笑";而后者则代表了"寒冷和超自然的邪恶",意味着"人力之外的食人的冲动、食人,以及控制山崩和当我们睡在寒冷的半山时折磨我们的力量",透显出"一张固定的血淋淋露齿之笑的面孔"[1]。在人生和民族苦难中书写山水的李白,将不乏凶险意味的崇高带进了诗国。

作为一个人的李白,又究竟钟情着上文所论三类中哪一类山水?诗人生命故事的结局或许透露了其中消息。广德元年(763)春,周求名山、访道寻仙的李白再渡牛渚矶,至姑孰东南,盘桓良久,"悦谢家青山,有终焉之志。"[2]诗人死后五十余年后,终迁葬于此山北址。青

---

[1] David Punter, "The Picturesque and the Sublime: Two Worldscape," *The Politics of the Picturesque: Literature, Landscape and Aesthetics since 1770*, eds. Stephen Copley & Peter Garside(Cambridge: Cambridge University, 1994), pp. 232—233.

[2] 范传正,《唐左拾遗翰林学士李公新墓碑》,《李白全集编年注释》,下册,附录部分,页1836。

山在姑孰境内迤逦十五华里，山只比敬亭略高，最高处也只三百七十米，远远不及与窈冥中仙界相通的太白、匡庐、泰山、华山和嵩山。然在这片丘陵之上，却是一道最长也最醒目的山岭了。姑孰一地绿野芊绵，溪河怀烟。青山南尾，有李白心仪的谢朓故宅之基和谢公池。当年守宣的小谢，亦钟情此地山水，时而五马双旌来此小住，故而有"谢家青山"之谓。诗人的"终焉之志"似在告诉吾人：其钟情的正是青皋白水、渔耕桑麻的世界。而这也正与其在功成之后扁舟投钓的梦想不无契合。

第六章 杜甫夔州诗中的"山河"与"山水"[1]

一、引　言

本章讲述中国最伟大诗人与中国最壮丽一段河谷的相遇。

唐永泰元年（765）四月严武去世，杜甫（712–770）寻即离开成都草堂，沿岷江舟行入长江，顺江而至渝州、忠州、云安。于云安卧病数月之后，于大历元年（766）春夏之交到达夔州。杜甫在夔州不足两年，[2]却屡有迁徙，曾先后寓于白帝西阁、卜居面对白盐断崖的赤甲、鱼复浦的瀼西以及白帝城东北的东屯。诗人于大历三年初出峡，大历五年（770）冬即于湘水舟船中结束了飘泊的一生。在夔州岁月则可谓其生命的杪秋。然而，这却是诗人创作生命至为旺盛的时期。即便不计入云安之什，杜甫在夔州所作诗，亦有四百三十余首，约占其全部作品三分之一。这些篇什之中，除极少数作品可以归入所谓"山水诗"外，多数是抒怀、回忆、怀古和遣兴之作。然而，夔州独特的

---

[1] 本章内容原载上海《中华文史论丛》2016年第1期，收入本书时做了修改。
[2] 自三峡出蜀而下东南、北上洛阳本是诗人酝酿多时的举措。然而，诗人何以在夔州滞留至大历三年（768）正月呢？一般的解释是其衰弱的病体禁不起出峡的风涛颠簸。三峡风浪对其生命的挑战，可自诗人出峡所作《大历三年春，白帝城放船出瞿唐峡，久居夔府将适江陵，飘泊有诗，凡四十韵》一诗见出，诗曰："鹿角真走险，狼头如跋胡。……生涯临臬兀，死地脱斯须。"见萧涤非主编，张忠纲终审统稿，《杜甫全集校注》（北京：人民文学出版社，2014），卷十八，第8册，页5434。但杜甫滞留夔州的原因不是本文题旨，在此不拟深究。

山川地貌却构成了其雄浑的背景。

  夔州地处长江三峡西大门。七千万年前的燕山以及三四千万年前的喜马拉雅造山运动中，瞿唐峡、巫山和黄陵庙背斜隆起，江流穿切三大背斜，经千万年不断冲刷、侵蚀，造就了绵延数百里的伟大地质奇观长江三峡。[1]历代对这片雄奇山水的描述是："两岸连山，略无绝处，重岩叠嶂，隐天蔽日"[2]；"绝岸万丈，壁立赮驳。……砯岩鼓作，漰湱㵗潏"[3]；"上有万仞山，下有千丈水。苍苍两崖间，阔狭容一苇。……未夜黑岩昏，无风白浪起"[4]；"夹江千峰万嶂，有竞起者，有独拔者，有崩欲压者，有危欲坠者，有横裂者，有直坼者，有凸者，有洼者，有罅者，奇怪不可尽状"[5]；"左右石壁矗立，拔地参天，如颓败白垩粉垣，连络不断"[6]……这是中国山与水交集的"一元双极"构架中出现的最为雄奇壮伟的景观，它不仅为神话的迷离烟云笼罩，且处处承载着历史记忆，是一片充满美学家所谓"联想"（associations）的山水。夔门在传说中为华夏上古英雄夏禹开凿。至晚在南北朝以后，人们相信宋玉《高唐》、《神女》所赋楚王与巫山神女梦会之所阳台，以及神女化身神女峰即在三峡之中。夔府伸入大江的半岛白帝城，乃汉代公孙述为割据巴蜀据险而筑。三国时代蜀汉先主刘备兵败猇亭的一段历史，又蚀刻于夔州山水，留下了鱼复浦碛坝上的八阵图和托孤而崩的永安宫。此外，触目可见的古栈道【图一】、烽燧台，也时时昭示昔日的争战和烽烟。三峡中曾有两位楚辞诗人留下

---

[1] 本章这一段参照了蓝勇主编，《长江三峡历史地理》（成都：四川人民出版社，2003）。
[2] 盛弘之，《荆州记》，见陈运溶、王仁俊辑，《荆州记九种》（武汉：湖北人民出版社，1999），页45。
[3] 郭璞，《江赋》，《文选》卷一二，上册，页184。
[4] 白居易，《初入峡有感》，《白居易集笺校》，卷一一，第2册，页576。
[5] 陆游，《入蜀记》第六，《陆放翁全集·渭南文集》（台北：世界书局，1990），上册，卷四八，页294。
[6] 郑观应，《长江日记》（上海：上海古籍出版社，2010），页39。

图一 瞿唐峡栈道，录自徐肖冰主编《长江》，重庆出版社，1994

了生命足迹，其中华夏第一位真正具名诗人屈原，最终为伤悼江山即将沉沦而自沉汨罗。这一切足令杜甫在面对这一片山水时要想到兴亡浮沉。况且，诗人羁栖夔州之时，历经八年的安史之乱虽已平息，但内有藩镇割据，外有吐蕃、回纥、党项、奴剌不断侵扰国土的局面已然形成。此时的李唐王朝，不仅在二十几个月前遭受了吐蕃攻陷长安，皇帝出奔的国难，且有徐知道的叛乱以及因郭英乂和崔旰二人仇隙而起的蜀中之乱。这一切，更令杜甫这样一位奉儒家之道的大诗人，在面对夔州山水之时，不可能仅仅关注一时一地之风物与一己之哀乐情怀，其诗之神思，必驰骋于大唐乃至民族的浮沉沧桑和千山万水之中。由此，形成于东晋士人游赏中的"山水"[1]二字已不足以涵摄杜甫这一

---

[1] 请参照本书第一章:《探秘大谢"山水"》。

时期对山川的书写,本章提出以汉语和杜诗话语中另一词语"山河"来透视杜甫夔州诗作中山川书写的特征。然而,"山河"却并非完全独立于"山水"之外,而是与"山水"概念相互交织。诗人常常是由此地当下之"山水"而拓向千年万里之"山河"。以此,开掘出此前杨炯、陈子昂、李白在书写峡江时皆不曾臻至的境界。然而,作为中国诗歌一个肇始于东晋传统的传承者,杜甫的夔州诗中亦不乏以轻灵柔润之笔书写的山水,其与为"山河"义涵交织的山水书写构成风格上的对比。本章的讨论自提出"山河"的概念开始,揭示出杜甫对夔州的山水书写中的"抒情史诗"意味。其后,本章转向夔州地景被诗人赋予的特殊性格——悲秋之哀挚的讨论,以更深地透视"山水"/"山河"在夔州诗中的相互交织,以及诗人如何藉场所展现自身的在世存有。最后,本章以羁栖夔州之时诗人面对着其生命末期的一次危机和"启蒙或创始事件"为基点,探讨杜甫笔下具阴柔之美的山水如何在其生命危机中引导启蒙和超越。这一探讨同时展示出中国文学一个隐秘的谱系。

二、从"山水"到"山河"

杜诗谓"白帝夔州各异城"[1],唐时夔州府是白帝城向西北的扩展,建于北岸赤岬山(今紫阳山)[2]下。夔府之南的白帝山乃北岸伸入大江的一处半岛和江矶,海拔248米,出水120余米(夏)至160余米(冬)。此山北缘以矮丘马岭与赤岬山相接,东傍即将入江之东瀼水【图二】。白帝山南大江之中,有如象如马的巨礁滟滪堆。白帝山东

---

[1] 《夔州歌十绝句》其二,《杜甫全集校注》,卷一三,第7册,页3749。
[2] 当代研究者从简锦松到蓝勇皆依据《水经注》、《太平寰宇记》等南宋以前的古籍,以为杜甫时代的赤岬山在长江北岸。见简锦松,《杜甫夔州诗现地研究》(台北:学生书局,1999),页104–120;蓝勇主编,《长江三峡历史地理》,页420–421。

图二 自紫阳山俯瞰白帝城、东瀼水、夔门和白盐山（赵贵林摄于 1996 年）

图三 白帝山、东瀼水、滟滪堆与夔门，录自光绪十五年《峡江图考》，《水志》，《中华山水志丛刊》（北京：线装书局，2004），第 24 册，页 312。

第六章 杜甫夔州诗中的"山河"与"山水" | 383

图四　自风箱峡拍摄江轮西上瞿唐峡,已离白帝山不远(简锦松摄于1999年7月中旬,说明文字为简锦松所加)

南约五百米即是夔门【图三】。从万年雪山奔泻而下的长江,在汇集了上游无数支流之后,冲过滟滪巨礁,旋即挤入宽不过百米甚至数十米的瞿唐峡,巨浪汹涌,涛声震天。[1]夔门两侧是断崖绝壁,俗称粉壁墙,或许更恰切的比喻应是浮雕壁【图四】。壁上凹凸之间似透显大匠刀法朴拙,颜色在深灰、黄和褐之间跳跃,偶尔斜掠过几痕墨绿,则是吸附泥岩顽强生长的草木。断壁之上,西对着夔门外白帝山,是孤特于众山之上的白盐山(今称赤岬山)[2]主峰,一如伸向苍穹的神鹰之喙【图五】。今人建造大坝已使昔日七百里三峡"夹江

---

[1] 本章这一段对筑坝前夔州地貌的描述颇得益于奉节诗城博物馆馆长赵贵林先生的讲解,特此致谢。
[2] 杜甫时代的白盐山应在长江北岸,即今称赤岬山的说法,亦为简锦松、蓝勇等依据南宋以前古籍所做的推断,见《杜甫夔州诗现地研究》,页61–153;《长江三峡历史地理》,页421–423。

图五　夔门粉壁墙与白盐山主峰（本书作者 2014 年 5 月摄 N31°02.473′/E109°34.572′）

千峰万嶂"的景观不复得见，唯夔门一处，由于左右山崖高峻，依然保持着"两壁对耸，上入霄汉，其平如削成，仰视天如疋练"[1]的地貌。大江和夔门见证着七千万年前开始的一段自然史。而对华夏民族而言，它是文化英雄大禹疏凿之迹，又是历代东锁荆楚、西控巴蜀的咽喉。杜甫在夔州居所中的两处——白帝山西南的"西阁"和长江北岸、东瀼水之西的"瀼西草堂"皆面对夔门。这是一个令人想到天地开辟和千古风流的所在。老杜夔州之作一再地写到此雄踞江山之险的白帝城和夔门：

---

[1]《入蜀记》第六，《陆放翁全集·渭南文集》卷四八，页 298。

第六章　杜甫夔州诗中的"山河"与"山水"　｜　385

> 城峻随天壁，楼高更女墙。
> 江流思夏后，风至忆襄王。……
> 公孙初恃险，跃马意何长。[1]

这首五言八句的小诗竟提到三位帝王或僭称帝王（公孙述）的人物，他们将生命活动的印迹渗入了江流、风云，嵌入了山石之中，令民族久远的历史依存于这片山水。再看《峡口二首》：

> 峡口大江间，西南控百蛮。
> 城欹连粉堞，岸断更青山。
> 开辟多天险，防隅一水关。
> 乱离闻鼓角，秋气动衰颜。
>
> 时清关失险，世乱戟如林。
> 去矣英雄事，荒哉割据心。……[2]

这一联章中，夔门据险设防或成为"控百蛮"，或成为割据一方（如公孙述）的关塞之地，由此见证了枭杰叛离和英雄征伐，天下的乱离和清宁。诗人于此闻鼓角声起，会自然地从历史上枭贼的割据想到时下蜀中的崔旰之乱。诗人不只自白帝，亦自瀼水之西、长江北岸的鱼复浦的瀼西回首眺望瞿唐两崖，《柴门》一诗有：

> 泛舟登瀼西，回首望两崖。
> 东城干旱天，其气如焚柴。
> 长影没窈窕，余光散唅呀。

---

[1]《上白帝城》,《杜甫全集校注》,卷一二,第6册,页3553。
[2] 同上书,卷一五,第8册,页4224,4226。

> 大江蟠嵌根，归海成一家。
> 下冲割坤轴，竦壁攒镆铘。
> 萧飒洒秋色，氛昏霾日车。
> 峡门自此始，最窄容浮查。
> 禹功翊造化，疏凿就欹斜。
> 巨渠决太古，众水为长虵。
> 风烟渺吴蜀，舟楫通盐麻。……[1]

这是一幅凝注的静景：午后白帝山投影于江水之中，而拔江而起的夔门，则耸立于天地之间，以其如曾遭巨斧劈斩的体姿，铭刻下太古时代夏后疏凿大江、开辟和联结华夏东吴与西蜀文化的庄严时刻。在此，"造化"——长江的自然史即是华夏族的文明史。就其书写民族发祥、兴亡浮沉以及兼备个体生命时间与宇宙时间的双重向度[2]而言，此诗虽非叙事体，却具"抒情史诗"[3]的意味。同样意味又见于《瞿唐怀古》一诗：

> 西南万壑注，劲敌两崖开。
> 地与山根裂，江从月窟来。
> 削成当白帝，空曲隐阳台。
> 疏凿功虽美，陶钧力大哉。[4]

---

[1] 同上书，卷一六，第8册，页4566—4567。
[2] 参见拙文，《两种时间向度——中国史诗问题的再思考》，《中国抒情传统》（台北：允晨文化出版有限公司，1999），页171—197。
[3] 所谓"抒情史诗"，在西方文学中最著名的例子是获诺贝尔奖的希腊现代诗人奥德修斯·埃里蒂斯（Odysseus Elytis）的作品《神圣颂》。惠特曼的《草叶集》也享有同样称誉。此外，按照林庚先生的说法，屈原的长篇抒情诗《天问》"虽然不是叙事体而是问答体，但是它的内容实质，则正如史诗一般地集中在历史兴亡的故事上"，亦可称为"抒情史诗"。见《天问论笺》（北京：人民文学出版社，1983），页6。
[4] 《杜甫全集校注》，卷一五，第8册，页4244。

此诗三、四两句为流水对，由山根之裂而有江水自月窟而来，故虽有禹之神功，更须赖造化之力。题曰"怀古"，固然以白帝城和阳台，但大江疏流的自然史，却不仅因禹迹传说，更因哺育伟大华夏文化而成为了历史。故其所怀者，已非某一位过去的英雄。诗人在此面对着与华夏文明发祥相关的江河，铭刻着华夏东西文化交通之始的双崖，与此一文明覆盖和民族生存相关的边关要塞，以及史上枭杰叛离和帝王靖乱的土地。而且，此诗以一种非第一人称、超然于自我情感的客观口吻表述，更增强着某种"史诗"意味。书写此山此水，故着眼往往在其险峻、雄奇、凛然令人生畏之面向：

> 入天犹石色，穿水忽云根。
> 狖獲须髯古，蛟龙窟宅尊。
> 羲和冬驭近，愁畏日车翻。[1]
>
> 白帝高为三峡镇，夔州险过百牢关。[2]
>
> 峡坼云霾龙虎睡，江清日抱鼋鼍游。[3]【图六】

诗人笔力于此不得不苍劲、峭拔和瘦硬，充满阳刚之气。如上文所引诗句，屡屡彰显动词"割"、"嵌"、"地裂"、"岸断"、"地坼"，有如以刀斧劈斫乾坤一般，全不似以柔媚之笔描摹山水。杜甫对夔州风物的书写，在此已非能被传达个人在自然风景中游赏美感的"山水"或"风景"等话语所囿限。汉语和杜诗中早就铸就一个词语以概括如此情味和义涵，这个词语就是"山河"。《世说新语·言语》中以下一段文字有助于吾人理解这一词语：

---

[1]《瞿唐两崖》，同上书，卷一五，第8册，页4239。
[2]《夔州歌十绝句》其一，同上书，卷一三，第7册，页3748。
[3]《白帝城最高楼》，同上书，卷一二，第6册，页3564。

图六　陆俨少《杜甫诗意图》之一：峡坼云霾龙虎卧（睡），江清日抱鼋鼍游

> 过江诸人,每至美日,辄相邀新亭,藉卉饮宴。周侯中坐而叹曰:"风景不殊,正自有山河之异!"皆相视流泪。唯王丞相愀然变色曰:"当共戮力王室,克复神州,何至作楚囚相对?"[1]

此处所谓"风景",系指个人游赏美感所投诸之自然风日;而"正自有山河之异"的"山河",则是华夏民族世代居住的"神州"。如果说"天下"是对华夏文化世界之空间想象,"山河"则以山与河来标显此一世界在地理上之具体覆盖。"山水"与"山河"差之一字,义涵却极殊异。"山水"之"水",为一人当下所见之水,不妨为江流之一段、湖泊之一片,甚或池之一泓。而"山河"之"河"如黄河、长江,却流经千里,贯烁古今,正如透纳(J.M.W. Turner)画笔下之泰晤士河,斯美塔纳(Bedrich Smetana)旋律中流动的伏尔塔瓦河,被赋予了民族文化血脉的意义。[2]"山河"故可用来指称华夏族的广袤生存空间和悠久历史。因而,杜甫谒李唐皇室尊崇为玄元皇帝老子的天极之庙,其诗《冬日洛城北谒玄元皇帝庙》遂有"山河扶绣户"[3];杜甫在长安干谒哥舒翰,赞其受命边沙,略地开土,其诗《投赠哥舒开府翰二十韵》遂有"山河誓始终"[4];安史之乱起,烽火遍及华夏,杜甫《遣兴》一诗遂有"山河战角悲"[5];长安沦陷,杜甫被囚于贼营,其诗《春望》遂有"国破山河在"[6];上元元年,李光弼破安太清、史思明,杜甫寄望王思礼、李光弼乘胜北伐,长驱燕赵,其诗《散愁二首》其一遂

---

[1]《世说新语笺疏》,页92。
[2] Simon Schama 的 *Landscape and Memory* 在 pp. 351–373 对此有很好的讨论。中译本见《风景与记忆》,胡淑陈、冯樨译,页410–437。
[3]《杜甫全集校注》,卷一,第1册,页174。
[4] 同上书,卷二,第1册,页564。
[5] 同上书,卷三,第2册,页794。
[6] 同上书,卷三,第2册,页779。

有"收取旧山河"[1]；大历四年清明，杜甫飘泊岳州，从眼下的洞庭春光想到长安和整个神州大地，遂有诗曰"汉主山河锦绣中"[2]。在以上所有诗例中，"山河"都指示出华夏民族世代居住繁衍的土地和空间的义涵。它甚至比一姓社稷的"江山"[3]意义更为宽广。杜甫自叙家世，谓："自先君恕、预以降，奉儒守官，未坠素业矣"[4]，"传之以仁义礼知信，列之以公侯伯子男"[5]，这个世代奉儒守官之家世，本身即跨越了一姓江山。以此，杜诗中才有"国破山河在"、"汉主山河锦绣中"。其比"山水"的指涉远为宏广。杜诗中亦有"况闻山水幽"[6]、"亭影临山水"[7]、"山水之图张卖时"[8]、"天下何曾有山水"[9]，这些用法皆透露"山水"主要用于一地景物之游赏，[10]后二例更直接指出"山水"是成为绘画题材的、以山与水为一元双极构架的一地游赏景物。而"山河"则不仅指示了不限一地、为华夏文明所覆盖的广袤土地，且暗示出这片土地之历经无数世代，承载着久远历史。而这常常是诗圣目中的世界。有论者谓老杜《柳司马至》一诗"地名八见，亦是一病"。然读是

---

[1] 同上书，卷七，第4册，页2047。
[2] 《清明二首》其二，同上书，卷一九，第10册，页5746。
[3] 从"江山如有待"（《后游》）、"迟日江山丽"（《绝句二首》其一）、"江山非故园"（《日暮》）、"忍待江山丽"（《戏寄崔评事表侄苏五表弟韦大少府诸侄》）、"闻说江山好"（《东津送韦讽摄阆州录事》）这些例句来看，杜甫诗中"江山"一词的义涵似乎更接近"山水"。见《杜甫全集校注》，卷八，第4册，页2119-2120；卷十一，第6册，页3177；卷一七，第9册，页5015；卷一七，第9册，页5122；卷九，第5册，页2636-2637。
[4] 《进雕赋表》，《杜甫全集校注》，卷二一一，第11册，页6270。
[5] 《唐故万年县君京兆杜氏墓志》，同上书，卷二二，第11册，页6311。
[6] 《发秦州》，同上书，卷七，第4册，页1699。
[7] 《陪王侍御宴通泉东山野亭》，同上书，卷九，第5册，页2737。
[8] 《夔州歌十绝句》其八，同上书，卷一三，第7册，页3756。
[9] 《存殁口号二首》其二，同上书，卷一四，第7册，页3901。
[10] 当然，与西方语文中 landscape 相比，"山水"一词并未强调这是一片局部土地（a tract of land）上的景色，而在强调山/水之两极互动中的宇宙大象（见朱利安《山水之神》，卓立译，吴欣编《山水之境：中国文化中的风景园林》，页16）。但此处笔者是在将"山水"与"山河"做比较而见出其中其实未被强调的意味。

诗——"有使归三峡,相过问两京。函关犹出将,渭水更屯兵。设备邯郸道,和亲逻逤城。幽燕唯鸟去,商洛少人行"[1]——正可见这位病卧孤城绝塞的诗人无时不在心忧天下。然而,"山河"可以包孕"山水",诗人亦可自"山水"而拓向"山河"。如《晚登瀼上堂》:

> 故跻瀼岸高,颇免崖石拥。
> 开襟野堂豁,系马林花动。
> 雉堞粉似云,山田麦无陇。
> 春气晚更生,江流静犹涌。
> 四序婴我怀,群盗久相踵。
> 黎民困逆节,天子渴垂拱。
> 所思注东北,深峡转修耸。……[2]

眼前春景本颇令老杜开襟,然而却提示岁月的流逝和江山的板荡依旧,当飘泊西南的诗人将思绪转向华夏"山河"东北的风尘之时,顿感深峡拥塞遮蔽了视野。故纵然峡中窄转深闇,高崖障目,诗人的神思却时时自眼前景物拓开去,注目于万里山河。如《黄草》一诗:

> 黄草峡西船不归,赤甲山下行人稀。
> 秦中驿使无消息,蜀道兵戈有是非。
> 万里秋风吹锦水,谁家别泪湿罗衣?
> 莫愁剑阁终堪据,闻道松州已被围。[3]

---

[1] 《柳司马至》,《杜甫全集校注》,卷一八,第9册,页5332。
[2] 同上书,卷一五,第8册,页4496—4497。
[3] 同上书,卷一三,第7册,页3744。

此诗由峡中眼前船不归、人行稀之景入兴，一下子就拓向蜀中郭英乂激起崔旰之乱，以及吐蕃兵围松州的山河图景。在此，黄草峡西和赤甲山下的寥落景象似乎成为了这幅宏大图景的转喻。又如《秋风二首》其一：

> 秋风淅淅吹巫山，上牢下牢修水关。
> 吴樯楚柁牵百丈，暖向神都寒未还。
> 要路何日罢长戟，战自青羌连百蛮。
> 中巴不曾消息好，暝传戍鼓长云间。[1]

此诗由眼前巫山秋风起兴，其"神思"继由修水关而游向吴樯楚柁航行的水路，再拓向吐蕃与羌、浑、奴刺入寇边陲的危难图景，最后回到当下关城的戍鼓，似与远方杀气呼应。而诗人则置身于四处兵燹的山河之中。其"神思"有时亦会自太虚而俯瞰，令诗自广袤的山河图景起笔，置峡中山水景物于其中。如《虎牙行》：

> 北风㪉吸吹南国，天地惨惨无颜色。
> 洞庭扬波江汉回，虎牙铜柱皆倾侧。
> 巫峡阴岑朔漠气，峰峦窈窕溪谷黑。
> 杜鹃不来猿狖寒，山鬼幽忧雪霜逼。
> 楚老长嗟忆炎瘴，三尺角弓两斛力。
> 壁立石城横塞起，金错旌竿满云直。
> 渔阳突骑猎青丘，犬戎锁甲围丹极。
> 八荒十年防盗贼，征戍诛求寡妻哭，

---

[1] 同上书，卷一六，第 8 册，页 4686。

>   远客中宵泪沾臆。[1]

前四句中的四地名虎牙、洞庭、江汉、铜柱滩分处峡之东、西。以此，诗人以巨笔挥洒出万里长江阴惨惨的寒秋横披长卷。在此大江上下皆遭寒秋之风劫掠，光热不再，天地失色，高山亦败伏倾倒之际，巫峡于重峦之中更见其阴森。然而，此阴气肃杀之时，却是"渔阳突骑"和"锁甲犬戎"的得胜相庆之日。在这幅山河图景中，自青丘驰突而来的贼寇，正是欻吸南国温热和柔媚的阴惨之风，此一凄惨的寒秋图景化为了社会图景的象征。《白帝》一诗则化眼前夔门山水景象为危难中山河的转喻和象征：

>   白帝城中云出门，白帝城下雨翻盆。
>   高江急峡雷霆斗，翠木苍藤日月昏。
>   戎马不如归马逸，千家今有百家存。
>   哀哀寡妇诛求尽，恸哭秋原何处村。[2]

此诗前半写当下白帝城上下之雨景以伤山河乱象。城中屯云，城下飞雨，见城之高。由高城而俯见飞雨倾江，江助雨势，而江中涛声与云中雷霆相互激荡，哮吼之中，天地昏暗，日月无光，后四句直现生民涂炭、孀妇哀哭的图景。白帝城高已凸显诗人在暴雨雷霆之外，而以问语形式出现的"恸哭秋原何处村"一句，更暗示诗人乃于雨云之上的高处倾听。这是诗人于中原和西蜀兵乱之外，洞察山河和书写"诗史"的写照。

"山河"的观念不仅令杜甫藉由夔州一地风物而窥天下，且心系

---

[1] 同上书，卷一八，第 9 册，页 5261。
[2] 同上书，卷一三，第 7 册，页 3741。

大江所承载的华夏的悠久历史岁月。浪涛中流送着一代代百姓的哀悲喜乐、风土人文:"江天漠漠鸟双去,风雨时时龙一吟。舟人渔子歌回首,估客胡商泪满襟"[1];两岸上演着豪强间的争雄活剧:"群雄竞起问前朝,王者无外见今朝。比讶渔阳结怨恨,元听舜日旧箫韶。"[2]故而,先人在夔州和巫山一带留下的一一史迹,从传说中夏后疏凿大江留下的两崖石门、楚宫阳台,到公孙述所筑白帝城、鱼复浦碛坝上孔明所布八阵图遗迹、蜀主兵败猇亭之后托孤而崩殂的永安宫,以及先主庙、武侯祠、越公堂、昭君村、宋玉和庾信之宅,皆为诗人吟咏的题材。杜诗咏怀古迹之作凡三十篇,十一篇作于夔州。[3]这些诗作,在表达对先贤的崇敬、评议其得失,以及寄托自身壮志难酬的感叹之余,亦时时透露出对这片华夏民族世代居住、为这一文明所覆盖山河的挚情。《咏怀古迹五首》有两首写到故土山河的"去"与"归"或"还"。庾信被拘北周是"去",赋《哀江南赋》所思是"归",《咏怀古迹》其一故而有"词客哀时且未还"[4]。王昭君"一去紫台"是"去",而琵琶弹出的哀怨则是思"归",《咏怀古迹》其三故而有"环佩空归月夜魂"[5]。作赋思归和死后魂归皆因心系故国之土。同一联章中诗人一再通过摩挲这片土地来思念先贤,咏宋玉有"江山故宅空文藻,云雨荒台岂梦思"[6],更能彰显此悲情的是其含泪摩挲蜀先主和武侯故地所发的感慨:

    翠华想像空山里,玉殿虚无野寺中。

---

[1]《滟滪》,同上书,卷一六,第8册,页4620。
[2]《夔州歌十绝句》其三,同上书,卷一三,第7册,页3751。
[3] 此一统计见李建国,《峡江风物惹诗情——杜甫夔州诗浅谈》,《三峡文化研究丛刊》,第二期(2002),页339。
[4]《杜甫全集校注》,卷一三,第7册,页3842。
[5] 同上书,卷一三,第7册,页3849。
[6] 同上书,卷一三,第7册,页3846。

古庙杉松巢水鹤，岁时伏腊走村翁。[1]

昔日君臣际会、大业雄图，一世辉煌皆去矣，但留空山野寺、水鹤村翁一派冷清。诗人在凭吊先主、武侯时流露出的相惜之情，其实亦透出诗人在承继其人所怀抱的山河之情。《武侯庙》诗有"犹闻辞后主，不复卧南阳"[2]，《谒先主庙》结以"向来忧国泪，寂寞洒衣巾"[3]。江山早已易主，所能同情共享的其实只能是同一片"山河"了。而诗人感慨武侯生不逢时的那句"运移汉祚终难复"[4]，令人想到其对自身和时代的感叹：

壮心久零落，白首寄人间。……
武德开元际，苍生岂重攀？[5]

此处不难体会到今日史家为何视安史之乱为中国中古史与近古史之"一大界限"[6]。如此自个人遭逢推至民族命运、自眼前山水推至"山河"的诗意，在诗人悲秋之作中表现得尤为显豁。

三、秋峡与"哀壑"

杜甫大历元年春夏之交抵夔府，大历三年正月出峡，其在夔州共度过一个春季、两个夏季、两个秋季和两个冬季。然据笔者粗略的统计，杜甫的夔州诗作中，尽管有大量诗篇与季节无涉，涉及秋天的作品竟还

---

[1] 《咏怀古迹五首》其四，同上书，卷一三，第 7 册，页 3854。
[2] 同上书，卷一二，第 6 册，页 3569。
[3] 同上书，卷一五，第 8 册，页 4146。
[4] 《咏怀古迹五首》其五，同上书，卷一三，第 7 册，页 3857。
[5] 《有叹》，同上书，卷一八，第 9 册，页 5374。
[6] 此为钱穆《国史大纲》、邓之诚《中华两千年史》、夏曾佑《中国古代史》、谢和耐（Jacques Gernet）《中国社会史》等通史著作的观点。

有一百二十余篇，其中包括名作《秋兴》和《登高》。这与其成都草堂之什多咏春花春水何其不同，后者有脍炙人口之作如《绝句漫兴九首》、《江畔独步寻花七绝句》、《春夜喜雨》、《水槛遣兴》、《客至》、《春水》、《漫成二首》等等。而其漂泊湘水的最后日子的作品中，最予人印象的则是冬景，如其在潭州的绝笔——"故国悲寒望，群云惨岁阴。水乡霾白蜃，枫岸叠青岑。……"[1]——则真正是其生命世界的"终（冬）"了。

巫峡以东，曾有两位楚辞作家留下生命足迹，一位是楚辞代表作家屈原，另一位是传说中其弟子宋玉。杜甫的夔州之作中只有一次提到屈原，即《最能行》中末二句："若道士无英俊才，何得山有屈原宅？"[2]而声誉远逊于屈原的宋玉的名字，却在老杜同期诗作中出现六次之多。[3]更有《咏怀古迹》其二专为宋玉而作，并时以宋玉自况。宋玉在诗中出现的六次中三次与"悲秋"这个题旨相关：

悲秋宋玉宅，失路武陵源。[4]

垂白冯唐老，清秋宋玉悲。[5]

摇落深知宋玉悲，风流儒雅亦吾师。[6]

---

[1]《风疾舟中，伏枕书怀三十六韵，奉呈湖南亲友》，同上书，卷二〇，第10册，页6093—6094。

[2] 同上书，卷一二，第6册，页3587。

[3] 其诗《雨》有"楚宫久已灭，幽佩为谁哀？侍臣书王梦，赋有冠古才"；《奉汉中王手札》有"悲秋宋玉宅"；《垂白》有"清秋宋玉悲"；《咏怀古迹》其二有"摇落深知宋玉悲"；《送李功曹之荆州充郑侍御判官重赠》有"曾闻宋玉宅"；《入宅三首》其三有"宋玉归州宅"；同上书，卷一三，第7册，页3695；卷一四，第7册，页3891；卷一四，第7册，页3915；卷一三，第7册，页3845；卷一五，第8册，页4181；卷一五，第8册，页4425。

[4]《奉汉中王手札》，《杜甫全集校注》，卷一四，第7册，页3891。

[5]《垂白》，同上书，卷一四，第7册，页3915。

[6]《咏怀古迹》其二，同上书，卷一三，第7册，页3845。

最后一诗首句冠以"摇落",隐括了宋玉《九辩》的发端:

> 悲哉秋之为气也!萧瑟兮草木摇落而变衰,憭栗兮若在远行,登山临水兮送将归……[1]

子美称宋玉为"吾师",其夔州之作中所以屡屡提及宋玉,乃因后者写下这篇对后世"悲秋"主题影响至深的辞赋作品。"摇落"这个词在夔州诗中共出现七次之多,与此义涵相近的尚有"飘蓬",如"老去苦飘蓬"。以一位法国学者的说法,"摇落"一词指示出:"重要的既不是原因也不是结果,而是叶片脱离树枝的转瞬即去的一刹那,它造成下一行诗中的'憭栗'。"[2]此即"摇落"是正被肉身在当下体验着的枯萎和飘零的现象。这些个肉身,不仅是木叶,而且是人。宋玉以"悲哉秋之为气也"开篇,即申言"秋"乃一弥沦天地、令万物无从逃逸之"气","其杀物也,莫见其所丧而物亡"[3],且一体天人,一体身心。宋玉此赋的魅力,正在透过"气",描述人随草木一起在秋风中颤抖而衰萎凋零的现象,甚或在一些描述中,吾人已无从辨分其主词究竟是草木禽虫还是人:

> 白露既下百草兮,奄离披此梧楸。
> 去白日之昭昭兮,袭长夜之悠悠。
> 离芳蔼之方壮兮,余萎约而悲愁。[4]
>
> 颜淫溢而将罢兮,柯仿佛而萎黄。

---

[1] 洪兴祖,《楚辞补注》(北京:中华书局,1983),页182–183。
[2] 郁白(Nicolas Chapuis),《悲秋:古诗论情》,叶潇、金志刚译(桂林:广西师范大学出版社,2004),页35。
[3] 《淮南子·泰族训》,《诸子集成》,第6册,页347。
[4] 《九辩》,《楚辞补注》,页185。

> 菊楢椮之可哀兮，形销铄而瘀伤。
> 惟其纷糅而将落兮，恨其失时而无当。[1]
>
> 霜露惨凄而交下兮，心尚幸其弗济。
> 霰雪雰糅其增加兮，乃知遭命之将至。
> 愿徼幸而有待兮，泊莽莽与壄草同死。[2]

在"摇落"之中，宋玉与草木一体，遭摇而落者不仅是草木，且是诗人之心旌。宋玉以"离披"、"烟邑"、"淫溢"、"萎黄"等形容词去描述草木被秋风摇落的肉身，又以"憭栗"、"憯凄"、"怆怳"、"怀惕"和"时亹亹而过中兮，蹇淹留而无成"，"老冉冉而愈弛"去描述人从精神到躯体的惊悚和垂沉。

从木叶被凄风摇落辞柯的瞬间——"菊楢椮之可哀兮……惟其纷糅而将落兮"，诗人会特别感受自身之去离家园。《九辩》中伴随草木的摇落，是"憭栗兮若在远行"，"怆怳懭悢兮，去故而就新"，"廓落兮羁旅而无友生"，"去乡离家兮徕远客"，"谓骐骥兮安归？谓凤皇兮安栖？"[3]这样被周遭世界异化和疏离的描述。

历经摇落之后的世界显得格外空旷寂寥。伴随"泬寥兮天高而气清，寂漻兮收潦而水清"[4]的天地凄清景象，秋意又是人在生活世界中体验的孤独和茫然：

> 悲忧穷戚兮独处廓，有美一人兮心不绎。
> 去乡离家兮徕远客，超逍遥兮今焉薄？[5]

---

[1] 同上书，页186—187。
[2] 同上书，页190—191。
[3] 同上书，页182—183，190。
[4] 同上书，页183。
[5] 同上书，页184。

> 寒充倔而无端兮，泊莽莽而无垠。[1]
>
> 生天地之若过兮，功不成而无效。
> 愿沈滞而不见兮，尚欲布名乎天下。
> 然潢洋而不遇兮，直怐愗而自苦。
> 莽洋洋而无极兮，忽翱翔之焉薄？[2]

茫然和孤独亦是宋玉的秋意，故而《九辩》中"独"字凡八见。以上宋玉以"摇落"标举的秋意，不仅属于特定季节，且是人生存有过程中所发生的"具体周围局境"，是诗人以其自我的外在和内在的知觉之总和——肉身——体验的现象，是诗人生命中，被诗人以其肉身活出来的秋之世界。[3] 以此，此赋方如钱锺书所说，"貌写秋而实写愁，犹史达祖《恋绣衾》之'愁便是秋心也'、或吴文英《唐多令》之'何处合成愁，离人心上秋'"。[4] 或者，借用法国学者郁白的说法，"以秋天来为'悲'定性"。[5] 老杜夔州山川书写中的秋意，乃是钱锺书论《九辩》所强调的一种特别的"事物当对"（objective correlative）[6]。

前引老杜以古人自况有"垂白冯唐老，清秋宋玉悲"一联，上句称老，下句言悲。在夔州，诗人久罹的消渴和肺气疾加剧了衰老，在此地他的左耳又忽然失聪，真正有了"死为殊方鬼"[7]的担忧。"君不

---

[1] 同上书，页192。
[2] 同上书，页195。
[3] 本章这一段文字颇受宋灏（Mathias Obert）《生活世界、肉身与艺术——梅洛庞蒂（Maurice Merleau-Ponty）、华登菲（Bernhard Waldenfels）与当代现象学》一文启迪，见《台大文史哲学报》第63期（2005年11月），页225—250。
[4] 《管锥编》，第2册，页627。
[5] 《悲秋：中国古诗论情》，页40。
[6] 《管锥编》第2册，页629。
[7] 《客堂》，《杜甫全集校注》，卷一二，第6册，页3538。

见夔子之国杜陵翁,牙齿半落左耳聋。"[1]夔州之作中一再出现这种以自画衰朽形骸体现的悲惨秋意,如:

> 生年鹖冠子,叹世鹿皮翁。
> 眼复几时暗,耳从前月聋。
> 猿鸣秋泪缺,雀噪晚愁空。
> 黄落惊山树,呼儿问朔风。[2]

> 江涛万古峡,肺气久衰翁。……
> 衣裳垂素发,门巷落丹枫。[3]

> 北风黄叶下,南浦白头吟。
> 十载江湖客,茫茫迟暮心。[4]

> 爱日恩光蒙借贷,清霜杀气得忧虞。
> 衰颜动觅藜床坐,缓步仍须竹杖扶。[5]

而且,诗人是在飘泊异乡中承受衰老,正如朽叶辞柯承受衰飒秋风一般,会发出吾身何在的哀叹:

> 寒日经檐短,穷猿失木悲。……
> 天地身何往?风尘病敢辞!……[6]

> 乱离朋友尽,合沓岁月徂。

---

[1]《复阴》,同上书,卷一八,第9册,页5372。
[2]《耳聋》,同上书,卷一七,第9册,页5140。
[3]《秋峡》,同上书,卷一七,第9册,页5153。
[4]《凭孟仓曹将书觅土娄旧庄》,同上书,卷一七,第9册,页5052。
[5]《寒雨朝行视园树》,同上书,卷一七,第9册,页5129。
[6]《寄杜位》,同上书,卷一七,第9册,页5243。

> 吾衰将焉托，存殁再呜呼。
> 萧条益堪愧，独在天一隅。
> 乘黄已去矣，凡马徒区区。
> 不复见颜鲍，系舟卧荆巫。……[1]
>
> 寒风疏草木，旭日散鸡豚。……
> 无家问消息，作客信乾坤。[2]

这种去离家园的异化感，因夔州地处汉蛮杂居的边陲而凸显。老杜夔州诗作中时时流露出身不在中原文化区域的风土疏离，所谓"形胜有余风土恶"[3]。这种厌恶会自然出现在其对峡中风物的描写中，如写其地民居则有"峡人鸟兽居，其室附层巅"[4]；写其地民俗，则有"异俗可吁怪，斯人难并居。家家养乌鬼，顿顿食黄鱼"，"瓦卜传神语，畲田费火耕"[5]。闻其地民歌，则倍感孤凄，曰："向夜月休弦，灯花半委眠。……蛮歌犯星起，重觉在天边。"[6]《火》一诗则以大段文字描写了其地焚山烧龙以祈雨的恶俗场景：

> 爆嵌魑魅泣，崩冻岚阴昈。
> 罗落沸百泓，根源皆万古。
> 青林一灰烬，云气无处所。
> 入夜殊赫然，新秋照牛女。
> 风吹巨焰作，河掉腾烟柱。

---

[1]《遣怀》，同上书，卷一四，第 7 册，页 4120。
[2]《刈稻了咏怀》，同上书，卷一七，第 9 册，页 5210。
[3]《览物》，同上书，卷一三，第 7 册，页 3591。
[4]《赠李十五丈别》，同上书，卷一三，第 7 册，页 3726。
[5]《戏作俳谐体遣闷二首》其一，其二，同上书，卷一七，第 9 册，页 5172，5177。
[6]《夜二首》其一，同上书，卷一七，第 9 册，页 5159。

> 势欲焚昆仑，光弥焀洲渚。
> 腥至燋长虵，声吼缠猛虎。
> 神物已高飞，不见石与土。
> 尔宁要谤讟，凭此近荧侮。[1]

人在迟暮之年稽留于自身文化外的边陲，已如黄昏不得归巢的飞鸟。然更深一层的悲哀却是，此一流离却非由仕宦，而是他一再以阮籍自况[2]表达的"途穷"。士不得报主犹木叶不在枝柯更别是一种秋意：

> 江上日多雨，萧萧荆楚秋。
> 高风下木叶，永夜揽貂裘。
> 勋业频看镜，行藏独倚楼。
> 时危思报主，衰谢不能休。[3]

此诗造语极平实却含无限悲凉。秋夜难眠时心潮涌动，被诗人由表入里，以揽裘、看镜、独倚楼几个姿势写出。心潮却只由平常的秋雨、秋风和落叶而欻然涌起，其心底该沉淀着多深的忧愁？又如：

> 绝岸风威动，寒房烛影微。
> 岭猿霜外宿，江鸟夜深飞。
> 独坐亲雄剑，哀歌叹短衣。

---

[1] 同上书，卷一三，第 7 册，页 3643。
[2] 见其诗《巫峡敝庐奉赠侍御四舅别之澧朗》、《即事》、《秋日夔府咏怀奉寄郑监李宾客一百韵》，同上书，卷一六，第 8 册，页 4773；卷一七，第 9 册，页 5136；卷一六，第 8 册，页 4837。
[3] 《江上》，同上书，卷一四，第 7 册，页 3930。

> 烟尘绕阊阖，白首壮心违。[1]

又是一幅自我形象之白描：他的生命恰如江岸寒风中式微的烛火，他与岭猿江鸟度此寒夜却心系朝廷，身在天地一隅而秋夜难眠。然绝岸寒房之中，但能抚剑叹息而已。在此，吾人重睹《九辩》中的秋意："靓杪秋之遥夜兮，心缭悷而有哀。……事亹亹而觊进兮，蹇淹留而踌躇。"[2] 能将此天涯倦客的种种秋意，集中展开于峡江的苍郁雄浑景象之中的，则是被明人胡应麟誉为"古今七言律第一"的《九日》组诗其五的《登高》：

> 风急天高猿啸哀，渚清沙白鸟飞回。
> 无边落木萧萧下，不尽长江滚滚来。
> 万里悲秋常作客，百年多病独登台。
> 艰难苦恨繁霜鬓，潦倒新停浊酒杯。[3]

此诗上四写登高之所闻见，二联各就山和水作对，将《九辩》的"登山临水"铺展于瞿唐峡口的山水之中。风急、猿啸是峡中所闻，渚清、沙白则是夔门之外，长江、瀼水与白帝山之间深秋潦收水清时的凄清景象。然三、四句则自眼前自传或自画像的山水背景，拓向被秋气笼罩的无边无际华夏山河，如其《写怀》其二所言："放神八极外，俛仰俱萧瑟。"[4] 罗大经谓此诗有八意："盖万里，地之远也。秋，时之凄惨也。作客，羁旅也。常作客，久旅也。百年，齿暮也；多病，衰

---

[1]《夜》，同上书，卷一七，第9册，页5138。
[2]《楚辞补注》，页192–193。
[3]《杜甫全集校注》，卷一七，第9册，页5092。
[4] 同上书，卷一八，第9册，页5292。

疾也。台，高迥处也。独登台，无亲朋也。"[1]此八意大致不出《九辩》悲秋主题的范围。然而，老杜此诗悲秋题旨的进境在于：他在此体验到的，已不仅是一己遭遇的悲凉；他之所谓"独"，亦非哀叹"无亲朋也"，他分明是携家而飘泊至此。老杜的秋意在个人的衰病久客，穷愁潦倒之外，尚有对大唐甚至华夏山河的忧患。细读"无边"和"不尽"两句，则不难体会他心系万里山河和悠远历史。他的"独"，是被抛落在一个天荒地老时代里的孤凄和悲怆。

老杜作《诸将》、《八哀》不无表达这种孤独的意味，见到舞剑器的公孙大娘零落江湖的弟子亦感时抚事，触发这种身居末世的孤独感：

> 五十年间似反掌，风尘澒洞昏王室。
> 梨园弟子散如烟，女乐余姿映寒日。
> 金粟堆南木已拱，瞿唐石城草萧瑟。
> 玳筵急管曲复终，乐极哀来月东出。
> 老夫不知其所往，足茧荒山转愁疾。[2]

诗人感到其所处的正是一曲终人散的秋凉世界。此"山河"中的秋凉意味亦是诗人于夔州精心结撰的悲秋之作《秋兴》的重要题旨。联章自夔州和巫峡的深秋山水落笔：

> 玉露凋伤枫树林，巫山巫峡气萧森。
> 江间波浪兼天涌，塞上风云接地阴。……[3]

---

[1] 罗大经，《鹤林玉露》（北京：中华书局，1983）乙编，卷五，页215。
[2] 《观公孙大娘弟子舞剑器行》，《杜甫全集校注》，卷一八，第9册，页5309。
[3] 同上书，卷一三，第7册，页3790。

眼前的山水图景不啻为大唐江山乃至华夏山河形势的转喻。首二句的萧森、郁苍里，有盛运去矣的深慨；三、四句的动荡、激楚之中，不仅透示江山的板荡之局，且摹写出诗人悲怆中的心潮起伏。联章中诗人的视野不断在夔州山水和秦中两个主题性情景中闪回往还，即王船山所谓"八首如正变，七音旋相为宫"[1]。在此，地理方位成为进入诗意之钥。秦中是"正"，即如浦起龙所说，此"八诗总以'望京华'"作主，在次章（次句）点眼"[2]。"京华"是组诗之"正"、之"主"，与鱼龙寂寞的秋江对照，诗人将一切"很容易引起读者联想到春天的景色和愉快的心情"[3]的秾丽华艳意象和词语——如"蓬莱宫阙"、"承露金茎"、"瑶池"、"王母"、"紫气"、"云移雉尾"、"日绕龙鳞"、"花萼夹城"、"芙蓉小苑"、"朱帘绣柱"、"锦缆牙樯"、"佳人拾翠"、"仙侣同舟"——都赋予了长安和秦中。巴什拉说：纯粹的回忆没有日期，却有季节。[4]然而，这些对秦中和长安的春日"季节"的书写亦如拆碎七宝楼台，甚者如"画省香炉"，"云移雉尾开宫扇"，"香稻啄余鹦鹉粒，碧梧栖老凤凰枝"，如此不连续的意象呈现，只有藉缺少严格形态变化，且又词性灵活的分析 - 孤立语——汉语，藉律诗的"摄取最精华处而以最简单的方法表现之"的"提示法"[5]方可以实现。而这却彰显了巴什拉所说的回忆中的"非事件性的情景"：

> 没有在回忆的景物中足够停留的回忆，并不是充满活力的记忆。记忆与想象的结合使我在摆脱了偶然事故的诗的存在主义中，

---

[1]《唐诗评选》卷四,《船山全书》,第 14 册,页 1093。
[2] 见浦起龙,《读杜心解》(北京：中华书局,1970),第 3 册,页 651。
[3] 见冯钟芸,《杜甫〈秋兴〉八首的艺术特点》,《杜甫研究论文集》三辑(北京：中华书局,1963),页 274—275。
[4]《梦想的诗学》,页 147。
[5] 闻一多,《律诗底研究》,《古诗神韵》(北京：中国青年出版社,2008),页 243。

体验到非事件性的情景。……那时，活跃在我们身心中的不是历史的记忆而是宇宙的记忆。那什么都不曾发生的时刻再次降临。[1]

《秋兴》中的秦中记忆正是这种久久萦绕诗人心头的"非事件性的情景"。所谓"画省香炉"更是如巴氏所说，以一种"奇特的气味"，"蕴藏着一个季节，一个个人的季节"[2]。这一切如仙似幻，令诗人不忍离去，却又只是神龙难见首尾，但识一鳞一爪，如何把持得住。浦起龙谓第六首首二句——"瞿唐峡口曲江头，万里风烟接素秋"[3]——"'瞿峡'、'曲江'，相悬万里，次句钩锁有力，趁便嵌入'秋'字，何等筋节"！[4]此首次句以"万里风烟"和"素秋"将瞿唐峡口与秦中长安钩锁，然秦中与瞿唐峡口之间的"万里风烟"不仅跨越万里空间，且跨越时间。其间有长达八年的安史之乱，有长安沦陷和遍地烽火，有诗人经凤翔、同谷、成都向夔州的飘泊流离。这一切在组诗中均被压缩在"万里风烟"四字空间之中。留下的只有诗人在瞿唐峡口，透过风烟去遥望似乎不是历史的、而是永恒的（巴什拉所谓"宇宙的"）北斗下的"京华"。

"京华"毕竟是虚景，瞿唐却是实景。首篇苍郁萧森，是峡中数百里、苞天括水、自晓至暮的横披长幅。第二首是自日落至月沉、夔府江畔一角半边的清冷之景。第三首是江楼上下晴朗澄净之晨景。第四首以"鱼龙寂寞秋江冷"，第五首以"一卧沧江惊岁晚"，化峡中山水为一派空茫森漠。第七首结以"关塞极天唯鸟道，江湖满地一渔翁"，诗人从记忆中醒来，但觉置身峣峣和滁滁之中。卒章写尽秦中繁华，

---

[1] 巴什拉，《梦想的诗学》，页151。
[2] 同上书，页175。
[3] 《杜甫全集校注》，卷一三，第7册，页3819。
[4] 《读杜心解》，卷四之二，第3册，页654。

末以"白头吟望苦低垂"[1]束之。通观组诗,对比长安秦中这一主题性情景的渐次扩展,瞿唐可谓是逐渐黯淡沉晦乃至终归于空无。这显示诗心所系乃是京华长安。那是李唐江山的中心,汉人与五溪蛮夷杂处的夔州只是此一中心的边陲而已,正如庾信稽留北朝而心系江南一样。[2]与隐逸诗人以"朝市"、"魏阙"、"金马门"为反衬,而着意彰显山水田园价值的态度相反,奉儒守官的子美在此是以绝塞夔州江湖的寥落苍白托起长安"梦华"的堂皇富丽。

诗人对秦中和长安有太多的个人记忆。他进三大礼赋,为玄宗所奇在此。他偕友郊游,泛舟碧水在此。他被褐怀玉,四处干求,郁郁十年在此。他居官左省,朝宣政殿,入紫宸阁,得识圣颜在此。他最终因凤翔行在廷诤抗疏而被贬华州,亦在此。这些个人遭逢在组诗的其二、其三、其五、其八中被提点。长安亦寄托了诗人对国事的沉思和感伤。其四是诗人对唐开国百余年内政外防得失的冷眼观察和慨叹。其六则追咎玄宗之耽乐误国。时代的沉痛与个人遭遇的感伤一起凝结为秋日弥漫天地的忧伤。然而,除此之外,吾人亦隐隐体会到诗人对秦中支撑的"山河"的忧痛。

组诗有多处写到西汉长安,如其五出现建章宫西的承露铜柱,其七写到汉武帝为习水战所穿昆明池及池畔的织女、石鲸。这些意象当然不妨说是在借汉言唐,影射玄宗朝的由盛入衰。然诗无达诂,毕竟亦有难下断语之处。如其五的"圣颜",钱笺以为追思天宝未乱之前的玄宗,[3]但末句的"几回青琐点朝班"辄落于何处?。仇兆鳌以为写"肃宗时事"[4],却又与前四首所极赋的蓬莱宫阙昌和气氛不合。其

---

[1]《秋兴》,《杜甫全集校注》卷十三,第7册,页3830。
[2] 此为洪业的看法,见其 *Tu Fu: China's Greatest Poet*,中译本《杜甫:中国最伟大的诗人》,曾祥波译(上海:上海古籍出版社,2011),页229。
[3] 钱谦益笺注,《钱注杜诗》(上海:上海古籍出版社,2009),下册,页508。
[4] 仇兆鳌注,《杜诗详注》(北京:中华书局,2012),卷一七,第4册,页1491。

七的"昆明池水"和"武帝旌旗"更难说只是影射唐世某一帝王,因为昆明池至唐已近干涸。杜诗曰:"秦中自古帝王州"[1]。"武帝旌旗"、"承露金茎"和"蓬莱宫阙"所转喻的,其实是以秦中为中心,耸立于华夏一统山河之上的盛世,其中由建元开始的盛世与开元盛世遥相呼应,成为历经西周、秦、汉、隋、唐华夏文明之鼎盛。职乎此,诗人之感伤亦不止于开元、天宝前后的兴衰了,此一组诗亦以此真正具有"抒情史诗"意味。方管曾以《诸将》其一中"汉朝陵墓对南山,胡虏千秋尚入关"[2]参读《秋兴》其六,谓:"可知所慨叹愤惋的,是周汉旧都竟遭残破,历史的光荣未能继承,不徒为有唐一代所痛。"[3]史家钱穆先生提示吾人"该从地理的横剖面上",来认取当时(唐中叶后)中国史上一种空前未有之大摇动:"长安代表周、秦、汉、唐极盛时期之首脑部分,常为中国文化之最高结集点。自此以后,遂激急堕落,永不能再恢复其已往之地位。"[4]中国黄河流域之文物气象,已耗竭不振,即便中部洛阳亦不够再做文化、政治的中心点。而这一切即肇自安史之乱。以致逆溯中国后世病象,"推之最远,至于中唐安史之乱以来而极"。[5]这是为何杜甫要以秦中长安为此联章之"正"、之"主"——其以最伟大诗人的敏感,在此感到了以秦中为中心的"山河"之中已透出萧瑟秋意,若套用宋玉的话,则是"时亹亹而过中兮"。

汉唐盛世去矣——"鱼龙寂寞秋江冷"——这就是老杜当下自山河体悟的秋意。悲怆之至,他才会发出"卧龙跃马终黄土"[6]、

---

[1]《秋兴》其六,《杜甫全集校注》,卷一三,第7册,页3819。
[2] 同上书,卷一三,第7册,页3763。
[3] 方管,《谈〈秋兴〉八首》,《杜甫研究论文集》三辑,页286。
[4] 钱穆,《国史大纲》(北京:商务印书馆,1999),上册,页501。
[5] 同上书,上册,页26—27。
[6]《阁夜》,《杜甫全集校注》,卷一五,第8册,页4257。

"孔丘盗跖俱尘埃"[1]的灰心之叹。而他这位依然叹世的儒者,则如被抛在摇落群芳之后格外空旷寂寥的世界里。如果说宋玉和老杜抒情作品以秋意标举的美学意义的悲剧性,令人联想到文学人类学家弗莱(Northrop Frye)四季模式中秋与悲剧的对应,那么这个悲剧世界里的英雄也同样以孤独为特征。夔州之作出现的诗人自画像一再彰显着自身的渺小和孤单——"身世双蓬鬓,乾坤一草亭"[2],"天畔群山孤草亭,江中风浪雨冥冥"[3],"江湖满地一渔翁"[4]——诗人的"一"和"孤",是以莽莽无垠的"乾坤"、"群山"、"冥冥风浪"、"江湖满地"衬托的。《白帝城最高楼》更集中表现了一种孑然于历史中的孤独:

> 城尖径仄旌旆愁,独立缥缈之飞楼。
> 峡坼云霾龙虎睡,江清日抱鼋鼍游。
> 扶桑西枝对断石,弱水东影随长流。
> 杖藜叹世者谁子?泣血迸空回白头。[5]

白帝山最高处也仅海拔248米。但此诗却以想象展开了诗人极其广袤的视野。浦起龙谓:"'峡坼'、'江清'之外,'西枝'、'东影'之间,此中有无数起倒,无限合离,皆于'独立'时览之,是以'叹世者'悲之也。"[6]所谓"无数起倒"、"无限合离"正是华夏山河所历经的代代治乱兴亡。诗人使用"龙虎"、"鼋鼍",甚至"扶桑"、"弱水"这些

---

[1]《醉时歌》(赠广文馆博士郑虔),同上书,卷二,第1册,页410。
[2]《暮春题瀼西新赁草屋五首》其三,同上书,卷一五,第8册,页4452。
[3]《即事》,同上书,卷一七,第9册,页5136。
[4]《秋兴》其七,同上书,卷一三,第7册,页3824。
[5]同上书,卷一二,第6册,页3564。
[6]《读杜心解》卷四之二,第3册,页644。

超自然意象,以表现一种高踞当世之上,缥缈于天际,以雄视古今的视野。诗人"独立"于此,令人想到弗莱自西方悲剧英雄形象中领略的一种吊诡:其"立于命运之轮的顶端,居于地上的人类社会与更伟大的天空之间",与常人相比,异常伟岸;在神祇和命运面前却如此渺小。[1]但"渺小"的杜甫此刻面对的则是此一山河的历史,其中沧桑,击目惊心,怆人之深,只能语以"泣血迸空回白头"。这里升起一种特别的崇高感,放翁所谓"荆卿之歌,阮嗣宗之哭,不加于此矣"。[2]此诗是老杜著名的拗律之作。音节和句法之"拗"在此正表现了诗人之孤独和执拗。

杜甫以"哀壑"[3]一词,以状此予其以悲秋诗意的山河一隅夔峡。如《王兵马使二角鹰》一诗有:

> 悲台萧飒石巃嵷,哀壑杈枒浩呼汹。
> 中有万里之长江,回风滔日孤光动。……[4]

断崖乱木之间,兼疾风萧瑟,大江涌动,起伏不定,夕阳难驻,碎光明灭,真有哀意。此外尚有:

> 秋风动哀壑。(《壮游》)[5]
>
> 巫峡清秋万壑哀。(《诸将》其五)[6]

---

[1] 见其 Anatomy of Criticism: Four Essays (Princeton: Princeton University Press, 1973), p. 207.
[2] 陆游:《东屯高斋记》,《陆放翁全集·渭南文集》卷一七,页100。
[3] "哀壑"首见于杜甫作于天水、描写另一峡谷地貌的《铁堂峡》一诗中"威迟哀壑底,徒旅惨不悦"一联,见《杜甫全集校注》,卷七,第4册,页1711—1712。
[4] 《杜甫全集校注》,卷一五,第8册,页4329。
[5] 同上书,卷一四,第7册,页4085。
[6] 同上书,卷一三,第7册,页3780。

哀壑无光留户庭。(《覃山人隐居》)[1]

"哀壑"为秋气萧森所凸显,却又不妨说哀秋才彰显了夔峡地景的性格。盖所谓"白帝城",固以公孙述据西方僭伪称帝而得名,然白帝者,司秋之神也。老杜以穷愁衰病之身羁栖于此,以伤山河兵燹之心观面之,夔峡之肃杀象益显。其夔州诗秋之现象学主要开显了夔峡的三种质感。首先是夔州之荒远闭塞。老杜在诗中不断以"绝塞"、"绝域"、"荒城"、"孤城"、"乌蛮北"、"殊方"、"荒戍之城"指称夔州,透显这本是一令他疏离异化的空间。其次是峡江数百里两壁夹峙,上入云汉的地貌环境。刘宋盛弘之这样描述:

> 自三峡七百里中,两岸连山,略无阙处,重岩叠嶂,隐天蔽日。自非停午夜分,不见曦月。[2]

老杜诗笔之下,峡江两岸地势是"天壁"、"断壁"、"绝壁"、"江壁"、"竦壁"、"断崖",并以"地与山根裂……削成当白帝"、"入天犹石色"、"叠壁排霜剑"[3]、"荒戍之城石色古"[4]、"悲台萧瑟石巃嵷"、"地坼江帆隐"[5]、"猿鸟千崖窄"[6]描写在背斜隆起和江流穿切基础上形成的断岸千寻和角砾岩地貌之峭折、瘦硬和苍老的性格,其中透显肃杀之气【图七】。而峡隘天窄的地貌更被赋予郁苍阴沉的意味:

---

[1] 同上书,卷一七,第9册,页5099。
[2] 盛弘之,《荆州记》,《荆州记九种》,页45。
[3]《大历三年春,白帝城放船出瞿唐峡,久居夔府,将适江陵,漂泊有诗,凡四十韵》,《杜甫全集校注》,卷一八,第9册,页5435。
[4]《锦树行》,同上书,卷一八,第9册,页5265。
[5]《晓望》,同上书,卷一七,第9册,页5030。
[6]《奉寄李十五秘书二首》其一,同上书,卷一三,第7册,页3607。

图七 巫峡中两壁夹峙的地貌（John Thomson 摄于 1872 年，录自《中国和中国人的影像》 *Illustrations of China and Its People*，徐家宁译，桂林：广西师范大学出版社，2012）

下冲割坤轴，竦壁攒镆铘。

潇飒洒秋色，气昏霾日车。[1]

峡束沧江起……拂云霾楚气……[2]

故园不可见，巫岫郁嵯峨。[3]

---

[1]《柴门》，同上书，卷一六，第 8 册，页 4566。
[2]《秋日夔府咏怀奉寄郑监李宾客一百韵》，同上书，卷一六，第 8 册，页 4835。
[3]《江梅》，同上书，卷一五，第 8 册，页 4367。

> 巫峡阴岑朔漠气，峰峦窈窕溪谷黑。[1]

老杜笔下"哀壑"的"去白日之昭昭兮"的悲秋之气，正得诸此森耸江山之助。而此"哀壑"的激楚凄厉，则为萦绕峡谷的猿啼所渲染。人类对峡江中此一特别声象的情感反应，亦早为盛弘之措意：

> 每至晴初霜旦，林寒涧肃，常有高猿长啸，属引凄异，空谷传响，哀转久绝。故渔者歌曰："巴东三峡巫峡长，猿鸣三声泪沾裳。"[2]

老杜笔下的夔峡猿啼此起彼伏："殊方日落玄猿哭"[3]、"风急天高猿啸哀"、"峡口惊猿闻一个"[4]、"听猿实下三声泪"[5]、"啼猿僻在楚山隅"[6]、"泉源泠泠杂猿狖"[7]、"穷猿号雨雪"[8]、"江猿吟翠屏"[9]、"穷猿失木悲"[10]、"猿鸣秋泪缺"、"江猿应独吟"[11]、"窄转深啼狖"[12]……老杜不仅以对山河的悲怆之情提举了宋玉的悲秋题旨，且以其笔下雄峻森耸的夔峡地景风物丰富了悲秋之意象。

---

〔1〕《虎牙行》，同上书，卷一八，第9册，页5261。
〔2〕盛弘之，《荆州记》，《荆州记九种》，页45。
〔3〕《九日五首》其一，《杜甫全集详注》，卷一七，第9册，页5081。
〔4〕《夜归》，同上书，卷一八，第9册，页5357。
〔5〕《秋兴》其二，同上书，卷一三，第7册，页3796。
〔6〕《寒雨朝行视园树》，同上书，卷一七，第9册，页5129。
〔7〕《久雨期王将军不至》，同上书，卷一七，第9册，5253。
〔8〕《有叹》，同上书，卷一八，第9册，页5374。
〔9〕《暮春题瀼西新赁草屋五首》其三，同上书，卷一五，第8册，页4452。
〔10〕《寄杜位》，同上书，卷一七，第9册，页5243。
〔11〕《课小竖锄斫舍北果林，枝蔓荒秽净讫，移床三首》其一，同上书，卷一七，第9册，页4934。
〔12〕《大历三年春，白帝城放船出瞿唐峡，久居夔府，将适江陵，漂泊有诗，凡四十韵》，同上书，卷一八，第9册，页5435。

四、转"情"为"美"的"山水"

　　杜甫羁留夔州的诗作中至少五次表达了死亡临近的预感。[1]他一再以诗悲秋叹老、伤世怀旧,恐亦由此一预感而起。在夔州诗中,他又一再地写到中夜不眠:"露下天高秋水清,空山独夜旅魂惊"[2],"中夜江山静,危楼望北辰"[3],"西阁百寻余,中宵步绮疏"[4],"高风下木叶,永夜揽貂裘","江喧长少睡,楼迥独移时"[5],"夜深坐南轩,明月照我膝"[6]……诗人何以不寐,虽然有他一再以"不眠忧战伐,无力正乾坤"[7]、"赤眉犹世乱,青眼只途穷"[8]等等诗句陈说的无从以身许国,扭转乾坤的焦虑,亦有因功名未建而对自我生命意义的纠结:

　　　　乱代飘零余到此,古人成败子如何?[9]

　　　　凄其望吕葛,不复梦周孔。[10]

---

[1] 见其《客堂》:"旧疾廿载来,衰年得无足?死为殊方鬼,头白免短促";《熟食日示宗文宗武》谓己将为松柏中人:"松柏邙山路,风花白帝城。汝曹催我老,回首泪纵横";《又上后园山脚》托征人以寄客死他乡之慨:"哀彼远征人,去家死路傍。不及父祖茔,累累冢相当";《寄薛三郎中》:"余今委修短,岂得恨命屯";《即事》以司马相如自况,谓:"多病马卿无日起"。《杜甫全集校注》,卷一二,第6册,页3538;卷一五,第8册,页4467;卷一六,第8册,页4660;卷一五,第8册,页4490;卷一七,第9册,页5136。
[2]《夜》,同上书,卷一三,第7册,页3786。
[3]《中夜》,同上书,卷一四,第7册,页3933。
[4]《中宵》,同上书,卷一四,第7册,页3906。
[5]《垂白》,同上书,卷一四,第7册,页3915。
[6]《写怀二首》其二,同上书,卷一八,第9册,页5292。
[7]《宿江边阁》,同上书,卷一三,第7册,3868。
[8]《巫峡敝庐奉赠侍御四舅别之澧朗》,同上书,卷一六,第8册,页4773。
[9]《寄柏学士林居》,同上书,卷一七,第9册,页5110。
[10]《晚登瀼上堂》,同上书,卷一五,第8册,页4497。

迟暮堪帷幄，飘零且钓缗。[1]

身许骐骥画，年衰鸳鹭群。[2]

长为万里客，有愧百年身。[3]

此身未知归定处。[4]

可以推想：一旦直觉到死亡濒临，此壮志难酬的悲慨之情自会格外强烈。综合以上种种，不妨说：诗人杜甫的生理和心理生命于羁栖夔州期间，正经历着一个特殊危机。这种危机，按荣格（Carl G. Jung）派心理学家的说法，即发生在生命的每个重要关头的"启蒙或创始事件"（initiation），由本我（self）与自我（ego）的冲突构成。[5]在夔州期间老杜生命中正横着这样一道门槛：在"凄其望吕葛"，"迟暮堪帷幄"已然成为不可改变的命运之后，这位曾以"致君尧舜上，再使风俗淳"[6]立命的儒者，能否重建其生命的意义？老杜显然是从诗人生涯去努力的。在此期间其于诗用功之勤，作品之夥，前所未有。以致无物不可入诗，无时不在用思，自谓"登临多物色，陶冶赖诗篇"[7]，"他乡悦迟暮，不敢废诗篇"[8]，"病减诗仍拙，吟多意有余"[9]，"陶冶性灵在底物，新诗改罢自长吟"[10]。其诗艺亦以此而臻新境，故能"晚节渐于

---

〔1〕《谒先主庙》，同上书，卷一五，第 8 册，页 4146。
〔2〕《秋野五首》其五，同上书，卷一七，第 9 册，页 4930。
〔3〕《中夜》，同上书，卷一四，第 7 册，页 3933。
〔4〕《立春》，同上书，卷一五，第 8 册，页 4361。
〔5〕详见韩德生（Joseph L. Henderson），《古代神话与现代人》，收录于荣格主编，《人及其象征》，龚卓军译（台北：立绪文化事业有限公司，2013），页 142—143。
〔6〕《奉赠韦左丞丈二十二韵》，《杜甫全集校注》，卷二，第 1 册，页 277。
〔7〕《秋日夔府咏怀奉寄郑监李宾客一百韵》，《杜甫全集校注》，卷一六，第 8 册，页 4835。
〔8〕《归》，同上书，卷一六，第 8 册，页 4543。
〔9〕《复愁十二首》其一二，同上书，卷一七，第 9 册，页 5075。
〔10〕《解闷十二首》其七，同上书，卷一七，第 9 册，页 4948。

诗律细"[1]。又如黄山谷所评：其时之作终能"不烦绳削而自合"，"简易而大巧出焉，平淡如山高水深，似欲不可企及"[2]。而夔州之什的风格，在雄浑悲凉之余"萧淡婉丽"[3]，"更多地收起了自身的棱角，而表现出对喜剧因素的倾心"[4]，似乎亦表明：他跨越了这道生命意义再创始的门槛，完成了又一次超越。回到本章的题目，在夔州诗作中，尚有另一类意义的"山水"书写，令诗人于夏后、蜀汉先主、"吕、葛"的具阳刚之气的山河外，亲近更为阴柔的山水，如：

> 返照斜初彻，浮云薄未归。
> 江虹明近饮，峡雨落余飞。[5]

对比森耸郁苍的深峡哀壑，此诗以天之"彻"，云之"薄"，虹之"明"，雨之"余"，呈现一幅明丽的江上晚晴图，而长虹垂饮大江的一笔，更见眼前景物之女性清媚。[6]另一幅晚照图是：

> 反照开巫峡，寒空半有无。
> 已低鱼复暗，不尽白盐孤。
> 荻岸如秋水，松门似画图。[7]

---

[1]《遣闷戏呈路十九曹长》，同上书，卷一五，第8册，页4397。
[2] 黄庭坚，《与观复书》，《黄庭坚全集》(成都：四川大学出版社，2001)第2册，页479、471。
[3] 见裴斐，《杜诗八期论》，《文学遗产》1992年第4期，页34。
[4] 张宏生，《杜甫夔州诗中所反映的生活悲剧》，《文学评论》1984年第6期，页77—80。
[5]《晚晴》，《杜甫全集校注》，卷一三，第7册，页3712。
[6] 闻一多曾征引《释名》、《尔雅》、《异苑》等书证明在古人心中虹即美人，更说明隋唐间《穷怪录》中晚虹下饮于溪泉而化身女子的故事是楚辞《高唐赋》故事的遗绪。见《高唐神女传说之分析》，《闻一多全集》，第1册，页94—95。此可直接下文所论诗人对神女之缱绻情思。
[7]《反照》，《杜甫全集校注》，卷一七，第9册，页5018。

论者谓："曰'暗'、曰'孤'、曰'如'、曰'似'，皆半无半有景色"。[1] 不仅如此，诗人视线于三、四自"鱼复"移至"白盐"，五、六自近之"荻岸"至远之"松门"，以及诗中"开"、"半有无"、"已低"、"暗"、"不尽"这些词语，在在渲染着山水之中渺茫、疏旷的空白。而"已低"、"不尽"、"如"、"似"这些词语又在商略中见豫豫从容之致。诗境故而似由柔柔淡墨晕染而成。对比面对千古山河时笔力有如刀劈斧斫般的苍劲和瘦硬，诗人笔致于此真可谓轻灵柔润。类似的例子又如：

江云飘素练，石壁断空青。[2]

这里略去细节，笔墨之迹交融，空青森漠之中，但一抹烟云、一痕断壁而已。而以下这首七律则不乏细节的点缀：

暮春三月巫峡长，晶晶行云浮日光。
雷声忽送千峰雨，花气浑如百和香。
黄莺过水翻回去，燕子衔泥湿不妨。
飞阁卷帘画图里，虚无只少对潇湘。[3]

此诗应作于白帝山西阁。飞阁卷帘，风物入轩，本是天然图画。然诗笔在此佻捷而一气旋转，中对仗二联之中，极尽一时风物变化，三句千峰雷雨自高而下，四句花香四处流溢，是长景、大景。五、六则入纤小，随意点缀：黄莺过水，燕子衔泥，一畏雨，一从容，对而不见

---

[1]《杜诗详注》，卷二〇，第4册，页1739。
[2]《不离西阁二首》其二，《杜甫全集校注》，卷一五，第8册，页4286。
[3]《即事》，同上书，卷一五，第8册，页4438。

其用力，正黄生所谓"不衫不履"。诗笔佻脱之中，见诗人一心轻松，故末句以一"只"字说不见潇湘之事。《晓望》虽然也写秋日，却无"哀壑"的悲凄黯淡之情：

> 白帝更声尽，阳台曙色分。
> 高峰寒上日，叠岭宿霾云。
> 地坼江帆隐。天清木叶闻。[1]

这是黑夜与白日的交割时分，诗依时序，自拂晓更声、正东方向白盐山西南崖楚阳台的曙色、高峰日出而展开，这是充满希冀的引颈之望。纵然岭上宿霾仍在，然天清气净，山水历历，展现出静穆而令人神清的峡江。以上诸诗中，老诗人不仅对眼前风物拥一片缱绻之情，且诗中所写———无论是峡江晚晴中长虹垂饮，或者返照夕霏中江岸的出有入无，或者对岸的一抹烟云、一痕断壁，或者三月雨景中的莺燕，或者黎明之际高峰上的初日——皆是诗人作为存有者当下一刻之一瞥，此一山水，遂与标显历经无数世代、不限一时一处的美感、为华夏文明所覆盖的广袤"山河"不同。它更关注一处山光水色因季节朝暮风云雨雾的变化。倘以老杜的诗句说，则是：

> 江城含变态，一上一回新。
> 天欲今朝雨，山归万古春。[2]

这里的"山"，不妨即是"山河"之"山"，而瞩目今朝雨中山色变化的诗人，却时而仍能在衰迈和飘泊之中，将山水美感自愁怀分割出来，其

---

[1] 同上书，卷一七，第9册，页5030。
[2] 《上白帝城二首》其一，同上书，卷一二，第6册，页3556。

诗有："远游虽寂寞，难见此山川"[1]，"风月自清夜，江山非故园"[2]，"瘴疠浮三蜀，风云暗百蛮。卷帘唯白水，隐几亦青山"[3]……纵遭万般不幸，眼下自有山川之奇，风月之清和白水青山之适人之兴。回到上文所论老杜羁留夔州时的生命危机及本我与自我的冲突的讨论，吾人在此分明感受到一种特殊的"阴阳调和"。这是在世俗的建功立业与更恒久的诗之生命之间，在阳刚的夏后、蜀汉先主、"吕、葛"与巫山神女之间，在以"竦壁"、"断崖"、西南万壑汇注的大江所代表的雄奇山河的崇高与南国山水的阴柔之美之间建立新的平衡。这一具阴柔之美的山水，被峡江之中为神话所笼罩的一道特别的风景所象征，即杜甫夔州诗中反复写到的自巫峡内神女峰和夔州奉节楚宫阳台山[4]之间飘洒的雨：

> 晴浴狎鸥分处处，雨随神女下朝朝。[5]

> 风吹苍江树，雨洒石壁来。……
> 楚宫久已灭，幽佩为谁哀？……
> 冥冥翠龙驾，多自巫山台。[6]

> 鸣雨既过渐细微，映空摇扬如丝飞。……
> 舞石旋应将乳子，行云莫自湿仙衣。[7]

> 飘零神女雨，断续楚王风。[8]

---

[1]《季秋江村》，同上书，卷一七，第9册，页5124。
[2]《日暮》，同上书，卷一七，第9册，页5015。
[3]《闷》，同上书，卷一七，第9册，页5239。
[4] 本章接受简锦松关于楚宫、阳台为杜甫本人的现地概念，即其位置在今称赤甲山西南崖的论证，而不再理会《夔州府志·巫山古迹》和康熙《巫山县志》中所谓"古阳台治西里许最高之处"的旧说。见简氏，《杜甫夔州诗现地研究》，页17—60。
[5]《夔州歌十绝句》其六，《杜甫全集校注》卷一三，第7册，页3754。
[6]《雨》，同上书，卷一三，第7册，页3695。
[7]《雨不绝》，同上书，卷一三，第7册，页3709。
[8]《天池》，同上书，卷一六，第8册，页4915。

> 楚雨石苔滋，京华消息迟。……
>
> 神女花钿落，鲛人织杼悲。[1]
>
> 春雨闇闇塞峡中，早晚来自楚王宫。……[2]

峡中这样的飞雨，必定细微如丝，飘零而充满哀怨。否则，诗人就要质问"干戈盛阴气，未必自阳台"[3]了。这样轻柔的雨令诗人想到巫山神女仍步裔裔乎云中，瞑忽之中甚至可以聆其环佩之声，嗅其衣袂和花钿之香。如斯考弗（Edward H. Schafer）在统论唐诗中巫山神女时所说：在此，人们很难辨分："这是神女的雨还是神女就是雨？究竟雨势云姿被视作神女的直喻？抑或其神秘性或真实存在的确认？"[4]神女的传说出自宋玉的《高唐赋》中宋玉对楚襄王叙说的楚怀王梦中所遇：

> 先王尝游高唐，怠而昼寝，梦见一妇人，曰："妾巫山之女也，为高唐之客。闻君游高唐，愿荐枕席。"王因幸之。去而辞曰："妾在巫山之阳，高丘之阻，旦为朝云，暮为行雨。朝朝暮暮，阳台之下。"[5]

悲秋的主题之外，老杜一再征引宋玉，这次是体现诗、骚之后"诡滥"的宋玉，即"一种无意于体现主持公共道义的写作歧向"的宋玉。[6]

―――――――――

[1]《雨四首》其四，同上书，卷一七，第9册，页5168。
[2]《江雨有怀郑典设》，同上书，卷一五，第8册，页4462。
[3]《雨》，同上书，卷一五，第8册，页4411。
[4] *The Divine Woman: Dragon Ladies and Rain Maidens in T'ang Literature*（Berkeley: University of California Press, 1973）, p.77.
[5]《文选》卷一九，上册，页265。
[6] 见邓国光，《〈文心雕龙〉文理研究——以孔子、屈原为枢纽轴心的要义》（上海：上海古籍出版社，2012），页262-265。

图八　巫山神女峰　巫山县旅游局邓宏斌、黄正平／摄

这里所说的巫山，近代学者闻一多和钱穆，皆以为不在夔州，而应在峡外湖北随县或古时云梦之中。[1] 刘刚在闻、钱二说的基础上，分析了《高唐赋》中描写的巫山七大特点和楚国史料，以为今武汉西的仙女山即古之阳台山，最可能是宋赋所涉之巫山。[2] 然而，这却不是杜甫写作夔州之什时所面对的话语事实。[3] 杜甫诗中巫山的地理位置，乃基于《文选》李善注《高唐赋》所征引的《汉书注》："巫山在南阳郡巫县"[4] 以及郦道元的《水经注》。郦氏在引述宋赋的阳台、朝云庙

---

[1] 见闻一多，《高唐神女传说之分析》；钱穆，《楚辞地名考》，《清华学报》第九卷第3期。
[2] 刘刚，《巫山考——宋玉辞赋地名考之三》，《宋玉辞赋考》（沈阳：辽海出版社，2011），页 280—290。
[3] 正如简锦松所观察，杜甫"在尚未入峡前，和别人谈到峡中的水程时曾说：'朝云暮雨祠'。到云安以后，尚未到奉节县之前还写过'江通神女馆'，出峡舟行途中又写下'神女峰娟妙'。"这些都证明他心目中的巫山神女乃在峡中。见《杜甫夔州诗现地研究》，页 19。
[4] 《文选》卷一九，上册，页 265。

后下接"其间首尾百六十里,谓之巫峡,盖因山为名也。自三峡七百里中……"[1]。杜甫居夔期间尽管屡次迁徙,但在大历三年元月之前,似乎并未进入巫峡。而神女峰【图八】则在瞿唐峡东的巫峡之中,距夔府50公里。但诗人依然自高崖云端上飘洒的雨丝中隐隐感觉到神女的声息。而且,甚至如襄王一样,他还梦到了她。老杜《奉酬薛十二丈判官见赠》一诗中间有这样一段文字:

> 卧病识山鬼,为农知地形。
> 谁矜坐锦帐,苦厌食鱼腥。
> 东南两岸坼,横水注苍溟。
> 碧色忽惆怅,风雷搜百灵。
> 空中右白虎,赤节引娉婷。
> 自云帝里女,噀雨凤凰翎。
> 襄王薄行迹,莫学冷如丁。
> 千秋一拭泪,梦觉有微馨。
> 人生相感动,金石两青荧。……[2]

赵次公谓"此篇在集中极难解者"[3]。有注家甚而谓"通不可解"[4],"文章错乱,不甚可了"[5],乃至"当存而不读可也"[6]。更有谓"碧色忽惆怅"至"梦觉有微馨"一段为"托峡中神女之事以比君臣相遇之道"[7]

---

[1]《水经注》,页790。
[2]《杜甫全集校注》,卷一六,第8册,页4787。
[3] 转引自《杜甫全集校注》此诗"备考",同上书,卷一六,第8册,页4798。
[4] 胡震亨语,见上书此诗"集评",卷一六,第8册,页4796。
[5] 邵长蘅语,见上书此诗"集评",卷一六,第8册,页4797。
[6] 汪灏,《树人堂读杜诗》卷一九,转引自上书此诗"集评",卷一六,第8册,页4798。
[7] 张綖,《杜工部诗通》卷一四,转引自上书此诗"备考",卷一六,第8册,页4799。

者，有谓乃"以终前段卓氏之意"[1]者。此诗因薛判官赠诗而作，前既言薛氏志在鸱夷，[2]故此诗"碧色忽惆怅"以下不可谓君臣之道明矣。此段与薛氏新娶新寡"卓氏"固有呼应，却如朝鲜李植所说："其间插得寡女、神女两段者，必薛新娶，杜亦有巫山之梦，特闺阁语亵，不欲彰说，髣髴言之。"[3]或吴瞻泰所谓"幻出一梦……乃现身说法，为薛解嘲也"[4]。此说根据乃在此诗起以"忽忽峡中睡，秋风方一醒"。如浦起龙注谓。"此段猝难捉摸，不知根已伏于'峡中睡'句内，而感梦事，亦在夔为本地风光。"[5]这一段故而是倒叙因新婚薛郎到来而中断的梦境。其意乃如冯班所说："言我在峡中，辛苦为农，犹不免结梦阳台，有襄王之遇。盖精灵感动，金石为开，人固能无情乎？"[6]以此为薛氏解嘲。而此终若金石之不移之情，即赵次公所说："亦诗之情也。"[7]老杜梦中这位天帝的季女瑶姬，在白虎赤节的护拥之下，于漫天吹洒着五彩凤翎一般的雨丝（这正是诗人寤时能从中感受到"幽佩"、"花钿"、"仙衣"飘飘的雨丝）之中扬其衣袂。这位神女怪襄王一去不返，更谴责如丁令威那样去家为仙的不义之人。而仰慕宋玉"风流儒雅"的老杜，不唯对宋玉"怅望千秋一洒泪"，亦在千秋之下，拭泪呼唤这位天上风雷之中的有情之人。诗人梦醒，神女闇然不知去处，然诗人仍沐在其如兰的气息之中。这是怎样一个梦境？穷愁衰病的老诗人何以有这样一段缱绻之思？笔者以为这位有特定身份的神女

---

[1] 董养性，《杜工部诗选注》卷一，转引自上书此诗"备考"，卷一六，第 8 册，页 4799。
[2] 《奉酬薛十二丈判官见赠》，同上书，卷一六，第 8 册，页 4786。
[3] 转引自上书此诗"注释"，卷一六，第 8 册，页 4795。
[4] 《杜诗提要》，转引自上书此诗"集评"，卷一六，第 8 册，页 4797。
[5] 《读杜心解》第 1 册，卷一之六，页 182。
[6] 《杜工部诗集辑注》卷一七引，转引自《杜甫全集校注》此诗"备考"，卷一六，第 8 册，页 4800。
[7] 《新刊校定集注杜诗》，转引自《杜甫全集校注》卷一六此诗"注释"，第 8 册，页 4794。

瑶姬的真正身世，根据荣格派心理学人格发展的学说，乃是深植于这个文化"集体无意识"中的"原型"（archetype）。在中国诗人的梦幻中，这个神女曾一再地出现。

与此刻老杜笔下神女相近的最早一例，是宋玉的《高唐赋》。此赋同时又以最大篇幅铺写了巫山的山水风物，成为中国文学中以大段文字"由状物进而写景"[1]的最早范例。然而，人们或许未能注意二者之间有一种近乎神秘的关联。且看此赋在"'妾在巫山之阳，高丘之阻，旦为朝云，暮为行雨。朝朝暮暮，阳台之下。'旦朝视之如言，故为立庙，号曰'朝云'"之后的文字：

> 王曰："朝云始出，状若何也？"玉对曰："其始出也，晫兮若松树。其少进也，晰兮若姣姬。扬袂鄣日，而望所思。忽兮改容，偈兮若驾驷马，建羽旗。湫兮如风，凄兮如雨。风止雨霁，云无处所。"王曰："寡人方今可以游乎？"玉曰："可"。王曰："其何如矣？"玉曰："高矣显矣，临望远矣；广矣普矣，万物祖矣。上属于天，下见于渊，珍怪奇伟，不可称论。"王曰："试为寡人赋之。"玉曰："唯唯"。惟高唐之大体兮，殊无物类之可仪比，巫山赫其无畴兮，道互折而曾累。……[2]

以下即是此赋的主体——对巫山山水风物鸟兽的描写。这里，襄王首先询问宋玉"巫山之女"的化身朝云"状若何也"，继而在风止雨霁、云无处所之时又再问玉"方今可以游乎"。宋玉之赋起以"高唐"、"巫山"，楚王所游即是风止雨霁、云无处所的巫山。而在《神女赋》中，襄王在游过之后，如怀王一样，又与神女在梦中相遇。以此，巫山和高

---

[1]《管锥编》第2册，页613。
[2]《文选》卷一九，页265。

唐不仅是神女之所自，是为这位"巫山之女"护持的山川，甚至可以说是行云和行雨之外，神女之另一化身。或者说，神女是梦中的巫山山水，巫山山水则是白昼风止雨霁、云无处所之时的神女。与屈子的湘妃一起，宋玉的高唐神女开启了中国文学中一个"水上神女"的隐秘谱系。[1]

这个神女现身在曹植笔下，成为《洛神赋》中那位"步踟蹰于山隅……攘皓腕于深淇兮，采湍濑之玄芝"[2]的洛川女神宓妃。如作者序中所说：此赋之作乃因"感宋玉对楚王说神女之事"[3]。这位神女又出现在阮籍的《清思赋》中，成为形之可见、音之可闻之外的想象（清思）世界中美之化身。其"象朝云之一合兮，似变化之相依"[4]的形体，显然有巫山神女的基因。又绝非偶然，神女在山水诗的不祧之祖谢灵运笔下出现，不仅是从文学记忆中走出的"分岫（袖）湘岸，延情苍阴"[5]的"江妃"，且是他陶醉于山水之美时所见的一片倩影。请一读他书写山水之美的名作《从斤竹涧越岭溪行》：

猿鸣诚知曙，谷幽光未显。
岩下云方合，花上露犹泫。
逶迤傍隈隩，苕递陟陉岘。
过涧既厉急，登栈亦陵缅。
川渚屡径复，乘流玩回转。
苹萍泛沉深，菰蒲冒清浅。
企石挹飞泉，攀林摘叶卷。

---

[1] 本章此处及以下所论，正是钱锺书先生引证晋宋文献所论"人于山水，如'好美色'"。只是先生所谓"此种境界，晋、宋以前文字中所未有也"的说法似可修正。见《管锥编》第3册，页1036—1038。
[2] 丁晏编，黄节注，《曹子建集评注》（台北：世界书局影印同治四年本），页17。
[3] 同上书，页16。
[4] 《阮籍集校注》，页35。
[5] 《江妃赋》，《谢灵运集校注》，页374。

> 想见山阿人，薜萝若在眼。
> 握兰勤徒结，折麻心莫展。
> 情用赏为美，事昧竟谁辨？
> 观此遗物虑，一悟得所遣。[1]

此诗在循诗人游程铺叙了斤竹涧的景物之后，在诗人企石挹泉、攀林摘叶的嬉玩当儿，忽然出现了《楚辞》中被薜荔带女萝的山鬼。[2] 这个山鬼，从撰《楚辞·九歌解》的清人顾成天到现代学者孙作云、姜亮夫、闻一多、郭沫若、马茂元、张汝舟，皆认为是宋玉赋中巫山神女的前身。[3] 诗人恍惚中见到这位幽谷美人，先以不能与她交流而悲哀，然而，一经此"情"被用为"赏"，即解脱为一种更纯粹的"美"感了。[4]

这位神女又被江淹于南国山水中邂逅："耸辌车于水际，停云霓于山椒。奄人祇之仿像，共光气而寂寥"[5]。文通着景命词，"出入屈宋"，《水上神女赋》一题，直接揭示了其笔下的"神女"与楚辞作家屈、宋的湘妃、巫山神女的亲缘。在盛唐书写山水的名家孟浩然漾舟垂钓楚地汉水的解佩渚之际，"神女"竟若隐若现于空水之间：

> 漾舟逗何处，神女汉皋曲。
> 雪罢冰复开，春潭千丈渌。
> 轻舟恣来往，探玩无厌足。
> 波影摇妓钗，沙光逐人目。……

---

[1] 同上书，页121。
[2] 对此诗的解读，参见本书第一章。
[3] 详见萧兵，《楚辞的文化破译——一个微宏观互渗的研究》（武汉：湖北人民出版社，1991），页329—330。
[4] 本章对此诗八、九两联的解说依据佐竹保子，《谢灵运诗文中的"赏"和"情"——以"情用赏为美"句的解释为线索》，《回向自然的诗学》，页167—195。
[5] 《水上神女赋》，《江淹集校注》，页178。

恍然于孟浩然目中汉水神女,[1]按照三家诗之一韩诗对《诗经·周南》中《汉广》一诗的解释,即是于汉水之滨邂逅郑交甫旋即消失的两片倩影。既是《汉广》中的"游女"和《秦风·蒹葭》中隔水"伊人"的化身,她们应当是洛水宓妃甚至巫山神女的祖辈。[2]盛唐另一位书写山水的大诗人王维,竟然在其别业附近小湖的霏霏烟水之间,感到有水上神女湘夫人的箫声从哪处洲沚上飘来,化入了青山白云:

> 吹箫凌极浦,日暮送夫君。
> 湖上一回首,山青卷白云。

杜甫之后,中唐书写山水的名家韦应物在太湖鼋头渚亦依约瞥见一位神女,一身似兼有湘妃、巫山之女、宓妃、汉滨神女的形影:

> 碧水冥冥空鸟飞,长天何处云随雨。……
> 云没烟销不可期,明堂翡翠无人得。
> 精灵变态状无方,游龙宛转惊鸿翔。
> 湘妃独立九疑暮,汉女菱歌春日长。……[3]

由以上例证可知:楚文化泛自然神论中诞生的神女,在中国文学的谱系中是诗人情之所赏的美感对象之原型。她在此文学传统中不断复制自身,令笔者想到荣格对原型特点的描述:"原型是一种倾向所形构出

---

[1] 对此诗的解读,请参见本书第四章《问津"桃源"与栖居"桃源"》。
[2] 见白川静,《诗经的世界》,杜正胜译(台北:东大图书公司,2011),页58—70。闻一多则将能化为云霓(朝隮)的神女追溯到《诗经·曹风·候人》,见《高唐神女传说之分析》,《闻一多全集》,第1册,页81—96。
[3] 见韦应物诗《鼋山神女歌》,孙望编著,《韦应物诗集系年校笺》(北京:中华书局,2002),页465—466。

一个母题下的各种表象，这些表象在细节上可以千变万化，但基本的组合模式不变。"[1] 在山水书写于东晋时代兴起之后，这个原型更成为山水美的象征。或者不妨说，山水是在美感与性爱分离之后的某种升华。[2] 前引谢灵运《从斤竹涧越岭溪行》中诗人从"折麻心莫展"到"情用赏为美"的转化，特别演绎了这一升华。巫山神女亦体现了这种转化。即如斯考弗所说，"神女已成为自然世界的一部分。"[3] 斯氏在他那本关于神女的专著中谓：唐世诗人经长江三峡鲜有不写至少一首绝句以吟咏神女及神庙者。[4] 然而同书中他又宣称：

> 无论其神性或可能因神性而起，大自然本身的壮丽即值得考量。倘若巫山是一为神灵萦绕的山峦，它又是一个非常具画意的山峦。造访这一被称颂的地点的文学朝圣者们，无论或许怎样为一位古老神灵的具现而激动，却也常常为惊涛拍岸的山岩和云雾缭绕的森林景象所感动。其中有些诗作相应更多地展示了对此地大自然的壮丽和高耸入云奇观的关注。[5]

诗人曹植、谢灵运、江淹、孟浩然、王维、韦应物等即在奇丽的山水之际一睹神女，山水自为神女所护持，进而山水之美成为可以比同神

---

[1] 荣格，《潜意识探微》，荣格主编，《人及其象征》，页65。
[2] 叶舒宪在《高唐神女与维纳斯——中西文化中的爱与美主题》的《中国维纳斯的升华形式》一节曾讨论过四种这类升华形式，即以地母抽象为"社"的政治化，以阴阳观念为代表的哲学化，以高禖神为代表的宗教仪式化以及艺术化。但他未注意到山水美已成为特别重要的升华形式，本文的论点可作为其补充。见其《高唐神女与维纳斯》（西安：陕西人民出版社，2005），页339—343。
[3] 见其 The Divine Woman: Dragon Ladies and Rain Maidens in T'ang Literature, p.77.
[4] 同上，p. 78. 他在此书中关于巫山神女一节提到李峤、李珣、李白、孟郊、李贺、于濆、苏拯、张九龄、李频、齐己、阎立本、权德舆、李商隐、罗虬、白居易等十多位唐代诗人，却偏偏忽略了伟大的杜甫。
[5] 同上，p.78.

女之美色了。明人袁中道即谓:"少年见妖姬,高士见山色,虽浓淡不同,其怡志销魂一也。"[1],甚而"忻忻然,目对堆蓝积翠之色,自谓毛嫱、西施不如也"[2]。其兄宏道更道出其游西湖所获之美感与曹子建之遇女神宓妃何其相似:

> 棹小舟入湖。山色如娥,花光如颊,温风如酒,波纹如绫,才一举头,已不觉目酣神醉。此时欲下一语描写不得,大约如东阿王梦中初遇洛神时也。[3]

"神女"作为中国诗人集体无意识中的某种"原型",如在个体生命的不同阶段中传达本我的重要信息的"安妮玛"(Anima),会不断引导诗人进入更高的生命层次。对宋玉,她或许只是生理层次上的爱欲对象或与此平行的声色欲求;[4]对曹植,她代表了情爱的神圣化;对阮籍、谢灵运、江淹、孟浩然、王维和杜甫,她具现了为"情用赏"之后更纯粹的美感。[5]中国文化中,美感与女性身体相关的性爱分离而后投向山水,自有深刻的原因。当代法国哲学家兼汉学家朱利安以为:倘在西方的智性探险史上,选择一个既具美感又值得理论思考,也具启

---

[1] 袁中道,《游青溪记》,见钱伯城笺校,《珂雪斋集》(上海:上海古籍出版社,1989),卷一五,中册,页639。本文此处和以下所列举的袁氏兄弟的三个例证,有得于夏咸淳,《晚明士风与文学》(北京:中国社会科学出版社,1994),页101—102。

[2] 袁中道,《玉泉拾遗记》,同上书,卷一五,中册,页657。

[3] 袁宏道,《西湖一》,见钱伯城笺校,《袁宏道集笺校》(上海:上海古籍出版社,1981),卷十,上册,页422。

[4] 如郑毓瑜所论,宋玉赋中化身朝云暮雨出现的神女是欲望的体现:"赋文中出现的云雨,固然一方面可以形容巫山神女的来去倏忽,居止无常;但是另一方面,这些迅疾或清凉、惨凄的风雨变换,其实可以视作欲望在体内跃升或扩张的追寻体验。不仅仅是单一欲望,而可能是欲望世界的推拓,是与人身体气的通塞息息相关。"见其《从病体到气体——"体气"与早期抒情说》,《中国抒情传统的再发现》,上册,页69。

[5] 安妮玛与人生命阶段的关联,参见弗兰兹(Marie-Louise von Franz),《个体化过程》,页220—221。

发性的特征,那就是裸体。它是西方文化构成成分的"派典",感性事物与抽象事物,物理与意念,情欲与精神,以及最终的自然与艺术在其中的汇聚。[1]其在艺术自然是裸体的人物肖像和雕塑。而要在中国艺术中发寻一个能体现本文化存有形象观念的对应,则是山水,因为中国艺术———

> 画的不是静止的形状,而是正在成形或回归其无分别背景中的世界。它让我们回溯可见的源头以面对那不可见的,而不是构筑另外一个层次或世界。它所画的正是那浮现(消没)在有形与无形之间,远方形态不明确的山石或在消失在模糊地平线的河岸。……[2]

中国诗人在山水中瞥见的神女——无论是"旦为朝云,暮为行雨"[3]的巫山之女,抑或"髣髴兮若轻云之蔽月,飘飘兮若流风之回雪"[4]的洛水女神,抑或"敷斯来之在室兮,乃飘忽之所睎"[5]的玄夜清虚中的神女,抑或恍惚之中"薜萝若在眼"的斤竹涧中山鬼,抑或"姿非定容,服无常度……兰音未吐,红颜若辉"[6]的江妃,抑或"暧暧也,非云非雾,如烟如霞,诸光诸色,杂卉杂华"[7]的"水上神女",抑或孟浩然在解佩渚的波影沙光之间瞥见的汉水游女,抑或"在水一方","不可求思"的游女、伊人,抑或青山白云间湘夫人的隐隐箫声——皆具此"浮现(消没)在有形与无形之间"的特征。唯其如此,她们方能体

---

[1]《本质或裸体》,林志明、张婉真译(台北:桂冠图书,2004),页13—18。
[2] 同上书,页84—85。
[3] 宋玉,《高唐赋》,《文选》卷一九,上册,页264—265。
[4] 曹植,《洛神赋》,同上书,上册,卷一九,页270。
[5] 阮籍,《清思赋》,《阮籍集校注》,页35。
[6] 谢灵运,《江妃赋》,《谢灵运集校注》,页374。
[7]《水上神女赋》,《江淹集校注》,页177。

现中国文化对于存有的观念：它绝非由裸体所指示的没有覆盖和遮蔽的"所有皆在此"，亦非被诗人着衣和装扮过的女性身体。[1]相反，这些女神"并不是像知觉的外在对象一样的姿态，而是在其形态的模糊之中，悬在形变之'有'与'无'之间。它自在于所有物化的形塑之外，消去所有客观性的观念：它并不驳斥客观性，只是忽视。"[2]具如此特征的超自然美神，最终在中国诗画中变化为匪质匪空，"如蓝田日暖，良玉生烟，可望而不可置于眉睫之前"[3]的山水，化为中国诗画以云气为基本要素的"物质想象"。丹纳（H. A. Taine）曾说，希腊干燥纯净的空气、斩钉截铁的土地骨骼造就了希腊人对自然界的形象倾向于肯定与明确。[4]吾人则不妨说，南中国的山水烟云造就了中国诗人笔下"神女"的缥缈恍惚。她们不仅皆是"水上神女"，且皆出没于迷濛山水之际——屈子的湘妃出没于苍梧九嶷与湘水之间，宋玉的"巫山之女"出没于巫山与云梦薮泽之间，曹植的洛神宓妃出没于洛水与"景山"、"南岗"之间【图九】，谢灵运的"山阿人"出没于斤竹涧的"川渚"与"陉岘"之间，孟浩然的汉滨游女出没于汉水与万山之间，王维的"湘夫人"出没于欹湖与终南山之间，杜甫的"帝里女"出没于巫山与峡江之间，韦应物的鼋山神女出没于震泽与西山鼋山之间……海洋民族的爱恋女神自海涛的泡沫中诞生，大陆文化的中国神女则在江

---

[1] 西方文学批评家如 Alexander Pope, Samuel Johnson, William Richardson 等人也曾以女神比喻自然，但他们强调本质上裸体的自然在诗和园林中应当是经诗人和造园家穿上衣服，半藏半掩的。如 Richardson 曾说：莎士比亚呈现自然时，"他发现她赤裸和未加装饰，能增强效果的是，在自然中有些部分需要遮盖，其他部分也应掩以薄纱、光线和不经意的衣物。"转引自 Tim Fulford, *Landscape, Liberty and Authority: Poetry, Criticism and Politics from Thomson to Wordsworth*, pp. 100—103. 而在中国诗人看来，以山水为代表的自然本身即在匪质匪空之间。
[2] 《本质或裸体》，页 96。
[3] 司空图，《与极浦书》引戴容州语，《隋唐五代文论选》（北京：人民文学出版社，1984），页 351。
[4] 丹纳，《艺术哲学》，傅雷译（北京：人民文学出版社，1981），页 256。

图九　故宫博物院藏顾恺之《洛神赋图》局部

湖和山岳的烟波云雨中出没。她是山水的化身,又是许多山水的"内部风景"。

回到上文"启蒙或创始事件"的语境,这位神女对男性个体诗人而言,又是诗人精神中某种潜意识的人格化,即隐藏在男人生命中"内在的女人"——"安妮玛"。据荣格的定义,安妮玛是安宁的生命原型,[1]她传达本我的重要信息,代表其心理倾向中"对非理性事物的敏感"以及"对自然界的情感"[2],在生命内在危机中引导着启蒙和超越。巴什拉

---

[1] 荣格,《心灵的变化与它的象征》,转引自巴什拉,《梦想的诗学》,页118–119。
[2] 参见弗兰兹,《个体化过程》,荣格主编,《人及其象征》,页212–213。

第六章　杜甫夔州诗中的"山河"与"山水"　｜　433

更认为，她是每个人顺着梦想的斜坡走下去，在心灵深处获得的安宁，以致是"沉睡于我们心中的水的存在"[1]。这浸沐身心的、阴柔的"水"，是混沌的自然和人的无意识的象征，从中幻化出中国传统中一个又一个"水上神女"，而今是自神女峰下飘洒而下，轻似梦、细如愁的丝雨。"神女"作为杜甫个人生命中的"安妮玛"，她传达出其"本我"的重要信息：在诗人立朝辅君之志难酬，"致君尧舜上，再使风俗淳"的政治理想无望实现之后，在其生命的关限，重建"阴阳调和"和生命意义，以致诗人会一时生出出峡后效法尚子平，没身山水，扁舟送老的想法：

> 浮俗何万端，幽人有高步。
> 庞公竟独往，尚子终罕遇。
> 宿留洞庭秋，天寒潇湘素。
> 杖策可入舟，送此齿发暮。[2]

这里有老杜心理中追求安宁的生命原型，是"沉睡于心中的水的存在"。这里似乎是另一个杜甫，然有此方有完整的，活生生的杜甫，诗人其实出入于，挣扎于两个自我之间，又时而出入于"山水"与"山河"之间。

五、结　论

作家笔下的自然世界，除却特殊的地貌条件外，须基于其本人接受的文化和文学传统，本人个性、本人其时的社会角色，个人生活史

---

[1]《梦想的诗学》，页71–88。
[2]《雨》，《杜甫全集校注》，卷一六，第8册，页4680。

所设的心理以及觌面即时之景的印象。[1] 以此,在中国诗人山水书写话语中,杜甫夔州诗具特殊的意义,除却呈现了夔州特别的地形地貌而外,更在于其体现出与以往山水书写者的社会角色和所接受思想传统之差异。以往的山水书写,主要基于三类需要:一类是"游览"之作,可以谢灵运的永嘉之什,鲍照的庐山诗、谢朓的《游敬亭山》、《游山》,以及孟浩然和李白的许多作品为代表。这类作品以模山范水为特征,多以叙述诗人游踪形式展开。第二类是为创造出一个独立于仕宦世界之外,标榜隐逸的价值世界——"别异乡"。谢灵运的始宁之什、王维的辋川之什可谓这一类代表。另一类则是与宦游相关的去离、羁旅中对自传性环境的书写,以此表达思乡、去友、离家的落寞情怀。谢灵运自建康赴永嘉之什,鲍照、何逊的大量山水书写皆可归为此一范畴。以上三类山水书写,皆囿于诗人一己情怀,而被书写的山水,亦皆为与诗人个体生命轨迹相关的一时一地。而作为儒家型知识分子的杜甫,其夔州诗许多作品中的山水书写,突破了诗人自传性环境的意义。对杜甫而言,夔州一时一地之山水,往往连接着华夏文明所覆盖的广袤土地,暗示出这片土地承载着的兴亡合离之历史。这样的山水已是"江山"甚至"山河"的转喻。诗人藉由夔州注目和系念着板荡之中的华夏山河。

因自身途穷、飘泊和衰老的处境,亦因其对大唐甚至华夏山河的忧虑,杜甫常将悲秋之意赋予夔州峡江地景。于此他继承了宋玉《九辩》的悲秋题旨,不仅铺写了肉身如何体验着"摇落"后的枯萎、飘零和落寞,更表现了一种于然于荒老天地之间的历史孤独感。由此他大大丰富了悲秋题旨的意象体系。而就中国景观学而言,这又可以看作是自时、空两坐标的交点去界定"景"——所谓"景则由时而现,

---

[1] 见 Kenneth H. Craik, "Psychological reflections on landscape," in Edmund C. Penning-Rowsell & David Lowenthal eds., *Landscape Meanings and Values* (Boston: Allen and Unwin, 1986), p. 49.

时则因景可知"的"时象"[1]或"时景"[2]观念的一种特别发展。

  羁栖夔州时期诗人杜甫在经历着生命杪秋中一次特殊危机或"再创始"。这一危机在于：在政治理想已然无望实现之后，他能否重建其生命的意义？老杜显然是从诗之创作去建立生命意义的。而其夔州山水书写在雄浑悲凉之余的"萧淡婉丽"尤值得吾人措意。本章注意到夔州山水书写的这一面向，与诗人一再表露的对巫山神女的柔情符应，并从宋玉的辞赋传统追问了神女与巫峡山水的神秘关联：巫山不仅是神女护持的山川，且是神女的另一化身。或者说，神女是梦中的巫山山水，巫山山水则是白昼风止雨霁、云无处所时的神女。在杜甫书写峡江山水之时，他又接续了中国文学一个隐秘谱系，陶醉于一时一地山水的阴柔之美。夔州山水书写中既森耸沉郁又萧淡婉丽的繁复性，恰恰构成了杜甫作为最伟大诗人的艺术标志。

---

[1] 参见本书第三章。
[2] 汤贻芬，《画筌析览·论时景》，《中国画论类编》，页825。

第七章　不平常的平常风物[1]

一、引　言

阅过夔州的壮丽奇崛，本章即将展开的是一个太过平凡无奇的世界，书写这一世界的却是诗史上极具特色的一位诗人。

在近人"山水诗"的讨论中，韦应物（735—793）被视为唐代最重要的这类诗人之一。晚唐论诗名家司空图最早即将韦氏与盛唐书写山水的大诗人王维合称。[2]北宋苏轼又将韦氏与另一位"山水诗人"柳宗元并举。[3]至南宋，不仅有朱熹以为韦诗高于盛唐"山水诗人"王维和孟浩然，[4]且有刘辰翁以为韦与孟"意趣相似，然入处不同"，并设譬论二人诗为"如深山采药，饮泉坐石"和"如访梅问柳，遍入幽寺"。[5]王、孟、韦、柳四人并称大概始自元末张以宁，[6]是对上述唐

---

[1] 本章原载上海《中华文史论丛》2016年第3期，收入本书时略做修补。
[2]《与李生论诗书》，祖保泉、陶礼天笺校，《司空表圣诗文集笺校》（合肥：安徽大学出版社，2002），文集卷二，页193。
[3]《书黄子思诗集后》，陶秋英编选，《宋金元文论选》（北京：人民文学出版社，1984），页170。
[4]《清邃阁论诗》，吴文治主编，《宋诗话全编》（南京：江苏古籍出版社，1998），第6册，页6112。
[5] 明嘉靖太华书院本《韦江州集》附录〈刘须溪评语〉，《四部丛刊初编》第147册，页68。
[6]《黄子肃诗集序》，《翠屏集》卷三，吴文治主编，《明诗话全编》，（南京：江苏古籍出版社，1997），第1册，页2。

人宋人说法顺理成章的延续而已，却成为近人讨论"山水诗"被普遍接受的观念。然而，与王、孟、柳的这类研究相比，对韦诗山水书写的研究却相对薄弱。究诘其中原因，或许是韦应物山水书写的话语特征颇不易描述。

韦应物写了大量游览山水的诗作，据笔者观察，计有近四十首之多。此外一些登楼、游宴、送别之作，亦涉及山水的书写，这是今人撰写山水诗史措意的面向。然而，依本书的宗旨，本章不会专注于以上诸类题材，因为那并非韦氏为中国诗歌传统中山水美感话语所增添的方面。韦氏山水书写的独特美感，以本人鄙见，须在其所谓"闲居"诗作中去发现。蒋寅在探讨韦应物诗作时曾提出：韦应物作为地方官诗人在中国诗史上"建立起一个基本主题同时也是一种诗歌类型——郡斋诗"。按他的说法，"郡斋诗"表达了士大夫理想的生活方式"吏隐"。[1]而本章所谓的"闲居之作"即涵摄了所谓"郡斋诗"，因为韦氏本人即有《郡内闲居》一诗。[2]除此之外"闲居诗"尚涵摄诗人数次罢任之后卜居和寓居佛寺时的作品，如其建中元年在沣上即有《闲居赠友》，贞元元年罢滁州刺史寓居佛寺时亦有《闲居寄端及重阳》。这两类"闲居"或"燕居"，又被称为"幽居"。韦氏不仅建中二年卜居沣上时作有《幽居》一诗，且在滁州刺史任上所作《池上怀王卿》一诗中亦起以"幽居捐世事"[3]。这后一类"幽居"或"闲居"，亦被他称为"野居"或"郊居"。重要的是，韦氏将罢任之后的诗作与郡斋诗作统称作"闲居"或"幽居"，才真正体现出他的"吏隐"观念。

论到"吏隐"，笔者以为以往的评说尚有可以商榷补正之处。的

---

[1] 蒋寅，《大历诗人研究》（北京：中华书局，1995），上编，页98—99。
[2] 白居易亦居于为官之所而谓之闲居，见其所作《常乐里闲居偶题十六韵》、《昭国闲居》、《长安闲居》等诗。白氏是另一位"吏隐"者，且颇爱韦应物之诗与人，常将韦与陶潜并称。
[3] 《韦应物诗集系年校笺》，页300。

确，韦应物自初仕至归休一直在重复着仕-隐的循环，然而吾人是否就该简单地以其骨子里仍逗露出世俗之气，或内心深处仍对功名利禄肯定和留恋来做判断？其实做这样一种辩说，是仍在仕与隐二元对立的逻辑中讨论问题。但对韦应物而言，"吏隐"却真正是二元关系外的中道，是经身心修养所企致之境界。此乃韦应物与陶渊明、谢朓相比的不同之处，也是盛、中唐之交建中、贞元时代与刘宋、南齐时代的思想风气不同之处。在此，对"吏隐"的认知直接关乎对其"郡斋闲居诗"的论析和评价。

本章的讨论将自辩说韦应物的仕隐中道开始，揭示由仙、道、佛禅的修养所塑造的韦氏人格以及体现此一人格的"闲居"生活之本质。以此为基点，本章进而讨论韦氏"闲居"中风物书写的两个重要面向。首先，与刻镂着历史创痛的初期诗作相比，"闲居"之作体现了诗人如何自历史时间中解脱，融入自然时间而任运自在。其次，"闲居"与"吏隐"又令韦诗在空间书写中产生种种忽略和虚化方域的现象，从而以风物书写展示出其生命存有之姿态。

二、韦应物的仕隐中道与闲居

在苛责韦应物利禄功名之心未绝之时，论者不免想到了谢朓。如蒋寅所论，谢朓是大历时代诗人的"普遍崇拜的偶像"，在此一时期的诗作中被多达四十次地述及。[1] 韦氏身处此一风气之中，自然未能免俗。除却蒋寅所举《送五经赵随登科授广德尉》一诗中的"高斋谒谢公"一句外，尚有《答秦十四校书》中"莫道谢公方在郡，五言今日为君休"一联以谢朓自况。[2] 然谢朓并未真正"实践""吏隐"，他不

---

[1] 见蒋寅，《大历诗风》（上海：上海古籍出版社，）页 27—31。
[2] 《韦应物诗集系年校笺》，页 239，457。

过是于仕而思隐，其诗"信美非吾室，中园思偃仰。……安得凌风翰，聊恣山泉赏"[1]，"既乏琅邪政，方憩洛阳社"[2]，"胡宁昧千里，解佩拂山庄"[3]，"空为大国忧，纷诡谅非一。安得扫蓬径，销吾愁与疾"[4]，"怀归欲乘电，瞻言思解翼。……无叹阻琴樽，相从伊水侧"[5]云云，皆是在仕而思归隐。在此，仕与隐是遮此方能诠彼的选择。《观朝雨》一诗更直接书写了其内心如何挣扎于仕与隐的抉择之中：

> 戢翼希骧首，乘流畏曝鳃。
> 动息无兼遂，歧路多徘徊。
> 方同战胜者，去翦北山莱。[6]

谢朓诗中表达了些许以仕为隐观念的，是他离京守宣之初所作的《之宣城郡出新林浦向板桥》和《始之宣城郡》二诗：

> 既欢怀禄情，复协沧州趣。
> 嚣尘自兹隔，赏心于此遇。
> 虽无玄豹姿，终隐南山雾。[7]
>
> 弃置宛洛游，多谢金门里。……
> 江海虽未从，山林从此始。[8]

---

[1]《直中书省》，曹融南，《谢宣城集校注》，页213。
[2]《落日怅望》，同上书，页231。
[3]《赛敬亭山庙喜雨》，同上书，页236。
[4]《高斋视事》，同上书，页280。
[5]《和宋记室省中》，同上书，页346。
[6] 同上书，页215。
[7]《之宣城郡出新林浦向板桥》，同上书，页219–220。
[8]《始之宣城郡》，同上书，页222。

然而，倘若吾人回到诗人写作二诗的语境，即会明了这其实主要在表达他离京外放从而游离出权力争斗中心后的心情。此处所谓"沧州"、"南山"和"山林"皆是相对权力争斗旋涡建康的"嚣尘"、"宛洛"、"金门"而言，主要体现了京城和地方的区隔，而非仕与隐的辨分。而且，小谢甚至对以仕为隐的"朝隐"或"吏隐"不无微词。其诗《冬绪羁怀示萧咨议虞田曹刘江二常侍》的结尾中说：

> 谁慕临淄鼎，常希茂陵渴。
> 依隐幸自从，求心果芜昧。
> 方轸归欤愿，故山芝未歇。[1]

有了谢朓这样一个参照，会令吾人更易观察韦应物的"吏隐"观念。首先，可以总结说，倘若谢朓心中不无"隐"的念头的话，其动机亦无非是避祸、慰藉乡愁和流连山水。这里基本上不具灵修的成分，故而其所谓"隐"是不离行迹的。韦应物一生精神上经历过巨大的转变。其出身于显赫世家，少时因门荫成为玄宗的御前侍卫。其中年作《逢杨开府》一诗追叙少年时代的纨绔生活：

> 少事武皇帝，无赖恃恩私。
> 身作里中横，家藏亡命儿。
> 朝提樗蒲局，暮窃东邻姬。
> 司隶不敢捕，立在白玉墀。
> 骊山风雪夜，长杨羽猎时。
> 一字都不识，饮酒肆顽痴。……[2]

---

[1] 同上书，页269。
[2] 《韦应物诗集系年校笺》，页267。

如此一个骄横顽痴的纨绔子，居然成为了而今吾人在诗中所见识到的立性高洁、翛闲澹泊之人，这其中的变化究竟如何发生的？今人曾归结了几方面的原因：安史之乱后国家到个人境遇的变化、从政的失望、丧偶的打击，以及疾病的影响。[1]然而，这里却完全忽视了其个人主观灵修的因素。同样的客观条件其实可以造就不同的人格。就韦氏的人格和精神转变而言，很难想象会没有一个艰苦灵修的过程。当然，由于传记资料不足，而韦氏又无文集传世，灵修的真相已颇难推断。然唐人李肇《国史补》中谓应物"鲜食寡欲，所居焚香扫地而坐"[2]，寥寥数语其实已勾画出一静修之人的形象。应物诗句如"盥漱忻景清，焚香澄神虑。公门自常事，道心宁异处"[3]透露出灵修和工夫的消息，证实李肇所述不虚。细参之下，其灵修活动之归趋，有大致三端。首先，灵修本即孤独者的智慧，应物诗中不乏规避社群、追求幽独的表达：

> 方耽静中趣，自与尘事违。[4]
>
> 愚者世所遗，沮溺共耕犁。[5]
>
> 挂缨守贫贱，积雪卧郊园。[6]
>
> 诸境一已寂，了将身世浮。……
> 即此抱余素，块然诚寡俦。[7]

---

[1] 见储仲君，《韦应物诗分期的探讨》，《文学遗产》1984年第4期，页67—75。
[2] 李肇，《国史补》（上海：上海古籍出版社，1979）卷下，页55。
[3] 《晓坐西斋》，《韦应物诗集系年校笺》，页453。
[4] 《神静师院》，同上书，卷四，页196。
[5] 《答库部韩郎中》，同上书，卷四，页211。
[6] 《奉酬处士叔见示》，同上书，卷四，页214。
[7] 《答崔主簿问兼简温上人》，同上书，卷四，页223。

> 濩落人皆笑，幽独岁逾赊。[1]
>
> 即与人群远，岂谓是非婴。[2]

其次，灵修乃为回归内在本真而息机无营，养拙抱素。这一意识在韦诗中一再出现：

> 弱志厌众纷，抱素寄精庐。
> 瞰瞰仰时彦，闷闷独为愚。[3]
>
> 我以养愚地，生君道者心。[4]
>
> 闲居养疴瘵，守素甘葵藿。[5]
>
> 隐拙在冲默，经世昧古今。
> 无为率尔言，可以致华簪。[6]
>
> 方以玄默处，岂为名迹侵。
> 法妙不知归，独此抱冲襟。[7]
>
> 人生不自省，营欲无终已。
> 熟能同一酌，陶然冥斯理。[8]
>
> 贵贱虽异等，出门皆有营。
> 独无外物牵，遂此幽居情。……

---

[1]《郡斋赠王卿》，同上书，卷六，页278。
[2]《寓居永定精舍》，同上书，卷九，页477。
[3]《善福精舍答韩司录清都观会宴见忆》，同上书，卷四，页185。
[4]《酬令狐司录善福精舍见赠》，同上书，卷四，页191。
[5]《闲居赠友》，同上书，卷四，页197。
[6]《沣上精舍答赵氏外生伉》，同上书，卷四，页201。
[7]《善福精舍示诸生》，同上书，卷四，页202。
[8]《九日沣上作寄崔主簿倬二李端系》，同上书，卷四，页209。

第七章　不平常的平常风物　|　443

> 自当安蹇劣，谁谓薄世荣。[1]
>
> 日出照茅屋，园林养愚蒙。[2]
>
> 效愚方此始，顾私岂获并。[3]
>
> 弃职曾守拙，玩幽遂忘喧。[4]

复次，正因为灵修乃为个体于孤独之中向内的归返而非向外的竞逐，才不必去刻意标显。韦诗中一再做不避自轻的表示：

> 息机非傲世，于时乏嘉闻。[5]
>
> 高士不羁世，颇将荣辱齐。
> 适委华冕去，欲还幽林栖。[6]
>
> 偶然弃官去，投迹在田中。……
> 出入与民伍，作事靡不同。……
> 贫蹇自成退，岂为高人踪。[7]
>
> 自当安蹇劣，谁谓薄世荣。[8]
>
> 简略非世器，委身同草木。[9]

---

[1]《幽居》，同上书，卷四，页215。
[2]《答畅校书当》，同上书，卷四，页212。
[3]《自尚书郎出为滁州刺史留别朋友兼示诸弟》，同上书，卷六，页265。
[4]《答儞奴重阳二甥》，同上书，卷七，页368。
[5]《秋夕西斋与诸僧静游》，同上书，卷四，页182。
[6]《答库部韩郎中》，同上书，卷四，页211。
[7]《答畅校书当》，同上书，卷四，页212。
[8] 同上书，卷四，页215。
[9]《始除尚书郎别善福精舍》，同上书，卷五，页231。

应物在此极力表示弃官不过适然随性而为的一件平常事，此不仅与隐居养望者李白全然不同，与颍川洗耳的许由、牵犊远走的巢父判然，甚至亦与高唱"归去来兮"的陶渊明迥异。朱熹于此可谓慧眼独具，他比较应物与渊明说过一段精彩的话：

> （韦应物）其诗无一字做作，直是自在。其气象近道，意常爱之。问：比陶何如？曰：陶却是有力，但语健而意闲。隐者多是带气负性之人为之，陶却有为而不能者也，又好名。韦则自在，其诗直有做不着处，便倒塌了底。[1]

在宋代理学家内圣学的语境里，"有力"、"语健"皆与成圣之道所要求的"宽舒"，去"英气"、"圭角"相左。[2]而韦诗"自在……直有做不着处，便倒塌了底"却真正是宽舒无迹，以明儒王船山之语，乃"五气俱尽，金锡融浃"[3]，故而是"气象近道"。至于陶潜的"带气负性"则不妨以《癸卯岁十二月中作与从弟敬远》一诗为例：

> 寝迹衡门下，邈与世相绝。
> 顾盼莫谁知，荆扉昼常闭。
> 凄凄岁暮风，翳翳经日雪。
> 倾耳无希声，在目皓已洁。
> 劲气侵襟袖，箪瓢谢屡设。
> 萧索空宇中，了无一可悦。
> 历览千载书，时时见遗烈。

---

[1]《清邃阁论诗》，《宋诗话全编》，第6册，页6112。
[2] 详见拙文，《宋明儒的内圣境界与船山诗学理想》，《圣道与诗心》（台北：联经出版事业有限公司，2012），页3—19。
[3] 韦应物《送郑长源》一诗评语，《唐诗评选》卷二，《船山全书》，第14册，页970。

> 高操非所攀，谬得固穷节。
> 平津苟不由，栖迟讵为拙。
> 寄意一言外，兹契谁能别。[1]

古人读此诗谓见诗人如松柏之凌岁寒之态，处处见洗耳、牵犊之意，即以固穷之节而傲物自高，自与应物的适然弃官的"自在"不同。

韦氏灵修活动以上三端，在儒家所强调的社会承担和有所作为人生理念之相反方向着意，却与人类精神史上道家、佛禅，甚至早期基督教的沙漠圣父、俄罗斯东正教黑森林中的灵性导师、瓦尔登湖畔的梭罗等等追求隐逸和孤独智慧的路数颇为一致。然而，却又不无其独特之处。应物的灵修显然有道家的成分，其诗中所谓"守素"、"隐拙"、"抱冲"、"效愚"、"守拙"皆是道家进路。他也采药服食，[2]与烟霞之侣往还。然受沾溉最深者当属佛禅。在应物生命中一再重复的仕－隐模式中，多次离任之后的居所都是佛寺。大历六年（771）罢洛阳丞后曾居洛阳东同德寺，大历十四年（779）以微疴谢职后曾居鄠县西郊善福寺，贞元七年（791）罢苏州刺史后曾居永定寺。贞元元年（785）在滁州罢符竹后困居滁州西郊某处，其时所作诗中有"听松南岩寺"[3]，"山明野寺曙钟微"[4]，似透露其所居可能亦为佛寺。盛唐以后文人与释子交游虽然颇为平常，然而，自应物诗集五百六十七首中竟有六十一首涉及僧寺这个比例来看，其在同期文人中，仅次于贾岛，成为书写僧寺题材最多的诗人之一。[5]本章拟追问的是：应物后期真

---

[1] 龚斌，《陶渊明集校笺》，页184。
[2] 见其《饵黄精》、《晓坐西斋》等，《韦应物诗集系年校笺》卷六，页294；卷九，页453。
[3] 《岁日寄京师诸季端武等》，同上书，卷七，页373。
[4] 《闲居寄端及重阳》，同上书，卷七，页374。
[5] 详见拙文，《释子苦行精神与贾岛的清寒之境》，《佛法与诗境》，页236—237。

正意义上的所谓"吏隐"即以吏为隐的意识,究竟受到佛禅哪类思想的影响?细检应物诗集,笔者发现他流露出这一类思想均是建中二年(781)以后的事,亦即洪州祖师禅法的开创人马祖道一于大历中隶名洪州开元精舍[1]近十年以后。至于道一隶名洪州开元寺后的发展,以赞宁的记述,则是:"居仅十祀,日临扶桑,高山先照;云起肤寸,大雨均沾",以致"于时天下佛法极盛,无过洪府"[2]。以此,倘谓韦氏此时或受到洪州禅法的沾溉,应非全无根据。洪州禅法的核心,即在其开山人物马祖道一如下一段话:

> 道不用修,但莫污染。何为污染?但有生死心,造作趣向,皆是污染。若欲直会其道,平常心是道。何谓平常心?无造作,无是非,无取舍,无断常,无凡无圣。经云:非凡夫行,非圣贤行,是菩萨行。只如今行住坐卧,应机接物,皆是道,道即是法界。[3]

"平常心是道"一语之间就泯却了染心和净心的界限,其欲破除的"造作"、"污染",已不再主要是五根境界的污染,而是分辨净与染、圣与凡的意识。其在佛门造成的风气,依宗密之说,则以"佛性非圣非凡",而"不起心断恶,亦不起心修道……不断不造,任运自在"[4]。如此一种双遮双诠的思想方法,被应物用于关于出处仕隐的观念之中。应物建中四年(783)或兴元元年(784)有一首《赠琮公》于吾人确认吏隐与佛禅的关联特别重要。其诗云:

---

[1] 见赞宁,《宋高僧传》(北京:中华书局,1997),卷十,《唐洪州开元寺道一传》,页222。
[2] 同上书,卷十,页222;卷十一,页251。
[3] 《马祖道一禅师广录》,《新编卍续藏经》(台北:新文丰出版公司,1983),第119册,页812。
[4] 《中华传心地禅门师资承袭图》,《中国佛教丛书·禅宗编》(南京:江苏古籍出版社,1993),第1册,页288。

第七章　不平常的平常风物 | 447

> 山僧一相访，吏案正盈前。
> 出处似殊致，喧静两皆禅。
> 暮春华池宴，清夜高斋眠。
> 此道本无得，宁复有忘筌。[1]

由此诗可知：应物即出即处、即喧即静或即吏即隐的观念，应受到这位来访僧人的点化。在此，洪州禅的"佛性非圣非凡"化为了吏隐者的非仕非隐、亦仕亦隐和即仕即隐，而任何着意标显的隐反而是"造作"，而对仕隐的不假分辨——所谓"偶然弃官去，投迹在田中"，"偶宦心非累，处喧道自幽"[2]——反倒是谦卑和不负气的"平常心"。应物一首题滁州琅琊寺诗的结尾，透露出同一信息：

> 情虚澹泊生，境绝尘妄灭。
> 经世岂非道？无为厌车辙。[3]

故而，出与处或吏与隐根本不在行迹，而在经灵修而企致的内心之"澹泊"和"尘妄灭"。此一"澹泊"之"心"，为应物一再强调："心当同所尚，迹岂辞缠牵"[4]，"犹希心异迹，眷眷存终始"[5]，"所愿酌贪泉，心不为磷缁"[6]，"腰悬竹使符，心如庐山缁"[7]，"名虽列仙爵，心

---

[1]《韦应物诗集系年校笺》，卷七，页354。
[2]《答畅参军》，同上书，卷五，页245。
[3]《同元锡题琅琊寺》，同上书，卷七，页319。
[4]《春月观省属城始憩东林精舍》，同上书，卷八，页383。
[5]《城中卧疾知阎薛二子屡从邑令饮因以赠之》，同上书，卷八，页393。
[6]《送冯著受李广州署为录事》，同上书，卷八，页408。
[7]《郡内闲居》，同上书，卷八，页406。

已遗尘机"[1]。此一被反复提及的"心",证明上文所论——应物的"吏隐"乃基于灵修工夫。正如承继应物吏隐观念的白居易诗中所言:"莫遣是非分作界,须教吏隐合为心。可怜此道人皆见,但要修行功用深。"[2]

以此,韦氏才将其在郡斋为官居停称作"闲居"。不要轻看了这两个字,这正是其吏隐观念的流露。这里要塑造的是一种人格,在中国传统文化里,人所能创造的最伟大作品即是人格。这一人格之中,融入了中国禅的般若智慧——"平常心"。以此"平常心",所谓"隐"当浑然于"仕";而所谓"仕",亦不应热衷于逢迎奔走,而应澹泊于功名利禄,所谓"荣达颇知疎,恬然自成度"[3]。乔亿谓:"韦诗五百七十余篇,多安分语,无一诗干进。……杜、韩不无干谒诗文,太白亦多绮语,试执此以论韦,卓乎其不可及已。"[4]以此,"吏隐"的理念甚至与其作为清廉正直的官员去留意黎民疾苦不相捍格。[5]当然,韦应物并非圣贤,其诗作亦透露出"吏隐"在一定程度上仍是一应然的理想。然这却是以高雅隐藏功名利禄世俗之心所不能完全解释的。有那样的虚伪,也就不会有韦诗的恬和与情感的真挚了。韦氏的"散淡"[6],是中国文化中平淡的某种极致,是嵇叔夜、陶元亮、王摩诘均难以企及的境界。这全无遁世者骄矜之气的"散淡",本身即宽容

---

[1] 《和吴舍人早春归沐西亭言志》,同上书,卷八,页417。
[2] 《郡西亭偶咏》,朱金城笺校,《白居易集笺校》,卷二四,第3册,页1633。
[3] 《休暇东斋》,《韦应物诗集系年校笺》,卷二,页119。
[4] 《剑溪说诗》又编,《清诗话续编》,第2册,页1122。
[5] 据丘丹所撰《唐故尚书左司郎中苏州刺史京兆韦君墓志铭》序,韦"领滁州刺史,负戴如归。……迁江州刺史,如滁上之政。……寻领苏州刺史,下车周星,豪猾屏息,方欲陟明,遇疾终于官舍。池雁随丧,州人罢市。素车一乘,旋于逍遥故园,茅宇竹亭,用设灵几。历官一十三政,三领大藩,俭德如此,岂不谓贵而能贫者矣!"此项新出土资料乃由《中华文史论丛》蒋文崧、胡文波二先生提供(见 http://www.literature.org.cn/Article.aspx?id=21005),笔者在此谨致谢忱。
[6] 参见蒋寅,《大历诗人研究》上编,页108—113。

了"俗气",因为否定宗教彼岸性的洪州禅即以日常世俗为特征,这是洪州禅与庄学的界限。不过应物尚非白乐天的浅俗,而是王船山所谓"清不刻"[1]。廓清对韦应物"吏隐"的以上迷思,会开启诠释韦诗山水书写的新境界。同时,诠释其山水书写,又会令吾人对其修身实践有新一层的了解:它虽然主要是基于佛禅的"心灵"转换,却又不乏身体经验的向度。

三、逸出"历史的时间"

韦应物生命中有一道深深的沟壑,横在安史之乱前后之间。韦氏曾多次写诗怀念其早年侍卫先帝的岁月。值得注意的是,这些诗多写于大历中期之前。如果说其时诗人尚入佛禅未深,即在他尚不能忘却"前心"。这些回忆之作中总有一些情景似乎刻镂在内心深处,鲜明而强烈。如《骊山行》写明皇沐浴华清池侍卫仪仗即有:

> 千乘万骑被原野,云霞草木相辉光。
> 禁仗围山晓霜切,离宫积翠夜漏长。
> 玉阶寂历朝无事,碧树委蕤寒更芳。……
> 翠华稍隐天半云,丹阁光明海中日。
> 羽旗旄节憩瑶台,清丝妙管从空来。……[2]

《燕李录事》如此回忆其入仕宫廷的岁月:

> 与君十五侍皇闱,晓拂炉烟上赤墀。

---

[1] 韦应物《幽居》一诗评语,《唐诗评选》卷二,《船山全书》第14册,页969。
[2] 《韦应物诗集系年校笺》,卷一,页1。

> 花开汉苑经过处,雪下骊山沐浴时。[1]

骊山扈从先帝沐浴的景象再次出现在《酬郑户曹骊山感怀》一诗中:

> 我念绮襦岁,扈从当太平。
> 小臣职前驱,驰道出灞亭。
> 翻翻日月旗,殷殷鼙鼓声。
> 万马自腾骧,八骏按辔行。
> 日出烟峤绿,氛氲丽层甍。
> 登临起遐想,沐浴欢圣情。
> 朝燕咏无事,时丰贺国祯。
> 日和弦管音,下使万室听。……[2]

《温泉行》中,与先帝游幸骊山的情景再次出现:

> 身骑廐马引天仗,直入华清列御前。
> 玉林遥雪满寒山,上升玄阁游绛烟。
> 平明羽卫朝万国,车马合沓溢四鄽。……
> 朝廷无事共欢燕,美人丝管从九天。[3]

诗人客游江淮之时在扬州遇到一位樵夫,竟然亦曾执戟前朝。当年与先帝在兴庆和华清宫中的景象于是再次浮上脑际:

---

[1] 同上书,卷一,页26。
[2] 同上书,卷一,页35。
[3] 同上书,卷一,页64。

> 龙池宫里上皇时,罗衫宝带香风吹。……
> 冬狩春祠无一事,欢游洽宴多颁赐。
> 尝陪夕月竹宫斋,每返温泉灞陵醉。……[1]

所有这些追忆之作都提到了骊山下的华清宫:"离宫积翠夜漏长","雪下骊山沐浴时","身骑骕马引天仗,直入华清列御前"……这些历历如生的场景,已成为记忆中被句读被孤立被凝固的断片,成为"时间之点"(spot of time)。在汉语这种摈弃了机械式关系结构,而更注重具体脉络和意义场合的孤立语[2]中,这些形象鲜明的断片格外突出。西方抒情诗理论惯由时间特征界定抒情诗为"强烈的""临场"[3](presence),或令文本"辗转于一个非持续场景(occasion)"或"郁塞之点"(block point)[4]。巴什拉曾提出抒情诗的时间是垂直的,是将诗人从时间的相续中抽拔而出,令"时间不再流动。时间迸发着"[5]。在韦氏以上诗句中吾人见识的正是此令诗人郁塞并辗转于此的场景和垂直的、迸发的时间。在韦氏,又是个人与家国的历史时间。历史在个人心灵上烙下怆痛,在国族世代居住的"山河"中留下蚀痕——韦诗有"携手思故日,山河留恨情"[6],"时节屡迁斥,山河长郁盘"[7],"事往世如寄,感深迹所

---

[1] 同上书,卷2,页74。
[2] 这是德国著名语言学家洪堡特对汉语的看法,参见关子尹,《从洪堡特语言哲学看汉语和汉字的问题》,《从哲学的观点看》(台北:东大图书公司,1994),页269—340。
[3] 参见 Earl Miner, *Comparative Poetics: An Intercultural Essay on Theories of Literature* (Princeton: Princeton University Press, 1990), p.87.
[4] Northrop Frye, "Approaching the Lyric," in Chaviva Hošek & Patricia Parker eds., *Lyric Poetry: Beyond New Criticism* (Ithaca: Cornell University Press, 1985), pp.31—32.
[5] 这是留法专攻巴什拉的黄冠闵对巴氏 *Instant poétique et instant métaphysique* 一书有关论点的概括引述,见黄冠闵,《巴修拉诗学中的寓居与孤独——一个诗的场所论》,载蔡瑜编《回向自然的诗学》,页259—294。
[6] 《四禅精舍登览悲旧寄朝宗巨川兄弟》,《韦应物诗集系年校笺》,卷一,页4。
[7] 《广德中洛阳作》,同上书,卷一,页7。

经"[1]——皆揭示这怆痛和蚀痕之深。大历十一年（776）应物又逢中年丧偶之痛。[2] 伊人已去，不可复生："斯人既已矣，触物但伤摧"[3]。这是历经个人历史时间中的惨酷。这惨酷同样在：历史是只出现一次的存有现实，历史时间因而是线性而不可逆转的（irreversible）。

上文所论应物的灵修活动，主要是在历经了这一切令他"心事若寒灰"[4]，感到"岁月转芜漫"[5]之后发生的。本章的论题是在此一语境下讨论他的自然山水书写，即他如何藉自然风物去修复和重塑他的心灵。应物在诗中多次肯认了自然山水对灵修的作用，谓"青山澹吾虑"[6]，"闲游忽无累，心迹随景超"[7]，"景清神已澄"[8]，《答冯鲁秀才》更将自己郡斋的日常事务与对方于山水中的身心休憩做了对比：

> 晨坐枉琼藻，知子返中林。
> 澹然山景晏，泉谷响幽禽。
> 髣髴谢尘迹，逍遥舒道心。
> 顾我腰间绶，端为华发侵。
> 簿书劳应对，篇翰旷不寻。……[9]

然而，应物灵修活动中的自然，却并非其在滁州西山、江州庐山、苏州灵岩山的游览中所见的山水，在那种"鸣驺响幽谷，前旌耀

---

[1]《酬郑户曹骊山感怀》，同上书，卷一，页35。
[2] 此处应物丧偶时间乃根据陶敏《韦应物生平新考》一文，见《湘潭师范学院学报》1998年第1期，页18。
[3]《伤逝》，《韦应物诗集系年校笺》，卷三，页135。
[4]《秋夜二首》其二，同上书，卷三，页148。
[5]《感梦》，同上书，卷三，页149。
[6]《东郊》，同上书，卷三，页169。
[7]《沣上西斋寄诸友》，同上书，卷四，页180。
[8]《晓至园中忆诸弟崔都水》，同上书，卷七，页326。
[9] 同上书，卷八，页416。

崇冈"[1]，"建隼出浔阳，整驾游山川"[2]的氛围之中是无灵修可言的。能真正陶冶其身心的反倒是居所或郡斋附近的水木和雨云。前引文学理论谓抒情诗的时间是"集中而强烈"的一瞬，是"不持续的""郁塞之点"，是"垂直的"和"迸发的"云云，皆不能适用于应物这些诗作。相反，在应物这些诗中，吾人所见似乎是其持续生活流中漫不经心的任意一段光景，如门前流水、头上行云。请一读其《郊居言志》：

> 负暄衡门下，望云归远山。
> 但要尊中物，余事岂相关。
> 交非是非责，且得任疎顽。
> 日夕临清涧，逍遥思虑闲。
> 出去唯空屋，弊簧委窗间。
> 何异林栖鸟，恋此复还来。
> 世荣斯独已，颓志亦何攀。
> 唯当岁丰熟，闾里一欢颜。[3]

此诗写于隐居沣上时期。诗人在衡门之下负暄，可见是个无风或至少只有微风的日子。在这样的日子云朵在天上游移该是多么悠缓。而恒久地注视着这一切的诗人，其以"负暄"的身体展开的生命姿态又该多么萧散简淡！此诗的以下篇幅皆在书写诗人是如何疎顽和逍遥。除却时当岁丰之时"闾里一欢颜"这样微末的愿望，诗人已不像一般人在生命中"等待"，因此也就再无期求与忍受，一切只是随遇而安。诗

---

[1]《游琅琊山寺》，同上书，卷七，页320。
[2]《春月观省属城始憩东西林精舍》，同上书，卷八，页382。
[3]《郊居言志》，同上书，卷四，页208—209。

人身心在此已完全融入大自然的时间节奏之中，如归云一般从容不迫。此诗之题中有"言志"二字，不啻为一颇具幽默感的反讽，因为这根本不是主观志向的表抒，而是身体与阳光、大气与流水的遇逢中的体验。《郡内闲居》写于应物刺江州任内，与前诗有类似的情调：

> 栖息绝尘侣，屏钝得自怡。
> 腰悬竹使符，心如庐山缁。
> 永日一酣寝，起坐兀无思。
> 长廊独看雨，众药发幽姿。
> 今夕已云罢，明晨复如斯。
> 何事能为累，宠辱岂要辞。[1]

在宣说了自己吏隐生活的意念之后，此诗插入了诗人酣寝之后独自怔怔看雨观花的景象。"众药"在雨中绽放，一定是无比悠缓地开绽花苞，十分优美地伸展出花瓣的"幽姿"。诗人的身心在此刻亦随之如此从容地伸展着，套用梭罗的语言，"如玉蜀黍在夜间长起一样，我在季节变换中成长"[2]。在此，吾人再次见识了应物如何融入自然时间的节奏。在这样一种生命状态中，云缓缓游移，花苞乍然绽开，乃至雨滴坠落，皆是诗。陈衍说："自韦苏州有'对床听雨'之后，东坡与子由诗复屡及之，'听雨'遂为诗人一特别意境。"[3]陈氏所指，大约是韦集中《雨夜感怀》中"独惊长簟冷，遽觉愁鬓换"[4]一联。但此诗的"看雨"同样值得注意。明清文人清言中屡屡有玩味雨的体验。如谢肇淛苦雨挑灯夜

---

[1] 同上书，卷八，页406。
[2] Henry David Thoreau, *Walden, or Life in the Woods* (New York: New American Library, 1960), p.79.
[3] 陈衍，《石遗室诗话》，(台北：商务印书馆，1961)，卷一三，页9–10。
[4] 《韦应物诗集系年校笺》，卷三，页155。

读,闻纸窗外"芭蕉淅沥作声,亦殊有致"[1];费元录"坐阁中阅古谈诗,而遥空濯濯,飘摇无际,门绝剥啄,心手俱适"[2];高濂以时令排比西湖畔"诗化生活"的"幽赏",即有"天然阁上听雨","山晚听轻雷断雨","乘舟风雨听芦"[3];石成金列《举目即是美景》中有"看雨滴花阶"[4]等,园林中如拙政园亦别造"留听阁"、"听雨轩"以享受雨的体验,此皆可以溯至唐世诗人对单调的雨的细细品赏,这真是闲散的极致。作于滁州的《西涧即事示卢陟》是另一首写到看雨的诗:

> 寝扉临碧涧,晨起澹忘情。
> 空林细雨至,圆文遍水生。
> 永日无余事,山中伐木声。
> 知子尘喧久,暂可散烦缨。[5]

此诗写诗人注视着门前涧水中雨点激起的圆文,这真真是一"澹忘情"之出神状态,因为其生命的节奏于此完全与雨滴同步,逸出了"尘喧",逸出了历史的时间。西方现代隐士莫顿(Thomas Merton)曾有过类似的体验:"我仔细谛听雨声,因为它会一再提醒我:整个世界都是根据一种我迄今还没有学会的韵律在运行的。"[6]这世界运行中的"韵律",亦即本章所说的自然时间的节奏。"永日"二句暗示:这不被打扰、不被句读的时间之流,仍在进行,持续延宕着,如远处樵夫不停的伐木声。作

---

[1]《五杂俎》卷十三(沈阳:辽宁教育出版社,2001),第2册,页267–268。
[2] 宝颜堂本《晃采馆清课》,卷上,页29。
[3] 见高濂等辑纂,《四时幽赏录》,《四时幽赏录(外十种)》(上海:上海古籍出版社,1999),页66,69,73。
[4] 见汪茂和、翟大闽等校注,《传家宝全集》(北京:北京师范大学出版社,1992),页124。
[5]《韦应物诗集系年校笺》,卷七,页312。
[6] 转引自 Peter France, *Hermits: the Insights of Solitude*,中译本《隐士:透视孤独》,梁永安译(台北:土绪文化事业有限公司,2010),页350–351。

于沨上的《幽居》以另一种方式书写了诗人如何在雨中融入了自然时间：

> 贵贱虽异等，出门皆有营。
> 独无外物累，遂此幽居情。
> 微雨夜来过，不知春草生。
> 青山忽已曙，鸟雀绕舍鸣。
> 时与道人偶，或随樵者行。
> 自当安蹇劣，谁谓薄世荣。[1]

此诗先以内无所营、外亦无物论说"幽居"，中间插入微雨春草、青山鸟雀四句。据王尧衢的解说："此心昼夜安闲，无思无算，无累无拘。莫说机械不生，能使见闻都泯。夜来微雨，吾不知有微雨也。至晓知有微雨，而微雨已过。草经雨而生，吾忘吾生，而安知草之生。夜间冥心，何意忽曙，盖见山之有青而始知天色不觉已晓。却又于何得知山青？盖先闻鸟雀之鸣声绕舍而知之。夫微雨春草、青山鸟雀，悉皆外物，一有容心，即为所牵。此纯是化几，正妙在不经意。"[2]这里所谓"不知"，是毕来德解庄子时所说的"意识的时而适当消失"[3]。即诗人非只以心而是以其整个身体作为经验的场所。若以佛禅的话说，是诗人对一切声色不做解会，不做知见，不做判断，是谓"对境心不起"[4]。禅宗这样的公案不少，如：

> 师问僧曰："夜来好风？"曰："夜来好风！"师曰："吹折门前一枝松？"曰："吹折门前一枝松。"次问一僧曰："夜来好

---

[1]《韦应物诗集系年校笺》，卷四，页215。
[2]《唐诗合解》卷二，《唐诗合解笺注》，页64。
[3] 见《庄子四讲》，宋刚译（台北：联经出版事业有限公司，2011），页90。
[4] 卧轮禅师偈，见郭朋校勘，《〈坛经〉对勘》（济南：齐鲁书社，1981），页127，134。

风?"曰:"是甚么风?"师曰:"吹折门前一枝松。"曰:"是甚么松?"师曰:"一得一失。"[1]

盐官会下有僧,因采拄杖,迷路至庵所。问:"和尚在此多少时?"师曰:"祇见四山青又黄。"又问:"出山路向甚么处去?"师曰:"随流去。"[2]

应物当是无迎无随,融入了大化的节律之中,因而只是应机接物,"任运自在"了。如其诗所写:

> 诸境一已寂,了将身世浮。
> 闲居澹无味,忽复四时周。
> 靡靡芳草积,稍稍新篁抽。
> 即此抱余素,块然诚寡俦。[3]

应物以上几首诗,很难被称作所谓"山水诗",因为他只用了很少篇幅书写了诗人如何面对身边的草木雨云。景的元象无疑是人,是人的身体在大自然中的姿势。中国山水画表现人物,也只在旁背俯仰之姿势,不在面容表情。然而,这却是韦诗自然书写的特色。这一特色,古人即已识出,乔亿谓"诗中有画,不若诗中有人。左司高于右丞以此。"[4] 在水木雨云中的"诗中有人",明示诗人身心一体的存有[5]已进

---

[1] 普济,《五灯会元》卷三《南泉普愿禅师》,(北京:中华书局,1984),上册,页137。
[2] 同上书,卷三《大梅法常禅师》,上册,页146。
[3] 《答崔主簿问兼简温上人》,《韦应物诗集系年校笺》,卷四,页223。
[4] 《剑溪说诗》又编,《清诗话续编》,第2册,页1122。
[5] 这里不妨再想想瑞士汉学名家毕来德对庄子的解释:"要进入庄子的思想,必须先把身体构想为我们所有的已知和未知的官能与潜力共同组成的集合。也就是说,把它看作是一种没有确凿可辨的边界的世界,而意识在其中时而消失,时而依据不同的活动机制,在不同的程度上解脱出来。"见《庄子四讲》,页90。

入大气流衍的自然,"游乎天地之一气"[1]。以应物的诗句说即是:"迹与孤云远,心将野鹤俱"[2]。韦氏的"诗中有人"留下不少身姿入画的清景,如"负暄衡门下,望云归远山","长廊独看雨,众药发幽姿","摘叶爱芳在,扪竹怜粉污"[3],"长啸倚亭树,怅然川光暝"[4]……然其诗呈现最多的身体姿态是"临流"。"临流"二字表现了身体与大气、水流遇逢而发生的经验。据笔者统计,韦应物在诗中共二十次写到临流,这就很难说全无意味了。如以下的例子:

道心淡泊对流水,生事萧疏空掩门。[5]

临流意已凄,采菊露未晞。
举头见秋山,万事都若遗。[6]

临流一舒啸,望山意转延。[7]

簪组方暂解,临水一脩然。[8]

望山一临水,暇日每来同。
性情一踈散,园林多清风。[9]

怪来诗思清人骨,门对寒流雪满山。[10]

---

[1]《庄子集释·大宗师》,《诸子集成》,第3册,页121。
[2]《赠丘员外二首》其二,《韦应物诗集系年校笺》,卷九,页446。
[3]《休暇东斋》,同上书,卷二,页119。
[4]《义演法师西斋》,同上书,卷四,页181。
[5]《寓居沣上精舍寄于张二舍人》,同上书,卷四,页190。
[6]《答长安丞裴税》,同上书,卷四,页207。
[7]《晚出沣上赠崔都水》,同上书,卷四,页225。
[8]《晚归沣川》,同上书,卷五,页242。
[9]《答重阳》,同上书,卷六,页285。
[10]《休暇日访王侍御不遇》,同上书,卷一,页52。

> 置锸息微倦,临流睇归云。[1]
>
> 日夕临清涧,逍遥思虑闲。[2]
>
> 寝扉临碧涧,晨起澹忘情。[3]

何以诗人临流之际即顿感"逍遥"、"翛然"、"道心淡泊"、"疏散"、"忘情"和人间万事"若遗"呢?无论自传统抑或自应物诗的文本而论,水流皆是一暗示着历史时间之外自然时间之流的意象,应物一首寻曹溪深禅师诗中即有:"世有征战事,心将流水闲"[4]。应物又有诗谓:"浮云一别后,流水十年间"[5],"逍遥观运流,谁复识端倪"[6]。流水在韦诗中有"人托命于所系"的"浑元运流而无穷,阴阳循度而率常"[7]之大化周流不止的意味。临清流而逍遥,翛然疎散,即如陶潜"聊乘化以归尽,乐夫天命复奚疑"[8],是身心自人类和历史时间中解脱,融入循环而无穷,率常而不被句读的自然时间——即其所谓"无为化"[9]——中去。沈德潜谓韦诗得陶诗之"冲和"[10],此"冲和"乃得诸陶潜生命主旨之"乘化"。此亦应物得以"自在"之由。以这样的认知,再不妨一读韦氏的名篇《滁州西涧》:

> 独怜幽草涧边生,上有黄鹂深树鸣。

---

[1] 《西涧种柳》,同上书,卷三,页171。
[2] 《郊居言志》,同上书,卷四,页208-209。
[3] 同上书,卷七,页312。
[4] 《诣西山深师》,同上书,卷六,页291。
[5] 《淮上喜会梁川故人》,同上书,卷七,页335。
[6] 《答库部韩郎中》,同上书,卷四,页211。
[7] 成公绥,《天地赋》,《全晋文》卷五九,严可均校辑《全上古三代秦汉三国六朝文》,第2册,页1794。
[8] 《归去来兮辞》,《陶渊明集校笺》,卷五,页391-392。
[9] 见韦诗《答崔都水》:"不遇无为化,谁复得闲居",《韦应物诗集系年校笺》,卷四,页213。
[10]《说诗晬语》卷上,《原诗·一瓢诗话·说诗晬语》,页207。

春潮带雨晚来急,野渡无人舟自横。[1]

赵昌平先生解是诗谓:"'自'是一诗之眼。涧边幽草是自生,叶底黄鹂是自鸣,春潮带雨是自来,野渡无人是自横。"[2]这真是一个很到位的解读,笔者其实很难再增加点什么。只就本节的论题,笔者要补充的是:以"幽草"、"深树"和"无人",诗人强调这是历史时间之外的世界。只有在此事事皆漫不经意的世界里,在涧边幽草的枯与荣、叶底黄鹂的啼与停、晚雨和春潮去而复来皆适然而循环的世界里,诗人才享受到翛然疏散的心灵解脱。正如应物在哀悼石崇一家之祸的《金谷园歌》的结句所述:"百草无情春自绿"[3],在自然的时间里,是再无忧伤的了。

四、方域模糊的空间

已有研究者指出:王、孟、柳的山水田园之作多具体地描写景物,以令景物的特征性、地域性,时间性都十分鲜明。对比之下,"韦诗中的景物描写却比较虚泛,所描写的景物似可以放到各种背景中去"。[4]这一观察颇有见地,其原因值得深究。

首先须说明:如果与西文诗做比较,以上所谓"虚泛性"和多出以"简单意象"乃为中国古典诗的总体特点。中国大陆境外的学者如刘若愚、华生(Burton Watson)、高友工和梅祖麟、叶维廉(Wai-lim Yip)、郑树森等,先后都指出了这一点。如华生经对唐诗意象的

---

[1]《韦应物诗集系年校笺》,卷六,页304。
[2]《韦柳异同与元和诗变》,《赵昌平自选集》(桂林:广西师范大学出版社,1997),页195。
[3]《韦应物诗集系年校笺》,卷一,页34。
[4] 沈文凡,《韦应物诗歌对陶诗的继承》,《陕西师范大学继续教育学报》第18卷第4期(2001年12月),页36。

统计得出结论说:"中国自然诗人是在草草描出一幅差不多一般化(generalized)的风景——山、河流、树木、禽鸟——而非具细节的描写。"[1]郑树森在总结了各家说法以及对中英诗在语法上的不同特点后指出:唐代自然诗对读者而言"不可能产生华滋华斯的山水那种整体印象的特定性"[2]。即便如此,以非特定的简单意象书写常景在大历诗人中,特别是在韦应物诗中的表现却特别显豁,因为简单意象恰恰最宜表现日日如此的流水人生,以及韦氏对生活所持的极为平淡的态度。如朱利安所说,平淡"其特点就是拒绝有特点"[3]。故而韦诗的景物描写也就无法如王维、孟浩然、柳宗元笔下的辋川、襄阳和永州的景物那样,具有较鲜明的地方性了。

这种方域虚化的空间首先在于:诗人常常使用远超出视野的空泛指陈。韦诗有"秋山起暮钟,楚雨连沧海"[4]、"野水烟鹤唳,楚天云雨空"[5]、"楚山明月满,淮甸夜钟微"[6]、"归棹洛阳人,残钟广陵树"[7]。这些诗句中空泛的指陈如"楚雨"、"楚天"、"楚山"、"广陵树"、"淮甸"已令境象格外空廓。而汉语诗歌所容忍的时而乏动词、时而无介词、时而无主语更将由动宾结构所展开的基本叙述形式破坏,这末一例已完全是意象的并置了。

韦氏更惯于以丝毫不做修饰渲染的文字,书写缺乏参指特征的再平常不过的景象,上节所引其所写之山上云、廊外雨、水上雨滴皆为

---

[1] *Chinese Lyricism: Shi Poetry from the Second to the Twelfth Century*(New York:Columbia University Press, 1971), p.133.
[2] 《"具体性"与唐诗的自然意象》,《奥菲尔斯的变奏》(香港:素叶出版社,1979),页54
[3] 见其《淡之颂——论中国思想与美学》序言,卓立译(台北:桂冠图书股份有限公司,2006),页iii。
[4] 《淮上即事寄广陵亲故》,《韦应物诗集系年校笺》,卷二,页82。
[5] 《游溪》,同上书,卷二,页79。
[6] 《送元仓曹归广陵》,同上书,卷二,页116。
[7] 《初发扬子寄元大校书》,同上书,卷二,页80。

如此景象。再看他如何写郡斋内外：

> 似与尘境绝，萧条斋舍秋。
> 寒花独经雨，山禽时到州。……[1]

对于"似与尘境绝"的斋舍环境的两句书写，竟如此平常。以致刘辰翁说："'山禽'句，人人有此等语，但此自是苏州语耳。"[2]就是说，韦诗对风物书写着意在平常，以平常语写平常景、平常风物、平常光景，如：

> 秋塘唯落叶，野寺不逢人。[3]

刘辰翁谓二句"荒寒如画"，然此岂非秋日郊野随处可见的景色？再如：

> 夜叩竹林寺，山行雪满衣。
> 深炉正燃火，空斋共掩扉。……[4]

这又是以平常语出此再平常不过的光景，是冬日寺院中天天频频发生的平常故事，在应物却是诗。又如：

> 定向公堂醉，遥怜独去时。

---

[1]《郡中西斋》，同上书，卷九，页456。
[2]《须溪先生校本韦苏州集》（据杨氏枫江书屋藏元刻本《须溪先生校点韦苏州集》影印）（北京：北京图书馆出版社，2006）卷八，页5。
[3]《答杨奉礼》，《韦应物诗集系年校笺》，卷七，页362。
[4]《永定寺喜辟强夜至》，同上书，卷九，页478。

> 叶沾寒雨落，钟度远山迟。……[1]

"叶沾"二句写别时景物，亦是平凡之极。下面一首《燕居即事》当是写自其罢任居佛寺内的生活景象：

> 幽鸟林上啼，青苔人迹绝。
> 燕居日已永，夏木纷成结。……[2]

凡曾夏日到过佛寺之人，大概皆见识过此情此景。韦应物在闲居中书写景物从不尚奇峭，但求平常。以矛盾修饰的方式说，平凡、平常在韦诗中成为了特色。

然此对"常"的追求，不啻为一种禅意，内中可体味"平常心是道"：既然成佛也罢，为官也罢，归隐也罢，率非惊天动地之事，率皆稀松平常，辄笔下之云影天光、风霜雨露、卉木山水，又焉能不稀松平常？此皆是历史时间之外，流水时光中的平常一瞬啊！此与其侍卫先帝岁月中"垂直"或"迸发"时间里"强烈而集中"的场景——"身骑厩马引天仗，直入华清列御前"云云——可谓悬若霄壤了！

韦诗中方域被虚化的空间亦表现在其对景物边际的忽略。其诗喜用"烟"字，有"烟草凝衰屿"[3]、"野水烟鹤唳"[4]、"吴岫分烟景"[5]、"烟芳何处寻"[6]、"烟花乱晴日"[7]、"烟景空澹泊"[8]、"烟水易昏

---

[1]《寄酬李博士永宁主簿叔厅见待》，同上书，卷一，页46。
[2] 同上书，卷十，页504。
[3]《陪王卿郎中游南池》，同上书，卷六，页279。
[4]《游溪》，同上书，卷二，页79。
[5]《游灵岩寺》，同上书，卷九，页453。
[6]《西郊游瞩》，同上书，卷三，页167。
[7]《任鄠令渼陂游眺》，同上书，卷三，页166。
[8]《闲居赠友》，同上书，卷四，页197。

夕"[1],"原野起烟氛"[2],"虚烟翠涧深"[3],"阳崖烟花媚"[4],"烟水依泉谷"[5];又喜用"霭"字,有"绿林霭已布"[6],"入门霭已绿"[7],"杳霭含夕虚"[8],"杳霭春山曲"[9],"远山含紫氛,春野霭云暮"[10],"微雨霭芳原"[11],"群山霭遐瞩"[12],"霭霭眺都城"[13],"霭霭高馆暮"[14],"飒至池馆凉,霭然和晓雾"[15],"杳霭香炉烟"[16],"朗月分林霭"[17],"嘉树霭初绿"[18]……"霭"比"烟"形迹更微,清人唐岱论画云烟曰:"烟最轻者为霭,霭重阴昏则成雾。"[19]应物写草木,又喜写其阴影,有"夕气下遥阴,微风动疎薄"[20],"群木昼阴静"[21],"闲院绿阴生"[22],"夏木

---

[1]《独游西斋寄崔主簿》,同上书,卷四,页206。
[2]《秋夕西斋与僧神静游》,同上书,卷四,页182。
[3]《简寂观西涧瀑布下作》,同上书,卷八,页387。
[4]《因省风俗与从侄成绪游山水中道先归寄示》,同上书,卷八,页386。
[5]《发蒲塘驿沿路见泉谷村墅忽想京师旧居怀追昔年》,同上书,卷八,页388。
[6]《贾常侍林亭燕集》,同上书,卷一,页56。
[7]《池上怀王卿》,同上书,卷六,页300。
[8]《往云门郊居涂经回流作》,同上书,卷一,页44。
[9]《西郊游瞩》,同上书,卷三,页167。
[10]《乘月过西郊渡》,同上书,卷3,页168。
[11]《东郊》,同上书,卷三,页169。
[12]《西郊燕集》,同上书,卷三,页167。
[13]《再游龙门怀旧侣》,同上书,卷一,页53。
[14]《夏夜忆卢嵩》,同上书,卷八,页391。
[15]《对雨寄韩库部协》,同上书,卷二,页121。
[16]《春月观省属城憩东西林精舍》,同上书,卷八,页382。
[17]《答崔主簿倬》,同上书,卷二,页122。
[18]《拟古诗十二首》其五,同上书,卷十,页484。
[19]《绘事发微》,于安澜编《画论丛刊》(台北:华正书局,1984),上卷,页249。
[20]《闲居赠友》,《韦应物诗集系年校笺》,卷四,页197。
[21]《夏景园庐》,同上书,卷四,页205。
[22]《答端》,同上书,卷四,页204。

第七章　不平常的平常风物 | 465

已成阴"[1],"夏木遽成阴"[2],"门闭阴寂寂"[3],"绿阴生昼静"[4],"重门布绿阴"[5],"山夕绿荫满"[6];又时用"氤氲"、"氲氲"写草木,有"嘉树始氤氲"[7],"氤氲绿树多"[8],"氲氲望嵩丘"[9]……以上种种,倘以画法论,可谓用染而不用描的无笔之墨,即黄公望所谓"用描处糊突其笔"[10]。它暗示观者翛然疎散中无心细睇和漫不经意。换言之,空间之缺乏边际的疎旷体现了诗人性情、身体之疎散。以"疎"之一字,应物既有"微风动疎薄"[11],"疎树共寒意"[12],"散彩疎群树"[13],"一望秋山静,萧条行迹疎"[14];又有"性情一疎散"[15],"日与人事疎"[16],"理生犹自疎"[17],"荣达颇知疎,恬然自成度","疎"既在山水风物亦在性情,表现了身心游乎"烟"、"霭"、"氤氲"气境之中的萧散简淡,人与山水由"气"而相互渗透,中国诗人基于云气的"物质想象"被发挥到极致。

应物笔下不仅有此有墨无笔之山水,甚或时有"无墨无笔"之山水,且读以下《夕次盱眙县》:

---

[1]《立夏日忆京师诸弟》,同上书,卷七,页313。
[2]《端居感怀》,同上书,卷三,页146。
[3]《夏至避暑北池》,同上书,卷九,页422。
[4]《游开元精舍》,同上书,卷九,页454。
[5]《慈恩精舍南池作》,同上书,卷二,页120。
[6]《云阳馆怀谷口》,同上书,卷二,页115。
[7]《扈亭西陂燕赏》,同上书,卷三,页163。
[8]《任鄠令渼陂游眺》,同上书,卷三,页166。
[9]《贾常侍林亭燕集》,同上书,卷一,页56。
[10]《写山水诀》,《画论丛刊》,上卷,页55。
[11]《闲居赠友》,《韦应物诗集系年校笺》,卷四,页197。
[12]《同韩郎中闲庭南望秋景》,同上书,卷四,页210。
[13]《府舍月游》,同上书,卷二,页92。
[14]《秋郊作》,同上书,卷四,页208。
[15]《答重阳》同上书,卷六,页285。
[16]《善福寺精舍答韩司录清都观会宴见忆》,同上书,卷四,页185。
[17]《种瓜》,同上书,卷四,页224。

> 落帆逗淮镇，停舫临孤驿。
> 浩浩风波起，冥冥日沉夕。
> 人归山郭暗，雁下芦洲白。
> 独夜忆秦关，听钟未眠客。[1]

此诗是诗人建中三年由长安出发赴滁州途中乘舟经汴水过盱眙县所作。盱眙的位置西枕汴河，南临淮水。在诗人笔下，帆似乎落在了水天之间。"浩浩"与"冥冥"两句，分别自水与天着笔，渲染出似无边际的瀇泱云水。五、六句令读者感到这是一幅单一颜色在画面上的层次，表达的是山水之间的明暗关系而非色彩关系。再读其《赋得暮雨送李胄》：

> 楚江微雨里，建业暮钟时。
> 漠漠帆来重，冥冥鸟去迟。
> 海门深不见，浦树远含滋。
> 相送情无限，沾襟比散丝。[2]

此诗紧扣题目中"暮"、"雨"二字来写。首联、颔联上下两句皆分赋"雨"与"暮"，五句再赋"暮"，六句复赋"雨"。首联中两句分别将表示方位的介词与表示时间状语的词置于句尾，颇有空间化的意味。这是一灏漫却元气淋漓的空间。然除却第二联以"漠漠"与"冥冥"一对联绵词对此做渲染外，诗又在呈现：在这寥阔空间里，尚能看到什么？诗人举目之间但见孤帆和归鸟，以"重"和"迟"两字分写帆与鸟，彰显出此乃空茫中景里仅有的两撮墨痕。远景中"海门"不见

---

〔1〕 同上书，卷六，页273—274。
〔2〕 同上书，卷七，页367。

了,"远含滋"之"浦树"似以湿笔渍出。这是画与诗朝向极简主义（minimalism）的发展。亦令人联想到画坛中水墨山水的兴起。

以上二诗之境,又皆笼在晚钟声中。韦氏喜写晚钟之声,据笔者统计,凡二十六见。其意味即如其《烟际钟》一诗所写：

> 隐隐起何处,迢迢送落晖。
> 苍茫随思远,萧散逐烟微。
> 秋野寂云晦,望山僧独归。[1]

这是一首咏物诗,透露韦氏心中晚钟的意味："隐隐"不知起自何方,"迢迢"苍茫之中复逐思与烟而萧散。禅宗偈语中有"汝闻打钟声,只在寺院内,十方世界亦有钟声不"[2],钟声昭显世界之空无自性。应物笔下的钟声如"楚江微雨里,建业暮钟时","秋山起暮钟,楚雨连沧海"[3]"苍茫寒色起,迢递晚钟鸣"[4],"微钟何处来,暮色忽苍苍"[5],"杳杳钟犹度"[6]皆以钟声迟缓的流逝来凸显空间的迷茫和旷远无际。在此,空间——"吞噬"着"地方",消融着山、水、树、石、村落、屋舍的空间,占据了一切。冥冥天水,漠漠微雨,杳杳晚钟……这些有与无之间的世界不仅透显诗人散淡的心境,且开启了中国文化中对两间弗见其色、弗闻其声、霏微蜿蜒境界的祈响。

韦诗空间书写中虚化方域的另一特征,置之于中国古典诗的传统中很值得注意。宇文所安在《盛唐诗》一书中已注意到韦氏后期诗作

---

[1]《韦应物诗集系年校笺》,卷10,页512。
[2]《楞伽师资记》,《中国佛教丛书·禅宗编》,（南京：江苏古籍出版社,1993）,第2册,页262。
[3]《淮上即事寄广陵亲故》,《韦应物诗集系年校笺》,卷二,页82。
[4]《秋景诣琅琊精舍》,同上书,卷七,页338。
[5]《登乐游庙作》,同上书,卷二,页86。
[6]《晚出府舍与独孤兵曹令狐工曹南寻朱雀街归里第》,同上书,卷二,页110。

中会"经常出现对远方情景的揣想"。并时常会以"与诗人绝对分割的异地或异时的'他处'"作为闪回之景以结束诗作。[1]另一位美国学者瓦萨诺(Paula M.Varsano)则经比较此前山水诗人与韦应物的自然书写之后指出:后者不同之处在不再给出能显示"文本中的眼睛"(eye in the text)所在方位的一两个因素,即不再给出风景、诗人、生动而独特视觉细节之间有直接和"真实"关系的印象。换言之,韦应物"常常拒绝容许任何确定性"[2]。他进而提出韦诗时有"双重视境"(double vision):两个视境的相互排斥终将读者置于空泛之中。[3]瓦萨诺举出的四个诗例[4]中有两首是韦诗的名篇。且读第一首《寄全椒山中道士》:

今朝郡斋冷,忽念山中客。
涧底束荆薪,归来煮白石。
欲持一瓢酒,远慰风雨夕。
落叶满空山,何处寻行迹。[5]

此诗的三、四句,是揣想中的景象。此诗却最终没有回到首句的"郡斋"以确认"文本中的眼睛"之方位。诗人转向了想象中被落叶覆盖的空山,由此那一片揣想中的世界最终与模糊的郡斋世界连接起来,而这片空山却"既不可见亦无从进入"[6]。瓦萨诺对另一名篇《秋夜寄丘二十二员外》的分析独具只眼:

---

[1] Stephen Owen, *The Great Age of Chinese Poetry: The High Tang*(New Haven: Yale University Press, 1981), p. 309, p. 313.
[2] Paula M. Varsano, "The Invisible Landscape of Wei Yingwu(737—792)", *Harvard Journal of Asiatic Studies*, vol. 54, no. 2(Dec., 1994), p. 412.
[3] Ibid, pp. 414—415.
[4] 该文的另外两个诗例为《寒食寄京师诸弟》和《南园》。
[5] 《韦应物诗集系年校笺》,卷七,页363。
[6] Paula M. Varsano, "The Invisible landscape of Wei Yingwu(737—792)", p. 416.

> 怀君属秋夜，散步咏凉天。
> 山空松子落，幽人应未眠。[1]

这首仅有二十个字的小诗竟有彼此两处分割的世界：郡斋凉夜中的诗人和临平山中幽隐的丘丹。夜静山空，或许是为诗人吟咏之声惊动，庭院中一粒松子跌落下来。诗人由此揣想：在另一空山中，松子落地之声"应"令山中的丘丹不至睡去。这粒松子落地的声响遂将两处世界"重叠"（superimpose）起来。然而，难以分辨的是：这是郡斋内诗人听到松子落地，抑或他揣想临平山中松子落地，抑或应物听到松子落地声后设想自己是丘丹在山中听到了松子落地？[2] 是诗的美感正基于此特别的"歧义性"。

在瓦萨诺的诗例之外，笔者想再举一例说明韦诗空间书写中的歧义视境。请读《淮上遇洛阳李主簿》：

> 结茅临古渡，卧见长淮流。
> 窗里人将老，门前树已秋。
> 寒山独过雁，暮雨远来舟。
> 日夕逢归客，那能忘旧游。[3]

按孙望系年，此诗是应物自广陵归长安途中所作。而由韦氏《送李二归楚州》、特别是《答李澣三首》中"想子今何处，扁舟隐荻花"两句推知：在淮上结茅而居的应是李澣。但此诗首联、颈联和尾联皆非自诗人自身，而是以淮上结茅的李澣口气说出他的记忆和当下感受。三、四句却又是舟上"归客"即韦氏的视点。这种视境的转换往复在不设

---

[1]《韦应物诗集系年校笺》，卷九，页434。
[2] "The Invisible landscape of Wei Yingwu（737–792）", p. 417.
[3]《韦应物诗集系年校笺》，卷二，页83。

主语而无妨的古汉语诗里毫无滞碍，却悄然将悠长岁月的境象与眼前的境象叠合起来："古渡"令人想到橹声中迎来送往的单调岁月，"长淮"中流逝的亦是日日如常的时间，这是结茅于此之人惯常到不免麻木的视野。而三、四句中的"人将老"和"树已秋"却是经由"古渡"、"长淮"而流逝的时光之结果，诗在此突然从感觉、空间和关系上改换了"指示中心"（deictic center），由乘舟经此地的诗人此时之所见透出某种惊异和怜惜之情。颈联和尾联则是单调如流水岁月中的某种意外之喜。这种种视境的叠合不仅自时间向度上扩展了诗境的幅度，且蕴含了复杂的情感，是诗人自主客的双重视境去体验结茅古渡的生活。

书写被揣想的他方景象是应物诗作的一个特点，然诗中的他方人物——全椒山中"涧底束荆薪，归来煮白石"的道士，杼山中"鸣钟惊岩壑，焚香满空虚"[1]的皎然，亲历着"幽涧人夜汲，深林鸟长啼"[2]的临平山中丘丹，夜宿于"白云埋大壑，阴崖滴夜泉"[3]的琅琊山中深、标二释子，"见月出东山，上方高处禅"[4]的蓝田山僧人，以及淮上结茅的李澣，等等——皆是与腰缠竹符的应物所处场所不同的隐者。这种想象联结起郡斋与山林，成就了其不拘行迹而基于心灵澹泊的"吏隐"。且为诗人措意之他方景象，亦是以极简主义的手法处理的。不过些许笔墨、些许物事，至如空山一粒松子，读者须于声色臭味之外求之。然唯其如此，其与诗人所处此地之间，方有无限清空，涵容了所谓"不可见的地景"（invisible landscape）。以现代极简主义艺术家的话说，在此"空间秩序与更大的自然相关联"[5]。以此，

---

[1]《寄皎然上人》，同上书，卷九，页441。
[2]《重送丘二十二还临平山居》，同上书，卷九，页461。
[3]《怀琅琊深标二释子》，同上书，卷六，页295。
[4]《上方僧》，同上书，卷二，页96。
[5] 彼得·沃克（Peter Walker）：《极简主义庭园》，王晓俊译（东南大学出版社，2003），页22—23。

吾人得以理解韦应物刺滁时何以会如此吟咏郡斋之内一片置石：

> 远学临海峤，横此莓苔石。
> 郡斋三四峰，如有灵仙迹。
> 方愁暮云滑，始照寒池碧。
> 自与幽人期，逍遥竟朝夕。[1]

诗人将郡斋中的尺山片水想象为孙绰笔下天台山的莓苔石桥。凭借这一片有依托的想象，一方大吏的诗人遂成为隐居深山的"幽人"。这是白居易之前，元结道州潓水"石鱼"之后[2]一重要的文人以片石幻化山水之个案。就本章的论题而言，这里由"吏隐"者的心迹而显示出韦诗空间书写中一重要特征。如其"吏隐"观念强调"心"一样，现实中的方域不妨被忽略。如佛禅所谓"芥子容须弥"，庄子所谓"知毫末之为丘山"[3]一样，这是一种以心灵运思的空间，境界形态的空间，[4]由诗所开辟的空间。置之于中国隐逸文化的传统里，它与辋川谷以及后世盘谷以在地形学上强调"宅幽而势阻"以分割内外的观念[5]迥然有异。

五、结　论

学界讨论韦应物"吏隐"一般主要措意于其出或处的行迹，以及与此相关的郡斋或山林的场所。本章以为此中其实有某种迷思。

---

[1]《题石桥》，《韦应物诗集系年校笺》，卷七，页366。
[2] 参见本书第八章：《"山水"可惧，"水石"可居》。
[3]《庄子集释·秋水》，《诸子集成》，第3册，页254。
[4] 读者于此可看潘朝阳，《庄子逍遥游的空间论》，《庄子的空间论："秋水"的诠释》二文，载《心灵·空间·环境——人文主义的地理思想》（台北：五南图书出版公司，2005），页273—324。
[5] 参见本书第四章《问津"桃源"与栖居"桃源"》结论一节。

韦应物是一生经历过人格巨大转变的诗人。职乎此，本章提出探讨韦应物的"吏隐"应关注其有基于佛禅、老庄和道教的灵修活动这一事实，而韦氏的诗歌文本及中唐的思想脉络则为这样的观察提供了依据。韦氏对出与处、郡斋与山林取无可无不可的态度特别彰显于其所谓"闲居"意识之中。对应物而言，归隐是"闲居"，为官亦是"闲居"。"闲居"开启了其于郡斋附近或郊野中游乎草木雨云，雾月光风的生命世界。在此，"闲居"不止是一种人们时常爱谈论的"心态"或道心修养，"闲居"是一种生命存有的姿态，一种"道行"的身体实践。本章重点讨论了其"道行"的两种面向。首先是藉身体与阳光、大气与流水遇逢中的经验去回归自然生命的节奏，以抚平历史刻镂在记忆深处的怆痛。以此，他令吾人不得不去颠覆近代西方对抒情诗的界定：诗在此不复是高度强烈的、垂直而迸发的瞬间，而是流水般时光之流中的一瞬。此中亦蕴含了诗人面对自然时常常仅止于稀松平常景物书写的缘由，使他成为将简散平易风物带给中国景观传统的最重要诗人。其亦以其空间书写中对方域的其他种种虚化，微妙地体现了"闲居"的姿态。在此，空间之疎旷体现了诗人性情之疎散，而多重的甚至歧义的视境更直接体现了其神游于两重世界的"吏隐"者心迹。这颇令人想到巴什拉藉法国作家迪奥勒在荒漠中行走而想象空间溢满水的经验而说的一句话："此地的存有被一个他方的存有所扶持。"[1]人谓韦诗儵闲澄澹，吾人断难以"抒情"、"表现"论之。然韦诗的风物书写，包括其"淡而缓"[2]、"不迫切"[3]，往往"以夷犹出之"[4]的文行之象，皆彰显出其生命存有的姿态。

---

[1] Gaston Bachelard, *The Poetics of Space*, trans. Maria Jolas, p. 208.
[2] 方回评，柳宗元《柳州峒氓》，《瀛奎律髓汇评》，上册，页188。
[3] 张戒，《岁寒堂诗话》卷上，见《历代诗话续编》，上册，页459。
[4] 此是王船山对其《效陶彭泽体》一诗的评语，见《唐诗评选》卷二，《船山全书》第14册，页970。

第八章 "山水"可惧,"水石"可居[1]

一、引　言

本章以元结(719–772)与柳宗元(773–819)为对象,结合本人二〇一四年五月在湘南的永州、祁阳、道县、江华等地的现地考察,探讨中唐文人山水美感话语之一重要发展。以同一文讨论元结与柳宗元,可有多种理由。首先,除却元、柳各自分别与鄂州、柳州山水有一段因缘外,此二人主要接触和书写的山水,皆越过了汉以降古代地理的南岳而至湘南一带。元结广德元年(763)九月和永泰二年(766)两次奉勅授道州刺史,大历三年(768)持节都督容州军事,晚年寓居祁阳浯溪。柳宗元于贞元二十一年(805)永贞革新失败后,被远贬永州,在此一居十年。其所作《游朝阳岩遂登西亭二十韵》和《渔翁》二诗,不仅延续了作《朝阳岩铭并序》和《朝阳岩下歌》的元结对同一处景观的游览,且承袭了元结对此岩洞的命名。其次,二人皆兼用诗文书写湘南山水。且如吴汝沦所说,次山放恣山水以作古文,实开子厚之先声。[2] 复次,两家之诗文、人格中皆见陶渊明之影响。清人刘

---

[1] 本章内容原载嘉义《中正汉学研究》2014年第2期(人文风景专号),收入本书时做了修订。
[2] 高步瀛选注,《唐宋文举要》(香港:中华书局,1976),引,甲编卷一,上册,页87。

熙载言元"学陶"。[1]沈德潜则谓柳诗得陶之"峻洁"。[2]然以上诸端却皆非本章并论元、柳之由。本章关注的是二人在山水书写中某些相近的话语特征，即倾向以空间上更小的泉石为兴趣所在，且将泉石纳入自我存在。本章以为：这恰恰是所谓"文人园林"发展向被忽略的一个历史语境，亦是元结、柳宗元两个案于中国文学中山水美感话语研究中的特殊意义所在。本章论证循时序，首先探讨元结书写的水石世界，然后转入讨论心结更为复杂的柳宗元的山水书写。由此，本章提出：柳氏有一种逃避或难容于雄伟、陌生世界，不妨概括为逆反崇高感的倾向。此倾向不仅令柳氏对可昵的泉石世界更为青睐，且结合儒家的人文化成观念，激发了其对葺治山水，增益水石花木之美的造园活动之关注。本章第三节专论柳氏造园思想，并提出这一个案展示了中国传统景观学由山水而至园林的发展轨迹。

二、元结的"可家"水石世界

刘宋以后的中国古代文人中，人格之中最能寻获陶渊明某种影子的，元结是其中之一。就行迹而言，次山早年曾追随乃父，隐居商余山，灌畦掇薪。安禄山反，其父戒次山曰：遭逢世乱，不得自安山林而勉树名节。嗣后，次山受肃宗召问，悉陈兵势，献时议三篇，拜左金吾兵曹，摄监察御史，充山南东道节度参谋，于诸州招募义军，挫史思明之锐不敢南侵。后理兵行政，屡有建树，亦屡有升迁。代宗继位，例加封邑，次山却逊让不受，上《乞免官归养表》曰："臣少以愚弱，不愿为吏，书学自业，老于儒家。……常恐荒浪，失于礼法。自

---

[1] 刘熙载撰，《艺概》卷二，页62。
[2] 《说诗晬语》，《原诗·一瓢诗话·说诗晬语》，页207。

逸山泽，预于生类。"[1]遂隐樊水郎亭山下，以耕钓自娱。曾撰《文编序》谓天宝十二载虽以进士获荐，然"切耻时人诡邪以取进，奸乱以致身，径欲填陷穽于方正之路。推时人于礼让之庭，不能得之。故优游于林壑，怏恨于当世。"[2]又撰《出规》戒其门人，以辨"社稷之臣"与"禄位之臣"曰："汝若思为社稷之臣，则非正直不进，非忠说不言，虽手足斧钺，口能出声，犹极忠言，与气偕绝。"[3]由其行迹而观之，次山乃以道不行于世而隐，以"社稷之臣"而出。其处其出皆以自身生命存在体现真儒之道德理念。就思想而言，次山亦如渊明，祈响前礼乐文化之儒家曩古羲农黄唐时代的社会。[4]其有仿作二风诗序所称之皇谟三篇，假拟天子向一臣问圣人之道，《元谟》曰：

> 上古之君，用真而耻圣，故大道清粹，滋于至德。至德蕴沦，而人自纯。其次用圣而耻明，故乘道施教，修教设化，教化和顺，而人从信。其次用明而耻杀，故沿化兴法，因教置令，法令简要，而人顺教，此颓弊以昌之道也。殆乎衰世之君，先严而后杀，乃引法树刑，援令立罚，刑罚积重，其下畏恐，继者先杀而后淫。乃深刑长暴，酷罚恣虐……此颓弊以亡之道也。[5]

其《演谟》继谓：

> 呜呼！颓弊以昌之道，其由上古强毁纯朴，强生道德，使

---

[1] 孙望编校，《新校元次山集》（台北：世界书局，1984），页111。
[2] 同上书，页154。
[3] 同上书，页66。
[4] 参见拙文，《陶渊明藉田园开创的诗歌美典》之第一节《魏晋"失乐园"思潮中的陶渊明》，《玄智与诗兴》，页273-292。
[5] 《新校元次山集》，页48-49。

兴云云，使亡悟悟，始开礼乐，始鼓仁义，乃有善恶，乃生真伪。……[1]

次山持一种道德退化的历史观，故与道家应有某种交接。但自根本而言，究竟是儒家。诗圣杜甫故而赞曰："粲粲元道州，前圣畏后生。……致君唐虞际，纯朴忆大庭。"[2] 颜真卿为其作传，亦谓"其心古，其行古，其言古"[3]。抱持如此一崇古的观念，在盛唐末期浇讹世风之下，自会成就其孤介狷直之个性，令其取一病游世而宁弃世的儒隐倾向，并且一如持"秦汉之际新儒家"的陶渊明一样，能时而绾合儒家与道家。[4] 吾人该由此去进入其山水美感的世界。

首先，弃世倾向与孤介个性令其向往山水中一个自我涵容（self-contained）的栖居小天地。然亦如陶渊明，是一种"结庐在人境"的人间世界。宝应元年（762）次山在官运亨通之际，上乞免官表，隐居距武昌城郭外樊山和郎亭山之间的退谷。其诗描述退谷曰："去郭五六里，扁舟到门前。……四邻皆渔父，近渚多闲田"[5]，"东邻有渔父，西邻有山僧"[6]，"来客去客船，皆向此中泊"[7]，"相伴有田父，相欢惟牧童"[8]……可见这是一处虽远离轩盖，却在有人间情味的世界。次山于此与渔者"少长相戏"，且被其呼为"聱叟"。以次山的身份解说，乃是身为士人却"不从听于时俗，不钩加于当世"[9]。其又应对武昌令

---

[1] 同上书，页49。
[2] 《同元使君舂陵行》，《杜甫全集校注》卷十六，第8册，页4813-4814。
[3] 颜真卿，《容州都督兼御史中丞本管经略史元君表墓碑铭》，《颜鲁公集》卷五，《景印文渊阁四库全书》，第1071册，页620。
[4] 亦见拙文，《陶渊明藉田园开创的诗歌美典》之第一节。
[5] 《樊上漫作》，《新校元次山集》，页26。
[6] 《漫问相里黄州》，同上书，页27。
[7] 《漫歌八曲·小回中》，同上书，页30。
[8] 《将牛何处去》，同上书，页30。
[9] 《自释》，同上书，卷八，页113。

孟彦深，作《退谷铭》曰：

> 谁命退谷，孟公士源。
> 孟公之意，漫叟知焉。
> 公畏漫叟，心进迹退。
> 公惧漫叟，名显身晦。
> 公恐漫叟，辞小受大。
> 于戏退谷，独为吾规。
> 干进之客，不羞游之。……[1]

此处次山的话，有虚有实。自谓不求名显，恐非实辞。然自谓"辞小受大"，则多少有些真意在。因为在次山心里，退谷世界之"小"，却不妨是一褒美之词。退谷近处有㧾湖一泓，次山作《㧾湖铭并序》曰：

> 㧾湖，东抵㧾樽，西侵退谷，北汇樊水，南涯郎亭。有菱有荷，有菰有蒲。方一二里，能浮水。与漫叟自㧾亭游退谷，必泛此湖。以湖在㧾樽之下，遂命曰㧾湖。铭曰：谁游江海，能厌其大？谁游㧾湖，能厌其小？故曰：人不厌者，君子之道。……[2]

此处再次出现了"大"与"小"的话题。次山以"湖在㧾樽之下"彰显此方一二里的小湖之"小"，并颇以能据此"小"而得意。次山此种心迹其实早见于其早年与故人李才隐居商余山东山之谷余中所作《述居》一文：

---

[1] 同上书，卷八，页116。
[2] 同上书，卷八，页115。

乃相与占山泉，辟榛莽，依山腹，近泉源，始为亭庑，始作堂宇。因而习静，适自保闲。夫人生于世，如行长道，所行有极，而道无穷。奔走不停，夫然何适？予尝乘时和，望年丰，耕艺山田，兼备药石。与兄弟承欢于膝下，与朋友和乐于琴酒。寥然顺命，不为物累，亦自得之分在于此也。[1]

这里的述说与陶渊明《归去来兮辞》表达的"心惮远役"，"悦亲戚之情话，乐琴书以消忧"，"聊乘化以归尽，乐夫天命复奚疑"[2]的意思，多么地一脉相承！园田有垠，抔湖亦小，却是安然栖居之所在。人生之"适"不在"奔走不停"，而在栖居，在作"桃源中人"，而非"渔人"。这样的意思，被次山不断流露于山水书写。次山以扁舟溯江而游，曾夜宿潇水中一个被称为"丹崖"的地方，崖下有隐者自称丹崖翁，曾为泷水令，去官居于此。次山为之撰铭曰：

> 泷水未尽，泷山犹峻。
> 忽见渊洄，丹崖千仞。
> 磴磴丹崖，其下谁家？
> 门前断舟，篱上钓车。
> 不知几峰，为其四墉。
> 竹幽石磴，泉飞户中。
> 怪石临渊，硱硱石颠。
> 何得石颠，翁独醉眠。
> 吾欲与翁，东西茅宇。

---

[1] 同上书，卷四，页77。
[2]《陶渊明集校笺》，页390–392。

图一　丹崖（摄自摆渡船上，N26°05.741′/E111°38.657′）

> 饮啄终老，翁亦悦许。……[1]

据《永州府志》和《零陵县志》，丹崖在零陵城南四十里，一名"赤石涧"[2]。据本人往现地考察，在今凼底乡赤石涧村潇水畔，是潇水中一处江潭。潇水在此先自南向北流，复转西，复再向南。恰恰于潇水转西而未转南的涧渊之中，有长一百多米的峭壁直立出水，其中八十多米为橙红色，如明霞一片，异常瑰丽【图一】。此次山所以视为"湘中水石之异者"[3]。方志谓"石色如丹"，言不虚也。次山赏爱的是在江流

---

[1]《新校元次山集》，卷九，页144–145。
[2] 刘道著修、钱邦芑纂，康熙《永州府志》卷八，《日本藏中国罕见地方志丛刊》（北京：书目文献出版社，1992），页212。《零陵县志》卷二，见故宫博物院编《故宫珍本丛刊·湖南府州县志》（海口：海南出版社，2001），第10册，页31。
[3]《新校元次山集》，卷九，页144。

回转中形成的一个相对独立的小天地:"泷水未尽,泷山犹峻。忽见渊洞,丹崖千仞。……不知几峰,为其四墉。"而且,这样一个相对自我涵容、被设想为幽谷的小天地中,却充满人间日常生活的情味:"门前断舟,篱上钓车。……竹幽石磴,泉飞户中";"丹崖之亭当石颠,破竹半山引寒泉……儿孙棹船抱酒瓮,醉里长歌挥钓车"[1]。次山虽未能在此"饮啄终老",其日后在浯溪经营的居所与此却颇多相似之处。

次山的《阳华岩铭并序》乃为道州江华县东南六七里回山阳面一处岩洞所作。次山亲以"阳华"命之,谓"吾游处山林几三十年,所见泉石如阳华而可家者,未也,故作铭":

> 九疑万峰,不如阳华。
> 阳华崭巉,其下可家。
> 洞开如岩,岩当阳端。
> 岩高气清,洞深泉寒。
> 阳华旋回,岑巅如辟。
> 沟塍松竹,辉映水石。
> 尤宜逸民,亦宜退士。
> 吾欲投节,穷老于此。……[2]

阳华岩【图二】因其摩崖石刻已列全国文物保护单位,故不难寻访。现地考察见所谓回山上方是裸露的石灰岩,色在黄褐与青灰之间,顶部覆有薄薄植被。有小路经田间可至底部的岩洞【图三】。洞不深却颇宽大,有寒泉自下涌出,沿岩洞石壁流注。岩洞本身即是"庇护所"的象征,是家宅的原型。次山显然是由岩洞之向阳、宽大和有泉水而

---

[1]《宿丹崖翁宅诗》,同上书,卷三,页46。
[2] 同上书,卷九,页137–138。

图二　阳华岩外观

图三　阳华岩内观

想到"其下可家"。又由"其下可家"而以为"九疑万峰，不如阳华"。在此，"可家"与否显然比雄峻奇峭更具价值，隐然有桃源幽谷的意味。

与次山命名的朝阳岩一道，这或许是中国诗文最早对喀斯特岩洞本身美感的发现。喀斯特岩洞在六朝即出现在中国文学中，但这种地质发现与道教上清派的兴起一道，主要是推动了如刘晨阮肇、剡县赤城、妙音仙女一类志怪仙乡故事的产生。李白《梦游天姥吟留别》中山中洞天可说是仙乡在抒情诗中的延续。而次山的《阳华岩铭》和《朝阳岩铭》却是在全然不涉道教传统的语境中赞赏岩洞的"洞深泉寒……辉映水石"，"高岩绝崖，深洞寒泉"[1]，"水石为娱"[2]。零陵、道州已经地处桂、云、贵这片喀斯特地貌最广泛分布的地区，日后被贬永州、柳州的柳宗元，承继了这一份对岩溶地貌的美感，不仅书写永州的朝阳岩和界围岩，且欣赏柳州仙奕山的石穴、石屏、石室、石宇以及石宇之内"流石成形，如肺肝，如茄房……如人，如禽，如器物"[3]。

以上吾人已见识次山如此地关注"泉石"或"水石"：朝阳岩有"水石为娱"【图四、图五】；阳华岩有"沟塍松竹，辉映水石"；丹崖有"湘中水石之异"；退谷郎亭山"西乳有虆石，石临樊水，漫叟构石颠以为亭，石有窊颠者，因修之以藏酒"[4]。除退谷窊樽石而外，次山尚有两处可用于储酒之石，一为道州左湖的窊樽，一为祁阳浯溪峿台之窊樽，[5]可见其爱石之殷。然最能见证次山爱石之癖的则是七泉之阳的五如石和潇水中之石鱼，至今尚可寻访。次山《七泉铭序》谓七

---

[1]《朝阳岩铭》，同上书，卷九，页144。
[2]《朝阳岩下歌》，同上书，卷三，页41。
[3]《柳州山水近治可游者记》，《柳宗元集》卷二十九，第3册，页776。
[4]《抔樽铭序》，《新校元次山集》，卷八，页115。
[5] 据桂多荪，《浯溪志》（长沙：湖南人民出版社，2004），今日峿台所见窊尊系为后人所凿，与次山所谓"形如臼，窊圆，深可储斗酒"的说法不合。见该书页30。

图四　朝阳岩外观（N26°12.519′/E111°36.633′）

图五　朝阳岩内观

泉在"道州东郭",而五如石则在"㵲泉之阳"[1]。康熙《永州府志》误以此石为㝹樽石,谓"在道州下津门外,江之左岸"[2]。光绪《道州志》亦谓"石在江滨,以石击之,其音清越,宛如玉响"[3]。笔者考察见到此石,在今道县东门乡东门村潇水畔左溪入江处,当地称"响石"。自江岸一侧观,有数具,高者一米余;自江一侧观,则仅一具巨石,石色青黑,颇有腾跃之势【图六、图七】。次山铭之曰:

> 五如之石,何以为名?
> 请悉状之,谁为我听。
> 左如旋龙,低首回顾。
> 右如惊鸿,张翅未去。
> 前如饮虎,饮而蹲焉。
> 后如怒龟,出洞登山。
> 若坐于颠,石则如船,
> 乘彼灵槎,在汉之间。
> 洞井如凿,渊然泉涌。
> 澄澜涵石,波起如动。
> 不旌尤异,焉用为文?……[4]

次山在铭文中称他在五如石中见到如同"低首回顾"的"旋龙"、"张翅未去"的"惊鸿"、"饮而蹲焉"的"猛虎"、"出洞登山"的"怒龟"。这是自抽象想象出具象,又是将石之静止之态想象为动物欲动未动的姿势。元结是有《右溪记》等作品传世的书法家,这里展示的也

---

[1]《新校元次山集》,卷一〇,页147,页150。
[2]《永州府志》卷八,《日本藏中国罕见地方丛刊》,页225。
[3] 许清源编纂,光绪《道州志》,卷一二,页7。
[4]《新校元次山集》,卷一〇,页150-151。

图六 五如石(侧面)

图七 五如石(正面,从潇水方向拍摄 N25°31.779′/E111°36.304′)

是一种类似观书的想象。且看成公绥（231—273）如何论隶书之势：

> 或若虬龙盘游，蛇蝉轩翥，鸾凤翱翔，矫翼欲去；或若鸷鸟将击，拜体仰怒，良马腾骧，奔放向路。……[1]

再看崔瑗如何形容草书之势：

> 望之若欹，竦企鸟跱，志在飞移，狡兽暴骇，将奔未驰。……或凌邃而惴慄，若据槁而临危，旁点邪附，似螳螂而抱枝。绝笔收势，余綖虬结，若山蜂施毒，看隙缘巇，腾蛇赴穴，头没尾垂。……[2]

文中"若"、"似"强调了观者的想象力，又以"欲"、"将"、"志在"强调这是静态中想象出的动态。日后，不仅下文拟讨论的柳宗元《钴鉧潭西小丘记》中出现了类似形容，且有白居易以其写石文字一再彰显自静态视觉对象想象出的动势："岌嶪形将动，巍峨势欲摧。奇应潜鬼怪，灵合蓄云雷"[3]；"如虬如凤，若跧若动，将翔将踊；如鬼如兽，若行若骤，将攫将斗"[4]。贡布里希曾引用公元一世纪毕达哥拉斯派哲人阿波罗尼亚斯（Apollonius）与其印度弟子的一段谈话。在这个谈话中，阿波罗尼亚斯以人类观望天空浮云时的想象，提出人类有两种模仿自然的艺术，一种凭借艺术家之手，另一种凭借心灵。[5]吾人不妨

---

[1]《隶书体》，《全晋文》卷五九，《全上古三代秦汉三国六朝文》，第 2 册，页 1798。
[2]《草书势》，见卫恒，《四体书势》所引，《全晋文》，卷三〇，同上书，第 2 册，页 1631。
[3]《奉和思黯相公以李苏州所寄太湖石奇状绝伦因题二十韵见示兼呈梦得》，《白居易集笺校》卷三四，第 4 册，第 2349。
[4]《太湖石记》，同上书，外集卷下，第 6 册，页 3937。
[5] E.H. Gombrich, *Art and Illusion: A Study in the Psychology of Pictorial Representation* (Princeton University press, 1969), pp. 181–182.

说，次山以及日后古代中国文人对石的想象，如对书法（以及音乐）这些抽象艺术作品的想象一样，是一种凭借自我心灵的艺术。然"天上浮云如白衣，斯须改变如苍狗"，对浮云的想象因人因时因地而异，对石的想象亦如此。"石无十步真"，这种艺术"作品"的内容完全系于想象者的身体存有和心灵。

石鱼同样是一件元结凭借其自我心灵创造的"作品"。次山诗《石鱼湖上作》序曰："㵽泉南上，有独石在水中，状如游鱼。鱼凹处，修之可以贮酒。水涯四匝多欹石相连，石上堪人坐。"[1]据《七泉铭》，㵽泉在道州东郭，石鱼当在东郭外五如石南的潇水中。但如元结所说"石上堪人坐"和"据湖岸，引臂向鱼取酒"[2]应当只在一定季节的水势条件下方才可能。本人在二零一四年五月中旬考察曾到今道县东门乡东门村南村尾一带，其时潇水涨水，所谓"石鱼"完全淹没在水中。二零一六年二月，我托道县唐涛同学为我拍摄"石鱼"，由于是枯水季节，"石鱼"又完全裸露于河床。还发现了该地有两处"石鱼"，符应次山《夜燕石鱼湖作》一诗"呼指递相惊，何故有双鱼"[3]。一处当地人称"阿弥陀佛石"，上有石刻文字，且有略加修凿以作贮酒的"凹处"。石上高低错落，确乎"堪人坐"【图八】。此即日本学者户崎哲彦二十世纪九十年代所拍摄的水中"石鱼"【图九】。距此"石鱼"约十米、离岸更远处，又有当地人称为"团鱼石"【图十】的巨石。两处在"文革"中均曾受到些破坏。次山首先发现的，应当是今称"阿弥陀佛石"的"石鱼"。从户崎的照片看，更像一条鳄鱼。面对这些石头，我感到：要将它们认作是"鱼"，只有在一定江水条件和角度下才有可能，这就关乎个人一时一地的身体存有，以及此一存有中凭借自我

---

[1]《新校元次山集》，卷三，页42。
[2]《石鱼湖上醉歌》序，同上书，卷三，页45。
[3] 同上书，卷三，页45。

图八　石鱼（阿弥陀佛石）枯水季节拍摄

图九　石鱼（户崎哲彦 20 世纪 90 年代拍摄 录自《柳宗元山水游记考》，页 750）

图十　石鱼（团鱼石）枯水季节拍摄

心灵的想象了。经由想象，次山载酒于舟舫，又疑此为洞庭君山，谓"遍饮坐者，意疑倚巴丘酌于君山之上，诸子环洞庭而坐，酒舫泛泛然触波涛而往来者"[1]，因而歌曰：

> 石鱼湖，似洞庭。夏水欲满君山青。山为樽，水为沼，酒徒历历坐洲岛。长风连日作大浪，不能废人运酒舫。我持长瓢坐巴丘，酌饮四坐以散愁。[2]

身体的存有和心灵的主观虚拟在此成为了开掘水石之趣的秘钥。此处

---

[1]《石鱼湖上醉歌》序，同上书，卷三，页45。
[2]《石鱼湖上醉歌》，同上书，卷三，页46。

石鱼又幻化为洞庭中的君山,故又是以山为酒樽。潇水岸欹石相连之处则幻化为巴丘,据岸而坐则幻化为"环洞庭而坐"。次山面对道州左湖的㝎樽亦有类似的主观虚拟:

> 片石何状?如兽之踆。
> 其背颥㝎,可以为樽。
> 空而临之,长岑深壑。
> 广亭之内,如见山岳。
> 满而临之,曲浦回渊。
> 长瓢之下,江湖在焉。……[1]

又有《㝎樽诗》曰:

> 巡回数尺间,如见小蓬瀛。
> 樽中酒初涨,始有岛屿生。
> 岂无日观峰,直下临沧溟。[2]

这是从更小的空间——片石㝎樽和樽中之酒去想象长岑深壑、山岳、曲浦回渊和海中仙岛。此前的造园,虽然已有"攒怪石而岑崟……列海岸而争耸"[3],以砥砺之材、础碛之璞"立而象之衡巫",以畚锸之坳、圩塓之凹"陂而象之江湖"的"以小观大"[4]之传统,但若藉阿波罗尼亚斯的说法,那是主要经由造园家之手完成的。而次山虽亦曾对潇水中石鱼略加修凿以作贮酒之用,但"以小观大"却凭借自我心

---

[1]《㝎樽铭》,同上书,卷九,页138。
[2] 同上书,卷三,页41。
[3] 宋之问,《太平公主山池赋》,《全唐文》,卷二四〇,第3册,2427。
[4] 李华,《贺遂员外药园小山池记》,同上书,卷三一六,第4册,页3211。

图十一　浯溪图

灵对"大朴之器"进行主观虚拟而实现。日后白乐天在洛阳履道坊小园水池中感受滟滪口、潇湘天和严陵濑是此主观虚拟法的发展。驯而有明清造园中的"一峰则太华千寻,一勺则江湖万里"。

次山于道州刺史任内曾往游祁阳山水,流连于一处"水实殊怪,石又尤异"[1]的所在。此处江岸石壁嶙峋,有发源五里外三泉岭的山溪,经一石门注入湘江,此即为次山命名,大历四年(769)以后又于此寓居之"浯溪"。浯溪在祁阳县南五里,现辟为公园,颇易寻访。次山《峿台铭》描述山石与湘水间的形势为"下当洄潭,其势硱磳,半出水底,苍然泛泛,若在波上"[2]。黄之隽康熙年间舟游浯溪,谓"延望舟前有峭壁数十丈,作苍黛色者闯然峙水际,则已色飞也"[3]。据方志的浯溪图,古时山岩下应有一漫水的岩滩【图十一】。今古摩崖渡口至峿台之间,则以一条水泥柳荫路隔开了湘江与石矶。故谓"苍然泛泛,若在波上"多少有夸张。次山的三吾胜览,乃在湘水中三座峰峦相连的石矶中、西两峰与流向湘水的溪流之间【图十二】。其胜以水石为主,建物、草木为辅。触目异石,魄魄磊磊,为台,为崖,为屏,

---

[1]《浯溪铭》,《新校元次山集》,卷一〇,页152。
[2]　同上书,卷一〇,页152。
[3]《浯溪记》,《小方壶斋舆地丛钞》第四帙,第8册,页4347。

图十二　今日三吾胜览（摄自湘江大桥上）

为门。三峰以中峰为最高，"高八九十尺"，上平如台，故称峿台。次山凿有磴道，并于"石颠胜异之处"，建有亭堂，"小峰欹窦，宜间松竹，掩映轩户，毕皆幽奇"[1]；西峰"高六十余尺"，"西面在江中，东望峿台，北面临大渊（即湘水），南枕浯溪"，次山于石上建唐庼，"异木夹户，疏竹傍檐"[2]。东崖则"可容枕席，何事不安？"[3]。峿台西南有溪流蜿蜒向北，经东崖与石屏之间的石门和"巉巉双石"流入湘江，此即浯溪【图十三】。自峿台至浯溪，以次山的计算，不过"廿余丈"。浯溪宽亦不过一米有余。以次山论阳华岩、丹崖、退谷和余中的标准，可谓一"可家"之所在，次山亦几乎于此实现了其游阳华岩和丹崖所说的"饮啄终老"于可家山水的愿望。在此，他与鲍照以降登江矶以远眺江天的诗人不同，他在江矶与小溪的方圆之内，"景物不出数亩"[4]之地，建造了"将老兹地"的生活空间。然峿台、唐庼及东崖皆北临湘水，"登临长望，无远不尽"[5]。故而，吾人不妨说，它既是一融

---

[1]《峿台铭》序，《新校元次山集》，卷一〇，页152。
[2]《唐庼铭》序，同上书，卷一〇，页153。
[3]《东崖铭》，同上书，卷一〇，页159。
[4] 范成大，《骖鸾录》，《知不足斋丛书》第二十二函，页二一上。
[5]《峿台铭》，《新校元次山集》，卷一〇，页153。

第八章　"山水"可惧，"水石"可居 | 493

图十三 浯溪（N26°34.113′/E111°51.481′）

入了亭台建物的山水胜景，又是一处以自然山水为"借景"，却被现今诸家修园林史者忽略了的初期文人园林。

为祁阳湘水南岸的三处景观命名，次山以水部、山部和广部三个部首自创了三个汉字：浯溪、峿台和㝢庼，并对命名缘由作出解释：

> 浯溪在湘水之南，北汇于湘，爱其胜异，遂家溪畔。溪，世无名称者也，为自爱之，故命曰浯溪，铭于溪口。铭曰：……

溪古荒溪（《全唐文》作地荒），芜没盖久。命曰浯溪，旌吾独有。……[1]

"旌吾独有"这句话，在《唐㢘铭》中又被重复了一遍。吾人固可援此以为其"喜名"，或宇文所安论中唐诗文时提出所谓近世文人"拥有意识"的一个更早例证。[2]然而，本章要进一步说明的是，命名不仅在标示个人拥有或文以诚所谓"私产山水"，更在说明近世文人与山水之间既非我消没于彼，亦非彼消没于我的关系。《浯溪铭》及序所说的命名的缘由——"为自爱之"和"旌无独有"——是将为我所识认、我所赏爱、我所命名的"吾有之独"的一片水石纳入自我的存在世界之中。道家出于对混沌的关注，会更多强调名背后那个无名世界。以此难免出现存在论哲学家布伯（Martin Buber）所说的"'我'消失于世界之中，[3]因而根本不存在我"[4]的意识。儒家强调"必也正名"，是以"名"将存在纳入社会与伦理秩序之中，万物由此与我处在"我－它"关系之中。次山的前述思想背景，令其与二者皆不同，而且，他于此表现出的是与水石之间的"我－你"关系。布伯以为人生面对世界摇摆于"我－你"与"我－它"之间。"我－你"源于与自然的融和，而"我－它"则源于与自然的分离。当孩童与生机盎然的相遇者交流，当孩童之手形成拱穹，以让相遇者安卧其下，其后生成的关系便是"你"。由此，"相近之天性日渐明晰地敞亮其'相互'、'温馨'之意

---

[1]《浯溪铭》及序文，同上书，卷一〇，页152。
[2] 见其 *The End of the Chinese "Middle Ages"*（Stanford：Stanford University Press, 1996），pp. 29-33.
[3] 其实道家思想本身亦不乏矛盾之处，即一方面强调"齐物"，另一方面强调至人之"独往独来"，详见拙文，《嵇康与庄学超越境界在抒情传统中之开启》，《玄智与诗兴》，页222-223。
[4] 布伯，《我与你》，陈维刚译（苗栗：桂冠图书股份有限公司，2011），页56。

蕴。……这样，便出现了被创造者的'人格化'，便产生了'对话'。"[1]
而"它"的世界则被因果性统治，屈服于功利与权力意志。布伯曾说：
诗人歌德会与自然进行纯粹的交流，不息的对话，他信赖她，会向玫
瑰说："这就是你。"[2]吾人不也能在觊对湘夫人的期盼中，在谢灵运与
斤竹涧"山阿人"和石室山"赏心"的相遇中，在童心未泯的李白对
峨眉山月说"思君不见下渝州"之时，在他面对敬亭山"相看两不厌"
之时，会意到那个无限亲切的"你"吗？在此，谢灵运和李白其实并
未消泯其自我于自然，而是将钟爱的山水，将故乡的明月，将谢朓游
览过的山岭视为知友。大历二年（767）次山自水路行经浯溪口，模拟
湘水舟子声口所作的《欸乃曲》中亦有："溪口石颠堪自逸，谁能相伴
作渔翁？"[3]而在《峿台铭》中，次山又写道：

> 谁厌朝市？羁牵局促。
> 借君此台，壹纵心目。[4]

此处以尊词"君"称呼的峿台，即是具备"相互"与"温馨"意蕴的
"你"，此亦次山用加了部首的"吾"字冠诸其所"自爱"的溪流和山
石的原因，它们与次山一起构建了一个"可家"的小世界。

三、柳宗元的万山狴牢与泉石相知

次山大历七年（772）正月自浯溪朝京师，遇疾薨于长安。在次
山离开了祁阳浯溪和人间三十三年之后，柳宗元被贬至距浯溪仅百里

---

[1] 同上书，页22。
[2] 同上书，页52。
[3] 《新校元次山集》，卷三，页47。
[4] 同上书，卷一〇，页153。

的永州零陵。此时的子厚，从永贞革新中深受倚重、踔厉风发的朝臣，陡然跌落至楚地南极的罪囚，一度甚至生出"守道甘长绝，明心欲自刭"[1]的念头。韩愈《柳子厚墓志铭》谓柳氏贬为永州司马后，为文"泛滥停蓄，为深博无涯涘，一自肆于山水间"[2]。子厚《陪永州崔使君游宴南池序》亦自谓"余既委废于世，恒得与是山水为伍"[3]。然而，新、旧《唐书》的本传中又分明有"既罹窜逐，涉履蛮瘴，崎岖堙厄，蕴骚人之郁悼"[4]；"因自放山泽间，其堙厄感郁，一寓诸文，仿《离骚》数十篇，读者咸悲恻"[5]。可见子厚之于永州山水的感触，并非单纯的赏爱而已，此是其所谓"投迹山水地，放情咏《离骚》"[6]——他是在楚地山水中再体验逐臣屈原的一怀悲情。且听这一段对楚地风物的感受：

> 枭族音常聒，豺群喙竞呀。
> 岸芦翻毒蜃，礁竹斗狂樝。
> 野鹜行看弋，江鱼或共叉。
> 瘴氛恒积润，讹火亟生煆。
> 耳静烦喧蚁，魂惊怯怒蛙。
> 风枝散陈叶，霜蔓绽寒瓜。
> 雾密前山桂，冰枯曲沼蘆。……[7]

---

[1]《同刘二十八院长述旧言怀感时书事奉寄澧州张员外使君五十二韵之作因其韵增至八十通赠二君子》，《柳宗元集》，卷四二，第4册，页1117。
[2]《全唐文》，卷五六三，第6册，页5698。
[3]《柳宗元集》，卷二四，第2册，页641。
[4]《旧唐书》，卷一六〇，第13册，页4214。
[5]《新唐书》卷一六八，第16册，页5132。
[6]《游南亭夜还叙志七十韵》，《柳宗元集》，卷四三，第4册，页1199。
[7]《同刘二十八院长述旧言怀感时书事奉寄澧州张员外使君五十二韵之作因其韵增至八十通赠二君子》，《柳宗元集》，卷四二，第4册，页1117。

这是一幅多么阴森凄厉和荒凉的景象！而将此阴森恐怖渲染到极致者，则是其元和九年即居永十年后所作之《囚山赋》：

> 楚越之郊环万山兮，势腾踊夫波涛。纷对回合仰伏以离迤兮，若重塘之相褒。争生角逐上轶旁出兮，其下坼裂而为壕。欣下颓以就顺兮，曾不亩平而又高。杳云雨而渍厚土兮，蒸郁勃其腥臊。阳不舒以拥隔兮，群阴冱而为曹。侧耕危获苟以食兮，哀斯民之增劳。攒林麓以为丛棘兮，虎豹咆啸代狴牢之犬嗥。胡井眢以管视兮，穷坎险其焉逃？顾幽昧之罪加兮，虽圣犹病夫嗷嗷。匪兕吾为柙兮，匪豕吾为牢。积十年莫吾省者兮，增蔽吾以蓬蒿。……谁使吾山之囚吾兮滔滔？[1]

这该是子厚"仿《离骚》数十篇"之一。环绕四周的楚山如同囚牢，子厚如猪牛一般被囚禁在深牢之底，但见井口微光。荆棘丛中野兽咆哮，似看管他的恶犬。连同其《愚溪对》中藉溪神之口所描绘的天下诸水的描绘——"生毒雾厉气，中之者，温屯呕泄，藏石走濑，连舻糜解；有鱼焉，锯齿锋尾而兽蹄"，"掎汩泥淖，挠混砂砾，视之分寸，眙若睨壁，浅深险易，昧昧不觌"，"幽险若漆"[2]……可谓是东晋以后对山水最阴暗的地狱书写，其中甚至丝毫也体会不到李白《蜀道难》、《公无渡河》、《北风行》诸篇在描写惊悚景象时，透出的豪迈之情或崇高感。[3]《囚山赋》更着意描写了楚越万山的腾踊角逐，以"离迤"、"上轶旁出"、"坼裂"以及湿渍腥臊之气而书写其中的扭曲和撕裂，藉西方学者评价清代画家龚贤（1620–1689）的《千岩万壑图》的话，则是：

---

[1] 同上书，卷二，页 63–64。
[2] 同上书，卷一四，页 357–358。
[3] 参看本书第五章第四节。

"变形"(distort)和"剧烈痛苦"(torture)的形式为山水注入"不安"(restless)和"活生生的"(vitalistic)因素,甚至"自然被看作一个散布尸骸,充斥凶杀之气的大战场"[1]。汉德森(John B. Henderson)以此来图解清代"反宇宙论的世界观",这令笔者想到:子厚此赋本身所透露的对宇宙论信念的怀疑,不啻是近世思潮的重要征兆。

汉德森在同一本书中亦曾将子厚视作十一世纪宇宙论批评的先驱者。其证据是子厚《时令论上》、《时令论下》、《断刑论下》对《礼记·月令》中"相关宇宙论之主要模式"——天人相感的批评以及《天对》对宇宙论概念的质疑。[2]类似的观点,其实又见于《天说》、《答刘禹锡论天书》和《非国语上·三川震》诸文。关于天人关系,子厚的基本态度是"务言天而不言人,是惑于道者也。……苍苍者焉能与吾事,而暇知之哉?"[3]

在"轴心时代"之后,古代人类主要文化中唯一未以宗教却以宇宙论作为信仰基础的即是中华文化。[4]此是何以庄子倡导"畸于人而侔于天"[5],亦是何以嵇康以后不容于人世的中国文人总能从优游山水来寻求生命的依托。然而在子厚这里,对宇宙论信仰的怀疑,连同被逐楚地的激愤,已使山水也被视作了囚牢。无怪乎晁补之《变骚》论此赋谓:"《语》云:仁者乐山。自昔达人,有以朝市为樊笼者矣,未闻以山林为樊笼也。"[6]。

当然,延续着中国诗文的山水书写传统,子厚也会时而写到其在

---

[1] 这后一句是 Arthur Waley 的话,转引自 John B. Henderson, *The Development and Decline of Chinese Cosmology*(New York: Columbia University Press, 1984), p. 231.
[2] 同上, pp. 104–105.
[3] 《断刑论下》,《柳宗元集》卷三, 第 1 册, 页 90。
[4] 见 A.C. Graham, *Disputers of the Tao: Philosophical Argument in Ancient China*(La Salle, Ill.: Open Court, 1993), p. 314.
[5] 《庄子集释·大宗师》,《诸子集成》, 第 3 册, 页 124。
[6] 转引自《柳宗元集》卷二, 第 1 册, 页 63。

游览山水之际得以涤散郁闷的片刻,如《始得西山宴游记》一文收尾写自己登临山顶,觉"凡数州之土壤,皆在衽席之下",然后——

> 知是山之特立,不与培塿为类,悠悠乎与颢气俱,而莫得其涯;洋洋乎与造物者游,而不知其所穷。……苍然暮色,自远而至,至无所见,而犹不欲归。心凝形释,与万化冥合。然后知吾向之未始游,游于是乎始。[1]

此处子厚能与万物冥合者,是从西山"悠悠乎与颢气俱,而莫得其涯;洋洋乎与造物者游,而不知其所穷"感受到了"气",并且由此以为"游于是乎始",即心灵在气化宇宙中的自由。这个"气"是充分自然生成论或生机论的。子厚《天对》谓:"本始之茫,诞者传焉。鸿灵幽纷,曷可言焉!往来屯屯,庞昧晰眇,惟元气存,而何为焉!"[2] 又谓:"山川者,特天地之物也;阴与阳者,气而游乎其间者也。"[3] 其《天说》则以阴阳元气解说万物之生死循环。[4] 而且,子厚虽不赞同孟子所谓人之道德品质仁义忠信,乐善不倦为"天爵",却以为圣者的某种抽象禀赋"志"与"明"是出自然之天的"刚健之气"与"纯粹之气"[5]。由此,吾人可以说,子厚于西山暮色之中感受到的心灵自由,是在"悠悠乎"和"洋洋乎"之中,觉得自己心灵的"刚健之气"与"纯粹之气"与"莫得其涯"的天地之气相融(虽是"刚健之气",却非真是孟子所谓"万物皆备于我矣,反身而诚"),从而"心凝形释,与万化冥合"。这是一种情智合一的冥契境界,其中不免

---

[1]《柳宗元集》,卷二九,第3册,页762–763。
[2] 同上书,卷一四,第2册,页365。
[3]《非国语上·三川震》,同上书,卷四四,第4册,页1269。
[4] 同上书,卷一六,第2册,页441–443。
[5]《天爵论》,同上书,卷三,第1册,页79–80。

图十四　潇湘交汇与萍岛（游轮上自萍岛北向南拍摄，N26°15.601′/E111°36.140′）

有前述布伯所谓将有限之自我消没于无限宇宙的超越意味。子厚在潇湘之游的诗作中一再写到这类入于气化之流的冥契境界。如《湘口馆潇湘二水所会》：

> 九疑浚倾奔，临源委萦回。
> 会合属空旷，泓澄停风雷。
> 高馆轩霞表，危楼临山隈。
> 兹辰始澄霁，纤云尽褰开。
> 天秋日正午，水碧无尘埃。……[1]

诗人应在今日零陵萍岛北的位置，立于危楼，面对两支湘水绕过萍岛与青碧的潇水交汇【图十四】，想到出自九疑的潇水和发源临源的湘水在无数深壑中萦回之后，终注入此刻的水天空阔。"泓澄停风雷"是通

---

[1] 同上书，卷四三，第4册，页1191。

感,不仅波涛的雷霆激荡,其心中种种激愤亦消溶于此刻目中的"泓澄"之中。"泓澄"是一"无中心形容词"(exocentric adjective),状写在江波、空气、甚至诗人心中目中在在颢气充满的瞬间。子厚《登蒲州石矶望横江口潭岛深迥斜对香零山》是书写诗人在某个日出时分在江津渡所望所感:

> 隐忧倦永夜,凌雾临江津。
> 猿鸣稍已疏,登石娱清沦。
> 日出洲渚静,澄明皛无垠。
> 浮晖翻高禽,沉景照文鳞。
> 双江汇西奔,诡怪潜坤珍。
> 孤山乃北峙,森爽栖灵神。
> 洄潭或动容,岛屿疑摇振。……[1]

是诗涉"江津"、"孤山"、"回潭"、"岛屿"和"双江"。诗人应站在潇水南岸的江津渡,见水中香零山北峙【图十五】。此处潇水正向西南蒲州方向回转,形成回潭。"双江"应指在香零山西北汇流的潇水和芜溪(茆水)。这是初日之光与夜雾在潇水上的交接时刻,又是二流汇合之所在:水上"浮晖"、"沉景"光点粼粼,水中奔浪滔滔。一片晶亮无垠的世界里,但见孤山香零屹立中川,似为森爽灵神之气所栖止。这灵神之气似令江潭动容,岛屿摇振,其实是诗人如何沉浸在令其怦然的美感之中。此段所写正是灵神之气充满其身心的那一刻。《游南亭夜还叙志七十韵》叙写了诗人一次水上夜游。其中有:

> 暮景回西岑,北流逝滔滔。

---

[1] 同上书,卷四三,第4册,页1191–1192。

图十五　今日香零山（摄自摆渡船上，N26°13.217′/E111°38.224′）

徘徊遂昏黑，远火明连艘。
木落寒山静，江空秋月高。
敛袂戒还徒，善游矜所操。
趣浅戢长楫，乘深屏轻篙。
旷望援深竿，哀歌叩鸣艚。
中川恣超忽，漫若翔且翱。
淹泊遂所止，野风自飔飔。
涧急惊鳞奔，蹊荒饥兽嗥。……[1]

这里记录了子厚生命中一个难得放纵的时刻：诗人在一个雨霁的傍晚以轻舠出游潇湘，在舟上开怀畅饮，以蟹螯供朵颐之快。忽而在江空月高之时，屏篙戢楫，随中川之流漂逸而去，任其止泊。如出笼之鸟，

---

[1] 同上书，卷四三，第4册，页1200。

漫空而翔，迅疾之中但闻野风、鳞奔和兽噪。诗人特以"恣"、"漫"二字，彰显在水流和野风的"超忽"中体验到的自由，那是在"生气"中"心凝形释，与万化冥合"。

子厚在游览中此类高峰体验或冥契境界，多不是出自观照清晰的山水之象，而多是山水风日中能体现生气的混溿回薄之态。如自永州法华寺石门见"堑峭出蒙笼，墟嵌临混溿。稍疑地脉断，悠若天梯往"[1]，如朝阳岩西亭望"高岩瞰清江，幽窟潜神蛟。开旷延阳景，回薄攒林梢"[2]，如望界围岩水帘的"蔽空素彩列，激浪寒光聚。的砾沉珠渊，铿鸣捐佩浦"[3]……皆是。然而，对子厚这位深深感受着存在危机的诗人而言，这样骤现在"时间之点"中的精神高潮往往接续着"反高潮"，令全诗呈现为一种情调的"突降"（bathos）。如前引《湘口馆潇湘二水所会》一诗紧接颢气充满的"泓澄"之境，竟是：

> 杳杳渔父吟，叫叫羁鸿哀。
> 境胜岂不豫，虑分固难裁。
> 升高欲自舒，弥使远念来。[4]

从"渔父"和"羁鸿"诗人想到自身的命运，遂落入更深的忧伤之中。在前引《登蒲州石矶望横江口潭岛深迥斜对香零山》一诗中，子厚则述说了他在历经令他屏住呼吸的美感之后的情形：

> 信美非所安，羁心屡逡巡。
> 纠结良可解，纡郁亦已伸。

---

[1]《法华寺石门精室三十韵》，同上书，卷四三，第4册，页1187。
[2]《游朝阳岩遂登西亭二十韵》，同上书，卷四三，第4册，页1189。
[3]《再至界围岩水帘遂宿岩下》，同上书，卷四二，第4册，页1147。
[4] 同上书，卷四三，第4册，页1191。

> 高歌返故室，自诮非所欣。[1]

"纠结"二句是虚语，否则就不会嘲为"自诮"了。真实情形正是纠结安可解？纡郁何以伸？故而江津渡所见之美毕竟是何足少留的。在前引《游南亭夜还叙志七十韵》所写的"中川恣超忽"的放纵之后，诗人续写道：

> 入门守拘挚，凄戚憎郁陶。
> 慕士情未忘，怀人首徒搔。
> 内顾乃无有，德輶甚鸿毛。
> 名窃久自欺，食浮固云叨。
> 问牛悲衅钟，说彘惊临牢。
> 永遁刀笔吏，宁期簿书曹？……[2]

诗人突然又回到现实中无望囚徒的生活之中，甚至不惜将一己之身比作即将被送去屠宰血祭之牛，比作在百牢中食糠之彘。这类反复出现的"突降"在柳诗中的例证尚有《南涧中题》、《游朝阳岩遂登西亭二十韵》、《构法华寺西亭》、《法华寺石门精室三十韵》等诸篇。赵昌平甚至以为此种"伊郁盘结，意脉曲折"，圆润之中又见拗峭的布局乃是柳诗与陶、王以来传统格局相区别之处。[3] 如果说柳诗中会时而有庄子式的藉御气与天地融合而解脱，其着意表现者却又是庄子所说的继山林皋壤欣欣之乐后的"乐未毕也，哀又继之"[4]。如其与友人书中所自述：

---

〔1〕 同上书，卷四三，第 4 册，页 1192。
〔2〕 《柳宗元集》卷四三，第 4 册，页 1200–1201。
〔3〕 《韦柳异同与元和诗变》，《赵昌平自选集》，页 181–197。
〔4〕 《庄子集释·知北游》，《诸子集成》，第 3 册，页 334。

> 仆闷即出游,游复多恐。涉野有蝮虺大蜂,仰空视地,寸步劳倦;近水即畏射工沙虱,含怒窃发,中人形影,动成疮痏。时到幽树好石,暂得一笑,已复不乐。何者?譬如囚拘圜土,一遇和景出,负墙搔摩,伸展支体,当此之时,亦以为适,然顾地窥天,不过寻丈,终不得出,岂复能久为舒畅哉?[1]

这全然是"囚山"之另一版本,这里明示出诗人游赏山水时的一个问题:他似乎不能长久持有那一份愉悦。柳氏当然也写到过人与自然的全然融合,如以朝阳岩山水为背景的《渔翁》一诗:

> 渔翁夜傍西岩宿,晓汲清湘燃楚竹。
> 烟销日出不见人,欸乃一声山水绿。
> 回看天际下中流,岩上无心云相逐。[2]

周策纵谓此诗之眼在"欸乃"句中"一"字。着此"一"字,薄雾笼罩的湘水似在欸乃声中倏尔变绿,或渔翁之歌已化入天地间绿意充盈之"大乐"之中。然而,与上述"囚山"、"暂得一笑,已复不乐"的经验对比,联想到柳氏对宇宙论信念的质疑,此又不过是一种对融于山水的渔翁生命之艳羡或不可求之望而已。卢梭在其晚年总结其人生时说过:最让他忆及的不是生命中短暂的神迷心醉,极致的幸福应是一种简单却更持久的状态:

> 也许有一种稳固的状态让我们的心在其中得到完全的休

---

[1]《与李翰林建书》,《柳宗元集》卷三〇,第3册,页801-802。
[2] 同上书,卷四三,第4册,页1252。

息……时间对它而言早已失去意义,只这一种没有尽头、没有变化的状态在继续着,我们感受不到别的。没有失去、没有享受、没有快乐、没有痛苦、没有希望,也没有恐惧,自身的存在便是唯一的感受,溢满了整个心灵。只要这种状态延续着,处在其中的人便是幸福的……这是一种充分、完全、丰满的幸福。……而这正是我在圣皮埃尔岛,躺在随波漂流的小船上,坐在波涛汹涌的湖畔,或是在美丽的小河边听着浪花轻溅、拍击岩石的声音,独自一人浮想联翩时所感觉到的状态。[1]

卢梭在此表述的人生幸福的极诣,被治近代欧洲诗的学者比同为浪漫诗人华兹华斯所说的"栖止了的宁静"(settled quiet)和"消极的平静"(passive stillness),虽然后者强调须自回忆方能臻致此境。[2]古代中国诗人中,嵇康最早自正面书写过这种极致的幸福,那是一种"顺天和以自然……并天地而不朽"[3]的生命状态:"流磻平皋,垂纶长川,目送归鸿,手挥五弦"[4],"微啸清风,鼓楫容裔。放櫂投竿,优游卒岁"[5]云云,即在体味此夷旷恬和的存在感。[6]盛唐诗人王维亦深谙此人生忘欢的至乐,其诗所写之"行到水穷处,坐看云起时"[7],"澹然望

---

[1]《一个孤独漫步者的遐想》,袁筱一译(新北:远足文化事业股份公司,2011),页110-112。
[2] 见 Christopher Salvesen, *The Landscape of Memory: A Study of Wordsworth's Poetry*(London: Edward Arnold, 1965), pp. 179-180.
[3] 嵇康,《答难养生论》,《嵇康集校注》,页191。
[4]《兄秀才公穆入军赠诗十九首》其十五,《嵇康集校注》,页15-16。
[5]《酒会诗七首》其二,同上书,页73。
[6] 参看拙文,《嵇康与庄学超越境界在抒情传统中之开启》(《中国思想与抒情传统》第一卷),《玄智与诗兴》,页186-205。
[7]《终南别业》,《王维集校注》,第1册,页191。

远空,如意方支颐"[1],"此夜任孤棹,夷犹殊未还"[2]……皆是此人生之极诣。中唐韦应物亦屡屡有此体验,其诗"负暄衡门下,望云归远山"[3],"永日一酣寝,起坐兀无思,长廊独看雨,众药发幽姿"[4]云云,亦书写出诗中人的萧散之态或"消极的平静"。而子厚这位深具存在危机感的诗人,这位宇宙论信念的怀疑论者,则自反面提出了同一问题。

然而子厚毕竟发现了一处令其"喜笑眷慕,乐而不能去也"[5]的所在,此即由其命名,成为其居所的"愚溪"。子厚著文曰:

> 灌水之阳,有溪焉,东流入于潇水。或曰:冉氏尝居也,故姓是溪为冉溪。……余以愚触罪,谪潇水上,爱是溪,入二三里,得其尤绝者家焉。古有愚公谷,今予家是溪,而名莫定,土之居者犹龂龂然,不可以不更也,故更之为愚溪。愚溪之上,买小丘为愚丘。自愚丘东北行六十步,得泉焉,又买居之为愚泉。愚泉凡六穴,皆出山下平地,盖上出也。合流屈曲而南,为愚沟。遂负土累石,塞其隘为愚池。愚池之东为愚堂。其南为愚亭。池之中为愚岛。嘉木异石错置,皆山水之奇者,以余故,咸以愚辱焉。[6]

如次山以三吾名其所居浯溪一样,子厚亦以"八愚"之名将其得而家焉的二三里山水纳入了其自我的存在,而非以无穷的宇宙来吞没其存在。此处子厚自谓"以愚触罪"之"愚",本身即是"余"之谦词。子厚作《愚溪对》写其梦中与溪神对答,此梦中唯柳子与愚溪之神出现,

---

[1]《赠裴十迪》,同上书,第2册,页430。
[2]《泛前陂》,同上书,第2册,页458。
[3]《郊居言志》,《韦应物诗集系年校笺》,页208。
[4]《郡内闲居》,同上书,页406。
[5]《愚溪诗序》,《柳宗元集》,卷二四,第2册,页643。
[6]《愚溪诗序》,同上书,卷二四,第2册,页642-643。

二人互以"予"-"子"和"吾"-"汝"相称,在此,吾人确可领略布伯所说的人与自然由"相近之天性"而敞亮的"'相互''温馨'之意蕴",以及由"被创造者的'人格化'"而产生的"对话"。不仅在梦中,这样一种我-你之间的亲切对话,会时而出现在日常瞬间,如《雨后晓行独至愚溪北池》一诗所写:

> 宿云散洲渚,晓日明村坞。
> 高树临清池,风惊夜来雨。
> 予心适无事,偶此成宾主。[1]

子厚的愚池、愚堂、愚亭等遗址被当地政府初定在愚溪南岸、小石潭西的吕家湾一带。如同浯溪,八愚及其环绕愚溪的"山水之奇"其奇其趣实在水石之间:钴鉧潭中"冉水自南奔注,抵山石,屈折东流,其颠委势峻,荡击益暴,啮其涯,故旁广而中深,毕至石乃止。流沫成轮,然后徐行"[2];小石潭"水尤清洌,全石以为底,近岸卷石底以出,为坻为屿,为嵁为岩"[3];钴鉧潭西小丘在"潭西二十五步,当湍而浚者为鱼梁。梁之上有丘焉,生竹树。其石之突怒偃蹇,负土而出,争为奇状者,殆不可数。其欹然相累而下者,若牛马之饮于溪;其冲然角列而上者,若熊罴之登于山"[4]。其中柳氏对西小丘的描写,令人想到元结对五如石的描绘:"左如旋龙,低首回顾。右如惊鸿,张翅未去。前如饮虎,饮而蹲焉。后如怒龟,出洞登山。"二人皆在静态蘽石中看到了大自然的舞蹈。而且,《钴鉧潭西小丘记》似乎有意颠倒了《游黄溪记》、《钴鉧潭记》、《石涧记》中坚实、沉静之石与奔腾、激荡之水的对照,西小丘

---

[1] 同上书,卷四三,第4册,页1217。
[2] 《钴鉧潭记》,同上书,卷二九,第3册,页764。
[3] 《至小丘西小石潭记》,同上书,卷二九,第3册,页767。
[4] 《钴鉧潭西小丘记》,同上书,卷二九,第3册,页765。

呈现的是石的"突怒偃蹇"和"欸然相累而下"、"冲然角列而上",恰与水的"悠然而虚"、"渊然而静"形成对照。此中蕖石所具现的种种动姿活兽,实际上是罗丹和梅洛-庞蒂所说的"影像",是从事物的内部去经历它。其中"突怒偃蹇,负土而出"云云,未始没有子厚身体中的奋激和狂躁——这已经是一种以土石展开的动态"物质想象"。

次山曾有引臂"向石鱼取酒"的游戏,子厚亦发明了一藉西小丘之石觞酒的游戏:

> 买小丘,一日锄理,二日洗涤,遂置酒溪石上。向之为记所谓牛马之饮者,离坐其背。实觞而流之,接取以饮。乃置监史而令曰:当饮者举筹之十寸者三,逆而投之,能不洄于洑,不止于坻齿,不沉于底者,过不饮。而洄而止而沉者,饮如筹之数。……[1]

子厚对水石特别是石的形态姿势异乎寻常的兴趣,颇值得关注。愚溪之外,袁家渴"有小山出水中,皆美石",其中草木"缪辂水石"[2];石渠"有泉幽幽然……其流抵大石,伏出其下。踰石而往,有石泓,昌蒲被之"[3];石涧"亘石为底,达于两涯。若床若堂,若陈筵席,若限阃奥。水平布其上,流若织文,响若操琴"[4];永州城北荒山之野有"大石林立,涣若奔云,错若置棋,怒者虎斗,企者鸟厉。抉其穴则鼻口相呀,搜其根则蹄股交峙,环行卒愕,疑若搏噬"[5];永州山城内韦氏宅基有"怪石森然,周于四隅,或列或跪,或立或仆,窍穴逶邃,堆阜

---

[1]《序饮》,同上书,卷二四,第2册,页646。
[2]《袁家渴记》,同上书,卷二九,第3册,页768-769。
[3]《石渠记》,同上书,卷二九,第3册,页770。
[4]《石涧记》,同上书,卷二九,第3册,页771。
[5]《永州崔中丞万石亭记》,同上书,卷二七,第3册,页735。

突怒"[1]；永州黄溪第二潭"石皆巍然，临峻流，若颏颔龂腭。其下大石杂列，可坐饮食"[2]……此外，已有人注意到柳氏《与卫淮南石琴荐启》以"稍以珍奇，特表殊形，自然古色……增响亮于五弦，应铿锵于六律"[3]是第一次提出自石之"形、质、色、声"四要素把握雅石。[4]其《与崔连州论石钟乳书》虽是论服饵，亦透出其对乳石的观察："钟乳直产于石，石之精粗疏密，寻尺特异。……由其精密而出者，则油然而清，炯然而辉，窍滑以夷，其肌廉以微。"[5]就本章的论题而言，这种对水石的兴趣，实反映着一种对近在咫尺而非须远望才见的山水景致的关注。

回到愚溪一带的讨论。尽管历经千年沧桑，笔者二零一四年五月现地考察时进入该地后，触目所见印象最深的仍然是水边侵蚀阶地中有巨厚基座的石灰岩。当地在拆毁水电站，在上游筑坝整修愚溪时曾发现水底皆为石质，契合柳文所说"全石以为底，近岸卷石底已出"，只是岸边巨石多被炸毁或移走，已难随处见到"为坻为屿，为嵁为岩"的景象了。钴鉧潭在柳子庙西、柳子街南，溪依山石而流，成钴鉧即熨斗之形。两岸亦散布有石【图十六】。愚溪流势是自西南经数屈折流向东北而入潇水。然子厚当日或吾人今日游愚溪，却是溯水自东而西而南。以溯水方向自钴鉧潭南折而入小石潭前，北岸柳子街南侧的竹丛之下，水边见有绵延三十余米的黄褐色礜石，此即钴鉧潭西小丘，最近由当地政府挖掘而出【图十七】。如活虎生龙，姿态各具。从地理方位和形态，皆契合柳记，当可确认。故西小丘不应在台湾永州籍学者眭书同回乡后撰文所说的"现今柳子街至人民医院公路下侧"的"稠密的居民住

---

[1]《永州韦使君新堂记》，同上书，卷二七，第3册，页733。
[2]《游黄溪记》，同上书，卷二九，第3册，页760。
[3] 同上书，外集卷下，第4册，页1384–1385。
[4] 孙庆芳、孙毅《中国石文化》（北京：时事出版社，2007），页39–41。
[5]《柳宗元集》，卷三二，第3册，页835。

图十六　今日钴鉧潭（N26°13.221′/E111°36.051′）

图十七　今日钴鉧潭西小丘（N26°13.170′/E110°36.024′）

图十八　今日小石潭（N26°13.060'/E111°35.934'）

图十九　柳宅八愚之所遗址

第八章　"山水"可惧，"水石"可居　｜　513

宅区"[1]。溯水而行，愚溪的石岸过西小丘后径向南，复折向西南。小石潭的位置若依柳文，在西小丘西百二十步，当在顺愚溪之流自向西北而转向北或溯水而行自南向西南的转折处【图十八】。《零陵县志·钴鉧潭》条目曰："大抵愚溪之妙，愈深入愈幽奇"[2]，是就溯水行而言。在这个方向过小石潭再向西南行，在欲折向西北的愚溪南岸，即是疑似子厚八愚居所的今日吕家湾【图十九】。山丘下的大片水田很可能即是当年的愚池。由此溯水复向西北行，则见两岸青石壁立、溪中白浪汹涌了。

以此，柳氏永州八记所写的小石潭、钴鉧潭、钴鉧潭西小丘皆在距其八愚居所不远处，正是其所谓"入二三里，得其尤绝者家焉"。子厚应在元和四年（809）秋发现了西山冉溪和芜江诸景后，于翌年定居于八愚之地。至于小石城山，距这个"可家"之地，亦不过二里开外。愚溪虽比浯溪宽，然亦不过丈余。这个山水小世界，若按日本学者户崎哲彦的说法，乃"具有同心圆般的向心性"[3]。这个世界，特别是以愚堂、愚池为中心的柳子"家焉"之地，亦以"小"而标显。不仅"小石潭"、"西小丘"、"小石城山"、"丘之小不能一亩"，以及"买小丘为愚丘"的"小"字不可轻轻放过，就是愚溪本身，亦是与洋洋"闽之水"、"西海之水"、"秦之水"、"雍之水"以及"空旷"、"泓澄"的潇湘之水相对比而被书写的，子厚谓：

> 夫水，智者乐也。今是溪独见辱于愚，何哉？盖其流甚下，不可以灌溉；又峻急，多坻石，大舟不可入也；幽邃浅狭，蛟龙不屑，不能兴云雨。无以利世，而适类于余。……今余遭有道，而违于理，悖于事，故凡为愚者莫我若也。夫然，则天下莫能争

---

[1] 眭书同，《柳宗元永州八记寻迹》，《历史月刊》1998年第9期，页127。
[2] 《零陵县志》卷之二，页五二。
[3] 户崎哲彦，《柳宗元山水游记考》，页820。

是溪，余得专而名焉。[1]

子厚在自嘲之中以愚溪自况，这一自况态度本身即是搭建拱穹，以让八愚世界安卧其下，成为我之存在得以专有的"你"。这个"你"（"汝"、"子"）与作为"囚山"的"它"在情感意义上何其不同。且看子厚写自己是如何寻到小石潭的："隔篁竹，闻水声，如鸣佩环，心乐之。伐竹取道，下见小潭，水尤清洌。……"[2]真真是"蓦然回首，那人却在，灯火阑珊处"——像是与梦中情人不期而遇，惊喜和陶醉之情，溢于言表。再请一读《钴鉧潭西小丘记》的结尾：

> 噫！以兹丘之胜，致之沣、镐、鄠、杜，则贵游之士争买者，日赠千金而愈不可得。今弃是州也，农夫渔父过而陋之，贾四百，连岁不能售。而我与深源、克己独喜而得之，是其果有遭乎！……[3]

天姿秀异而遭窜斥荒疠的子厚，似由小丘的佳胜和被弃僻远，而油然生相惜之情，故而"独喜而得之"。在此，同情分明即自怜。再看《小石城山记》的结尾：

> 又怪其不为之中州，而列是夷狄，更千百年不得一售其伎，是故劳而无用，神者傥不宜如是，则其果无乎？或曰："以慰夫贤而辱于此者。"或曰："其气之灵不为伟人，而独为是物，故楚之南少人而多石。"是二者，余未信之。[4]

---

[1]《愚溪诗序》，同上书，卷二四，第2册，页643。
[2]《至小丘西小石潭记》，同上书，卷二九，第3册，页767。
[3] 同上书，卷二九，第3册，页766。
[4] 同上书，卷二九，第3册，页773。

"不为之中州,而列是夷狄,更千百年不得一售其伎",此愤愤不平之语似乎蹊跷,然发自他这样一位"贤而辱于此者"则再自然不过。子厚以"余未信"的"或曰"道出的是其内心最深处的孤独:此小山小石是他楚地南极放逐中"独"能晤谈的"你"。故而,甚至似乎不是他主动来占有这本无性灵的水石间的种种,而是"你","神秘中向人呼唤"[1],如子厚在钴鉧潭西小丘和小石潭上所体验:

  枕席而卧,则清泠之状与目谋,潜潜之声与耳谋,悠然而虚者与神谋,渊然而静者与心谋。[2]

  潭中鱼可百许头,皆若空游无所依。日光下澈,影布石上,怡然不动,俶尔远逝,往来翕忽,似与游者相乐。[3]

"我-你"世界出现在一种相互穿透的关系里:"我见青山多妩媚,料青山见我应如是"。梅洛-庞蒂说:"在画家与可见物之间,不可避免地出现了角色的交换。因此,许多画家都说事物在注视他们。"[4]子厚书写了人与自然物水石之间多么难得的相知瞬间!

四、"择恶而取美"的清流奇石世界

  盱衡以上子厚视楚越万山为狴牢,且以潇湘之游畅不得久持,却对"幽邃浅狭,蛟龙不屑,不能兴云雨"的愚溪水石世界"喜笑眷慕,乐而不能去也",并以之为"家焉"之地,吾人可推断:如次山一样,

---

[1]《我与你》,页32。
[2]《钴鉧潭西小丘记》,《柳宗元集》,卷二九,第3册,页766。
[3]《至小丘西小石潭记》,同上书,卷二九,第3册,页767。
[4]《眼与心》,页90。

纵然在异乡山水中，子厚却有一种在此追求小的，被幽藏着的，和近似人间或家屋的亲切熟稔感觉，[1]而逃避或难容于雄伟、陌生世界的倾向。欧洲十八世纪关于大自然中崇高的讨论，曾将广阔（vast）、蛮荒（wild）、陌生（foreign, exotic or unfamilia）、非家庭之用或非舒适作为构成崇高感的主要因素。[2]以此，吾人不妨说，次山和子厚对水石的追求中，有一种与崇高感相反的倾向。倘藉韩愈《至邓州北寄上襄阳于相公书》的一段话说，则是："夫涧谷之水，深不过咫尺，邱垤之山，高不能踰寻丈，人则狎而玩之。及至临泰山之悬崖，窥巨海之惊澜，莫不战掉悼慄，眩惑而自失。"[3]所谓与崇高感相反的倾向，正是狎玩涧谷之水、邱垤之山，却自失于高山巨海的倾向。

自朗吉弩斯以降，崇高感在西方即由人之祁向神性生发。中国诗人、画家中具强烈宗教意识者如宗炳、谢灵运、郭璞、李白甚至早期王维那里，这样的崇高感亦曾出现。如山水画论的开山人物南朝宗炳的《明佛论》即有如下议论：

> 若使迥身中荒，升岳遐览，妙观天宇澄肃之旷，日月照洞之奇，宁无列圣威灵，尊严乎其中，而唯唯人群，忽忽世务而已哉！固将怀远以开神道之想，感寂以照灵明之应矣。昔仲尼修五经于鲁以化天下，及其眇邈太蒙之巅，而天下与鲁俱小，岂非神

---

[1] 子厚不仅自谓"幽邃浅狭"的愚溪"适类于余"，且不断于此类小山水中发现人间况味，如谓石渠其侧"可列坐而休焉"，谓石涧"可罗胡床十八九居之。交络之流，触激之音，皆在床下；翠羽之木，龙鳞之石，均荫其上"，谓小石城山"其上为睥睨梁欐之形，其旁出堡坞，有若门焉"。见《柳宗元集》卷二十九，第 3 册，页 770，771–772，772–773。
[2] 请参照 Chlöe Chard, "Rising and Sinking on the Alps and Mount Etna: The Topography of the Sublime in Eighteenth-Century England," *Journal of Philosophy and the Visual Arts*, vol.1, no.1（1989）, pp. 61–70.
[3]《全唐文》卷五五一，第 6 册，页 5581。

合于八遐,故超于一世哉?[1]

宗炳是要人自登临大山"妙观天宇澄肃之旷,日月照洞之奇"去感受佛的威灵和佛的世界的"恢弘旷荡不可限极"[2],从而藐视"天下与鲁俱小"。好言神仙的郭景纯曾幻想手顿羲和之辔,足蹈阊阖之门以小视人世:"东海犹蹄涔,昆仑蝼蚁堆。遐邈冥茫中,俯视令人哀。"[3]道教徒李白在与仙界相接的云山之际,顿感"精神四飞扬,如出天地间。黄河从西来,窈窕入远山。凭崖览八极,目尽长空闲"[4]。柳宗元虽也"自幼好佛,求其道积三十年"[5],却如次山,其立足之处却是儒家。自其屡屡宣说的"苍苍者焉能与吾事而暇知之哉"一语论,他对那个或者以其无限吞没有限自我,或者在人世之外、作为"它"之苍苍之天是相对冷漠的。故而,他热衷叙写人如何发现山水泉石以及改造其为人的世界,这里已不仅仅是"我"与"你"之相遇而已,而是"我"如何依意愿打扮"你",令"你"成为"我"之理想的对象化,如《永州韦使君新堂记》赞美韦使君如何改造山水泉石为郊邑胜景:

> 永州实惟九疑之麓,其始度土者,环山为城,有石焉,翳于奥草;有泉焉,伏于土涂。蛇虺之所蟠,狸鼠之所游,茂树恶木,嘉葩毒卉,乱杂而争植,号为秽墟。韦公之来既逾月,理甚无事,望其地,且异之。始命芟其芜,行其涂,积之丘如,蠲之浏如。既焚既酾,奇势迭出,清浊辨质,美恶异位。视其植,则清秀敷

---

[1]《明佛论》,《全宋文》卷二一,《全上古三代秦汉三国六朝文》,第3册,页2553。
[2] 鸠摩罗什译,《妙法莲花经》,《大正新修大藏经》,第9册,页33。
[3]《游仙诗》其九,《先秦汉魏晋南北朝诗》,中册,页866。
[4]《游太山六首》其三,《李白全集校注汇释集评》,第5册,页2798。
[5]《送巽上人赴中丞叔父召序》,《柳宗元集》,卷二五,第2册,页671。

舒；视其蓄，则溶漾纡余。……[1]

《零陵三亭记》先写县东一处未加整理的荒山："泉出石中，沮洳污涂，群畜食焉，墙藩以蔽之"，新莅零陵令薛存义乃率众——

> 发墙藩，驱群畜，决流沮洳，搜剔山麓，万石如林，积坳为池。爰有嘉木美卉，垂水蘩峰，珑灵萧条，清风自生，翠烟自留，不植而遂。鱼乐广闲，鸟慕静深，别孕巢穴，沉浮啸萃，不畜而富。[2]

《永州崔中丞万石亭记》叙写御史中丞崔能发现荒野中潜在的美景和造美景的过程：

> 来莅永州，闲日，登城北墉，临于荒野蓁翳之隙，见怪石特出，度其下必有殊胜。步自西门，以求其墟。伐竹披奥，欹侧以入。绵谷跨溪，皆大石林立，涣若奔云，错若置棋，怒者虎斗，企者鸟厉。抉其穴则鼻口相呀，搜其根则蹄股交峙，环行卒愕，疑若搏噬。于是刳辟朽壤，翦焚榛莽，决涔沟，导伏流，散为疏林，洄为清池。寥廓泓渟，若造物者始判清浊，效奇于兹地，非人力也。[3]

在此，人再造了山水之奇，令其"始判清浊"。元和四年后，子厚对其所游所居的潇水西岸西山、愚溪亦进行了一定程度的改造：在西山"斫榛莽，焚茅茷"[4]；在西小丘"铲刈秽草，伐去恶木，烈火而焚之。嘉

---

[1] 同上书，卷二七，第3册，页732–733。
[2] 同上书，卷二七，第3册，页737–738。
[3] 同上书，卷二七，第3册，页735。
[4] 《始得西山宴游记》，同上书，卷二九，第3册，页762。

木立,美竹露,奇石显"[1];在小石潭"伐竹取道"[2];在石渠"揽去翳朽,决疏土石,既崇而焚,既酾而盈"[3];在石涧"折竹箭,扫陈叶,排腐木,可罗胡床十八九居之"[4];在其八愚之居则"负土累石,塞其隘为愚池"[5]。上述子厚从事的所有活动,皆旨在以类似屈子良窳对立的价值谱系,[6]将"嘉苊"、"茂树"、"嘉木"、"美卉"、"美竹"、"奇石"与"毒卉"、"恶木"、"秽草"、"腐木"、"陈叶"、"榛莽"、"茅茷"剥离,以重建"清浊辨质"和"美恶异位"符合人类价值取向的美的世界。依子厚的说法,"夫美不自美,因人而彰。兰亭也,不遭右军,则清湍修竹,芜没于空山矣"[7];景不仅须因人之发掘、辨识而彰显为美;而且"地虽胜,得人焉而居之,则山若增而高,水若辟而广"[8],即人类在将山水葺治为生活环境时,可以增益山水之美。依其儒家人文化成立场,子厚将此"因土而得胜"、"择恶而取美"、"躅浊而流清"和"居高以望远"的活动,比之为"因俗以成化"、"除残而佑仁"和"废贪而立廉"[9]。

子厚在此不仅指出古代中国文人因山水自然之势而宅居和造园的原则,且透露出中国传统景观学由山水至园林的发展轨迹。其实,如次山的三吾之地一样,子厚的八愚居处经其"负土累石,塞其隘为愚池",并在池之东建愚堂,池之北建愚亭,亦是一处初期的文人园林了,却亦被今日之治园林史者所忽视。不仅有造园实践,柳氏已经提出了意义丰富的造园思想。

---

[1]《钴𬭁潭西小丘记》,同上书,卷二九,第 3 册,页 765。
[2]《至小丘西小石潭记》,同上书,卷二九,第 3 册,页 767。
[3]《石渠记》,同上书,卷二九,第 3 册,页 770。
[4]《石涧记》,同上书,卷二九,第 3 册,页 771。
[5]《愚溪诗序》,同上书,卷二四,第 2 册,页 642。
[6] 笔者此一说法,受廖美玉《陶潜"归田"所开启的生态视野与多元族群观》一文启发,见《中古诗人的生命印记》(台北:里仁书局,2007),页 168。
[7]《邕州柳中丞作马退山茅亭记》,《柳宗元集》,卷二七,第 3 册,页 730。
[8]《潭州杨中丞作东池戴氏堂记》,同上书,卷二七,第 3 册,页 724。
[9]《永州韦使君新堂记》,同上书,卷二七,第 3 册,页 733。

如上文所述，"以小观大"的观念早为中国之造园原则。然子厚论造园，于此与次山和日后的白乐天皆不同，他并不主张以小求大的造山，谓："将为穿谷嵌岩渊池于郊邑之中，则必辇山石，沟涧壑，凌绝险阻，疲极人力，乃可以有为也。然而求天作地生之状，咸无得焉。"他倡导"逸其人，因其地，全其天"[1]，即在自然原貌天作地生的基础上，以建物吸纳、引导、标点和强化人对景致的观照。其策略一是精心选择能涵纳山水风物之美的洲岛水际建供人居留之所。子厚至少叙写了这样三处园林建筑的修造：潭州东池戴氏堂、訾家洲亭和柳州东亭。以子厚的描述，潭州东池戴氏堂的形势为：

> 因东泉为池，环之九里。丘陵林麓距其涯，坦岛渚洲交其中。其岸之突而出者，水萦之若玦焉。池之胜者于是为最。……为堂而居之。堂成而胜益奇，望之若连舻縻舰，与波上下。就之颠倒万物，辽廓眇忽。树之松柏杉槠，被之菱芡芙蕖，郁然而阴，粲然而荣。凡观望浮游之美，专于戴氏矣。[2]

戴氏之堂选址在一泓池水中一处伸入池水最深的渚洲之末端。子厚这一句"水萦之若玦焉，池之胜者于是为最"凝聚了数个世纪以来的美感经验。自谢灵运以降，中国诗画家即以曲渚与水波之间参差而有韵律的曲线为美之所在。[3]此处又是最接近离舟的陆岸，是送行人伫目帆樯、水波和迤逦群山之所在，且是舟上离人回眸之所向。今皆被凝结于建物轩窗之中。此堂之美不止于"被望"，既点缀了山水，更在以此可一观高处之丘陵林麓、平处之松柏杉槠、水中之菱芡芙蕖及水中

---

[1]《永州韦使君新堂记》，同上书，卷二七，第3册，页732。
[2]《潭州杨中丞作东池戴氏堂记》，同上书，卷二七，第3册，页723–724。
[3] 参见本书第一章。

第八章 "山水"可惧，"水石"可居 | 521

倒映的丘山、茂树和水生植物诸面之胜，故而"凡观望浮游之美，专于戴氏矣"。子厚刺柳时曾亲自督造一处东亭。柳州城的方位本即在柳江向南复向北的回湾之处，三面临水，可视作伸入柳江的洲岛。东亭的方位是"南值江"。在对环境进行了"披剒蘙疏，树以竹箭松桱，桂桧柏杉"的改造后，取东亭以为中室，建造了朝、夕、阴、阳一组建筑，"上下徊翔，前出两翼。凭空拒江"，据此以望，则"江化为湖。众山横环，嶛阔瀴湾"[1]。子厚刺柳时，又为桂州刺史裴行立的訾家洲亭作记，提供了上述造园策略之又一例。柳氏描述訾家洲的地理形势为：

> 桂州多灵山，发地峭竖，林立四野。署之左曰漓水，水之中曰訾氏之洲。凡峤南之山川，达于海上，于是毕出，而古今莫能知。元和十二年，御史中丞裴公来莅兹邦。……乃合僚吏，登兹以嬉。观望悠长，悼前之遗。于是厚货居氓，移于闲壤，伐恶木，刜奥草，前指后画，心舒目行。忽然若飘浮上腾，以临云气，万山面内，重江束隘，联岚含辉，旋视具宜，常所未睹，倏然互见，以为飞舞奔走，与游者偕来。[2]

子厚在此叙述了一个后世造园论者所谓"相地"的过程。[3]如永州戴氏堂和柳州东亭一样，訾家洲亭选址在"万山面内，重江束隘"的洲渚之上。以下子厚描述了洲亭落成之后的大观之景：

> 南为燕亭，延宇垂阿，步檐更衣，周若一舍。北有崇轩，以临千里。左浮飞阁，右列闲馆。比舟为梁，与波升降。苞漓山，

---

[1]《柳州东亭记》，同上书，卷二九，第3册，页774。
[2]《桂州裴中丞作訾家洲亭记》，同上书，卷二七，第3册，页726。
[3]《园冶注释》，页56—70。

涵龙宫，昔之所大，蓄在亭内。日出扶桑，云飞苍梧，海霞岛雾，来助游物。其隙则抗月槛于回溪，出风榭于篁中。昼极其美，又益以夜。列星下布，颢气回合，邃然万变，若与安期、羡门接于物外。则凡名观游于天下者，有不屈伏退让以推高是亭者乎？[1]

建于訾家洲上的是包括亭、轩、阁、馆的一组建筑。这一组人工建物完全融入了是地的山光水色之中："其隙则抗月槛于回溪，出风榭于篁中。"而且，建物对"日出扶桑，云飞苍梧"的天光云影充分开放，其功能端在"苞漓山，涵龙宫，昔之所大，蓄在亭内"，"苞"、"涵"、"蓄"三字道尽坐而收纳天下美景的心曲。这类心思在柳文中一再出现，除《戴氏堂记》中"凡观望浮游之美，专于戴氏矣"外，其在《永州韦使君新堂记》亦有：

> 乃作栋宇，以为观游。凡其物类，无不合形辅势，效伎于堂庑之下。外之连山高原，林麓之崖，间厕隐显，迩延野绿，远混天碧，咸会于谯门之外。[2]

子厚在文字中不断以"苞"、"涵"、"蓄"、"专"、"咸会"、"众山横环，嶙阔潆湾"等重复表达的意思，如宗白华所言，是由中国思想传统如孟子所谓"万物皆备于我矣，反身而诚，乐莫大焉"延伸出本书第二章曾讨论过的重要景观学观念："饮吸无穷于自我之中！……深广无穷的宇宙来亲近我，扶持我，无庸我去争取那无穷的空间。"此处同时透露出居而坐游、卧游山水与大谢的"入涧水涉，登岭山行"或李白的"五岳寻仙"已何其不同！以子厚的说辞，后者"不过视于一方，则以

---

[1]《桂州裴中丞作訾家洲亭记》，《柳宗元集》，卷二七，第 3 册，页 727。
[2] 同上书，卷二七，第 3 册，页 733。

为特异",而前者则"不骛远,不陵危,环山洄江,四出如一,夸奇竞秀,咸不相让,遍行天下者,唯是得之"[1]。

除在为山林环绕的洲岛之上造亭以收环视之效外,子厚还着意强调于山椒建亭以收高瞩远望之美。人当此亭,即如清人所说:"非山之所有者,皆山之所有也。"[2]不过与上述洲岛不同,这类亭台适于登临,却未必适于居住。子厚的文字为此提供了永州法华寺西亭和邕州马退山茅亭等二例。永州法华寺西亭乃子厚初莅永州之时,以其为官之禄秩所造。子厚主要叙写了相地和剪伐蔽木的过程:

> 法华寺居永州,地最高。有僧曰觉照,照居寺西庑下。庑之外有大竹数万,又其外山形下绝。然而薪蒸筱筜,蒙杂拥蔽,吾意伐而除之,必将有见焉。照谓余曰:"是其下有陂池芙蕖,申以湘水之流,众山之会,果去是,其见远矣。"遂命仆人持刀斧,群而剪焉。丛莽下颓,万类皆出,旷焉茫焉,天为之益高,地为之加辟,丘陵山谷之峻,江湖池泽之大,咸若有而增广之者。[3]

西亭其实建在一处被大自然和人工剪伐共同创造的居高且视野开阔的位置上。邕州马退山茅亭所居之地势,依子厚的描述则是:

> 是山崒然起于莽苍之中,驰奔云矗,亘数十百里,尾蟠荒陬,首注大溪,诸山来朝,势若星拱。苍翠诡状,绮绾绣错。盖天钟秀于是,不限于遐裔也。[4]

---

[1]《桂州裴中丞作訾家洲亭记》,同上书,卷二七,第3册,页726。
[2] 袁起,引自《随园图说》,鲁振海编,《中国历代园林图文精选》(上海:同济大学出版社,2006)第5册,页230。
[3]《永州法华寺新作西亭记》,《柳宗元集》,卷二八,第3册,页749–750。
[4]《邕州柳中丞作马退山茅亭记》,同上书,卷二八,第3册,页729–730。

马退山崒然挺立于万山之上,于此建一座"不斲椽,不翦茨,不列墙,以白云为藩篱,碧山为屏风"的四面开放的茅亭,能令登临者"手挥丝桐,目送还云,西山爽气,在我襟袖,八极万类,揽不盈掌"[1]。法华寺西亭和马退山茅亭的美景,亦凝结了古往无数诗人的经验。举其著者即有鲍照之登庐山,孟浩然之登襄阳望楚山最高峰,李白之登巫山、泰山和庐山之顶,杜甫之对登临岱宗绝顶的想象等等。

除此而外,子厚还注意到山麓或半山之中有石如林和有泉可池的所在亦可造亭。永州的万石亭和零陵三亭即为二例。于此造亭可兼有高远和深远的视野。子厚对零陵三座亭子落成后的描述是:"陟降晦明,高者冠山巅,下者俯清池"[2]。而其自万石亭观照,则"直亭之西,石若掖分,可以眺望。其上青壁斗绝,沉于渊源,莫究其极。自下而望,则合乎攒峦,与山无穷"[3]。

尤有进者,在讨论相亭榭之地和所收美感之余,子厚归纳山水游览和造园的经验,依中国景观文化两极之间对立互补的传统,还特别提出了其中两种不同的美学追求,即其所谓"旷如"和"奥如":

> 游之适,大率有二:旷如也,奥如也,如斯而已。其地之凌阻峭,出幽郁,廖廓悠长,则于旷宜;抵丘垤,伏灌莽,迫遽回合,则于奥宜。因其旷,虽增以崇台延阁,回环日星,临瞰风雨,不可病其敞也;因其奥,虽增以茂树藂石,穹若洞谷,蓊若林麓,不可病其邃也。[4]

子厚对山水的两类美感追求,乃基于地势特征,此与其求天生地作之

---

[1] 同上,页730。
[2] 《零陵三亭记》,同上书,卷二七,第3册,页738。
[3] 《永州崔中丞万石亭记》,同上书,卷二七,第3册,页735。
[4] 《永州龙兴寺东丘记》,同上书,卷二八,第3册,页748。

状,强调"逸其人,因其地,全其天"的观念一致。"旷如"和"奥如"典型地体现了自原始生命对环境的基本要求"观察"和"躲藏"而发展出两类具互补性的功能和象征:"眺望"和"庇护"。二者分别关联明与暗,分别利用地表的凸起和凹陷。[1]"旷如"取其地"凌阻峭,出幽郁"的凸起之势,着重体现了"眺望"。子厚诗文的山水书写曾屡屡涉及"旷"。如论訾家洲,谓"非是洲之旷,不足以极视"[2],议永州法华寺西亭之景,有"万类皆出,旷焉茫焉",写朝阳岩西亭所望有"开旷延阳景",咏湘口馆潇湘二水之会有"会合属空旷",书南亭夜游有"旷朗天景霁"[3]和"旷望援深竿"。此外,其登永州西山所见之"其高下之势,岈然洼然,若垤若穴,尺寸千里,攒蹙累积,莫得遁隐。萦青缭白,外与天际,四望如一"[4];登马退山茅亭所感之"八极万类,揽不盈掌"等等,亦皆是"旷"。"旷"无疑是柳氏山水美感话语之一重要方面。于此,游者得享受高峰体验:"悠悠乎与颢气俱,而莫得其涯;洋洋乎与造物者游,而不知其所穷","游于颢气之始"。然而,子厚此处所谓"旷如",却只限于"凌阻峭,出幽郁,廖廓悠长"的峰岭地势,历代诗人所咏之"旋渊抱星汉,乳窦通海碧"[5],"晴明试登陟,目极无端倪。云梦掌中小,武陵花处迷"[6],"青天若可扪,银汉去安在?望云知苍梧,记水辨瀛海"[7],"一览众山小"[8]……云云,而今皆可在此类地势上"增以崇台延阁"而反复

---

[1] Jay Appleton, *The Experience of Landscape*, p. 85, p. 107.
[2] 《柳宗元集》,卷二七,第3册,页727。
[3] 《游南亭夜还叙志七十韵》,同上书,卷四三,第4册,页1199。
[4] 《始得西山宴游记》,同上书,卷二九,第3册,页762—763。
[5] 鲍照,《从登香炉峰》,《鲍参军集注》,页125。
[6] 孟浩然,《登望楚山最高顶》,《孟浩然诗集笺注》,页75。
[7] 李白,《自巴东行经瞿唐峡登巫山最高顶晚还题壁》,《李白全集校注汇释集评》,卷二〇,第6册,页3126。
[8] 杜甫,《望岳》,《杜甫全集校注》,卷一,第1册,页4。

体验了。

"奥如"取其地"抵丘垤,伏灌莽,迫遽回合"的凹陷回旋之势,符应寻求"庇护"的原始心理,却又在"回合"中"增以茂树蘖石,穹若洞谷,翳若林麓",而陆续开启"端景"(vista)。它不仅是一种"氛围深度感",且令游者"步武错迕,不知所出",无从一目尽览其中景致。尽"奥如"之适,遂如入乳石穴中,行山阴道上,不断为新奇和幽深吸引而徜徉其中。由此,时间和曲折成为了享受。子厚之诗写此奥趣者无多,最得此趣者恐为《法华寺石门精室三十韵》一篇。此亦因抒情诗文类本身即以"瞬刻性"或"非连续"[1]为特质之故。正因为如此,归纳"奥如"之适是子厚更重要的发现与贡献。以往诗人之中,谢灵运以身体移动展开景物的诗作如《从斤竹涧越岭溪行》最得奥如之趣,后世虽有仿作,如鲍照的四首庐山诗和《从庾中郎游园山石室》,谢朓的《游山》、《将游湘水寻句溪》和《游敬亭山》,王维的《自大散以往深林密竹蹬道盘曲至黄牛岭见黄花川》和《蓝田山石门精舍》,李白的《梦游天姥吟留别》等,但已显非主流。子厚能以文字书写和再体验"奥如"之适,应与他多以颇具叙事性的散文书写山水有关。如其《游黄溪记》,先写黄神祠上山水,次写初潭之溪"黛蓄膏渟,来若白虹,沉沉无声,有鱼数百尾,方来会石下";继写南行百步所见第二潭:"石皆巍然,临峻流,若颏颔断腭。其下大石杂列,可坐饮食";又写南数里之水石,末写又南一里至"大冥之川,山舒水缓"[2]。一路而下,一篇之中,可谓段段不同,迭出新奇。再如《袁家渴记》写其地景物的繁复变化:

> 渴上与南馆高嶂合,下与百家濑合。其中重洲小溪,澄潭

---

[1] 参见 Northrop Frye, "Approaching the Lyric," pp. 31–32.
[2] 《柳宗元集》,卷二九,第3册,页759–760。

浅渚，间厕曲折，平者深黑，峻者沸白。舟行若穷，忽又无际。有小山出水中，皆美石，上生青丛，冬夏常蔚然。其旁多岩洞，其下多白砾，其树多枫柟石楠，楩楮樟柚，草则兰芷。又有异卉，类合欢而蔓生，轇轕水石。每风自四山而下，振动大木，掩苒众草，纷红骇绿，蓊葧香气，冲涛旋濑，退贮溪谷，摇扬葳蕤……[1]

袁家渴之趣在"重洲小溪，澄潭浅渚，间厕曲折"，在"舟行若穷，忽又无际"；在无际之后，旋又"有小山出水中，皆美石"而"其旁出岩洞"……这自幽蔽中不断涌出的山水之奇亦即子厚所谓"奥如"。其实，自《始得西山宴游记》读到《小石城山记》，读者亦在不断经历着从幽蔽到新奇，如清人孙琮读永州八记后三记所述：

> 读《袁家渴》一篇，已是穷幽选胜，自谓极尽洞天福地之奇观矣。不意又有《石渠记》一篇，另辟一个佳境。读《石渠记》一篇，已是搜奇剔怪，洞天之中，又有洞天；福地之内，又有福地，天下之奇观，更无有逾于此矣。不意又有《石涧记》一篇，另辟一个佳境。真是洞天之内，有无穷洞天；福地之中，有无穷福地。不知永州果有此无限妙丽境界，抑是柳州胸中笔底真有如此无限妙丽结撰，令人坐卧其间，能不移情累月。从古游地，未有如石涧之奇者。从古善游人，亦未有如子厚之好奇者。[2]

此所谓"洞天之中，又有洞天；福地之内，又有福地……真是洞天之

---

[1] 同上书，卷二九，第3册，页768-769。
[2] 孙琮，《山晓阁评点柳州全集》，转引自吴文治编，《古典文学研究资料汇编：柳宗元卷》（北京：中华书局，1964）第2册，页497。

中，有无穷洞天；福地之内，有无穷福地"正是子厚文中的"奥如"之趣，是"后设"的"奥如"。令人想到毛宗岗评《三国演义》写孔明出山前后："虽九曲武夷，不足拟之"[1]；想到金圣叹评《水浒传》第八回："何其迤逦而入，千转百合，争流竞秀，窅冥无际也。"[2]孙琮纳罕如此"奥如"之趣究竟为永州所固有，抑为子厚妙笔所造？正确的解释当如明人茅坤所说，子厚与山川两相遭："非子厚之困且久，不能搜岩穴之奇；非岩穴之怪且幽，亦无以发子厚之文。"[3]子厚如园林建筑者一样，因永州山水之势而在行文之时着意布置："增以茂树萦石，穹若洞谷，翳若林麓。"此"洞天之中，又有洞天"与目极无穷、莫得其涯的"旷如"之适可谓南辕北辙。然"一阴一阳之谓道"，子厚同时标举二者，遂提出了中国山水美感和造园的艺术辩证法。

五、结　论

中国诗文中的山水书写乃于儒家道德理想沉沦的时代，受玄学、道教和佛教思想沾溉而发生。在盛唐以后中国社会进入近世的时代里，却在两位以儒家为主要背景，而个人人生和政治处境全然不同的诗人元结和柳宗元这里产生了某种变化。

虽然相比欧洲十七、十八世纪艺文中对自然风景的书写，除谢灵运、李白等个案外，中国诗人一般并不热衷书写蛮荒的自然山水。尽管如此，吾人仍然可自元、柳的山水书写中看到一种向往"不骛远，不陵危"，可居"可家"的，空间上更小的人间山水世界的新倾向。柳

---

[1] 陈曦钟、宋祥瑞、鲁玉川辑校，《三国演义会评本》（北京：北京大学出版社，1991），上册，页473。
[2] 陈曦钟、侯忠义、鲁玉川辑校，《水浒传会评本》（北京：北京大学出版社，1981）上册，页186。
[3] 茅坤编，《唐宋八大家文钞》，卷二三，《景印文渊阁四库全书》，第1383册，页264。

宗元对蛮荒阔大的山水甚至时而有一种异化感。这再次令我想到以原始生命行为与环境的关系去追溯风景美感渊源的理论。对"远景"的空旷恐惧（agoraphobia）产生了对"庇护所"的希企之心。

与此倾向相符契，在远望的山水风景（prospect）之外，二人的书写对近观而可昵的泉石或水石有了极大关注。荆浩论画谓："远山无石"、"远水无波"[1]。关注泉石其实已背离了"须远而观之"的"大物山水"[2]传统。或者说，这是另一类"山水"传统。明人文震亨说："石令人古，水令人远。园林水石，最不可无。要须回环峭拔，安插得宜。一峰则太华千寻，一勺则江湖万里。"[3]这段话道出了水石即园林世界的"山水"这个秘密。故而也就无怪乎元、柳二人何以同时开启了筑亭榭、栖泉石的文人园林文化。然而，毋庸讳言，以"水石"替代"山水"，却弱化了作为宇宙一元两极秩序象征的"山水"的意味，使之更像是"受到地平线限制的局部景象"。[4]而这却与柳宗元对宇宙论的怀疑态度颇为契合。英国学者柯律格（Craig Clunas）在他那本颇受追捧的著作《中国明代园林文化》中提出：以山石和亭台而非花木重新界定园林发生于明代中叶以后。[5]柯氏试图为中国园林史划分时期的勇气可贵，但是如果他了解山/水与园林中泉石的渊源关系，再看到元结的浯溪和柳宗元的愚溪的实地和书写，他或许就不会做这样的界定了。柳宗元造园思想有儒家人文化成观念的渊源。由此而观山水，不仅强调"夫美不自美，因人而彰"，且以为人类将山水葺治为生活环境可以增益山水之美。这些皆是今日研究中国造园思想不应忽略

---

[1]《画山水赋》,《画论丛刊》（台北：华正书局，1984），上册，页6。
[2] 郭熙,《林泉高致·山水训》，同上书，页17。
[3]《水石》,《长物志》（北京：中华书局，2013）卷三，页81。
[4] 读者于此可参见法国学者朱利安的《山水之神》,《山水之境：中国文化中的风景园林》，页16，以及本书第一章。
[5] *Fruitful Sites: Garden Culture in Ming Dynasty China*（Durham：Duke University Press，1996），pp.60–91, pp.148–176.

之资源。况且，元、柳的诗文和栖止遗迹，更为今日治园林史者提供了两个早期文人园林标本。其中留下了中国文人山水美感向园林延伸的清晰轨迹，显示了文人欣赏山水情趣的变化如何推动了中唐以后文人园林的发展，以及园林筑造如何去吸收和凝结过往诗人山水美感之话语。

对具公共郊邑风景性质的园林建筑，柳宗元以"逸其人，因其地，全其天"为考虑，在著述中提出了相地建亭的三种地势：为山林环绕的洲岛水际、山椒峰顶和有泉可池、有石可林的山麓或半山。柳氏以此筑亭而追求"苞"、"涵"、"蓄"、"专"、"咸会"等等，已从实质上提出了明人计成所谓"林园之最要者"[1]的借景观念。在丰富的山水游览和造园经验基础之上，柳宗元更提出了造园空间布局的两大美学原则："旷如"和"奥如"。后世造园之掇山置峰，峰顶建亭，即为收"旷如"之适。如祁彪佳论其寓山园妙赏亭之趣曰："寓山之胜，不能以寓山收，盖缘身在山中也，子瞻于匡庐道之矣。此亭不昵于山，故能尽有山，几叠楼台，嵌入苍崖翠壁，时有云气往来缥缈，掀层霄而上，仰面贪看，恍然置身天际，若并不知有亭也。倏忽回目，乃在一水中……而众妙都焉，安得不动高人之欣赏乎"[2]云云，即在描述建此亭乃为收"旷如"之适的功能。后世造园之入门委曲、[3]迂径、[4]回廊、曲桥以及山石的洞、府、谷、壑则为收"奥如"之适。翁方纲所赏之宋人诗句——"青山缭绕疑无路，忽见千帆隐映来"、"菰蒲深处疑无地，忽有人家笑语声"、"山重水复疑无路，柳暗花明又一村"——则

---

[1]《园冶注释》，页247。
[2]《寓山注》，《祁彪佳集》，卷七，页159-160。
[3] 见《长物志·海论》："凡入门处必小委曲，忌太直。"《长物志》，页30。小说文本中著名的例子是《红楼梦》第十七回大观园所见的一带翠嶂，贾政的说法是："非此一山，一进来园中所有之景悉入目中，更有何趣？"
[4] "径便于捷，而又妙于迂。"见李渔，《闲情偶寄·居室部房舍第一》，页183。

是山水游赏中的"奥如"之适。此处未必没有园林美感与山水美感之互渗。柳文殊胜之处，更在以"游之适，大率有二"而提出"旷如"和"奥如"在山水美感中的参错交替、相反相成的艺术辩证法，即其所谓"丘之幽幽，可以处休；丘之窅窅，可以观妙"[1]。如金学智所言，此说深深影响了后世造园的空间布置。[2]

元结以三吾和柳宗元以八愚称其所居的水石世界意义深远。二者均以此将家焉于此的水与石纳入自我存在，成为自我得以专有的"吾子"。在此，对小空间的向往即是向内心的归返。这一水石世界对文人而言，亦具有了某种自身的认同性质。而这恰是后世文人园林的重要属性之一。明人陈眉公有言："筑圃见文心"，[3] 李笠翁论造山石，谓：

> 造物鬼神之技，亦有工拙雅俗之分，以主人之去取为去取。主人雅而喜工，则工且雅者至矣；主人俗而容拙，则拙而俗者来矣。有费累万金钱，而使山不成山、石不成石者，亦是造物鬼神作祟，为之摹神写像，以肖其为人也。一花一石，位置得宜，主人神情已见乎此矣，奚俟察言观貌，而后识别其人哉？[4]

显然，在眉公和笠翁看来，园即主人自我存在之延伸。这就无怪乎明清文人多以所居之园命其文集甚或为自身之号了，如王世贞名其文集以弇山园，郑元勋以影园，冒襄以水绘园，吴伟业以梅村，袁枚以随

---

[1]《永州龙兴寺东丘记》，《柳宗元集》第3册，页749。
[2] 依金氏所引证，尹洙《张氏会隐园记》有"屈曲回护，高敞隐蔽，邃及乎奥，旷及乎远"；钱大昕《网师园记》有"地只数亩，而有纡回不尽之致；居虽近廛，而有云水相忘之乐。柳子厚所谓'奥如旷如'者，殆兼得之矣"，崇彝《道咸以来朝野杂记》有"京师园林……郑王府为最有名。其园甚巨丽，奥如旷如，各极其妙"。见金学智，《中国园林美学》（南京：江苏文艺出版社，1990），页421。
[3]《青莲山房》，转引自金学智《中国园林美学》，页51。
[4]《闲情偶寄·山石第五》，页221。

园，俞樾以曲园，等等皆是。时人治园林史者，有"文人园林"之谓，[1]然私家园林，六朝已有之。所谓"文人园林"究竟与六朝时代名园顾辟疆园之类如何区别？论者往往语焉不详。其实，如文人画之发抒画者性情一样，文人园林对文人园主而言，亦有"为之摹神写像，以肖其为人也"之属性。而这个属性，应当追溯到元结之浯溪和柳宗元之愚溪之居。

---

[1] 如周维权《中国古典园林史》（北京：清华大学出版社，1990）第四章"园林的全盛期——隋、唐"第三节有"文人园林的萌芽"一段，见该书页85。侯乃慧，《诗情与幽境——唐代文人的园林生活》，亦以"唐代重要文人园林"为题，见该书页83-174。

第九章　生狞的天地图景[1]

一、引　言

　　韩愈是所谓"元和诗变"最激进的代表。宋人苏东坡曰："诗格之变自退之始"[2]。《雪浪斋日记》亦谓："王逸少于书知变，犹退之于诗知变，则'一洗万古凡马空'也。"[3]古人评诗对韩诗最为推美者莫如叶星期，其《原诗》谓："唐诗为八代以来一大变。韩愈为唐诗之一大变；其力大，其思雄，崛起特为鼻祖。宋之苏、梅、欧、苏、王、黄，皆愈为之发其端，可谓极盛。而俗儒且谓愈诗大变汉魏，大变盛唐，格格而不许。何异居蚯蚓之穴，习闻其长鸣，听洪钟之响而怪之，窃窃然议之也！"[4]韩诗格变为诗人带来指诟，亦带来声誉，端看评论者价值取向如何。蒋寅注意到正面评价多在清代以后，一个重要的分界即为叶燮。以此他提出了对韩诗的评价当视为一种"被压抑的现代性"，以致韩愈对中国文学发展的意义，被视如波德莱尔对西方现代诗一样重要：

　　　　韩愈放弃古来以纯粹、秩序、整齐、对称、均衡、完满、中和为理想的艺术规则，代之以刺激、强烈、紧张、分裂、怪异、

---

[1] 本章内容原载北京《中国诗学》第21期（2016年7月），收入本书时略做修订。
[2] 引自魏庆之，《诗人玉屑》卷一五（上海：上海古籍出版社，1982），下册，页320。
[3] 何溪汶，《竹庄诗话》卷一，吴文治主编，《宋诗话全编》第10册，页10055。
[4] 叶燮，《原诗》内篇上，《原诗·一瓢诗话·说诗晬语》，页8-9。

变形的多样化追求，实质上就是对古典美学的全面反叛，意味着"诗到元和体变新"的时代风气中，躁动着一股颠覆、摒弃古典美学传统的叛逆冲动，同时也意味着古典审美理想已发生裂变，并开始其漫长的现代性进程。韩愈诗歌的艺术精神，核心是放弃对感官愉悦的重视与追求，刘熙载谓之"以丑为美"，让我们联想到西方现代诗歌的鼻祖——波德莱尔的《恶之花》，二者的精神确是一脉相通的。[1]

蒋寅据以论证的根据，除却历代诗评而外，尚有其风格之生涩，取材、意象之不雅，声律之不谐，语言之戛戛生造等等，这也是近年学界讨论韩诗"奇险"、"奇崛"、"怪奇"时措意所在。本人基本上认同蒋氏以"刺激、强烈、紧张、分裂、怪异、变形"和"放弃感官愉悦"来描述韩诗格变的思路，只是觉得在中文以"近世性"取代"现代性"（modernity）或许更为恰当。因为中国与欧洲的文化历史进程毕竟不同，欧洲现代诗——无论是法国的波德莱尔，还是英美的叶慈、史蒂文森等——其所作反动的对象皆主要为浪漫主义诗歌，后者以为诗能重建人、自然和神圣之间的和谐。而元和时代的韩愈所要超越和反动的则是盛唐和大历诗风。且吕思勉、内藤湖南、谢和耐等中外史学大家皆视中唐为中国社会自中古向近世过渡之始。至于韩诗在清之后何以被评家再次发现，应当有不同的语境。当然，蒋文提出的问题能触发对一些重大问题的思考，已是它的成功之处。

讨论韩愈诗风变革的美学意义，本章主要不着眼于上述方面，而集中于诗人对山水和天地风物的书写上。在这类书写中，韩愈有步武王维《辋川集》的《奉和虢州刘给事使君三堂新题二十一咏》，亦有

---

[1] 蒋寅，《韩愈诗风变革的美学意义》，台北《政大中文学报》第18辑（2012年2月），页18。

《早春呈水部张十八员外二首》一类澄澹清妙之作，然以探讨其诗之变革为考虑，这类作品不在本章的焦点之内。本章以下论证集中于三个面向：首先自其路途风景入题，本人注意到：山水和天地景物对韩愈而言，未必再是一个失意士子可以"萧然忘羁"、化其郁结的所在，而可能只是一片令他横生恐惧和厌恶的丑怪风土。为究竟韩愈诗中丑怪现象的成因，本章继而讨论韩愈书写宇宙秩序崩坏的三篇寓言作品，由此揭示出诗人的思想面目。最后，本章将关注韩诗自然书写中反复出现的一特定时空交集之"景"，论证其中所透显的对传统审美观念的某种跨越。

二、人生路上风景：从山石荦确到蛮俗生梗

讨论诗人韩愈对大自然的书写，名篇《山石》或许是不错的起点。清人方世举《韩昌黎诗集编年笺注》据韩氏《洛北惠林寺题名》中"韩愈、李景兴、侯喜、尉迟汾贞元十七年七月二十二日鱼于温洛，宿此而归"[1]，断是诗当为此次持竿温洛的郊游后夜宿惠林寺而作。诗人时年33岁，"半世遑遑就举选"[2]，虽历经四次应试而终能进士及第，然在博学宏词诠选中却屡屡落第，仕途迍邅而辗转于节度使幕下。《山石》是这样一个时刻中诗人的生命图景：

> 山石荦确行径微，黄昏到寺蝙蝠飞。
> 升堂坐阶新雨足，芭蕉叶大支子肥。
> 僧言古壁佛画好，以火来照所见稀。
> 铺床拂席置羹饭，疏粝亦足饱我饥。

---

[1]《全唐文》卷五五九，第 6 册，页 5658。
[2]《赠侯喜》，《韩昌黎诗系年集释》，卷二，上册，页 141。

夜深静卧百虫绝，清月出岭光入扉。
天明独去无道路，出入高下穷烟霏。
山红涧碧纷烂漫，时见松枥皆十围。
当流赤足蹋涧石，水声激激风吹衣。
人生如此自可乐，岂必局束为人鞿。
嗟哉吾党二三子，安得至老不更归。[1]

此诗是一个清贫士子人生旅途上的风景，记下了诗人自山路望寺，入此寺，夜宿此寺和出寺赶路这样一段从黄昏到清晨的生活："山石荦确行径微"，"天明独去无道路，出入高下穷烟霏"……见其在崎岖路途上奔波劳顿；"疏粝亦足饱我饥"，"当流赤足蹋涧石"……透显其生活之清苦。这自与轩窗前独自欣赏风景的谢朓，与水边林下倚杖伫目的王维，不可同日而语。而且，同以行旅为轴，此诗又与谢灵运着意以排偶呈现的随肢体移动而变换的山水美景不同。此处不仅没有数百奴僮、门生相从，没有"鸣驺"、"前旌"和"建隼"，而且，随诗句汩汩而出的未必是美景。何焯论此诗谓："直书即目，无意求工，而文自至。"[2] 诗人此处亦真真是"人生如此自可乐"，何必要着意铺排美景呢？诗人所写皆为常景，细品之下，究竟不是吾人熟悉的中国诗画中的"美山水"，它始终为一种幽介孤异之气所笼罩：走出山石砢砢磊磊的小径，是蝙蝠黑翅下的黄昏古寺；坐在寺门石阶之上，见雨后蕉叶着魔似地抽长，栀子花瓣出奇地肥硕；入夜，僧人举起火把，掠过壁上佛画，阴怪万状，乍现乍灭，疑真似幻；从山岭上透进古寺的月色则一派清冷；天明独去，荒山无路，烟霏满目，时见纷红骇绿、巨松粗枥和涧中激流……真是无处不透出清介和幽异的景致。而诗人却甘愿让此幽异世界成为人生路途

---

[1] 同上书，卷二，上册，页145。
[2] 见《韩昌黎诗系年集释》中《山石》诗之"集说"，页148–149。

上的风景，以领受此清苦和奔波为生命的格调。"当流赤足蹋涧石，水声激激风吹衣"不啻为一种倔强的人生姿态。此是吟着"一蓑烟雨任平生"的东坡，要在南溪之游中以"褰裳试入插两足，飞浪激起冲人衣"[1]来效法退之的缘由。如此自强却未必乐观的生命情调，又见诸其另一宿寺诗《谒衡岳庙遂宿岳寺题门楼》的结尾：

> 庙令老人识神意，睢盱侦伺能鞠躬。
> 守持杯珓导我掷，云此最吉余难同。
> 窜逐蛮荒幸不死，衣食才足甘长终。
> 侯王将相望久绝，神纵欲福难为功。
> 夜投佛寺上高阁，星月掩映云朣胧。
> 猿鸣钟动不知曙，杲杲寒日生于东。[2]

此诗当作于退之自阳山放逐量移徙掾江陵过衡山之时。诗人拒绝了庙令掷杯珓以求吉福的建议，因为他已弃绝了"侯王将相"之望，甘心在"衣食才足"的清贫中度过余生。是诗以景结情，在佛寺高阁上借宿之后，照耀新一天生命旅程的是"杲杲寒日"，这是诗人积极却未必乐观的心境写照。

在"山石"和"烟霏"中跋涉的路途远未结束。贞元十九年（803），退之调授国子监四门博士，寻转迁监察御史。然不足半年，却因谏罢宫市而远贬岭南阳山，元和元年（806）方再回到长安。元和十四年（819），时为太子右庶子的退之再因谏迎佛骨而遭贬岭南潮州。此时他已年过五旬。由这两次贬谪的行旅及贬所，他接触到更为原始

---

[1]《二月十六日与张李二君游南溪醉后相与解衣濯足因咏韩公山石之篇慨然知其所以乐而忘其在数百年之外也次其韵》，曾枣庄等编，《三苏全书》（北京：语文出版社，2001），第九册，页469。
[2]《韩昌黎诗系年集释》卷三，上册，页277。

的自然山水。然而，无论是写自身经验还是想象（如《永贞行》是设想叔文同党的流放），他留给后人的主要是一个狰狞厉怖的世界。在中国思想文化"想象的形上学"中，水本是一个"几于道"的意象："天下莫柔弱于水"[1]。而作为北人而流放南国，退之却对水浪惊惧到了匪夷所思的地步，其诗中一再有："洞庭连天九疑高，蛟龙出没猩鼯号"[2]，"湖波连天日相腾"[3]，"春风洞庭浪，出没惊孤舟"[4]，"湖波翻日车，岭石圻天罅"[5]，"青鲸高磨波山浮，怪魅炫耀堆蛟虬"[6]，"轩然大波起，宇宙隘而妨，巍峨拔嵩华，腾踔较健壮。……蛟螭露笋虡，缟练吹组帐。鬼神非人世，节奏颇跌荡"[7]。在毗邻大海的岭南，水更彰显了人在天地间的无助："有海无天地"[8]，"云昏水奔流，天水漭相围。三江灭无口，其谁识涯圻？……仰视北斗高，不知路所归。"[9]……在韩愈的南方诗中，水突然成了与天争高下，以致要掀翻日轨的凶物。对水如此惊惧负面的反复书写，在中国诗歌中当属空前。若仅自其人生迁谪究其因，贞元十九年远贬阳山以后，水所指涉的则是多河流多雨雾的南方，退之故而对它充满"风土恐惧和厌恶"。借用和辻哲郎自空间来思考人的存在方式的"风土"概念[10]来说，退之对多水南方的"风土恐惧和厌恶"，涵摄了其对该地的气候、气象、地质地形、生物、风俗、文化的各个方面的畏惧和格格不入。在韩愈诗笔下，那

---

[1]《老子道德经》七十八章，王弼注《诸子集成》，第3册，页46。
[2]《八月十五夜赠张功曹》，《韩昌黎诗系年集释》，卷三，上册，页257。
[3]《永贞行》，同上书，卷三，上册，页333。
[4]《赴江陵途中寄赠王二十补阙李十一拾遗李二十六员外翰林三学士》，同上书，卷三，上册，页288。
[5]《县斋有怀》，同上书，卷二，上册，页229。
[6]《刘生》，同上书，卷二，上册，页222。
[7]《岳阳楼别窦司直》，同上书，卷三，上册，页316–317。
[8]《泷吏》，同上书，卷一一，下册，页1109。
[9]《宿曾江口示侄孙湘二首》，同上书，卷一一，下册，页1136。
[10]参见和辻哲郎，《风土》，页1–17。

第九章　生狞的天地图景

里首先戾气蔽天:"海气湿蛰熏腥臊"[1],"毒雾恒熏昼"[2],"恶溪瘴毒聚"[3],"蛮俗生梗瘴疠烝,江氛岭祲昏若凝"[4],"山狖䫨噪猩猩愁,毒气烁体黄膏流"[5],"疠疫忽潜遘,十家无一瘳。猜嫌动置毒,对案辄怀愁"[6];那又是一个天象乖戾、寒暑颠倒的所在:"穷冬或摇扇,盛夏或重裘。飓起最可畏。訇哮簸陵丘。雷霆助光怪,气象难比侔"[7],"雷电常汹汹……飓风有时作"[8],"炎风每烧夏。雷威固已加,飓势仍相借。气象杳难测"[9];那又是一个邪禽怪兽害虫出没无常的世界:"蛟龙出没猩鼯号","怪魅炫耀堆蛟虬","一蛇两头见未曾?怪鸟鸣唤令人憎,蛊虫群飞夜扑灯,雄虺毒螫堕股肱,食中置药肝心崩"[10],"白日屋檐下,双鸣斗鹎鶌。有蛇类两首,有虫群飞游"[11],"鳄鱼大于船,牙眼怖杀侬"[12];此种风土厌恶感延伸至岭南人文、民情甚至语音:"远地触途异,吏民似猿猴,生狞多忿很,辞舌纷嘲啁"[13],"夷言听未惯,越俗循犹乍。指摘两憎嫌,睢盱互猜讶。只缘恩未报,岂谓生足藉"[14]……在其《初南食贻元十八协律》一诗中,甚至岭南海产生物也极尽丑态:

---

[1]《八月十五夜赠张功曹》,《韩昌黎诗系年集释》卷三,上册,页257。
[2]《县斋有怀》,同上书,卷二,上册,页229。
[3]《泷吏》,同上书,卷一一,下册,页1109。
[4]《永贞行》,同上书,卷三,上册,页333。
[5]《刘生》,同上书,卷二,上册,页222。
[6]《赴江陵途中寄赠王二十补阙李十一拾遗李二十六员外翰林三学士》,同上书,卷三,上册,页289。
[7] 同上注,页289。
[8]《泷吏》,同上书,卷一一,下册,页1109。
[9]《县斋有怀》,同上书,卷二,上册,页229。
[10]《永贞行》,同上书,卷三,上册,页333。
[11]《赴江陵途中寄赠王二十补阙李十一拾遗李二十六员外翰林三学士》,同上书,卷三,上册,页289。
[12]《泷吏》,同上书,卷一一,下册,页1109。
[13]《赴江陵途中寄赠王二十补阙李十一拾遗李二十六员外翰林三学士》,同上书,卷三,上册,页288-289。
[14]《县斋有怀》,同上书,卷二,上册,页229。

> 鲎实如惠文，骨眼相负行。
> 蚝相黏为山，百十各自生。
> 蒲鱼尾如蛇，口眼不相营。
> 蛤即是虾蟆，同实浪异名。
> 章举马甲柱，斗以怪自呈。
> 其余数十种，莫不可叹惊。
> 我来御魑魅，自宜味南烹。
> 调以咸与酸，芼以椒与橙。
> 腥臊始发越，咀吞面汗骍。……[1]

即便淌着汗咽下这些今日道来其实美味无比的海鲜，韩愈仍然担心说："常惧染蛮夷，失平生好乐"，因而质问同样贬谪南方的柳宗元："而君复何为，甘食比豢豹？"[2]诗人既谓"我来御魑魅"，也就无怪乎笔下出现了一个与魑魅魍魉无异的厉怖世界，甚至此地之山亦如户崎哲彦所指出，是以"惊恐的喻象"剑戟来状写[3]："汹汹洞庭莽翠微，九疑镵天荒是非"[4]，"横波之石廉利俾剑戟"[5]……正可与流逐柳州的柳宗元以山为"剑铓"的喻象遥相呼应。这个厉怖的南方，与他心里中原文化乡土如此迥异，他亦曾幻想过这样一个退隐的小世界：

> 刜嵩开云扃，压颍抗风榭，

---

[1] 同上书，卷一一，下册，页1132–1133。
[2] 《答柳柳州食虾蟆》，同上书，卷一一，上册，页1138–1139。
[3] 见其《惊恐的喻象——从韩愈、柳宗元笔下的岭南山水看其贬谪心态》，《东方丛刊》，2007年第4期，页146–162。
[4] 《送区弘南归》，《韩昌黎诗系年集释》，卷五，上册，页576。
[5] 《送区册序》，《全唐文》，卷五五五，第6册，页5621。

第九章　生狞的天地图景　｜　541

> 禾麦种满地,梨枣栽绕舍。
> 儿童稍长成,雀鼠得驱吓。
> 官租日输纳,村酒时邀迓。
> 闲爱老农愚,归弄小女姹。[1]

出于一种风土的乡愁,退之对南方流逐地不认同而只有生异感,这种异化感在诗中呈现为感性世界的丑,这在古典诗歌传统中是比较鲜见的现象。比之李白《鸣皋歌送岑征君》中的洪波霜崖、玄猿绿罴,《北风行》中黑暗中的轩辕台上"大如席"的雪花,《公无渡河》中咆哮万里的黄河与白齿长鲸,《蜀道难》中的巉岩绝壁、猛虎长蛇,韩愈这些厉怖的意象更多地取自行旅和流逐地的经验世界而不是书本。他在楚辞《招隐士》、《招魂》、《大招》传统中的"山气巃嵷"、"溪谷崭岩兮,水曾波"、"欽岑碕礒兮,碅磳磈硊"、"猿狖群啸"、"虎豹嗥"、"虎豹斗"、"熊罴咆"[2]等等意象之外,增添了雄虺、毒螫、两头蛇、蛊虫、鳄鱼、蛤蟆、细腰蜂、虾蟆、鲎等等取自生活的丑类意象。而且,与李白《蜀道难》等诗作不同,这些意象在令人憎恶、畏惧和回避之余,并不引发"快乐的恐怖"或"恐怖的喜悦"。[3]换言之,韩愈在流逐诗中创造了真正的狞厉丑恶世界,令人想到罗马诗人奥维德书写的流逐地,堪与他笔下的冥界对应。

韩愈诗凸显的丑当然不限于这些作于贬谪地的作品。推究韩愈诗中丑世界之形成,学界的讨论已列出多元成因:韩愈的流逐经历,他天性的好奇尚异和"以文为诗"的作风;韩愈以及孟郊、卢仝、李贺等生当盛唐诗歌的高潮和大历柔靡风气之后,顺应了诗坛突破革新再辟新

---

[1]《县斋有怀》,《韩昌黎诗系年集释》,卷二,上册,页 229–230。
[2]《楚辞集校集释》,下册,页 2347、2352、2348、2355。
[3] 参见本书第五章《生气充盈的李白山水世界》第四节。

径的趋势；中唐隐逸观念的变化，"向往'吏隐'的人渐多"，以"山林为牢"遂成"新的比喻"和"新的观念"；[1]中唐时期艺术风气的影响，如密宗图像中的千怪万异、魍魎魑魅的意象[2]和书法中不取姿媚而宁尚丑怪奇崛之风[3]等等，本章以为皆有其道理。然本章以下讨论的韩愈造极荒诞丑怪的三首寓意诗，或许可以为思考此一现象提供不同的视角。

三、祛魅时代的自然神话

研究韩愈诗，不应忽略他的寓意之作。比较典型的即有《射训狐》、《苦寒》、《陆浑山火一首和皇甫湜用其韵》和《月蚀诗校玉川子作》四篇。本章以下讨论后面三篇。

在本书第五章中，我曾引述浦安迪辨分中、西文学中的寓意表达时说过的一段话："在中国观念中，所有真实皆存在于同一层面，寓言作品所指的另一意义就不必在两个分离存在面间的相应点处垂直地向上寻找，而应在不断开拓的视境的广度中寻找。更为重要的是，中国寓言结构喻体象征关涉到的真理之隐秘形态，绝不应被认作为隐喻的相似－差异关系，而应作为转喻的平行延伸。"然而，当吾人接触到韩愈诗中的寓意之作的喻面和本面时，似乎发现浦氏之说未必准确了。

此三篇皆为比兴讽喻之作，即以天事喻人事。而天事之中，又皆以"子不语"的超自然之神怪书写自然现象。《苦寒》以冬月之帝颛顼

---

[1] 见户崎哲彦，《惊恐的喻象——从韩愈、柳宗元笔下的岭南山水看其贬谪心态》，页150。
[2] 此说起自晚清沈曾植，见钱仲联辑，《海日楼札丛・外一种》（上海：上海古籍出版社，2009），卷七，页280–281。今人多有赞同者，要者有陈允吉《论唐代寺庙壁画对韩愈诗歌的影响》，《唐音佛教辨思录》（上海：上海古籍出版社，1988），页130–146；黄阳兴，《图像、仪轨与文学——略论中唐密教艺术与韩愈的险怪诗风》，《文学遗产》2012年第1期，页49–60。
[3] 见金华凌，《韩诗怪奇意象的多元成因》，《衡阳师范学院学报》，第22卷第2期（2001年4月），页45–48。该文引宋人朱长文《续书断上》中退之病"羲之俗书趁姿媚"之语。

夺春月之帝太昊之纲而致酷寒，讽权臣当道。《陆浑山火》以大火吞烧山野，颛、冥缩藏，黑螭遭焚首而血面诉于天帝，讽权幸势力熏灼而忠臣直言遭贬。《月蚀诗》以虾蟆精食月，讽近臣被诛杀、君权旁落藩镇之手。以今日观念看来，酷寒、山火、月蚀何关当朝政治？这些诗作似乎是如西方文学中的寓言之作一样，喻面与本面全然分离。然就中国中古传统的天人感应观念而言，"灾者，天之谴也；异者，天之威也。……国家之失乃始萌芽，而天出灾害以谴告之"[1]，自然界的灾异本不与人间的治乱剥离，实为后者之转喻而已，即以宇宙秩序之失衡转喻政治秩序之失衡。退之这三首诗恰恰皆以宇宙秩序之失而复得为内容：《苦寒》写天地间寒暖失序，由诗人哀告上天而令雪霜销释，大地回春；《月蚀诗》写上天偏盲，暗夜失明，经玉川子拜告天公，磔杀弊蛙，使恒娥还宫，夜月复明。《陆浑山火》写水火失序，经黑螭梦通天帝，派五龙九鲲溺陷火神封邑，囚之昆仑而复阴阳之序。三诗皆以宇文所安所谓"矫正自然"[2]为主题，皆有相对完整的情节，可以说是一种"近世神话"。其中《陆浑山火》显然颠覆了司马贞《补史记·三皇本纪》中善、恶和胜、败的角色。传统中善者和胜者的火神祝融成为了恶神和失败者，而五龙九鲲替代水神共工，成为了善神和世界的拯救者。这本身就不啻为一种伦理秩序的颠倒。而且，这些祛魅时代的"神话"与人类上古神话之间最大的不同，即在前者已无后者那种由变形母题中的"死亡/再生情结"或"再循环意识"所释出的诗意。虽然由史官文化的早熟，中国上古神话被相当程度地被历史化，然在残存的神话资料中，吾人仍不难寻觅这样一种诗意：《九歌》中冥神

---

[1] 董仲舒，《春秋繁露·必仁且智》。录自钟哲点校，苏舆义证，《春秋繁露义证》（北京：中华书局，1992），页259。
[2] 见其 The Poetry of Meng Chiao and Han Yü (New Heaven: Yale University Press, 1975), p. 211.

大司命对生命与青春之神少司命的爱恋;[1]舜之二妃死于湘水,化为哀怨的湘水女神;与日逐走,道渴而死的巨人夸父,"弃其杖,化为邓林"[2];治水失败的鲧,被祝融杀死于羽郊,却"复【腹】生禹"[3];甚至《庄子》内七篇的结构亦以"始于鲲鹏相化为象征的开辟鸿蒙,终于以混沌开窍为喻的宇宙再生之希冀"[4]体现了这一种诗意……然而,这样一种诗意,在祛魅时代的"神话"里,早已荡涤净尽。[5]替而代之的是由"神话思维与历史思维割裂"而生的怪诞,或者"神话或原始因素在一个非神话或近代语境中的明显的、可见的、不调和的呈现"[6]——怪诞(grotesque)。

怪诞确为退之这些诗作的美学性质,它们几乎具备"怪诞"的所有特征。首先是卢仝和韩愈笔下虾蟆精和火神身体的巨硕无比,完全可以与十六世纪法国怪诞作家拉伯雷笔下的高干大(Gargantua)和潘大各(Pantagruel)相比。退之藉吞食日月对虾蟆精体型做如此描写:

> 径圆千里纳女腹,何处养女百丑形?……
> 尧呼大水浸十日,不惜万国赤子鱼头生。
> 女于此时若食日,虽食八九无馋名。
> 赤龙黑乌烧口热,翎鬣倒侧相搪撑。

---

[1] 闻一多、张宗洛论《九歌》最早持此说,萧兵继承了这一诠释,见萧兵,《楚辞新探》(天津:天津古籍出版社,1988),页311–313。
[2] 《山海经·海外北经》,见袁珂,《山海经校注》,页238。
[3] 《山海经·海内经》,同上书,页472–473。
[4] 见叶舒宪,《庄子与神话》,《中国神话与传说学术讨论会论文集》(台北:汉学研究中心,1996),上册,页182–183。赖锡三亦持此说,见其《庄子灵光之当代诠释》(新竹:清华大学出版社,2008),页239–242。
[5] 现代诗中试图重建"死亡/再生情结"的最显著的例子是威尔士诗人狄兰·托马斯(Dylan Thomas, 1914–1953),他在诗中一再表现生命与死亡的相互孕育。
[6] Geoffrey Galt Harpham, *On the Grotesque: Strategies of Contradiction in Art and Literature* (Aurora: The Davies Group Publishers, 2006), P. 76.

> 婪酣大肚遭一饱,饥肠彻死无由鸣。[1]

与拉伯雷的潘大各一样,这是一个有宇宙尺度的身体。而且,如巴赫金对拉伯雷作品中怪诞巨人身体意象的分析所指出的一样,这个身体中最重要的是嘴,以致整个面孔和身体可以简化为一张裂开的大嘴。[2] 不止虾蟆精,甚至"帝箸下腹尝其膰"[3]一句也在彰显天帝的大嘴!再看退之如何藉火神家族的饮宴狂欢而写其体魄的巨硕:

> 红帷赤幕罗脤膰,䲵池波风肉陵屯。
> 谽呀巨壑颇黎盆,豆登五山瀛四罇。
> 熙熙釂酬笑语言,雷公擘山海水翻。[4]

设想一下:火神家族以巨壑为食盆,以五岳为豆、登,以四海为酒罇,其笑语喧哗如雷公劈开山岭,令大海波浪翻腾——这些乱神们大敞狂吞,该借着怎样惊人的一张张牙口!

这种宇宙尺度的大嘴当然不免滑稽。但滑稽只是怪诞的一个面向,其另一面向则是恐怖。[5]《苦寒》描绘了一幅宇宙失却温热后的恐怖画面:

> 凶飙搅宇宙,铓刃甚割砭。
> 日月虽云尊,不能活乌蟾。

---

[1]《月蚀诗效玉川子作》,《韩昌黎诗系年集释》,卷七,下册,页746。
[2] Mikhil Bakhtin, *Rabelais and His World*, trans. Hélène Iswolsky (Bloomington: Indiana University Press, 1984), p. 317.
[3]《月蚀诗效玉川子作》,《韩昌黎诗系年集释》,卷七,下册,页747。
[4]《陆浑山火一首和皇甫湜用其韵》,同上书,卷六,上册,页685。
[5] 参见 *On the Grotesque: Strategies of Contradiction in Art and Literature*, pp. 98–99, 220–222.

羲和送日出，恇怯频窥觇。
炎帝持祝融，呵嘘不相炎。
而我当此时，恩光何由沾？
肌肤生鳞甲，衣被如刀镰。
气寒鼻莫嗅，血冻指不拈。
浊醪沸入喉，口角如衔箝。
将持匕箸食，触指如排签。
侵炉不觉暖，炽炭屡已添。
探汤无所益，何况纩与缣。
虎豹僵穴中，蛟螭死幽潜。
荧惑丧躔次，六龙冰脱髯。
芒砀大包内，生类恐尽歼。
啾啾窗间雀，不知已微纤，
举头仰天鸣，所愿晷刻淹，
不如弹射死，却得亲炰燖。
鸾皇苟不存，尔固不在占。
其余蠢动俦，俱死谁恩嫌。[1]

这是有着丰富细节的种种生灵在宇宙酷寒中灭绝着的噩梦图景：人的肌肤在寒风中生出鳞甲，威猛的虎豹在穴中冻僵，蛟龙在深水中冻死，日轨不再运行，因为六龙已在冰寒中冻掉了髯须，曾经在窗间啾啾鸣叫的鸟雀，为了获得温暖，宁可在热油中被煎炸，在滚汤中被炖煮，也不愿再继续忍受严寒了……而韩愈笔下更为厉怖的一幕，则是《陆浑山火》中在大火中众生灵纷纷奔逃无门的情景：

---

[1]《韩昌黎诗系年集释》，卷二，上册，页154。

> 山狂谷很相吐吞，风怒不休何轩轩，摆磨出火以自燔。有声夜中惊莫原，天跳地踔颠乾坤。赫赫上照穷崖垠，截然高周烧四垣。神焦鬼烂无逃门，三光弛隳不复暾。虎熊麋猪逮猴猿，水龙鼍龟鱼与鼋，鸦鸱雕鹰雉鹄鹍，炜㶿煨爊孰飞奔。[1]

如果对比在酷寒僵硬而濒于死灭的生灵，此诗的动态图景真真是"天跳地踔"，在遍地漫天的火焰之中，地上走兽、水中鱼龙、天上飞鸟，甚至山林中神鬼们纷纷为逃避死亡而四窜奔突。然任谁也难逃成为火神宴席上一道美味的厄运：或在烈火中烤焦，或连毛被炙烧，或在灰烬中窒息，或在滚汤中被烫熟。退之以烹调术语"炜"、"㶿"、"煨"、"爊"细细玩味着、消遣着种种生灵的死亡痛苦。更为狞厉恐怖的是火神家族在众生死难中的嘉年华和血池肉山前饕餮的盛大场面：

> 祝融告休酌卑尊，错陈齐玫辟华园，芙蓉披猖塞鲜繁。千钟万鼓咽耳喧，攒杂啾嚄沸篪埙。彤幢绛旃紫纛幡，炎官热属朱冠裈，髹其肉皮通骴臀，颒胸埋腹车掀辕，缇颜靺股豹两鞬，霞车虹靷日毂辐，丹蕤缥盖绯翻帒。红帷赤幕罗脤膰，䀇池波风肉陵屯，谽呀巨壑颇黎盆，豆登五山瀛四罇。熙熙醺酗笑语言，雷公擘山海水翻。齿牙嚼啮舌腭反，电光礉礏赩目暖。[2]

这是以血与火的赤红为主调的浓彩积染：火舌窜舞的山野是火神开着玫瑰、芙蓉的殷红花园；林木隳倾的声响是其仪仗中灼热的管弦齐奏；飘舞着"彤幢"、"绛旃"、"紫纛"仪仗一派大红大紫；队中朱色冠戴、裤裈，其臀与两髀漆成的赤黑，其"缇颜靺股"和佩带豹皮的

---

[1] 同上书，卷六，上册，页684–685。
[2] 同上书，卷六，上册，页685。

箭袋，是以深红、橘红与赤黑在炫耀；"霞车"、"虹鞅"、"日毂辐"，以及车饰的"丹蕤"、"缥盖"和"绯帟"，是绛与赤的喧腾；罗陈祭肉的"红帷"、"赤幕"，甚至"盁池"、"肉陵"和火神一族酣醉后的"赪目"，亦是一派猩红。红渲染着喜庆的气氛："熙熙醻酬笑语言，雷公擘山海水翻"，火神狂欢中的浪笑直如山崩海啸！这一狂欢喜庆却是在亿万生灵血肉淋漓的尸骨上进行，这是一种彰显为绚丽的残暴，这才是退之此诗图景的无比厉怖之处！

《陆浑山火》以红渲染诗境，令人想到该诗与其《游青龙寺赠崔大补阙》一诗的关联，由此开出韩诗研究中一个特别的方向。沈增植论《游青龙寺》一诗即谓："从柿叶生出波澜，烘染满目，竟是《陆浑山火》缩本。"[1]《游青龙寺》一诗中，赤气红焰在柿叶、寺中壁画和柿实之间延烧，诗人由此想象出"金乌下啄赪虬卵"和"九轮照烛乾坤旱"[2]的幻境。而诗中"光华闪壁见神鬼"[3]一句和该寺为密宗祖庭的事实，又令学界推论出韩愈系受到密宗寺院中曼荼罗壁画的影响一事。[4]黄道兴《图像、仪轨与文学——略论中唐密教艺术与韩愈的险怪诗风》一文进一步指出了《陆浑山火》中大火图景在曼荼罗画中的渊源："佛教图像表现火势最另类、最怪异的是密宗绘画艺术，尤以周身烈焰的明王忿怒尊像为最"。该文详列密宗典籍中诸明王皆以遍身猛焰围绕著称：大轮明王"遍身黄色，放大火"；无能胜明王"遍身黄色，放火光

---

[1]《海日楼札丛》，卷七，页280。
[2]《韩昌黎诗系年集释》，卷五，上册，页563。
[3] 同上注。
[4] 此说始于沈增植，其论《陆浑山火》谓："吾尝论诗人兴象与画家景物感触相通，密宗神秘于中唐，吴、卢画皆依为蓝本。读昌黎、昌谷诗，皆当以此意会之。"又谓《陆浑山火》可"作一帧西藏曼荼罗画观"。见《海日楼札丛》卷七，页280-281。陈允吉则提出《陆浑山火》中有唐代寺院壁画中无间地狱图景的影响，以为此诗创作"应该是有'地狱变相'为其构思加工基础的"。并提出曼荼罗画中火焰意象影响了该诗。见其《论唐代寺庙壁画对韩愈诗歌的影响》，《唐音佛教辨思录》，页130-146。

焰";不动明王"遍身青色,放火光焰","遍身火光";步掷明王"遍身作虚空色,放火光焰";军荼利明王"有种种金刚火焰猛吏杵"[1]。唐宋画论中不乏僧人骤睹壁上炎炎之势,不知是画,惊旦几扑的记载。[2]至此,对韩诗中此一渊源和所受影响的探讨已可谓相当深入了。

然而,韩诗中以上的怪诞图景并非"影响"二字即可赅括。佛教壁画中有两类火的意象,一类是负面之火,即无间地狱之火,《法华经》七喻中"火宅"之火。按密宗的说法,"一切有情被贪嗔痴烦恼火焚烧,积集无量不善极恶之业"。[3]另一类则是正面之火,即慧火:"诸佛行菩萨道时,皆以如是慧火,焚烧一切心垢炽。"[4]环绕明王忿怒尊的火正是这类慧火,被称为"甘露焰鬘"[5]。诸明王虽有忿怒威猛之相,却具一切智大菩提心:"为令行人从初发菩提心,守护增长,令生成佛果圆,终不退失不堕在非道者,即不动明王是也";"为降伏世间难调众生故,即降三世明王是也"[6]……从韩诗透露的信息而言,沈增植谓中唐密宗佛寺曼荼罗画沾溉韩诗的判断当不误。而对密宗而言,"凡造曼荼罗,从初以来即用不动尊,或以降三世尊护持是也。"[7]而韩诗中的山火,则非慧火,随火而狞笑着的火神一族,亦绝非具忿怒之相与大菩提心者。他们亦非地狱的冥神,否则天帝不会溺之封邑,囚之昆仑。他们只是以嗜血为极乐的神鬼而已。换言之,退之并非仅仅被动地接受曼荼罗画的"影响"而已,他分明是在戏拟(parody)。但退之以此究竟为表达什么?

---

[1] 见黄道兴,《图像、仪轨与文学——略论中唐密教艺术与韩愈的险怪诗风》,《文学遗产》2012年第1期,页57。
[2] 同上注。
[3] 《甘露军荼利菩萨供养念诵成就仪轨》,《大正新修大藏经》,第21册,页43。
[4] 《大毗卢遮那成佛经疏》,卷八,《大正新修大藏经》,第39册,页708。
[5] 《大妙金刚大甘露军拏利焰鬘炽盛佛顶经》,《大正新修大藏经》,第19册,页339。
[6] 《大毗卢遮那成佛经疏》,卷十,《大正新修大藏经》,第39册,页722。
[7] 《大毗卢遮那成佛经疏》,卷八,同上书,第39册,页710。

如果吾人接受浦安迪关于中国文学寓意表达的观点，在思索诗作所喻的朝政的本面之外，亦有必要思考退之这些寓言之作中与本面在同一层面上的喻面的意义。这个问题显然要落在中国文化传统的信仰本体"天"的概念上面。《苦寒》中有"举头仰天鸣"，"天乎哀无辜"，"天乎苟其能"[1]；《陆浑山火》有"天跳地踔颠乾坤"，"天关悠悠不可援"[2]；《月蚀诗》有"念此日月者，为天之眼睛。此犹不自保，吾道何由行"，"无梯可上天，天阶无由有臣踪。寄笺东南风，天门西北祈风通"，"天虽高，耳属地，感臣赤心，使臣知意"[3]……然而，在退之寓意叙事的情节中，究竟谁代表了"天"？

一个简单的回答或许是最后惩办了罪恶、恢复了宇宙秩序的天帝。但细读退之以下的话，吾人会有不同的答案：

> 韩愈谓柳子曰："若知天之说乎？吾为子言天之说。今夫人有疾痛、倦辱、饥寒甚者……又仰而呼天曰：'何为使至此极戾也？'若是者，举不能知天。夫果蓏，饮食既坏，虫生之；人之血气败逆壅底，为痈疡、疣赘、瘘痔，虫生之；木朽而蝎中，草腐而萤飞，是岂不以坏而后出耶？物坏，虫由之生；元气阴阳之坏，人由之生。虫之生而物益坏，食啮之，攻穴之，虫之祸物也滋甚。其有能去之者，有功于物者也；繁而息之者，物之雠也。人之坏元气阴阳也亦滋甚：垦原田，伐山林，凿泉以井饮，窾墓以送死，而又穴为偃溲，筑为墙垣、城郭、台榭、观游，疏为川渎、沟洫、陂池，燧木以燔，革金以镕，陶甄琢磨，悴然使天地万物不得其情，倖倖冲冲，攻残败挠而未尝息。……祸元气阴阳

---

[1]《韩昌黎诗系年集释》，卷二，上册，页154—155。
[2] 同上书，卷六，上册，页685。
[3] 同上书，卷七，下册，页746—747。

者滋少,是则有功于天地者也;繁而息之者,天地之雠也。今夫人举不能知天,故为是呼且怨也。吾意天闻其呼且怨,则有功者受赏必大矣,其祸焉者受罚亦大矣。……"[1]

对退之而言,"天"体现为元气阴阳,然却有意志。天之意志、天之利好与人之意志、人之利好全然相悖。故造福于人者,乃"天地之雠也"。传统上"天"与"人"的和谐,无论表现为天辨在人,天人感应,抑或天人合一,一直是中国信仰体系的核心。而退之在此表达的是一种对此信仰的阴郁怀疑精神和近乎冷酷的近世理性。那么,代表"天"之意志者在三篇寓意之作中还一定是"天帝"或"天公"吗?自退之说天的逻辑而言,或许荼毒生灵的祝融、褫夺光明的虾蟆精,和破坏四时秩序的颛顼亦代表着"天"之意志。虽然在三诗中又皆出现了"仰而呼天"者,且以天帝听其呼告而恢复了宇宙秩序。[2] 这是伊利亚德所说的"永恒的归返"所给予面对"历史的恐惧"人们的抚慰罢了。[3]

然而,退之这些作品予人印象至深的却是宇宙秩序崩坏的骇人图景。吾人不禁要叹息:天地竟不再是人的家园了。这是上文所说的

---

[1] 引自柳宗元,《天说》,《柳宗元集》,卷十六,第 2 册,页 441。
[2] 韩愈对于宇宙秩序不免歧义的态度或许可以解释何以宇文所安在这一点上有某种困惑。宇文氏在其 1975 年出版的《孟郊与韩愈诗》一书中在诠释《南山诗》时说:诗人"试图将南山作为宇宙秩序的完美例证"。然而在此书讨论韩愈神话诗的一章,论及所谓"矫正自然"主题时,宇文氏写道:"以韩愈相信有道德的个人能够真正恢复自然秩序(孟郊恐怕真的如此)是值得怀疑的。这个主题是韩愈诗的一个虚构,对他具特殊意义的神话,而非如孟郊的《寒溪》那样,成为面对现象世界的实际方式。"见 The Poetry of Meng Chiao and Han Yü, p. 207, p. 212. 在 1996 年出版的《中国中世纪的结束:中唐文学文化论集》一书中,宇文氏则以《南山诗》说明中唐时代自然秩序已经成为了问题。见 The End of the Chinese "Middle Ages": Essays in Mid-Tang Literary Culture (Stanford: Stanford University Press, 1996), pp.34–40.
[3] 见 Mircea Eliade, The Myth of the Eternal Return, or Cosmos and History, trans. Willard R. Trask (Princeton: Princeton University Press, 1991), pp. 139–162.

"风土的乡愁"之外的另一种乡愁,是基于时代变迁和文化危机的异化感。它是韩诗中"以丑为美"[1]的根由,天人间的诗意和谐本是中国诗自然美感的基础,不啻为古代泛灵论意识的一特别的遗绪,以此才有了中国诗中那个谛听着、应答着人类心灵的山水自然:"山沓水匝,树杂云合。……情往似赠,兴来如答。"[2]而韩诗所凸显的自然界的丑,则展示了天人之间的捍格。正如其去灵光化了的神话世界消解了中古时代残留的泛自然神论的美感一样,退之以一个生狞厉怖的自然世界替换了天人之间的诗意和谐,似乎宣示着风情万种神女世界的死亡。

而退之诗作的形式风格则直接以美学秩序的丧失体现着这一切。首先以艰奥晦涩的字词骋其雄怪,三诗中充斥着如"躔次"、"氉毟"、"啾嚄"、"秣股"、"脈膰"、"礚碨"等等僻字奇词,夹杂着如"披猖"、"摆磨"、"醹酬"、"山狂谷很"、"天跳地踔"、"神焦鬼烂"等等独造之语,创造出极其生涩而棘目的效果。其次是在音节和句法上打破常规,故作拗折。《月蚀诗》句法参差,出有三言、四言、六言、九言、十一言之杂言句,却无李白杂言体那种一气贯穿之势,是真正的浅俚无章,直如船山所言,"适可为酒令而已"[3]。《陆浑山火》虽统为七言,却时时破坏七言上四下三句法,诗中如"命/黑螭侦/焚其元"、"溺厥邑/囚之昆仑"、"虽欲悔/舌不可扪",佶屈聱牙,几不可诵。然此满眼斑驳,充耳聒噪,钩章棘句,刿目铼心,不正是宇宙秩序崩坏的象征吗?

四、峰顶的诗情喷礴

李肇《唐国史补》有一则关于退之的逸事:

---

[1] 此说首见刘熙载,《艺概》,页63。
[2] 刘勰,《文心雕龙·物色》,《文心雕龙义证》,下册,页1761。
[3] 《夕堂永日绪论内编》,《薑斋诗话笺注》卷二,页95。

> 韩愈好奇,与客登华山绝峰,度不可返,乃作遗书,发狂恸哭。华阴令百计取之,乃下。[1]

退之《答张彻》一诗中一段文字,令后人隐约感到李肇所述不虚:

> 洛邑得休告,华山穷绝陉。
> 倚岩睨海浪,引袖拂天星。
> 日驾此回辖,金神所司刑。
> 泉绅拖修白,石剑攒高青。
> 磴藓澾拳跼,梯飙飚伶俜。
> 悔狂已咋指,垂诫仍镌铭。[2]

日本学者川合康三这样藉此事而评价此人:"对新鲜事物的好奇心,对未知领域的冒险心理,更兼对自己行为会引发何种结果的缺乏判断力,这样一种轻率伴随他的一生。"[3] 这或许是对的。然中国诗人之书写自然山水,不正是因有了此种好奇心和冒险心理,有了一个"寻山陟岭,必造幽峻,岩嶂千重,莫不备尽"的谢灵运么?谢灵运攀上过永嘉的绿嶂山、嵊县的石门山、江西庐山绝顶和南城的华子冈,还很有可能登过天姥。在他之后,鲍照和江淹登过庐山香炉峰。孟浩然登过襄阳的望楚山(今扁山)和鹿门山。李白登过巫山最高峰(据简锦松判断:应为奉节赤甲山)、嵩山、庐山、太白山、泰山,还很有可能登过华山。但在上述诗人的描写中,似乎皆不曾涉险,且未必是自己徒步攀上的。涉险登山如海上冲浪,其实展现了一种以生命极限去挑战大自然以激发对人类

---

[1]《唐国史补》卷中,(上海:上海古籍出版社,1991),页433。
[2]《韩昌黎诗系年集释》,卷四,上册,页397。
[3]《终南山的变容——中唐文学论集》。(《上海:上海古籍出版社,2007),页186。

精神力量的信心。如登上阿尔卑斯"风顶"的彼特拉克所说：平滑之路引人至卑贱的世俗快乐，如欲登上圣福之顶，则须承受艰难奋斗之沉重。[1]

与艰难的向上攀援相反的是随波信舟，是不费心力的逐势而下。如藉用牟宗三先生论宋明思想的语词，是横向的"顺取"。嵇康曾以四言表达此一萧散无为的诗与人生之境：

> 渊渊绿水，盈坎而颓。
> 乘流遥迈，息躬兰隈。[2]
> 淡淡流水，沦胥而逝，
> 泛泛柏舟，载浮载滞。[3]

王维有"此夜任孤棹，夷犹殊未还"[4]，柳宗元有"中川恣超忽……淹泊遂所止"[5]，率皆采此"顺取"之境。如果诗人在梦想的瞬间是"以一个象征把握乾坤，只以一个意象占有整个宇宙"[6]。对中国诗人而言，这个意象常常就是"水"或"气"。代表中国诗人山水美感的神女，亦栖止、出没于暧暧水云之际。[7] 水象征混沌自然和人类无意识。"取势"即顺遂流动之水。诗之"势"是顺遂诗人缘在自身缘构中发生的脉动。中国诗学对"诗势"之描述，故亦时常有"水"（或"气"）的影子：

---

[1] 见其 "The Ascent of Mont Ventoux," *The Renaissance Philosophy of Man*, eds. Ernst Cassirer, Paul Oskar Kristeller & John Herman Randall, Jt. (Chicago： The University of Chicago Press, 1965), p. 40.
[2] 《四言诗》其一，同上书，页 78–79。
[3] 《酒会诗七首》其一，戴明扬校注，《嵇康集校注》（北京：人民文学出版社，1962），页 73。
[4] 《泛前陂》，陈铁民校注，《王维集校注》，第 2 册，页 458。
[5] 《柳宗元集》，卷四三，第 4 册，页 1200。
[6] 巴什拉，《梦想的诗学》，页 219–220。
[7] 参见本书第六章《杜甫夔州诗中的"山河"与"山水"》第四节。

"涧曲湍回,自然之趣也"[1];"修江耿耿,万里无波,欻出高深重复之状"[2];"如神龙夭矫,随所向处,云雷盈动"[3],"如河出孟门,奔腾涣散,赴海乃已,更不逆流洄复矣。"[4]……

"水"与"(云)气"之间是相互转化的。"水"其实如"(云)气"一样,是中国文化"想象的形上学"的基本"物质因":"民之归仁也,犹水之就下"[5];水"夫唯不争",故"上善若水"[6]。朱利安说:水的意象"穿越了中国古代的思想——同时灌溉它及连系它"[7]。而巴什拉在谈论火、空气、水和土四种物质想象时却说:以他所能接触的西方文学传统而言,有关"水的诗学的资料并不丰富而且贫乏。……水并不真正是他们(西方诗人)遐想的'实体'。从哲学角度来说,水的诗人'参与'自然水生的实在,不及聆听火或土召唤的诗人。"[8]在此,"水"与"火"两种物质因辨分了中西两种文化传统。

然而,回到退之,传统中阴柔、灵动、低回之水在退之诗中是何等令人惊惧。而退之《送灵师》一诗却以赞叹的口气书写了一次怒水逆浪而行的惊险:

瞿塘五六月,惊雷让(攘)归船。
怒水忽中裂,千寻堕幽泉。

---

[1] 《文心雕龙·定势》,《文心雕龙义证》,中册,页1115。
[2] 皎然《诗式·明势》,李壮鹰,《诗式校注》(济南:齐鲁书社,1986),页9。
[3] 王夫之,评谢灵运《庐陵王墓下作》,《古诗评选》卷五,《船山全书》第14册,页741。
[4] 王夫之,评卢思道《听鸣蝉篇》论乘势流势,《古诗评选》卷一,同上书,页568。
[5] 《孟子·离娄上》,引自孙奭,《孟子注疏》卷七下,《十三经注疏》,下册,页2721。
[6] 《老子道德经》,八章,王弼注,《诸子集成》,第3册,页4。
[7] 朱利安,《功效论:在中国与西方思维之间》,林志明译(台北:五南图书,2011),页236–251。美国治中国思想的学者艾兰(Sarah Allan)则为此写有一部专著 The Way of Water and Sprouts of Virtue(State University of New York Press, 1997),上海人民出版社2002年出版了张海晏的中译本《水之道与德之端》。
[8] 见其《水与梦》,页6。

> 环回势益急，仰见团团天。
> 投身岂得计，性命甘徒捐。
> 浪沫疭翻涌，漂浮再生全。
> 同行二十人，魂骨俱坑填。
> 灵师不挂怀，冒涉道转延。
> 开忠二州牧，赋诗时多传。[1]

而诗人亦常面对水取一不屈抗争的姿态——"当流赤足蹋涧石"即是此一姿态。即便到了"余年懔无几"[2]的衰年，诗人已"足弱不能步"[3]，扲舟激流，却仍然高唱：

> 随波吾未能，峻濑乍可剌！[4]

可见，与横向的"顺取"相反，无论在山在水，退之所取皆常是一种纵向的逆势而为。以此，退之在《送高闲上人序》中对书艺中表现出的"其为心，必泊然无所起，其于世，必淡然无所嗜。泊与淡相遭，颓堕萎靡，溃败不可收拾"[5]才颇为不屑。其论诗，激赏孟郊，乃因其"横空盘硬语"[6]；赞叹贾岛，乃因其"蛟龙弄角牙，造次欲手揽……天阳熙四海，注视首不颔"[7]；推服李、杜，乃因"想当施手时，巨刃磨天扬。垠崖划崩豁，乾坤摆雷硠"，并如此抒写其对二位天才的心驰神往之情：

---

[1]《送灵师》，《韩昌黎诗系年集释》，卷二，上册，页202。
[2]《南溪始泛三首》其一，同上书，卷一二，下册，页1278。
[3]《南溪始泛三首》其三，同上书，下册，页1281。
[4]《南溪始泛三首》，同上书，下册，页1281。
[5]《全唐文》卷五五五，第6册，页5622。
[6]《荐士》，《韩昌黎诗系年集释》，卷五，上册，页528。
[7]《送无本师归范阳》，同上书，卷七，下册，页820。

> 我愿生两翅,捕逐出八荒。
> 精神忽交通,百怪入我肠。
> 刺手拔鲸牙,举瓢酌天浆。
> 腾身跨汗漫,不着织女襄。
> 顾欲地上友,经营无太忙。
> 乞君飞霞佩。与我高颉颃。[1]

此藉思入云空来彰显其一世豪宕之气。如此一种主体人格的张扬,在山水书写中集中于跻攀峰巅之后的感受上:"倚岩睨海浪,引袖拂天星"。除却《答张彻》写到攀登华山外,退之诗中尚有数处写到登临或仰望峰巅的感受。而且,与李白于泰山、华山、庐山之巅"想象"出玉女、羽人、青童、玉真的幻景不同,山峰与云天交接之处并非步入仙境的门户,[2]诗人在此体验的是豁然开显某种辉煌人生境界的时刻,是杜甫"会当凌绝顶"一句中的祈向。《送惠师》一诗中,此新境界是日出:

> 发迹入四明,梯空上秋旻。
> 遂登天台望,众壑皆嶙岣。
> 夜宿最高顶,举头看星辰。
> 光芒相照烛,南北争罗陈。
> 兹地绝翔走,自然严且神。
> 微风吹木石,澎湃闻韶钧。
> 夜半起下视,溟波衔日轮。
> 鱼龙惊踊跃,叫啸成悲辛。

---

[1]《调张籍》,同上书,卷九,下册,页989。
[2] 参见本书第五章。

> 怪气或紫赤,敲磨共轮囷。
> 金鸦既腾翥,六合俄清新。[1]

这是本人所见中国古典诗中描写山巅观日出最精彩的一段文字。诗中的天台观日者虽是僧人惠师,但诗人肯定融进了自己类似的经验。"梯空"句极空灵,写尽居于嶙峋众壑之上、似融入苍旻之中的感觉。在日轮乍现、金鸦腾翥之前,诗人小心地铺垫蓄势:仿佛整个世界皆在屏息等待这一刻,故而只有不出声的满天星斗,故而鸟不翔兽亦不走,故而只听得微风吹木石的声响。"自然严且神":一切皆庄严、肃穆、神秘。因为此地乃天台之顶,因为此刻乃日出之前,世界的辉煌即在此地此刻孕育。终于,"溟波"衍出了悸颤的"日轮",引发"鱼龙"一片踊跃和悲啸——因为黑夜毕竟太长久,以致骤然到来的光亮,敲磨着屈曲日轮的"紫赤"、"怪气",令万物震悚不已。

在《谒衡岳庙遂宿岳寺题门楼》一诗中,此一豁然开显的新境界乃登山中所见晦昧之后的云破天开,诸峰毕见:

> 火维地荒足妖怪,天假神柄专其雄。
> 喷云泄雾藏半腹,虽有绝顶谁能穷?
> 我来正逢秋雨节,阴气晦昧无清风。
> 潜心默祷若有应,岂非正直能感通。
> 须臾静扫众峰出,仰见突兀撑青空。
> 紫盖连延接天柱,石廪腾掷堆祝融。……[2]

为彰显衡岳诸峰刺破云天之雄奇,诗人又先以浑浑噩噩之象抑之,蓄

---

[1]《韩昌黎诗系年集释》,卷二,上册,页193-194。
[2] 同上书,卷三,上册,页277。

之:"我来正逢秋雨节,阴气晦昧无清风",是何等昏蒙和郁闷?然后以"须臾"、"突兀"二语爆裂般地开显出一个由衡岳诸峰撑起无垠穹顶的全新宇宙殿宇。这种突然迸发的惊奇和震撼是韩诗着意追求的效果,其与传统山水书写中推美恬然之致、悠然之"韵"的美感判然。"韵"必"行于简易闲澹之中,而有深远无穷之味"[1];"声微而韵,悠然长逝者,声之所不得留也。"[2]"韵"以"闲澹"和悠然长逝之"远"体现时间绵延久长为价值所在。倘以所谓"物质想象"来表示,即是平淡无味之水和修江耿耿而万里无波之"水"。而退之如清人所说,向"视清微淡远,雅咏温恭,殊不足以尽其才"[3],其迸发式的情感,则如"火"。正如"水"在中国文化中是自然、平淡等等概念的隐喻,"火"在许多语言中本就是激情(特别是愤怒)的概念隐喻:"火在它的集中中令人神往"[4];《说文》训"火"字曰"炎而上"[5],退之所常取的逆势向上,亦如"火";[6]其期冀的日出、云开中的光,则是"火的真正的理想化"[7]。

而对此一种集中的,纷纭如火的自然现象的描绘,在《南山诗》的结尾中达至高潮。此以百余韵状写一座大山的作品,是中国诗歌书写自然山水空前的鸿篇巨制。诗人分层递进,以最终推向峰顶的辉煌瞬刻为鹄的,组织起此叠叠千言之作。开局以"山经及地志,茫昧非受授。团

---

[1] 范温,《潜溪诗眼》,见郭绍虞编,《宋诗话辑佚》(北京:中华书局,1980),上册,页373。
[2] 陆时雍,《诗镜总论》,《历代诗话续编》,下册,页1406。
[3] 乾隆帝钦定,冉苉校点:《唐宋诗醇》(北京:中国三峡出版社,1997),下册,页571。
[4] 巴什拉又说:"火是现象的第一因素。确实,人们只有处在外型变幻的世界面前才可能谈论现象的世界,外型的世界。然而,最初只有火引起的变幻才是深刻的、惊人的、迅速的、美妙的、最终的变幻。"见其《火的精神分析》,杜小真、顾嘉琛译(北京:三联书店,1992),页58,67-68。
[5] 《说文解字》,页207。
[6] 巴什拉曾引用夏特莱夫人的话说明这一点,见《火的精神分析》,页98。
[7] 同上书,页124-125。

辞试提挈，挂一念万漏"[1]，伏以下三次亲身探历之叙写。"尝登崇丘望"以下是一段轻灵沮洳的文字，写登丘远眺南山所见之大概：

> 尝升崇丘望，戢戢见相凑。
> 晴明出棱角，缕脉碎分绣。
> 蒸岚相颒洞，表里忽通透。
> 无风自飘簸，融液熙柔茂。
> 横云时平凝，点点露数岫。
> 天空浮修眉，浓绿画新就。
> 孤撑有巋绝，海浴褰鹏噣。[2]

这是烟云变灭中的远岑，缥缈到几乎不真实：缕脉如绣，岚气浑涵，忽而表里通透；忽而岚气飘忽，似在云中"飘簸"（如米芾所论李成之画山石"如云动"[3]），复"融"冶为溶溶翠色。又见"横云"之端，渍出数点墨痕；远天之际，拖带一弯"修眉"。这又是自下而仰望的高山：恍如支撑天地的石柱，浑似仰首开喙，海浴而出的大鹏。这十四句中，已绘出烟光之中，终南之冉冉之态，蒸蒸之色，郁郁之容，诗人当可于此搁笔。而退之却接续描写了终南在春阳、夏炎、秋霜和冬行四季循环中的概貌。此段结以"明昏无停态，顷刻异状候"[4]二语，进一步逼向了入山探历。继而诗人瞻太白，俯昆明，写终南之毗佐连亘之区，由山至水，由南至北，由高至低。以此提出第一次探历的出发地——与昆明池同一方向的杜墅。

由杜墅出发，经毕原而登南山，退之此次的目的地当为长安以南

---

［1］《南山诗》，《韩昌黎诗系年集释》，卷四，上册，页432。
［2］同上注。
［3］米芾，《画史》，《历代论画名著汇编》，页119。
［4］《韩昌黎诗系年集释》，卷四，上册，页433。

图一　卫星地图显示的为群峰环绕的龙移湫（N33°30'00.6″/ E109°00'37.90″）

的太乙山（今翠华山），此山以山崩地貌著称，海拔2132米，山上有龙移湫，为群峰环绕【图一】。韩诗《龙移》、《题炭谷湫祠堂》、《秋怀诗十一首（其四）》[1]皆涉此湫。《题炭谷湫祠堂》一诗有：

> 厌处平地水，巢居插天山。
> 列峰若攒指，石盂仰环环。
> 巨灵高其捧，保此一掬悭。
> 森沉固含蓄，本以储阴奸。
> 鱼鳖蒙拥护，群嬉傲天顽。
> 翾翾栖托禽，飞飞一何闲。[2]

---

[1] 见该诗"其下澄秋水，有蛟寒可鏖"，同上书，卷五，上册，页547。
[2] 同上书，卷二，上册，页177。

《龙移》诗有：

> 天昏地黑蛟龙移，雷惊电激雄雌随。
> 清泉百丈化为土，鱼鳖枯死吁可悲。[1]

二诗所说的"龙移"，据宋人张礼《游城南记》自注，是当地一则传说："干湫在神禾原皇甫村之东。旧传：有龙移去南山炭谷，原之湫水遂涸。故谓之干湫。炭谷之水遂著灵异。历代崇为太乙湫。或曰：炭谷本太乙谷，土人语急，连呼之耳。"[2] 这个"石盂仰环环"的炭谷，可能即为第一次攀南山令诗人"堙塞生恂愁"的"积甃"。而厌处平地、巢居天山的龙移湫，可能即为诗人所窥"凝湛闷阴嘼"[3]的水湫。当然，今日所称翠华山内当时湫池不止一处，也有可能是其他湫池。诗人在山势忽开忽阖的山路上攀登，遇到雷电，失路而下，进入一个如同"积甃"的深谷，得以便道一窥湛湫。诗中"攀援脱手足，蹭蹬抵积甃"[4]二句说明了退之亲历攀登的体验，虽然这是一次未能抵达山顶的失败攀登。

关于第二次登南山，退之诗中这样叙述：

> 前年遭谴谪，探历得邂逅。
> 初从蓝田入，顾盻劳颈脰。
> 时天晦大雪，泪目苦蒙瞀。
> 峻涂拖长冰，直上若悬溜。
> 褰衣步推马，颠蹶退且复。

---

[1] 同上书，卷三，上册，页331。
[2] 张礼撰，史念海、曹尔琴校注，《游城南记校注》（西安：三秦出版社，2006），页154。
[3] 《南山诗》，《韩昌黎诗系年集释》，卷四，上册，页433。
[4] 同上注。

图二　蓝田-蓝关驿古道位置所俯视的终南诸峰（本文作者摄于 2012 年 5 月）

仓黄忘遐眄，所瞩才左右。……[1]

据诗中所述，退之此次登上南山是在贞元十九年隆冬十二月遭贬而往阳山的路途上。因为是"初从蓝田入"，其所探历的南山，如简锦松所言，应是自蓝田入山，前往蓝桥驿路上所见之南山。退之是顺路探历，而非如钱仲联注所推测"迂道去游南山，急退还，没有成功登顶"[2]。这段驿道在终南绝顶山脊上盘旋（过了蓝桥驿前往武关，就一路下坡了），只要登上古驿道，就会感到简氏所论无误。退之虽然成功登上了终南山这一段的山顶，却因时逢冰雪，且在贬谪路途而不及"遐眄"。换言之，此地之山虽好，此时却非良辰。

退之第三次攀登终南山，应如简锦松所辨，是自江陵召为国子博

---

〔1〕《南山诗》，同上书，卷四，上册，页 433。
〔2〕 见简锦松，《GPS 在跨国汉学研究上的应用与必要性》，《中正汉学研究》2015 年第 1 期，页 109–110。

士返归长安的路上,虽然方向和目的地不同,却再次于蓝桥驿-蓝田驿路之间的山脊之上俯视南山诸峰【图二】,故不必再叙写登山过程,时间应在元和元年(806)七月。[1]"昨来逢清霁"[2]——此一"清霁",不仅是对贞元十九年冬的冰雪天气而言,且是就不同的人生境遇而言。退之仕途此刻正处在一堪称辉煌的转折上,而他又第一次真正自峰巅去饱览南山。在经历一次次隐隐跃跃,一次次将近忽远之后,南山峰巅上的景色终于有豁然开显的时刻。然这一次"倾囊倒箧而出之",须在"层层顿挫,引满不发"[3]之后。蓄势如此已久,积郁如此之深,方能"于喷薄处见雄肆"[4]。

此在山水中历经重重曲折后的辉煌破现,只有李白在梦游天姥时出现过。诗人由湖而入溪,由溪而入山,由登山而见海日,复入于密岩深林之中。忽而清风朗月,忽而熊咆龙吟,终在列缺霹雳声中,"洞天石扇,訇然中开"[5],豁然开显出一个瑰丽无比的仙境。但那是梦境、仙境。而退之展现的是真正的山水!

于是才有了以下由连用五十一个"或"字和十四叠字所展开的宏伟铺张。饶宗颐先生指出:此乃由昙无谶所译马鸣之《佛所行赞·破魔品》脱胎而来。[6]但问题是:退之何以要取法《佛所行赞·破魔品》中连续使用三十几个"或"的一段文字?马鸣的《佛所行赞》叙述佛祖一生事迹,是古典梵文学中最优秀的叙事长诗。《破魔品》叙写佛祖在菩提树下证得无上正觉之前,与魔王波旬所率魔军的最后精神决战。连续使用三十一个"或"的一段,乃是对魔军阵容的描绘:

---

[1] 同上注。
[2] 《南山诗》,《韩昌黎诗系年集释》,卷四,上册,页434。
[3] 见《唐宋诗醇》对此诗的评语,下册,页580。
[4] 钱基博,《韩愈志·韩集籀读录》(上海:商务印书馆,1958),页134。
[5] 《梦游天姥吟留别》,《李白全集校注汇释集评》,第4册,页2104–2105。
[6] 见饶宗颐,《南山诗与马鸣佛所行赞》,《文辙:文学史论集》(台北:学生书局,1991),下册,页583–588。

> 或一身多头，或面各一目；或复众多眼，或大腹长身；或羸瘦无腹，或长脚大膝；或大脚肥口，或长牙利爪；或无头目面，或两足多身；或大面傍面，或作灰土色；或似明星光，或身放烟火；或象耳负山，或被发裸身；或被服龙革，面色半赤白；或着虎皮衣，或复着蛇皮；或腰带大铃，或紫发螺髻；或散发被身，或吸人精气；或夺人生命，或超掷大呼；或奔走相逐，迭自相打害；或空中旋转，或飞腾树间；或呼叫吼唤，恶声震天地；如是诸恶类，围绕菩提树；或欲擘裂身，或复欲吞噉；四面放火然，烟盛冲天；狂风四激起，山林普震动；风火烟尘合，黑闇无所见……[1]

经由连续使用三十一个"或"字，作者强调了一种同时性，彻底瓦解了叙述的因果和时间顺序，却铺陈出众魔蜂拥而至的庞杂而浩大的阵势。然即便众魔同时发难，却难撼动佛祖：他"端坐不倾动，无量魔围绕，恶声动天地，菩萨安靖默，光颜无异相"[2]。这多与一的对比，反凸显出佛祖证悟真理的无比坚强意志。《破魔品》这一段诗行更宜以绘画来表现，那该成为一个场面宏阔的宗教题材的人、魔巨幅，如乔尔乔·瓦萨里在圣母百花大教堂穹顶所绘的《末日审判》。而退之《南山诗》却以同样的宏伟场面，来描写自然界一处大山。此诗所排比的五十一个"或"字，同样在彰显诸峰的同时涌现，此与前两次登山的过程叙述全然不同：

> 或连若相从；或蹙若相斗；或妥若弭伏；或竦若惊雊；或散若瓦解；或赴若辐辏；或翩若船游；或决若马骤；或背若相恶；

---

[1]《大正新修大藏经》第4册，页25-26。
[2] 同上书，页26。

或向若相佑；或乱若抽笋；或嵲若炷灸；或错若绘画；或缭若篆籀；或罗若星离；或蓊若云逗；或浮若波涛；或碎若锄耨；或如贲育伦，赌胜勇前购，先强势已出，后钝嗔诋谰；或如帝王尊，丛集朝贱幼，虽亲不褒狎，虽远不悖谬，或如临食案，肴核纷钉饾；又如游九原，坟墓包椁柩；或累若盆罂；或揭若登豆；或覆若曝鳖，或颓若寝兽；或蜿若藏龙；或翼若搏鹫；或齐若友朋；或随若先后；或迸若流落；或顾若宿留；或戾若仇雠；或密若婚媾；或俨若峨冠；或翻若舞袖；或屹若战阵；或围若蒐狩；或靡然东注；或偃然北首；或如火熹焰；或若气饙馏；或行而不辍；或遗而不收；或斜而不倚，或弛而不彀；或赤若秃鬝；或熏若柴槱；或如龟坼兆，或若卦分繇；或前横若剥；或后断若姤……[1]

经连续出现的五十一个"或"字，诗人以两两相对的博喻，铺陈出终南山千丘万壑于此刻光照和云气之中，纷纭各异的形象、姿势、表情、形态、气度，以及峰峦之间主从聚散之势。刹那之中，具足了大千世界。

陈允吉曾撰文谈到《南山诗》与曼荼罗的关系，他是从紧接五十一个"或"字后十四句叠字中"怪象迭出的宅院"和"剑戟"意象着眼的。[2]其实，这首叠叠千言长诗与曼荼罗画的关联，更在结构。"曼荼罗"（mandala）在梵语是坛场，是充满诸佛和菩萨的"聚集"和轮圆具足。其模式是自象征四方四隅的八叶莲花发展出来的，[3]诸蕊开敷具足的中央则成为了曼荼罗主尊的位置【图三】。在《南山诗》中，居于全诗中央的，显然是诗人在峰巅之上觌面千汇万象豁然破现的那一

---

[1]《南山诗》，《韩昌黎诗系年集释》，卷四，上册，页434。
[2] 见陈允吉，《韩愈〈南山诗〉与密宗"曼荼罗画"》，《古典文学佛教溯源十论》（上海：复旦大学出版社，2002），页149-164。
[3] 读者可参看赫尔穆特·吴黎熙（Helmut Uhlig），《佛像解说》，李雪涛译（北京：社会科学文献出版社，2003），页65-68。

图三　无量寿如来曼荼罗

刻。"兹维群山囿"[1]——长诗是围绕此"合无量光以为一光之鬘"[2]的中心而"聚集"的。

令激情和美感聚集于峰巅的一个特别时刻——或日出，或晦昧之后的云破天开，或冰雪之后的"清霁"——喷薄雄肆，是韩诗山水书写中一个值得注意的现象。是他以"垠崖划崩落，乾坤摆雷硠"形容的诗境之一特别表现。倘以"物质意象"来表示，恰恰又是与"水"对反的"火"。如果说"水"的善下，令它"不聚焦于一特定的点或争夺焦点"[3]，那么在退之诗作这里，这个聚焦的点出现了：诗人书写山水之时，特别专注着峰巅之上，或日出，或云开，或宇宙人生的"清霁"时刻迸发的激情。如"恩培多克利斯的行动乃是在火山峰顶的一

---

[1]《南山诗》，《韩昌黎诗系年集释》，卷四，上册，页432。
[2]《大毘卢遮那成佛经疏》卷一二，《成就悉地品》，《大正新修大藏经》，第39册，页745。
[3] 朱利安，《功效论：在中国与西方思维之间》，页241。

瞬间，"[1]韩愈也是一位为辉煌一刻投入火一样生命激情的诗人。

五、结　论

由上文的论证，可以得出以下结论：韩愈诗对山水和天地风物的书写中确实有一个与"感官愉悦"冲突的"刺激、强烈、紧张、分裂、怪异、变形"的世界，这一点与西方现代诗背离美和"令人愉悦"的现象颇有异曲同工之处。韩诗中这种现象的成因，非其天性好奇尚异，顺应诗坛革新的历史归趋，以及密宗艺术的影响等等因素所能穷尽。如西方现代诗源自异化意识一样，[2]韩诗的上述新异和奇诡亦出自一种异化感。然在韩愈的历史脉络中，并非是对中产阶级社会的异化，而是出自对传统以天为本体的信仰体系的怀疑。在此，韩愈的确见证了包弼德（Peter K. Bol）所谓的"755年以后的文化危机"[3]。而韩诗中的怪诞意象世界则特别彰显了孕育文化新生机时刻的"派典危机"（paradigm crisis）[4]。韩愈书写山水和天地风物的诗篇中，一再出现令美感聚集于峰巅的一个辉煌时刻而喷薄雄肆，这不仅是一特定时空交集之"景"，且具某种新诗学的意义。同样自山巅俯瞰，韩愈之所书写，与李白登上庐山之所吟咏："登高壮观天地间，大江茫茫去不还"[5]，立于日观峰顶之所高歌："精神四飞扬，如出天地间。……凭崖览八

---

[1]《火的诗学断简》，所引译文录自黄冠闵，《巴修拉论火的诗意象》，《在想象的界域上：巴修拉诗学曼衍》，页43。
[2] 读者可参见David Perkins, *A History of Modern Poetry: From the 1890s to the High Modernist Mode*（Cambridge, M.A.: The Belknap Press of Harvard University Press, 1976）, pp. 3–7.
[3] 见其 *"This Culture of Ours": Intellectual Transitions in T'ang and Sung China*（Stanford: Stanford University Press, 1992）, pp.108–147.
[4] 怪诞体现"派典危机"几乎是文学理论中讨论怪诞现象的共识，见Geoffrey Galt Harpham, *On the Grotesque: Strategies of Contradiction in Art and Literature*, pp.17–22.
[5]《庐山谣寄崔侍御虚舟》，《李白全集校注汇释集评》第4册，页2001。

极，目尽长空闲"[1]，意味已颇不同，亦与王之涣在黄河边鹳雀楼上面对白日沉山、黄河入海的情怀颇不侔。韩愈诗中已无李白、王之涣生当盛世、面对大好山河的豪情，已无其不愧立于天地间的自信。韩愈要特别选择一个时刻——或黑夜之后日出，或阴昧之后云开，或天晦之后的"清霁"——是为在峰巅上尽览长久压抑沉郁之后的光明。在此，诗人书写的更多的不是信心，而是期冀。而为此攀登峰顶——如同《陆浑山火》中黑螭被叱于阊关、血面梦通天帝，如同《月蚀诗》中"玉川子"无梯登天，却执意寄笺东南风——本身即是一种逆势的进取。在逆势进取后的激情迸发里，美学理想已自似水的平淡、混沌，腾跃至如火迸发的激越和震撼。

---

[1]《游太山六首》其三，同上书，第5册，页2798。

第十章　水国之再呈现[1]

一、引　言

　　白居易（772-846）宝历二年（826）中秋后罢苏州刺史回到北方，大和三年（829）罢刑部侍郎后以太子宾客分司东都回到洛阳，居于长庆四年（824）购置的履道坊宅院之中。白氏对自杨凭接手的这所旧宅多有修葺，扩挖了水池，于池上造桥，复筑粟廪、书库、亭廊于池畔。由于白氏晚年园居中多有吟咏，此一私园近年遂广为治园林史者瞩目。论者或以之为"当时文人的园林观"之体现，[2]或以"壶中天地""典型"论之，[3]或由此探其"中隐"与（江南境物）"收藏美学"之关系，[4]或关注其"多重造境"之美学。[5]本章基于景观学议题，措意于诗人白居易山水美感与营造此园之关系。更因学界已注意到白氏对江南一地有特殊情结，特别措意于诗人对江南景观的书写与晚年营

---

[1] 本章内容原载日本《东北大学中国语学文学论集》第20号（2015年12月），收入本书时略作修改。
[2] 周维权，《中国古典园林史》，页79。
[3] 见王毅，《园林与中国文化》（上海：上海人民出版社，1990），页141-144。
[4] 见曹淑娟，《江南境物与壶中天地——白居易履道园的收藏美学》，《台大中文学报》第35期（2011年12月），页85-124。
[5] 见侯乃慧，《物境·艺境·道境——白居易履道园水景的多重造境美学》，新竹《清华学报》新41卷第3期（2011年9月），页445-476。

造履道坊园的关联。[1]这样的问题意识让笔者发现了白氏及与其交游颇密的几位诗人对中国诗史之一特殊贡献——对江南水乡城市美的发现和书写。白居易等人的开创主要在于：突破了以往对水国的书写模式和动机，让身体真正参与，牵绕于此一地域，以捕捉其色彩、光泽、声响和生命。

本章第一节以对六朝以来诗歌中这一类书写作之回顾而确立"呈现江南"这一主题，同时以文献重建历史上江南城市的大致风貌。第二节以第一节内容为对照，讨论白居易及同期与之交游颇密的四位诗人在书写江南城市生活方面的进境。第三节在重构白氏小园的基础上，讨论白氏如何在该园修造和园林栖居中重演其在水国的生活世界，以此对白氏此园的意义做再评价。

二、历史上的江南城市与以往诗中的江南城市

"江南"一词在历史上涵盖不同的地理范围，但最普适的意义是指长江中下游地区，即唐玄宗开元二十一年（733）所置江南东道中不包括福建的区域，其文化圈显然包涵了江北岸的扬州。在讨论白居易对江南水国景象之再呈现的进境之前，有必要先大致了解此前中国诗歌传统中"江南"的蕴含。这个地名本身在汉语中是一柔媚的意象，江南以及下属她的一系列小地名如石头城、扬州、姑苏、长干里、板桥湾、桃叶渡、莫愁湖、五湖、西洲……亦无不具似水柔情。这一意象主要是由诗歌传统铸造的。在南朝吴歌、西曲和文人诗作中，江南处处是柔性的水，是莲香、棹影、白蘋洲，又是采莲曲、采菱歌，也

---

[1] 侯乃慧《物境·艺境·道境——白居易履道园水景的多重造境美学》一文曾提出过白园剪裁江南记忆的论点，见该文页458-459。本章第三节是在侯文基础上对此作进一步讨论。

是操着吴侬软语、依俙荷花的少女……吴歌西曲中其实很多是商人估客和下层女子之间的歌谣,背景也未必是乡村。如其中出现的"吴昌门"、"江陵"、"扬州"、"板桥湾"、"江津湾"、"石城"、"长干"皆在城市。《西洲曲》所写很可能是一位青楼女子和商人之间的恋情,其中的"青楼"、"栏杆十二曲"分明透露出其背景乃在城镇。然而,无可否认的是:在这些作品中作为背景的城市意象是支离破碎的,但见一鳞半爪,与汀州、莲塘的乡村很难剥离。

正面书写江南城市,昉于南朝文人一些登临之作,笔者可以列出一长串这类作品的题目:鲍照的《还都至三山望石头城诗》、《侍宴覆舟山二首》,谢朓的《晚登三山还望京邑》、《宣城郡内登望诗》,沈约的《登高望春》,何逊的《登石头城诗》,谢举的《凌云台》,刘孝威的《登覆舟山望湖北》,萧纲的《登城诗》、《登城北望诗》……还有一些诗作,即便题目中未曾标举出登临,却在文本中隐设了一个"间接的优越视点"[1]——居高俯瞰的高巅,譬如谢朓的《入朝曲》、《暂使下都夜发新林至京邑赠西府同僚诗》,刘峻的《自江州还入石头诗》,萧绎的《自江州还入石头》等。在此,城市因为是自高处俯瞰,视野里首先是建城所据之山川形势,此即明人钟惺所谓"(玄晖)以山水为都邑诗",如:

> 两江皎平迥,三山郁骈罗。
> 南帆望越峤,北榜指齐河。
> 关扃绕天邑,襟带抱尊华。
> 长城非壑岭,峻阻似荆芽。
> 攒楼贯白日,摘堞隐丹霞。……鲍照《还都至三山望石头城诗》[2]

---

[1] 见 Jay Appleton, *The Experience of Landscape*, pp.89–91.
[2] 《先秦汉魏晋南北朝诗》,中册,页 1292。

> 寒城一以眺,平楚正苍然。
> 山积陵阳阻,溪流春谷泉。
> 崴纡距遥甸,巉岩带远天。……谢朓《宣城郡内登望诗》[1]

> 关城乃形势,地险差非一。
> 马岭逐纡回,犬牙傍隆窣。
> 百雉极襟带,亿庾兼量出。……
> 连樯入回浦,飞盖交长术。
> 天暮远山青,潮去遥沙出。……何逊《登石头城诗》[2]

其次,由于上文列举的诗作除谢朓的《宣城郡内登望诗》外,余皆为书写南朝的都城建康而作,故在山川形势之外,俯瞰之中凸显了宫苑意象:

> 江南佳丽地,金陵帝王州。
> 逶迤带绿水,迢递起朱楼。
> 飞甍夹驰道,垂杨荫御沟。
> 凝笳翼高盖,叠鼓送华辀。……谢朓《入朝曲》[3]

> 引领见京室,宫雉正相望。
> 金波丽鸤鹊,玉绳低建章。……
> 谢朓《暂使下都夜发新林至京邑赠西府同僚诗》[4]

---

[1] 同上书,中册,页 1432。
[2] 同上书,中册,页 1681。
[3] 同上书,中册,页 1414。
[4] 同上书,中册,页 1426。

> 前望苍龙门，斜瞻白鹤馆。
> 槐垂御沟道，柳缀金堤岸。
> 迅马晨风趋，轻舆流水散。……刘峻《自江州还入石头诗》[1]
>
> 绮甍悬桂栋，隐映傍乔柯。
> 势高凌玉井，临泂度金波。……谢举《凌云台》[2]

在居高临下的视野里，诗人呈现的是虎踞龙蟠、具王者之气的政治都邑建康，而飞甍宫雉之下，普通人的生活环境鲜为诗人所措意。诗人高踞都邑之上的身体，实际上是自都邑生活中抽离了的身体，它不可能以繁复的感觉去参与和感触都邑的生活。故而，吴歌西曲中那些片言只语，反倒弥足珍贵了。然而，倘若吾人接受人文地理学的观念，建康以及任何江南城市作为"地方"，乃是深刻的人类存在中心。那么，占据存有论上优先地位的，应是"人类浸润于地方的状况"[3]。城市除却军事防卫与政治功能而外，更为重要的是其中展开的商业经济活动、娱乐和日常生活。而这林林总总则浸润于地方的水土。西晋左思的《吴都赋》以四六句式铺写了两座依水而建的吴都，其中阖闾所建之姑苏"通门二八，水道陆衢"，而"阐阖闾之所营，采夫差之遗法"所建的建业亦有依水展开的熙熙攘攘的城市生活：

> 水浮陆行，方舟结驷；唱棹转毂，昧旦永日。开市朝而并纳，横阛阓而流溢。混品物而同廛，并都鄙而为一。士女伫眙，商贾骈坒；纻衣䌤服，杂沓似萃。轻舆按辔以经隧，楼船举帆而

---

[1] 同上书，中册，页1757。
[2] 同上书，中册，页1857。
[3] 参见 Tim Cresswell, *Place: A Short Introduction*. 中译本《地方：记忆、想象与认同》，页40。

过肆。……[1]

吾人据孙吴灭亡之后入仕西晋的陆士衡《怀旧赋》中"望东城之纡余"[2]一句,可以推想这座傍山依水而建的都邑不同于北方城市的特色。《世说》中一段文字证实了东晋重建建康之时延续了上述传统:

> 宣武移镇南州,制街衢平直。人谓王东亭曰:"丞相初营建康,无所因承,而制置纡曲,方此为劣。"东亭曰:"此丞相乃所以为巧。江左地促,不如中国;若使阡陌条畅,则一览而尽。故纡余委曲,若不可测。"[3]

王导规划的东晋都市,只是相对昔日"阡陌条畅"的北方都城长安洛阳而可谓之"无所因承"。其实,此所谓"纡余委曲"不正与陆士衡早年居住的建业越城的"纡余"一脉相承么?从天启年间刊印的《古今金陵图考》中的《孙吴都建邺图》【图一】和《东晋都建康图》【图二】来看,依河流走势而布置街衢,其实很难避免"纡余委曲"。许嵩《建康实录》叙述孙吴建邺凿东溪、溪流入城之后为连接街衢所建数十座桥梁之后,征引陶季直《京都记》一段文字说明了"纡余委曲"与河流的关系:

> 典午时,京师鼎族,多在青溪左及潮沟北。俗说郗僧施泛舟青溪,每一曲作诗一首。谢益寿闻之曰:"青溪中曲,复何穷尽也。"[4]

---

[1] 左思,《吴都赋》,《文选》卷五,上册,页87-89。
[2] 许嵩,《建康实录·吴上》(上海:上海古籍出版社,1987),页2下所引。
[3] 《世说新语·言语》,《世说新语笺疏》,页156。
[4] 《建康实录·太祖下》,页37。

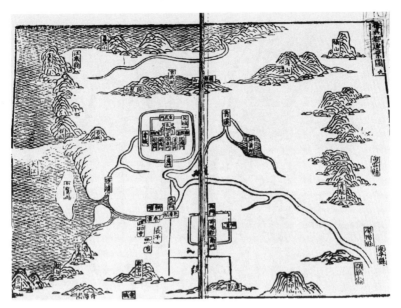

图一　吴都建业图（录自《古今金陵图考》）

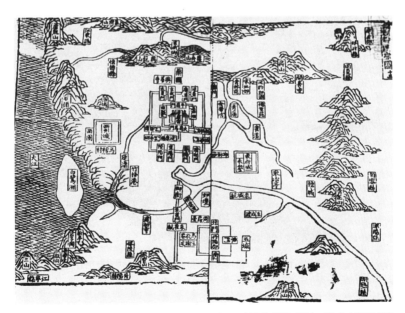

图二　东晋建康图（录自《古今金陵图考》）

第十章　水国之再呈现　|　577

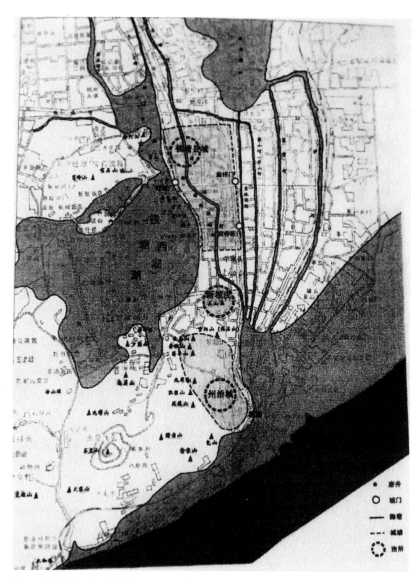

图三 唐代杭州图（录自任华时，《南宋以前杭州城郭考》，浙江大学建筑工程学院 2002 年硕士论文，页 89）

在长安和扬州兴盛起来之前，建康是真正的南北朝时期的中国文化中心。中国诗人的山水书写始自南朝，此一时期的诗人——谢灵运、鲍照、谢朓、江淹、何逊、阴铿——无不是由建康登上舟船而走向山水的。但在隋唐之后，江南都市文化有了新的发展：隋开皇年间改钱唐郡为杭州，令地处山中的钱唐县，成为"水居江海之会、陆介两浙之间，适宜于城市发展的杭州"，中唐之后更成为"江南名郡"[1]。在阖闾姑苏旧址上，另一座江南城市兴盛起来，其繁华甚至超越了洛阳和扬州，那就是苏州。这两座江南城市在中唐以后的兴起，是水稻种植技术进步、商贸发展和安史之乱后中国经济南移的结果。元和时期，唐帝国的财税收入已主要依赖东南，以致韩愈谓："当今赋出于天下，江南居十九。"[2] 同时，地处江海之会，又使苏、杭成为商贸中心。隋炀帝所凿江南运河，使杭州成为水运起讫点，藉水连接了江、淮、太湖，以舟船可以直抵京口、涿郡，乃至洛阳、长安。苏州地处运河与娄江之交，由运河经太湖，溯长江可联通湖湘和巴蜀，自娄江出浏河则可通闽粤和日本、琉球。

又是由于水，这两座江南城市，同样不免"纡余委曲"。杭州依偎着钱塘江、钱塘湖等湖泊和南北向的五六条河渠而建，水时而造成街衢走向的曲线化【图三】。据唐人陆广微《吴地记》：苏州有六十一坊。[3] 宋绍定二年（1229）所制、至今犹存的《平江府图碑》【图四】亦在图中标出六十一坊。中唐以后来到苏州的白居易诗中谓苏州"红栏三百九十桥"[4]，稍后的刘禹锡诗谓苏州"春城三百七十桥"[5]。很难

---

[1] 详见谭其骧，《杭州都市发展之经过》，《长水集》（北京：人民出版社，1987），上册，页 417–428。

[2] 《送陆歙州诗序》，《全唐文》卷五五五，第 6 册，页 5612。

[3] 《吴地记》，见上海古籍出版社 1986 年版《说郛三种》，明刻《说郛》一百二十卷，卷六三，页 2908。

[4] 《正月三日闲行》，《白居易集笺校》，卷二四，第 3 册，页 1653–1654。

[5] 《乐天寄忆旧游，因作报白君以答》，《全唐诗》，卷三五六，第 11 册，页 4003。

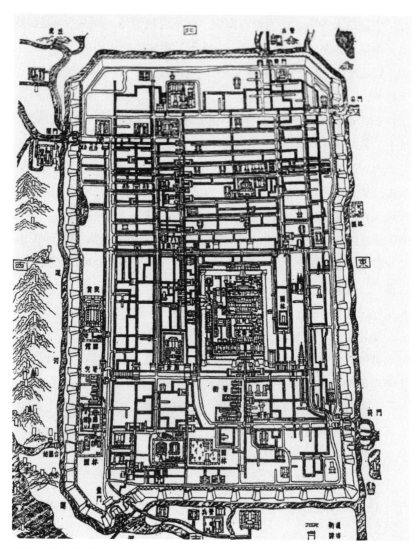

图四 （宋）平江府图

判断以上两个数字哪个更接近中唐苏州的真实,但总之其数量该与今日"桥之都"威尼斯桥之数量相去无几。而北宋杨备诗谓苏州有画桥四百,[1]《平江府图碑》则标出三百五十九座桥。从以上坊和桥的数字推断:中唐时代的苏州城市规模和格局与宋代应当十分接近。《平江府图碑》显示的苏州基本是畦分棋布的格局,即白居易诗所谓"里闾棋布城册方"[2]。这可能是受阖闾筑城的规制所限。然而吾人必须看到,首先,如此多河渠由阊门、胥门、盘门、匠门(干将门)与平门不同方向入城和流出,已破除了魏晋以来中国城市东西对称、南北向的中轴线布局形式。其次,河渠负载舟船的运输功能直接瓦解了中古中国封闭式城市的市制和坊制。杨宽先生在论及唐宋之际都城重大变化时,曾特别提出"沿河近桥和城门口的新的'行'、'市'的兴起与繁华街市的逐渐形成,以及以勾栏为中心的瓦市的兴起"[3]这类社会现象。杨先生在《玉壶清话》中观察到的后周时期"踞汴流中要"的"巨楼十二间"那样的邸店,[4]以及吾人今日在张择端《清明上河图》所见北宋汴河虹桥桥市的繁华,应当在中唐苏州沿河近桥的许多地方即初露端倪了。复次,众多河流入城,亦肯定在一定程度上破坏着传统城市以钟鼓控制的坊市早开晚闭的制度。在此,水流的所谓"纡余委曲",体现为一种更自然的生活形态。

　　史家资料谓:自公元 600 年至公元 742 年,长江中下游的纳税人口从三百万增加到一千万。[5]人口增长是城市变化的动力。江南城市兴起既然是一早已在进行的过程,那么,比之六朝诗人,唐世诗人又是如何看待和书写江南的呢?盛唐时期有两位重要诗人在江南盘桓良

---

[1] 见范成大,《吴郡志》卷一七,《文渊阁四库全书》,第 485 页,页 117。
[2] 《九日宴集醉题郡楼兼呈周殷二判官》,《白居易集笺校》,卷二一,第 3 册,页 1406。
[3] 杨宽,《中国古代都城制度史研究》(上海:上海古籍出版社,1993),页 248。
[4] 同上书,页 254—255。
[5] 见谢和耐,《中国社会史》,耿升译(南京:江苏人民出版社,1995),页 223。

久,一位是孟浩然,另一位是李白。孟浩然曾有多次"山水寻吴越"[1]的经历,足迹遍及东南的吴、越、宣、歙,最南曾至永嘉。但孟浩然对江南的城市不曾措意,他在江南瞩目的是耶溪的浣纱女子、越州的夏禹穴、桐庐的严陵台和钱塘江中的伍胥涛……而从未将江南城市也当作一道风景。这是一个访古诗人目中的江南。李白同样是在江南寻找文本中的吴宫花草、晋代衣冠,而他觊目的却是旧苑荒台、古丘白草;李白亦图在江南水国寻回吴歌西曲中的历史记忆,结果他在长干、耶溪,在镜湖的荷花后面,找到了足如霜、面如玉、眉目如新月的吴越少女。当然,诗人进入过城市,曾登临瓦官阁、梅冈、凤凰台和姑苏台远眺,但这不过是重复南朝诗人居高俯瞰的模式:

> 钟山抱金陵,霸气昔腾发。
> 天开帝王居,海色照宫阙。
> 群峰如逐鹿,奔走相驰突。
> 江水九道来,云端遥明没。
> 时迁大运去,龙虎势休歇。……[2]
>
> 地拥金陵势,城回江水流。
> 当时百万户,夹道起朱楼。
> 亡国生春草,离宫没古丘。
> 空余后湖月,波上对江州。[3]

与南朝诗人视野不同的是,此处除却建城所据的山川形势之外,更有对历史运势的观照。然而,当下的城市生活气象,却非诗人措意之处。

---

[1] 孟浩然,《自洛之越》,《全唐诗》卷一六〇,第5册,页1652。
[2] 李白,《登梅冈望金陵,赠族侄高座寺僧中孚》,同上书,卷一八〇,第6册,页1836。
[3] 李白,《金陵三首》其二,同上书,卷一八一,第6册,页1847。

以李白的话说则是："六帝沦亡后，三吴不足观。"[1] 由此，李白所关注的其实并非金陵这个"地方"而是一个地理上的地点（site）而已。[2]

大历时代的著名诗人之中，刘长卿和韦应物皆曾在吴越一带盘桓和为官。刘长卿曾任长洲县尉，却未留下对江南城市的书写。他作过一首《登吴古城歌》，咏的却是已化为荒阡丘墟的梅里吴城。在白居易出任苏州刺史的三十七年之前，韦应物于贞元八年（788）出任此职。韦应物除在阊门咏怀吴苑古迹外，其诗《登重玄寺阁》确写到了苏州城市风景：

> 时暇陟云构，晨霁澄景光。
> 始见吴都大，十里郁苍苍。
> 山川表明丽，湖海吞大荒。
> 合沓臻水陆，骈阗会四方。
> 俗繁节又暄，雨顺物亦康。
> 禽鱼各翔泳，草木遍芬芳。……[3]

韦氏仍然袭用了南朝以来居高俯瞰城市的模式。而且，从"合沓臻水陆，骈阗会四方"一联看，此一浸于复古风气的诗人，在面对诗歌传统中从未被正面书写的水国城市风景时，不仅有一种语塞辞穷之窘困，而且已将此一活生生的水国"地方"空间化了，这是本质上只有广度而乏深度的透视。与白居易生活年代相近的诗人中，张祜曾寓居和盘桓于江南苏州、杭州、常州诸地。但江南吸引他的却主要是名寺名山。

---

[1] 李白，《金陵望汉江》，同上书，卷一八〇，第 6 册，页 1839。
[2] 关于地点（site）与地方（place）的辨分，读者可参看 Edward S. Casey 的名著 *The Fate of Place: A Philosophical History*（Berkeley：University of California Press，1998），p. 201.
[3] 《韦应物诗集系年校笺》，页 448。

他有一首《江城晚眺》[1]亦取居高俯瞰城市的视野。如果说白居易之前有谁曾自高处走下来书写烟波之上的城邑之美,那恐怕是王维。[2]然而其所写却并非江南。

欲发现和书写江南繁华城市地方风貌之美,须让抽离的身体真正进入,参与,牵绕于此一地方场域之中,从深度上以不限于视觉的各类感觉和新的语体诗体去捕捉水国的色彩、光泽、声响和生命。而这就是以白居易以及环绕他的元和诗人刘禹锡、张籍、元稹、李绅的贡献,这一点却尚为学界所忽略。

三、呈现水国:白居易等对江南城市的书写

白居易祖籍太原,出生于河南新郑,长于荥阳。然少年时代曾"十载避黄巾"[3],因战乱而逃至越中,十四五岁时一度旅经苏、杭二郡,[4]复因其父授衢州别驾而南至衢州。这一段延续了七八年的江南生活结束以后,乐天北归洛阳,于长安进士登第,开始其仕宦生涯。元和十年(815)被贬江州司马,来到江南西道之浔阳。四年后除忠州刺史。长庆二年(822)乐天自中书舍人除杭州刺史,再次回到江南。刺杭不足两年,又除太子左庶子分司东都而北归洛阳。一年之后除苏州刺史再至江南。十六个月之后,返洛阳,至长安,征为秘书监,复除刑部侍郎。由以上简短叙述可知:在白居易七十五年的生命之中,有十多年是在江南度过的。然江南地域于其生命中的分量,绝非以上比

---

[1]《全唐诗》卷五一〇,第 15 册,页 5806。
[2] 见王维《早入荥阳界》的"河曲间阎隘,川中烟火繁……渔商波上客,鸡犬岸旁村",《渡河到清河作》的"泛舟大河里,积水穷天涯。天波忽开拆,郡邑千万家",《晓行巴峡》的"晴江一女浣,朝日众鸡鸣。水国舟中市,山桥树杪行。登高万井出,眺迥二流明",均见《王维集校注》,第 1 册,页 41,页 51,页 93。
[3] 白居易,《江楼望归》,《白居易集笺校》,卷一三,第 2 册,页 775。
[4] 见白氏《吴郡诗石记》,同上书,卷六八,第 6 册,页 3663。

例所能体现。在回归北方的晚年岁月里，乐天一再地抒写其对江南的回忆。大和三年（829）在长安所作二诗颇有代表性。其中《和微之春日投简阳明洞天五十韵》有对越州极富细节的描写：

> 瑰奇填市井，佳丽溢闉阇。
> 勾践遗风霸，西施旧俗姝。
> 船头龙夭矫，桥脚兽睢盱。
> 乡味珍彭越，时鲜贵鹧鸪。
> 语言诸夏异，衣服一方殊。
> 捣练娥眉婢，鸣根蛙角奴。
> 江清敌伊洛，山翠胜荆巫。
> 华表双栖鹤，联樯几点乌。
> 烟波分渡口，云树接城隅。
> 涧远松如画，洲平水似铺。
> 绿秧科早稻，紫笋拆新芦。
> 暖蹋泥中藕，香寻石上蒲。
> 雨来萌尽达，雷后蛰全苏。
> 柳眼黄丝颣，花房绛蜡珠。
> 林风新竹折，野烧老桑枯。……
> 暄和生野菜，卑湿长街芜。
> 女浣纱相伴，儿烹鲤一呼。
> 山魈啼稚子，林狖挂山都。
> 产业论蚕蚁，孳生计鸭雏。
> 泉岩雪飘洒，苔壁锦漫糊。
> 堰限舟航路，堤通车马途。……[1]

---

[1] 同上书，卷26，第3册，页1822-1823。

这段文字写的是越州会稽，却是一个"市井"、"闉闍"、"城隅"、"街衢"与山水、洲岛、烟波、云树、花柳、桑竹、绿秧、紫笋似乎没有分际的地方。诗人脑际浮现的不再是居高俯瞰的城市格局，而是"人类浸润"于此的种种风土景象：舟桥的特征、穿着的样貌、饮食的滋味、浣纱、捣练等等日常家居生活的特色，以及如饲蚕、养鸭之类的生计，总之是此地人民的生活风情和衣食住行。以现象学者梅洛·庞蒂的话说，这是一个"被生活了的地方"，一个吾人身体"泊锚"于其中的地方，诗人知晓这个地方乃因"此地长久的亲密性与身体习惯之间的熟稔联系"[1]。身体与地方之间的缠绕，在"暖蹋泥中藕，香寻石上蒲"一联中表现得多么有触感！

作于同年的《想东游五十韵》是另一首怀念江南州郡生活的长篇，诗人在序中说："大和三年春，予病免官后，忆游浙右数郡，兼思到越一访微之。故两浙之间，一物已上，想皆在目，不能自休"。其诗曰：

> 郊静销戎马，城高逼斗牛。
> 平河七百里，沃壤二三州。
> 坐有湖山趣，行无风浪忧。
> 食宁妨解缆，寝不废乘流。
> 泉石谙天竺，烟霞识虎丘。
> 余芳认兰泽，遗咏思蘋洲。
> 菡萏红涂粉，菇蒲绿泼油。
> 鳞差渔户舍，绮错稻田沟。
> 紫洞藏仙窟，玄泉贮怪湫。

---

[1] 转引自 Edward S. Casey, *The Fate of Place: A Philosophical History*, p. 233, 文中所引文字有些为 Casey 对梅洛-庞蒂思想的概括。

> 精神昂老鹤，姿彩鸣潜虬。……
> 投竿出比目，掷果下弥猴。
> 味苦莲心小，浆甜蔗节稠。
> 橘苞从自结，藕孔是谁锼？
> 逐日移潮信，随风变棹讴。
> 递夫交烈火，候吏次鸣驺。
> 梵塔形疑踊，阛门势欲浮。
> 客迎携酒榼，僧待置茶瓯。……[1]

真真是"一物已上，想皆在目"，诗人在此细细咀嚼着其江南身体经验中的种种色彩、光泽和滋味。这里亦无城、乡的分际，连接着形形色色的似乎是水："平河"、"湖山"、"兰泽"、"蘋洲"是水；"解缆"、"乘流"、"渔户"、"稻田"、"投竿"是水；"菡萏"、"菰蒲"、"玄泉"、"怪湫"、"莲心"、"藕孔"、"潮信"、"棹讴"也是水。对比此以体现自然形态的水从平面展开的地方与由居高俯瞰所凸显的棋盘格局城市的空间，令人想到德勒兹（Gilles Deleuze）和瓜塔瑞（Felix Guattari）藉作曲家鲍勒兹（Pierre Boulez）所谓两类音乐形式——"条纹形式"与"平滑形式"——所喻说的两类空间概念。前者是藉以精确道路线性条纹展开的空间，且自固定的单一视点设计和投放出来，因而其布局在任何地点皆可做完美无差别的再复制；后者则纷繁复杂且充溢着种种多样性而无从集中和复制。以德勒兹的话说，

> 这是一个触摸的空间，以触觉和手的活动接触到的空间，而非欧几里得式的可视条纹空间。……这个差异纷繁的平滑空间，兼有特别类型的多样性：非律化的，无中心的，自根茎生出的多

---

[1]《白居易集笺校》，卷二七，第3册，页1872-1873。

样性未加测算就占据了空间，它只能以跑腿儿（legwork）来探索。这个空间不可能从此种种纷繁之外之某一点去被观看。……[1]

毋庸讳言，以往居高俯瞰所凸显的畦分棋布城市，正是与此平滑空间构成对比的"从这种种纷繁之外的某一点去被观看"的条纹形式空间，而在"食宁妨解缆，寝不废乘流"的七百里平河中顺水漂游的生命世界，才真正是流动着的"差异纷繁的平滑空间"。

江南予乐天印象最深者，莫过杭州、苏州二地。如其《忆江南》词所写："最忆是杭州"，"其次忆吴宫"[2]。二城亦是唐代的名郡和雄州。乐天刺二州是自求外放，而非贬谪。故其在《吴郡诗石记》中不无得意地说：

> 贞元初，韦应物为苏州牧，房孺复为杭州牧，皆豪人也。韦嗜诗，房嗜酒，每与宾友一醉一咏，其风流雅韵，多播于吴中。或目韦、房为诗酒仙。……以当时心言异日苏、杭苟获一郡，足矣。及今自中书舍人间领二州，去年脱杭印，今年佩苏印，既醉于彼，又吟于此。酣歌狂什亦往往在人口中。则苏、杭之风景，韦、房之诗酒，兼有之矣。[3]

白氏刺杭不足二年，其吟咏却确立了此湖山城市在中国景观文化中的地位。其时杭州的山川形势，如白诗所咏是"州傍青山县枕湖"[4]，即州治之正北、正西和西南皆有山，而县治之西则毗邻钱塘湖（西湖）。而自州治之东凤凰山的江楼或"望海楼"向东眺望，则见钱塘江自郡

---

[1] *A Thousand Plateaus*，转引自 Edward S. Casey, *The Fate of Place*, pp. 303–304.
[2] 《白居易集笺校》，卷三四，第4册，页2353。
[3] 同上书，卷六八，第6册，页3663。
[4] 《余杭形胜》，同上书，卷二〇，第3册，页1371。

城东北流向西南，此即白诗所谓"不厌东南望，江楼对海门"[1]，"海天东望夕茫茫，山势川形阔复长"[2]。白诗所写，与今人对杭州历史地理的考察完全一致。然而，乐天之长绝非书写此类居高俯瞰而得的山川地形，他其实是"以跑腿儿来探索"——更准确一点说，是以骑马和乘舟——来体验杭州的"平滑空间"的。白诗中故而有"半醉闲行湖岸东，马鞭敲镫辔珑璁"[3]，"乱花渐欲迷人眼，浅草才能没马蹄"[4]，"草浅马翩翩，新晴薄暮天。柳条春拂面，衫袖醉垂鞭"[5]，"排比管弦行翠袖，指麾船舫点红旌。慢牵好向湖心去，恰似菱花镜上行"[6]，"谁留使君饮？红烛在舟中"[7]，"或拟湖中宿，留船在寺门"[8]……由于西湖面向城市一侧成凹形，令水体收聚着诸般景色。乐天最爱书写此地晴与雨，昼与夜，寒与暖交际时分湖山之间，湖天之间或江天之间、江岸之间，上下不同空间的色彩或喧静之对比。因为有水，此刻的光与影变幻最为迷离，有夕阳、月光、灯火在水波上闪烁和摇曳。如写西湖东岸望雨与晴、旦与暮之际的孤山岛，则有：

卢橘子低山雨重，棕榈叶战水风凉。
烟波淡荡摇空碧，楼殿参差倚夕阳。
到岸请君回首望，蓬莱宫在海中央。[9]

---

[1]《东楼南望八韵》，同上书，卷二〇，第3册，页1367。
[2]《江楼夕望招客》，同上书，卷二〇，第3册，页1373。
[3]《夜归》，同上书，卷二〇，第3册，页1340。
[4]《钱塘湖春行》，同上书，卷二〇，第3册，页1351。
[5]《晚兴》，同上书，卷二〇，第3册，页1391。
[6]《湖上招客送春泛舟》，同上书，卷二〇，第3册，页1393。
[7]《湖上夜饮》，同上书，卷二〇，第3册，页1370。
[8]《孤山寺遇雨》，同上书，卷二〇，第3册，页1369。
[9]《西湖晚归回望孤山寺赠诸客》，同上书，卷二〇，第3册，页1361。

正是山雨乍晴，日甫入夜时分山水之间光色的迷离变幻，方使孤山上的寺庙楼台刹时间俨然成了海上仙山中蓬莱宫阙。再如写旦暮、雨晴之际钱塘江上下景色的对比，则有：

> 澹烟疏雨间斜阳，江色鲜明海气凉。
> 蜃散云收破楼阁，虹残水照断桥梁。
> 风翻白浪花千片，雁点青天字一行。
> 好著丹青图写取，题诗寄与水曹郎。[1]

此诗并非题画，而应是一"诗意图"的张本。乐天将诗与图一并寄赠给了当时远在长安的张籍。张籍《答白杭州郡楼登望画图见寄》一诗中有"画得江楼登望处，寄来今日到长安。乍惊物色从诗出，更想工人下手难"[2]。是诗能入画，即在江之上下雨霁之际的种种迷离，以及不同空间景物疏密、明暗之间的对比与呼应。这类湖山、湖天之间或江天、江岸之间的对比，在郡治一侧的江楼、郡治与县治之间的钱塘湖东岸，以及连接孤山和湖之东北岸的白沙堤一带所见最佳，故白诗不仅一再有"江楼晚眺"、"江楼夕望"、"东楼南望"、"望海楼春望"，且屡屡宣说"最爱湖东行不足"[3]、"半醉闲行湖岸东"[4]、"谁开湖寺西南路？草绿裙腰一道斜"[5]……白氏在二处所见是环绕杭州城市的湖山与江流，然而他亦曾将坐拥湖山、江海之美的闾阎万井同样当作一道风景：

---

[1]《江楼晚眺景物鲜奇吟玩成篇寄水部张员外》，同上书，卷二〇，第 3 册，页 1375。
[2]《全唐诗》，卷三八五，第 12 册，页 4337。
[3]《钱塘湖春行》，《白居易集笺校》，卷二〇，第 3 册，页 1351。
[4]《夜归》，同上书，卷二〇，第 3 册，页 1340。
[5]《杭州春望》，同上书，卷二〇，第 3 册，页 1364。

> 灯火万家城四畔，星河一道水中央。[1]
>
> 春风来海上，明月在江头。
> 灯火家家市，笙歌处处楼。[2]
>
> 鹚带云帆动，鸥和雪浪翻。
> 鱼盐聚为市，烟火起成村。[3]

建于太湖东畔，运河诸河道与娄江之交的苏州，则似乎是一座浮在水网上的城市。宝历元年（825）到宝历二年（826）九月之间，乐天刺苏州，书写了处处不离舟桥堤柳、建物在水体与桥涵中交织变化而又连成一体的城市：

> 远近高低寺间出，东西南北桥相望。
> 水道脉分棹鳞次，里闾棋布城卅方。……[4]
>
> 晓色万家烟，秋声八月树。
> 舟移管弦动，桥拥旌旗驻。……[5]
>
> 阊闾城碧铺秋草，乌鹊桥红带夕阳。
> 处处楼前飘管吹，家家门外泊舟航。……[6]
>
> 绿浪东西南北水，红栏三百九十桥。
> 鸳鸯荡漾双双翅，杨柳交加万万条。……[7]

---

[1]《江楼夕望招客》，同上书，卷二〇，第 3 册，页 1373。
[2]《正月十五日夜月》，同上书，卷二〇，第 3 册，页 1387。
[3]《东楼南望八韵》，同上书，卷二〇，第 3 册，页 1367。
[4]《九日宴集醉题郡楼兼呈周殷二判官》，同上书，卷二一，第 3 册，页 1406。
[5]《吴中好风景二首》其二，同上书，卷二一，第 3 册，页 1431。
[6]《登阊门闲望》，同上书，卷二四，第 3 册，页 1628。
[7]《正月三日闲行》，同上书，卷二四，第 3 册，页 1653–1654。

> 晴虹桥影出，秋雁橹声来。……[1]

乐天的诗反复透露给吾人，其对此为纵横河流分割的"平滑空间"的印象，多自其本人藉舟船游城的经验而来："阊门晓严旗鼓出，皋桥夕闹船舫回。……"[2]；"深坊静岸游应遍，浅水低桥去尽通。黄柳影笼随棹月，白蘋香起打头风。慢牵欲傍樱桃泊，借问谁家花最红"[3]……水和舟船连接了城市与山水，乐天以一组律诗叙写了其本人宝历元年秋"五宿澄波皓月"的经历：他破晓即在管弦声中自阊门出发：

> 阊门曙色欲苍苍，星月高低宿水光。
> 棹举影摇灯烛动，舟移声拽管弦长。
> 渐看海树红生日，遥见包山白带霜。
> 出郭已行十五里，唯销一曲慢霓裳。[4]

继而舟船深入太湖烟波："烟渚云帆处处通，飘然舟似入虚空。……黄夹缬林寒有叶，碧琉璃水净无风。避旗飞鹭翩翩白，惊鼓跳鱼拨刺红。……"[5]；自曙色乍现至日沉湖山，诗人仍未尽兴，以致在月明之夜泛舟明月湾："龙头画舸衔明月，鹊脚红旗蘸碧流"[6]；最后，竟日游赏以夜宿湖心画船作为终曲：

> 浸月冷波千顷练，苞霜新橘万株金。……

---

[1]《河亭晴望》，同上书，卷二四，第 3 册，页 1685。
[2]《忆旧游》，同上书，卷二一，第 3 册，页 1459。
[3]《小舫》，同上书，卷二四，第 3 册，页 1657。
[4]《早发赴洞庭舟中作》，同上书，卷二四，第 3 册，页 1640–1641。
[5]《泛太湖书事寄微之》，同上书，卷二四，第 3 册，页 1644。
[6]《夜泛阳坞入明月湾即事寄崔湖州》，同上书，卷二四，第 3 册，页 1643。

十只画船何处宿？洞庭山脚太湖心。[1]

从郡斋的楼台码头、画船、皋桥、阊门的水门到太湖、洞庭山……闾阎万家与水色山光之间，竟被水与舟船连接成如此平滑无碍的一体！

　　黄省鲁《吴风录》谓吴中有白居易曾与十妓游宿湖岛的传闻。[2]自白诗"摇曳双红旆，娉婷十翠娥"[3]一类诗句看，并非没有可能。这里透露的信息是：其时苏州又是一座夜夜笙歌、繁华妖冶的商业城市。乐天在异地忆念苏州有所谓"梦到花桥水阁头"[4]和"兴入笙歌好醉乡"[5]的句子，正是迷恋如此氛围。白诗其实不乏类似的书写：

　　　　长洲苑绿柳万树，齐云楼春酒一杯。……
　　　　修娥慢脸灯下醉，急管繁弦头上催。[6]

　　　　风月万家河两岸，笙歌一曲郡西楼。
　　　　诗听越客吟何苦，酒被吴娃劝不休。[7]

　　　　吴酒一杯春竹叶，吴娃双舞醉芙蓉。[8]

由于苏州是诗人存有"浸润于此"的地方，其身体与地方的连接会出现在地方风俗的方方面面，包括季节性的饮食在内：

---

[1]《宿湖中》，同上书，卷二四，第3册，页1641-1642。
[2]见《说郛三种》第9册，《说郛续》，卷二二，页1100。
[3]《夜游西武丘寺八韵》，《白居易集笺校》，卷二四，第3册，页1674。
[4]《梦苏州水阁寄冯侍御》，同上书，卷二四，第3册，页1696。
[5]《见殷尧藩侍御忆江南诗三十首诗中多叙苏杭胜事余尝典二郡因继和之》，同上书，卷二六，第3册，页1809。
[6]《忆旧游》，同上书，卷二一，第3册，页1459。
[7]《城上夜宴》，同上书，卷二四，第3册，页1666。
[8]《忆江南》词，卷三四，第4册，页2353。

忆在苏州日，常谙夏至筵。
粽香筒竹嫩，炙脆子鹅鲜。
水国多台榭，吴风尚管弦。
每家皆有酒，无处不过船。……[1]

结合本章第一节的论证可知：乐天据身体与地方相互缠绕的经验而作的江南城市书写，几乎是诗歌史上的创举。而这一创举，在相近的时期竟又出现于与其年纪相仿且交游颇密的几位诗人——元稹（779–831）、刘禹锡（772–842）、李绅（772–846）、张籍（767–830）——的作品之中，就更是文学史上值得注意的现象了。乐天以上四位朋友，李绅和刘禹锡与其同岁，张籍和元稹分别略长和略小于乐天。元稹于乐天出任杭州刺史的长庆二年，出为浙东观察使兼越州刺史，并于杭州与乐天相聚。刘禹锡生于苏州，宝历二年罢和州刺史返洛阳，与以病免苏州刺史的乐天于扬州相遇并同行。大和五年（831），即乐天罢苏州刺史之后五年，禹锡出为苏州刺史，与乐天颇有唱和。李绅长居无锡，曾与元、白共同倡导"新乐府运动"，又是与元和年间叙事诗与传奇小说相互掀动的文学活动相涉的人物。元稹《莺莺传》结语谓："贞元岁九月，执事李公垂宿于予靖安里第，语及于是，公垂卓然称异，遂为《莺莺歌》以传之。"[2] 张籍郡望即为苏州吴郡，亦与元、白、李（绅）一起倡导过"新乐府"诗歌。白居易刺杭时曾将《江楼晚眺景物鲜奇吟玩成篇寄水部张员外》一诗与依诗意所绘之图画一起寄赠给他。

如上文所展示的乐天诗作一样，以上几位诗人亦以各自的笔触深入了水国城市"平滑的空间"，书写江南城镇——越州、杭州、苏州、

---

[1]《和梦得夏至忆苏州呈卢宾客》，同上书，外集卷上，第6册，页3853。
[2] 汪辟疆校录，《唐人小说》（香港：中华书局，1965），页139–140。

扬州——藉水联结起了山水与人间都邑：

州城迥绕拂云堆，镜水稽山满眼来。
四面常时对屏障，一家终日在楼台。(元稹)[1]

绕郭烟岚新雨后，满山楼阁上灯初。
人声晓动千门辟，湖色宵涵万象虚。(元稹)[2]

灵泛桥前百里镜，石帆山崦五云溪。(元稹)[3]

江横渡阔烟波晚，潮过金陵落叶秋。
嘹唳塞鸿经楚泽，浅深红树见扬州。(李绅)[4]

朱户千家室，丹楹百处楼。
水光摇极浦，草色辨长洲。(李绅)[5]

云散浦间江月迥，日曛洲渚海潮通。
坐看鱼鸟沉浮远，静见楼台上下同。(李绅)[6]

恰如乐天，这些诗人又以诗笔捕捉了水国城镇舟桥相望、由水而呈现出的一体而多层次的空间：

春城三百七十桥，夹岸朱楼隔柳条。
丫头小儿荡画桨，长袂女郎簪翠翘。(刘禹锡)[7]

---

[1]《以州宅夸于乐天》，《全唐诗》，卷四一七，第12册，页4599。
[2]《重夸州宅旦暮景色，兼酬前篇末句》，同上书，卷四一七，第12册，页4599。
[3]《寄乐天》，同上书，卷四一七，第12册，页4601。
[4]《宿扬州》，同上书，卷四八一，第15册，页5470。
[5]《过吴门二十四韵》，同上书，卷四八一，第15册，页5474。
[6]《新楼诗二十首·水寺》，同上书，卷四八一，第15册，页5480。
[7]《乐天寄忆旧游，因作报白君以答》，同上书，卷三五六，第11册，页4003。

> 夜桥灯火连星汉，水郭帆樯近斗牛。（李绅）[1]
>
> 绿杨深浅巷，青翰往来舟。……
> 桥转攒虹饮，波通斗鹢浮。（李绅）[2]
>
> 舟依浅岸参差合，桥映晴虹上下连。
> 轻楫过时摇水月，远灯繁处隔秋烟。（李绅）[3]
>
> 江南人家多橘树，吴姬舟上织白苎。
> 土地卑湿饶虫蛇，连木为牌入江住。
> 江村亥日长为市，落帆度桥来浦里。……（张籍）[4]

而且，如乐天一样，这几位诗人亦多描绘着江南城市的繁华景象和妖冶风情：

> 池边绿竹桃李花，花下舞筵铺彩霞。
> 吴娃足情言语黠，越客有酒巾冠斜。（刘禹锡）[5]
>
> 春堤缭绕水徘徊，酒舍旗亭次第开。
> 日晚上楼招估客，轲峨大艑落帆来。（刘禹锡）[6]
>
> 绕郭笙歌夜景徂，稽山迥带月轮孤。（元稹）[7]
>
> 长干午日沽春酒，高高酒旗悬江口。

---

[1]《宿扬州》，同上书，卷四八一，第 15 册，页 5470。
[2]《过吴门二十四韵》，同上书，卷四八一，第 15 册，页 5474。
[3]《宿扬州水馆》，同上书，卷四八二，第 15 册，页 5488。
[4]《江南行》，同上书，卷三八二，第 12 册，页 4288。
[5]《乐天寄忆旧游，因作报白君以答》，同上书，卷三五六，第 11 册，页 4003。
[6]《堤上行三首》其三，同上书，卷三六五，第 11 册，页 4111。
[7]《再酬复言》，同上书，卷四一七，第 12 册，页 4600。

图五　水乡街衢景观（录自《老房子：江南水乡民居》）

<blockquote>
娼楼两岸临水栅，夜唱竹枝留北客。（张籍）[1]
</blockquote>

这种对江南水国城市的书写，与"新乐府"、叙事诗（《琵琶行》、《长恨歌》、《连昌宫词》、《莺莺歌》……）、唐传奇（其中城市多作为故事环境）的创作高潮在大致相同的时间和关系相近的文人之间出现，应非偶然，是中古末期传统文学中近世精神的体现。它推动诗人摒弃传统的居高俯瞰的动机和于一点投射城市全景的空间概念，转而在身体与地方城市的缠绕中，让城市空间转化为时间的绵延。如果吾人细心一点，就会发现：这些书写江南水国城市的诗作，七言，主要是七律的比例远远高于五言。这让笔者想到：七律与江南城市水衢迤逦展开的景观【图五】之间有某种"神似"。德里达曾说他的写作是自"空间上具形的"（spatially shaped），因而声称有一种"书写之景"（a scene of

---

[1]《江南行》，同上书，卷三八二，第12册，页4288。

writing）。对于汉语这种特别依赖词序的孤立语而言，尤其如此。林庚先生说："方块（字）本来就是属于空间而不是属于时间的，属于视觉而不是属于听觉的。"[1]明人胡应麟曾以"畅达悠扬，纡徐委折"、"如夜光走盘，而不失回旋曲折之妙"形容七律的"意若贯珠"[2]。以上诗人书写水国有"州城迥绕拂云堆"，"春堤缭绕水徘徊，酒舍旗亭次第开"，"堤绕门津喧井市"[3]，"绕"字表达了鳞次栉比的枕水干栏式建筑中水衢之"纡余委曲"。七言诗句比五言诗句多出一个音步，其诗体的"纡徐委折"、"回旋曲折"，不恰恰神似于水国街衢的"纡余委曲"吗？而当白居易日后在履道园中以局部景观来转喻江南水衢之时（见下文），他难以一隅之景表现"纡余委曲"，亦就无须诗体上这种"回旋曲折"，反倒更多地采用五言以表现其所谓"平生闲境界"[4]。

上述诗人在书写水国城市时，其实使用了一种更近代的语体。汉语诗体学近来的研究表明：过去所谓汉代的七言诗其实是一种四言和三言的断行诗，从中不可能发展出七言诗律。而真正的七言律有待"四字密而不促"[5]的复合韵律词"四字格"的成熟，而这却是比较晚近的事。一个可供思考的事实是：四言成语迟至隋唐之际方发展成熟。[6]从白居易等人书写江南市井生活的七言诗句来看，其所使用的"四字格"常常是非常散文化甚至已成为口语中的成语，如"风月万家（河两岸），笙歌一曲（郡西楼）"，"处处楼前（飘管吹），家家门外（泊舟航）"，"远近高低（寺间出），东西南北（桥相望）"，"深坊静岸（游应遍），浅水低桥（去尽通）"，"七堰八门（六十坊）"，"急管繁

---

[1] 林庚，《汉字与山水诗》，《文学遗产》1995年第6期，页4。
[2] 《诗薮》内编卷五，页81-82。
[3] 李绅，《入扬州郭》，《全唐诗》，卷四八二，第15册，页5487。
[4] 《偶题阁下厅》有："平生闲境界，尽在五言中"。《白居易集笺校》，卷一九，第3册，页1277。
[5] 《文心雕龙·章句》，《文心雕龙义证》，中册，页1265。
[6] 以上见冯胜利，《汉语韵律诗体学论稿》（北京：商务印书馆，2015），页205-216。

弦（头上催）"、"灯火万家（城四畔），星河一道（水中央）"、"丫头小儿（荡画桨），长袂女郎（簪翠翘）"、"酒舍旗亭（次第开）"、"镜水稽山（满眼来）"等等，皆是例证。正是在这样的语体之中，产生出白诗风格的流易。而流易却最适于表现水国城市生活的凡俗氛围。

以白居易为中心的这几位中唐诗人，开显了华夏山河中久被遮蔽的一道风景，他们是晚唐杜荀鹤、陆龟蒙、韦庄、皇甫松等人吟咏江南诗词名篇的先声，更是后代园林中类似清漪园内"苏州街"风景建造的嚆矢。明人钟惺曾对三吴城市风光写过以下一段文字：

> 出江行三吴，不复知有江，入舟舍舟，其象大抵皆园也。乌乎园？园于水。水之上下左右，高者为台，深者为室，虚者为亭，曲者为廊，横者为渡，竖者为石，动植者为花鸟，往来者为游人，无非园者，然则人何必各有其园也？身处园中，不知其为园，园之中各有园，而后知其为园，此人情也。予游三吴，无日不行园中，园中之园，未暇遍问也。……
>
> 钟子曰：三吴之水皆为园，人习于城市村墟，忘其为园。……[1]

就乐天写于苏、杭的诗作言，他在身处水国如园景一般绮丽的街衢之时，并非"不知其为园"，不知其为景，或"忘其为园"，忘其为景。然而，当他回到洛阳之后，确是更知其为园的了。这构成了其在履道里宅院中以造园来再呈现水国风景的动机。

四、水国之再呈现：白居易的履道坊园

乐天大和三年回洛阳入住履道坊宅院后，从未停止抒发对水国岁

---

[1] 钟惺，《梅花墅记》，《隐秀轩集》（上海：上海古籍出版社，1992），卷二一，页349-351。

月的追思。其情依依，故时时摩挲着自江南携回的天竺石、华亭鹤、太湖石、白莲、折腰菱和青板舫，并眷爱操着吴侬软语的一群"习管磬弦歌者"[1]（其中应有被刘禹锡昵称为"钱塘苏小小"[2]的一位江南女子）。诗人甚至请身在杭州的刺史裴夷于当地吟诵和题写其思念的诗句以慰其思念之情。[3]然最能体现乐天江南情结的，当属其藉履道园的建造，以建筑手段对水国景象所做的再呈现。为此，本章须在文字中至少部分重建这座九世纪的文人园林。

王铎在《中国古代苑园与文化》中曾绘有一幅"白居易洛阳履道里宅园想象平面图"，但正如侯乃慧指出的，此图中的西园白蘋洲、明月峡、水亭院混入了诗人六十岁任河南尹时在河南府造景的景观。[4]而且，此图在比例上亦不精确。为完成对白园的想象，需搜寻更多的文献资源。清人徐松《唐两京城坊考》一书卷五叙履道坊谓："按居易宅在履道西门，宅西墙下临伊水渠，渠又周其宅之北，去集贤裴度宅最近"[5]。此与白氏《履道新居二十韵》和《池上篇序》所述其宅位置——"履道坊西角，官河曲北头"[6]和"西闬北垣第一第"[7]完全一致。洛阳非比建康与苏、杭，并无那么多的河流流经市区，除洛水横贯其中，将洛阳分为南北两半而外，仅有伊水渠、通济渠等数条河渠流入城市，无从改变畦分棋布的总体格局。然而，这条伊水渠却对乐天的造园至关重要。从刘致平先生据考古发掘所绘《隋唐代洛

---

[1] 见《池上篇序》，《白居易集笺校》，卷六九，第6册，页3705。
[2] 见刘禹锡《乐天寄忆旧游，因作报白君以答》一诗及自注，《全唐诗》，卷三五六，第11册，页4003。
[3] 白氏《寄题余杭郡楼兼呈裴使君》一诗中有"凭君吟此句，题向望涛楼"，《白居易集笺校》，卷三六，第4册，页2515。
[4] 见侯乃慧，《物境·艺境·道境——白居易履道园水景的多重造境美学》，页449。
[5] 徐松，《唐两京城坊考》卷五，莲筠簃丛书本，页27。
[6] 《白居易集笺校》卷二三，第3册，页1585。
[7] 同上书，卷六九，第6册，页3705。

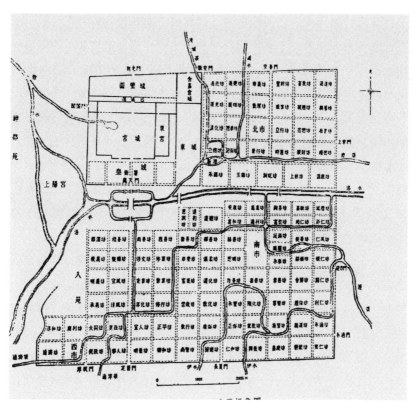

图六 唐东都洛阳城坊想象图（录自刘致平，《中国居住建筑简史——城市、住宅、园林》（北京：中国建筑工业出版社，页 241）

阳平面想象图》【图六】看，伊水渠是自定鼎门以东第七列第二坊集贤坊流来，经履道坊西墙之北流入履道坊，再向北周回进入定鼎门以东第八列第三坊履信坊，复自履道坊之东北隅而流入履道坊之东的永通坊。从图看，徐松所述白宅"宅西墙下临伊水渠，渠又周其宅之北"大体不误。白氏造园要引水，水的入口应在宅西，这是其所谓"西溪"的由来。据今人的考古勘查，唐东都洛阳定鼎门以东第八列第二坊履道坊的南北长度为 560 米，东西长度为 530 米。从这个数字中再减去坊墙与街道之间的距离，则履道坊南北长度约为525米，东西长度约为520米。[1] 从白氏诗文和伊水渠"周其宅之北"的描述可知：白宅坊内无北邻。然则从该坊南北长度525米中减去坊内十字街东西走向街巷宽度所得差数之一半，即大体为白宅之南北长度。设若该街巷宽6米（坊间大道宽仅8.2-8.3米，坊内十字街不可能比坊间大道更宽）则白宅之南北长度约为259.5米。乐天自谓其宅"地方十七亩"[2]，按今人对唐亩的计算，一亩约合518平米，[3] 则十七亩为8806平方米。而该宅的宽度则应为8806平方米除以其长259.5米所得之商即33.94米（33.935米）。这是一个长（259.5米）宽（33.94米）比例为7.65∶1的狭长矩形宅院。

关于白宅中水体面积的信息比较混乱。《池上篇序》谓此十七亩的宅院之中"屋室三之一，水五之一，竹九之一，而岛树桥道间之"[4]。如此，水体面积当为三亩四分。然白氏《醉吟先生传》又谓"所居有池五六亩"[5]，白诗《泛春池》谓"烟波六七亩"[6]，白诗《池上竹下作》谓"十亩闲居半是池"[7]。笔者对此的解释是：《池上篇序》所述之水池或许指此宅更早的主人杨凭等所开池或就白氏入住之初水池规模而言（见《泛春池》一诗自注），而乐天日后又陆续扩大了池面。如若不然，就是"屋室三之一，水五之一"这两个数字是"屋室五之一，水三之一"两个数字的颠倒误写了。中国社会科学院考古所洛阳唐城队曾于

---

[1] 见中国社会科学院考古研究所洛阳工作队，《"隋唐东都城址的勘查和发掘"续记》，《考古》1978年第6期，页372，页379。
[2] 《白居易集笺校》，卷六九，第6册，页3705。
[3] 这是简锦松据陈梦家《亩制与里制》中一亩为"广一步，长二百四十步"，一步为1.47米的计算，详见简氏，《杜甫夔州诗现地研究》，页195，页285。
[4] 《白居易集笺校》，卷六九，第6册，页3705。
[5] 同上书，卷七〇，第6册，页3782。
[6] 同上书，卷八，第1册，页461。
[7] 同上书，卷二三，第3册，页1599

1992年至1993年对今洛阳城郊狮子桥东北150米处唐洛阳履道坊白居易宅遗址进行过勘察，勘察中有如下发现：

> 在白居易住宅区南部有大片淤土，面积达3300平方米，深1.9—3.2米。在其西侧有一条小水道与唐代伊水渠相通。[1]

勘察所发现的白园水体的位置与白诗透露的信息相近。3300平米的水体面积折合为唐亩即6.37亩，这就是白诗所谓"烟波六七亩"的由来了。这说明：乐天或许已将原有水体扩大了一倍。根据曾参与考古发掘的王岩所说，"在伊水渠东侧及折向北流后的南侧，紧邻渠岸发掘出宅院基址一处"[2]，此即白氏宅院的主建筑，中国社会科学院考古所洛阳唐城队的考古报告这样写道：

> 从墙基和散水观察，宅院里有一中厅，平面大致呈方形，东西长5.5米，南北5.8米，东西两端通过回廊往北与东西厢房相连。回廊各长15.2米，宽3.2米；厢房东西对称，各长约8.9米，残宽4米。东西厢房往北，各连一段回廊，东边一段残长1.69米，西边残长4.10米。再往北，由于扰乱严重，遗迹中断。推测这两段回廊以北，可能与上房相接。自中厅南侧散水往南12.6米处，另发现一处建筑遗迹。残存一段踏步和散水的立砌包边砖，从其南边朝北望去，大致呈"⊓"形，东西总长5.9米，南北宽1.45米。这一遗迹与中厅南北对峙，基本上处于同一轴线上。据此我们推测，这一遗迹很可能是白氏宅院的门房遗址。倘若如此，则白居易故居，

---

[1] 王岩，《唐东都履道坊白居易故居遗址勘察》，《寻根》，1996年第2期，页46。
[2] 同上，页45。

南有门房，北有上房，是一座含有前后庭院的两进式院落。[1]

宅院的主建筑在宅院之北端，且所占面积不是很大——第一进院南北长12.5米，第二进院落遗址中断，然自第一进院、中厅和东西厢房的规模判断，整个宅院从北堂到门庭再加上可能的影背墙长度应不会超过55米。这就留下了长205米以上的土地可供造园之用。该园之水应自宅院之西引入，经"小涧"、"新涧亭"、"新小滩"形成所谓"西溪"。西溪于宅院主建筑之南潴蓄为所谓"南塘"。西溪入南塘一段，即线形水体与面形水体的结合处，据白诗"浦派萦回误远近"[2]，应颇萦回曲折，以表现江南湖泊的水湾港汊。《池上篇序》中有"池北书库"[3]，白诗又谓"青莎台上起书楼，绿藻潭中系钓舟"[4]，故书库应在主宅大门与南塘之间。南塘东西两岸的安排，据《池上篇序》：池东有一粟廪，池西有一琴亭。池中则有三岛，三岛之间以及岛与池岸以桥相连属，池西与一岛之间有"西平桥"，偏西之岛与居中之岛间有"中高桥"[5]。此外，白诗《何处春先到》中"桥东水北亭"[6]一句，透露尚有一桥将第二或第三岛与池之东北岸相连，池畔复置一亭。诸岛与诸桥的布置增加了景深的迷离与深远，此即白诗所谓"桥岛向背迷窥临"[7]。"迷"体现了深度在此是身体"夤缘潭岛间"[8]，与水波、桥、岛相互牵绕。白诗《葺池上旧亭》透露：其园有"池中阁"，大概是中间

---

[1] 见赵孟林、冯承泽、王岩、李春林，《洛阳唐东都履道坊白居易故居发掘简报》，《考古》1994年第8期，页694。
[2] 《池上作》，《白居易集笺校》，卷三〇，第4册，页2075。
[3] 《白居易集笺校》，卷六九，第6册，页3705。
[4] 《池上闲咏》，同上书，卷三一，第4册，页2120。
[5] 《白居易集笺校》，卷六九，第6册，页3705。
[6] 同上书，卷二七，第3册，页1905。
[7] 《池上作》，同上书，卷三〇，第4册，页2075。
[8] 《咏兴五首·池上有小舟》，同上书，卷二九，第4册，页2000。

岛上的建筑，隔水望之，似真亦幻。此外，乐天诗《会昌二年春题池西小楼》曰：

> 花边春水水边楼，一坐经今四十秋。
> 望月桥倾三遍换，采莲船破五回修。……[1]

此诗所说的"池西小楼"很可能是与池西琴亭相连或相邻的一组建筑，位置在名以望月的西平桥畔。此外，前引考古简报透露：在白氏遗址西南发掘出一个圆形砖砌遗迹，很可能是酿酒所用的作坊遗址。[2]白居易《池上篇序》中有：

> 虽有宾朋，无琴酒不能娱也，乃作池西琴亭，加石樽焉。……先是颍川陈孝山与酿法，酒味甚佳。博陵崔晦叔与琴，韵甚清。蜀客姜发授秋思，声甚淡。……[3]

这段文字中虽未提及作坊，但琴与酒并提，并且说到了陈孝山的酿酒之术。白诗《池上早夏》亦有"静拂琴床席，香开酒库门"[4]一联。故考古所见之作坊遗址，应当即在加了"石樽"的池西琴亭附近。由琴亭、酒坊、池西小楼、望月桥等形成了园中一个娱乐中心。白诗《池畔二首》其一中"结构池西廊"[5]一句让笔者想象这些建筑可能是以游廊相互连接的。

以下是笔者据考古资料和白氏诗文对履道坊乐天邸宅空间布置的

---

[1] 同上书，卷三六，第4册，页2521。
[2] 《洛阳唐东都履道坊白居易故居发掘简报》，页694。
[3] 《白居易集笺校》，卷六九，第6册，页3705。
[4] 同上书，卷三五，第4册，页2417。
[5] 同上书，卷八，第1册，页459。

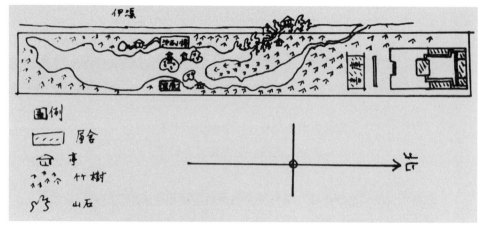

图七　白居易履道坊宅园想象图（本书作者绘）

重建【图七】。其中园林设计与江南水国生活经验的关联首先体现在这是一座以南塘为主景、西溪为从景的水景园。[1] 其中除却伊水入园处略有叠石以成"小涧"而外，并无可登临以居高之山。中国山水与园林之胜，本在有山水二物。元和十二年（817）白氏于庐山造草堂，曾自白曰："从幼迨老，若白屋，若朱门，凡所止，虽一日二日，辄覆篑土为台，聚拳石为山，环斗水为池，其喜山水病癖如此。"[2] 其在洛阳亦对"筑山穿池"、"怪石山欹危"[3] 的集贤里裴度宅园称赏不绝，对归仁里宅园中"洛石砌千拳……碕岸束呜咽"[4] 的濠濮景观亦颇为欣赏，却何以不在履道园中叠山呢？笔者以为这只能由江南经验所赋就的"爱水人"[5] 性情去理解。"兀尔水边坐，翛然桥上行"[6]，"竟夕舟中坐，有时桥

---

[1] 关于白氏对杨凭等旧宅园的改建过程，请参见曹淑娟《江南境物与壶中天地——白居易履道园的收藏美学》一文第二节《履道园的景象建设》，页92-99。

[2] 《草堂记》，《白居易集笺校》，卷四三，第5册，页2737。

[3] 《裴侍中晋公以集贤林亭即事诗二十六韵见赠猥蒙征和才拙词繁辄广为五百言以伸酬献》，同上书，卷二九，第4册，页2034。

[4] 《题牛相公归仁里宅新成小滩》，同上书，卷三六，第4册，页2463。

[5] 见乐天诗《泛春池》写其对小池爱意之深："天与爱水人，终焉落吾手"，同上书，卷八，第1册，页461。

[6] 《首夏》，同上书，卷二九，第4册，页2007。

上眠"[1]，依此西溪和南塘之水，乐天方有可能以建筑手段凝固其对江南包括水国城市生活的种种回忆，且一再体验这种生活。在细数之前，吾人有必要先熟悉乐天的某种转喻修辞策略，即以局部替代全体来创造景观幻觉。如元和二年（807）乐天为翰林学士，早春一日行于长安宫城与皇城之间的承天门街上，忽然回首南望，见皇城雉堞之上端露出一痕翠色，遂吟出"雪尽终南又欲春"。在这一刻，整个皇城和宫禁的环境皆被忽略了，故而诗人说："千车万马九衢上，回首看山无一人。"[2]又如元和十年（815）乐天在长安曾有四首七绝咏元宗简新居内景物，其中《高亭》一诗曰："亭脊太高君莫拆，东家留取当西山。好看落日斜衔处，一片春岚映半环。"[3]在此，乐天要人们注意的只是亭脊形成的斜凹形状与方位，它会令人在城市生出日衔西山的幻觉。这类以局部制造整体幻觉的手法，乐天在其造园活动中屡试不爽。

乐天《桥亭卯饮》一诗中"林下高桥桥上亭"[4]透露白园中有一"桥亭"，亭中可设便宴小酌。桥亭或亭桥是风雨桥，为江南水乡城镇和城乡接合处特有的景观，往往作为庵堂和寺庙的附属建筑，近代也时而充当社戏演出的戏台。至今仍可在绍兴西郭门外会龙桥亭和昌安门外则水牌桥亭，以及今日作为游览地的"水乡古镇"看到它在民间生活中的原型【图八、图九】。[5]后世名园中扬州瘦西湖五亭桥、北京颐和园荇桥、豳风桥的桥亭皆是造园家脱胎江南建筑进行创作的典型。白园中的桥亭恐为最早的这类实例，很可能就在其"中高桥"上，以此转喻出水国的舟桥世界。

---

[1]《引泉》，同上书，卷二二，第3册，页1495。
[2]《过天门街》，同上书，卷一三，第2册，页750。
[3] 同上书，卷一五，第2册，页905。
[4]《桥亭卯饮》，同上书，卷二八，第4册，页1951。
[5] 见徐华铛、杨冲霄，《中国的亭》（北京：轻工业出版社，1988），页146。

第十章 水国之再呈现 | 607

图八　江南桥亭（昆山周庄）

图九　江南桥亭（吴江同里）

图十 江南"水后门"(余杭塘栖)

图十一 江南水街"水后门"(昆山周庄)

乐天书写履道园的诗句中一再地以"泓澄动阶砌"[1]、"平池与砌连"[2]、"池分水夹阶"[3]、"阶临池面胜看镜"[4]、"卧房阶下插鱼竿"[5]、"绕砌紫鳞游"[6]描写其园池畔的一道颇具江南水街风情的景观，即今江南人家所谓"水后门"【图十、图十一】。其将家居生活与水街直接相连。枕水人家由后门出，顺石阶直抵水边取水、洗菜、淘米和浣衣，亦可泊舟、登舟和装卸舟上货物。白园中这道景观不可能设在主建筑四合院内，可能在"池中阁"[7]，但更可能是在池西的琴亭、酒坊、游廊等一组建筑中。"吾亦爱吾池，池边开一室"[8]，"我今幸作西亭主，已见池塘五度春"[9]，白诗这些句子显示：该处很可能有乐天一处临水的卧房。

　　履道坊的白氏宅邸西邻官河伊渠，墙下日日流水，如白诗所写："伊水分来不自由，无人解爱为谁流？"[10]乐天造园颇为大胆的一处手笔，即在此宅西墙面向公共水渠滩涂的位置，很可能是引伊渠入园的水口小涧附近，造了一个亭阁，并于其下栽莲置石："朱槛低墙上，清流小阁前。雇人栽菡萏，买石造潺湲"[11]，以此构成白园独特一景。谓之大胆，即在将园景延伸至"西街渠中"，突破了北方都市的里坊格

---

[1]《泛春池》，《白居易集笺校》，卷八，第1册，页461。
[2]《临池闲卧》，同上书，卷二三，第3册，页1591。
[3]《咏闲》，同上书，卷二七，第3册，页1884。
[4]《三月三日》，同上书，卷三三，第4册，页2254。
[5]《家园三绝》其一，同上书，卷三三，第4册，页2246。
[6]《李卢二中丞各创山居俱夸胜绝然去城稍远来往颇劳弊居新泉实在宇下偶题十五韵聊戏二君》，同上书，卷三六，第4册，页2484。
[7] 白诗《葺池上旧亭》有"软火深土炉，香醪小瓷榼。中有独宿翁，一灯对一榻。"此阁当可下榻。同上书，卷二二，第3册，页1501。
[8]《咏兴五首·四月池水满》，同上书，卷二九，第4册，页2001。
[9]《题西亭》，同上书，卷二八，第4册，页1954–1955。
[10]《宅西有流水墙下构小楼临玩之时颇有幽趣因命歌酒聊以自娱独醉独吟偶题五绝》其一，同上书，卷三三，第4册，页2308。
[11]《西街渠中种莲叠石颇有幽致偶题小楼》，同上书，卷三一，第4册，页2159。

图十二　江南水街临水骑楼（湖州南浔）

局。其临水的样貌令人想到江南水街两侧的骑楼一角【图十二】，而此亭阁的"朱槛"、"朱栏"亦是江南水街的重要符号。前述白氏一行人书写水国城镇时曾一再出现"乌鹊桥红带夕阳"，"红栏三百九十桥"，"朱户千家室，丹楹百处楼"，"夹岸朱楼隔柳条"这样的诗句。乐天一再为能独树一帜、突破里坊格局而得意：

> 家家抛向墙根底，唯我栽莲越小楼。……
> 莫言罗带春无主，自置楼来属白家。
> 日淡水光摇素壁，风飘树影拂朱栏。

皆言此处宜弦管，试奏霓裳一曲看。[1]

闲看卷帘坐，醉听掩窗眠。
路笑淘官水，家愁费料钱。[2]

夹岸罗密树，面滩开小亭。……
终日临大道，何人知此情？[3]

当然，乐天宅西这一临水亭阁由于孤立于此，又毕竟不同于迤逦于江南水街两侧的干栏式建筑。然而，只要吾人想到白氏以局部替代全体来创造景观幻觉的策略，就不会讶异他会藉此来重建其在苏、杭的生活情景了。

无论是基于白氏对园居生活的叙述，抑或根据考古勘查，履道坊白园并未凸显一处可居高将全园景物尽收眼底的亭楼或高台。"池亭虽小颇幽深"[4]——乐天此园的趣味在"幽深"，即不断经历空间的回转、分割、开阖，视野在端景与全景间变换，功能在"眺望"与"躲藏"中交替，有柳宗元所谓"穹若洞谷，蓊若林麓"的"奥如"之趣。[5]而此奥如之趣，只能于藉足履或舟船的漫游中领略。这与其沿"平滑的空间"去浏览差异纷繁的江南城市之理路一致。白诗咏园，故有"西溪风生竹森森，南潭萍开水沉沉。……浦派萦回误远近，桥岛向背迷窥临。澄澜方丈若万顷，倒影咫尺如千寻"[6]，有"竹径绕

---

[1]《宅西有流水墙下构小楼临玩之时颇有幽趣因命歌酒聊以自娱独醉独吟偶题五绝》其一、其二、其三，同上书，卷三三，第4册，页2308。
[2]《西街渠中种莲叠石颇有幽致偶题小楼》，同上书，卷三一，第4册，页2159。
[3]《亭西墙下伊渠水中置石激流潺湲成韵颇有幽趣以诗记之》，同上书，卷三六，第4册，页2482。
[4]《偶吟二首》，同上书，卷二七，第3册，页1905。
[5]《永州龙兴寺东丘记》，《柳宗元集》，卷二八，第3册，页748。
[6]《池上作》，《白居易集笺校》，卷三〇，第4册，页2075。

荷池，萦回百余步"[1]，有"夤缘潭岛间，水竹深青苍"[2]……

除建筑而外，乐天更时时在生活方式上重演水国的经验，甚或以吴语招友："夜就侬来能不能？"[3]这样的生活重演更时时离不了水。譬如，采莲、采菱是水国具特色的生活景象，也为吴歌西曲所一再咏歌。乐天曾有《采莲曲》[4]，令人难辨究竟是仿作西曲吴歌还是应景。而其作于履道园中的《看采莲》、《看采菱》则断然是应景，只不过此情此景又是在戏拟江南民俗而已。故而是"不似江南恶风浪，芙蓉池在卧床前"[5]，"时唱一声新水调，谩人道是采菱歌"[6]。然这种戏拟的采莲大概启发了一次真正的采莲之举：

> 小娃撑小艇，偷采白莲回。
> 不解藏踪迹，浮萍一道开。[7]

乐天的宦游生涯中颇有在水国舟旅的体验。在园中亦将大量时光消磨在池上舟中，经常是随流信风而往，任舟船带去欣赏不断变换的天上、水上、岸边的景致：

> 波上一叶舟，舟中一樽酒。
> 酒开舟不系，去去随所偶。
> 或绕蒲浦前，或泊桃岛后。

---

[1]《闲居自题》，同上书，卷三〇，第4册，页2057。
[2]《咏兴五首·池上有小舟》，同上书，卷二九，第4册，页2000。
[3] 同上书，卷二六，第3册，页1864。
[4] 诗曰："菱叶萦波荷飐风，荷花深处小船通。逢郎欲语低头笑，碧玉搔头落水中。"同上书，卷十九，第2册，页1303。
[5] 同上书，卷二八，第4册，页1955。
[6] 同上书，卷二八，第4册，页1956。
[7]《池上二绝》其二，同上书，卷三二，第4册，页2217。

未拨落杯花，低冲拂面柳。
半酣迷所在，倚傍兀回首。[1]

白藕新花照水开，红窗小舫信风回。
谁教一片江南兴，逐我殷勤万里来？[2]

池上有小舟，舟中有胡床。
床前有新酒，独酌还独尝。……
岸曲舟行迟，一曲进一觞。[3]

绿塘新水平，红槛小舟轻。
解缆随风去，开襟信意行。
浅怜清溅漾，深爱绿澄泓。
白扑柳飞絮，红浮桃落英。
古文科斗出，新叶剪刀生。……[4]

岸浅桥平池面宽，飘然轻棹泛澄澜。
风宜扇引开怀入，树爱舟行仰卧看。[5]

乐天早年曾在舟中经历连雨、月明和阻风："夜雨滴船背，风浪打船头"[6]；"苦竹林边芦苇丛，停舟一望思无穷。青苔扑地连春雨，白浪掀天尽日风。……此生飘荡何时定？一缕鸿毛天地中"[7]……舟中听雨的凄苦，如日后李义山的巴山夜雨一般，隔在一定时空距离之外，俨

---

[1]《泛春池》，同上书，卷八，第1册，页461。
[2]《白莲池泛舟》，同上书，卷二七，第3册，页1887。
[3]《咏兴五首·池上有小舟》，同上书，卷二九，第4册，页2000。
[4]《春池闲泛》，同上书，卷三六，第4册，页2499。
[5]《晚池泛舟遇景成咏赠吕处士》，同上书，卷三五，第4册，页2422。
[6]《舟中雨夜》，同上书，卷一〇，第2册，页551。
[7]《风雨夜泊》，同上书，卷一七，第2册，页1102。

第十章 水国之再呈现

然成为了值得咀嚼品味的回忆。乐天在履道园的南塘中重演着江南舟中听雨的经验:

> 水一塘,舻一只。舻头漾漾知风起,舻背萧萧闻雨滴。醉卧船中欲醒时,忽疑身是江南客。
>
> 船缓进,水平流。一茎竹篙剔船尾,两幅青幕覆船头。亚竹乱藤多照岸,如从凤口向湖州。[1]
>
> 雨滴篷声青雀舫,浪摇花影白莲池。停杯一问苏州客,何似吴松江上时?[2]

诗人藉助自江南携回的青雀舫,藉舟楫活动中的竹篙,藉助水和雨声,在醉醒之际,又恍然回到了江南水国的世界。

乐天在园中与水相关的江南之忆甚至延伸至口腹:"净淘红粒罟香饭,薄切紫鳞烹水葵"[3],"就荷叶上苞鱼鲊,当石渠中浸酒瓶"[4],"饥闻麻粥香,渴觉云汤美"[5]……由此,履道园也就成为了真正的世俗生活场所,其中水石草木并非总以"纯净之姿"进入"超越于世俗之上的虚静之心"[6]。宋人张约斋以宜称、憎嫉、荣宠、屈辱四事论花间当做与不当做,以彰显士大夫之品味清雅。然当吾人读乐天园中所作诗,不仅"绿竹挂衣凉处歇"[7]正合张镃"花屈辱"中所列"枝下晒衣

---

[1] 《泛小舻二首》,同上书,卷二三,第3册,页1601。
[2] 《池上小宴问程秀才》,同上书,卷二八,第4册,页1950。
[3] 同上。
[4] 《桥亭卯饮》,同上书,卷二八,第4册,页1951。
[5] 《雨歇池上》,同上书,外集卷中,第6册,页3886。
[6] 这里藉用徐复观的言论说明受玄学影响的诗人与山水的关系,见徐复观,《中国艺术精神》(沈阳:春风文艺出版社,1987),页201。
[7] 《池上即事》,《白居易集笺校》,卷二七,第3册,页1888。

裳"[1]，且其园诗中如"足热濯清流"[2]，"自看淘酒米，倚杖小池前"[3]，"饱竟快搔爬，筋骸无检束"[4]，"沤麻池水里，晒枣日阳中"[5]云云，亦皆不能为"标韵孤特"之高士品味所容。而这却与其在水国商业城市中体验的氛围不无契合之处。

五、结　论

据以上论证，可以得出如下结论：

首先，白居易和其交游颇密的中唐诗人元稹、刘禹锡、李绅、张籍，开启了华夏山河中一道被遮蔽的美景——江南水国城镇的景观。日后《清明上河图》、《西湖清趣图》【图十三】、《南都繁会图》、《姑苏繁华图》【图十四】，甚至欧陆画家描绘威尼斯和布鲁日的油画其实都在肯定此类风景的景观价值。而此对与大自然相联结的水上城镇之美欣赏和绘写的最早实例，或许应追溯至中唐这一群诗人。如几乎由同一群文人推动的中唐传奇和叙事诗写作的高潮一样，此一文学现象透显出某种新的审美趣味。为表现此新的审美趣味，这些诗人摒弃了传统的居高俯瞰的动机而融合于城市生活，且采用了更为晚近的语体和诗体。

其次，白居易是中国古代园林史中非常重要的个案，白氏所谓"中隐"的所在，既非谢灵运在剡水畔之"山居"，亦非王维在辋谷之山中别业，乃是中心城市中之"城市山林"。然而，本章以上论证却表明：白居易在修造其履道坊私园之时，自其苏、杭水国的经验中多有取材。因之，在中国园林传统发展之中，不仅山水、田园以及诗人

---

[1] 见周密，《齐东野语》卷一五（北京：中华书局，1983），页274–276。
[2] 《老热》，《白居易集笺校》，卷二九，第4册，页2043。
[3] 《即事》，同上书，卷二七，第3册，页1902。
[4] 《春日闲居三首》其一，同上书，卷三六，第4册，页2465。
[5] 《闲坐》，同上书，卷三七，第4册，页2551。

图十三　佚名《西湖清趣图》局部

图十四　徐扬《姑苏繁华图》局部

图十五　颐和园苏州街东侧北岸　李诗华／摄

苏州街（图片来自网络）

画家笔下之山水、田园为造园素材,且不乏人寰与大自然相联结的水上城镇的因素。前引明人钟惺所谓"出江行三吴,不复知有江,入舟舍舟,其象大抵皆园也"与清代皇家清漪园中"后溪河买卖街"(苏州街)【图十五】、"西宫门买卖街"和圆明园"坐石临流"的临水买卖街等皆可佐证。从目前的资料来看,白居易堪称此类取材的重要渊源。故而,明清造园隆盛时期所谓"城市山林",固然主要意谓移山林入城市,然亦有融山林于城市的意味。中国古代园林中亭榭楼台等建物比重何以远高于欧洲花园?由此去思考或许能发现其中部分原因。

复次,从欣赏江南水国之美到修造履道园,白氏皆追求一种于平滑而流动的空间和时间过程中做曲线展开的美感,而这也正是而今吾人尚能亲睹的中国文人园林的特征。其不仅与早期帝王宫苑以高台坐拥四围景物的观念不同,亦与意大利文艺复兴时代花园追求的于梯形坡地的露台(terrace)尽收上下景色的思路不同,又与始于勒诺特尔(André Le Nôtre)的法式花园注重广袤恢宏的平面展开的设计原则不同。"看山上个篮舆,问水拖条枥杖"[1],中国私园的造园者旨在令游赏者于位移过程之中不断展示空间的变幻。其所汲汲营营,主要并非从某一点展示的面,而是由线串连的(景)点,此与传统中国绘画的散点透视可谓桴鼓相应。园景分看是册页,连起来则是从容展开的手卷——一种西画无从表现的"视境续列"(serial vision)。本章无从确认这一造园原则始于乐天,但乐天确为吾人提供了一个早期的文字样本。

最后,无论白居易对苏、杭的书写、怀思,抑或造园中对江南景物的拟仿,均表现了强烈的地方感,这在以游宦为生涯的古代诗人中相当突出。这种地方感令诗人真正浸润于、牵绕于水国生活之中,并以诗笔彰显其色彩、光泽、声响和滋味,而非仅自单一视点居高俯瞰

---

[1]《园冶注释》,页51。

其几何空间而已。然而，正如凯赛（Edward S. Casey）在其名著《地方之命运》中所指出的，地方感乃与对世界做整体化对待的观念全然相悖。[1] 故而，如质疑宇宙论信念的柳宗元以万山为狴牢却以泉石为相知[2]一样，白居易在诗作与造园中对江南城市景观的再呈现亦体现了一种脱离中古传统而趋向近世的精神。

---

[1] *The Fate of Place*, pp. 202–204.
[2] 详见本书第八章《"山水"可惧，"水石"可居》。

全书结论

郭熙《林泉高致》开篇即问:"君子之所以爱夫山水者,其旨安在?"[1]本书在引导读者自刘宋的始宁墅,游到中唐私宅小园后,也需面对一个类似的问题:中国中古诗人之所以书写山水者,其旨安在?

自思想文化史的角度说,在我们这个注重世俗生活远胜于宗教的文明中,"山水"是追求心灵自由的魏晋士人,为逃脱其时礼法刑名的压抑,在这一世界之中所发现和开辟的一片特别天地。如果回到多年前西方学界关于中国文化中"内在"(immanence)与"超越"(transcendence)的议题,本人要再次强调:在中国文化中,有必要区分两种不同的内在主义,即内在于天地自然,或内在于人间世。在古人想象里,"高万一千里"、其泉流入中国腹地为河的昆仑山(不妨理解为祁连山、巴颜喀拉山、横断山等中国西部高峻山脉的象征)是仙人所集之地,东海有仙人洲岛,且可乘槎入天河。而"山水"则只如人间世,居于二者之间。然内在于有限的天地之间,却对于人间具某种"彼岸性"。[2]论其界域,迩则可在目送离舟的曲汀枉渚,乃至郡斋之外的一条溪涧,远则可届高山之巅:匡庐峰顶对东晋慧远及其弟子而言,是接近欲界净土的所在;泰山、庐山、华山对李白而言,是通向仙界的门户,诗人可于山顶"遥见仙人彩云里"。无论迩或远,"山

---

[1]《林泉高致》,《历代论画名著选编》,页64。
[2] 详见拙著,《玄智与诗兴》导论,页13–14。

水"于生命的价值,却皆在心理上的"远"。"远"是离开这个世俗世界一点,虽然仍黏连着它,却是对另一类价值的看取。"远"生发诱人的幽暗和神秘,是中国诗人的美学追求之一。这样一个世界,是世俗世界同一层面的延伸,而非垂直线上的分隔。诗人在此游宦、送离、游赏、凭吊、居止和寻仙。在古人意识中,却与今日之"大自然"或"风景"意义皆不全同。"山水"不包括大自然这个范畴中的花鸟。花鸟在中国绘画中是"山水"之外的题材,诗人专以吟咏花鸟松竹的诗作也不能归入"山水"。此外,欧洲所谓风景题材的艺术作品,很大一部分是关于田园、村庄和牧场。而在中国诗中,田园却是与"山水"分属两个题材范畴,只有后者才独为文人的心灵所拥有。然而,就是这样一个被称为"山水"的空间,在一千五百年间却令无数诗人和画家倾注笔墨。这究竟为了什么?

如本书导论所说,"山水"在士人生活和艺文中出现,乃伴随魏晋玄学这个新道家思潮的兴起。玄学自先秦道家学说中汲取的最重要的观念即是"自然"。其原始义涵只是物物自尔如是,非决于他。在魏晋玄学思潮中,诗人对山水的游赏和正面书写,正是在崇尚"自然"的语境中发生。"自然"作为名词的义涵是近代伴随西文著作的大量迻译才有的。那么,究竟"山水"中哪些方面体现了魏晋玄学语境中作为状词的"自然"?或许可以自这个概念的棱角指向去思考。玄学中有两位最激进的人物:"傲然独得,任性不羁"的阮籍和"土木形骸,不自藻饰……天质自然"[1]的嵇康。对嵇、阮而言,"自然"乃是其所蔑视、鄙斥的"名教"的反面。如本书导论所论,"自然"概念兴起的历史脉络,可以追溯到玄学所解构的汉代思想中编织繁密、包括万有,用以"彰符命"、"定祥历"的宇宙图式。汉阴阳家、谶纬学和经学的宇宙图式标榜命定和必然,汉以降"名教"强调的是儒家的礼法

---

[1]《晋书》,第5册,卷四九,页1359,1369。

和纲常,"自然"既针对二者而被倡说,乃因被强调的必然律则和礼法纲常已全然窒息了社会和个体的自由。对嵇、阮而言,新的生命空间须在礼法秩序和必然律则之外去寻求。二人咸于传说中大朴未亏、大均淳固的曩古社会中找到一片乐土。然大道陵迟,儒、墨并起,此一乐世已然不存,以致阮籍笔下的"大人先生"只能在时间的"太始之前"、"汒漠之初",空间的"天地之外"、"潦瀁之外"去寻摸真正的"自然"。在极度悲观之余,二人似乎亦不约而同地在做另一种探寻:《晋书》本传载阮籍"或登临山水,经日忘归",嵇康"尝采药游山泽,会其得意,忽焉忘反"。[1]这是士人游赏山水的最早记载,记录下的两位极度想挣脱礼法纲常,高倡"自然"的人物,欲为其狂放不羁的心灵寻求一片大朴而无序天地的行迹。南渡以后,范文澜目中最早一位"山水诗人"庾阐,在书写山水之时亦禁不住也使用了这个玄学词语:"妙化非不有,莫知神自然。"[2]高倡"自然"的嵇、阮何以会于山水中"忘归"和"得意"？庾阐又如何在石鼓灵山的山、溪、泉、石中体会到"妙化"和"自然"？

从礼法纲常和必然命定意义的反面去思索,体现这一"自然"观念的,须在一切社会人为的礼法和秩序之外,须以散漫和偶然彰显自由,人于其中,亦傥然无措,恣意为之,无须机心。在善恶已分、荣利已开的时代,如此真朴自由的空间,六合之中,就只剩下山水了。因为田园的畎浍町畦之中,尚有绳尺相寻的人为秩序;播种、耕耘和收获亦尚须措意于则定的农时。而山水呢,只以谢灵运诗作为例,其笔下时时透显对充满偶然、意外,又散漫无既定之序的山水的由衷欣赏。《登池上楼》有"初景革绪风,新阳改故阴。池塘生春草,园柳变

---

[1] 同上书,第 5 册,卷四九,页 1359,页 1370。
[2] 《观石鼓诗》,《先秦汉魏晋南北朝诗》,中册,页 873-874。

鸣禽"[1]，风物之妙正在意外和偶然，诗人以"革"、"改"、"生"、"变"诸字写之，亦真是偶然得之，乃"天与造之，神与运之。呜呼，不可知已"[2]。《石壁精舍还湖中作》有"昏旦变气候，山水含清晖。清晖能娱人，游子憺忘归"[3]，山水之能"娱人"，亦在意外之"变"后的光韵。《登江中孤屿》有"怀新道转迥，寻异景不延。乱流趋正绝，孤屿媚中川"，孤屿之媚，端在意外中满足了诗人"怀新"和"寻异"之心。[4]韩康伯曰："夫变化之道，不为而自然。"[5]山水于季节、晨昏、晴雨中的无穷变化，烟云缥缈中的无端生灭和变形，正是"不为"和"自然"的体现。山水中风物之随气候变化而有意外之美，恰合中国诗学独有之美感："兴"。张实居以"偶然得之"论诗之"兴"："当其触物兴怀，情来神会，机括跃如，如兔起鹘落"[6]。诗之兴多在首句，如风之欻然而至，不期而来，故直如郭象之论"自然"："自然御风行耳，非数数然求之也。"[7]倘以北美文论家弗莱论抒情诗之"初始之机"的话说，则是"神谕的"（oracular）。[8]其与中国画之泼墨，陶艺之窑变，磨漆画之肌理显现过程中的迷离莫测、天作之奇，颇有相通之处："落笔之先，匠意之始，有不可知者存焉。"[9]

　　山水彰显秩序反面之"自然"，更在其中无人为设局格而无方无体。它自始即与西方界定"美"的规则性相悖。谢灵运《过始宁墅》中的"水涉尽洄沿，洲萦渚连绵"，《从斤竹涧越岭溪行》中的"川渚屡径复，

---

[1]《谢灵运集校注》，页64。
[2]《船山全书》，第14册，页732。
[3]《谢灵运集校注》，页112。
[4] 同上书，页83–84。
[5] 韩康伯注，《周易系辞上》，见《王弼集校释》，下册，页550。
[6] 录自王士禛，《师友诗传录》，《清诗话》（上海：上海古籍出版社，1978），上册，页128。
[7]《庄子集释·逍遥游》，《诸子集成》，第3册，页333。
[8] *Anatomy of Criticism: Four Essays*（Princeton: Princeton University Press, 1971），p. 271.
[9] 评谢灵运《登上戍石鼓山诗》，《古诗评选》卷五，见《船山全书》，第14册，页736。

乘流玩回转",皆为诗人对陆滩延至水中无规则的汀渚沚湄曲线美的领略。诗人在山行中屡屡欣赏着山体间的变化:《游岭门山》有"千圻邈不同,万岭状皆异"[1],《登庐山绝顶望诸峤》有"积峡忽复启,平途俄已闭"[2],《从斤竹涧越岭溪行》有"逶迤傍隈隩,迢递陟陉岘"[3]……山水之散逸无方以及上文所说的偶然莫测,方令"物质想象"最宜在"忽兮改容,须臾之间,变化无穷"的云气中展开,在云气与峚屼嶙峋、千姿万态的山石昵狎之中找到其中的美,在随山势起伏而宛转屈伸、逶迤曲折的水流中发现其意味,又最终转化为中国园林对比中轴对称的欧洲花园最重要的特征——"非规则性"。这也正是造园者和诗人、画家皆注重之"势"。王船山论诗之势为"意中之神理",并谓"山水诗"之开山谢灵运最能取势:"宛转屈伸以求尽其意……夭矫连蜷,烟云缭绕,乃真龙,非画龙也。"[4]

然而,以上毕竟只是山水之于中国诗人意义中比较表面的一层。山水其实映照着诗人心理的深层。东晋袁崧践济三峡山水,惊呼:"山水有灵,亦当惊知己于千古矣!"[5]谢灵运亲探永嘉石室而长叹:"灵域久韬隐,如与心赏交,合欢不容言……"[6]诗人与山水之间这种"相知",更见诸李白与敬亭山之间的"相看两不厌",辛稼轩面对青山所发之语:"我见青山多妩媚,料青山见我应如是。情与貌,略相似。"何以诗人以为山水视己为"知己",为"赏心",为"不厌",为"多妩媚",为那个亲昵而唯一的"你/妳"呢?本书第八章讨论的柳宗元与永州泉石的交游,似为此提供了解说。放逐僻地的子厚谓愚溪"适类

---

[1]《谢灵运集校注》,页59。
[2] 同上书,页194。
[3] 同上书,页121。
[4]《薑斋诗话笺注》,页48。
[5]《宜都记》,引自《水经注校证》,卷三四,页793。
[6]《谢灵运集校注》,页72。

图一　夏慕尼（Chamonix）附近的阿尔卑斯山

于余";见小石城山"不为之中州,而列是夷狄,更千百年不得一售其伎",而有愤愤不平之语;见西小丘的佳胜和被弃僻远,更油然生相惜之情。在所有的例子中,山水泉石之美皆是久被弃置,孤零零地被遗忘着。是诗人发现并品赏着它们,然而诗人本身也是孤独的,或至少是标榜为孤独的。史载谢灵运游山"从者数百人",但在其书写山水的诗作中,却永远只有他一个人。正是这种孤独的,甚至被弃置的自怜心理,使他自觉被山水目为"知己"和"赏心"。山水在此是一"镜中之像",映照着的正是立于山水对面孤独的诗人,如许多代言诗中,宦游的文人要将其对妻子的思念戏剧化为弃妇对游子的思念一般。詹森（W.R. Johnson）在讨论西方所谓"沉思之诗"时,曾有这样一种观察:

在风景中诗人会偶然在自然中发现什么事物,当他对自己、为自己描绘它的时候,却被它摄住了。从那描写中出现了一个灵视（vision）,他内在的状态被外在的征象揭示了;灵视中内在与外在融合了,此融合之中出现了对诗人的生命,他的更新,以及

全书结论　|　627

或许是他的转化的评价。总之，这类诗有点神秘或冥契的意味。诗人已将自己从这个世界移向了或被移向了一个对自然的私密灵视之中，在此他看到被映照出的自我。[1]

"对自然的私秘灵视"解释了何以被目为"赏心"的诗人必须孤独一个人去面对山水。这类所谓"沉思之诗"，其实很接近高友工先生所说的"自省之诗"（reflexive poetry）。高氏提出所谓"自省之诗"是为与此前公共外向活动中的"表达之诗"作区别。[2] 山水书写的诗本质上是非表演性的。持续书写山水的诗作，恰恰是在"自省之诗"于阮籍《咏怀》中被最终确立之后[3]出现的题材。此私密灵视中所面对的自我，最隐秘的莫过于在山水之际飘忽而来、倏然而去的一位又一位"神女"了。虽然就总体而言，自然书写在中国文化中，非如欧洲那样藉由表现古典时代神话和宗教主题辗转而出，[4] 而是直接自行旅和游览一类世俗

---

[1] *The Idea of Lyric: Lyric Modes in Ancient and Modern Poetry*（Berkeley：University of California Press, 1982），p. 6.
[2] 详见高友工，《〈古诗十九首〉与自省美典》，载柯庆明、萧驰编，《中国抒情传统的再发现——一个现代学术思潮的论文选集》，上册，页223-245。
[3] 详见拙文，《阮籍〈咏怀〉对抒情传统时观之再造》，见《玄智与诗兴》，页115-184。
[4] 在风景主题尚未最终确立和确立之初的十六、十七世纪，欧洲绘画中风景常在古典神话主题下出现，如 Moyses van Wtenbrouck（1590—1647）的《森林神塞特惊艳宁芙出浴》，Cesar Boetius van Everdingen（1617—1678）的《潘神与宁芙赛芸克思》，Dirck van der Lisse（1607—1657）的《狩猎宁芙的睡眠》，Jacob Jordaens（1593—1678）的《宁芙们割下潘神胡须》，等等。也在圣经主题下出现，旧约故事被用以表现风景最多的是伊甸园，如 Cornelis van Poelenburch（1594—1667）的《驱离伊甸园》，Peter Paul Rubens（1577—1640）与 Jan Brueghel I（1568—1625）的《伊甸园与人类之堕落》，等等。再如 Cornelis van Dalem（1530—1573）借旧约故事表现风景的《摩西和牧羊人的风景》。福音书故事中的玛利亚逃亡埃及也是经常被用以表现风景的主题，如 Joachim Patinir（1480—1524）的《逃亡埃及途中的休息》，Jan Brueghel I 与 Hans Rottenhammer（1564—1624）的同题作品。早期基督教圣父也是表现风景的重要契机，如 Joachim Patinir 的《圣杰若latent的风景》，Diego Velázquez（1599-1660）的《圣安东尼与隐士圣保罗》，Joachim Patinir 的《圣安东尼的诱惑》，等等。

主题演变而来，吾人同时却又不应忽略其中上古神话的一些遗存。在曹植、谢灵运、江淹、孟浩然、王维、杜甫、韦应物等的诗赋中，吾人一再瞥见这位神女翩若惊鸿的形影。本书第六章曾重点讨论过她的身世，对男性个体诗人而言，她是混沌的自然和人的无意识的象征，是诗人潜意识的人格化。她是隐藏在男人生命中"内在的女人"，传达着本我的重要信息，代表心理倾向中"对非理性事物的敏感"以及"对自然界的情感"。

本书追溯"神女"的母祖至屈原的湘夫人和宋玉的巫山之女。由宋玉之赋，笔者觉察到："神女"是梦中山水，山水则是白昼风止雨霁之时的"神女"。据此，诗人对山水的私密灵视之时，他可能即在觌面其潜意识中的本我和"生命中内在的女人"。从某种意义上，这也解释了这样一个事实：除非在某些忧时的激愤寓意之作中，或者在成为"山河"的转喻之时，山水会呈现令人惊悚的地狱景象，会格外雄健而具阳刚之气，而在更多的情形里，中国诗人笔下的山水多具阴柔之美。每一读"白云抱幽石，绿筱媚清涟"，一读"远树暖仟仟，生烟纷漠漠"，一读"野旷天低树，江清月近人"，一读"野水烟鹤唳，楚天云雨空"，一读"万壑有声含晚籁，数峰无语立斜阳"，一读"春雨断桥人不度，小舟撑出绿阴来"……都会令人想到豫豫从容之仪态和轻灵柔润之笑靥，想到稼轩所谓"青山多妩媚"。追溯"神女"至楚辞，让吾人领悟到中古诗人对山水的依恋之中，其实不乏上古时代泛自然神论的因子，其中人与大自然多有亲昵之情。这恰好与欧洲浪漫诗人笔下具压迫和恐惧性而唤起崇高感的大自然形成对照。就地貌本身而言，从闽浙山地丘陵开始，被中国诗人书写的山峰似乎刻意与西部仙人所集的"昆仑"拉开距离，除了李白写到却未必登临的太白山外，一般都在海拔一千多米甚至几百米的高度。如被李白夸说"四万八千丈"的天台华顶海拔不过 1098 米，而李白以为能令天台欲倒东南的天姥山最高峰拨云尖其实不足 900 米。这样的高度上，见不到阿尔卑斯山四千米海拔以上只有积雪和被称为獠牙的深灰角峰的严酷阴森景象【图一】。中国诗人造访的山峰多数是葱翠和秀美的，诗人于此故而"如东阿王梦中初遇洛神时"，"自谓毛嫱、西施不如也"。

倘若说欧洲文艺复兴以后的"风景"概念乃孕育于主客体分开的摇篮里，"风景"的涌现乃与当时推动科学亦为科学推动的"客观性"的发明同步前进。此"风景"观的成见之一是将大自然想象成视觉表象，使人走出氛围之外，与大自然保持距离。〔1〕直到二十世纪很晚近的时候，才把对风景的感受理解为全身心参与和投入其环境的经验。那么，在远古泛自然神论余绪和气化自然观中诞生的"山水"书写，则在一开始即彰显浸渐和缠绕诗人身体的山水氛围和光韵。在这一点上，"如蓝田日暖，良玉生烟"的"诗家之景"更远甚于画家之景。本书的讨论展示了谢灵运在昏旦之际溪湖林薮间无处不弥漫的"清辉"里沉醉，江淹的身心交融于九石赤虹的氤氤氲氲，何逊以整个身体去感应江天月夜之中的淡淡忧郁，孟浩然在空暝之中沉浸于夜凉、山光、池月、荷风、风泉和竹露的氛围，王维在竹里馆以啸声、琴声、幽篁、明月构成其浑圆的存在，李白的身体进入澄水幽蓝的颜色所衍化出的空间，与之难以分际，杜甫肉身在弥沦天地的秋气中随草木一起"摇落"，韦应物在翛然疎散中无心细睇，任身心游乎"烟"、"霭"、"氤氲"的萧散简淡，白居易在水国色彩、光泽、声响中牵绕纠缠……在所有这些例子中，诗人都不仅仅在观看山水，以朱利安的话说，这些诗人是被山水"召唤"着，迷失在其中。〔2〕

由此，中国诗人在山水中至高的精神体验，是一种冥契，即在感应山水时倏然体验到与宇宙终极性的合一状态，这一刹那之间发生的

---

〔1〕 朱利安，《山水之间：生活与理性的未思》，本书此处所概括的是中译未刊打印本页13-14的一些内容。
〔2〕 同上书，未刊打印稿，页18。

感受是愉悦甚而神圣的,而诗人却难以述说。[1]斯泰司(W.T. Stace)在其讨论冥契主义的名著《冥契主义与哲学》中将冥契经验分为内向型和外向型。他藉从天主教徒、基督清教徒、罗马时代异教徒、现代兴都教徒和当代北美人士中找到的七个实例来概括"外向型冥契"的特征。仅仅在讨论的最后,藉摘引华兹华斯的八行诗提出了"自然冥契主义":

> 冥契观念已经从冥契进入了历史和文学观念的一般溪流。敏感的人们能企致此一境界并与之共鸣,而且能在自然呈现中感受到华兹华斯已经表达的此一类感受。在冥契与审美之间存有秘密的关联(无论在诗中还是其他艺术形式里),至今尚含糊而未被解说。[2]

这一观点与詹姆斯所谓"大自然的某些光景也有唤起冥契心境的特殊能力"[3]的说法一致。但无论詹姆斯还是斯泰司,"外向型冥契"的实例均未能涉及古代中国文化,而中国传统诗人在书写山水自然之时却不乏冥契体验,因为玄学和佛教(特别是禅宗)这样的哲理和宗教的冥契常常即在山水自然中企致,研读中国诗人的山水书写实有助于揭示和解说"冥契与审美之间存有秘密的关联"。倘以斯泰司摘引的

---

[1] 詹姆斯(William James)在其关于宗教心理学的经典(1902)中以"不可言说性"、"知悟性"、"顷现性"、"被动性"四特征来概括宗教经验中的冥契(又译密契)意识状态,见蔡怡佳、刘宏信译,《宗教经验之种种》(新北市:立绪文化事业有限公司,2015),页457-459。斯泰司《冥契主义与哲学》一书将冥契状态分为内向和外向两类,他以"在物的多样性中感觉到合一"、"意识到所有事物中的生命呈现"、"客观性"、"极乐或幸福感"、"神圣感"、"悖论性"、"难以言说"七特征来概括外向冥契状态,并称并非以上七特征会同时显现于个别的冥契状态中。见 M.T. Stace, *Mysticism and Philosophy* (London: Macmillan & Co. Ltd., 1961), p. 79. 本书即根据上述两书讨论中国诗人山水书写中的冥契意识。
[2] *Mysticism and Philosophy*, pp. 80-81.
[3] 《宗教经验之种种》,页468。

华兹华斯《丁登寺》那几行诗的标准判断，本书所涉及的山水书写中冥契的实例不算太少。在谢灵运之前，冥契经验集中在两次著名的山泽会游留下的文字中。第一次是永和九年的兰亭雅集，与会的多为玄风所被之人，其觌目山水之时所体验的"理感"即颇有外向型冥契的意味。[1]如王羲之的《兰亭诗》中有一种更为鲜明的冥契：

> 三春启群品，寄畅在所因。
> 仰望碧天际，俯磐绿水滨。
> 寥朗无厓观，寓目理自陈。
> 大矣造化功，万殊莫不均。
> 群籁虽参差，适我无非新。

王羲之寓目于碧天、绿水之间，万殊群品之中，蓦然体验到的正是斯泰司所谓"经由事物的多样性"而感觉到的"统一的灵视"[2]。它即是郭象玄学所谓物皆各因其性而独异的"均"或"性"。类似的"理感"亦见于同会中庾友留下的"驰心域表，寥寥远迈。理感则一，冥然玄会"[3]和谢安留下的"薄云罗阳景，微风翼轻航。醇醽陶丹府，兀若游羲唐。万殊混一理，安复觉彭殇"[4]。二人皆在表达如何能在旷远无垠的大自然中忽然冥悟物物之中"终极的一"。

隆安四年仲春庐山慧远僧团一行三十余人在庐山石门有一次游赏活动，此次游赏后出现的诗集作序者记录下诗人在山水中的冥契体验：

---

[1] 据蔡瑜所论，"理感"一词最早即出现于兰亭之会庾友所作的《兰亭诗》，见其《重探谢灵运山水诗——理感与美感》，载《台大中文学报》第37期（2012年6月），页97。
[2] *Mysticism and Philosophy*, p. 79.
[3] 《兰亭诗》，《先秦汉魏晋南北朝诗》，中册，页908。
[4] 同上书，页906。

> 霄雾尘集，则万象隐形；流光回照，则众山倒影。开阖之际，状有灵焉，而不可测也。乃其将登，则翔禽拂翮，鸣猿厉响。归云回驾，想羽人之来仪；哀声相和，若玄音之有寄。虽仿佛犹闻，而神以之畅。虽乐不期欢，而欣以永日。当其冲豫自得，信有味焉，而未易言也。退而寻之，夫崖谷之间，会物无主，应不以情而开兴，引人致深若此。岂不以虚明朗其照，闲邃笃其情耶？……俄而太阳告夕，所存已往。乃悟幽人之玄览，达恒物之大情。其为神趣，岂山水而已哉？[1]

此序记录下的上述体验，是以仙道语汇描述的眇忽一瞥中佛教净土世界的"灵瑞"。而今"太阳告夕，所存已往"，蓦然觉悟这一切皆为自心所作之"所缘空"。作序者超越了净土这一方便门，顷刻之间臻至了佛教悟境的最终归趋"神趣"。以志村良治的描述，"在已悟后的世界中化生，与'孰为知化仙，万化同归尽'同一旨趣。……易言之，在信仰之中，净土与佛合而为一时，净土消失，作为对象的佛亦消失，达到'我即是佛'的一体化之境。"[2]这或许是至今吾人能从文献中辨识的最早在山水中冥契的典型记载。

与之相比，兰亭诗中的表达或许只是对冥契经验的期待罢了。因为其"理感"尚不脱玄言，与冥契经验中的"不可言说"（ineffable）特征无从符应。即便以"悖论性"为之辩解，亦无从满足詹姆斯所说的冥契中意志中止的"被动性"这一特征。山水中真正的冥契应是陶渊明所谓"此中有真意，欲辨已忘言"，或王维所谓"兴来每独往，胜事空自知"那样的体验。谢灵运"以山水为理窟"[3]，故只在《登江中

---

[1]《全晋文》卷一六七，《全上古三代秦汉三国六朝文》，第 3 册，页 2437。
[2]《山水詩ヘの契機——謝霊運の場合》，载《集刊东洋学》二九（1973 年 6 月）（内田道夫教授退官记念中国文学特集号），页 24。译文由严寿澂君提供，特此致谢。
[3] 饶宗颐语，见其《澄心论萃》（上海：上海文艺出版社，1996），页 54。

孤屿》所写的云日空水的体验中接近了这样的境界。江淹的《丹砂可学赋》虽写服药升仙,归宿却是山水中的一种冥契:

> 山差池而镜鐢,水清明而抱天。山含玉以永岁,水藏珪以穷年。……遂乃凝虚敛一,守仙闭方。智寂术尽,魄兀心亡。……[1]

出入道家气学的李白,曾经表示对"终极的一"的追求:"吾将囊括大块,浩然与溟涬同科"[2]。然而,道教汲汲的毕竟是个体生命的不朽,其祈响与友人携手黄山"遗形入无穷"[3]其实只是一时之兴。柳宗元登上永州西山曾突然之间有过一段冥契体验:

> 悠悠乎与颢气俱,而莫得其涯;洋洋乎与造物者游,而不知其所穷。……苍然暮色,自远而至,至无所见,而犹不欲归。心凝形释,与万化冥合。

如本书第八章所论,柳氏书写山水的诗作中亦一再出现这类入于气化之流的冥契境界,然其着意表现的又是庄子所说的继山林皋壤欣欣之乐后的"乐未毕也,哀又继之"。以此,则又很难说诗人由此有了对宇宙和生命意义的乐观领悟。真正在山水之中进入冥契的是栖禅的王维一类诗人。王维在辋川山水之中对佛禅"终极的一"——真如的冥契体验真正是"顷现的"、"被动的",理辩上"不可言说的",却不乏"知悟性"。一句话,佛法于此完全化为了诗兴,以致读者会忽略其中的佛理。如:

---

[1]《江淹集校注》,页147。
[2]《日出入行》,《李白全集校注汇释集评》,第1册,页472。
[3]《至陵阳山登天柱石酬韩侍御见招隐黄山》,同上书,第5册,页2769。

> 秋山敛余照，飞鸟逐前侣。
> 彩翠时分明，夕岚无处所。[1]

无论如何，这都是傍晚山峦与云空之间一道风景：残阳之中斑斓秋叶、彩错鸟羽在闪烁明灭，随"风"（空气）和"景"（日光）变化，远山的岚色倏而消失。这确然是"风景"，却又隐隐有对佛禅"因缘幻起，无有实体"真如的领悟。《竹里馆》则直现了诗人修禅中开显的"真如之月"：

> 独坐幽篁里，弹琴复长啸。
> 深林人不知，明月来相照。[2]

佛禅以明月为菩提智。这是妄念云尽而至清静之心的境界，是至乐、神圣的境界，却又是山林之中的静谧、美好，却又平常的瞬间。

  本书第七章讨论的韦应物的山水书写中亦时见诗人在出神状态中融入宇宙节律之后的宁静，只不过这一出神状态被诗人处理得过于淡漠而不易觉察："负暄衡门下，望云归远山"，"长廊独看雨，众药发幽姿"，"空林细雨至，圆文遍水生"……在这些时刻中，诗人如归云一般悠然不迫，如雨中开绽的花苞一般豫然从容，其呼吸似乎适然与雨滴同步。诗人身心一体的存有已完全融入自然的节律之中——"游乎天地之一气"。

  上述冥契体验可说是实现了当初启动山水游赏风气的东晋玄学哲人们的理想——以虚灵的主体摄受山水之美，以山水化解一己之

---

[1]《辋川集·木兰柴》，《王维集校注》，第 2 册，页 418。
[2]《辋川集》，同上书，页 424。

哀乐之情。然而，如本书附录一所论，从谢灵运开始，如其《七里濑》、《郡东山望海》、《登上戍石鼓山》等诗所写，以山水化解心中郁结的愿望即有屡屡失败的例子。甚而，原先寄望能化解忧伤的山水却反成为忧伤的象征，成为"物皆着我之色彩"的"有我之境"了。虽说是违逆了先贤的期许，山水书写中这一潮流却成就了中国诗的一种发展。在本书涉及的鲍照、阴铿、李白、杜甫、柳宗元、孟郊、韩愈的诗作中，已一再出现这一山水"内化"的现象。其与上述"自省"、"沉思"之作的不同在于：诗人并非在山水中偶然发现了无意识中的自我，而是主动地将情绪化的自我投射到自然山水之中。在此笔者只想重温盛唐两位最伟大诗人李白和杜甫的讨论。李白初入长安遭遇仕途坎坷而作《蜀道难》，杜甫途穷而于衰年飘泊汉蛮杂居的夔州而反复咏叹秋峡"哀壑"，都是将愤激和忧伤移情山水的例子。山水在此具有了某种寓意。

而且，李白《北风行》、《公无渡河》，杜甫《虎牙行》、《秋兴》等书写山水而具寓意的诗作，表达的已不是或不限于个人身世的哀伤和不平，且寄寓着对国事，对华夏山河的忧愤之心。由于中国文学的寓意并非在喻体表层与本体深层的二元关系中呈现，而毋宁是一种转喻的平行延伸。以此，这些诗作为渲染个人生存环境或江山板荡之局所书写的波浪滔天与绝壁巉岩，成为了中国诗歌中难得的壮美风景。李白在极力描写人类在如此险恶山水之中的渺小和无助之余，却不乏对人类抵抗和勇气的赞颂——黄河上冒死渡水的狂痴老叟，在地崩山摧之中以生命开辟蜀道的五丁壮士，宁居险山恶水而不桎梏于轩冕的归隐者，甚至在"黄河捧土尚可塞，北风雨雪恨难裁"这一语称含混呼喊背后的思妇或诗人——无不悲剧性地体现了这样的勇气。如此的山水书写创造了中国古典诗中罕见的崇高感。

如导论所已申明：本书旨在描述中国古典文学山水美感话语形构中的纷杂和繁复状态，本不拟将这一话语树的生长化约在"时代精神"

概念之下。然而，即便本人当初并非以勾勒时代变化为动机，在本书讨论中唐元和前后几位诗人山水书写的三章之中，读者会体察到诗人态度的一些相当显豁的变化。这一变化在三章中表现不尽相同。概括起来，将柳宗元对山水和水石的态度做比较，即会发现他具有追求小的、被幽藏着的和近似人间或家屋的亲切或熟稔感觉的水石世界，而逃避或难容于雄伟、陌生世界的倾向。观察白居易山水书写，就会察觉原本粗朴、无序的山水，在江南与熙熙攘攘市井生活连结起来了，正像元、柳亲近水石一样，内在于天地却对峙人间的"山水"之"彼岸性"几乎被消却了。而其中强烈的地方感则又破坏着传统中山水世界的整体性。读韩、孟诗派的一些山水书写，则要面对一个真正的凶残和丑恶世界。且与李白的一些诗作不同，这一地狱景象在令人憎恶、畏惧和回避之余，并不引发"恐怖的喜悦"。尤其是韩愈，其寓意诗作中甚至展示了宇宙秩序崩坏的生狞图景。令人叹息：天地难道竟不再是人的家园了？

以上的文学现象出现在中国古代社会进入史家所谓"近世"之初，使人不得不去思考其与中古时代终结的关联。刘勰《文心雕龙·物色》一篇收尾的赞辞描述了中古诗人与山水之间的亲洽往还："山沓水匝，树杂云合。目既往还，心亦吐纳。春日迟迟，秋风飒飒。情往似赠，兴来如答。"幸有屈、宋辞赋，今人可窥见山水与诗人间这一亲好在上古时代的渊源。屈原《九歌》中的《湘君》、《湘夫人》是山神水仙的祭祀歌，《山鬼》则是山神的祭祀歌。宋玉《高唐赋》中的神女自谓"巫山之女"，该也是一位女性山神。《高唐》和《神女》二赋中写了人间两位君王与女性山神的恋情。不论《湘君》、《湘夫人》是否写人神之恋，化身为觋的诗人实以对情人那样的缠绵期盼着水神湘夫人的降临：

> 帝子降兮北渚，目眇眇兮愁予。
> 袅袅兮秋风，洞庭波兮木叶下。

全书结论 | 637

> 白蘋兮骋望，与佳期兮夕张。……[1]

屈、宋以对山水神祇的缠绵诗情，具现了上古时代自然与人之间"我－你"关系和亲情。如果宋玉笔下的巫山之女是巫山在梦中的化身，其对"茂矣美矣"、"盛矣丽矣"神女之貌的描述就几乎也是对山水美的赞颂了：

> 其始来也，耀乎若白日初出照屋梁；其少进也，皎若明月舒其光；须臾之间，美貌横生。晔兮如华，温乎如莹，五色并驰，不可殚形。详而视之，夺人目精。……[2]

然而，如此美丽和温情的世界却在韩、孟（特别是韩愈）的一些诗作中完全褪去了灵光：神女死了。山与水充斥戾气，天地间是一幅幅噩梦图景，重岩叠嶂化作"狞戟"、"饿剑"，激流大浪是"蛟虬"、"齿泉"，山与水处处流淌着"饥涎"等待吞啖生灵。自然神的喜宴甚而是亿万生灵血肉淋漓的尸骨。山水的界域已被更改了。考虑到韩愈、柳宗元在唐宋间思潮转折中的位置，本人很难相信这一切仅仅是出于偶然。柳宗元宣称"务言天而不言人，是惑于道者也。……苍苍者焉能与吾事，而暇知之哉？"[3]韩愈甚至进而提出人之繁息破坏了元气阴阳，人乃"天地之雠也"[4]。

倘若将韩、柳放置在中国思想史上从天地转向实际人生，从昔日神明转向人的理性自觉的大转折之中，其诗对山水的态度难道不是与思想史若合符契的吗？驯致而有吉川幸次郎所谓"对于吟咏自然，显

---

[1]《楚辞补注》，页64-65。
[2]《文选》，卷一九，上册，页267。
[3]《断刑论下》，《柳宗元集》，卷三，第1册，页90。
[4] 引自柳宗元，《天说》，同上书，卷一六，第2册，页441。

得既不热心,又乏善可陈",却"对于人之世界具有浓厚兴趣"的宋诗。伴随新儒学的萌起,文人对那片本不具野性的大自然的热情开始消退。

然而,文人对于"山水"的那份热忱似乎并未消失。诗人依旧在吟咏山水,画家甚至在宋、元凭借传统,以笔墨创造了山水的高潮,造园家在嘉靖和乾隆之间在江南商业城市中又以元、柳钟爱的"水石"再造了梦中山水。一方面可以说,山水于此已全然是一种心象的投射;另一方面,有这类山水热忱的文人,却常常如叶燮所述,"忘其有天地之山,止知有画家之山"[1]了。换言之,文人开始丧失晋宋时代触发游赏和书写山水的自然生命原发精神。元和前后诗人这一段故事可姑且被理解为一种"被压抑的近世性"。然其中机括,却值得治中国文化史的学人们深思。

---

[1] 叶燮,《假山说》,《己畦文集》卷三,《丛书集成续编》(上海:上海书店,1994),第124册,页976。如浅见洋二所说:这一"'假'凌驾于'真'之上,'真'被'假'所覆盖以致迷失的情况变化"恰恰就发生在中晚唐以后。见《距离与想象——中国诗学的唐宋转型》,页63–72。

引用书目

中文书目（以作者姓氏汉语拼音的西文字母顺序排列）

传统文献

白居易（撰），朱金城（笺校），《白居易集笺校》（凡六册）（上海：上海古籍出版社，2012）。

班固（撰），颜师古（注），《汉书》（北京：中华书局，1983）。

鲍照（撰），钱振伦（注）、黄节（补注并集说）、钱仲联（增补集说校），《鲍参军集注》（上海：古典文学出版社，1958）。

遍照金刚（编撰），周维德（校点），《文镜秘府论》（北京：人民文学出版社，1980）。

不著编纂者姓名，《大正新修大藏经》（台北：新文丰出版公司，1983）。

不著编纂者姓名，《新编卍续藏经》（台北；新文丰出版公司，1983）。

不著编者姓名，《宣和画谱》（香港：文丰出版社，1977）。

不著编者姓名，《诸子集成》（凡8册）（上海：上海书店出版社，1987）。

不著编者姓名《正统道藏》（台北：新文丰出版社，1977）。

不著编者姓名《中华道藏》（北京：华夏出版社，2004）。

不著修纂人姓名，永乐《乐清县志》，《天一阁藏明代方志选刊》第7册（台北：新文丰出版公司）。

曹袭先（撰），《乾隆句容县志》，《中国地方志集成》之《江苏府县志辑34》（上海：上海书店出版社据民国七年刻本影印）。

陈梦雷（编），《古今图书集成》（台北：鼎文书局，1980）。

陈启源（撰），《毛诗稽古编》，《文渊阁四库全书》第85册。

陈寿（撰），《三国志》（北京：中华书局，1982）。

陈受培（修）、张焘（纂），《宣城县志》，嘉庆（1796—1820）刻本，《稀见中国地方志汇刊》（北京：中国书店影印，1992）。

陈曦钟、侯忠义、鲁玉川（辑校），《水浒传会评本》（北京：北京大学出版社，1981）。

陈曦钟、宋祥瑞、鲁玉川（辑校），《三国演义会评本》（北京：北京大学出版社，1991）。

陈衍（撰），《石遗室诗话》（台北：商务印书馆，1961）。

陈元龙（编纂），《历代赋汇》，（上海：江苏古籍出版社、上海书店出版社，1987）。

陈运溶、王仁俊（辑），《荆州记九种》（武汉：湖北人民出版社，1999.）。

陈祚明（撰），《采菽堂古诗选》，康熙刊本。

程荣（辑纂），《汉魏丛书》（长春：吉林大学出版社，1992）。

丁福保（汇辑），《清诗话》（上海：上海古籍出版社，1978）。

丁福保（辑），《历代诗话续编》（北京：中华书局，1983）。

董诰（编），《全唐文》（凡 11 册）（北京：中华书局，1996）。

董仲舒（撰），钟哲（点校），苏舆（义证），《春秋繁露义证》（北京：中华书局，1992）。

杜甫（撰），钱谦益（笺注），《钱注杜诗》（上海：上海古籍出版社，2009）。

杜甫（撰），仇兆鳌（注），《杜诗详注》（北京：中华书局，2012）。

杜甫（撰），萧涤非（主编），张忠纲（终审统稿），《杜甫全集校注》（凡 12 册）（北京：人民文学出版社，2014）。

范成大（撰），《骖鸾录》，《知不足斋丛书》第二十二函。

范成大（撰），《吴郡志》，《景印文渊阁四库全书》，第 485 册。

范晔（撰），李贤等（注），《后汉书》（香港：中华书局，1971）。

方东树（撰），汪绍楹（校点）《昭昧詹言》（北京：人民文学出版社，1984）。

方回（选评），李庆甲（集评校点），《瀛奎律髓汇评》（上海：上海古籍出版社，1986）。

房玄龄等（撰），《晋书》（北京：中华书局，1974）。

费元禄（撰），《晁采馆清课》，宝颜堂本。

傅璇琮（编），《唐人选唐诗新编》（西安：陕西人民出版社，1996）。

傅璇琮等（主编），《全宋诗》（北京：北京大学出版社，1993）。

傅璇琮（主编），《唐才子传校笺》（凡 5 册）（北京：中华书局，2000）。

傅璇琮、周建国（校笺），《李德裕文集校笺》（石家庄：河北教育出版社，2000）。

高步瀛（选注），《唐宋文举要》（香港：中华书局，1976）。

高濂等（辑撰），《四时幽赏录外十种》（上海：上海古籍出版社，1999）。

高似孙（撰），《剡录》，宋嘉定八年刊本，清同治九年重印，台北成文出版社影印本。

郭朋（校勘），《〈坛经〉对勘》（济南：齐鲁书社，1981）。

郭绍虞（编），《清诗话续编》（上海：上海古籍出版社，1983）。

郭绍虞（编），《宋诗话辑佚》（北京：中华书局，1980）。

郭绍虞、王文生（编），《中国历代文论选》（凡 4 册）（上海：上海古籍出版社，1979）。

韩愈（撰），马其昶（校注），马茂元（整理），《韩昌黎文集校注》（上海：上海古籍出版社，1998）。

韩愈（撰），钱仲联（集释），《韩昌黎诗系年集释》（上海：上海古籍出版社，2007）。

何文焕（辑），《历代诗话》（北京：中华书局，1981）。

何逊（撰），李伯齐（校注），《何逊集校注》（北京：中华书局，2010）。

洪亮吉（撰），《北江诗话》，《续修四库全书》，第1705册。

洪兴祖（撰），《楚辞补注》（北京：中华书局，1983）。

胡应麟（撰），《诗薮》（上海：上海古籍出版社，1979）。

黄霖（校点），《脂砚斋评批红楼梦》（济南：齐鲁书社，1994）。

黄庭坚（撰），《黄庭坚全集》（成都：四川大学出版社，2001）。

嵇会筠等（监修），沈翼机等（编纂），《浙江通志》，《文渊阁四库全书》，第519册。

嵇康（撰），戴明扬（校注），《嵇康集校注》（北京：人民文学出版社，1962）。

计成（撰），陈植（注释），《园冶注释》（北京：中国建筑工业出版社，1988）。

江淹（撰），俞绍初、张亚新（校注），《江淹集校注》（郑州：中州古籍出版社，1994）。

焦循（撰），《易余钥录》，《丛书集成续编》（上海：上海书店出版社，1994），第91册。

皎然（撰），李壮鹰（校注），《诗式校注》（济南：齐鲁书社，1986）。

净觉（撰），《楞伽师资记》，《中国佛教丛书·禅宗编》第2册（南京：江苏古籍出版社，1993）。

乐史（撰），王文楚等（点校），《太平寰宇记》（北京：中华书局，2007）。

李白（撰），詹锳（主编），《李白全集校注汇释集评》（凡8册）（天津：百花文艺出版社，1996）。

李东阳（撰），钱振民（辑），《李东阳续集》（长沙：岳麓书社，1997）。

李昉、李穆、徐铉等（编纂），《太平御览》，《文渊阁四库全书》（台北：商务印书馆，1983），893—901册。

李吉甫（撰），《元和郡县志》，（北京：中华书局，1983）。

李镜蓉、盛赓（修），许清源（编纂），《光绪道州志》，《中国地方志集成·湖南府县辑》（南京：江苏古籍出版社，2002）。

李贤等（奉敕撰），《大明一统志》（台北：文海出版社据台北图书馆珍藏善本影印，1965）。

李延寿（撰），《南史》（北京：中华书局，1975）。

李渔（撰），《闲情偶寄》（上海：上海古籍出版社，2000）。

李肇（撰），《唐国史补》（上海：上海古籍出版社，1991）。

郦道元（撰），陈桥驿（校证），《水经注校证》（北京：中华书局，2008）。

刘道（著修），钱邦芑（纂），康熙《永州府志》，《日本藏中国罕见地方志丛刊》（北京：书目文献出版社，1992）。

刘履（撰），《选诗补注》，明刻本。

刘熙载（撰），《艺概》（上海：上海古籍出版社，1978）。

刘向（撰），《说苑》，《汉魏丛书》（长春：吉林大学出版社，1992）。

刘勰（撰），范文澜（注），《文心雕龙注》（北京：人民文学出版社，1978）。

刘勰（撰），詹锳（义证），《文心雕龙义证》（凡3册）（上海：上海古籍出版社，1999）。

刘昫等（撰），《旧唐书》（北京：中华书局，1975）。

柳宗元（撰），《柳宗元集》（凡4册）（北京：中华书局，1979）。

柳宗元（撰），王国安（笺释），《柳宗元诗笺释》（上海：上海古籍出版社，1998）。

鲁铨、钟英（修），洪亮吉、施晋（纂），嘉庆《宁国府志》，《续修四库全书》（上海：上海古籍出版社，2002），第710册。

陆机（撰），张少康（集释），《文赋集释》（北京：人民文学出版社，2002）。

陆延龄（修），桂迓衡等（纂），光绪《贵池县志》，《中国地方志集成·安徽府县志辑61》（南京：江苏古籍出版社，1998）。

陆游（撰），《陆放翁全集·渭南文集》（台北：世界书局，1990）。

逯钦立（辑校），《先秦汉魏晋南北朝诗》（凡3册）（北京：中华书局，1983）。

罗大经（撰），《鹤林玉露》（北京：中华书局，1983）。

吕懋勋（修），袁廷俊（纂），《光绪蓝田县志》，《中国地方志集成·陕西府县志辑》第16册（南京：凤凰出版社，2011）。

茅坤（编），《唐宋八大家文钞》，《景印文渊阁四库全书》（台北：商务印书馆，1983），第1383—1384册。

孟浩然（撰），佟培基（笺注），《孟浩然诗集笺注》（上海：上海古籍出版社，2000）。

孟郊（撰），韩泉欣（校注），《孟郊集校注》（杭州：浙江古籍出版社，2012）。

孟棨（撰），《本事诗》，《本事诗·续本事诗·本事词》（上海：上海古籍出版社，1991）。

穆彰阿、潘锡恩（纂修），《大清一统志》，《景印文渊阁四库全书》（台北：商务印书馆，1983），第474—483册。

牛荫麐等（修），民国三十三年《嵊县志》，台北成文出版社影印本。

欧阳修、宋祁（撰），《新唐书》（北京：中华书局，1975）。

欧阳询（撰），《艺文类聚》（上海：上海古籍出版社，1999）。

彭定求（编），《全唐诗》（凡25册）（北京：中华书局，1985）。

浦起龙（撰），王志庚（点校），《读杜心解》（凡3册）（北京：中华书局，1970）。

普济（撰），《五灯会元》（北京：中华书局，1984）。

祁彪佳（撰），《祁彪佳集》（北京：中华书局，1960）。

祁彪佳（撰），《寓山志》，明崇祯间（约1641—1645）刊本。

乾隆帝（钦定），冉苒（校点）：《唐宋诗醇》（北京：中国三峡出版社，1997）。

阮籍（撰），陈伯君（校注），《阮籍集校注》（北京：中华书局，2004）。

阮元（主编），《十三经注疏》（北京：中华书局，1983）。

沈德潜（撰），《古诗源》（北京：中华书局，1993）。

沈德潜（撰），《唐诗别裁》（上海：商务印书馆，1929）。

沈约（撰），《宋书》（北京：中华书局，1983）。

沈曾植（撰），钱仲联（辑），《海日楼札丛·外一种》（上海：上海古籍出版社，2009）。

沈曾植（撰），《与金潜庐太守论诗书》，《瀞湖遗老集》，民国十七年家刻本。

沈子丞（编），《历代论画名著汇编》（北京：文物出版社，1982）。

尸佼（撰），《尸子》，《续修四库全书》，第1121册。

施宿等（撰），《会稽志》，《文渊阁四库全书》（台北：商务印书馆，1983），第486册。

石成金（撰），汪茂和、翟大闽（校注），《传家宝全集》（北京：北京师范大学出版社，1992）。

释慧皎（撰），汤用彤（校注），《高僧传》（北京：中华书局，1997）。

司空图（撰），祖保泉、陶礼天（笺校），《司空表圣诗文集笺校》（合肥：安徽大学出版社，2002）。

司马光（编著）、胡三省（音注），《资治通鉴》（上海：上海古籍出版社，1987）。

司马迁（撰），《史记》（北京：中华书局，1959）。

宋长白（撰），《柳亭诗话》，《续修四库全书》，第1700册。

苏轼（撰），王文诰（辑注），《苏轼诗集》（北京：中华书局，1982）。

台北故宫博物院编辑委员会，《故宫书画图录》（台北：台北故宫博物院，1998）。

汤球（辑），《九家旧晋书辑本》（济南：齐鲁书社，1998）。

陶成、恽鹤生（编纂），（清）《江西通志》，《文渊阁四库全书》第513—518册。

陶秋英（编选），《宋金元文论选》（北京：人民文学出版社，1984）。

陶渊明（撰），龚斌（校笺），《陶渊明集校笺》（上海：上海古籍出版社，2004）。

陶渊明（撰），《搜神后记》，扫叶山房一九一九年石印本影印《百子全书》（浙江：浙江人民出版社，1984）第7册。

陶宗仪（编），《说郛三种》（凡10册）（上海：上海古籍出版社，1986）。

汪辟疆（校录），《唐人小说》（香港：中华书局，1965）。

汪世清、汪聪（编），《渐江资料集》（石家庄：河北教育出版社，2004）。

王弼（撰），楼宇烈（校释），《王弼集校释》（北京：中华书局，1980）。

王定保（撰），《唐摭言》（上海：上海古籍出版社，1978）。

王棻、孙诒让等（纂），张宝琳（修），《永嘉县志》，《续修四库全书》，第708册。

王夫之（撰），《古诗评选》，《船山全书》（长沙：岳麓书社，1996），第14册。

王夫之（撰），《明诗评选》，《船山全书》，第14册。

王夫之（撰），《诗广传》，《船山全书》，第3册。

王夫之（撰），《唐诗评选》，《船山全书》第14册。

王夫之（撰），《周易外传》，《船山全书》第 1 册。

王夫之（撰），戴鸿森（笺注），《薑斋诗话笺注》（北京：人民文学出版社，1981）。

王国维（撰），《人间词话》，唐圭璋（编），《词话丛编》（北京：中华书局，1990），第 5 册。

王国维（撰），《古雅之在美学上之位置》，周锡山（编），《王国维集》（北京：中国社会科学出版社，2008），第 1 册。

王简（编辑），《湘绮楼说诗》（台北：文海出版社，1974）。

王士禛（选）、闻人倓（笺），《古诗笺》（上海：上海古籍出版社，1980）。

王士禛（撰），《带经堂诗话》（北京：人民文学出版社，1982）。

王世贞（撰），《弇州山人四部续稿》，沈云龙（主编），《明代文集丛刊》（台北：文海出版社印行，1970），1—18 册。

王叔杲、王应辰（纂），《永嘉县志》，《稀见中国地方志汇刊》第 18 册（北京：中国科学院图书馆，1992）。

王维（撰），陈铁民（校注），《王维集校注》（北京：中华书局，1997）。

王锡祺（辑），《小方壶斋舆地丛钞》（上海：著易堂印行，1877—1897）。

王尧衢（注），单小青、詹福瑞（点校），《唐诗合解笺注》（保定：河北大学出版社，2000）。

王元弼（修），黄佳色等（纂），《零陵县志》，见故宫博物院编《故宫珍本丛刊·湖南府州县志》（海口：海南出版社，2001），第 10 册。

韦应物（撰），刘辰翁（校点），《须溪先生校本韦苏州集》（据杨氏枫江书屋藏元刻本《须溪先生校点韦苏州集》影印）（北京：北京图书馆出版社，2006）。

韦应物（撰），孙望（编著），《韦应物诗集系年校笺》（北京：中华书局，2002）。

魏庆之（撰），《诗人玉屑》（上海：上海古籍出版社，1982）。

吴大澂（辑），《说文古籀补》（北京：中华书局，1988）。

吴淇（撰），《六朝选诗定论》，《四库全书存目丛书补编》（济南：齐鲁书社，2001），第 11 册。

吴修坞（撰），《唐诗续评》，《唐诗评三种》（合肥：黄山出版社，1995）。

习凿齿（撰），舒焚、张林川（校注），《襄阳耆旧记校注》（武汉：湖北人民出版社，1991）。

谢朓（撰），曹融南（校注集说），《谢宣城集校注》（上海：上海古籍出版社，2001）。

谢肇淛（撰），《五杂俎》（沈阳：辽宁教育出版社，2001）。

徐弘祖（撰），《徐霞客游记》（北京：中华书局，2009）。

徐坚（撰），《初学记》（北京：京华出版社，2000）。

徐松（撰），《唐两京城坊考》，莲筠簃丛书本。

许慎（撰），《说文解字》（北京：中华书局影印，1978）。

许嵩（撰），《建康实录》（上海：上海古籍出版社，1987）。

严可均（辑），《全上古三代秦汉三国六朝文》（凡 4 册）（北京：中华书局，1991）。

严思忠（修），蔡以瑺（纂），《嵊县志》（台北：成文出版社中国方志丛书华中第 188 号第 1 册）。

颜真卿（撰），《颜鲁公集》，《景印文渊阁四库全书》，第 1071 册。

杨维新、张元忭（纂修），《浙江省会稽县志》（台北：成文出版社，1983）。

杨宗时（修），崔淦等（纂），同治十三年《襄阳县志》（台北：学生书局，1969）。

姚思廉（撰），《梁书》（北京：中华书局，1973）。

叶燮（撰），《己畦文集》，《丛书集成续编》（上海：上海书店出版社，1994），第 124 册。

叶燮、沈德潜等（撰），霍松林等（校注），《原诗·一瓢诗话·说诗晬语》（北京：人民文学出版社，1979）。

尹继善、赵国麟（修），章士凤、黄之隽（纂），乾隆《江南通志》，《中国地方志集成·省志辑·江南》第 3 册（《乾隆江南通志（一）》（南京：凤凰出版社，2011）。

于安澜（编），《画论丛刊》（台北：华正书局，1984）。

余嘉锡（笺疏），周祖谟、余淑宜整理，《世说新语笺疏》（北京：中华书局，1983）。

俞剑华（编），《中国画论类编》（香港：中华书局，1973）。

虞君质（选辑），《美术丛刊》（台北：编译馆，1986）。

虞君质（选辑），《美术丛刊》第二辑（台北：编译馆，1986）。

郁元、张明高（编选），《魏晋南北朝文论选》（北京：人民文学出版社，1999）。

元结（撰），孙望（编校），《新校元次山集》（台北：世界书局，1984）。

袁宏道（撰），钱伯城（笺校），《袁宏道集笺校》（上海：上海古籍出版社，1981）。

袁珂（校注），《山海经校注》（上海：上海古籍出版社，1983）。

袁中道（撰），钱伯城（笺校），《珂雪斋集》（上海：上海古籍出版社，1989）。

张伯伟（撰），《全唐五代诗格汇考》（南京：江苏古籍出版社，2002）。

张恒（修纂），天顺《襄阳郡志》，《陕西省图书馆藏稀见方志丛刊》第 1 册（北京：北京图书馆出版社，2006）。

张华（撰），范宁（校证），《博物志校证》（北京：中华书局，1980）。

张礼（撰），史念海、曹尔琴（校注），《游城南记校注》，（西安：三秦出版社，2006）。

张士范等（纂修），乾隆《池州府志》，《中国地方志集成·安徽府县志辑 59》，（南京：江苏古籍出版社，1998）。

张彦远（撰），《历代名画记》（北京：人民美术出版社，2005）。

张以宁（撰），《黄子肃诗集序》，《翠屏集》，吴文治（主编），《明诗话全编》（南京：江苏古籍出版社，1997）。

张玉穀（撰）、许逸民（点校），《古诗赏析》（上海：上海古籍出版社，2000）。

张元济（主编），《四部丛刊初编》（商务印书馆，1926）。

章太炎（撰），《文始》（台北：中华书局，1970）。

郑观应（撰），《长江日记》（上海：上海古籍出版社，2010）。

钟嵘（撰），曹旭（集注），《诗品集注》（上海：上海古籍出版社，1994）。

钟惺（撰），《隐秀轩集》（上海：上海古籍出版社，1992）。

钟惺、谭元春（编选），《古诗归》，《续修四库全书》，第1589册。

周亮工（撰），《因树屋书影》（上海：中华书局上海编辑所，1958）。

周密（撰），《齐东野语》（北京：中华书局，1983）。

周祖譔（编），《隋唐五代文论选》（北京：人民文学出版社，1999）。

朱景玄（撰），《唐朝名画录》，《景印文渊阁四库全书》（台北：商务印书局，1983）第812册。

朱熹（集注），蒋立甫（校点），《楚辞集注》（上海：上海古籍出版社，2001）。

朱熹（撰），《清邃阁论诗》，吴文治（主编），《宋诗话全编》（南京：江苏古籍出版社，1998），第6册。

祝穆（撰），《方舆胜览》，《景印文渊阁四库全书》，第471册。

宗密（撰），《中华传心地禅门师资承袭图》，《中国佛教丛书·禅宗编》（南京：江苏古籍出版社，1993），第1册。

左丘明（撰），《国语》，《景印文渊阁四库全书》，第406册。

近人论著

阿恩海姆（Rudolf Arnheim），《艺术与视知觉》，滕守尧、朱疆源（译）（北京：中国社会科学出版社，1984）。

艾兰（Sarah Allan），《水之道与德之端》，张海晏（译）（上海：上海人民出版社，2002）。

安旗主编，《李白全集编年注释》（成都：巴蜀书社，2000）。

巴什拉（Gaston Bachelard），《梦想的诗学》，刘自强（译）（北京：三联书店，1996）。

巴什拉，《水与梦：论物质的想象》，顾嘉琛（译）《长沙：岳麓书社，2005）。

巴什拉，《火的精神分析》，杜小真、顾嘉琛（译）（北京：三联书店，1992）。

白川静，《诗经的世界》，杜正胜（译）（台北：东大图书公司，2011）。

彼得·沃克（Peter Walker），《极简主义庭园》，王晓俊（译）（东南大学出版社，2003）。

毕来德（Jean François Billeter），《庄子四讲》，宋刚（译）（台北：联经出版事业有限公司，2011）。

伯格（John Berger），《观看的方式》，吴莉君（译）（台北：麦田出版，2006）。

伯梅（G. Böhme），《气氛作为新美学的基本概念》，谷心鹏、翟江月、何乏笔（译），

《当代》第 188 期（2003 年 4 月）。

布伯（Martin Buber），《我与你》，陈维刚（译）（苗栗：桂冠图书股份有限公司，2011）。

布朗肖（Maurice Blanchot），《文学空间》，顾嘉琛（译）（北京：商务印书馆，2005）。

蔡靖泉，《楚辞先声——楚地民歌叙说》，中国屈原学会编，《楚辞研究》（济南：齐鲁书社，1988）。

蔡瑜（编），《回向自然的诗学》（台北：台大出版中心，2012）。

蔡瑜，《重探谢灵运山水诗——理感与美感》，《台大中文学报》第 37 期（2012 年 6 月）。

蔡瑜，《中国风景诗的形塑——以南朝谢朓诗为核心的探讨》，《林文月先生学术成就与薪传国际学术研讨会论文集》（台北：台大中文系，2014）。

蔡瑜，《从"兴于诗"论李白诗诠释的一个问题》，杨儒宾（编），《中国经典诠释传统（三）：文学与道家经典篇》（台北：财团法人喜马拉雅研究发展基金会，2002）。

曹道衡，《论鲍照诗歌的几个问题》，《中古文学史论文集》（北京：中华书局，1986）。

曹淑娟，《江南境物与壶中天地——白居易履道园的收藏美学》，《台大中文学报》第 35 期（2011 年 12 月）。

陈家驹，《孟浩然祖居地涧南园考略》，《襄樊学院学报》第 25 卷第 1 期（2004 年 1 月）。

陈铁民，《辋川别业遗址与王维辋川诗》，《中国典籍与文化》1997 年第 4 期。

陈允吉，《古典文学佛教溯源十论》（上海：复旦大学出版社，2002）。

陈允吉，《唐音佛教辨思录》（上海：上海古籍出版社，1988）。

程抱一，《中国诗画语言研究》，（南京：江苏人民出版社，2006）。

程章灿，《何逊〈咏早梅〉诗考论》，《文学遗产》1995 年第 5 期。

储仲君，《韦应物诗分期的探讨》，《文学遗产》1984 年第 4 期。

川合康三，《终南山的变容——中唐文学论集》，刘维治、张剑、蒋寅（译），《上海：上海古籍出版社，2007）。

崔富章、李大明（主编），《楚辞集校集释》（武汉：湖北教育出版社，2003）。

德穆·莫伦（Dermot Moran），《现象学导论》，蔡铮云（译）（台北：编译馆和桂冠图书股份有限公司，2005）。

邓国光，《〈文心雕龙〉文理研究——以孔子、屈原为枢纽轴心的要义》（上海：上海古籍出版社，2013）。

丁成泉（编），《中国山水田园诗集成》（凡 4 册）（武汉：湖北教育出版社出版，1985）。

丁福林（编），《江淹年谱》（南京：凤凰出版社，2007）。

丁加达，《风流东山》（杭州：西泠印社出版社，2011）。

丁加达，《谢灵运山居考辨》，《杭州师范大学学报》1990 年第 5 期。

樊维岳，《凤鸣玉山》（西安：山西旅游出版社，2008）。

方闻，《心印：中国书画风格与结构分析研究》，李维琨（译）（西安：陕西人民美术出版社，2006）。

冯胜利，《汉语韵律诗体学论稿》（北京：商务印书馆，2015）。

冯钟芸，《杜甫〈秋兴〉八首的艺术特点》，《杜甫研究论文集》三辑（北京：中华书局，1963）。

弗朗斯（Peter France），《隐士：透视孤独》，梁永安（译）（台北：土绪文化事业有限公司，2010）。

傅抱石，《傅抱石美术文集》（南京：江苏文艺出版社，1986）。

福柯（Michel Foucault），《词与物》，莫伟民（译）（上海：上海三联书店，2012）。

福柯，《知识的考掘》，王德威（译）（台北：麦田出版，1993）。

冈大路，《中国宫苑园林史考》，常瀛生（译）（北京：农业出版社，1988）。

高亨（注），《诗经今注》（上海：上海古籍出版社，1980）。

高居翰（James Cahill），《画家生涯》，杨贤宗、马琳、邓伟权（译）（北京：三联书店，2012）。

高居翰，《山外山：晚明绘画》王家骥等（译）（北京：三联书店，2009）。

高居翰，《诗之旅：中国与日本的诗意绘画》，洪再新、高士明、高昕丹（译）（北京：三联书店，2012）。

高居翰，《中国绘画史三题》，毕斐（译），范景中、高昕丹编，《风格与观念：高居翰中国绘画史文集》（杭州：中国美术学院出版社，2011）。

高名潞（译），李玉兰（校），《外国学者论中国画》（长沙：湖南美术出版社，1986）。

高友工，《美典：中国文学研究论集》（北京：三联书店，2008）。

高友工，《〈古诗十九首〉与自省美典》，柯庆明、萧驰（编），《中国抒情传统的再发现——一个现代学术思潮的论文选集》（台北：台大出版中心，2009），上册。

高友工，《中国抒情美学》，柯庆明、萧驰（编），《中国抒情传统的再发现》，下册。

顾绍柏，《谢灵运集校注》（郑州：中州古籍出版社，1987）。

关子尹，《从哲学的观点看》（台北：东大图书公司，1994）。

桂多荪，《浯溪志》（长沙：湖南人民出版社，2004）。

郭沫若，《李白与杜甫》（北京：人民文学出版社，1972）。

海德格尔（Martin Heidegger），《荷尔德林诗的阐释》，孙周兴（译）（北京：商务印书馆，2004）。

海德格尔，《诗歌中的语言》，《在通向语言的途中》，孙周兴（译）（北京：商务印书馆，2005）。

和辻哲郎，《风土》，陈力卫（译）（北京：商务印书馆，2006）。

赫尔穆特·吴黎熙（Helmut Uhlig），《佛像解说》，李雪涛（译）（北京：社会科学文献出版社，2003）。

洪业，《杜甫：中国最伟大的诗人》，曾祥波（译）（上海：上海古籍出版社，2011）。

侯乃慧，《诗情与幽境——唐代文人的园林生活》（台北：东大图书公司，1991）。

侯乃慧，《物境・艺境・道境——白居易履道园水景的多重造境美学》，新竹《清华学报》新41卷第3期（2011年9月）。

胡大雷，《玄言诗研究》（北京：中华书局，2007）。

许地山，《扶箕迷信底研究》（台北：商务印书馆，1966）。

户崎哲彦，《惊恐的喻象——从韩愈、柳宗元笔下的岭南山水看其贬谪心态》，《东方丛刊》，2007年第4期。

黄节，《谢康乐诗注・鲍参军诗注》（北京：中华书局，2008）。

黄冠闵，《风景思维的当代挑战——断裂中的接合与定位》，《艺术观点》（ACT）第45期（2011年1月）。

黄冠闵，《在想象的界域上——巴修拉诗学曼衍》（台北：台大出版中心，2014）。

黄侃，《文心雕龙札记》（上海：华东师范大学出版社，1996）。

黄阳兴，《图像、仪轨与文学——略论中唐密教艺术与韩愈的险怪诗风》，《文学遗产》2012年第1期。

吉川幸次郎，《宋诗概说》，郑清茂（译）（台北：联经出版事业公司，2012）。

吉凌，《经验与呈现——以天台山为例的中国山水美感话语研究》，新加坡国立大学中文系博士论文，2015年。

简锦松，《白居易《初出蓝田路作》诗现地研究——唐商州武关驿路蓝田段新释》，《汉学研究》第30卷第1期（2012年3月）。

简锦松，《杜甫夔州诗现地研究》（台北：学生书局，1999）。

简锦松，《唐诗现地研究》（高雄：中山大学出版社，2006）。

简锦松，《王维、裴迪〈辋川集〉诗现地研究》，《中国文哲研究集刊》第40期（2012年3月）。

简锦松，《王维"辋川庄"与"终南别业"现地研究》，《中正汉学研究》2012年第2期（总第20期）。

简锦松，《现地研究下之〈辋川图〉：〈辋川集〉与辋川王维别业传说新论》，《台大文史哲学报》第77期（2012年11月）。

简锦松，《GPS在跨国汉学研究上的应用与必要性》，《中正汉学研究》2015年第1期。

姜亮夫，《楚辞学论文集》（上海：上海古籍出版社，1984）。

蒋寅，《大历诗风》（上海：上海古籍出版社，1992）。

蒋寅，《大历诗人研究》（北京：中华书局，1995）。

蒋寅，《韩愈诗风变革的美学意义》，台北《政大中文学报》第18辑（2012年2月）。

金华凌，《韩诗怪奇意象的多元成因》，《衡阳师范学院学报》，第22卷第2期（2001年

4月）。

金午江、金向银，《谢灵运山居赋诗文考释》（北京：中国文史出版社，2009）。

金学智，《中国园林美学》（南京：江苏文艺出版社，1990）。

金毓绂（主编），《辽海丛书》（沈阳：辽沈社，1985）。

泾县地方志编纂委员会（编著），《泾县志》（北京：方志出版社，1996）。

康德（Immanuel Kant），《判断力批判》上卷，宗白华（译）（北京：商务印书馆，1965）。

柯克（Deryck Cooke），《音乐语言》，茅于润（译）（北京：人民音乐出版社，1981）。

克朗（Mike Crang），《文化地理学》，王志弘、余嘉玲、方淑惠（译）（台北：巨流图书股份有限公司，2008）。

克瑞斯维尔（Tim Cresswell），《地方：记忆、想象与认同》，王志弘、徐苔玲（译）（台北：群学出版有限公司，2006）。

赖锡三，《庄子灵光之当代诠释》（新竹：清华大学出版社，2008）。

蓝勇，《长江三峡历史地理》（成都：四川人民出版社，2003）。

李零，《思想地图：中国地理的大视野》（北京：三联书店，2016）。

李运富，《谢灵运集》（长沙：岳麓书社，1999）。

廖炳惠，《领受与创新——〈桃花源并记〉与〈失乐园〉的谱系问题》，陈国球编，《中国文学史的省思》（台北：书林出版有限公司，1994）。

廖美玉，《中古诗人的生命印记》（台北：里仁书局，2007）。

列维－施特劳斯（Claude Lévi-Strauss），《看·听·读》，顾嘉琛（译）（北京：中国人民大学出版社，2006）。

林庚，《汉字与山水诗》，《文学遗产》1995年第6期。

林庚，《唐诗综论》（北京：人民文学出版社，1987）。

林庚，《天问论笺》（北京：人民文学出版社，1983）。

林文月，《山水与古典》（台北：纯文学出版社，1984）。

刘畅、刘国珺（注），《何逊集注·阴铿集注》（天津：天津古籍出版社，1988）。

刘刚，《宋玉辞赋考》（沈阳：辽海出版社，2011）。

刘文刚，《孟浩然年谱》（北京：人民文学出版社，1995）。

刘阳（主编），《孟浩然研究文集》（北京：人民日报出版社，2001）。

卢梭，《一个孤独漫步者的遐想》，袁筱一（译）（新北：远足文化事业股份公司，2011）。

茆家培、李子龙（主编），《谢朓与李白研究》（北京：人民文学出版社，1995）。

梅洛－庞蒂（Maurice Merleau-Ponty），《世界的散文》，杨大春（译）（北京：商务印书馆，2005）。

梅洛－庞蒂，《眼与心》，龚卓军（译）（台北：典藏艺术家庭，2007）。

梅洛－庞蒂，《眼与心》，杨大春（译）（北京：商务印书馆，2007）。

梅洛－庞蒂，《知觉现象学》，姜志辉（译）（北京：商务印书馆，2005）。

孟亚男，《中国园林史》（台北：文津出版社，1993）。

内山精也，《宋代八景现象考》，陈广宏、益西拉姆（译），《新宋学》第2辑（2003年11月）。

潘朝阳，《心灵・空间・环境——人文主义的地理思想》（台北：五南图书出版公司，2005）。

潘天寿（撰），卢炘（编），《听天阁画谈随笔》，《潘天寿论艺》（上海：上海书画出版社，2010）。

裴斐，《杜诗八期论》，《文学遗产》1992年第4期。

裴斐、刘善良（编），《李白资料汇编》（北京：中华书局，1994）。

钱林森（编），《法国汉学家论中国文学——古典诗词》（北京：外语教学与研究出版社，2007）。

钱穆，《国史大纲》（北京：商务印书馆，1999）。

钱锺书，《管锥编》（北京：中华书局，1979）。

钱锺书，《七缀集》（上海：上海古籍出版社，1985）。

浅见洋二，《距离与想象——中国诗学的唐宋转型》（上海：上海古籍出版社，2005）。

饶宗颐，《澄心论萃》（上海：上海文艺出版社，1996）。

饶宗颐，《文辙：文学史论集》（台北：学生书局，1991）。

荣格（Carl G. Jung）（编撰），《人及其象征》，龚卓军（译）（台北：立绪文化事业有限公司，2013）。

入谷仙介，《王维研究》，卢燕平（译）（北京：中华书局，2005）。

沙玛（Simon Schama），《风景与记忆》，胡淑陈、冯樨（译）（南京：译林出版社，2013）。

沈文凡，《韦应物诗歌对陶诗的继承》，《陕西师范大学继续教育学报》第18卷第4期（2001年12月）。

施密特（James Schmidt），《梅洛－庞蒂：现象学与结构主义之间》，尚新建、杜丽燕（译）（台北：桂冠图书股份有限公司，1992）。

石守谦、廖肇亨（主编），《东亚文化意象之形塑》（台北：允晨文化实业股份有限公司，2011）。

宋灏（Mathias Obert），《生活世界、肉身与艺术——梅洛－庞蒂（Maurice Merleau-Ponty）、华登菲（Bernhard Waldenfels）与当代现象学》，《台大文史哲学报》第63期（2005年11月）。

眭书同，《柳宗元永州八记寻迹》，《历史月刊》1998年第9期。

孙庆芳、孙毅,《中国石文化》(北京:时事出版社,2007)。

谭其骧,《长水集》(北京:人民出版社,1987)。

陶敏,《韦应物生平新考》,《湘潭师范学院学报》1998年第1期。

瓦尔特－赫斯(编),《欧洲现代画派画论选》,宗白华(译)(北京:人民美术出版社,1980)。

外因斯坦(Stanley Weinstein),《唐代佛教——王法与佛法》,释依法(译)(台北:佛光文化有限公司,1999)。

王国璎,《中国山水诗研究》(台北:联经出版事业公司,1992)。

王文进,《南朝山水与长城想象》(台北:里仁书局,2008)。

王岩,《唐东都履道坊白居易故居遗址勘察》,《寻根》,1996年第2期。

王毅,《园林与中国文化》(上海:上海人民出版社,1990)。

魏耕原,《谢朓诗论》(北京:中国社会科学出版社,2004)。

闻一多,《律诗底研究》,《古诗神韵》(北京:中国青年出版社,2008)。

闻一多,《闻一多全集》(北京:三联书店,1982)。

吴承学,《论古诗制题制序史》,《文学遗产》1996年第5期。

吴冠宏,《走向嵇康——从情之有无到气通内外》(台北:台大出版中心,2015)。

吴文治(编),《古典文学研究资料汇编:柳宗元卷》(北京:中华书局,1964)。

吴欣(编),《山水之境——中国文化中的风景园林》(北京:三联书店,2015)。

吴洲,《唐代东南的历史地理》(北京:中国社会科学出版社,2011)。

夏咸淳,《晚明士风与文学》(北京:中国社会科学出版社,1994)。

萧兵,《楚辞的文化破译——一个微宏观互渗的研究》(武汉:湖北人民出版社,1991)。

萧兵,《楚辞新探》(天津:天津古籍出版社,1988)。

萧驰,《中国抒情传统》(台北:允晨文化出版有限公司,1999)。

萧驰,《佛法与诗境》(台北:联经出版事业公司,2012)。

萧驰,《圣道与诗心》(台北:联经出版事业有限公司,2012)。

萧驰,《玄智与诗兴》(台北:联经出版有限公司,2011)。

小川环树(撰),谭汝谦(编),《论中国诗》,陈志诚(译)(香港:中文大学出版社,1984)。

小川环树,《中国魏晋以后(三世纪以降)的仙乡故事》,《中国古典小说论集》第一辑,张桐生(译)(台北:幼狮文化图书公司,1977)。

小尾郊一(撰),《中国文学中所表现的自然与自然观》,邵毅平(译)(上海:上海古籍出版社,1989)。

小野泽精一、福光永司、山井涌(编著),《气的思想:中国自然观和人的观念的发展》,李庆(译)(上海:上海人民出版社,1990)。

谢和耐（Jacques Gernet），《中国社会史》，耿升（译）（南京：江苏人民出版社，1995）。

徐复观，《中国艺术精神》（沈阳：春风文艺出版社，1987）。

徐国兆（编注），《历代咏剡诗选》（杭州：浙江古籍出版社，2008）。

徐华铛、杨冲霄，《中国的亭》（北京：轻工业出版社，1988）。

徐逸龙，《谢灵运（瓯）江北游踪考述》，黄世中（编选）《谢灵运在永嘉》（桂林：广西师范大学出版社，2001）。

严耕望，《唐代交通图考》（台北："中央研究院"历史语言研究所，1985）。

杨宽，《中国古代都城制度史研究》（上海：上海古籍出版社，1993）。

杨儒宾，《升天变形与不惧水火——论庄子思想中与原始宗教相关的三个主题》，《汉学研究》第7卷第1期（1989年6月）。

杨儒宾，《庄子"由巫入道"的开展》，《中正大学中文学术年刊》总第11期（2008年6月）。

杨儒宾，《庄子与东方海滨的巫文化》，《中国文化》第24期春季号（2007年4月）。

杨玉成，《世界像一张画——唐五代"如画"的观念系谱与世界图景》，《东华汉学》第3期（2005年5月）。

叶舒宪，《高唐神女与维纳斯——中西文化中的爱与美主题》（西安：陕西人民出版社，2005）。

叶舒宪，《庄子与神话》，《中国神话与传说学术讨论会论文集》（台北：汉学研究中心，1996）。

叶植，《汉宋襄阳习家池考辨》，《襄樊学院学报》第32卷第3期（2010年3月）。

衣若芬，《潇湘八景——地方经验、文化记忆、无何有之乡》，《东华人文学报》第9期（2006年7月）。

幽兰（Yolaine Escande），《景观：中国山水画与西方风景画的比较研究》，《二十一世纪》2003年8月。

幽兰，《景观：中国山水画与西方风景画的比较研究Ⅲ》，《二十一世纪》2003年12月。

幽兰，《中西"景观"之"观"的美学问题初探》，《二十一世纪》2012年11月。

余光中，《造化弄人，我弄造化：论刘国松的玄学山水》，李君毅（编），《刘国松研究文选》（台北：历史博物馆，1996）。

郁贤皓，《李白与唐代文史考论》（南京：南京师范大学出版社，2008）。

郁白（Nicolas Chapuis），《悲秋：古诗论情》，叶潇、金志刚（译）（桂林：广西师范大学出版社，2004）。

扎瓦茨卡娅，《中国绘画的天和地》，《外国学者论中国画》。

查正贤，《暮归的诗学：孟浩然的诗艺习得与超越》，《文学遗产》2006年第4期。

曾枣庄、舒大刚（编），《三苏全书》（北京：语文出版社，2001）。

詹姆斯，(P. E. James)，《地理学思想史》，李旭旦译（北京：商务印书馆，1982）。

詹姆斯（William James），《宗教经验之种种》，蔡怡佳、刘宏信（译）（新北：立绪文化事业有限公司，2015）。

张亨，《思文之际论集：儒道思想的现代诠释》（北京：新星出版社，2006）。

张宏生，《杜甫夔州诗中所反映的生活悲剧》，《文学评论》1984年第6期。

张忍顺，《江淹与丹霞山水景观》，《经济地理》第19卷增刊（1999年10月）。

张淑香，《抒情传统的本体意识——从理论的"演出"解读〈兰亭集序〉》，柯庆明、萧驰编，《中国抒情传统的再发现》（台北：台大出版中心，2009），下册。

张修桂，《中国历史地貌与古地图研究》（北京：社会科学文献出版社，2006）。

赵昌平，《赵昌平自选集》（桂林：广西师范大学出版社，1997）。

赵孟林、冯承泽、王岩、李春林，《洛阳唐东都履道坊白居易故居发掘简报》，《考古》1994年第8期。

赵以武，《阴铿与近体诗》（哈尔滨：黑龙江教育出版社，1998）。

郑树森，《"具体性"与唐诗的自然意象》，《奥菲尔斯的变奏》（香港：素叶出版社，1979）。

郑文惠，《文学图像的文化美学》（台北：里仁书局，2005）。

郑毓瑜，《从病体到气体——"体气"与早期抒情说》，柯庆明、萧驰（编），《中国抒情传统的再发现》（台北：台大出版社，2009）。

郑毓瑜，《引譬连类：文学研究的关键词》（台北：联经出版公司，2012）。

中国科学院《中国自然地理》编辑委员会，《历史自然地理》（北京：科学出版社，1982）。

中国社会科学院考古研究所洛阳工作队，《"隋唐东都城址的勘查和发掘"续记》，《考古》1978年第6期。

中国李白研究会、马鞍山李白研究所合编，《二十世纪李白研究论文精选集》（西安：太白文艺出版社，2000）。

周维权，《中国古典园林史》（北京：清华大学出版社，1990）。

周勋初（编），《李白研究》（武汉：湖北教育出版社，2003）。

朱利安（François Jullien）（撰），《山水之间：生活与理性的未思》，卓立（译），中译打印本。

朱利安，《本质或裸体》，林志明、张婉真（译）（台北：桂冠图书，2004）。

朱利安，《淡之颂——论中国思想与美学》，卓立（译）（台北：桂冠图书股份有限公司，2006）。

朱利安，《功效论：在中国与西方思维之间》，林志明（译）（台北：五南图书，2011）。

朱利安，《间距与之间——论中国与欧洲思想之间的哲学策略》，卓立、林志明（译）

（台北：五南图书出版股份有限公司，2013）。

朱偰，《金陵古迹名胜影集》（北京：中华书局重版 1936 年商务印书馆版，2006）。

庄申，《根源之美》（台北：东大图书股份有限公司，1992）。

庄申，《王维研究》上集（香港：万有图书公司，1971）。

庄申，《中国画史研究续集》（台北：正中书局，1971）。

宗白华，《美学散步》（上海：上海人民出版社，1981）。

佐竹保子，《谢灵运诗文中的"赏"和"情"——以"情用赏为美"句的解释为线索》，蔡瑜（编），《回向自然的诗学》（台北：台大出版中心，2012）。

外文书目

Andrew, Malcolm. *Landscape and Western Art* (Oxford: Oxford University Press, 1999).

Andrews, Malcolm. *The Search for the Picturesque: Landscape Aesthetics and Tourism in Britain* (Stanford: Stanford University Press, 1989).

Appleton, Jay. *The Experience of Landscape* (London: John Wiley & Sons, 1975).

Bachelard, Gaston. *The Poetics of Space*, trans. Maria Jolas (Boston: Beacon Press, 1969).

Bakhtin, Mikhil. *Rabelais and His World*, trans. Héléne Iswolsky (Bloomington: Indiana University Press, 1984).

Balsdon, J. P. V. D. *Life and Leisure in Ancient Rome* (London: Phoenix, 1999).

Bauer, Wolfgang. *China and the Search for Happiness: Recurring Themes in Four Thousand Years of Chinese Cultural History*, trans. Michael Shaw (New York: The Seabury Press, 1976).

Bol, Peter K. *"This Culture of Ours": Intellectual Transitions in T'ang and Sung China* (Stanford: Stanford University Press, 1992).

Brook, Isis. "Aesthetic Appreciation of Landscape," in *Routledge Companion of Landscape studies*, eds. Peter Howard, Ian Thompson & Emma Waterton (New York: Routledge, 2013).

Burckhardt, Jacob. *The Civilization of the Renaissance in Italy: An Essay* (London: Phaidon Press, 1944; Cambridge, MA.: Harvard University Press, 1986).

Casey, Edward S. *The Fate of Place: A Philosophical History* (Berkeley: University of California Press, 1998).

Chambers, William. *Designs of Chinese Buildings, Funiture, Dresses, Machines and Utensils* (reprint; New York: Benjamin Bloom, Inc., 1968).

Chard, Chlöe. "Rising and Sinking on the Alps and Mount Etna: the Topography of the Sublime in Eighteenth-Century England," *Journal of Philosophy and the Visual Arts*, vol.1, no.1 (1989).

Clark, Kenneth. *Landscape into Art* (Harper Collins, 1991).

Clunas, Craig. *Fruitful Sites: Garden Culture in Ming Dynasty China* (Durham: Duke University Press, 1996).

Cosgrove, Denis. *Social Formation and Symbolic Landscape* (Madison: University of Wisconsin Press, 1998).

Craik, Kenneth H. "Psychological reflections on landscape," in Edmund C. Penning-Rowsell & David Lowenthal eds, *Landscape Meanings and Values* (Boston: Allen and Unwin, 1986).

Darby, Wendy Joy. *Landscape and Identity* (Berg Publishers, 2000).

Eliade, Mircea. *Myth, Dream, and Mysteries: the Encounter between Contemporary Faiths and Archaic Realities*, trans. Philip Mairet (New York: Harper Torchbooks, 1975).

Eliade, Mircea. *The Myth of the Eternal Return, or Cosmos and History*, trans. Willard R. Trask (Princeton: Princeton University Press, 1991).

Fitter, Chris. *Poetry, Space, Landscape: Toward A New Theory* (Cambridge: Cambridge University Press, 1995).

Foucault, Michel. "Text / Context of Other Spaces," *Diacritics*, Vol. 16, No. 1 (Spring, 1986).

Frye, Northrop. *Anatomy of Criticism: Four Essays* (Princeton: Princeton University Press, 1973).

Frye, Northrop. "Approaching the Lyric," *Lyric Poetry: Beyond New Criticism*, eds Chaviva Hošek & Patricia Parker (Ithaca: Cornell University Press, 1985).

Fulford, Tim. *Landscape, Liberty and Authority: Poetry, Criticism, and Politics from Thomson to Wordsworth* (Cambridge: Cambridge University press, 1996).

Gombrich, E.H.. "The Renaissance Theory of Art and the Rise of Landscape," *Norm and Form: Studies in the Art of the Renaissance* (London: Phaidon Press),

Gombrich, E.H.. *Art and Illusion: A Study in the Psychology of Pictorial Representation* (Princeton: Princeton University Press, 1969).

Graham, A. C. *Disputers of Tao: Philosophical Argument in Ancient China* (La Salle, Illinois: Open Court,1993).

Granet, Marcel. *La Pensée Chinoise* (Paris: Renaissance, 1934).

Harpham, Geoffrey Galt. *On the Grotesque: Strategies of Contradiction in Art and Literature* (Aurora: The Daviies Group Publishers, 2006).

Henderson, John B.. *The Development and Decline of Chinese Cosmology* (New York: Columbia University Press, 1984).

Hipple, Walter John. *The Beautiful, the Sublime, and the Picturesque in Eighteen-Century British Aesthetic Theory* (Carbondale: The Southern Illinois University Press, 1957).

Hunt, John Dixon. *The Figure in the Landscape: Poetry, Painting, and Gardening during the Eighteen Century* (Baltimore: The Johns Hopkins University Press, 1989).

Johnson, W.R.. *The Idea of Lyric: Lyric Modes in Ancient and Modern Poetry* (Berkeley: University of California Press, 1982).

Kao, Yu-Kung. "The Nineteen Old Poems and Aesthetics of Self-Reflection," *The Power of Culture: Studies in Chinese Cultural History*, eds. Willard J. Peterson, Andrew H. Plaks, and Ying-shih Yü. (Hong Kong: The Chinese University Press, 1994).

Koch, Philip. *Solitude:A Philosophical Encounter* (Chicago: Open Court, 1994).

Kroll, Paul W. *Studies in Medieval Taoism and the Poetry of Li Po* (Burlington: Ashgate, 2009).

Merleau-Ponty, Maurice. *Phenomenology of Perception*, trans. Colin Smith (London: Routledge, 2002).

Merleau-Ponty, Maurice. *The Prose of the World*, trans. John O'Neill (Northwestern University, 1973).

Miner, Earl. *Comparative Poetics: An Intercultural Essay on Theories of Literature* (Princeton: Princeton University Press,1990).

Needham, Joseph. "Time and Knowledge in China and the West," in *The Voices of Time: A Cooperative Survey of Man's Views of Time as Expressed by the Sciences and by the Humanities*, ed. J.T. Fraser (New York: George Braziller, 1966).

Nicolson, Marjorie Hope. *Mountain Gloom and Mountain Glory: The Development of the Aesthetics of the Infinite* (Ithaca: Cornell University Press, 1959).

Owen, Stephen. *Remembrances: The Experience of the Past in Classical Chinese Literature*

Owen, Stephen. *The End of the Chinese "Middle Ages":Essays in Mid-Tang Literary Culture* (Stanford: Stanford University Press, 1996).

Owen, Stephen. *The Great Age of Chinese Poetry: The High T'ang* (New Haven: Yale University Press, 1981).

Owen, Stephen. *The Poetry of Meng Chiao and Han YÜ* (New Heaven: Yale University Press, 1975).

Owen, Stephen. *Traditional Chinese Poetry and Poetics: Omen of the World* (Madison: The University of Wisconsin Press, 1985), pp. 13–14.

Panofsky, Erwin. *Renaissance and Renascences* (Uppsala: Russak & Company, Copenhagen, Denmark, 1960).

Perkins, David. *A History of Modern Poetry:From The 1890s to the High Modernist Mode* (Cambridge, M.A.: the Belknap Press of Harvard University Press, 1976).

Petrarca, Francesco "The Ascent of Mont Ventoux," *The Renaissance Philosophy of Man*, eds. Ernst Cassirer. Paul Oskar Kristeller & John Herman Randall, Jr. (Chicago: The University of Chicago Press, 1965).

Plaks, Andrew. *Archetype and Allegory in the Dream of the Red Chamber* (Princeton: Princeton University Press, 1976).

Punter, David. "The Picturesque and the Sublime: Two Worldscapes," *The Politics of the Picturesque: Literature, Landscape, and Aesthetics since 1770* eds. Stephen Copley & Peter Garside (Cambridge: Cambridge University, 1994).

Salvesen, Christopher. *The Landscape of Memory: A Study of Wordsworth's Poetry* (London: Edward Arnold, 1965).

Santayana, George. *The Sense of Beauty: Being the Outline of Aesthetic Theory* (New York: Collier Books, 1961).

Schafer, Edward H. *The Divine Woman: Dragon Ladies and Rain Maidens in T'ang Literature* (Berkeley: University of California Press, 1973).

Schama, Simon. *Landscape and Memory* (New York: A.A. Knopf, 1995).

Scholes, Robert & Kellogg, Robert. *The Nature of Narrative* (London: Oxford University Press, 1968).

Stace, M.T.. *Mysticism and Philosophy* (London: Macmillan & Co. Ltd., 1961).

Stechow, Wolfgang. *Dutch Landscape Painting of the Seventeenth Century* (Oxford: Phaidon, 1981).

Stockwell, Peter. *Cognitive Poetics: An Introduction* (London: Routledge, 2002).

Strassberg, Richard E. trans with annotations and an introduction, *Inscribed Landscapes: Travel Writing from Imperial China* (Berkeley: University of California Press, 1994).

Sullivan, Michael. *Symbols of Eternity: The Art of Landscape Painting in China* (Stanford: Stanford University Press, 1979) .

Tamura,Tsuyoshi. *Art of Landscape Garden in Japan* (Tokyo: Kokusai Bunka Shinkokai, 1936).

Thoreau, Henry David. *Walden, or Life in the Woods* (New York: New American Library, 1960).

Tian, Xiaofei. "Illusion and Illumination:A New Poetics of Seeing in Liang Dynasty Court Literature," *Harvard Journal of Asiatic Studies*, vo. 65, no. 1 (June, 2005).

Tinker, Chauncey. *Painter and Poet: Studies in the Literary Relations of English Painting* (Cambridge: Harvard University Press).

Tosaki Tetsuhiko（户崎哲彦）,《柳宗元山水游记考》(东京：中文出版社，1996）。

Tuan, Yi-Fu. *Topophilia: A study of Environmental Perceptions, Atitudes and Values* (Englewood Cliffs. NJ: Prentice-Hall, 1974)

Varsano, Paula M.. "The Invisible landscape of Wei Yingwu (737–792)," *Harvard Journal of Asiatic Studies,* vol. 54,no. 2 (Dec., 1994).

Watson, Burton. *Chinese Lyricism*: Shi *Poetry from the Second to the Twelfth Century* (New

York: Columbia University Press, 1971).

Xiao, Chi. "Lyric Archi-occasion: Co-existence of Now and Then," *CLEAR* (Dec., 1993).

Ziporyn, Brook.. *The Penumbra Unbound: the Neo-Taoist Philosophy of Guo Xiang* (Albany: State University of New York Press, 2003) .

Zou, Hui. "The Jing of a Perspective Garden," *Studies in the History of Gardens & Designed Landscapes* 22, 2002.4.

主题词索引

本索引以词语的汉语拼音字母顺序排列。词目包括本书出现的部分涉及诗、艺术、景观、地理、地质、宗教和思想的术语。分号后为子词目。斜杠左右为相关或具对比意义的成对词目。个别页码后出现的"n"标示注解，其后为注解序号。人名、地名和文献名一般不列。

A

哀挚，382, 396, 411, 412, 414, 417, 419, 636

安妮玛（Anima），430, 433, 434, 629

B

本我，416, 420, 430, 433, 434, 629

别异乡，234, 235, 272, 273, 274, 292, 293, 435；别异乡／乌有乡，234, 235, 293

变形想象，26, 184, 354

变动阔狭，360, 362, 363

悲秋，382, 396, 397, 398, 400, 404, 405, 411, 414, 415, 421, 435, 654

庇护，14, 15, 481, 527, 530；眺望／庇护，119, 291, 526

C

色彩，13, 15, 48, 105–106, 108, 125, 133, 164, 166, 170, 191, 195, 222, 228n5, 230, 281, 306, 309, 332, 572, 584, 587, 589, 620, 630；色调，82, 183, 191, 195, 201, 278, 292；色彩／明暗，82, 148, 151, 152, 174, 467

超自然，140, 145, 175, 261, 377, 411, 432, 543

崇高（sublime），14, 17n3, 370, 375, 377, 411, 420, 498, 517, 629, 636；快乐的恐怖（恐怖的喜悦），14, 371, 377, 542, 637；逆违崇高的倾向，475, 517

丑，14, 370, 375, 535, 536, 540, 542, 543, 545, 553, 637

存想，349, 350

存在（存有），5, 13, 26n4, 42, 48, 93, 204, 232, 272, 274, 276, 281, 283, 283n3, 286, 287, 289, 292, 310, 320, 321, 323, 475, 476, 495, 504, 507, 508, 515, 532, 539, 575, 630；存在空间，254, 273, 281, 292；圆的存在，287, 288–289, 292, 630

D

道家，233, 346, 354, 370, 446, 477, 495, 623, 634, 648；魏晋玄学，32, 33, 34, 35, 39, 49, 122, 125, 127, 529, 616n6, 623, 624, 631, 632, 635

道教（包括求仙，游仙），37, 99, 191, 192, 200, 226, 276, 289, 317–319, 347n4, 348, 349–350, 352, 353, 354, 360, 361, 362–363, 375, 473, 483, 518, 529, 622, 634；洞天，仙窟，40, 46, 352–353, 483, 529

地方（place），15, 48, 49, 234, 253, 300, 341, 343, 345, 462, 468, 575, 583, 584, 586, 587, 593, 594, 597；地方／空间（space），48, 468, 583, 587–588；地方之诗，48–49,

661

92；生活了的地方，586；地方/地点（site），583；地方感，620–621, 637；虚化的方域，461, 464, 468–472

地理探索，40, 45, 50

地景（landscape），173, 175, 210, 326, 382, 412, 414, 435, 471,

地质地貌 11, 44, 86, 120, 179, 231, 269, 380, 511；丹霞地貌，180, 184, 185, 186, 189, 195；丹霞地貌与道教，191–192；喀斯特岩（溶）洞与道教，39, 483

地狱景象，367, 629, 637

F

非规则性，97, 521, 626

非虚构性，10, 48, 49, 50, 92

风景（空气与光），12, 15, 132, 111n1, 153, 156, 159–161, 162, 173, 178, 635；风景（landscape），11, 13, 16, 18, 23, 25, 30, 38, 55, 60, 93, 105, 106, 109, 113, 114, 115, 117, 118, 119, 121, 133, 141, 147, 149, 151, 153, 157, 167, 169, 172, 175, 175n1, 179, 192, 194, 195, 201, 204, 208, 209, 210, 211, 215, 218, 219, 224, 227, 228, 229, 234, 238, 251, 273, 278, 292, 295, 297, 298, 299, 306, 308, 310, 312, 314, 321, 332, 339, 341, 342, 343, 346, 348, 371, 376, 377, 388, 390, 391, 420, 433, 462, 469, 474, 529, 530, 531, 536, 537, 538, 582, 583, 588, 590, 591, 599, 617, 623, 627, 628n4, 630

风土，13, 14, 320, 321, 322, 323, 326–327, 375, 377, 395, 402, 539, 542, 553, 586

氛围，12, 13, 123, 145, 147, 152, 159, 161, 162, 166, 178, 194, 207, 209, 210, 211, 212, 213, 226, 229, 249, 255, 261, 279, 281, 287, 299, 309, 323, 326, 332, 334, 376, 454, 527, 593, 599, 617, 630；光韵，13, 184, 207, 210, 212, 256, 336, 338, 339, 625, 630

泛自然神论，15, 25, 31, 428, 553, 629, 630

佛教，31, 42, 43, 45, 46, 78, 191, 192, 206, 276, 283, 287, 289, 309, 311, 375, 446, 447, 448, 468, 529, 543, 549, 550, 565–566, 567, 631, 633, 635；洪州禅，447, 448, 450

G

光【与景观】，105, 132n1, 147, 159–161, 165, 173, 176, 182, 183, 209, 212, 213, 332, 560, 567, 589–590；光影，13, 160, 206, 207, 226

高唐赋，17, 24, 25, 26, 27, 121, 417, 421, 422, 425, 431, 637

孤独，24, 254, 255, 287, 292, 399, 400, 405, 410, 411, 442, 444, 446, 452, 456, 507, 516, 627, 628

孤立语，406, 452, 598

怪诞，545, 546, 550, 569

H

汉赋，17, 31, 32, 42,

【山水与中国】画，3–5, 3n4, 4n1, 18–19, 26–27, 96, 108, 109, 114–117, 118, 147, 148, 159, 161–162, 165–166, 172, 174, 175, 178, 199, 227, 228–229, 230, 232, 270, 270n1, 286, 291–292, 298–299, 466–468, 590, 620, 639；画意/如画，180, 181, 194, 209, 211, 212, 215, 218, 219,

226, 229, 230, 295, 309, 312, 335, 336, 373, 375, 377, 429, 463

话语，8, 9, 11, 12, 15, 18, 47, 48, 50, 92, 94, 106, 107, 109, 114, 117, 137, 180, 217, 227, 228, 230, 232, 235, 286, 293, 316, 346, 374, 375, 382, 388, 422, 435, 438；山水美感话语，8, 9, 9n2, 19, 124, 132, 135, 153, 181, 204, 219, 233, 289, 290, 291, 318, 320, 376, 474, 475, 526, 531, 636；话语树，2, 13, 15, 118, 121, 131, 132, 133, 173

J

迹/无迹（作为玄学术语），35, 37, 38, 39

简单意象，461, 462

江南，15, 94, 96, 108, 121n2, 126, 165, 172, 178, 297, 321, 322, 323, 408, 571, 572-573, 581-583, 584-587, 606, 616；江南城镇（水国街衢），573, 574-581, 591, 594-595, 597, 598, 607, 609, 610, 611, 612, 613, 617, 620, 621, 637, 639

景（作为中华山水美感的核心话语），12, 13, 15, 16, 194, 201, 208-212, 215, 216, 218, 227-230, 273, 276, 295, 296, 297, 298, 299, 301, 312, 326, 346, 435, 522, 620, 630；取景，12, 13, 175, 313；借景，228, 312-315, 494, 531；端景，273, 279, 613

景观学，16, 118, 435, 475, 520, 523, 571；景观传统，11, 12, 18, 228, 229, 473

K

可家，14, 475, 481, 483, 493, 496, 514, 529

空间观念，133, 162, 204, 235, 346, 375, 597；境界形态的空间，472, 473, 523；空间现象学，13, 232, 234, 235；空间与存在，273, 276, 281, 287, 292, 320, 539；内化空间，153, 179, 180, 181, 183, 201, 222, 491；空间的表现，120, 126, 132, 157, 159, 531, 532, 620, 621；同质空间，194, 195, 201, 211, 212；空间化，161, 209, 583；平滑形式空间/条纹形式空间，587-589, 592, 594, 613；画意空间，194, 209, 215, 226, 228, 229, 230；诗的空间，221, 230, 249, 253, 254, 256, 362-363, 439, 461, 462, 464, 466, 468；空间形态，95, 589, 595, 605-606

旷如/奥如，525, 526, 528, 529, 531, 532n2, 613

L

两极对立互补的美学原则，119-120, 230, 525, 526；

M

迷远，148, 152

冥契，200, 500, 501, 504, 628, 630, 631 632, 633, 634, 635

N

内部风景，13, 14, 15, 251, 339, 342, 433

内在/超越，622；彼岸性，622, 637

P

平远，155, 178, 298

Q

气与主体，184, 200, 336, 376, 500；气与身体，354, 360, 362, 373-374；气与天

地万物，147, 175, 354, 355, 363, 377, 500, 555–556；气与天、人相通, 318–319, 326–327, 338–339, 349, 354, 376, 398, 399, 466, 500, 634, 635；气与想象, 26, 161, 354, 376；文气, 373–374, 375, 376

气象, 32, 106, 133, 135, 145, 147, 151, 152, 167, 172, 173, 174, 178, 181, 205, 211, 229, 306, 314, 320, 323, 354, 359, 409, 539, 540, 582

启蒙或创始事件, 382, 416, 433

清, 13, 105, 327, 332, 334, 336, 337, 338, 339；清晖, 22, 123, 334, 630；清空, 247, 250, 254, 339, 340, 471

R

儒家, 233, 316, 381, 435, 446, 475, 476, 477, 495, 518, 520, 529, 623

S

萨满, 24, 25, 26, 191, 200, 353, 354

森林, 15, 17, 25, 107, 118, 119, 120, 121, 229, 238, 429, 628n4

死亡 / 再生情结, 544, 545, 545n5

（作为隔世乐土的）山谷，幽谷, 104, 234, 235, 254, 257, 260269, 271, 287, 288, 289, 291, 292–293, 481, 483

山河, 14, 15, 19, 22, 346, 347, 360, 363, 377, 379, 382, 388, 390, 391, 392, 393, 394, 395, 396, 404, 405, 406, 408, 409, 410, 411, 412, 414, 417, 418, 419, 420, 434, 435, 555, 570, 599, 617, 629, 636

山与水（交合、交集、交互、并置）, 93, 94, 95, 101, 104, 106, 111, 112, 113, 115, 116, 117, 118, 119, 123, 126, 133, 146, 258, 327, 380；「山水」（自然风景语词）的出现, 109, 111–114, 117, 118, 119, 120, 121；山 / 水：一元双极的景观框架, 12, 114, 120, 144, 327, 380, 391

身体经验, 4, 7, 17, 23, 31, 32, 35, 40, 42, 162, 212, 213, 250, 368, 450, 587；身体感, 32, 337；流动的身体, 354；身体与地方相互缠绕, 594

深度经验，深度空间, 13, 15, 47, 99, 127, 132, 133, 140, 144, 145, 157, 173, 221, 224, 527, 583, 584, 604

神女, 14, 15, 25, 26, 27, 184, 251, 253, 380, 417, 420, 421, 422, 423, 424, 425, 426, 427, 428, 429, 430, 431, 432, 433, 434, 436, 553, 555, 628, 629, 637, 638

神思, 13, 40, 199, 200, 224, 226, 230, 360, 381, 392, 393

石的鉴赏, 183, 472, 483, 485, 487, 488, 491, 509, 510, 511, 530

时间与景, 209–210, 215, 227, 228, 229；时 象, 13, 209, 210, 211, 212, 217, 229, 230, 281, 298, 299, 300, 302, 303, 309, 310, 436；时间之点, 209, 452, 504；历史时 间, 14, 180, 288, 439, 450, 452, 453, 456, 460, 461, 464；自然时间, 439, 455, 456, 457, 460, 461

水石（泉石）, 8, 14, 15, 260, 273, 475, 480, 481, 483, 490, 492, 495, 496, 509, 510, 511, 516, 517, 518, 527, 528, 530, 532, 586, 616, 621, 626, 627, 639

抒情史诗, 14, 382, 387, 409

T

桃花源（桃源）, 13, 231, 232, 233, 234, 235,

247, 250, 251, 255, 260, 261, 270, 271, 272, 274, 286, 288, 290, 291, 292, 293, 298, 479, 483；渔人/桃花源中人, 232, 234, 235, 244, 250, 251, 255, 256, 261, 270, 272, 286, 290, 479；内/外, 235, 256, 入/出, 257, 283, 288

天－地（框架）, 12, 13, 15, 133, 135, 141, 143, 148, 174, 178；天－地之景, 175

通感, 101, 207, 212, 502

透视, 146, 155, 157, 158, 161, 165, 228n5, 348n2, 583；焦点透视, 157；散点透视, 230, 620

W

（作为隐喻的）辋川, 271, 293, 306, 307, 308, 310, 314, 472

我－你关系, 495, 496, 508–509, 515, 516, 518, 626, 638

我－它关系, 495, 496

物质想象, 15, 26n4, 27, 152, 320n1, 376, 377, 432, 556；基于气或水的物质想象, 27, 109, 147, 175, 184, 354, 376, 466, 560, 626；基于土、石的物质想象, 510；基于火的物质想象, 560, 568, 570

Y

以小观大, 491, 521

异代（今古）相接, 19, 339, 341, 343, 344, 345n3, 346, 347, 375

饮吸无穷于自我, 162, 287, 523

隐逸, 13, 14, 32, 122, 231, 232, 233, 257, 273, 290, 408, 435, 471, 472, 543；吏隐, 14, 438, 438n2, 439, 441, 447, 448, 449, 450, 455, 471, 472, 473, 543

有我之境, 130, 636

园林, 1, 2, 12, 15, 18, 19, 22, 118, 120, 194n3, 227, 228, 229, 276n4, 278, 293, 301, 307, 310, 311, 312, 313, 314, 345, 391, 432, 444, 459, 475, 520, 529, 530, 531, 533, 571, 572, 599, 606, 617, 620, 626；郊野园林, 43；皇家园林, 295, 297；文人园林 14, 297, 301, 306, 308, 310, 311, 312, 456, 475, 494, 520, 521, 530, 531, 532, 533, 571, 600, 620

元和诗, 7, 8, 264, 268, 498, 584, 594, 637, 639

元象, 183, 194, 195, 196, 209, 211, 212, 229, 279, 299, 321, 458

远景, 95, 100, 125, 155, 157, 165, 173, 214, 279, 326, 467, 530；大物山水, 14, 117, 173, 530

原型, 14, 208, 215, 216, 217, 227, 232, 233, 234, 235, 250, 274, 290, 295, 327, 345, 377, 425, 428, 429, 430, 433, 434, 481, 607

寓意（allegory）, 8, 14, 318, 366, 367, 368, 369, 370, 543, 551, 552, 629, 636, 637

宇宙论, 7, 26n4, 354, 499, 506, 508, 530, 621

宇宙图式, 32, 33, 34, 35, 39, 623

宇宙秩序, 536, 544, 551, 552, 553, 637

X

现地考察, 11, 50, 79, 90, 99, 127, 132, 137, 146, 155, 181, 185, 236, 240, 241, 258, 318, 327, 474, 480, 481, 511

现量, 4, 35, 289, 291

现象学, 12, 13, 143, 232, 234, 235, 334, 337,

主题词索引 | 665

400, 412, 586,

Z

自然（作为中国思想术语），39, 173N3, 507, 556, 560, 623, 624, 625

自然生命的原发精神，33, 34, 35, 37, 39, 42, 639

自太虚而俯，201, 230, 362, 393

知识考掘学，8, 12

庄子，26, 33, 34, 35, 38, 148, 200, 203, 281, 282, 316, 317, 321, 339, 347, 354, 375, 376, 457, 459, 472, 499, 505, 545, 625, 634